Jussi Adler-Olsen

VERACHTUNG

Der vierte Fall für Carl Mørck,
Sonderdezernat Q

Thriller

Aus dem Dänischen von
Hannes Thiess

Eder & Bach

Lizenzausgabe des Verlags Eder & Bach GmbH,
Nördliche Münchner Str. 20c, 82031 Grünwald
1. Auflage, Oktober 2021
Lizenzausgabe mit Genehmigung der dtv Verlagsgesellschaft, München
© 2010 Jussi Adler-Olsen/J.P./Politikens Forlagshus A/S, Kopenhagen
Titel der dänischen Originalausgabe: ›Journal 64‹
© 2012 für die deutschsprachige Ausgabe
Deutscher Taschenbuch Verlag GmbH & Co. KG, München
Umschlaggestaltung: Stefan Hilden, www.hildendesign.de
Umschlagabbildung: © HildenDesign unter Verwendung
mehrerer Motive von Shutterstock.com
Satz: Satzkasten, Stuttgart
Druck und Verarbeitung: CPI – Ebner & Spiegel, Ulm
ISBN: 978-3-945386-92-7

*Gewidmet meinen Eltern
Karen-Margarethe und Henry Olsen
und meinen Schwestern Elsebeth, Marianne und Vippe*

Prolog

November 1985

FAST HÄTTE SIE SICH ganz diesem Gefühl hingegeben. Das Champagnerglas in ihrer Hand war angenehm kühl, die Stimmen verschwommen zu einem Summen und die Hand ihres Mannes ruhte leicht auf ihrer Taille. Bis auf die Zeiten des Verliebtseins hatte es nur Sekunden in einer fernen Kindheit gegeben, die an das heranreichen konnten, was sie in diesem Moment empfand. Das Gefühl der Geborgenheit beim Einschlafen, mit dem Murmeln der Großmutter und gedämpftem Lachen im Ohr. Dem Lachen von Menschen, die es längst nicht mehr gab.

Nete presste die Lippen zusammen, damit das Gefühl nicht die Oberhand gewann. Sie richtete sich auf und ließ ihren Blick über die eleganten Kleider und schlanken Rücken schweifen. Eine beachtliche Schar von Geladenen hatte sich eingefunden zum Ehrendinner für den dänischen Laureaten des Großen Nordischen Preises in Medizin. Forscher natürlich und Ärzte und die Spitzen der Gesellschaft. Einer Gesellschaft, in die sie nicht hineingeboren war, in der sie sich aber mit den Jahren immer wohler fühlte.

Sie atmete tief ein und stieß einen wohligen Seufzer aus. Da spürte sie auf einmal überdeutlich einen Blick, der sich über die Köpfe der kunstvoll frisierten Frauen und der Smoking tragenden Männer hinweg auf sie heftete. Es war ein Blick wie eine undefinierbare und beunruhigende Entladung. Ein Blick, wie ihn nur Menschen aussandten, die einem Böses wollten. Instinktiv tat sie einen Schritt zur Seite, wie ein gejagtes Tier, das im Gebüsch Deckung sucht, legte ihrem Mann die Hand auf den Arm, versuchte zu lächeln, während ihre Augen zwischen den festlich gekleideten Menschen und den Kronleuchtern hin und her wanderten.

Eine Frau warf für den Moment eines Lachens den Kopf in den Nacken, sodass die Sicht quer durch den Saal freigegeben war.

Dort vor der Wand stand er.

Wie ein Leuchtturm ragte seine Gestalt aus der Schar der Gäste heraus. Trotz der leicht gebeugten Haltung ein riesiges Raubtier, dessen Augen wie Suchscheinwerfer über die Menge glitten.

Sie spürte seinen lauernden Blick mit jeder Faser ihres Körpers und sie wusste, dass ihr Leben binnen Sekunden in sich zusammenstürzen würde, wenn sie nicht augenblicklich reagierte.

»Andreas«, sagte sie und griff sich dabei an den Hals, der schon jetzt schweißnass war, »können wir bitte gehen? Ich fühle mich nicht gut.«

Mehr brauchte es nicht. Ihr Mann hob die dunklen Augenbrauen, nickte den anderen zu, und während er ihren Arm nahm, wandte er sich von der Gruppe ab. Für diese Gesten liebte sie ihn.

»Danke«, sagte sie. »Leider wieder der Kopf.«

Er nickte. Das kannte er nur zu gut von sich selbst. Lange Abende im abgedunkelten Raum, wenn sich die Migräne erst festgesetzt hatte.

Auch das verband sie.

Sie kamen bis zu der ausladenden Treppe vor den Festräumen. Da glitt der Hüne von der Seite heran und stellte sich vor sie hin.

Ihr fiel auf, dass er deutlich gealtert war. Die Augen, die früher Funken gesprüht hatten, waren matt geworden. Das Haar war nicht wiederzuerkennen. Knapp dreißig Jahre hatten ihre Spuren hinterlassen.

»Du hier, Nete? Dich hätte ich in dieser Gesellschaft am allerwenigsten erwartet.«

Sie zog Andreas um ihren Verfolger herum, doch der ließ nicht locker. »Erinnerst du dich nicht mehr an mich, Nete?«, kam die Stimme jetzt von hinten. »Doch, das tust du. Curt Wad. Du erinnerst dich sicher.«

Sie hatten die Treppe schon halb geschafft, da holte er sie ein.

»Bist du etwa Direktor Rosens Hure? Solltest du tatsächlich so hoch aufgestiegen sein? Schau mal an, wer hätte das gedacht.«

Sie versuchte, ihren Mann mit sich zu ziehen, aber Andreas Rosen war nicht dafür bekannt, dass er Problemen den Rücken kehrte.

»Würden Sie so freundlich sein und meine Frau in Ruhe lassen?« Der Blick, der seine Worte begleitete, kündete von unterdrücktem Zorn.

»So, so.« Der Verfolger trat einen Schritt zurück. »Da ist dir also tatsächlich Andreas Rosen ins Netz gegangen. Guter Fang, Nete.« Er versuchte sich an etwas, das andere als halbherziges Lächeln bezeichnet hätten, aber sie wusste es besser.

»Das ist meiner Aufmerksamkeit ja vollständig entgangen. Ich komme nicht so oft in diese Kreise, weißt du. Lese keine Klatschspalten.«

Wie in Zeitlupe sah sie ihren Mann verächtlich den Kopf schütteln. Spürte, wie seine Hand nach ihrer griff und sie hinter sich her zog. Sekundenlang konnte sie keine Luft holen. Ihrer beider Schritte klangen wie asynchrone Echos des gleichen Impulses: Bloß weg hier!

Erst als sie schon an der Garderobe standen, war die Stimme wieder hinter ihnen zu hören.

»Herr Rosen! Dann wissen Sie ja vielleicht gar nicht, dass Ihre Frau eine Hure ist? Ein schlichtes Mädel, das die Insel Sprogø besser kennt als so manch anderer. Ich sage nur: Besserungsanstalt. Ein Mädel, das es nicht so genau nimmt, für wen es die Beine breit macht. Dessen debiles Hirn den Unterschied zwischen Wahrheit und Lüge nicht kennt und ...«

Es zog in ihrem Handgelenk, als sich Andreas Rosen abrupt umdrehte. Mehrere Gäste wollten den Mann, der die festliche Atmosphäre störte, zum Schweigen bringen. Zwei jüngere Ärzte traten dazu, bauten sich drohend vor dem großen Kerl auf und demonstrierten damit überdeutlich, dass er unerwünscht war.

»Andreas, lass es!«, rief sie, aber ihr Mann hörte nicht auf sie. Das Alphatier in ihm war erwacht und hatte angefangen, sein Territorium zu markieren.

»Ich habe keine Ahnung, wer Sie sind«, sagte er. »Aber ich schlage vor, dass Sie sich öffentlich erst dann wieder zeigen, wenn Sie gelernt haben, sich unter Menschen zu benehmen.«

Der Angesprochene, der die Männer, die ihn festhielten, ohnehin um einen Kopf überragte, straffte die Schultern und reckte das Kinn. Von der Garderobe her waren alle Augenpaare auf seine trockenen Lippen gerichtet. Die Damen hinter der Theke, die die Pelze und Trenchcoats verwahrten, die anderen, die sich an der Gruppe vorbeidrückten, und die Privatchauffeure, die an den Schwingtüren warteten – alle hatten die Köpfe zu ihm gewandt.

Und dann kamen jene Sätze, die niemals hätten ausgesprochen werden dürfen.

»Dann fragen Sie Nete doch, wo sie sterilisiert wurde, Herr Rosen. Fragen Sie sie, wie viele Schwangerschaftsabbrüche sie hatte. Fragen Sie sie, wie sich fünf Tage in der Strafzelle anfühlen. Fragen Sie sie danach, aber kommen Sie mir nicht mit Belehrungen über Umgangsformen, Andreas Rosen. Dazu bedarf es anderer.«

Curt Wad trat zur Seite. »Ich gehe!«, rief er hasserfüllt. »Und du, Nete!«, der Finger, mit dem er auf sie deutete, zitterte, »schmor doch in der Hölle. Wo du hingehörst.«

Als die Schwingtüren hinter ihm zuklappten, wurde das Stimmengewirr laut.

»Das war Curt Wad«, flüsterte jemand hinter ihnen. »Hat mit dem heutigen Preisträger zusammen studiert. Und das ist auch das einzig Gute, das sich über ihn sagen lässt.«

Aber sie stand mindestens ebenso im Zentrum der Aufmerksamkeit. Entblößt.

Die Menschen ringsum musterten sie. Und die Blicke verweilten bei Dingen, die auf einmal Netes wahres Ich zu enthüllen schienen. War das Dekolleté zu tief? Sahen ihre Hüften, ihre Lippen vulgär aus?

Als die Garderobenfrau ihnen die Mäntel reichte, kam deren warmer Atem Nete fast giftig vor. »Du bist keinen Deut besser als ich«, schien er zu hauchen.

So schnell ging das.

Sie schlug die Augen nieder und nahm den Arm ihres Mannes. Ihres geliebten Mannes, dessen Blick sie nicht zu begegnen wagte.

Sie horchte auf das leise, regelmäßige Brummen des Motors. Sie hatten seither kein Wort gewechselt, saßen nur nebeneinander und starrten an den unablässig arbeitenden Scheibenwischern vorbei in den dunklen Herbstabend.

Vielleicht wartete er auf Dementis, aber damit konnte sie nicht dienen.

Vielleicht erwartete sie, dass er ihr entgegenkam. Dass er ihr aus der Zwangsjacke half, in die sie sich eingeschnürt fühlte. Dass er sie einfach ansah und sagte, das alles habe nichts zu bedeuten, nur ihre gemeinsamen elf Jahre zählten. Und nicht die siebenunddreißig Jahre, die sie vorher gelebt hatte.

Aber er schaltete das Autoradio ein und füllte so den Raum lautstark mit Distanz. Sting begleitete sie südwärts über Seeland, Sade und Madonna über die Insel Falster und den Guldborgsund. Es war die Nacht der jungen Sänger und ihrer neuen, unverwechselbaren Stimmen. Das war das Einzige, was sie verband.

Alles andere verschwand.

Wenige hundert Meter vor dem Dorf Blans und zwei Kilometer vor dem großen Hof fuhr er plötzlich auf den Seitenstreifen.

»So, und jetzt schieß los«, sagte er, den Blick in die Dunkelheit gerichtet. Kein freundliches, tröstendes Wort. Nur dieses »Jetzt schieß los«. Nicht einmal ihren Namen nahm er in den Mund.

Sie schloss die Augen. Dann fing sie stockend an zu sprechen, bat ihn zu verstehen, dass es Ereignisse gegeben habe, die alles erklärten, und dass der Mann, der sie so beleidigt habe, an ihrem Unglück schuld sei.

Aber davon abgesehen stimme, was er gesagt habe. Das gab sie mit leiser Stimme zu.

Insgesamt stimme es.

Einen quälenden Augenblick lang war nur sein Atem zu hören. Dann wandte er sich ihr zu. Seine Augen waren dunkel. »Deshalb also konnten wir beide keine Kinder bekommen«, sagte er.

Sie nickte. Presste die Lippen zusammen. Sagte, wie es war. Ja, sie hatte sich schuldig gemacht, indem sie gelogen, indem sie den Grund verschwiegen hatte. Sie gab es zu. Als junges Mädchen habe man sie nach Sprogø gebracht, aber da habe sie nichts dafürgekonnt, das sei das Ergebnis von Machtmissbrauch, Ablehnung und Willkür gewesen. Das Ende einer Kette von Fehlurteilen. Das und nichts anderes. Und ja, sie habe mehrere Aborte gehabt und sei sterilisiert worden, aber dieser entsetzliche Mensch, dem sie gerade begegnet seien …

Da legte er ihr eine Hand auf den Arm, deren Eiseskälte sich wie mit Stromstößen auf ihren Körper übertrug und sie erstarren ließ.

Dann schaltete er in den ersten Gang, ließ die Kupplung kommen und fuhr langsam durch den Ort. Zwischen den Wiesen und dem Ausblick auf das dunkle Meer beschleunigte er.

»Bedaure, Nete. Aber dass du mich jahrelang in dem blinden Glauben gelassen hast, wir beide könnten ein Kind bekommen, kann ich dir nicht verzeihen. Das kann ich einfach nicht. Und was das Übrige angeht, so widert es mich an.«

Er schwieg, und sie spürte, wie ihre Schläfen eiskalt wurden und sich der Nacken verspannte.

Schließlich hob er den Kopf auf diese anmaßende Art, wie er es in Verhandlungen mit Menschen tat, die seinem Gefühl nach seinen Respekt nicht verdienten.

»Ich packe meine Sachen und räume das Feld«, sagte er und betonte jedes Wort. »Bis du etwas anderes gefunden hast. Ich gebe dir eine Woche. Von Havngaard kannst du mitnehmen, was du willst. Es soll dir an nichts fehlen.«

Immer ungläubiger starrte sie ihn an. Dann wandte sie sich langsam ab und blickte über das Wasser. Ließ das Fenster ein wenig herunter und nahm den Geruch des Tangs wahr. Das tiefschwarze Meer schien endgültig nach ihr zu greifen. Wie damals, in jenen einsamen, verzweifelten Tagen auf Sprogø, als die unablässig heranrollenden Wellen sie gelockt hatten, ihrem elenden Leben ein Ende zu bereiten.

»Es soll dir an nichts fehlen« – als wenn das etwas bedeutete.

Dann kannte er sie wirklich nicht.

Einen Moment lang fixierte sie das Datum auf der Uhr, 14. November 1985. Ihre Lippen zitterten, als sie ihm das Gesicht zuwandte.

Seine Augen wirkten wie dunkle Höhlen. Ihn interessierte nur die Straße vor ihm, nur die nächste Kurve.

Da hob sie langsam eine Hand zum Steuer, packte es, und als er protestieren wollte, zog sie so kräftig daran, wie sie nur konnte.

Der Wagen mit seiner gewaltigen Schubkraft reagierte sofort. Die Straße verschwand unter ihnen, und das Krachen durch die Böschung übertönte die letzten Proteste ihres Mannes.

Als sie aufs Meer aufschlugen, war es fast wie nach Hause zu kommen.

1

November 2010

AUF DEM WEG von seinem Reihenhaus in Allerød zum Präsidium hatte Carl über Polizeifunk von den nächtlichen Ereignissen gehört. Eigentlich betraf das die Sitte und hätte ihn unter normalen Umständen völlig kaltgelassen. Aber das hier war doch anders.

Man hatte die Inhaberin einer Escort- und Begleitagentur in ihrer Wohnung im Enghavevej überfallen und mit Schwefelsäure übergossen, und die Mitarbeiter der Abteilung für Verbrennungen im Rigshospital hatten mehr als reichlich zu tun bekommen.

Jetzt wurde nach Zeugen gesucht, bisher ergebnislos.

Ein paar Kerle aus Litauen waren bereits festgenommen und verhört worden. Aber im Lauf der Nacht war klar geworden, dass nur einer der Verdächtigen als Täter in Frage kam, und dem konnten sie partout nichts nachweisen. Die Geschädigte hatte bei ihrer Einlieferung erklärt, sie könne den Schuldigen nicht identifizieren, und deshalb mussten sie die ganze Schar laufen lassen.

Kam einem das nicht bekannt vor?

Zwischen Parkplatz und Präsidium begegnete ihm Brandur Isaksen vom City Revier. Der Eiszapfen vom Halmtorv, wie er genannt wurde.

»Na, mal wieder unterwegs, um Leute zu belästigen«, brummelte Carl im Vorbeigehen. Da blieb dieser Idiot doch tatsächlich stehen, als hätte Carl eine Einladung ausgesprochen.

»Dieses Mal hat's Baks Schwester erwischt«, sagte Isaksen kalt.

Carl sah ihn verwirrt an. Wovon redete der Typ? »So'n Pech auch.« Fade Antwort, passte aber irgendwie immer.

»Du hast doch wohl von dem Überfall heute Nacht im Enghavevej gehört? Das war Baks Schwester Esther. Die sah nicht besonders gut aus«, fuhr Isaksen fort. »Wie war eigentlich der Kontakt zwischen Børge Bak und dir? Konntet ihr zwei miteinander?«

Carls Kopf zuckte zurück. Børge Bak? Ob sie gut miteinander konnten? Er und der Vizepolizeikommissar vom Dezernat A, der um Beurlaubung nachgesucht und sich damit selbst zur Unzeit pensioniert hatte? Dieser scheinheilige Mistkerl?

»Wir waren in etwa so gute Freunde wie du und ich«, rutschte es Carl heraus.

Isaksen nickte verkniffen. Schon recht, der Flügelschlag eines Schmetterlings würde reichen, um ihre Zuneigung hinwegzufegen.

»Kennst du Børges Schwester persönlich?«, fragte er.

Carl sah hinüber zum Säulengang. Dort wandelte Rose gerade entlang – mit einer koffergroßen rosafarbenen Handtasche über der Schulter. Was plante die denn? Büroferien?

Er merkte, wie Isaksen seinem Blick folgte, und sah weg.

»Hab sie nie getroffen. Aber besitzt sie nicht ein Bordell? Das fällt doch eher in deine Abteilung als in meine. Brauchst mich also gar nicht damit zu behelligen.«

Isaksens Mundwinkel beugten sich der Schwerkraft. »Du solltest damit rechnen, dass Bak aufkreuzt und mitmischen will.«

Da hatte Carl seine Zweifel. Hatte Bak nicht deshalb bei der Polizei aufgehört, weil er seine Arbeit hasste, weil er es hasste, ins Präsidium zu kommen?

»Na, herzlich willkommen«, antwortete Carl. »Nur nicht unten bei mir.«

Isaksen fuhr sich mit der Hand durch das rabenschwarze Haar. »Nein, natürlich nicht. Bei euch da unten hast du ja auch genug damit zu tun, die da flachzulegen.«

Er deutete mit dem Kopf zu Rose, die gerade die Treppe hinaufging.

Carl schüttelte den Kopf. Isaksens konnte ihn mal kreuzweise. Rose flachlegen! Dann doch lieber in Bratislava ins Kloster gehen.

»Carl«, sagte der Wachhabende im Käfig dreißig Sekunden später. »Diese Psychologin, Mona Ibsen, hat das hier für dich dagelassen.« Durch die geöffnete Tür wedelte er Carl verheißungsvoll mit einem grauen Briefumschlag vor der Nase herum. Als würde ein Stück Paradies darinstecken.

Carl betrachtete den Umschlag verdutzt. Vielleicht stimmte das mit dem Paradies ja sogar.

Der Wachhabende setzte sich. »Ich hab gehört, Assad kommt immer schon morgens um vier. Mannomann, der nimmt sich für seine Sachen da unten im Keller ordentlich Zeit. Plant er einen Terrorangriff aufs Präsidium, oder was?« Er lachte, hielt aber sofort inne, als er Carls bleischweren Blick bemerkte.

»Frag ihn doch selbst«, knurrte Carl und dachte an die Frau, die man am Flughafen verhaftet hatte, nur weil sie das Wort »Bombe« in den Mund genommen hatte. Eine unbedachte Äußerung mit ungeahnten Konsequenzen.

Aber das hier, das war noch viel schlimmer.

Schon auf den untersten Treppenstufen in der Rotunde merkte er, dass Rose ihren guten Tag hatte. Der schwere Duft von Nelken und Jasmin schlug ihm entgegen und erinnerte ihn an die alte Frau in Øster Brønderslev, die alle vorbeikommenden Männer in den Arsch kniff. Wenn Rose so duftete, bekam man regelrecht Kopfschmerzen – und ausnahmsweise mal nicht von ihrer schlechten Laune.

Assad vertrat die Theorie, sie habe das Parfüm geerbt. Andere glaubten zu wissen, dass man solche eklig süßlichen Düfte noch immer in gewissen indischen Läden kaufen konnte. In Läden, die offenbar mehr Interesse an Lauf- als an Stammkundschaft hatten.

»Hallo Carl, komm doch gleich mal her!«, brummelte sie in ihrem Büro.

Carl seufzte. Was denn jetzt schon wieder?

Er stolperte an Assads wüstem Durcheinander vorbei, steckte den Kopf in Roses klinisch reines Büro und erblickte als Erstes die Riesentasche, die sie vorhin geschleppt hatte. Der gewaltige Stapel Akten, der aus der Tasche ragte, war mindestens ebenso beunruhigend wie das Parfüm.

»Ähhh ... was ist das da?«, fragte Carl vorsichtig und deutete auf die Papiere.

Der Blick aus den kajalschwarz umrandeten Augen kündete von aufziehendem Ungemach.

»Ein paar alte Fälle, die im letzten Jahr ringsum auf den Schreibtischen der Polizeipräsidenten eingestaubt sind. Die Fälle, die nicht gleich im ersten Anlauf mit zu uns gekommen sind. Wenn jemand diese Art Schlamperei kennt, dann doch wohl du.«

Den letzten Kommentar begleitete ein gutturales Knurren, das sich mit gutem Willen als Lachen deuten ließ.

»Die Akten waren fälschlicherweise drüben im Nationalen Ermittlungszentrum abgegeben worden. Ich hab sie gerade geholt.«

Carl runzelte die Stirn. Noch mehr Fälle – was, um Himmels willen, gab es da zu lachen?

»Ja, ja. Ich weiß, was du denkst. Das war die schlechte Nachricht des Tages«, kam sie ihm zuvor. »Aber du hast ja diese Akte hier noch nicht gesehen. Die ist nicht vom NEZ, die lag bereits auf meinem Bürostuhl, als ich kam.«

Sie reichte ihm eine abgewetzte Aktenmappe. Offenbar wollte sie, dass er sofort darin blätterte, aber da hatte sie die Rechnung ohne ihn gemacht. Arbeit vor der Morgenzigarette, so weit kam es noch! Alles hübsch der Reihe nach.

Carl schüttelte den Kopf, ging in sein Büro, schmiss die Mappe auf den Schreibtisch und den Mantel über den Stuhl in der Ecke.

Die Luft im Büro war abgestanden und die Leuchtstoffröhre an der Decke flackerte. Den Mittwoch zu überstehen, das war immer am schlimmsten.

Dann steckte er sich eine Zigarette an und machte sich auf den Weg zu Assads Besenkammer. Dort schien alles unverändert. Intensiv nach Myrte duftender Wasserdampf und auf dem Fußboden der Gebetsteppich. Der Transistor auf etwas eingestellt, das wie das Paarungsgewimmer von Walen klang, untermalt von einem Gospelchor und abgespielt von einem leiernden Tonbandgerät.

Istanbul à la carte.

»Guten Morgen«, grüßte Carl.

Assad wandte ihm langsam das Gesicht zu. Das Rot eines Sonnenaufgangs über Kuwait konnte nicht intensiver leuchten als der Riechkolben dieses Mannes.

»Allmächtiger! Assad, das sieht aber gar nicht gut aus.« Hastig trat Carl einen Schritt zurück. Eine Grippeepidemie bei ihnen im Kellergewölbe, das fehlte gerade noch.

»Ist gestern gekommen«, schniefte Assad. Nach ähnlich triefenden Hundeaugen würde man lange suchen müssen.

»Geh nach Hause, und zwar auf der Stelle«, befahl Carl. Wortreicher musste er das nicht ausführen, Assad würde dem ohnehin nicht Folge leisten.

Schnell kehrte er in sein sicheres Geviert zurück, legte die Beine auf den Schreibtisch und grübelte zum ersten Mal in seinem Leben, ob nun der Zeitpunkt gekommen war, da sich eine Pauschalreise nach Gran Canaria aufdrängte. Vierzehn Tage unter einem Sonnenschirm mit einer leicht bekleideten Mona neben sich, das wär's doch, oder? Sollte die Grippe ruhig so lange in Kopenhagen gastieren.

Bei diesem Gedanken nahm er Monas Brief und öffnete ihn. Allein schon der Duft! Zart und sinnlich, Mona Ibsen, wie sie leibte und lebte. Meilenweit entfernt von dem tonnenschweren Bombardement, das Rose auf die Sinne ihrer Mitmenschen abfeuerte.

»Mein lieber Schatz«, so ging es los.

Carl lächelte. Seit er im Krankenhaus von Brønderslev gelegen hatte, mit sechs Stichen genäht und den Blinddarm im Marmeladenglas auf dem Nachttisch neben sich, hatte ihn niemand mehr so zuckersüß angesprochen.

Mein lieber Schatz,
heute Abend um 19.30 Uhr bei mir zu Hause zur Martinsgans? Du ziehst einen Sakko an und bringst den Rotwein mit. Ich sorge für die Überraschung.
Kuss, Mona

Carl spürte, wie ihm die Wärme ins Gesicht stieg. Was für eine Frau! Er schloss die Augen, nahm einen tiefen Lungenzug und versuchte, sich unter »Überraschung« etwas vorzustellen. Die Bilder, die ihm dabei in den Sinn kamen, waren wahrhaftig nicht jugendfrei.

»Was sitzt du hier und grinst wie ein Honigkuchenpferd?«, dröhnte es hinter ihm. »Wolltest du nicht in die Akte schauen, die ich dir gegeben habe?«

Rose stand mit verschränkten Armen und gesenktem Kopf in der offenen Tür. Sie würde nicht verschwinden, ehe er reagiert hatte, und wenn ihre Arme sich zum Knoten verschlangen.

Carl drückte die Kippe aus und griff sich die Aktenmappe. Besser, es hinter sich zu bringen.

Die Akte bestand aus zehn vergilbten Blättern Papier vom Gericht in Hjørring. Gleich auf der ersten Seite sprang ihm entgegen, worum es sich drehte.

Wie zum Teufel war diese Geschichte auf Roses Bürostuhl gelandet?

Zögernd überflog er die erste Seite. Er wusste schon von vornherein die Reihenfolge der Sätze. Sommer 1978. Mann im Nørre Å ertrunken, Inhaber einer großen Maschinenfabrik, passionierter Sportangler, die üblichen Mitgliedschaften in den einschlägigen Vereinen. Vier Paar frische Fußspuren um den Anglerschemel und die abgewetzte Tasche. Angelausrüstung vom Feinsten. Kein Stück fehlte. Schönes Wetter. Bei der Obduktion nichts Anomales zu finden, kein Herzfehler und kein Blutpfropf. Einfach ertrunken.

Wäre der Fluss an der betreffenden Stelle nicht bloß knapp fünfundsiebzig Zentimeter tief gewesen, hätte man die Sache gleich als Unglücksfall abgehakt.

Aber nicht der Todesfall an sich hatte Roses Interesse geweckt, soviel war klar. Auch nicht, dass er nie aufgeklärt wurde und deshalb nun naturgemäß bei ihnen im Keller gelandet war. Der Grund war, dass der Akte eine Reihe Fotos beigelegt waren, von denen zwei Carls Konterfei zeigten.

Carl seufzte. Birger Mørck hieß der Ertrunkene, und er war Carls leibhaftiger Onkel gewesen. Ein jovialer und freigebiger Mann, zu dem nicht nur dessen Sohn Ronny aufgeblickt hatte, sondern auch Carl, und den sie deshalb gern zu kleineren Ausflügen begleitet hatten. Genau wie an jenem Tag, als Birger sie in die Geheimnisse und Tricks des Angelns hatte einweihen wollen.

Aber da waren diese zwei Mädchen aus Kopenhagen gewesen, die durch das ganze schöne Dänemark geradelt waren und sich just in dem Moment in durchgeschwitzten dünnen Blüschen ihrem Ziel Skagen näherten.

Beim Anblick dieser beiden Blondinen, die sich auf ihren Fahrrädern abrackerten, ließen Carl und sein Cousin Ronny die Angelruten einfach fallen und flitzten den Mädchen hinterher.

Zwei Stunden später kehrten sie – den Anblick der engen Blusen auf ewig in die Netzhaut gebrannt – zum Fluss zurück. Da war Birger Mørck schon tot.

Nach vorläufigen Verdächtigungen und vielen Verhören gab die Polizei in Hjørring schließlich auf. Und obwohl die zwei flotten Kopenhagerinnen nie gefunden wurden und damit das einzige Alibi der jungen Männer nie bestätigt wurde, kam es zu keiner Anklage. Über Monate hinweg war Carls Vater zornig und verzweifelt gewesen. Aber andere Konsequenzen hatte die Angelegenheit nicht gehabt.

»Du sahst damals gar nicht so schlecht aus. Wie alt warst du?«, fragte Rose, die immer noch in der offenen Tür stand.

Carl ließ die Akte auf den Tisch fallen. An die Zeit mochte er nun wahrlich nicht erinnert werden.

»Wie alt? Ich war siebzehn und Ronny siebenundzwanzig.« Er seufzte. »Hast du eine Ahnung, warum die Akte auf einmal hier auftaucht?«

»Warum?« Sie klopfte sich mit ihren spitzen Knöcheln gegen die Stirn. »Hallo Prinz Charming! Wach auf! Worum kümmern wir uns hier? Wir wühlen in alten, nicht aufgeklärten Mordfällen herum!«

»Ja, ja. Aber erstens wurde die Sache als Unglücksfall ad acta gelegt und zweitens sind die Unterlagen ja wohl nicht von selbst auf deinem Bürostuhl gelandet, oder?«

»Soll ich vielleicht bei der Polizei in Hjørring nachfragen, warum die Akte gerade jetzt bei uns auftaucht?«

Carl runzelte die Stirn. Ja, warum eigentlich nicht?

Rose machte auf dem Absatz kehrt und klapperte zurück in ihr eigenes Revier. Sie hatte verstanden.

Carl starrte vor sich hin. Warum zum Teufel musste diese Geschichte wieder ans Licht gezerrt werden? Als hätte sie nicht schon mehr als genug Kummer verursacht.

Er warf noch einen letzten Blick auf das Foto von Ronny und sich, dann schob er die Aktenmappe zu einem Stapel anderer Fälle. Das war Schnee von gestern und auch nicht mehr zu ändern. Jetzt war anderes aktuell. Erst vor vier Minuten hatte er Monas Briefchen gelesen. »Mein lieber Schatz«, hieß es da. Man musste Prioritäten setzen.

Er lächelte, kramte das Handy aus den Tiefen seiner Hosentasche und starrte verärgert auf die winzigen Tasten. Wenn er Mona eine SMS schickte, würde es zehn Minuten dauern, bis er die Botschaft eingegeben hätte, und wenn er sie anrief, müsste er genauso lange warten, bis sie abnahm.

Er seufzte und fing mit der SMS an. Die Handytastatur hatte zweifellos ein Pygmäe mit Makkaroni-Fingern entwickelt. Jeder durchschnittlich große Nordeuropäer musste sich beim Tippen fühlen wie ein Nilpferd beim Blockflötespielen.

Anschließend betrachtete er das Ergebnis seiner Anstrengungen und ließ alle Eingabefehler stehen. Mona würde den Sinn schon verstehen: Ihre Martinsgans hatte einen Abnehmer gefunden.

Als er das Handy weglegte, steckte jemand seinen Kopf durch die offene Tür.

Das früher so sorgfältig um den kahlen Kopf gelegte Haar war seit dem letzten Mal getrimmt worden. Aber der Gesichtsausdruck war noch so querköpfig wie eh und je.

»Bak? Was zum Teufel machst du denn hier?«, rutschte es Carl heraus.

»Als wenn du das nicht längst wüsstest«, kam prompt die Antwort. Der Mangel an Schlaf hing dem Mann in den Augenwinkeln. »Ich bin kurz davor, verrückt zu werden! Deshalb bin ich hier!«

Trotz Carls abwehrender Geste ließ Bak sich schwer auf den Stuhl gegenüber sinken. »Meine Schwester Esther wird nie mehr dieselbe sein. Und das Schwein, das ihr die Säure ins Gesicht geschüttet hat, sitzt in irgendeinem schäbigen Kellerladen und lacht sich tot. Wenn die eigene Schwester ein Bordell betreibt, ist man darauf als ehemaliger Polizist nicht unbedingt stolz. Aber soll man deshalb tatenlos akzeptieren, dass der Mistkerl, der das getan hat, einfach so nach Hause geschickt wird?«

»Ich hab keine Ahnung, warum du ausgerechnet zu mir kommst, Bak. Wenn du mit dem Verfahren unzufrieden bist, dann sprich mit denen vom City Revier, mit Marcus Jacobsen oder einem der anderen Chefs. Wie du weißt, beschäftige ich mich nicht mit Sittlichkeitsdelikten.«

»Ich bin hier, weil ich dich und Assad bitten will, mitzukommen und dem Schwein ein Geständnis abzuringen.«

Carl fühlte förmlich, wie sich sein Stirnrunzeln bis unter den Haaransatz fortsetzte. War der Mann noch ganz dicht?

»Ihr habt hier unten einen neuen Fall bekommen, das dürfte dir nicht entgangen sein«, fuhr Bak fort. »Der kommt übrigens von mir. Die Unterlagen hat mir vor ein paar Monaten ein alter Kollege oben in Hjørring zugesteckt. Ich habe sie heute Nacht in Roses Büro platziert.«

Carl sah Bak an und erwog die Möglichkeiten. Soweit er es überblicken konnte, gab es drei. Aufzustehen und dem Idioten eins auf die Nuss zu geben, war eine Option. Ein Tritt in den Arsch die zweite. Aber Carl entschied sich für die dritte.

»Ja, die Mappe liegt dort«, sagte er und deutete zu dem verdammten Stapel auf seinem Schreibtisch. »Warum hast du sie nicht direkt bei mir abgeliefert? Das wäre netter gewesen.«

Bak lächelte kurz. »Seit wann hätte Nettigkeit zwischen uns jemals zu etwas geführt? Nein, nein. Ich wollte sichergehen, dass die Mappe nicht einfach verschwindet, sondern dass sich jemand hier unten die Geschichte ansieht.«

Jetzt schoben sich die beiden anderen Möglichkeiten wieder in den Vordergrund. Ein Segen, dass dieser Saftsack nicht mehr täglich hier aufkreuzte.

»Ich habe mit der Akte auf den richtigen Augenblick gewartet, verstehst du?«

»Nichts verstehe ich. Auf was für einen Augenblick?«

»Ich brauche deine Hilfe!«

»Glaub mal nicht, dass ich einem möglichen Täter eins auf die Rübe gebe, nur weil du mit einem dreißig Jahre alten Fall vor meiner Nase herumwedelst. Und weißt du auch, warum?«

Für jede der folgenden Ansagen hob Carl einen Finger in die Höhe.

»Erstens: Die Geschichte ist verjährt. Zweitens: Es war ein Unfall. Mein Onkel ist ertrunken. Ihm wurde offenbar schlecht und er fiel in den Fluss. Zu diesem Schluss kamen auch die Ermittler. Drittens: Ich war nicht vor Ort, als es passierte, und mein Cousin ebenfalls nicht. Viertens: Anders als du bin ich ein ordentlicher Bulle, der nicht einfach auf Verdächtige eindrischt.«

Bei diesem Satz hatte Carl eine Weile gezögert. Aber seines Wissens konnte Bak nichts Derartiges über ihn in Erfahrung gebracht haben. Jedenfalls deutete nichts an Baks Gesichtsausdruck darauf hin.

»Und fünftens!« Carl streckte alle fünf Finger in die Luft, dann ballte er die Faust. »Wenn ich schon den Hammer schwingen muss, dann gegen einen gewissen Exbullen, der meint, noch mal Verbrecherjagd spielen zu müssen.«

Baks Lachfältchen glätteten sich. »Okay. Aber dann will ich dir mal was erzählen. Einer meiner alten Kollegen aus Hjørring fliegt gern nach Thailand. Vierzehn Tage Bangkok mit allem Drum und Dran.«

Und was geht mich das an?, dachte Carl.

»Deinem Cousin Ronny geht es offenbar genauso. Und er trinkt auch gern einen«, fuhr Bak fort. »Und weißt du was, Carl? Wenn dein Cousin Ronny ordentlich einen in der Krone hat, fängt er an zu plaudern.«

Carl unterdrückte einen tiefen Seufzer. Ronny, dieser Vollpfosten! Was hatte der jetzt wieder verzapft? Seit sie sich zuletzt gesehen hatten, waren mindestens zehn Jahre vergangen. Der Anlass war irgendeine bescheuerte Konfirmation in Odder gewesen, bei der Ronny an der Bar sowohl bei den Getränken als auch bei den Serviererinnen reichlich zugelangt hatte. Das wäre vielleicht gar nicht weiter aufgefallen, wäre die eine Serviererin nicht ein bisschen zu willig gewesen und vor allem nicht minderjährig und obendrein die Schwester des Konfirmanden. Der Skandal hatte sich zwar in Grenzen gehalten, war aber im Odder'schen Zweig der Familie unvergessen. Nein, Ronny war eine ziemliche Pfeife.

Carl hob abwehrend die Hand. Ehrlich, was gingen ihn Ronnys Affären an!

»Ach, Bak. Geh doch zu Marcus, wenn du schon das Maul aufreißen musst. Aber du kennst ihn. Er wird dir genau dasselbe sagen wie ich. Man schlägt Verdächtige nicht und man droht ehemaligen Kollegen nicht mit alten Geschichten wie dieser hier.«

Bak lehnte sich zurück. »Und in dieser Bar in Thailand prahlte dein Cousin im Beisein von Zeugen, er habe seinen Vater umgebracht.«

Carl kniff die Augen zusammen. Sonderlich wahrscheinlich klang das nicht.

»Aha, das sagt er also. Dann muss er sich um den Verstand gesoffen haben. Aber zeig ihn doch an, wenn du meinst. Ich weiß, dass er seinen Vater nicht ertränkt hat. Er war nämlich mit mir zusammen.«

»Und gleichzeitig behauptete er, du seist dabei gewesen. Feines Bürschchen, dieser Cousin von dir.«

Carls gerunzelte Stirn glättete sich in Sekundenschnelle, während er aufsprang und dabei so tief einatmete, dass sich sein ohnehin schlecht verteiltes Gewicht mehrheitlich im Schulterbereich sammelte. »Assad, komm mal her«, brüllte er Bak ins Gesicht.

Kaum zehn Sekunden später stand der schniefende Kerl in der Tür.

»Assad, du armes grippegeplagtes Wesen. Sei doch bitte so freundlich und huste diesen Idioten hier mal an. Und hol vorher ordentlich tief Luft, ja?«

»Was lag sonst noch in dem Stapel mit den neuen Fällen, Rose?«

Einen Moment lang sah es so aus, als überlegte sie, ihm den ganzen Kram in die Arme zu drücken. Aber Carl kannte seine Pappenheimer. Das eine oder andere hatte bereits ihre Aufmerksamkeit erregt.

»Dieser Anschlag auf die Callgirl-Zuhälterin heute Nacht erinnert mich an einen Fall, den wir gerade aus Kolding reinbekommen haben. Der lag in dem Stapel, den ich drüben beim NEZ abgeholt habe.«

»Du bist dir schon darüber im Klaren, dass es sich bei der Callgirl-Zuhälterin, wie du sie nennst, um Baks Schwester handelt?«

Rose nickte. »Kenne den Mann eigentlich nicht, aber die Gerüchteküche hier drinnen brodelt. Das war doch der, der gerade hier war, oder?« Sie tippte mit ihren schwarz lackierten Fingernägeln auf die oberste Aktenmappe und schlug sie dann auf. »So, und jetzt hör gefälligst zu, Carl, sonst kannst du dir den Mist selbst durchlesen.«

»Ja, ja.« Carl ließ den Blick durch Roses klinische, schwarz-weiß gehaltene Bürolandschaft schweifen. Fast vermisste er das rosafarbene Inferno ihres Alter Egos Yrsa.

»Der Fall hier handelt von einer Frau namens Rita Nielsen, mit ›Künstlernamen‹« – Rose zeichnete ein Paar Anführungszeichen in die Luft – »Louise Ciccone. Den benutzte sie in den Achtzigern, als sie in Nachtclubs im Trekant-Viertel sogenannte« – hier kamen wieder diese Anführungszeichen – »›erotische Tänze‹ arrangierte. Sie wurde mehrfach verurteilt wegen Betrugs und später wegen Kuppelei und Zuhälterei. In den Siebzigern und Achtzigern leitete sie einen Escort- und Begleitservice in Kolding, bevor sie 1987 anlässlich eines Ausflugs nach Kopenhagen spurlos verschwand. Die Polizei konzentrierte sich bei ihrer Suche nach der Dame in erster Linie auf das mitteljütländische Pornomilieu. Aber nach drei Monaten wurden die Nachforschungen eingestellt mit der Begründung, es handele sich höchstwahrscheinlich um Selbstmord. Zwischenzeitlich sei man mit anderen drängenden Fällen konfrontiert worden, weshalb man die Ressourcen nicht länger für den Fall Rita Nielsen einsetzen könne, steht dort.«

Sie legte die Akte auf den Tisch und setzte eine säuerliche Miene auf. »Eingestellt. Und genau das wird mit dem Fall Esther Bak von heute Nacht auch geschehen. Garantiert. Oder siehst du hier drinnen vielleicht irgendjemanden fieberhaft rumrennen, um den Scheißkerl zu kriegen, der der armen Frau das angetan hat?«

Carl zuckte die Achseln. Das einzig Fieberhafte, was er an diesem Morgen gesehen hatte, war sein Stiefsohn Jesper gewesen, nachdem er ihn um sieben unsanft geweckt und angerüffelt hatte, sich schleunigst zu seinem Abitur-Vorbereitungskurs nach Gentofte zu bewegen.

»Meines Erachtens gibt es in dem Fall nicht den geringsten Hinweis auf suizidale Tendenzen«, fuhr Rose fort. »Rita Nielsen setzt sich in ihren geilen weißen Mercedes 500 SEC und fährt in aller Ruhe von zu Hause weg. Nur zwei Stunden später ist sie wie vom Erdboden verschluckt, und das war's dann.« Sie zog ein Foto aus der Mappe und warf es Carl hin. Darauf war der Wagen abgebildet, der mit völlig demolierter Fahrerkabine am Straßenrand abgestellt war.

Was für ein Schlitten! Das war mal ein anderes Kaliber als sein Dienstwagen! Auf der Kühlerhaube hätte sich locker die Hälfte der einschlägigen Ladys von Vesterbro in ihren sauer verdienten Kunstpelzen räkeln können.

»Am 4. September 1987 wurde sie zum letzten Mal gesehen, das war ein Freitag. Durch die Abbuchungen von ihrer Kreditkarte können wir ihre Route ziemlich genau nachvollziehen, von ihrem Wohnort in Kolding morgens um fünf Uhr, wo sie auftankt, weiter nach Fünen und mit der Fähre über den Großen Belt und schließlich nach Kopenhagen, wo sie um 10.10 Uhr in einem Kiosk auf der Nørrebrogade Zigaretten kauft. Seither ist sie nicht mehr gesehen worden. Ihr Mercedes wird ein paar Tage später im Kapelvej gefunden, gründlich ausgeschlachtet. Ledersitze, Reserverad, Autoradio, Kassettenrekorder und viele andere Dinge haben Abnehmer gefunden. Sogar das Lenkrad wurde geklaut. Übrig geblieben sind nur ein paar Musikkassetten und Broschüren im Handschuhfach.«

Carl kratzte sich am Kinn. »Damals hatten noch nicht viele Geschäfte Kreditkartenlesegeräte, und wenn, dann furchtbar umständliche. So eine Art Fliegenklappen, durch die man seine Karte ziehen und anschließend unterschreiben musste. Erstaunlich, dass ein Kiosk im Stadtteil Nørrebro so etwas hatte. Und noch erstaunlicher, dass sie sich die Mühe machte, dort mit Karte zu bezahlen. Dafür braucht man echt Geduld. Und das für ein lumpiges Päckchen Zigaretten.«

Rose zuckte die Achseln. »Vielleicht hatte sie nichts für Bargeld übrig. Vielleicht mochte sie es nicht gern anfassen. Vielleicht hatte sie das Geld lieber auf der Bank und kassierte die Zinsen. Vielleicht hatte sie nur einen großen Geldschein und der Kioskbesitzer konnte nicht herausgeben, viell...«

»Halt, halt, das reicht.« Carl wedelte abwehrend mit den Händen. »Aber eines wüsste ich noch gern. Worauf hat man die Selbstmordtheorie gestützt? War sie schwer krank oder stimmten die Finanzen nicht? Hat sie die Kippen deshalb mit Kreditkarte bezahlt?«

Wieder zuckte sie die Achseln, irgendwo versteckt unter dem viel zu großen anthrazitfarbenen Pulli. Den hatte vermutlich Yrsa gestrickt. »Tja, gute Frage. Ist schon etwas sonderbar. Rita Nielsen alias Louise Ciccone war eine echt wohlhabende Dame, und ihrem wenig beneidenswerten Lebenslauf nach zu urteilen haute sie so leicht nichts um. Ihre ›Mädchen‹ in Kolding haben sie als knallhart bezeichnet. Als Survivor-Typ. Eine der Frauen meinte, Rita Nielsen hätte eher den Rest der Erdbevölkerung ausgerottet als sich selbst etwas angetan.«

»Hm!« Ein ganz bestimmtes Gefühl machte sich in Carl breit, und das ärgerte ihn, zeigte es doch, dass sein Interesse geweckt war. Es war ein beharrliches Pop-up von Fragezeichen. Unter anderem zu der Sache mit den Zigaretten. Kaufte man noch unmittelbar, bevor man sich das Leben nahm, eine Schachtel Zigaretten? Na ja, vielleicht, immerhin gab es ja auch die sogenannte »Henkerszigarette«.

Ach verdammt! Jetzt war die Maschine in seinem Kopf schon angelaufen, und wer hatte wohl darum gebeten? Wenn er sie jetzt nicht schleunigst abschaltete, konnte er sich bald vor Arbeit nicht mehr retten, so war das doch immer.

»Anders als unsere vielen Kollegen glaubst du also, dass wir es mit einem Verbrechen zu tun haben? Aber gibt es denn überhaupt irgendetwas, das auf Totschlag oder Mord deutet?« Er ließ den Fragezeichen Zeit, sich zu entfalten. »Abgesehen davon, dass der Fall nicht abgeschlossen ist, sondern nur eingestellt wurde – wo würdest du ansetzen?«

Wieder zuckte es in dem Riesenpulli. Sie wusste es also auch nicht.

Carl starrte auf die Akte. Auf dem Foto, das vorn mit einer Büroklammer befestigt war, sah Rita Nielsen extrem energisch aus. Der untere Teil des Gesichts wirkte eher mager, dafür waren die Wangenknochen sehr breit. Die Augen sprühten förmlich vor Trotz und Kampfbereitschaft. Ganz offenkundig war ihr das Verbrecherschild auf der Brust scheißegal. Garantiert nicht das erste Foto von ihr, das fürs Polizeiarchiv aufgenommen worden war. Nein, auf Frauen dieses Typs machte eine Gefängnisstrafe keinen Eindruck. Sie war durch und durch der Survivor-Typ, als den die Mädels aus ihrem Stall sie dargestellt hatten.

Warum sollte eine wie die sich das Leben nehmen?

Carl zog die Akte zu sich herüber und schlug sie wieder auf, wobei er Roses Lächeln geflissentlich ignorierte.

Da hatte diese finster gewandete Gestalt doch tatsächlich wieder einen neuen Fall angeschoben!

2

November 2010

Der grüne Lieferwagen kam genau wie bestellt pünktlich um 12.30 Uhr.

»Ich muss heute noch fünf weitere Orte auf Seeland ansteuern, Herr Wad«, sagte der Fahrer. »Deshalb hoffe ich, dass alles fertig ist.«

Dieser Mikael war ein guter Mann. Seit zehn Jahren angestellt und nie auch nur eine einzige Frage. Angenehm im Äußeren und höflich im Umgang. Genau der Mann, von dem sich Klare Grenzen draußen in der Öffentlichkeit gern repräsentiert sah. Männer wie er machten anderen Lust, ebenfalls der Partei beizutreten. Immer zuverlässig und mit einem freundlichen Ausdruck in den blauen Augen. Das weißblonde, wellige Haar stets gut gekämmt. Noch in ausgesprochen zugespitzten Situationen ruhig und besonnen, so auch vor einem Monat bei den Krawallen in Hadersleben anlässlich einer der Gründungsversammlungen der Partei. Dort hatten neun Demonstranten mit hasserfüllten Parolen auf ihren Transparenten einsehen müssen, dass man an Leuten, die das Herz auf dem rechten Fleck trugen, nicht vorbeikam.

Als die Polizei erschien, war dank solcher Männer wie Mikael das Ganze bereits überstanden und die Wogen hatten sich geglättet.

Nein, die Demonstranten würden sie sicher nicht mehr belästigen.

Curt Wad öffnete die Tür zu dem ehemaligen Wirtschaftsgebäude im Hof. An der Wand über der Tiefkühltruhe schob er einen alten Messingbeschlag zur Seite und gab auf dem Display, das dahinter zum Vorschein kam, einen Code aus neun Ziffern ein. Dann wartete er, bis die Rückwand das bekannte Klicken von sich gab und die mittlere Partie zur Seite glitt.

In dem dahinterliegenden riesigen Hohlraum hatte all das Platz, was außer den Gesinnungsgenossen keinen etwas anging: der Tiefkühler mit den illegal abgetriebenen Embryos und der Karteischrank, die Mitgliederliste, das Notebook, das er bei Konferenzen benutzte, und nicht zuletzt die alten Aufzeichnungen aus der Zeit seines Vaters, die Grundlage ihrer gesamten Arbeit.

Curt öffnete den Tiefkühler, nahm einen Kasten mit Plastiktüten heraus und reichte ihn dem Chauffeur. »Hier, die Embryos, für deren Kremierung wir selbst sorgen. Der Tiefkühler im Auto ist hoffentlich noch nicht voll.«

Mikael lächelte. »Nein, dazu gehört dann doch mehr.«

»Und hier ist die Kurierpost für unsere Leute. Du wirst schon sehen, für wen.«

»Ja.« Der Chauffeur überflog die Namen auf den Umschlägen. »Leider komme ich nicht vor nächster Woche bis nach Fredensborg. Den Norden von Seeland habe ich gestern abgedeckt.«

»Ist auch nicht so wichtig. Hauptsache, du kommst nach Århus. Dort bist du morgen, nicht wahr?«

Mikael nickte und warf einen Blick in den Plastikbehälter. »Die hier werde ich schon loswerden. Haben wir auch Embryos für das Krematorium in Glostrup?«

Curt Wad schloss die Schiebetür vor dem Hohlraum und ging zu einer Kühltruhe im vorderen Raum. Die war völlig unverfänglich.

»Ja, diese hier.« Er hob den Deckel der Truhe an und nahm einen weiteren Plastikkasten heraus.

Den stellte er auf dem Fußboden ab und zog eine Plastikhülle aus dem Regal über der Truhe. »Hier sind die dazugehörigen Papiere.« Er reichte dem Fahrer die Unterlagen. »Alles so, wie es sein soll.«

Mikael glich jede einzelne Tüte im Kasten mit den Begleitschreiben ab. »Völlig in Ordnung, da kann niemand was sagen«, befand er und brachte alles zum Lieferwagen, verteilte den Inhalt der beiden Kästen in den jeweiligen Minitiefkühlern, sortierte die internen Mitteilungen in die Fächer der verschiedenen Verbände und legte zum Abschied die Hand an die Mütze.

Curt Wad hatte die Hand noch zum Gruß erhoben, als der Lieferwagen schon den Brøndbyøstervej hinunterfuhr und verschwand.

Was für ein Gottesgeschenk, dass man in meinem Alter noch immer für die Sache tätig sein kann, dachte er.

»Also nein, dass du gerade achtundachtzig geworden bist, das ist wirklich nicht zu glauben«, sagten die Leute immer wieder, und es stimmte. Wenn er sich selbst im Spiegel betrachtete, fand auch er, dass man ohne Weiteres fünfzehn Jahre von seinem Alter abziehen konnte, und er wusste genau, warum.

Im Leben geht es darum, im Einklang mit seinen Idealen zu bleiben – so hatte das Motto seines Vaters gelautet. Weise Worte, nach denen auch er immer gelebt hatte. Solange es dem Kopf gut ging, ging es auch dem Körper gut. Aber klar: Das gab es natürlich nicht umsonst.

Curt durchquerte den Garten und trat durch die Hintertür ins Haus, das machte er während der Konsultationszeit immer so. Wenn sein Nachfolger in der Praxis arbeitete, gehörte der vordere Teil des Hauses nicht mehr Curt, so war das eben. Aber er hatte auch mehr als genug damit zu tun, die Partei aufzubauen. Nein, die Zeit, als er dafür zuständig war, ungeborenes Leben – da, wo es sich empfahl – im Keim zu ersticken, gehörte der Vergangenheit an. Sein Nachfolger tat das im Übrigen genauso gut und gründlich.

Er zog die Kaffeemaschine heran und strich das Häufchen Kaffeepulver im Messlöffel mit dem Finger glatt. Beates Magen war letzthin so empfindlich geworden.

»Nanu, Curt, du bist ja hier hinten in der Küche?«

Sein Nachfolger Karl-Johan Henriksen stand in der Tür. Genau wie Curt früher trat er am liebsten in einem frisch gewaschenen und gebügelten Kittel auf. Denn wie fremd man seinen Patientinnen auch sein mochte, dieser frisch gewaschene und gebügelte Kittel brachte es mit sich, dass sie einen als Autorität betrachteten und einem in aller Seelenruhe ihr Leben anvertrauten. Diese Idiotinnen.

»Bisschen Ärger mit dem Magen«, sagte Henriksen und nahm ein Glas aus dem Schrank. »Warme Kastanien, Butter und Rotwein sind zwar beim Verzehr gut, aber selten anschließend.«

Er grinste, füllte ein Glas mit Wasser und schüttete den Inhalt eines Beutelchens Samarin hinein.

»Der Chauffeur war da, nun sind beide Tiefkühlschränke leer, Karl-Johan. Du kannst sie also wieder füllen.«

Curt lächelte seinen Schüler an, denn die Ermunterung war überflüssig. Henriksen war womöglich noch effektiver als Curt es je gewesen war.

»Ja, es geht auch gleich wieder los. Ich habe heute noch drei Abtreibungen auf dem Zettel. Zwei reguläre und eine andere.« Henriksen erwiderte das Lächeln, während er zusah, wie das Magenpulver im Wasserglas aufschäumte.

»Und wer ist besagte Patientin?«

»Eine Somalierin aus Tåstrupgård, überwiesen von Bent Lyngsøe. Zwillingsschwangerschaft, hab ich mir sagen lassen.« Er zog die Augenbrauen hoch und trank.

Karl-Johan Henriksen war wahrlich ein guter Mann. Sowohl für die Partei als auch für die praktische Arbeit beim Geheimen Kampf.

»Geht es dir heute nicht gut, meine Schöne?«, fragte er vorsichtig, als er mit dem Tablett ins Wohnzimmer trat.

Inzwischen waren mehr als zehn Jahre vergangen, seit Beate hatte antworten können, aber sie konnte lächeln. Auch wenn sie so ungeheuer zart geworden war und auch wenn die Schönheit der Jugend und ihr Geist sie längst verlassen hatten, mochte Curt den Gedanken nicht zu Ende denken, dass er eines Tages, ja vermutlich sehr bald, ohne sie würde weiterleben müssen.

Möge sie den Tag noch erleben, an dem wir ihren Namen am Rednerpult im Folketing nennen und unsere Dankbarkeit für ihre Bemühungen ausdrücken können, dachte er und nahm ihre federleichte Hand in seine.

Als er sich vorbeugte und sie behutsam küsste, spürte er, wie ihre Hand in seiner leicht zitterte. Mehr brauchte er nicht.

»Hier, mein Schatz«, sagte er und führte die Tasse an ihre Lippen, dabei pustete er sanft über die Oberfläche der Flüssigkeit. »Nicht zu heiß und nicht zu kalt. So, wie du es gern magst.«

Sie spitzte die eingefallenen Lippen, die ihn und die beiden Söhne so liebevoll geküsst hatten, und trank dann langsam und lautlos. An ihren Augen konnte er ablesen, dass der Kaffee gut war. Diese Augen, die so viel gesehen hatten und in die sich sein Blick versenkt hatte, wenn ihm das eine oder andere seltene Mal Zweifel gekommen waren.

»Ich muss nachher noch zum Fernsehen, Beate. Zusammen mit Lønberg und Caspersen. Sie wollen uns festnageln, aber das wird ihnen nicht gelingen. Im Gegenteil: Wir werden heute die Früchte jahrzehntelanger Arbeit ernten und Stimmen sammeln, Beate. Viele Stimmen von Menschen, die so denken wie wir. Sollen uns die Journalisten doch für drei alte Knacker halten.« Er lachte. »Na, das sind wir ja auch. Sie werden glauben, dass wir nicht mehr ganz klar im Kopf sind. Dass sie uns kriegen können, weil wir Unsinn reden, unzusammenhängendes Zeug.« Er strich ihr übers Haar. »Ich schalte den Fernseher ein, dann kannst du es verfolgen.«

Jakob Ramberger war ein fähiger Journalist und gut vorbereitet. Alles andere wäre auch wenig ratsam gewesen, insbesondere nach der Kritik, den Interviews fehle es in letzter Zeit an Biss. Ein kluger Journalist fürchtete die Fernsehzuschauer mehr als den Arbeitgeber, und Ramberger war klug. Er hatte Spitzenpolitiker in aller Öffentlichkeit förmlich aufgespießt und ebenso furchtlos Bonzen, verantwortungslose Manager, Hooligans, Mitglieder von Rockerbanden und Kriminelle bloßgestellt.

Deshalb war Curt so begeistert, dass Ramberger sie interviewen sollte. Denn diesmal würde es Ramberger nicht gelingen, seine Gesprächspartner aufzuspießen, und das würde Aufmerksamkeit erregen im kleinen Königreich Dänemark.

Ramberger und seine Interviewpartner begrüßten sich höflich in einem Raum, in dem seine Kollegen bereits die nächste Nachrichtensendung vorbereiteten. Aber kaum war das Händeschütteln erledigt, stand jeder von ihnen im Schützengraben. Angespannt gingen sie ins Studio hinüber.

»Sie haben dem Innenministerium kürzlich mitgeteilt, Klare Grenzen habe genug Unterschriften gesammelt, um zur nächsten Parlamentswahl antreten zu können«, eröffnete der Journalist nach einer kurzen und nicht besonders schmeichelhaften Vorstellungsrunde das Gespräch. »Dazu muss ich wohl gratulieren, aber im gleichen Atemzug will ich doch fragen, was die Partei Klare Grenzen dem dänischen Wähler Ihrer Meinung nach zu bieten hat – über das hinaus, was ihm die existierenden Parteien bereits bieten.«

»*Dem* dänischen Wähler? Sie benutzen die männliche Form? Dabei wissen Sie doch sicherlich, dass es sich in der Mehrheit um Frauen handelt?« Curt Wad lächelte und nickte in die Kamera. »Nein, mal ehrlich: Haben dänische Wählerinnen und Wähler denn überhaupt eine andere Wahl, als den alten Parteien eine Absage zu erteilen?«

Der Journalist sah ihn an. »Sie drei, die Sie mir heute gegenübersitzen, zählen ja nicht mehr unbedingt zu den Jüngsten. Ihr Durchschnittsalter liegt bei einundsiebzig Jahren, wobei Sie, Curt Wad, mit Ihren achtundachtzig Jahren den Schnitt zweifellos nach oben treiben. Deshalb also Hand aufs Herz: Meinen Sie nicht, dass es für Sie vielleicht vierzig bis fünfzig Jahre zu spät ist, um einen solchen Einfluss auf die Politik Dänemarks zu suchen?«

»Wenn ich mich recht erinnere, ist der einflussreichste Mann Dänemarks fast zehn Jahre älter als ich«, antwortete Wad. »Alle Dänen heizen mit seinem Gas und kaufen in seinen Läden ein, und zwar Waren, die auf seinen Schiffen transportiert wurden. Wenn Sie Manns genug sind, diesen feinen alten Herrn ins Studio zu bringen und ihn wegen seines Alters zu verhöhnen, dürfen Sie mich gern wieder einladen und mir dieselbe Frage noch einmal stellen.«

Ramberger nickte. »Ich habe einfach nur Schwierigkeiten, mir vorzustellen, wie sich durchschnittliche Dänen im Folketing von Männern repräsentiert sehen sollen, die eine oder zwei Generationen älter sind als sie selbst. Man kauft doch auch keine Milch, deren Verfallsdatum um einen Monat überschritten ist, oder?«

»Ganz richtig, Herr Ramberger, aber man kauft auch kein unreifes Obst. Sollen wir die Lebensmittelmetapher jetzt nicht besser ruhen lassen? Schließlich kandidieren wir drei ja auch gar nicht für das Folketing. In unserem Programm steht klar und deutlich, dass wir einen Gründungsparteitag einberufen, sobald die Unterschriften eingereicht sind, und dort werden dann unsere Kandidaten für das Folketing gewählt.«

»Stichwort Parteiprogramm: Darin geht es in erster Linie um Ideen und moralische Normen, die an Zeiten erinnern, die sich wohl keiner von uns zurückwünscht. An politische Regimes, die sich bewusst gegen die schwächeren Bürger einer Gesellschaft wendeten, gegen geistig Behinderte, gegen ethnische Minderheiten und gegen sozial Benachteiligte.«

»Ich weiß nicht, warum Sie uns das erzählen. Mit all dem hat unser Programm doch nicht das Geringste zu tun«, unterbrach ihn Lønberg. »Ganz im Gegenteil: Uns geht es gerade darum, wegzukommen von diesem Schubladendenken und stattdessen auf eine individuelle Bewertung des Einzelfalls zu setzen. Weg von der Oberflächlichkeit und hin zu einem verantwortungsbewussten, humanistisch geprägten Handeln. Deshalb können wir unseren Slogan ›Fortschritt durch Wandel‹ auch so schlicht halten. Aber natürlich hat dieser Wandel nicht das Geringste mit dem zu tun, was Sie da gerade angedeutet haben.«

Der Journalist lächelte. »Na, das klingt ja ausgezeichnet. Bleibt nur die Frage, ob Sie überhaupt je so weit kommen werden, entsprechend Einfluss nehmen zu können. Doch ich komme noch einmal auf meinen Punkt zurück: In den Medien hieß es wiederholt über Ihr Parteiprogramm, es sei sehr deutlich von der Rassenlehre der Nazis geprägt – von der fanatischen Vorstellung, dass die Weltbevölkerung aus verschiedenen Rassen bestehe, überlegenen und niederen, die in ewigem Kampf miteinander lägen …«

»Ja, ja, und es ist der Untergang einer Rasse, wenn sie sich mit einer minderwertigeren vermischt«, unterbrach ihn Caspersen. »Sehr schön, ich höre heraus, dass Sie sich bei Google eifrig über den Nationalsozialismus informiert haben, Herr Ramberger, genau wie mancher Kollege aus dem Printjournalismus«, fuhr er fort. »Aber unser Parteiprogramm hat, anders als das der Nationalsozialisten damals und der Neonazis heute, nichts, aber auch rein gar nichts mit Diskriminierung, Ungerechtigkeit und Unmenschlichkeit zu tun. Im Gegenteil. Wir sagen nur, dass man nicht das am Leben erhalten soll, was nicht aus sich heraus die Chance hat, ein einigermaßen würdiges Leben zu führen. Es muss Grenzen geben, was die zwangsweise Krankenhauseinlieferung von Menschen und deren weitere Behandlung betrifft. Es muss Grenzen geben für das Leid, dem man Familien aussetzen kann, und für die Ausgaben, die man einem Staat zumutet, nur weil sich Politiker in alles einmischen, ohne sich über die Konsequenzen ihrer Einmischung im Klaren zu sein.«

Sie diskutierten eine ganze Weile, und im Anschluss hatten anrufende Zuschauer das Wort, die ihrerseits die unterschiedlichsten Themen aufgriffen: Zwangssterilisation von Kriminellen und von Menschen, die sich nicht um ihren Nachwuchs kümmerten, sei es aus psychischen Gründen oder weil sie geistig minderbemittelt waren. Soziale Einschnitte, infolge derer kinderreichen Familien eine Reihe von Zuschüssen entzogen würde. Kriminalisierung der Kunden von Prostituierten. Einwanderungsstopp für Menschen ohne Ausbildung und vieles andere mehr.

Die Debatte wurde hitzig. Einige Anrufer waren ungewöhnlich aufgebracht, andere blieben ruhig und sachlich.

Die Sendung war Gold wert gewesen, da waren sich Wad, Lønberg und Caspersen einig, als sie das Studio verließen.

»Menschen mit unserer Stärke und Überzeugung werden in Zukunft das Sagen haben«, frohlockte Caspersen auf der Rückfahrt.

»Tja, aber alles ist im Fluss«, entgegnete Lønberg. »Lasst uns hoffen, dass wir heute eine gute Fährte ausgelegt haben.«

»Das haben wir«, lachte Caspersen. »Curt, du hast auf jeden Fall ein Zeichen gesetzt.«

Curt wusste, worauf sein Parteifreund anspielte. Der Journalist hatte ihn gefragt, ob es etwa nicht stimme, dass er im Laufe der Jahre in unterschiedlichen Zusammenhängen immer wieder mit dem Gesetz in Konflikt geraten sei. Curt war wütend geworden, hatte es aber nicht gezeigt. Stattdessen hatte er geantwortet, dass jeder Arzt, der mit fähigen Händen und einem klugen Kopf gesegnet sei, irgendwann in seiner Laufbahn zwangsläufig mit gewissen ethischen Grundregeln in Konflikt gerate – und wenn nicht, dann sei er es auch nicht wert, Gottes verlängerter Arm zu sein.

Lønberg lächelte. »Ja, da war Ramberger wirklich baff.«

Wad erwiderte das Lächeln nicht. »Meine Antwort war dumm. Ich hatte nur Glück, dass er nicht auf Einzelfälle eingegangen ist. Wir müssen penibel verfolgen, was die herausfinden, das ist euch klar, oder? Wenn die Medien auch nur das geringste Futter bekommen, werden sie zur Hetzjagd blasen. Ihr müsst einfach davon ausgehen, dass wir außerhalb der eigenen Reihen keine Freunde haben. Unsere Situation heute ist die gleiche wie die der Aufschwungpartei und der Dänemarkpartei damals, als die noch niemand für voll nahm. Wir können nur hoffen, dass Presse und Politik uns für unsere Konsolidierung genauso viel Zeit lassen wie den anderen beiden Parteien damals.«

Caspersen runzelte die Stirn. »Ich bin felsenfest davon überzeugt, dass wir bei der nächsten Wahl ins Folketing kommen. Jeder Trick ist erlaubt. Aber ihr wisst, was ich meine. Wenn wir unsere praktische Arbeit im Geheimen Kampf dafür opfern müssen, ist es das wert.«

Wad sah ihn an. In jeder Gruppe gab es einen Judas. Caspersen hatte durch seine Arbeit als Rechtsanwalt und als Kommunalpolitiker jede Menge wertvolle Kontakte, er verfügte über große organisatorische Erfahrung und gehörte somit unbedingt in ihre Reihen. Aber sobald er anfangen würde, Silberlinge zu zählen, war er draußen. Dafür würde Wad schon sorgen.

Die Arbeit im Geheimen Kampf durfte niemand antasten, bevor er, Wad, nicht grünes Licht gab.

Beate saß wieder genau so vor dem Fernseher, wie er sie vor seiner Abfahrt hingesetzt hatte. Die Sozialhelferin hatte lediglich die Windeln gewechselt und ihr etwas zu trinken gegeben.

Er blieb stehen und betrachtete seine Frau aus einem gewissen Abstand. Das Licht des Kronleuchters fiel auf ihr Haar und brachte es zum Funkeln. Eine Leichtigkeit lag auf ihren Zügen, so wie damals, als sie zum ersten Mal für ihn getanzt hatte. Vielleicht träumte sie von einer anderen Zeit, als das Leben noch vielversprechend vor ihnen lag.

»Hast du die Sendung gesehen, mein Engel?«, fragte er leise, um sie nicht zu erschrecken.

Beate lächelte kurz, aber ihr Blick war weit weg. Er wusste es ja, die klaren Momente waren selten. Die Gehirnblutung hatte Beates Seele von dem Leben um sie herum abgeschnitten, aber trotzdem hatte er das Gefühl, dass sie vielleicht doch ein bisschen mitbekommen hatte.

»Ich bringe dich jetzt ins Bett, Beate. Es ist spät geworden, viel später als sonst.«

Er hob die zarte Gestalt hoch. Damals, als sie jung waren, hatte er sie wie eine Schneeflocke hochgewirbelt. Dann hatte es Jahre gegeben, in denen seine Kräfte für die Korpulenz der reifen Frau nicht ausgereicht hatten. Aber nun trug er sie wieder in seinen Armen, als wäre sie ein Nichts.

Vielleicht sollte er froh sein, dass er das konnte. Aber das war er nicht. Und als er sie zu Bett brachte, zitterte er. Wie schnell sie jetzt die Augen schloss. Kaum dass ihr Kopf auf dem Kissen lag.

»Ich sehe schon, meine Geliebte. Das Leben verebbt langsam.«

Als er wieder unten im Wohnzimmer stand, schaltete er den Fernseher aus, ging hinüber zur Anrichte und schenkte sich einen Cognac ein.

»In zehn Jahren lebe ich noch, Beate. Das verspreche ich dir«, murmelte er. »Ehe wir uns wiedersehen, werde ich all unsere Visionen eingelöst haben. Niemand, Liebes, niemand wird mich daran hindern können.«

Er nickte und leerte das Glas in einem Zug.

3

November 1985

ALS ERSTES REGISTRIERTE SIE den Fremdkörper in der Nase. Und dann die Stimmen über ihr. Gedämpft zwar, aber klar und deutlich. Hell und sanft.

Die Augen hinter den geschlossenen Lidern rollten, als suchten sie nach einem Winkel, in dem größere Erkenntnis zu finden sei. Dann nickte sie wieder ein, stahl sich davon in die Dunkelheit, zu ruhigen Atemzügen. Erhaschte Bilder von sommerhellen Tagen und unbekümmerten Spielen.

Wie aus heiterem Himmel traf sie der Schmerz in der Mitte der Wirbelsäule und brandete in einer gewaltigen Krampfwelle durch ihren Unterleib.

Mit einem Ruck flog ihr Kopf nach hinten.

»Wir geben ihr fünf Strich mehr«, sagte die Stimme, die sich sogleich wie in einem Nebel entfernte und sie wieder in derselben Leere wie zuvor zurückließ.

Nete war ein Wunschkind gewesen. Ein geliebtes Nesthäkchen und das einzige Mädchen in einer Schar von Kindern, der es trotz ärmlicher Verhältnisse an nichts fehlte.

Ihre Mutter hatte sanfte und flinke Hände, Hände, die streichelten und die Hausarbeit erledigten. Nete wurde ihr Spiegelbild. Ein kesses kleines Mädchen, das hübsche Kleidchen trug und bei allem mitmachte, was sich auf dem Bauernhof rührte.

Sie war vier, als ihr Vater lächelnd einen Hengst auf den Hof zog und ihr ältester Bruder die Stute über die Pflastersteine führte.

Als das Glied des Hengstes zu zittern begann, lachten die Zwillingsbrüder, aber Nete trat unwillkürlich einen Schritt zurück, während das große Tier ihre geliebte Molly bestieg und den Unterleib auf sie presste.

Nete wollte rufen, dass sie aufhören sollten. Ihr Vater lachte nur und sagte, nun werde es nicht mehr lange dauern und sie würden um ein Zugtier reicher sein.

Nete begriff rasch, dass der Anfang des Lebens oft genauso dramatisch sein konnte wie das Ende und dass die Kunst darin bestand, alles, was einem zwischen diesen beiden Punkten begegnete, so gut es ging zu genießen.

»Das hatte doch ein gutes Leben«, sagte ihr Vater jedes Mal, wenn er einem zappelnden Schwein mit dem scharfen langen Messer in den Hals stach. Und dasselbe sagte er auch von Netes Mutter, als sie in ihrem Sarg lag, gerade mal achtunddreißig Jahre alt.

Mit diesen Worten im Kopf kam Nete schließlich im Krankenhausbett zu sich. Verwirrt sah sie sich um.

Es war dunkel. Ringsum blinkende Lichter, summende Maschinen. Nichts, was sie wiedererkannte.

Da drehte sie sich um. Allerdings nur halb, der Effekt jedoch überrumpelte sie vollständig. Ruckartig warf sie ihren Kopf in den Nacken, die Lungen weiteten sich und die Stimmbänder explodierten.

Dass sie selbst es war, die so schrie, erfasste sie nicht, denn die Schmerzen in den Beinen überstrahlten alles. Aber die Schreie hörte sie.

Eine Tür wurde aufgerissen, gedämpftes Licht glitt über ihren Körper und dann war alles nur noch gleißende Helligkeit, die wie eine kaputte Leuchtstoffröhre flackerte, und resolute Hände, die sich an ihrem Körper zu schaffen machten.

»Bleiben Sie ganz ruhig, Frau Rosen«, sagte eine Stimme, sogleich kamen beschwichtigende Worte, gefolgt von der Kanüle. Aber dieses Mal verschwand sie nicht wieder.

»Wo bin ich?«, fragte sie, als zittrige Wärme durch den unteren Teil ihres Körpers strömte und ihn davonfließen ließ.

»Sie sind im Krankenhaus in Nykøbing Falster, Frau Rosen. Und Sie sind in guten Händen.«

Aus dem Augenwinkel sah sie, wie die Krankenschwester ihrem Kollegen den Kopf zuwandte und die Augenbrauen hob.

In diesem Augenblick wusste sie, was geschehen war.

Sie entfernten den Sauerstoffschlauch aus ihrer Nase und kämmten ihr die Haare zurück. Als wollte man sie fein machen, bevor das abschließende Urteil verkündet wurde, das Urteil, dass das Leben nun nämlich vorbei sei.

Während ihr der Oberarzt mit den grauen Augen und den gestutzten Augenbrauen die Botschaft überbrachte, standen drei Ärzte am Fußende ihres Betts. »Frau Rosen, Ihr Mann war auf der Stelle tot«, waren seine ersten Worte. »Es tut uns sehr leid«, kam erst viel später. Es ging nur darum, die richtigen Tatsachen in den richtigen Zusammenhängen darzulegen. Vermutlich hatte der Motorblock, der bei dem Aufprall halb in den Fahrersitz gepresst worden war, Andreas Rosen getötet. Und statt ihm zu helfen, dem nicht mehr zu helfen war, hatten sich die Rettungskräfte darauf konzentriert, Nete aus dem Wagen zu holen. Der Einsatz der Katastrophenbereitschaft sei vorbildlich gewesen. Er formte das Wort, als wäre es nun an ihr, zu lächeln.

»Wir haben Ihre Beine gerettet, Frau Rosen. Höchstwahrscheinlich werden Sie etwas hinken, aber das ist trotz allem besser als die Alternative.«

An dem Punkt gelang es ihr nicht mehr, zuzuhören.

Andreas war tot.

Er war gestorben, ohne sie mitzunehmen auf die andere Seite, und nun musste sie ohne ihn leben. Ohne den einzigen Menschen, den sie von Herzen geliebt hatte. Den einzigen Menschen, der ihr das Gefühl gegeben hatte, ganz zu sein.

Ihn hatte sie umgebracht.

»Sie döst jetzt weg«, sagte einer der anderen Ärzte, aber das stimmte nicht. Sie zog sich einfach nur in sich selbst zurück. Dorthin, wo Verzweiflung und Scheitern und deren Ursachen verschmolzen und wo Curt Wads Gesicht aufflammte wie das Höllenfeuer.

Ohne ihn wäre alles in ihrem Leben anders gekommen.

Ohne ihn und all die anderen.

Nete unterdrückte den Schrei und die Tränen, die frei hätten fließen müssen. Sie gab sich selbst ein Versprechen. Ehe sie das Leben loslassen würde, sollten erst alle diese anderen am eigenen Leib spüren, worum sie sie, Nete, betrogen hatten.

Sie hörte, wie die Ärzteschar den Raum verließ. Die hatten sie in dem Moment bereits vergessen, die waren in Gedanken bereits im nächsten Krankenzimmer.

Nachdem sie Netes Mutter begraben hatten, war der Ton im Haus rauer geworden. Ihr Vater fand, dass Gottes Wort und seine Gebote zum Sonntag gehörten und im Alltag eines Bauernhofes keinen Platz hatten. Und so lernte Nete, die damals fünf Jahre alt war und eine schnelle Auffassungsgabe hatte, Wörter und Ausdrücke, mit denen andere Mädchen erst sehr viel später im Leben Bekanntschaft machten, wenn überhaupt. Die Kollaborateure, die für die Deutschen arbeiteten und deren Ausrüstung in Odense reparierten, hießen »Drecksäcke«, und diejenigen, die ihnen zuarbeiteten, waren »stinkende Arschlöcher«. In Netes Zuhause nannte man die Dinge beim Namen. Wer vornehm daherreden wollte, musste woanders hingehen.

Nete bekam schon am allerersten Schultag zu spüren, was eine Ohrfeige war. Sechzig Schüler standen in Reih und Glied vor dem Gebäude, und Nete ganz vorn.

»Verdammt viele Kinder hier«, sagte sie laut. Da machte sie sogleich mit der energischen rechten Hand der Lehrerin Bekanntschaft und zog sich auf ewig deren Unwillen zu.

Später, als die Rötung der Wange nachließ und einem blauen Fleck Platz machte, hatten ein paar Konfirmanden aus der Dorfschule sie am Wickel. Denen gab sie bereitwillig wieder, was ihre älteren Brüder erzählt hatten: dass man den Schwanz zum Spritzen bringen konnte, wenn man die Vorhaut immer wieder vor- und zurückzog.

An diesem Abend saß sie weinend in der Stube und versuchte, ihrem Vater die blauen Flecken in ihrem Gesicht zu erklären.

»Du wirst sie verdient haben«, sagte ihr Vater nur. Für ihn war der Fall damit erledigt. Er war seit drei Uhr morgens auf den Beinen und todmüde. So ging es jeden Tag, seit der Älteste einen Platz auf dem Gut in Birkelse gefunden hatte und die Zwillinge oben im Hafen von Hvide Sande angeheuert hatten.

Danach kamen von der Schule immer wieder mal Klagen über Nete, aber ihr Vater hatte nie den Ernst der Lage erfasst.

Und die kleine Nete verstand die Welt nicht mehr.

Eine Woche nach dem Unfall stellte sich eine der jungen Krankenschwestern zu ihr ans Bett und fragte sie, ob es nicht jemanden gebe, zu dem man Kontakt aufnehmen könne.

»Ich glaube, Sie sind die Einzige auf der Station, die nie Besuch bekommt«, sagte sie. Bestimmt sollte das ein freundlicher Versuch sein, das Schweigen aufzubrechen, in das sich Nete zurückgezogen hatte. Aber die mauerte nur noch mehr.

»Nein, es gibt niemanden«, sagte Nete und bat, in Ruhe gelassen zu werden.

Am selben Abend kam ein junger Anwalt aus Maribo und behauptete, der Nachlassverwalter ihres Mannes zu sein. Bald würden einige Unterschriften benötigt, um das Nachlassverfahren einleiten zu können. Auf ihren Zustand ging er nicht ein.

»Haben Sie sich schon überlegt, inwieweit Sie das Unternehmen Ihres Mannes weiterführen wollen?«, fragte er, als habe das Thema bereits früher zur Debatte gestanden.

Sie schüttelte den Kopf. Wie konnte er eine solche Frage stellen? Sie war Laborantin. War ihrem Mann in seinem Unternehmen in ebendieser Funktion begegnet, und das war's.

»Werden Sie in der Lage sein, morgen an der Beisetzung teilzunehmen?«, fragte er dann.

Nete merkte, wie sie plötzlich die Unterlippe nach innen hinter die Schneidezähne sog. Wie ihre Atmung stockte und die ganze Welt zum Stillstand kam. Wie das Licht an der Decke plötzlich viel zu grell war.

»Die Beisetzung?« Mehr brachte sie nicht heraus.

»Ja. Tina, die Schwester Ihres Mannes, hat gemeinsam mit unserer Kanzlei für alles gesorgt. Die Anweisungen Ihres Mannes waren außerordentlich klar, sodass die Beisetzung und alles, was dazugehört, bereits morgen um dreizehn Uhr in der Kirche von Stokkemarke stattfinden kann. Nach seinem Willen in aller Stille, nur die Allernächsten werden anwesend sein.«

Mehr konnte und wollte sie nicht hören.

4

November 2010

DAS NEUE TELEFON IN ASSADS BÜRO war eine Sache für sich. Es hatte eine Tonfolge wie ein böhmisches Glockenspiel und legte gleich volle Pulle los. War Assad nicht in der Nähe, um abzunehmen, konnte man sich den Spaß erst mal eine ganze Weile anhören, ehe es verklang. Zweimal schon hatte Carl seinen Kollegen gebeten, das Dingens zu entfernen, aber Assad meinte, das offizielle Telefon des Präsidiums schnarre so, und wenn er dieses hier schon habe, könne er es doch auch benutzen, oder?

Deinen schlimmsten Feinden wirst du zwischen deinen Freunden begegnen, dachte Carl, als das Telefon wieder einmal bimmelte. Mühsam befreite er seine Beine aus der untersten Schreibtischschublade.

»Sieh endlich zu, dass dieses Gedudel aufhört!«, rief er und musste feststellen, dass Assads Stimme in dessen Butze murmelte.

»Hast du mitgekriegt, was ich gesagt habe?«, fragte Carl, als kurz darauf sein Kollege in der Tür erschien.

Keine Antwort. Hatte der Rotz die Gehörgänge verstopft?

»Das war eben Bak«, vermeldete Assad. »Er sagt, er steht in der Eskildsgade vor dem Kellerladen, in dem dieser Litauer haust, der Baks Schwester attackiert hat.«

»Wie bitte? Børge Bak! Verdammte Scheiße, du hast doch wohl sofort den Hörer aufgeknallt, oder?«

»Nein, das hat er selbst gemacht. Aber vorher hat er noch gesagt, wenn wir nicht kommen, dann sähe es für dich, Carl, am übelsten aus.«

»Für mich? Ja, Herrgott noch mal, warum hat er denn dann dich angerufen?«

Assad zuckte die Achseln. »Ich war heute Nacht hier, als er herkam und die Akte bei Rose reinlegte. Seine Schwester ist überfallen worden, das weißt du doch, oder?«

»Ja, klar.«

»Er hat gesagt, er wüsste, wer's war, und ich sagte, das solle er sich bloß nicht gefallen lassen.«

Carl sah in Assads dunkle fiebrige Augen. Was zum Teufel dachte sich der Mann? Hatte er Dromedarwolle in der Birne, oder was?

»Herr im Himmel, Assad! Bak ist kein Polizist mehr! Das, wobei wir mitmachen sollen, heißt in Dänemark Selbstjustiz, und Selbstjustiz ist strafbar. Weißt du, was das bedeutet? Das bedeutet Gratisverpflegung im Hotel Knasthof, für ziemlich lange Zeit. Und wenn du endlich wieder draußen bist, hast du nichts mehr zu brechen und zu beißen, das kommt noch hinzu. Adios, Amigo.«

»Das Hotel kenne ich nicht, Carl. Und an Essen mag ich gerade sowieso nicht denken. Wenn ich so erkaltet bin wie jetzt, krieg ich keinen Bissen runter.«

Carl schüttelte den Kopf. »Erkältet, Assad. Das heißt erkältet.« Hatten die Viren jetzt auch seinen Wortschatz in Mitleidenschaft gezogen?

Carl reckte sich nach seinem Telefon und gab die Nummer des Chefs der Mordkommission ein. Die Stimme, die antwortete, klang reichlich nasal und längst nicht so energisch wie sonst.

»Ja, ja«, nuschelte Marcus Jacobsen, als Carl ihn über Baks Anruf informierte. »Bak stand schon heute Morgen um acht bei mir auf der Matte und verlangte seinen alten Job zurück. Moment mal …«

Carl zählte acht Nieser, bis der arme Kerl wieder reden konnte. Noch ein infiziertes Terrain, das es zu meiden galt.

»Bak hat ja recht, das ist das Problem. Dieser Litauer, Linas Verslovas, ist in Vilnius wegen eines vergleichbaren Überfalls verurteilt worden. Und es besteht kein Zweifel, dass seine Einnahmen aus dem Rotlichtmilieu stammen. Wir können es nur leider nicht beweisen«, fuhr er fort.

»Okay. Baks Schwester hat gesagt, sie könne nicht angeben, wer sie misshandelt hat, das hab ich im Polizeifunk gehört. Hat sie's denn ihrem Bruder gesagt?«

»Nein, er beteuert, das hätte sie nicht getan. Aber sie hat früher mal Probleme mit diesem Verslovas gehabt, da war sich Bak ganz sicher.«

»Und jetzt steht Bak außer Dienst und spielt draußen in Vesterbro Polizist.«

Wieder ertönte eine Salve von Niesern. »Tja, dann wird es wohl höchste

Zeit, Carl, dass du dich dorthin begibst und ihn daran hinderst. So viel sind wir einem alten Kollegen doch schuldig, oder?«

»Sind wir das?«, schoss Carl zurück, aber da hatte Marcus Jacobsen das Gespräch bereits beendet. Sogar ein Mordkommissionschef konnte die Nase mal gestrichen voll haben.

»Also, Carl, was jetzt?«, fragte Assad von hinten. Als könnte er sich das nicht selbst ausrechnen. Er stand jedenfalls schon bereit, bekleidet mit diesem Mausoleum von einer Daunenjacke. »Ich habe Rose gesagt, dass wir mal ein paar Stunden oder so weg sind, aber die hört nichts. Die hat nur Rita Nielsen im Kopf.«

Komischer Kauz, dieser Assad. Wie konnte der in seinem Zustand überhaupt nur in Erwägung ziehen, sich in die allumfassende Novembernässe hinauszuwagen? Drehten seine Wüstengene vielleicht einfach durch bei solchem Wetter?

Carl seufzte und zog den Mantel vom Stuhl.

»Noch eins«, sagte er auf der Kellertreppe nach oben. »Warum bist du heute so früh hier gewesen? Schon gegen vier, habe ich gehört.«

Carl hatte mit einer konkreten Antwort gerechnet, im Stil von: »Ich hab mit meinem Onkel geskyped, für den ist das der beste Zeitpunkt.« Aber nicht mit diesem flehenden Hundeblick.

»Kann das nicht egal sein?«, entgegnete Assad. So spielte man nicht mit Carl. »Egal«, auf diesen Mistausdruck griffen die Leute immer dann zurück, wenn es alles andere als egal war. Auf das Wörtchen »egal« reagierte Carl ebenso allergisch wie auf Sätze, die mit »ja, also« anfingen oder auf »keine Lust« endeten.

»Wenn du auch etwas dazu beitragen willst, dass unser Gespräch in Gang kommt, Assad, dann sperr die Löffel auf. Wenn ich nach etwas frage, ist das nicht egal.«

»Was soll ich aufsperren, Carl?«

»Ach, Mann, nun gib mir doch einfach eine gescheite Antwort!« Verärgert schob Carl seinen Arm in ein Ärmelloch. »Warum bist du so früh im Bau gewesen? Ist was mit der Familie?«

»Ja.«

»Jetzt hör mir mal zu, Assad. Falls du Ärger mit deiner Frau hast, dann geht mich das nichts an. Und falls du unbedingt mit deinem Onkel, oder wer immer der Typ ist, skypen willst, dann kannst du das natürlich auch gerne tun, aber muss das sein, ehe der früheste Vogel einen Wurm fängt? Und immer vom Büro aus? Hast du keinen Computer zu Hause?«

»Was hat das mit Vögeln und Würmern zu tun, Carl?«

In diesem Moment steckte Carls zweiter Arm im Ärmel. »Mann, das ist eine Redensart, das heißt frühmorgens. Hast du keinen Computer zu Hause?«

Assad zuckte die Achseln. »Nein, momentan nicht. Das ist alles so schwer zu erklären, Carl. Sollen wir nicht einfach zusehen, dass wir Bak treffen?«

Früher, wenn Carl seine weißen Handschuhe übergestreift hatte und frühmorgens in diesem heruntergekommenen Teil von Vesterbro auf Streife gegangen war, hatten immer scharenweise Leute aus den Fenstern gehangen und ihm in breitestem Kopenhagener Dialekt hinterhergegrölt, was denn so ein verdammter Bulle aus Jütland bei ihnen zu suchen habe. Ob er nicht besser in die Holzpantinen schlüpfen und zum Misthaufen zurückkehren wolle. Damals hatte es ihn mächtig in den Fingern gejuckt, aber wenn er sich heute in dem Viertel umschaute, vermisste er das alles. Die alten Zeiten schienen Lichtjahre entfernt zu sein. Hier, wo unbegabte Architekten strohdumme Politiker umgarnt und ihnen stinkende Betonburgen aufgeschwatzt hatten, wohnte mittlerweile nur noch, wer gar nicht anders konnte.

Nach gediegenen Backsteinhäusern mit Fenstersimsen und rußigen Schornsteinen musste man in den Nebenstraßen der Istedgade verdammt lange suchen. Aber was Betonklötze, Jogginganzüge mit Hängearsch oder Männer mit verschlossenen Gesichtern anging, war man hier goldrichtig. Ob nigerianische Zuhälter oder osteuropäische Hochstapler, hier herrschte das richtige Mikroklima. Hier fand noch die bizarrste Form von Kriminalität ihren Lebensraum.

Børge Bak hatte länger als irgendein anderer aus dem Morddezernat in diesem Viertel Dienst getan, sodass er alle Fallstricke kannte. Und so wusste er natürlich, dass man auf gar keinen Fall allein und ohne Unterstützung eines Kollegen einen geschlossenen Raum betrat.

Nun standen Carl und Assad im strömenden Regen an der angegebenen Adresse, nur Bak war weit und breit nicht zu sehen. Also war er in die Falle getappt.

»Er hat gesagt, er würde auf uns warten«, versicherte Assad und deutete zum Eingang eines reichlich heruntergekommenen Kellerladens mit mattierten Scheiben.

»Bist du dir sicher, dass die Adresse stimmt?«

»Ist eine Bombe sicher, Carl?«

Da hat Assad wohl was falsch verstanden, dachte Carl, während er den verblassten Zettel las, der an den Rahmen der Kellertür geheftet war. *Kaunas Trading/Linas Verslovas* stand da. Das wirkte ganz unschuldig, aber solche Firmen pflegten ebenso schnell einzugehen, wie sie entstanden, und ihre Inhaber und deren Machenschaften waren oft undurchsichtiger als das Wasser im Hafenbecken von Hirtshals.

Auf der Fahrt hierher hatte Assad aus Linas Verslovas Strafregister vorgelesen. Er war mehrfach zur Vernehmung im Präsidium gewesen und jedes Mal hatte man ihn laufen lassen müssen. Beschrieben wurde er als skrupelloser Psychopath mit unglaublichem Geschick, naive Osteuropäer zu überreden, für ein paar lumpige Dollar die Schuld für seine krummen Geschäfte auf sich zu nehmen. Das Gefängnis Vestre Fængsel war voll von der Sorte.

Carl drückte auf die Klinke und schob die Tür auf, woraufhin die Klingel über der Tür bimmelte. Vor ihnen lag ein länglicher Raum, der bis auf das, was der Vorbesitzer auf dem Fußboden liegen gelassen hatte – Verpackungsmaterial und zerknülltes Papier –, vollkommen leer war.

Da hörten sie aus dem Hinterzimmer ein dumpfes Geräusch. Es klang wie ein Faustschlag, aber ohne das übliche anschließende Stöhnen.

»Bak!«, rief Carl. »Bist du da drinnen?« Er legte die Hand auf die Pistolentasche und machte sich bereit, die Waffe zu ziehen und zu entsichern.

»Ich bin okay«, war hinter der verschrammten Tür zu hören.

Carl schob sie vorsichtig auf. Der Anblick, der sich ihnen bot, war sehenswert. Beide Männer hatten ihren Teil abbekommen, aber der drahtige kleine Litauer war sehr viel übler zugerichtet. Um seinen Hals schlang sich ein tätowierter Drache, der durch den ihn umgebenden Bluterguss fast dreidimensional wirkte.

Carl spürte, wie sich sein Gesicht zur Grimasse verzog. Gut, dass ich nicht mit so 'ner Visage rumlaufen muss, dachte er.

»Was zum Teufel machst du da, Bak? Bist du noch ganz frisch?«

»Er hat mich mit dem Messer verletzt.« Bak deutete mit dem Kopf zum Fußboden, wo das Messer lag. Die Spitze war blutig. Es war eins dieser verdammten Butterfly-Messer, deren Klinge auf eine einzige Berührung hin heraussprang. Wie Carl diesen Mist hasste. Wenn es nach ihm ginge, müsste jeder, der damit erwischt wurde, richtig blechen, ruhig eine halbe Million.

»Bist du wirklich okay?«, fragte er und Bak nickte.

»Oberflächlicher Einstich am Unterarm, das geht. Das war ein Abwehrmanöver, du kannst also Selbstverteidigung ins Protokoll schreiben«, sagte er und knallte dem Litauer die Faust so passgenau auf die Nasenwurzel, dass Assad zusammenzuckte.

»Verdammt!«, brüllte der Kerl mit rollendem Akzent, während Carl sich zwischen die beiden stellte. »Ihr habt's gesehen. Ich hab nix getan. Genau so ist er hier reingebrochen. Hat mich einfach geschlagen. Was soll ich da machen?« Der Litauer war kaum älter als fünfundzwanzig, steckte aber schon bis zum Hals in der Scheiße.

In abgehackten Sätzen erklärte der Typ, dass er vollkommen unschuldig sei.

Er wisse nichts von irgendeinem Überfall auf irgendwen in irgendeinem Bordell, und das habe er der Polizei schon tausendmal erzählt.

»Los komm, Bak, wir gehen. Jetzt!«, sagte Carl, woraufhin Bak dem Mann noch einen Fausthieb versetzte, dass der rückwärts torkelte.

»Nee, der kommt nicht ungeschoren davon! Meine Schwester dermaßen zu verstümmeln!« Bak drehte sich zu Carl um. Sein ganzes Gesicht zitterte. »Ist dir klar, dass sie ihr Augenlicht auf einem Auge verliert? Dass die eine Seite ihres Kopfes aus nichts als Narbengewebe bestehen wird? Nee, Carl, der Kerl muss weg.«

»Wenn du nicht sofort aufhörst, ruf ich die Jungs vom City Revier. Dann bist du an der Reihe, Bak.« Carls Stimme klang eiskalt. Er meinte es ernst.

Assad schüttelte den Kopf. »Moment mal.« Er ging um Carl herum, packte Bak und riss ihn mit einem Ruck von dem Litauer weg, dass die Säume von Baks legendärer Lederjacke krachten.

»Bewahrt mich vor diesem schwarzen Idioten!«, schrie der Litauer, als Assad ihn schnappte und unsanft zu einer weiteren Tür ganz hinten in den Räumlichkeiten schob.

Der Litauer stieß eine Salve wüster Drohungen und Verwünschungen aus. Dass alle im Raum umgebracht würden, wenn sie nicht auf der Stelle abhauten. Dass ihre Mägen aufgeschlitzt und die Köpfe abgehackt würden. Drohungen, die ernst zu nehmen waren, wenn sie von einem Mann wie ihm kamen. Drohungen, die an sich schon reichten, um eingebuchtet zu werden.

Da packte Assad den Litauer so fest am Kragen, dass keinerlei Protest mehr aus dessen Hals drang. Assad trat die Tür zu dem Hinterzimmer auf und zog den Typen mit sich hinein.

Als die Tür durch einen weiteren Fußtritt Assads zugeknallt wurde, sahen Bak und Carl sich an.

»Assad, bring ihn ja nicht um!«, rief Carl sicherheitshalber.

Die Stille hinter der Tür war beunruhigend.

Bak lächelte, und Carl wusste, warum, denn nun waren ihm alle Möglichkeiten verwehrt. Kein Fuchteln mit der Pistole. Kein Anruf beim City Revier. Carl würde seinen Assistenten auf keinen Fall Problemen aussetzen, das wusste Bak.

»Ja, Carl, nun knurrst du.« Bak nickte bekräftigend, schob den Ärmel hoch und begutachtete die Schramme am Unterarm. Ein paar Stiche würden wohl nötig sein. Er zog ein ziemlich gebrauchtes Taschentuch aus der Hosentasche und verband damit die Wunde. Carl hätte das nicht getan, aber gut, es war nicht sein Arm. Bekam Bak eine Blutvergiftung, lernte er daraus vielleicht fürs nächste Mal.

»Komm schon, Carl, ich kenne doch deine Vergangenheit. Du und Anker, ihr wusstet besser als irgendwer, wie man die Drecksäcke zum Singen bringt. Ihr beide wart ein irres Paar. Wäre Hardy nicht zu euch gestoßen, wer weiß, ob es nicht mal schiefgegangen wäre. Komm jetzt bloß nicht an und tu so.«

Carl sah unverwandt zur Hintertür. Was zum Teufel machte Assad da? Dann wandte er sich Bak zu. »Du hast doch überhaupt keine Ahnung, Børge Bak. Woher nimmst du deine Vermutungen? Aber geh mal davon aus, dass du dich gewaltig irrst.«

»Ich hab mich ein bisschen umgehört. Es ist ein Wunder, dass du noch nie ein Disziplinarverfahren am Hals hattest. Aber eins muss man euch lassen, Carl, ihr wart echt gut darin, bei euren Verhören Ergebnisse zu erzielen. Na ja, vielleicht ja deshalb.« Er rollte den Ärmel herunter. »Ich will wieder zurück ins Präsidium. Und du sollst mir dabei helfen«, fuhr er fort. »Mir ist klar, dass Marcus dagegen ist, aber mir ist auch klar, dass dein Wort bei ihm Gewicht hat. Weiß der Geier, warum.«

Carl schüttelte den Kopf. Falls es ein angeborenes Gespür für Situationen gab, glänzte dieses Gen in Baks DNA-Spirale durch vollständige Abwesenheit.

Dann ging er ein paar Schritte zur Hintertür und riss sie auf.

Ihm bot sich ein ausgesprochen friedlicher Anblick. Der Litauer saß auf der Tischkante und sah Assad wie hypnotisiert an. Der Ausdruck seines bisher so wutverzerrten Gesichts war nun tiefernst. Das Blut war abgewaschen. Die Schultern waren nicht mehr hochgezogen.

Auf Assads Nicken hin stand der Litauer auf und ging, ohne sie anzusehen, an Bak und Carl vorbei. Wortlos griff er nach seiner Sporttasche, trat zu einem Schrank und zog eine Schublade auf. Er nahm Kleidungsstücke, Schuhe und ein kleineres Bündel Geldscheine heraus und warf alles in die Tasche.

Mit roter Nase und feuchten Hundeaugen stand Assad zwei Meter entfernt und sah dem Mann zu. Wahrhaftig kein Anblick, bei dem man sich vor Schreck in die Hose machte.

»Kann ich's jetzt kriegen?«, fragte der Litauer und deutete auf Assads Hand.

Zwei Fotos und eine Geldbörse wechselten die Hände.

Der Litauer öffnete die Geldbörse und sah die Fächer durch. Eine hübsche Stange Geld und viele Plastikkarten traten zutage.

»Und jetzt noch den Führerschein«, sagte er, aber Assad schüttelte den Kopf. Das hatten sie offenbar schon diskutiert.

»Dann bin ich also weg«, sagte der Litauer. Bak wollte protestieren, aber Assad schüttelte erneut den Kopf. Das hier erledigte er.

»Du hast dreißig Stunden und keine Sekunde mehr! Verstanden?«, sagte Assad ruhig, und der Litauer nickte.

»Hey Mann, was zum Teufel tust du da? Du wirst ihn doch nicht einfach laufen lassen!«, rief Bak aufgebracht, verstummte aber, als sich Assad umdrehte und unmissverständlich klarstellte: »Von nun an ist er mein Mann, Bak, siehst du das nicht? Vergiss ihn, klar?«

Bak war für einen Moment sehr blass. Doch dann kehrte die Farbe langsam in sein Gesicht zurück. Assads Ausstrahlung war die einer Wasserstoffbombe, deren Zünder gerade scharf gemacht worden war. Der Fall war Bak aus den Händen genommen worden, und er fand sich damit ab.

Das Letzte, was sie von dem Litauer sahen, als er die Tür öffnete und durch den Kellerraum verschwand, war der tätowierte Drache. Beinahe hätte er beim Rausstolpern einen Schuh verloren. Die Verwandlung hätte radikaler nicht sein können. Die Tünche war weg und übrig geblieben war nichts als ein Fünfundzwanzigjähriger, der um sein Leben rannte.

»Du kannst deiner Schwester sagen, ihr hättet eure Rache bekommen«, schniefte Assad. »Den seht ihr nicht wieder. Garantiert nicht.«

Carls Augenbrauen zogen sich zusammen, aber bis die drei Männer auf dem Bürgersteig vor dem Dienstwagen standen, blieb er still.

»Was war das denn eben, Assad?«, fragte er. »Was hast du denn mit dem angestellt? Und was hat das mit den dreißig Stunden zu bedeuten?«

»Ich hab ihn nur ein bisschen hart am Kragen gepackt und ihm ein paar Namen genannt. Namen von Leuten, die möglicherweise auf ihn und seine Familie gehetzt würden, wenn er nicht auf der Stelle das Land verlässt. Außerdem hab ich ihm gesagt, dass es mir völlig egal wäre, was er jetzt tun würde, aber dass er sich ein richtig gutes Versteck besorgen sollte.« Assad nickte. »Und wenn die wollen, dann finden sie ihn wohl trotzdem.«

Über Jahre hin angesammeltes Misstrauen lag in dem Blick, mit dem Bak Assad betrachtete.

»Diese Kerle haben nur vor einem Respekt, und das ist die russische Mafia«, schimpfte Bak. »Bitte erzähl mir jetzt nicht, dass du ihm mit diesem Verein gedroht hast.« Er wartete auf eine Antwort von Assad, aber von dem kam nichts. »Was im Klartext bedeutet, dass du den Mann hast laufen lassen, du Idiot.«

Assad neigte den Kopf leicht zur Seite und sah Bak aus rot geränderten Augen an. »Also, wie gesagt: Du kannst deiner Schwester ausrichten, dass jetzt alles gut ist. Und wir, Carl, sollten zusehen, dass wir zurückkommen. Ich brauche einen schönen heißen Tee.«

5

November 2010

CARLS BLICK WANDERTE zwischen seinem Schreibtisch und dem Flachbildschirm an der Wand hin und her. Beides lockte ihn wenig. In den Fernsehnachrichten stakte die Außenministerin auf Stilettos durch die Welt und gab sich alle Mühe, kompetent auszusehen, während ihre Augen Blitze aussandten und zehn zahme Journalisten vor ihr buckelten und nickten. Direkt vor ihm auf dem Schreibtisch lag die Akte zu dem Unglücksfall 1978, als sein Onkel ertrunken war.

Eine Entscheidung zwischen Pest und Cholera.

Er kratzte sich hinterm Ohr und schloss die Augen. Was für ein Scheißtag. Nicht im Geringsten so erquickend müßig und unstrukturiert wie erhofft.

Ein Regalmeter neuer Fälle, zwei davon hatte Rose bereits in Beschlag genommen. Besonders der von Rita Nielsen, der Bordellbesitzerin, die in Kopenhagen verschwunden war, beschäftigte sie. Gar nicht davon zu reden, dass Assad sich auf der anderen Seite des Korridors alle sieben Sekunden die Nase schnäuzte und die Bakterien nur so durch die Luft sprühte. Die Erkältung hatte ihn voll erwischt, und trotzdem hatte er vor nicht mal anderthalb Stunden einen hartgesottenen Kriminellen so kleingekriegt, dass der wie ein scheues Reh geflohen war. Nicht mal Carls alter Kumpel Anker hätte das fertigbekommen, und der hatte es wahrhaftig verstanden, die Leute in Angst und Schrecken zu versetzen.

Und dann auch noch diese Geschichte von anno dazumal. Was mochte seinen Cousin Ronny geritten haben, in einer thailändischen Bar damit zu prahlen, der Tod seines Vaters sei kein Unglücksfall gewesen, obwohl Carl doch definitiv wusste, dass Birger Mørck ertrunken war? Warum behauptete Ronny, er habe den eigenen Vater umgebracht, wenn das schlichtweg unmöglich war? Als es passierte, hatten er und Carl schließlich nebeneinander an der Straße nach Hjørring gestanden und wie gebannt auf vier Kopenhagener Brüste gestarrt. Und jetzt erzählte dieser Depp von Bak auch noch, Ronny habe behauptet, er, Carl, habe mitgemacht.

Carl schüttelte den Kopf, schaltete den Fernseher aus und griff nach dem Telefon.

Er tätigte vier vergebliche Anrufe: eine erfolglose Überprüfung im Einwohnermeldeamt und drei Anrufe bei Adressen, die ebenfalls zu nichts führten.

Dieser Ronny besaß unbestritten die Fähigkeit, in den ewigen Misthaufen der Gesellschaft zu verschwinden.

Also musste Lis den Kerl für ihn aufstöbern, wo auch immer auf der Welt der sich gerade herumtrieb.

Eine halbe Minute lang hörte sich Carl das Freizeichen an, dann erhob er sich, zunehmend ungehalten. Verdammt, warum nahm keine der Sekretärinnen da oben ab?

Auf dem Weg in den zweiten Stock kam er an erschreckend vielen schlappen Kollegen mit knallroter Schnupfennase, Triefaugen und gequälter Miene vorbei, und jedes Mal hielt er schützend die rechte Hand vors Gesicht. »Weiche von mir, Influenza!«, signalisierte das.

Dagegen herrschte oben in der Abteilung der Mordkommission Grabesstille.

Waren die Kollegen alle abgekratzt, oder was? Hatten sich die Mörder, denen sie im Lauf der Jahre Handschellen angelegt hatten, zu einem Rachefeldzug mit bakteriologischen Waffen vereint?

Hinter dem Tresen saß keine flirtende, rundum appetitliche Lis, und, was noch erstaunlicher war, auch von Frau Sørensen war weit und breit nichts zu sehen. Obwohl sich die blöde Ziege doch nur von ihrem Platz erhob, wenn sie aufs Klo musste.

»Wo zum Teufel steckt ihr?«, brüllte er in einer Lautstärke, dass die Scheiben klirrten.

»Ach Carl, halt einfach die Klappe«, quäkte eine Stimme aus einer offenen Tür in der Mitte des Gangs.

Carl steckte den Kopf in das Büro. Beim Anblick der aufgetürmten Papiere und abgewetzten Möbel kam ihm sein eigenes Büro auf einmal wie die Luxussuite eines Kreuzfahrtschiffes vor.

Er nickte dem Kopf inmitten des Chaos' zu und konnte seine Frage gerade noch loswerden, ehe ihm Terje Ploug sein von der Erkältung gezeichnetes Gesicht zeigte.

»Wo sind die denn alle hin, kannst du mir das verraten? Von der Grippe dahingerafft?«

Die Antwort sagte alles: fünf gezielte Nieser, unterbrochen von etwas Husten nebst laufender Nase.

»Okay!«, sagte Carl mit Betonung auf der letzten Silbe und zog sich etwas zurück.

»Lars Bjørn ist mit einem von der Mannschaft im Besprechungszimmer und Marcus ist im Feld«, kam schniefend die Antwort. »Aber wo ich dich schon hier hab, Carl. Wir haben eine neue Spur im Druckluftnagler-Fall. Ich wollte dich gerade anrufen.«

»Aha.« Carls Blick löste sich von der roten Nase und irrte ins Unbestimmte. Es war lange her, seit auf Amager Schüsse auf ihn, Anker und Hardy abgefeuert worden waren. Musste er immer wieder daran erinnert werden?

»Die Holzbaracke, in der man auf euch geschossen hat, nachdem ihr Georg Madsen mit dem Nagel im Hirn gefunden habt, die wurde heute Morgen abgerissen«, fuhr Ploug nüchtern fort.

»Na, wurde auch mal Zeit.« Carl steckte die Hände in die Hosentaschen. Sie waren eiskalt.

»Die Bulldozer sind hart rangegangen und haben die ganze obere Erdschicht abgetragen.«

»Ja und? Was haben sie gefunden?«, fragte Carl. Schon jetzt reichte es ihm, hätte er am liebsten auf dem Absatz kehrtgemacht. Diese verfluchte alte Geschichte.

»Eine Holzkiste, mit Paslode-Nägeln zusammengeschustert, und darin ein Sack mit Leichenteilen in sehr unterschiedlichem Zustand. Sie haben die Kiste vor einer Stunde entdeckt und gleich die Polizei alarmiert. Die Techniker und Marcus sind vor Ort.«

Ach du Scheiße. Dann war es mit dem Frieden für Hardy und ihn erst mal vorbei.

»Es besteht kein Zweifel, dass die Leiche in dieser Holzkiste in Verbindung steht mit den Morden an Georg Madsen und an den zwei Männern in Sorø, die ebenfalls mit einem Druckluftnagler umgebracht wurden«, fuhr Terje Ploug fort. Er wischte sich die tränenden Augen mit einem Taschentuch ab, das eigentlich unter fachkundiger Aufsicht verbrannt gehörte.

»Und worauf baut ihr das alles?«

»Dass im Schädel der Leiche ein ziemlich langer Nagel steckte.«

Carl nickte. Wie in denen der anderen Leichen. Eine zulässige Folgerung.

»Ich möchte dich bitten, in einer halben Stunde mit mir zum Fundort zu fahren.«

»Muss ich? Wozu braucht ihr mich da? Das ist nicht mehr mein Fall.«

Plougs Miene nach zu urteilen, hätte Carl genauso gut sagen können, dass er ab jetzt rosa Kamelhaarpullis tragen und sich ausschließlich mit Fällen beschäftigen wolle, in die dreibeinige Dalmatiner involviert seien.

Aber Terje Ploug begnügte sich mit einem knappen: »Marcus sieht das anders.«

Selbstverständlich war das auch weiterhin Carls Fall. Eine hellrote Narbe an seiner Schläfe erinnerte ihn täglich daran. Das Kainsmal, Zeugnis von Feigheit und Untätigkeit in einem entscheidenden Moment seines Lebens, vielleicht sogar dem entscheidendsten.

Carls Blick wanderte an den Wänden von Plougs Büro entlang, über anklagende Fotos von Tatorten – genug, um damit einen mittelgroßen Umzugskarton zu füllen.

»Okay«, grummelte er dann und fügte eine Oktave tiefer hinzu: »Aber ich fahre selbst!« Er würde sich doch nicht wie ein blinder Passagier in Plougs bakteriologische Mischmaschine hocken! Dann lieber zu Fuß gehen.

»Schön, dich zu sehen«, ließ sich Frau Sørensen vernehmen, als Carl kurze Zeit später am Tresen der Sekretärinnen vorbeistapfte, den Kopf voller Erinnerungen an jenen unglückseligen Tag, an dem Anker ums Leben gekommen war und Hardy für immer gelähmt wurde.

Wie bitte, was? Hatte ihn die alte Schachtel etwa gerade geduzt? Was hatte die denn getankt? Außerdem klang ihre Stimme irgendwie unheildrohend – nämlich fast sanft und entgegenkommend. Sicherheitshalber drehte sich Carl um, bereit zum verbalen Gegenangriff.

Sie stand nur zwei Meter von ihm entfernt, bot aber einen so andersartigen Anblick, dass es beinahe war, als hätte er ein unbekanntes Observierungsobjekt in hundert Metern Entfernung vor sich.

Es lag nicht daran, dass sie womöglich anders gekleidet gewesen wäre als sonst. Sie sah noch immer aus wie eine, die mit verbundenen Augen durch einen Secondhandladen gelaufen war. Was ihn beunruhigte, waren diese Augen und das dunkle, jetzt ziemlich kurze Haar, das auf einmal wie ein Lackschuh beim Hofball glänzte! Das Schlimmste jedoch waren zwei rote Flecken auf ihren Wangen, die sich nicht allein einem funktionierenden Blutkreislauf zuschreiben ließen, sondern warnten, dass in ihr mehr Leben steckte, als man eigentlich gehofft hatte.

Ach du liebe Güte, »schön, dich zu sehen«, hatte sie gesagt. Das war ja nahezu surreal.

»Hm«, brummte Carl. Wer hätte etwas anderes gewagt? »Wissen Sie vielleicht, wo Lis steckt? Ist sie etwa wie alle anderen krank?«, fragte er vorsichtig, gewappnet, beschimpft zu werden.

»Sie ist drüben im Besprechungszimmer und führt Protokoll. Danach muss sie runter ins Archiv. Soll ich sie bitten, bei dir vorbeizuschauen?«

Carl schluckte. Hatte sie tatsächlich »vorbeischauen« gesagt? Was war denn das auf einmal für eine saloppe Ausdrucksweise?

In diesem Augenblick höchster Verwirrung wusste er sich nicht anders zu helfen, als ein verkümmertes Lächeln in ihre Richtung zu schicken und zielstrebig auf das Treppenhaus zuzusteuern.

»Ja, Chef«, schniefte Assad. »Worüber wolltest du denn mit mir reden?«

Carl kniff die Augen zusammen. »Ganz einfach, Assad. Du sollst mir erzählen, was genau in dem Hinterzimmer in der Eskildsgade passiert ist.«

»Was da passiert ist? Nichts weiter, als dass der Mann sich irgendwann zusammengerissen und endlich mal richtig zugehört hat.«

»Ja, ja, schon klar. Aber warum, Assad? Womit hast du ihm gedroht? Man jagt einem kriminellen Balten doch nicht einen solchen Schrecken ein, indem man ihm Andersens Märchen erzählt.«

»Ach, Märchen können einen aber auch ganz schön erschrecken. Denk doch nur an das mit dem vergifteten Apfel ...«

Carl seufzte. »Das ist Schneewittchen und stammt nicht von Hans Christian Andersen, Assad. Also, was war das für eine Drohung, wen wolltest du ihm auf den Hals hetzen?«

Einen Moment lang zögerte Assad. Dann holte er tief Luft und sah Carl in die Augen. »Ich hab nur gesagt, dass ich seinen Führerschein behalten würde, um ihn Leuten zu faxen, mit denen ich früher mal zusammengearbeitet habe. Und dass er zusehen sollte, nach Hause zu kommen und mit seiner Familie die Koffer zu packen. Denn sollten meine Kontaktleute noch jemanden antreffen, wenn sie bei ihm vorbeischauen, oder erfahren, dass er sich mit seiner Sippschaft noch in Dänemark aufhält, dann würden sie seine Bude abfackeln.«

»Abfackeln? Ich glaub nicht, dass das die Instrumente sind, mit denen wir hier arbeiten, Assad.« Carl legte eine Kunstpause ein, aber Assad hielt seinem Blick weiter stand.

»Und der Mann hat das geglaubt?«, fuhr Carl fort. »Aber warum? Warum hat er sich davon einschüchtern lassen? Wer ist dieser ominöse Faxempfänger, vor dem der Litauer so viel Schiss hat?«

Assad zog ein Blatt Papier aus der Tasche und faltete es auseinander. *Linas Verslovas* stand oben, und darunter prangte ein Foto, das dem Kerl zwar ähnelte, aber nicht gerade schmeichelte, gefolgt von einigen Daten und jeder Menge Zeugs in einer absolut unverständlichen Sprache.

»Ich hab Informationen über ihn eingeholt, ehe wir losfuhren, um mit ihm zu ›reden‹«, sagte Assad und markierte mit den Fingern Anführungszeichen in die Luft. »Die hab ich von ein paar Freunden in Vilnius bekommen, die Zugang zu den Polizeiarchiven haben.«

Carl runzelte die Stirn.

»Meinst du vielleicht litauische Nachrichtendienstler?«

Assad nickte, dass die Nasenspitze tropfte.

»Und diese Freunde haben dir die Informationen am Telefon übersetzt?«

Wieder tropfte die Nase.

»Aha. Na, da werden keine Nettigkeiten stehen, nehme ich an. Und dann hast du diesem Linas Verslovas damit gedroht, dass die Geheimpolizei, oder wie auch immer sie sich nennt, Repressalien auf seine Familie ausüben würde? Hatte er tatsächlich Grund, das zu glauben?«

Assad zuckte die Achseln.

Carl griff quer über den Tisch nach einer Plastikmappe. »Seit dem Tag, als du zu mir nach hier unten gekommen bist, liegt mir die Akte des Ausländeramts über dich vor. Und jetzt habe ich mich endlich aufgerafft und mir die Sache näher angeschaut.«

Carl spürte den Blick der dunklen Augen.

»Soweit ich sehe, stimmt das, was hier über deinen Hintergrund steht, in allen Details mit dem überein, was du mir berichtet hast, Assad.« Er blickte auf und sah seinen Helfer an.

»Ja, und was noch, Carl?«

»Aber mehr steht da nicht. Nicht, was du gemacht hast, bevor du nach Dänemark gekommen bist. Nicht, warum du zu einem Aufenthalt hierzulande berechtigt bist. Nicht, auf wessen Veranlassung dein Asylersuchen so überaus schnell genehmigt wurde. Weder die Geburtsdaten deiner Frau und deiner Kinder noch irgendwelche Aussagen zu ihrem Leben. Nur die Namen, mehr nicht. Dieses Bündel an Informationen ist merkwürdig atypisch und unvollständig. Man könnte fast meinen, jemand sei an den Papieren gewesen und habe darin herumredigiert.«

Wieder zuckte Assad die Achseln. Die waren anscheinend der Sitz einer Universalgrammatik mit einem unerschöpflichen Vorrat an Ausdrucksnuancen.

»Und jetzt hast du auch noch Freunde beim litauischen Nachrichtendienst. Du brauchst nur den Hörer in die Hand zu nehmen, und schon können die dir mit vertraulichen Informationen weiterhelfen. Weißt du, was das heißt, Assad?«

Der zuckte wieder die Achseln, aber sein Blick war wachsamer geworden.

»Das heißt, dass du im Handumdrehen etwas regelst, was nicht einmal der Chef des Nachrichtendienstes der dänischen Polizei vermag.«

Erneutes Achselzucken. »Schon möglich, Carl. Aber was willst du mir damit sagen?«

»Was ich damit sagen will?« Carl richtete sich auf und knallte die Plastikmappe auf den Tisch. »Ich will damit sagen: Was, zum Teufel, verschafft dir diese Möglichkeiten? Das würde ich gern wissen, und das kann ich hieraus nicht ablesen.«

»Carl, jetzt hör mal zu. Geht's uns hier unten nicht gut miteinander? Warum müssen wir in diesen Sachen graben?«

»Weil du selbst eine Grenze überschritten hast, vor der gewöhnliche Neugier normalerweise haltmacht.«

»Wovor?«

»Himmel, Arsch und Zwirn! Kannst du mir nicht einfach erzählen, dass du für den syrischen Nachrichtendienst gearbeitet und in der Vergangenheit eine Menge Scheiße gebaut hast, weshalb sie dich einen Kopf kürzer machen würden, wenn du nach Hause kämst, und dass du hierzulande dem Geheimdienst der Polizei oder dem Geheimdienst des Militärs oder irgendwelchen anderen Banditen Dienste erwiesen hast, weshalb sie dich anständigerweise hier unten im Keller für einen gescheiten Lohn herumwirtschaften lassen? Warum erzählst du mir nicht einfach alles?«

»Doch, ja, das könnte ich tun, wenn das stimmen würde, was du sagst, nur stimmt es eben nicht ganz, Carl. Aber eines stimmt: Ich habe in gewisser Weise etwas für Dänemark gemacht und deshalb bin ich hier und deshalb kann ich auch nichts sagen. Aber vielleicht eines Tages, Carl.«

»Du hast also Freunde in Litauen. Wo hast du noch überall Freunde, kannst du mir das wenigstens verraten? Wäre doch möglich, dass es uns irgendwann mal helfen könnte, wenn ich es wüsste, oder?«

»Wenn es so weit ist, werde ich es schon sagen, Carl.«

Carl ließ die Schultern sinken. »Na gut, Assad.« Er versuchte, seinen erkälteten Helfer anzulächeln. »Aber in Zukunft unternimmst du nichts mehr, was in Richtung der heutigen Aktion geht, ohne mir erst einen Fingerzeig zu geben, okay?«

»Einen was?«

»Einen Tipp, einen Hinweis. Du sollst mir erst sagen, was du vorhast, ehe du es in die Tat umsetzt, klar?!«

Assad schob die Unterlippe vor und nickte.

»Und noch eins, Assad. Kannst du mir endlich erklären, was du dermaßen früh hier im Präsidium treibst? Da es bei Nacht und Nebel stattfindet, ist es vielleicht ebenfalls etwas, wovon ich nichts wissen darf? Und warum darf ich dich nicht bei dir zu Hause im Kongevejen besuchen? Warum wirst du gegen Männer handgreiflich, die wie du aus Nahost stammen? Und wieso geratet ihr beiden, du und Samir Ghazi von der Polizei Rødovre, immer sofort aneinander?«

»Das ist was Privates, Carl.«

Er sagte das so brüsk, dass Carl innerlich zurückzuckte. Hier war gerade sehr deutlich eine ausgestreckte Hand zurückgewiesen, eine Grenze aufgezeigt worden. Egal, wie viel sie beide verbinden mochte, Carl würde nicht näher an ihn herankommen. Carl gehörte ganz einfach nicht zu der Welt, die Assad betrat, wenn er sich beim Wachhabenden abmeldete. Das Schlüsselwort lautete Vertrauen, und Vertrauen hatte Assad nicht.

»Hab ich's mir nicht gedacht, dass ihr beiden Süßen gemütlich zusammensitzt und schwatzt!«, ließ sich da eine bekannte Stimme vernehmen.

Lis stand verführerisch lächelnd in der offenen Tür und blinzelte ihnen zu. Saublödes Timing.

Carl sah zu Assad. Der hatte schon auf bequeme Haltung und entzücktes Grinsen umgeschaltet.

»Ach, mein armes Schätzchen«, sagte Lis, kam ein paar Schritte näher und streichelte Assads blauschwarze Wange. »Hast du dich auch erkältet? Du kannst ja kaum noch normal schnaufen! Und diesen Mann lässt du arbeiten, Carl? Siehst du nicht, wie hilflos der Ärmste ist?« Sie drehte sich zu Carl um und blickte ihn aus ihren blauen Augen vorwurfsvoll an. »Ich soll dir übrigens von Ploug ausrichten, dass er draußen auf Amager auf dich wartet.«

6

August 1987

ERST WENN SIE am Ende der Korsgade angelangt war und sich dort unter den Kastanien auf die Bank vor der Haustür setzte, den Blick auf den Peblinge-See gerichtet, fühlte sie sich von den missbilligenden Blicken ihrer Mitmenschen und von der Last des eigenen Körpers befreit.

Das Straßenbild beherrschten schöne, wohlgeformte Körper. So empfand sie es jedenfalls, und damit hatte sie es schwer. Besonders an einem Tag wie heute.

Sie schloss die Augen, fasste sich an den Unterschenkel und massierte ihn. Legte die Fingerspitzen auf die vorstehenden Knochen und dachte an ihr altes Mantra: »Ich bin *gut* genug. *Ich* bin gut genug.« Aber das klang heute hohl, egal, wie sie es betonte. Es war auch lange her, dass sie sich dieser Worte zuletzt bedient hatte.

Sie neigte sich vornüber, schlang die Arme um die Knie. Die Füße trippelten währenddessen wie Trommelstöcke. Das half gegen das widerliche Stechen im Bein.

Ein Ausflug zum Kaufhaus Daell und zurück zum Peblinge Dossering war jedes Mal wieder anstrengend und verursachte Schmerzen – in dem zertrümmerten Schienbein, das den Fuß einwärts presste, im Fußgelenk, das die Zentimeter ausgleichen musste, die das Bein kürzer geworden war, und in der Hüfte, die versuchte zu entlasten.

Es tat weh, aber das war nicht das Schlimmste. Wenn sie die Købmagergade hinunterging, blickte sie nur starr geradeaus und gab sich größte Mühe, nicht zu humpeln, wohl wissend, dass das nicht gelang. Und das zu akzeptieren, war schwer. Noch vor zwei Jahren war sie eine attraktive Frau gewesen, jetzt fühlte sie sich wie ein Schatten ihrer selbst.

Schatten leben gut im Schatten, hatte sie bis jetzt geglaubt, und die Großstadt eignete sich dafür besser als das platte Land. Deshalb war sie vor knapp zwei Jahren hierhergezogen, in diesen Kopenhagener Stadtteil, weg von der Scham und der Trauer und der eisigen Kälte, mit der ihr die Menschen auf Lolland begegnet waren.

Sie war von Havngaard weggezogen, um zu vergessen.

Aber nun war eben das passiert!

Als zwei junge, in lebhafte Unterhaltung vertiefte Frauen ihre Kinderwagen an ihr vorbeischoben, presste Nete die Lippen zusammen.

Sie wandte den Blick ab und sah hinüber zu einem der unangenehmen Gesellen des Viertels, einem Typen, der mit einer Killermaschine von Hund an ihr vorbeistolzierte. Dann wanderte ihr Blick weiter zu den Scharen von Wasservögeln auf dem See.

Was war dieses Leben doch für ein endloser Albtraum! Vor einer Dreiviertelstunde hatten zwanzig Sekunden in einem Aufzug im Kaufhaus Daell ausgereicht, um sie in ihren Grundfesten zu erschüttern. Mehr hatte es nicht gebraucht. Zwanzig schicksalhafte Sekunden.

Sie schloss die Augen und sah alles wieder vor sich. Den Weg zum Aufzug im vierten Stock. Den Knopf, auf den sie gedrückt hatte. Die Erleichterung, nur wenige Sekunden warten zu müssen, bevor die Tür aufglitt.

Aber das, was auf diese Erleichterung gefolgt war, steckte nun wie ein giftiger Stachel in ihr.

Sie hatte den falschen Aufzug gewählt. Hätte sie doch nur den Fahrstuhl am anderen Ende der Abteilung genommen, dann hätte sie ihr Leben wie bisher weiterführen, hätte sich noch jahrelang von den anonymen Wohntürmen Nørrebros und dem Labyrinth der Straßen verschlucken lassen können.

Sie schüttelte den Kopf. Mit einem Schlag war alles verändert. Mit einem Schlag hatte auch der letzte Rest von Nete Rosen aufgehört zu existieren. Nun war sie wieder Nete Hermansen, das Mädchen von der Insel Sprogø.
Und zwar mit allem, was das bedeutete.

Acht Wochen nach dem Unfall hatte man sie ohne rührselige Abschiedsszenen aus dem Krankenhaus entlassen. In den Monaten darauf hatte sie allein auf Havngaard gelebt. Die Rechtsanwälte waren sehr beschäftigt gewesen, denn das Vermögen war groß. Gelegentlich lagen Fotografen am Straßenrand und im Gebüsch auf der Lauer. Wenn eine der markantesten Persönlichkeiten des dänischen Wirtschaftslebens bei einem Autounfall ums Leben kam, erschien das auf der ersten Seite, denn was verkaufte sich besser als eine plötzlich wohlhabende Witwe mit Krücken und gequälter Miene. Aber Nete zog die Gardinen zu. Sie wusste genau, was die Leute dachten. Dass es dieses Fräulein Niemand, das sich vom Versuchslabor bis ins Bett des Chefs hochgeschlafen hatte, nicht verdiente, dort zu sitzen, wo es saß. Ihr war klar, dass man immer nur ihres Mannes und des Geldes wegen vor ihr gekrochen war. Dass sie selbst nie die geringste Rolle gespielt hatte.
Und so fühlte es sich noch immer an. Selbst manche der Krankenschwestern, die die häusliche Pflege übernommen hatten, strahlten Verachtung aus. Aber Schwestern dieser Sorte ließ sie rasch auswechseln.
In diesen Monaten wurde die Geschichte von Andreas Rosens tödlichem Autounfall durch Zeugenaussagen und Gerüchte ständig erweitert. Wie eine Schlinge zog sich die Vergangenheit um sie zusammen, und als man sie zur Polizeiwache in Maribo brachte, standen die Dorfbewohner grinsend an den Fenstern. Alle im Dorf wussten schließlich, dass diejenigen, die im Haus gegenüber der Unglücksstelle wohnten, unmittelbar bevor der Wagen die Böschung durchbrach und senkrecht im Wasser landete, im Wageninnern eine Art Handgemenge gesehen hatten.
Aber Nete klappte nicht zusammen, und sie bekannte weder vor den Dorfbewohnern noch vor der Obrigkeit ihre Schuld. Nur innerlich.
Nein, sie brachten sie nicht ins Wanken, denn Nete hatte längst gelernt, aufrecht zu stehen, auch bei stärkstem Gegenwind.
Und so, schweigend und aufrecht, war sie schließlich fortgegangen. Hatte einfach alles hinter sich zurückgelassen.

Von den Fenstern im Schlafzimmer konnte sie den See sehen. Sie entkleidete sich langsam und setzte sich dann ruhig auf den Hocker vor dem Spiegel. Die

Narbe über dem Schambein war dort, wo die Schamhaare nicht mehr so dicht wuchsen, deutlich zu sehen, ein unscheinbarer, lila-weißlicher Strich, der die Trennlinie zwischen Glück und Unglück, zwischen Leben und Tod markierte. Die Narbe, die sie von der Sterilisierung zurückbehalten hatte.

Sie rieb sich über den unfruchtbaren Bauch und biss die Zähne zusammen. Rieb, bis die Haut brannte und die Beine zitterten, während ihr Atem immer schneller ging und die Gedanken sich überschlugen.

Es war erst vier Stunden her, dass sie mit dem ›Herbstkatalog 1987‹ in der Küche gesessen und sich in einen hellroten Pullover auf Seite fünf verliebt hatte.

»Exklusive Strickmode« war dort verlockend angekündigt worden. Und sie hatte sich dieses hellrote Kunstwerk angesehen und, angeregt vom Kaffee, gedacht, dass sie in einem solchen Strickpullover und einer dazu passenden Hemdbluse mit Schulterpolstern vielleicht in eine neue Zeit hinübergleiten könnte. Denn auch wenn die Trauer groß war, lagen doch noch Jahre vor ihr, die gelebt werden wollten, das war ihr bald nach dem Unfall bewusst geworden.

Deshalb hatte sie vor zwei Stunden mit ihrer Einkaufstüte im Aufzug gestanden und sich gefreut. Genau vor einer Stunde und neunundfünfzig Minuten hatte der Aufzug im dritten Stock gehalten. Ein großer Mann war eingetreten und hatte sich so dicht neben sie gestellt, dass sie seinen Geruch einatmen musste.

Er hatte sie keines Blickes gewürdigt. Aber sie hatte ihn mit angehaltenem Atem betrachtet und sich ratlos und mit vor Wut glühenden Wangen in eine Ecke gedrückt und gleichzeitig gehofft, er möge sich nicht umdrehen oder im Spiegel ihr Gesicht erkennen.

Man sah auf den ersten Blick, dass er ein Mensch war, der vor Selbstzufriedenheit platzte. Einer, der alles im Griff hatte, wie man so sagte, der das Leben und – trotz seines fortgeschrittenen Alters – auch die Zukunft unter Kontrolle hatte.

Dieses Schwein.

Vor einer Stunde, achtundfünfzig Minuten und vierzig Sekunden hatte er den Aufzug im zweiten Stock verlassen, und Nete war mit geballten Fäusten und nach Luft ringend zurückgeblieben. In den nächsten langen Minuten hatte sie nichts mehr mitbekommen. War auf- und abgefahren, ohne auf die besorgten Fragen der anderen Kunden zu reagieren. Sie hatte sich einzig darauf konzentriert, Puls und Gedanken zu beruhigen.

Als sie wieder auf der Straße stand, hatte sie die Einkaufstüte nicht mehr bei sich. Wer brauchte schon einen hellroten Pullover und eine Bluse mit Schulterpolstern dort, wohin ihr Leben steuerte?

Und nun saß sie in ihrer Wohnung im vierten Stock, nackt und geschändet an Leib und Seele, und grübelte, wie sich die Rache am besten gestalten und gegen wen alles sie sich richten ließe.

Sie lächelte kurz. Vielleicht war ja gar nicht sie es, die Pech gehabt hatte? Vielleicht war es vielmehr dieser Unmensch, den das Schicksal abermals dazu gebracht hatte, ihren Weg zu kreuzen?

So war es ihr in den ersten zwei Stunden ergangen, nachdem Curt Wad ein weiteres Mal in ihr Leben getrampelt war.

Immer, wenn es Sommer wurde, kam auch Cousin Tage zu Besuch. Ein unerzogener Bursche, den weder die Schule noch die Straßen von Assens bändigen konnten. »Viel zu viele Muskeln und viel zu wenig Hirn«, sagte ihr Onkel über ihn, aber Nete war selig, wenn er kam. Dann hatte sie jemanden, der ihr ein paar Wochen lang bei ihrem Tagwerk half. Die Hühner füttern, das war für ein kleines Mädchen das Richtige, aber nicht all das andere. Tage wiederum war glücklich, wenn er die Finger in den Mist stecken konnte, und machte den Schweinestall und den kleinen Kuhstall schnell zu seiner Domäne. Nur wenn Tage bei ihnen war, konnte Nete abends schlafen gehen, ohne dass ihr Arme und Beine wehtaten, und dafür liebte Nete Tage. Liebte ihn vielleicht sogar ein bisschen zu sehr.

»Wer hat dir solche Schweinereien beigebracht?«, fuhr die Lehrerin sie nach den Sommerferien an. Ja, direkt nach den Sommerferien bezog Nete immer am meisten Prügel, denn Tages Lieblingsworte wie »bumsen« und »ficken« kamen in der einsamen Welt der Pädagogin nicht vor.

Worte wie diese und auch Tages sommersprossige Unbekümmertheit waren gewissermaßen die ersten Schritte auf dem Weg zu Curt Wad.

Während Nete sich wieder anzog, formte sich in ihrem Kopf die Liste. Eine Liste mit den Namen von Menschen, an die sie nur mit geschwollenen Halsadern und hämmerndem Puls denken konnte. Menschen, die dort draußen frei herumliefen und es nicht verdienten, zu atmen. Menschen, die nur nach vorn sahen und niemals zurück. Von der Sorte kannte sie einige. Die Frage war nun, was mit ihnen passieren sollte.

Sie trat auf den langen Flur und ging ins Esszimmer, in dem der Tisch stand, den sie von ihrem Vater geerbt hatte.

Mindestens tausend Mahlzeiten hatte sie an diesem Tisch eingenommen, während ihr Vater stumm, verbittert und des Lebens und der Schmerzen überdrüssig über seinem Teller hing. Selten einmal hatte er den Kopf gehoben und versucht, sie anzulächeln, denn nicht einmal dafür hatten seine Kräfte ausgereicht.

Wäre sie nicht gewesen, hätte er sich schon viel früher einen Strick genommen und allem ein Ende gesetzt, so sehr machten ihm die Gicht und die Einsamkeit und das Scheitern zu schaffen.

Sie strich über die dunkle Tischkante, auf der seine Unterarme immer geruht hatten, und ließ die Finger dann zur Mitte gleiten, wo seit knapp zwei Jahren, seit sie in diese Wohnung gezogen war, der braune Umschlag lag.

Er war inzwischen völlig zerknittert und abgegriffen, so oft hatte sie ihn geöffnet und die Briefbögen angeschaut.

Auf dem Umschlag stand: »Fräulein Laborantin Nete Hermansen, Technische Schule Aarhus, Halmstadgade, Aarhus N.«. Mit Rotstift hatte irgendein Postangestellter die Straße, die Hausnummer und die Postleitzahl ergänzt. Dafür war sie immer unendlich dankbar gewesen.

Vorsichtig strich sie über die Briefmarke und den Poststempel. Fast siebzehn Jahre waren vergangen, seit der Umschlag in ihrem Briefkasten gelandet war. Ein ganzes langes Leben schien das her zu sein.

Dann öffnete sie den Umschlag, nahm den Briefbogen heraus und entfaltete ihn.

Liebste Nete,
über verschlungene Wege habe ich herausbekommen, wie es in Deinem Leben weiterging, seit Du am Bahnhof in Bredebro lächelnd in den Zug gestiegen und uns zum Abschied gewinkt hast.

Du glaubst gar nicht, wie sehr mich gefreut hat, was ich über die vergangenen sechs Jahre Deines Lebens erfahren habe.

Nicht wahr, jetzt weißt Du, dass Du gut genug bist? Dass Deine Leseschwäche kein unüberwindbares Hindernis war. Dass es auch für Dich einen Platz auf dieser Welt gibt. Und was für einen Platz! Ich bin so stolz auf Dich, meine liebe Nete. Realschulabschluss mit Bestnoten, Klassenbeste in der Laborantenklasse der Technischen Schule Aabenraa und nun bald fertige Labortechnikerin! Das ist einfach großartig. Du fragst dich sicher, woher ich das alles weiß. Stell Dir vor, die Firma Interlab A/S, die Dich zum 1. Januar eingestellt hat, wurde von meinem alten Freund Christopher Hale gegründet. Sein Sohn Daniel ist sogar mein Patenkind. Wir sehen uns regelmäßig, zuletzt anlässlich unseres jährlichen Familientreffens am ersten Advent.

Und stell Dir vor, als ich meinen Freund fragte, womit er derzeit beschäftigt sei, erzählte er von dem Stapel Bewerbungen, den er gerade gesichtet hatte, und zeigte mir dann die, für die er sich entschieden hatte. Ja, da kannst Du Dir vorstellen, wie überrascht ich war, Deinen Namen zu sehen. Und als ich dann auch noch Deinen Lebenslauf las – bitte entschuldige meine Indiskretion –, da kamen mir ehrlich gesagt vor Freude die Tränen.

Aber nun, liebe Nete, will ich Dich nicht länger mit der Rührung eines älteren Herrn behelligen. Du sollst nur wissen, dass Marianne und ich uns unglaublich für Dich freuen, dass Du nun in aller Gelassenheit aufrecht in der Welt stehen und dieser Welt den kleinen Satz zurufen kannst, den wir uns vor so vielen Jahren ausgedacht haben: Ich bin gut genug!

DENK DARAN, mein Mädchen!

Wir wünschen Dir von Herzen alles Gute und viel Glück für Dein weiteres Leben.

Mit lieben Grüßen
Marianne und Erik Hanstholm
Bredebro, den 14. Dezember 1970

Dreimal las sie den Brief und dreimal blieb sie an den Worten: »Ich bin gut genug!« hängen.

»Ich bin gut genug!«, sagte sie dann laut, Erik Hanstholms Gesicht mit den vielen Lachfalten vor Augen. Als sie den Satz zum ersten Mal gehört hatte, war sie erst vierundzwanzig Jahre alt gewesen, jetzt war sie fünfzig. Wo waren die Jahre geblieben? Hätte sie doch nur Kontakt zu ihm aufgenommen, als noch Zeit dafür gewesen war.

Sie atmete tief durch, legte den Kopf zur Seite und prägte sich die Neigung der Buchstaben und jeden kleinen Klecks ein, den Eriks Füllfederhalter hinterlassen hatte.

Dann nahm sie auch das zweite Blatt aus dem Umschlag und betrachtete es mit Tränen in den Augen. Sie hatte seither viele Diplome und Examenszeugnisse bekommen, aber dieses hier war das erste und mit Abstand das wichtigste. Erik Hanstholm hatte es für sie angefertigt, und das war großartig von ihm gewesen.

Diplom stand in zierlichen Blockbuchstaben oben in der Mitte und direkt darunter, verteilt auf drei Zeilen: *Keiner, der das hier lesen kann, ist ein Analphabet.*

Genau das stand da.

Sie wischte sich die Augen und presste die Lippen zusammen. Wie gedankenlos und egoistisch von ihr, dass sie ihm nie geschrieben hatte. Wie würde sich ihr Leben gestaltet haben ohne ihn und seine Frau Marianne? Nun war es zu spät. Nach längerer Krankheit verstorben, hatte es vor drei Jahren in der Todesanzeige geheißen.

Nach längerer Krankheit, was mochte das bedeuten?

Sie hatte Marianne Hanstholm geschrieben, um ihr zu kondolieren, aber die Briefe waren zurückgekommen. Vielleicht gab es sie auch nicht mehr, hatte Nete damals gedacht. Wer war noch übrig auf der Welt außer denen, die ihr Leben ruiniert hatten?

Keiner.

Nete faltete Brief und Diplom zusammen und steckte beides wieder in den Umschlag. Dann nahm sie einen Zinnteller aus dem Schrank und legte den braunen Umschlag darauf.

Als sie das brennende Streichholz daran hielt, der Rauch aufstieg und sich unter dem Stuck an der Decke ausbreitete, empfand sie zum ersten Mal seit dem Unfall keine Scham mehr.

Sie wartete, bis die Flammen erloschen, rieb die Asche zu Pulver und trug den Zinnteller zur Fensterbank im Wohnzimmer. Dort betrachtete sie einen Augenblick die Pflanze mit den klebrigen Fasern. Im Moment roch sie nicht so stark.

Sie streute die Asche in den Blumentopf, dann drehte sie sich zum Sekretär um.

Zuoberst lag ein Stapel Umschläge mit dazugehörigem geblümtem Briefpapier. Eines dieser Höflichkeitsgeschenke an die Gastgeberin. Sie nahm sechs Umschläge, setzte sich an den Esstisch und versah jeden mit einem Namen.

Curt Wad, Rita Nielsen, Gitte Charles, Tage Hermansen, Viggo Mogensen und Philip Nørvig.

Ein Name für jede Phase ihres Lebens, in der sich die Dinge in die verkehrte Richtung entwickelt hatten.

So wie die Namen nun vor ihr lagen, wirkten sie alles andere als bedeutungsvoll. Ja, sie kamen ihr fast belanglos vor. Menschen, die man mit einem Federstrich aus seinem Leben streichen konnte. Leider war das in der Realität nicht so. In der Realität liefen die Namensträger, falls sie noch lebten, genauso frei herum wie Curt Wad – ohne jemals die Vergangenheit zu reflektieren oder auch nur eine Spur des Leids zu bemerken, das ihr Tun hinterlassen hatte.

Aber sie würde dafür sorgen, dass sie innehielten und zurückschauten. Und zwar zu Netes Bedingungen.

Dann griff sie nach dem Telefonhörer und wählte die Nummer des Einwohnermeldeamts.

»Guten Tag. Mein Name ist Nete Hermansen. Würden Sie mir freundlicherweise weiterhelfen, einige Menschen wiederzufinden, von denen ich nur veraltete Anschriften habe?«

7

November 2010

Es wehte ein böiger Wind, und schon von Weitem stieg Carl der Leichengeruch in die Nase, der schwer in der feuchten Herbstluft hing.

Hinter ein paar Bulldozern mit gesenkten Schaufeln standen die weiß gekleideten Mitarbeiter der Mordkommission und konferierten mit den Technikern aus der Gerichtsmedizin.

Sie waren also schon so weit, dass der Leichnam zur Autopsie abtransportiert werden konnte.

Terje Ploug pafftte, mit einer Akte unterm Arm, seine Pfeife, und Marcus Jacobsen seine Zigarette, aber das half nichts. Der arme Kerl, den man hier auf so unschickliche Weise zur Ruhe gebettet hatte, war längst in einen Zustand totaler Auflösung übergegangen und stank einfach bestialisch. Insofern war es fast ein glücklicher Umstand, dass die meisten der Anwesenden mit verstopftem Geruchsorgan herumliefen.

Mit zugekniffenen Nasenlöchern trat Carl näher und betrachtete die Holzkiste, die, obwohl beinahe komplett freigelegt, noch immer in der Erde steckte. Ihr Deckel war geöffnet und sie war mit nur etwa fünfundsiebzig Zentimetern Kantenlänge erstaunlich klein. Doch für eine ordentlich zerteilte Leiche bot sie reichlich Platz. Sie war solide und aus alten, geölten Fußbodendielen mit Nut und Feder zusammengehauen. Diese Kiste hätte noch ewig in der Erde liegen können, ohne zu verrotten.

»Warum haben die den Mann nicht einfach direkt in die Erde versenkt?«, fragte Carl, als er am Rand der Grube stand. »Und warum haben sie ausgerechnet diese Stelle gewählt?« Er deutete auf das Gebiet. »An Platz fehlt's hier doch nun wirklich nicht.«

»Wir haben uns die Fußbodendielen angeschaut, die man aus der Baracke gebrochen hatte.« Der Chef der Mordkommission zog sich den Schal fester um den Kragen seiner Lederjacke und deutete auf einen Haufen Bretter hinter ein paar Bauarbeitern in orangefarbenen Overalls.

»Wir wissen jetzt exakt, an welcher Stelle man die Dielen im Fußboden ausgesägt hat«, fuhr Jacobsen fort. »Es handelt sich um ein Stück an der ehemaligen Südwand, fast ganz in der Ecke. Vor nicht allzu langer Zeit hat man dort mit einer Kreissäge gearbeitet, die Techniker sagen, innerhalb der letzten fünf Jahre.«

Carl nickte. »Okay. Dann ist das Opfer also anderswo getötet, zerteilt und anschließend hierhergebracht worden.«

»Ja, sieht ganz so aus«, sagte Marcus Jacobsen und schniefte. Der Rauch der Zigarette umhüllte seinen Kopf. »Vielleicht als Ermahnung für Georg Madsen, nicht einfach zu tun, wozu er Lust hatte, falls er nicht auch so enden wollte wie der arme Mensch, der dort liegt.«

Terje Ploug nickte. »Die Techniker meinen, die Kiste sei unter dem durchgesägten Stück im Wohnzimmer vergraben worden. Soviel ich der Skizze hier im Bericht entnehmen kann ...«, er deutete auf einen Grundriss in seinen Unterlagen, »... war das direkt unter dem Stuhl, auf dem ihr Georg Madsen mit dem Nagel im Kopf gefunden habt. Dort, wo auf euch geschossen wurde.«

Carl richtete sich auf. Alles in allem waren das keine Informationen, die geeignet waren, um diesen Mittwoch in die Superliga zu erheben. Es war jetzt schon klar, dass Hunderte von Stunden mit Nachforschungen vor ihnen lagen, ein endloses Herumwühlen in Ereignissen, die Carl am liebsten vergessen wollte. Wenn es nach ihm ginge, hätte er auf der Stelle kehrtgemacht. Wäre beim Flughafenkiosk vorbeigefahren, hätte sich eine Grillbratwurst mit Brot und viel Ketchup genehmigt und dabei in aller Ruhe den Uhrzeiger im Auge behalten, bis es nach drei, vier Stunden Zeit geworden wäre, nach Hause zu fahren und sich für die Martinsgans bei Mona umzuziehen.

Ploug starrte ihn an, als könnte er Gedanken lesen.

»Gut«, sagte Carl schließlich. »Also wissen wir, dass der Mann irgendwo anders ermordet und höchstwahrscheinlich mit Georg Madsens Wissen unter dem Fußboden von Madsens Wohnzimmer vergraben wurde. Welche Einzelheiten fehlen noch?«

Er kratzte sich an der Wange und lieferte selbst die Antwort. »Nun ja. Wir müssen das Motiv noch klären, die Identität des Opfers herausfinden und den Täter aufspüren. Piece of cake! Schaffst du in Nullkommanichts, nicht wahr, Ploug?«, grunzte Carl, während ihm das Unbehagen unter die Haut kroch.

Hier, auf diesem schwarzen Flecken Erde, wäre er vor zwei Jahren beinahe ums Leben gekommen. Von hier hatten die Rettungssanitäter Ankers Leiche und Hardys schwer verletzten Körper weggetragen. Hier hatte Carl seine beiden Kollegen im Stich gelassen und wie ein erschreckter Vogel flügellahm auf dem Fußboden gelegen. Und wenn diese kleine Kiste demnächst ihre letzte Fahrt in die Rechtsmedizin antrat, dann würden alle greifbaren Zeugnisse der damaligen Ereignisse endgültig ausgelöscht sein. Was gleichzeitig falsch und richtig war.

»Ja, stimmt, höchstwahrscheinlich ist das mit Wissen dieses Georg Madsen vonstattengegangen. Aber falls das Vergraben der Leiche als Warnung gedacht war, dann hat sich Madsen die Warnung, das kann man wohl so sagen, nicht wirklich zu Herzen genommen«, lautete Marcus Jacobsens trockener Kommentar.

Carl sah am Chef der Mordkommission vorbei zu der offenen Kiste.

Der Schädel lag, auf die Seite gedreht, auf einem der schwarzen Müllsäcke, in welche die Leichenteile noch immer verpackt waren. Der Größe des Schädels, dem Zustand des Kiefers und der mindestens einmal gebrochenen, verwachsenen Nasenwurzel nach zu urteilen, handelte es sich nicht nur um einen Mann, sondern um einen, der wenig ausgelassen hatte. Und da lag er nun, ohne Zähne, die Kopfhaut in Auflösung begriffen, die Haare nur noch eine schleimige Masse. Und durch diese Masse schimmerte der Kopf eines ziemlich kräftigen galvanisierten Nagels. Eines Nagels, wie ihn zweifellos auch Georg Madsen und die beiden Mechaniker aus der Autowerkstatt weiter südlich in Sorø in ihren Schädeln stecken hatten.

Der Chef pellte sich aus dem Schutzoverall und nickte den Fotografen zu. »In ein paar Stunden analysieren wir die Kiste in der Rechtsmedizin und dann werden wir sehen, ob es etwas gibt, woran wir die Identität des Opfers festmachen können«, sagte er abschließend. Dann drehte er sich um und lenkte die Schritte in Richtung seines Wagens ein Stück entfernt auf dem Schotterweg.

»Ploug, du schreibst den Bericht!«, rief er über die Schulter.

Carl trat zwei Meter zurück und versuchte, den Leichengestank wegzufiltern, indem er den Qualm aus Plougs Pfeife einatmete.

»Warum in aller Welt musstest du mich hierherschleppen, Terje?«, fragte er. »Was steckt dahinter? Wolltest du sehen, ob ich zusammenbreche?«

Ploug sah ihn müde an. Ob Carl zusammenbrach oder nicht, das ging ihm ziemlich am Arsch vorbei.

»Soweit ich mich erinnern kann, lag die Baracke des Nachbarn gleich daneben«, sagte Ploug und deutete auf ein anderes Grundstück. »Der muss doch was gehört oder gesehen haben, als die Kiste in die Nachbarbude geschleppt wurde. Und auch das Dröhnen anschließend, als Georg Madsens Fußbodenbretter mit einer Kreissäge behandelt wurden, oder? Kannst du dich daran erinnern, ob der Nachbar etwas dazu gesagt hat?«

Carl lächelte gequält. »Lieber Ploug. Erstens hat der Nachbar dort gerade mal zehn Tage gewohnt, bevor Georg Madsen ermordet wurde. Er kannte den Mann also gar nicht. Und soviel die Techniker und ich dem stinkenden Haufen entnehmen können, ist die Leiche vor mindestens fünf Jahren unter die Erde gekommen, also drei Jahre vor Madsens Ermordung. Wie sollte der Nachbar dann aber etwas davon wissen? Hast im Übrigen nicht *du* die Ermittlungen damals geleitet, nachdem sie mich ins Krankenhaus gebracht hatten? Hast du nicht selbst mit dem Mann gesprochen?«

»Nein. Der Mann klappte am Abend desselben Tages mit einem Herzanfall zusammen und starb gleich da drüben an der Bordsteinkante, noch während wir zusammenpackten. Offenbar hatten ihn der Mord und die plötzliche massive Polizeipräsenz zu sehr geschockt.«

Carl schob die Unterlippe vor. Na, da kam ja insgesamt eine Menge Toter zusammen, die diese Druckluftnagler-Schweine auf dem Gewissen hatten.

»Tja, das hast du offenbar nicht gewusst.« Ploug zog seinen Block aus der Innentasche. »Dann weißt du vielleicht auch nicht, dass wir vor Kurzem Informationen über zwei vergleichbare Morde in Holland bekommen haben. Im Mai beziehungsweise September letzten Jahres fand man in Schiedam, einem Hochhausviertel außerhalb Rotterdams, zwei Männer, die ebenfalls mit einem Druckluftnagler hingerichtet worden waren. Wir haben einiges an Bildmaterial von dort bekommen.«

Er öffnete die Aktenmappe und deutete auf Fotos der beiden Schädel. Unterdessen sicherten Polizisten den Fundort mit Absperrband.

»In den Schläfen der Leichen aus Holland steckten jeweils neun Zentimeter lange Paslode-Nägel, genau wie bei den Mordopfern auf Seeland. Ich schicke dir nachher Kopien des Materials. Wenn der Bericht aus der Rechtsmedizin vorliegt, wenden wir uns dem Thema wieder zu.«

Okay, dachte Carl. Dann bekommen Hardys graue Zellen endlich mal wieder was zu tun.

Er fand Lis in Roses Büro. Die Arme unter der Brust verschränkt, lauschte sie nickend Roses Betrachtungen über das Leben im Allgemeinen und im Keller im Besonderen. Er hörte Bruchstücke wie »miese Verhältnisse«, »Grabkammerstimmung« und »lächerliches Chefgehabe« und wollte ebenfalls schon zustimmend nicken, als ihm bewusst wurde, dass die Rede von ihm selbst war.

»Ähem«, räusperte er sich und hoffte, Rose würde zusammenzucken, aber sie würdigte ihn keines Blicks.

»Hier erscheint das Wunder Gottes in höchsteigener Person«, sagte sie nur und reichte ihm einen Stoß Papiere. »Achte auf das, was ich im Rita-Nielsen-Fall angestrichen habe, und preise dich glücklich, dass es hier in diesem Loch Mitarbeiter gibt, die auf den Laden aufpassen, während andere unter freiem Himmel herumfurzen.«

Oh Gott, war es wieder so weit? Wenn sie so drauf war, dauerte es bestimmt nicht mehr lange, bis die vermeintliche Zwillingsschwester Yrsa wieder hier aufkreuzte.

»Du bist oben gewesen und hast nach mir gefragt?«, sagte Lis, nachdem sie Rose in ihrem schwarz-weißen Reich alleine gelassen hatten.

»Ich habe vergeblich versucht, meinen Cousin Ronny ausfindig zu machen, und da dachte ich, dass …«

»Ah ja, die Sache.« Für einen Moment wirkte sie enttäuscht. »Bak hat uns ein bisschen was erzählt. Was für eine Geschichte! Aber ich tue, was ich kann.«

Sie schenkte ihm ein Lächeln, worauf sich seine Kniekehlen wie Gelee anfühlten, und bewegte sich dann in Richtung Archiv.

»Warte noch einen Augenblick, Lis«, bremste Carl sie. »Was ist eigentlich mit der alten Sørensen passiert? Die wirkt ja plötzlich so … ja, ich hätte beinahe gesagt herzlich.«

»Oh ja, Catarina, äh, ich meine Cata. Sie nimmt derzeit an einem NLP-Kurs teil.«

»An einem NLP-Kurs? Was zum Teufel ist das denn …?«

In diesem Moment klingelte Carls Handy. *Morten Holland* war auf dem Display zu lesen. Was um alles in der Welt wollte sein Untermieter um diese Zeit von ihm?

»Ja, Morten?«, sagte er und nickte Lis zu, die mit einem eleganten Hüftschwung kehrt machte und verschwand.

»Störe ich?«, klang es vorsichtig aus dem Hörer.

»Hat der Eisberg die Titanic gestört? Hat Brutus Cäsar gestört? Was ist los? Ist was mit Hardy?«

»Äh, ja, in gewisser Weise. Der war übrigens gut, der mit der Titanic, echt. Ja, also Hardy würde gern mit dir sprechen.«

Carl hörte, wie der Hörer über Hardys Kopfkissen rutschte. Das war eine neue Unsitte von Hardy und Morten. Früher hatten sich Hardy und Carl auf ein abendliches Plauderstündchen an der Bettkante beschränkt, aber das reichte wohl nicht mehr.

»Kannst du mich hören, Carl?« Carl konnte vor sich sehen, wie Morten dem großen gelähmten Mann das Telefon ans Ohr drückte. Halb geschlossene Augen, gerunzelte Stirn, trockene Lippen. Aus Hardys Stimme sprach eine schlecht verhohlene Besorgnis. Demnach hatte er garantiert schon mit Terje Ploug gesprochen.

»Ploug hat angerufen«, sagte er. »Du weißt ja wohl, worum es geht?«

»Ja.«

»Okay. Und worum geht es wirklich, Carl, kannst du mir das mal verraten?«

»Es geht darum, dass die Leute, die auf uns geschossen haben, kaltblütige Mörder sind, die mit aller Macht und Gewalt für Disziplin in den eigenen Reihen sorgen.«

»Du weißt doch genau, dass ich das nicht meine.« Eine Pause entstand. Eine von der unbehaglichen Sorte. Eine von denen, die in der Regel mit Konfrontation endeten.

»Weißt du, was ich denke? Ich denke, dass Anker tief in diesen Mist verstrickt war. Er wusste, dass in der Baracke ein toter Mann saß, ehe wir dort rausgefahren sind.«

»Aha. Und worauf stützt du das, Hardy?«

»Ich weiß es einfach. Er hatte sich in vielerlei Hinsicht verändert. Er brauchte mehr Geld als früher, sein ganzes Wesen war anders. Und dann ging er an dem Tag nicht nach Vorschrift vor.«

»Wie meinst du das?«

»Er ist zum Nachbarn rübergegangen, um ihn zu vernehmen, noch ehe wir überhaupt in Georg Madsens Haus drinnen waren. Aber woher konnte er mit Sicherheit wissen, dass dort ein toter Mann lag?«

»Das hatte der Nachbar doch angezeigt.«

»Also wirklich, Carl. Wir haben ja alle naselang erlebt, dass es sich bei einer solchen Anzeige am Ende um ein totes Tier handelte oder um Geräusche aus dem Radio oder Fernseher. Anker ging immer mit rein, um zu checken, ob es falscher Alarm war, ehe er die Nachbarschaft aufsuchte. Nur an diesem Tag nicht.«

»Warum erzählst du mir das ausgerechnet jetzt? Meinst du nicht, dass du früher reichlich Gelegenheit dazu gehabt hättest?«

»Kannst du dich daran erinnern, dass Minna und ich Anker bei uns aufgenommen hatten, damals, als ihn seine Frau an die Luft gesetzt hatte?«

»Nein.«

»Das war auch nur für kurze Zeit, aber Anker steckte damals bis zum Hals im Dreck. Er kokste.«

»Ja, das ist mir inzwischen auch klar geworden, dafür hat dieser blöde Psychologe gesorgt, dieser Kris, den Mona mir auf den Hals gehetzt hat. Aber damals wusste ich das nicht.«

»An einem der Abende war er in eine Schlägerei verwickelt, als er in der Stadt unterwegs war. Seine ganzen Klamotten waren blutig.«

»Und ...?«

»Die waren nicht nur blutig, die waren blutgetränkt, Carl. Da war so viel Blut dran, dass er die Sachen anschließend weggeschmissen hat.«

»Und jetzt erkennst du auf einmal einen Zusammenhang zwischen dem Leichenfund heute und dem Vorfall damals?«

Wieder diese Pause. Hardy war einer der besten Ermittler gewesen, damals, als er sich noch in der Senkrechten bewegt hatte. »Wissen und Intuition«, so hatte er das immer erklärt. Diese verfluchte Intuition.

»Lass uns abwarten, was die Obduktion ergibt, Hardy.«

»Der Schädel in der Kiste hatte doch keine Zähne, oder?«

»Nein.«

»Und die Leiche war völlig zersetzt.«

»Ja, so was in der Art. Nicht ganz wie Suppe, aber fast.«

»Dann bekommen wir auch nicht raus, wer der Mann war.«

»Tja, das ist dann wohl so, Hardy, oder?«

»Du hast gut reden, Carl. Du liegst ja nicht hier mit einem Schlauch in den Eingeweiden und starrst Tag und Nacht an die Decke. Wenn Anker bei dem Scheiß mitgemacht hat, dann ist es auch seine verdammte Schuld, dass ich hier liege. Deshalb, Carl, rufe ich dich an. Also behalte diesen verwünschten Fall im Auge, ja? Und falls Terje Ploug schludert, dann bist du es deinem alten Partner schuldig, ihn gehörig an den Ohren zu ziehen, hörst du?«

Als Morten Holland entschuldigend die Verbindung unterbrach, fand Carl sich auf der Kante seines Stuhls sitzend wieder. Roses Unterlagen ruhten auf seinem Schoß. Er hatte keinen blassen Schimmer, wie er in sein Büro gekommen war.

Kurz schloss er die Augen und versuchte, Anker vor sich zu sehen. Die Züge seines ehemaligen Partners waren völlig verwischt. Wie sollte er sich da an Ankers Pupillen erinnern, an seine Nasenlöcher, seine Stimme und an all das andere, das auf Kokainmissbrauch hindeutete?

8

November 2010

»Hast du dir angesehen, was Rose in der Akte Rita Nielsen angemarkert hat, Carl?«

Carl hob den Blick und hätte fast losgeprustet. Vor ihm stand Assad und wedelte mit irgendwelchen Papieren. Offenbar war ihm etwas eingefallen, um die ständig tropfende Nase in den Griff zu bekommen: In seinen Nasenlöchern steckten Wattebäusche, die so dick waren, dass seine ohnehin undeutliche Aussprache der Zischlaute nun noch verwaschener klang.

»Was hat sie wo angemarkert?« Carl unterdrückte ein Grinsen.

»In der Akte von dieser Bordelldame, die in Kopenhagen verschwunden ist: Rita Nielsen.« Er warf einen Stoß Fotokopien auf den Tisch. »Rose ist gerade dabei, herumzutelefonieren, und in der Zwischenzeit sollen wir die hier durcharbeiten, hat sie gesagt.«

Carl nahm die Kopien und deutete auf die Wattebäusche. »Wenn du diese Tampons nicht sofort rausnimmst, kann ich mich nicht konzentrieren.«

»Dann tropfe ich, Carl.«

»Dann tropfst du eben. Sieh einfach nur zu, dass du auf den Fußboden tropfst.« Er nickte, als die Watte im Papierkorb landete, und warf einen Blick auf die Fotokopien. »Also, wo ist jetzt was angemarkert?«

Assad neigte sich gefährlich weit vor und blätterte ein paar Seiten weiter. »Da.« Er deutete auf ein paar rot unterlegte Zeilen.

Carl überflog die Seite. Es ging dort um den Zustand, in dem man Rita Nielsens Mercedes vorgefunden hatte, und Rose hatte die Dinge angestrichen, die im Handschuhfach gelegen hatten: ein Reiseführer für Norditalien, eine Packung Läkerol-Bonbons, eine Packung Papiertaschentücher, zwei Broschüren von Florenz und außerdem noch vier Musikkassetten von Madonna.

Offenbar gehörte Madonna damals nicht zu den Musikrichtungen, die sich im Hehlermilieu Nørrebros absetzen ließen, dachte Carl und sah, dass Rose die Zeile »Kassette mit ›Who's that Girl‹ ohne Inhalt vorgefunden« zusätzlich noch mit Kuli unterstrichen hatte. Witzige Formulierung, dachte er lächelnd. Ohne Inhalt vorgefunden, das lag bei einer Kassette von Madonna ja wohl in der Natur der Sache.

»Jawohl, jawohl«, schnarrte er. »Wahrhaft große Neuigkeiten, Assad. Man fand also eine Madonna-Musikkassette ohne Inhalt. Sollten wir da nicht sofort die Presse informieren?«

Assad sah ihn verständnislos an. »Und hier auf der nächsten Seite steht auch noch was Wichtiges. Ja, die Seiten liegen irgendwie ein bisschen in verkehrter Reihenfolge.«

Er deutete auf weitere Markierungen: Rita Nielsens Verschwinden war am 6. September 1987 telefonisch angezeigt worden. Der Anruf war von einer Lone Rasmussen aus Kolding gekommen, die für Rita Nielsen Telefondienst machte und die Buchungen der Callgirls entgegennahm. Sie hatte sich gewundert, dass Rita Nielsen nicht wie erwartet am Samstag nach Kolding zurückgekehrt war. Dort stand auch noch, dass diese Lone Rasmussen mehrere Prostitutions- und Drogengeschichten auf der Agenda hatte und eine alte Bekannte der Polizei war.

Der Satz, den Rose unterstrichen hatte, lautete: »Lone Rasmussen war sich ganz sicher, dass Rita Nielsen am Sonntag etwas vorhatte, denn dieser Tag und die nächsten Tage waren mit roten Schrägstrichen in ihrem Kalender im Massagesalon markiert, den Lone Rasmussen konsequent als ›Callgirl-Büro‹ bezeichnete.«

»Okay«, sagte Carl mit Betonung auf der letzten Silbe, während er weiterlas. Rita Nielsen hatte also Verabredungen für die Tage nach ihrem Verschwinden gehabt, aber die Ermittler hatten nicht herausfinden können, was genau sich hinter diesen Verabredungen verbarg.

»Ich glaube, Rose versucht gerade, diese Lone Rasmussen aufzutreiben.« Assad klang sehr feucht.

Carl seufzte. Das alles war vor dreiundzwanzig Jahren geschehen. Nach Lone Rasmussens Personennummer zu urteilen, war sie nun Mitte siebzig, ein ziemlich hohes Alter für eine Frau mit einer solchen Vergangenheit. Und falls sie trotz allem doch noch lebte, was sollte sie ihren wenig informativen Aussagen von damals nach so vielen Jahren hinzuzufügen haben?

»Carl, sieh mal hier.« Assad blätterte und deutete dann auf einen Satz, den er mit nasal gedämpften Konsonanten vorlas.

»»Bei der Untersuchung von Rita Nielsens Wohnung am zehnten Tag nach ihrem Verschwinden wird eine Katze vorgefunden, die dermaßen geschwächt ist, dass man sie einschläfern muss.‹«

»Das ist ja übel«, sagte Carl.

»Ja, und hier.« Assad deutete auf eine Stelle ganz unten auf der Seite. »»Keine Funde von Material, die auf ein Verbrechen schließen lassen, oder von persönlichen Papieren, Tagebüchern oder Notizen, die für eine ernste Krise sprechen.

Rita Nielsens Wohnung wirkt geordnet, wenn auch etwas unreif eingerichtet, mit reichlich Nippes und ungewöhnlich vielen ausgeschnittenen und eingerahmten Fotos von Madonna. Insgesamt nichts, was die Gedanken auf Selbstmord geschweige denn Mord lenken könnte.‹«

Wieder hatte Rose einen Satz doppelt markiert, den mit den eingerahmten Madonna-Fotos. Carl wischte sich die Nase ab. Fing die jetzt auch an? Nein, das war bestimmt nichts. Verflucht, er konnte heute Abend keine Erkältung gebrauchen. Nicht bei der Martinsgans.

»Ja, also ich weiß nicht, warum Rose all das mit Madonna so wichtig findet«, sagte Carl. »Aber bei der Sache mit der Katze wird man schon etwas hellhörig.«

Assad nickte. An dem Mythos von der intensiven Bindung zwischen ledigen Frauen und ihren Haustieren war sicher etwas dran. Hatte man eine Katze, dann sorgte man auch für sie, ehe man etwas so Drastisches wie einen Selbstmord unternahm. Entweder ging man zusammen in den Tod oder man gab das Tier rechtzeitig in gute Hände.

»Ich gehe doch davon aus, dass sich unsere Kollegen in Kolding bereits ihre Gedanken dazu gemacht haben«, sagte Carl, aber Assad schüttelte den Kopf.

»Nein. Es wurde die Vermutung aufgestellt, Rita Nielsen habe sich wohl einer plötzlichen Eingebung folgend das Leben genommen.«

Carl nickte. Natürlich war das eine Möglichkeit. Rita Nielsen war ja weit weg gewesen von ihrem Zuhause und der Katze. Da konnte man nie wissen.

Roses Stimme dröhnte durch den Keller. »Kommt mal schnell her, ihr beiden. Sofort!«

Was war denn das für ein Kommandoton? Reichte es ihr inzwischen nicht mehr, zu entscheiden, welcher Fälle sie sich annahmen? Höchste Zeit, dagegenzuhalten – auch auf die Gefahr hin, dass die Laune dann wieder in den Keller rutschte und Yrsa auftauchte. Immerhin, dumm war Roses zweite Persönlichkeit nicht, auch wenn sie nicht ganz so clever war.

»Komm, Carl«, sagte Assad und zog ihn am Ärmel. Offenbar war er besser abgerichtet.

Von Kopf bis Fuß schwarz wie ein Schornsteinfeger stand Rose in ihrem Büro und hielt die Hand vor den Telefonhörer.

»Das ist Lone Rasmussen«, flüsterte sie, völlig ungerührt von Carls zusammengekniffenen Augen und seinem missbilligenden Blick. »Ihr sollt mithören. Ich erkläre es anschließend.«

Dann legte sie den Hörer auf den Schreibtisch und drückte auf den Mithörknopf.

»So, Lone, jetzt sind mein Chef Carl Mørck und sein Assistent bei mir. Seien Sie doch bitte so nett und wiederholen Sie, was Sie mir gerade erzählt haben.«

Okay, sie nannte ihn Chef. Immerhin. Dann wusste sie ja doch noch, wer hier im Büro das Sagen hatte. Carl nickte ihr anerkennend zu. Sie hatte tatsächlich Lone Rasmussen aufgetrieben. Nicht schlecht.

»Jaaa«, kam schleppend die Reaktion. Die typisch apathisch-heisere Stimme einer Drogenabhängigen. Alt klang sie eigentlich nicht. Nur unendlich verbraucht. »Können Sie mich jetzt hören?«

Das bestätigte Rose.

»Ja, also, ich hab nur gesagt, dass sie diese blöde Katze geliebt hat und dass es eine andere Nutte gab, ich weiß nicht mehr, wie die hieß, die sollte mal auf die Katze aufpassen, aber dann hat sie's vergessen, und da wurde Rita so stinksauer auf sie, dass sie die Tussi zur Hölle geschickt hat. Danach musste *ich* dem Tier immer zu fressen geben, wenn Rita verreist war, irgend so was aus der Dose. Aber wenn Rita nur ein oder zwei Tage weg war, blieb die Katze allein. Na ja, die hat dann überall hingeschissen, aber das hat Rita einfach weggewischt.«

»Sie sagen also, dass Rita ihre Katze im Grunde nicht lange allein ließ, außer jemand kümmerte sich um sie«, half Rose ihr wieder auf die Sprünge.

»Ja, genau! Das war schon komisch: Ich wusste nicht, dass die Katze in der Wohnung war, und außerdem hatte ich keinen Schlüssel, den bekam ich ja nicht einfach so von Rita. Sonst hätte ich natürlich bemerkt, dass das arme Viech am Verhungern war. Das verstehen Sie doch, oder?«

»Ja, Lone, das verstehen wir. Aber wiederholen Sie bitte auch das andere noch mal, was Sie mir eben erzählt haben. Das mit Madonna.«

»Ach so, das. Ja, also Rita fuhr total auf die ab. Wirklich total.«

»Sie haben gesagt, Rita sei in sie verliebt gewesen.«

»Verdammt, ja. Darüber hat sie zwar nicht geredet, aber das haben wir alle gewusst.«

»Also war Rita Nielsen lesbisch?«, ging Carl dazwischen.

»Was war das denn? Das war doch 'ne Männerstimme!«, gackerte Lone heiser. »Tja, Rita, die hat doch alles gevögelt, was gehen oder stehen konnte.« Sie unterbrach sich abrupt, und das Gluckern eines Getränks, das eine ausgetrocknete Kehle hinuntergestürzt wurde, war bis in Roses puritanische Bürolandschaft zu hören. »Wenn Sie mich fragen, ich glaub nicht, dass Rita jemals Nein gesagt hat«, fuhr Lone nach ein paar weiteren Schlucken fort. »Nur damals, als sie es noch für Geld machte und der Kerl, oder wer das war, keins hatte.«

»Sie glauben also nicht, dass Rita sich das Leben genommen hat?«, fragte Carl.

Darauf hörten sie einen langen, heiseren Lachanfall, gefolgt von einem: »Zum Teufel! Nein!«

»Und Sie haben keine Ahnung, was passiert sein könnte?«

»Null Ahnung. Das war alles verdammt komisch. Aber es hatte mit Geld zu tun, obwohl davon Massen auf dem Konto waren, als der Nachlass endlich freigegeben wurde. Wenn mich nicht alles täuscht, dauerte das acht Jahre.«

»Sie hatte testamentarisch ihr ganzes Geld und die Wohnung den ›Katzenfreunden‹ vermacht, war das nicht so?«, unterbrach Rose sie.

Schon wieder diese Katzen, dachte Carl. Nein, so eine Frau würde ihre Katze nie und nimmer verhungern lassen.

»Ja, so ein Ärger. Ich hätte von den Millionen gut eine gebrauchen können«, tönte es auf der anderen Seite.

»Okay«, sagte Carl, »ich fasse noch mal zusammen: Rita fuhr am Freitag nach Kopenhagen, und Sie hatten den Eindruck, dass sie am Samstag wieder zu Hause sein würde. Deshalb mussten Sie sich auch nicht um die Katze kümmern. Sie gingen davon aus, dass Rita in der Nacht zum Sonntag zu Hause in Kolding schlief und dass sie im Anschluss für einige Tage irgendwohin wollte und dass Sie dann die Katze möglicherweise versorgen müssten, aber Sie wussten nicht, ob die überhaupt in der Wohnung war. Ist das so korrekt?«

»Ja, so in der Art.«

»Und Ähnliches war früher schon vorgekommen?«

»Ja, klar. Rita war gern mal für ein paar Tage weg. Fuhr nach London oder so. Sah sich so was wie Musicals an, das fand sie gut. Wem hätte das nicht gefallen? Na, sie konnte sich's ja auch leisten.«

Die letzten Sätze wurden immer undeutlicher und Assad war die Konzentration ins Gesicht geschrieben. Er hatte die Augen zusammengekniffen, als stünde er in einem Sandsturm. Aber Carl verstand die Frau gut.

»Noch eine Kleinigkeit. Am letzten Tag, als sie gesehen wurde, hat Rita in Kopenhagen mit der Kreditkarte Zigaretten gekauft. Können Sie sich erklären, warum sie nicht bar bezahlt hat? So einen geringen Betrag?«

Lone Rasmussen lachte. »Vater Staat hat sie mal mit etlichen Hunderttausenden zu Hause in der Schublade drangekriegt. Das wurde teuer für sie, das können Sie glauben. Sie konnte nämlich nicht richtig erklären, woher sie die hatte. Und seither kam ihr ganzes Geld auf die Bank und sie hob nie auch nur eine Krone ab. Alles wurde mit der Kreditkarte bezahlt. Klar gab es viele Läden, in denen sie nicht einkaufen konnte, aber das war ihr egal. Sie hütete sich davor, dass ihr so was noch mal passierte. Und es passierte auch nicht.«

»Okay«, schloss Carl. Damit war das geklärt. »Schade, dass *Sie* ihr Geld nicht geerbt haben«, fuhr er fort und meinte es beinahe ernst. Zwar wäre das wohl Lone Rasmussens Tod gewesen, aber dann wäre es wenigstens schnell gegangen.

»Na ja, aber ich hab ja ihre Möbel und alles aus der Wohnung bekommen, weil die ›Katzenfreunde‹ daran nicht interessiert waren. Und das war auch gut, denn meine eigenen Sachen waren nur Plunder.«

Carl konnte es fast vor sich sehen.

Sie bedankten sich und beendeten das Gespräch. Sie dürften gern jederzeit wieder anrufen, erklärte Lone am Schluss.

Carl nickte. Klar, dann passierte in Lones Leben auch mal was.

Rose sah die Kollegen lange an, sie wusste, dass sie nun mitmachen würden. Hier gab es einen Fall, bei dem sich eine gründlichere Untersuchung lohnte.

»Du hast doch noch was auf Lager, Rose«, stellte Carl fest. »Na komm schon, raus damit.«

»Du weißt nicht viel über Madonna, Carl, stimmt's?«, antwortete sie bloß.

Er betrachtete sie müde. In Roses Augen, die noch nicht annähernd so lange in die Welt schauten wie seine, war es offenbar so, dass man ab dreißig in den eigenen Kreisen festgewachsen war. Und war man über vierzig, dann war man nie jung gewesen. Wie mochten einen diese Augen erst betrachten, wenn man jenseits der fünfzig, sechzig oder noch älter war?

Er zuckte die Achseln. Trotz seines hohen Alters wusste er eine Menge über Madonna. Aber es ging Rose natürlich überhaupt nichts an, wie ihn eine seiner Freundinnen mit ›Material Girl‹ fast zum Wahnsinn gebracht hatte. Oder wie Vigga für ihn splitternackt zwischen den Federbetten getanzt und dabei mit erotischem Hüftschwung ›Papa Don't Preach‹ gegrölt hatte. Bestimmt kein Anblick, den man irgendwem offenbaren wollte.

»Na ja, ein bisschen weiß ich schon«, sagte Carl. »Sie ist in letzter Zeit religiös geworden, war das nicht so?«

Doch damit konnte er Rose nicht beeindrucken. »Rita Nielsen gründete 1983 ihre Callgirl-Zentrale und ihren Massagesalon in Kolding und stellte sich dem heimischen Pornomilieu unter dem Namen Louise Ciccone vor. Sagt dir das was?«

Assad hob einen Finger. »Ciccone, das hab ich mal probiert. Das ist irgend so eine Pasta mit Fleisch, stimmt's?«

Rose warf ihm einen vernichtenden Blick zu. »Madonnas richtiger Name lautet Madonna Louise Ciccone. Lone Rasmussen hat mir erzählt, dass in Rita Nielsens Massagesalon ausschließlich LPs von Madonna gespielt wurden und dass Rita stets und ständig Madonnas Make-up und die Frisuren zu kopieren versuchte. Als sie verschwand, hatte sie solche wasserstoffblonden Marilyn-Monroe-Locken – genau wie Madonna auf der ›Who's-That-Girl‹-Tournee. Solche!«

Auf einen Doppelklick mit der Maus erschien eine pikante Profilansicht von Madonna auf dem Bildschirm, mit Netzstrümpfen, hautengem schwarzem Body, lose baumelndem Mikrofon am lose baumelnden Arm und einem schönen Achtzigerjahre-Make-up mit dunklen Augenbrauen und platinblondem Haar. Doch ja, und ob er sich erinnerte. Als wäre es gestern gewesen.

»Genau so habe Rita Nielsen ausgesehen, hat mir Lone Rasmussen erzählt. Dunkler Lidschatten und blutrote Lippen. Das war Rita Nielsen, als sie verschwand. Älter, klar, aber noch ziemlich flott, meinte sie.«

»Genau!«, sagte Assad. Worauf auch immer sich das beziehen sollte.

»Ich hab mich an den Inhalt ihres Handschuhfachs gehalten«, fuhr Rose fort. »Sie hatte alles, wirklich alles von Madonna auf Kassette, inklusive des Soundtracks zu ›Who's That Girl‹, auch wenn das Band selbst fehlte. Das steckte bestimmt in dem gestohlenen Kassettenrekorder. Und dann waren da noch diese Florenz-Broschüren und der Norditalien-Reiseführer. Das passte irgendwie zusammen und brachte mich auf eine Idee. Schaut euch das an.«

Sie klickte ein Icon auf dem Desktop an, woraufhin dasselbe Foto von Madonna erschien. Dasselbe, nur dass es auf der einen Seite mit einer Reihe von Daten unterlegt war. Auf diese deutete Rose.

»June 14 and 15, Nashinomiya Stadion, Osaka, Japan«, las Assad vor. Wahnsinn, japanischer konnte man es nicht aussprechen.

»Ja, das Stadion heißt in Wirklichkeit Nishinomiya, sagen alle meine anderen Quellen, aber was soll's.« Eine gewisse Überlegenheit schien sich auf Roses schwarzen Lippen auszudrücken. »Aber wenn ihr erst mal ans Ende der Liste seht, werden euch die Augen aus dem Kopf fallen.«

Carl hörte Assad wieder vorlesen. »September 6, Stadio Comunale, Firenze, Italy.«

»Okay«, sagte Carl. »Und in welchem Jahr? Soll ich raten? 1987?«

Sie nickte, jetzt war sie wirklich in ihrem Element. »Ja, das ist der Sonntag, der in Ritas Kalender mit vielen kleinen roten Schrägstrichen markiert war. Wenn ihr mich fragt, dann wollte sie zu Madonnas letztem Konzert auf der Tour. Hundertpro. Sie musste nur schnell von Kopenhagen nach Hause, packen und sofort wieder los, um den Auftritt ihres Idols in Florenz nicht zu verpassen.«

Assad und Carl sahen sich an. Broschüren, Katzenpflege, die Schwärmerei für den Popstar, alles passte.

»Können wir vielleicht herausfinden, ob sie für den 6.9.1987 einen Flug von Billund-Airport gebucht hatte?«

Rose sah ihn enttäuscht an. »Ist schon erledigt. Aber so alte Daten haben sie nicht mehr im System. Auch in der Wohnung fand sich nichts dergleichen. Man muss davon ausgehen, dass sie das Flugticket und die Konzertkarte bei sich hatte, als sie verschwand.«

»Dann haben wir es ja wohl kaum mit Selbstmord zu tun«, resümierte Carl knapp und gab Rose einen hauchzarten Klaps auf die Schulter.

Carl überflog Roses Anmerkungen zu Rita Nielsen. Rose war es offenbar nicht schwergefallen, Rita Nielsens Meriten nachzuverfolgen, denn seit ihrer frühen Kindheit hatten fast alle einschlägigen öffentlichen Institutionen das Wohl und Wehe dieser Rita begleitet. Diverse Instanzen waren beteiligt gewesen: Kinder- und Jugendfürsorge, Polizei, Krankenhäuser und Strafanstalten. Geboren am 1. April 1935 als Tochter einer Prostituierten, die anschließend weiter anschaffen ging, wuchs Rita bei einer Familie am alleruntersten Ende der sozialen Skala auf. Als Fünfjährige wurde sie bei ihrem ersten Ladendiebstahl erwischt, während der sechsjährigen Schulzeit etablierte sie sich als Kleinkriminelle. Als Fünfzehnjährige ging sie zum ersten Mal auf den Strich, mit siebzehn wurde sie schwanger, trieb ab und kam anschließend für eine Weile wegen Verhaltensauffälligkeit und Lernbehinderung unter Beobachtung. Die Familie hatte sich da schon längst aufgelöst.

Nach ein paar Monaten in einer Pflegestelle prostituierte sie sich erneut und kam daraufhin für eine Weile in die Keller'schen Anstalten in Brejning. Dort wurde eine leichte Form von Geistesschwäche diagnostiziert. Nach einer Reihe von Fluchtversuchen und Gewaltdelikten wurde sie in die Besserungsanstalt für Frauen auf Sprogø eingewiesen. Nach einem weiteren Aufenthalt bei einer Pflegefamilie und neuerlichen Straffälligkeiten verschwand sie vom Sommer 1963 bis in die Mitte der Siebzigerjahre aus dem Blickfeld. Anscheinend verdingte sie sich in der Zeit als Tänzerin in verschiedenen europäischen Großstädten.

Danach richtete sie einen Massagesalon in Aalborg ein, wurde wegen Kuppelei verurteilt und kam offenbar zur Besinnung. Sie schien ihre Lektion gelernt zu haben. Es gelang ihr tatsächlich, mit ihrem Massage- und Callgirl-Unternehmen ein Vermögen anzuhäufen, ohne in Konflikt mit dem Gesetz zu geraten. Sie zahlte Steuern und hinterließ dreieinhalb Millionen Kronen, die inzwischen wohl mindestens das Dreifache wert sein dürften.

Beim Lesen dachte sich Carl seinen Teil. Wenn Rita Nielsen geistesschwach war, dann kannte er auf jeden Fall andere, die das auch waren.

In diesem Moment platzierte er seinen Ellbogen in einer Pfütze auf dem Schreibtisch und musste feststellen, dass seine Nase seit geraumer Zeit still und heimlich lief.

»Verdammter Mist!«, rief er und legte den Kopf in den Nacken, während seine Finger nach etwas zum Schnäuzen tasteten.

Zwei Minuten später stand er auf dem Korridor, wo Rose und Assad Kopien aus der Nielsen-Akte an die kleinste der großen Anschlagtafeln hefteten.

Carl sah hinüber zur anderen Anschlagtafel, die sich zwischen Roses Büro- und Assads Besenkammertür erstreckte. Da hing ein Blatt Papier für jeden ungelösten Fall, der seit der Einrichtung des Sonderdezernats Q zu ihnen heruntergebracht worden war. Die Fälle waren chronologisch geordnet und, sofern sich eine mögliche Verbindung zwischen ihnen andeutete, mit farbigen Fäden verbunden. Das System war Assads Erfindung, und es war denkbar einfach: Blaue Fäden standen für auffällige Parallelen zwischen zwei oder mehreren Fällen und rote Fäden für eine tatsächliche Verbindung.

Derzeit hingen dort einige blaue Schnüre, aber keine roten, eine Tatsache, die Assad zweifellos zu ändern versuchte.

Carls Augen wanderten über die Fälle. Alles in allem waren es inzwischen mindestens hundert Blatt Papier geworden. Und etliches davon gehörte bestimmt überhaupt nicht hierher. Das war, wie im Dunkeln nach einer Nadel im Heuhaufen zu suchen und dann auch noch den Faden einzufädeln.

»Ich geh jetzt heim«, verkündete Carl. »Ich glaub, ich hab den gleichen Mist im Leib wie du, Assad. Habt ihr die Absicht, länger zu bleiben? Dann solltet ihr mal versuchen, an Tageszeitungen aus den Tagen von Ritas Verschwinden zu kommen. Ich würde vorschlagen, die Woche vom 4. bis zum 11. September 1987. Dann sehen wir, was zu der Zeit so alles los war. Ich kann mich jedenfalls nicht mehr erinnern.«

Rose stellte sich neben ihn und wippte mit den Hüften. »Glaubst du etwa, wir könnten uns blitzschnell zu etwas vorarbeiten, das man damals mit mühseliger Ermittlungsarbeit nicht herausgefunden hat?«

Mühselig, hatte sie gesagt. Komisches Wort aus einem so jungen Mund.

»Natürlich nicht. Ich stelle mir nichts weiter vor als zwei Stunden zu Hause in der Koje vor der Martinsgans«, sagte er und ging.

9

August 1987

Netes Mutter hatte immer zu ihr gesagt, sie habe geschickte Hände. Sie bezweifelte nicht eine Sekunde, dass ihre Tochter eines Tages viel Anerkennung für das Können ihrer Hände einheimsen würde. Nein, abgesehen von einem klugen Kopf waren geschickte Hände das wichtigste Werkzeug, das Gott einem Menschen schenken konnte, und nach dem Ableben der Mutter hatte der Vater viel Gebrauch von Netes Händen gemacht.

Nete war es, die umgefallene Zaunpfähle aufrichtete und lädierte Fresströge abdichtete, die Dinge zusammennagelte und sie, wenn nötig, auseinanderbrach.

Und ebendiese geschickten Hände wurden auf Sprogø zu ihrem Fluch. Wenn das Gestrüpp auf die Felder wucherte, wurden sie blutig gerissen. Tagein, tagaus mussten sie tätig sein, ohne je etwas zurückzubekommen. Jedenfalls nichts Gutes.

Dann waren bessere Jahre gekommen, in denen die Hände Ruhe hatten. Und nun sollten sie wieder etwas zu tun bekommen.

Sorgfältig vermaß Nete ihr Esszimmer, das im hintersten Teil der Wohnung ganz am Ende des Flurs lag. Sie nahm dafür dasselbe Maßband, das sie fürs Nähen benutzte. Ganz genau notierte sie die Höhe, Breite und Länge des Raums, zog die Fensterpartien und die Tür vom Gesamtflächenmaß ab und stellte dann ihre Bestellung zusammen. Werkzeug, Farbe, Spachtelmasse, Silikon, Latten, Nägel, genügend Rollen mit dicker Plastikfolie, Dichtungsband, Rockwool-Dämmwolle, Fußbodenplatten und ausreichend Rigips für zwei Schichten.

Der Baumarkt in der Nørrebrogade versprach, schon am folgenden Nachmittag zu liefern. Das passte ihr gut, denn so, wie die Dinge sich entwickelten, konnte sie nicht länger warten.

Sobald das Material am nächsten Tag in ihre Wohnung gebracht worden war, machte sie sich daran, das Esszimmer zu isolieren. Dabei ging sie nur tagsüber zu Werke, wenn der Mieter unter ihr bei der Arbeit war und die Nachbarin Einkäufe erledigte oder mit ihrem kleinen tibetanischen Fiffi um die Seen spazierte.

Niemand sollte hören, was sie dort im vierten Stock links tat. Niemand sollte sie mit Hammer und Säge in der Hand sehen. Niemand sollte kommen und

neugierige Fragen stellen, denn nun hatte sie zwei Jahre anonym in dem Wohnblock gelebt, und das wollte sie weiter so halten, bis ans Ende ihrer Tage.
Ungeachtet dessen, was sie vorhatte.

Als das Esszimmer fertig war, stellte sie sich in die Tür und betrachtete zufrieden ihr Werk. Die Decke zu dämmen und zu bekleben war das Schwierigste, aber auch mit das Wichtigste gewesen. Außerdem hatte sie den Fußboden angehoben und mit zwei Schichten Plastikfolie und Dämmmaterial isoliert. Und natürlich war auch die Tür verkleidet und vor allem so angepasst worden, dass sie sich weiterhin nach innen öffnen ließ, obwohl ein Teppich auf dem Fußboden lag.

Bis auf den Niveauunterschied zum Flur gab es nichts, das Aufmerksamkeit erregte. Das Zimmer war bereit. Gespachtelt, an der Tür gut abgedichtet, frisch gestrichen und genauso eingerichtet wie vorher. Bilder an den Wänden, Nippes auf den Fensterbänken und in der Mitte der Esstisch mit Spitzendecke und sieben Stühlen, einer davon, der am Kopfende, mit Armlehnen.

Nach einem letzten prüfenden Blick durch den Raum ging Nete zu der Pflanze auf der Fensterbank und rieb vorsichtig eines der Blätter zwischen den Fingerspitzen. Der Geruch war gemein, aber doch nicht unangenehm. Es war genau dieser Geruch, der Geruch von Bilsenkraut, der ihr Sicherheit gab.

Alle Mädchen draußen auf Sprogø tuschelten über Gitte Charles, als sie im Sommer 1956 mit dem Postschiff kam. Jemand sagte, sie sei ausgebildete Krankenschwester, aber das konnte nicht stimmen. Schwesternhelferin vielleicht, aber nicht Krankenschwester. Denn außer der Heimleiterin hatte keiner der Funktionsträger auf der Insel irgendeine abgeschlossene Ausbildung, das wusste Nete.

Nein, die Mädchen flüsterten wohl vor allem deshalb, weil sie endlich mal einen hübschen Menschen zu Gesicht bekamen. Wie sie so kokett die Arme schwenkte und sich mit langen, federnden Schritten bewegte, erinnerte sie an eine, die Greta Garbo hieß, sagte eines der Mädchen. Sie war wirklich etwas Besonderes, diese Gitte. Sie war so ganz anders als die verbitterten Weiber, die alten Jungfern, die Geschiedenen und Witwen, die offenbar keine andere Wahl gehabt hatten, als an diesem verfluchten Ort eine Stelle anzutreten.

Gitte Charles ging sehr aufrecht, sie war blond wie Nete und trug ihr Haar hochgesteckt mit Flaum im Nacken, was sich nicht einmal die Heimleiterin erlaubte. Feminin und anmutig, ganz so, wie Nete und die anderen auch gern einmal sein wollten.

Ja, die Mädchen warfen neidische und teilweise sogar lüsterne Blicke auf Gitte Charles. Aber bald schon fanden sie heraus, dass sich hinter dem zarten Äußeren etwas Diabolisches verbarg. Und bis auf Rita hielten sie Abstand.

Als Charles, wie sie genannt wurde, Ritas Gesellschaft leid war, warf sie ein Auge auf Nete. Versprach, ihr bei den täglichen Verrichtungen zu helfen, versprach Sicherheit und vielleicht sogar die Möglichkeit, von der Insel herunterzukommen.

Das alles sei nur allein davon abhängig, sagte Charles, wie lieb Nete zu ihr sein wolle. Und falls Nete ausplauderte, was sie beide zusammen machten, dann sollte sie, wenn ihr das Leben wichtig sei, besser nie wieder etwas trinken, warnte Gitte Charles. Denn das Getränk könnte ja Bilsenkraut enthalten.

Im Anschluss an diese widerwärtige Drohung klärte die Schwesternhelferin Nete über das Bilsenkraut und seine furchtbaren Eigenschaften auf.

»Hyoscyamus niger«, sagte Charles langsam und dramatisch, um den Ernst der Lage zu unterstreichen. Allein von dem Namen bekam Nete eine Gänsehaut. »Das haben die Hexen benutzt, um zum Blocksberg zu fliegen, heißt es. Und wenn man eine Hexe gefangen hatte, dann benutzten die Priester und Henker dasselbe Kraut, um die Sinne unter der Folter zu betäuben. Deshalb nannten sie das Elixier Hexensalbe, also pass auf, sage ich dir. Willst du dich mir nicht vielleicht doch besser fügen?«

So kam es, dass Nete monatelang spurte. Diese Zeit war in jeder Hinsicht die Schlimmste auf Sprogø.

In dieser Zeit sah Nete, wenn sie über das Meer blickte, nicht nur die Wellen, die sie weg von der Insel und in die Freiheit tragen konnten, sie sah auch Wellen, die sie hinabziehen konnten. Hinab in die dunkle Tiefe, wo ihr niemand etwas antun würde.

Die Samen des Bilsenkrauts waren das Einzige, was Nete von Sprogø mitgenommen hatte, als sie die Insel endlich verließ. Vier Jahre Schufterei und Quälerei, und das war alles. Ein paar Samen.

Als sie später ihre Ausbildung als Laborantin abgeschlossen hatte, hörte sie von Ausgrabungen eines Klostergeländes, wo man jahrhundertealte Bilsenkrautsamen wieder aussäte. Da steckte sie ihre eigenen alten Samen in einen Blumentopf und stellte ihn an einen sonnigen Ort.

Wie der Phönix aus der Asche schoss dort binnen Kurzem eine kräftige grüne Pflanze aus der Erde, und Nete nickte ihr zu wie einer alten Freundin, die eine Zeitlang verreist, nun aber zurückgekehrt war.

Sie hatte diese erste Pflanze in die Erde von Havngaard gesetzt, und jetzt begrünten die Nachkommen der Nachkommen ihre Wohnung in Kopenhagen Nørrebro. Nete hatte sämtliche selbst gezogenen Pflanzen getrocknet und zusammen mit den Kleidungsstücken versteckt, die sie getragen hatte, als sie endlich entkommen war. Das waren Reliquien aus einer anderen Zeit. Abgeschnittene Blätter, Samenkapseln, getrocknete Stängel und zerknüllte, einstmals weiße Blüten mit dunklen Adern und einem roten Auge in der Mitte. Zwei Tüten mit organischem Material hatte Nete inzwischen gesammelt, und sie wusste ganz genau, wie es zu verwenden war.

Vielleicht hatte seinerzeit das Bilsenkraut mit seinen unerforschten Geheimnissen sogar den Ausschlag gegeben, weshalb sie ihre Laborantenausbildung begonnen hatte. Vielleicht hatte sie sich deshalb der Chemie zugewandt.

Jedenfalls war ihr dank der neu erworbenen Kenntnisse über Drogen und deren Wirkung auf den Menschen klar geworden, was für ein erstaunliches und tödliches Gift die Natur auf Sprogø hatte sprießen lassen.

Jetzt stand sie in ihrer Küche im vierten Stock, und es war ihr gelungen, einen Auszug der drei wichtigsten aktiven Bestandteile der Pflanze herzustellen. Alle drei Komponenten hatte sie bereits in minimaler Dosierung an sich selbst probiert.

Hyoscyamin verursachte gründliche Verstopfung, Mundtrockenheit, leichte Schwellungen in Gesicht und Mundhöhle und einen sonderbaren Herzrhythmus, aber eigentlich krank war sie davon nicht geworden.

Scopolamin fürchtete sie mehr. Sie wusste, dass die tödliche Dosis schon bei fünfzig Milligramm lag. Und selbst in kleineren Dosierungen hatte Scopolamin eine stark einschläfernde, aber auch euphorisierende Wirkung. Nicht verwunderlich, dass man Scopolamin im Zweiten Weltkrieg als »Wahrheitsserum« benutzt hatte. In einem derart abgestumpften Zustand war einem vollkommen egal, was man sagte.

Und dann war da noch das Atropin, gleichfalls ein farbloses, kristallines, in Nachtschattengewächsen vorkommendes Alkaloid. Vielleicht war Nete bei der Einnahme nicht so vorsichtig gewesen wie bei den beiden anderen, jedenfalls hatte sie an Sehstörungen, Fieber und Halluzinationen gelitten, sie hatte kaum sprechen können, die Haut war feuerrot gewesen und hatte gebrannt, und sie hatte Angst gehabt, das Bewusstsein zu verlieren.

Ohne jeden Zweifel war ein entsprechend hochkonzentrierter Cocktail aus diesen drei Bestandteilen eine tödliche Droge. Und absolut simpel herzustellen: Man musste die Essenzen nur wie einen starken Tee zubereiten und anschließend fünfundneunzig Prozent des Wassers abdestillieren.

Jetzt hielt sie eine Flasche mit einer stattlichen Menge dieses Extrakts in

Händen, während alle Scheiben beschlagen waren und die Luft bitter und schwer in den Räumen der Wohnung hing.

Nun galt es nur noch, die richtige Dosierung für den jeweiligen Körper zu finden.

Nete hatte den Computer ihres Mannes nicht benutzt, seit sie nach Kopenhagen gezogen war. Warum auch? Es gab niemanden, dem sie schreiben wollte, nichts, worüber sie schreiben wollte. Es hatte seither keinerlei Notwendigkeit mehr bestanden, Rechnungen auszustellen oder geschäftliche Korrespondenz zu erledigen. Die Zeiten waren endgültig vorbei.

Aber an diesem Donnerstag im August 1987 schaltete sie den Computer ein. Als sie das Brummen hörte und sich auf dem Bildschirm langsam das Grün breitmachte, verspürte sie ein Kribbeln im ganzen Körper.

Wenn die Briefe erst geschrieben und abgeschickt waren, gab es kein Zurück mehr. Netes Lebensweg würde sich verengen und zwangsläufig in der Sackgasse enden. So sah sie es und so wollte sie es.

Sie entwarf mehrere Varianten des Briefs und entschied sich am Ende für diese, die sie dann je nach Empfänger persönlicher oder förmlicher gestalten wollte:

Liebe/r ...,

es ist viele Jahre her, seit wir uns zuletzt gesehen haben. In diesen Jahren, das kann ich voller Dankbarkeit sagen, hat es das Leben gut mit mir gemeint.

Ich habe die Zeit genutzt, um mein Schicksal zu reflektieren, und bin zu dem Ergebnis gekommen, dass sich alles so gefügt hat, weil es sich gar nicht anders fügen konnte und weil ich, wie ich jetzt einsehe, selbst nicht ohne Schuld war.

Deshalb quälen mich die alten Geschehnisse, die harten Worte und Missverständnisse auch nicht länger. Es ist im Gegenteil fast so, dass es mir Ruhe und Frieden gibt, zurückzuschauen und zu wissen: Ich habe all das überstanden. Jetzt ist die Zeit der Versöhnung angebrochen.

Wie Du vielleicht aus den Medien weißt, war ich einige Jahre mit Andreas Rosen verheiratet und bin durch sein Erbe zu einer wohlhabenden Frau geworden.

Leider will es das Schicksal, dass ich an einer unheilbaren Krankheit leide, wie gerade nach längerer Behandlung im Krankenhaus festgestellt wurde. Und da ich naturgemäß keine Erben bekommen konnte, habe ich mich entschlossen, meinen Überfluss mit Menschen zu teilen, die meinen Lebensweg im Guten wie im Schlechten gekreuzt haben.

Deshalb möchte ich Dich einladen, mich am
Freitag, den 4. September 1987, um ... Uhr
in meiner Wohnung im Peblinge Dossering 32 in Kopenhagen zu besuchen.

Mein Anwalt wird anwesend sein und dafür Sorge tragen, dass Dir zehn Millionen Kronen überschrieben werden. Natürlich musst Du dieses Geschenk versteuern, aber all das erledigt der Anwalt, darum musst Du Dich nicht kümmern.

Ich bin sicher, dass wir anschließend über unser verrücktes, wildes Leben reden können. Die Zukunft hat mir leider nicht mehr viel zu bieten, aber dafür habe ich die Möglichkeit, Dir Deine zu versüßen, und der Gedanke daran stimmt mich freudig und gelassen.

Ich hoffe, Du bist gesund und bereit, mich zu treffen.

Ich bin mir darüber im Klaren, dass die Frist sehr kurz anberaumt ist, aber welche anderweitigen Pläne Du auch für den Tag haben magst – ich denke, Du wirst es nicht bereuen, diese kleine Reise zu unternehmen.

Ich bitte Dich, meine Einladung anzunehmen und pünktlich zum angegebenen Zeitpunkt zu erscheinen, da mein Anwalt und ich am selben Tag noch andere Termine haben.

Zur Bestreitung Deiner Reisekosten lege ich einen Verrechnungsscheck über zweitausend Kronen bei.

Ich freue mich, Dich zu sehen. Das wird mir und vielleicht ja auch Dir Ruhe geben.

Mit freundlichsten Grüßen
Nete Hermansen
Kopenhagen, Montag, den 17. August 1987

Ein gelungener Brief, fand sie. Sie speicherte ihn unter sechs verschiedenen Dateinamen ab, personalisierte jede Version, versah alle mit ihrem Briefkopf, druckte sie aus und unterschrieb sie. Zierlich, aber doch mit selbstbewusstem Schwung. Mit einer Unterschrift, die keiner der sechs Adressaten je von ihrer Hand gesehen hatte.

Sechs Briefe. Curt Wad, Rita Nielsen, Gitte Charles, Tage Hermansen, Viggo Mogensen und Philip Nørvig. Einen Moment lang hatte sie erwogen, auch ihren beiden noch lebenden Brüdern zu schreiben, verwarf die Idee dann aber wieder. Die waren damals noch so jung gewesen, hatten sie kaum gekannt. Außerdem waren sie zu jener Zeit zur See gefahren. Nein, ihnen war nichts vorzuwerfen. Und Mads, ihr großer Bruder, lebte schon nicht mehr.

Deshalb lagen nur sechs Briefumschläge vor ihr. Eigentlich müssten es neun sein, aber dreimal war ihr der Tod zuvorgekommen, das wusste sie. Da hatte die Zeit die Kapitel bereits abgeschlossen.

Die drei, die der Tod schon geholt hatte, waren ihre Volksschullehrerin, der Oberarzt und die Heimleiterin auf Sprogø. Die drei waren entkommen. Die drei, für die es ein Leichtes gewesen wäre, Gnade vor Recht walten zu lassen. Wobei es schon gereicht hätte, wenn sie einfach Recht hätten walten lassen. Stattdessen hatten alle drei Unrecht und entsetzliche Irrtümer begangen, waren aber im felsenfesten Glauben durchs Leben gegangen, dass ihr Wirken nicht nur zum Besten der Gesellschaft, sondern auch zum Wohle der armen Menschen war, die es betraf.

Und genau das quälte Nete.

»Nete, komm auf der Stelle her!«, schnarrte ihre Lehrerin. Und als Nete zögerte, zerrte die Lehrerin sie am Ohrläppchen um das ganze Schulhaus, dass der Staub nur so aufwirbelte.

»Du freches Biest! Du dumme, unbegabte Göre! Wie kannst du es wagen?«, schrie die Lehrerin und schlug Nete mit ihrer knochigen Hand ins Gesicht. Als Nete weinend rief, sie wisse nicht, warum sie geschlagen werde, versetzte ihr das Fräulein noch einmal einen Hieb.

Nete sah sich um, während sie dort auf der Erde lag, das wutverzerrte Gesicht ihrer Lehrerin über sich. Dachte, dass nun ihr Kleid schmutzig würde und dass das ihren Vater ärgern würde, weil es bestimmt teuer gewesen war. Sie versuchte, sich hinter den Blütenblättern zu verbergen, die vom Apfelbaum rieselten, hinter dem Gesang der Lerchen, die hoch oben über ihnen schwebten, hinter dem unbekümmerten Lachen ihrer Schulkameraden auf der anderen Seite des Gebäudes.

»Nun ist Schluss, ich will nichts mehr von dir hören, du missratenes Geschöpf, verstanden? Du blasphemische, unzüchtige Kreatur!«

Aber Nete war sich keiner Schuld bewusst. Sie hatte mit den Jungen gespielt und die hatten sie gefragt, ob sie nicht mal ihr Kleid heben könnte. Als sie das lachend getan hatte und eine große rosa Unterhose zum Vorschein kam, die sie von ihrer Mutter geerbt hatte, da hatten alle befreit aufgelacht, weil das so einfach und unkompliziert gegangen war – bis sich das Schulfräulein zwischen sie geschoben und ringsum Ohrfeigen verteilt hatte, woraufhin sich die Gruppe blitzschnell aufgelöst hatte und nur Nete noch übrig geblieben war.

»Du kleines Flittchen!«, hatte sie gebrüllt, und Nete, die das Wort kannte, hatte patzig widersprochen und gesagt, wer sie beschuldige, ein Flittchen zu sein, sei vielleicht selbst eines.

Bei diesen Worten geriet das Fräulein ganz und gar außer sich.

Sie prügelte Nete hinter dem Schulgebäude windelweich, trat ihr Sand ins Gesicht und keifte, dass Nete von nun an nicht mehr in die Schule gehen dürfe, dass sie, so wie sie sich aufführe, es nicht verdiene, ein gutes Leben zu haben. Und dann drohte sie, dass es für das, was Nete getan habe, keine Wiedergutmachung gebe, dafür werde sie sorgen.

Und so war es dann auch.

10

November 2010

NOCH DREIEINHALB STUNDEN, dann musste er mit frisch gewaschenen Haaren und gebügeltem Oberhemd bei Mona vor der Tür stehen und dabei möglichst wie einer wirken, mit dem man gern eine heiße Nacht verbringen würde. Doch als er beim Einparken vor seinem Reihenendhaus in Allerød sein graues Gesicht im Rückspiegel sah, schien ihm das so gut wie unmöglich.

Wenn ich mich zwei Stunden langmache, sollte das eigentlich helfen, dachte er.

Sekunden später erblickte er Terje Ploug, der gerade vom Haus kommend auf den Parkplatz einbog.

»Was treibst du denn hier, Ploug?«, rief er noch beim Aussteigen.

Der zuckte die Achseln. »Der Druckluftnagler-Fall, du weißt schon. Ich musste mir Hardys Version anhören.«

»Die hast du doch schon mindestens fünfmal gehört.«

»Ja. Aber nach der aktuellen Entwicklung wäre es ja möglich, dass ihm noch was Neues einfällt.«

Ploug, der alte Spürhund, hatte Witterung aufgenommen. Im Präsidium gehörte er zu den Gründlichen. Außer ihm käme wohl niemand auf die Idee, fünfunddreißig Kilometer weit zu fahren, nur um eventuell ein kleines Bündel Reisig zu finden, mit dem sich das Misstrauen neu entfachen ließe.

»Und? Ist Hardy was eingefallen?«

»Vielleicht.«

»Was zum Teufel meinst du mit ›vielleicht‹?«

»Frag ihn selbst«, sagte Ploug und tippte sich zum Abschied mit zwei Fingern an die Schläfe.

Schon im Flur stürmte ihm Morten Holland entgegen. Mit diesem Untermieter war es schwer, ein Privatleben zu führen.

Morten sah auf die Uhr. »Wie gut, dass du heute so früh kommst, Carl, wirklich ein Segen. Hier ist viel passiert. Ich weiß kaum, ob ich mich an alles erinnern kann.« Er sprach abgehackt und war völlig außer Atem. Herrje, das fehlte jetzt gerade noch.

»Brrr«, sagte Carl, aber mit solch einem Kommando war ein Fleischkoloss von hundertzwanzig Kilo nicht aufzuhalten, schon gar nicht, wenn gerade ein Stimmbandkatarrh mit Carl durchging.

»Ich habe eine geschlagene Stunde mit Vigga telefoniert. Echt 'ne durchgeknallte Sache, du sollst sie sofort zurückrufen, hat sie gesagt.«

Carls Kopf sackte nach vorn. Falls er noch nicht krank war, jetzt würde er es mit Sicherheit. Wie um Himmels willen konnte diese Frau, mit der er nun schon seit Jahren nicht mehr unter einem Dach lebte, seine Immunabwehr dermaßen beeinträchtigen?

»Was hat sie denn gesagt?«, fragte er müde.

Aber Morten wedelte nur kokett-abwehrend mit seinen blassen Händen. Das musste Carl schon selbst herausfinden.

Der seufzte.

»Was war sonst noch, also abgesehen davon, dass Terje Ploug gerade hier war?« Er musste sich förmlich zu der Frage zwingen. Lieber schnell alles hinter sich bringen, bevor er aus den Latschen kippte.

»Jesper hat noch angerufen. Er sagt, sein Portemonnaie sei gestohlen worden.«

Carl schüttelte den Kopf. Was für ein Stiefsohn! Fast drei Jahre lang hatte sich der Kerl durch die Oberstufe im Gymnasium Allerød gequält und unmittelbar vor den beiden letzten Abiturprüfungen war er ausgestiegen. Miserable Noten. Jetzt war er im zweiten Jahr eines zweijährigen Abitur-Vorbereitungskurses in Gentofte, zog alle naselang aus Protest zwischen Viggas Gartenhaus und Carls Reihenhaus hin und her, hatte jeden zweiten Tag ein anderes Mädchen auf dem Zimmer und im Übrigen viel Party und viel Ärger. Aber so ist es nun mal, dachte Carl resigniert.

»Wie viel Geld hatte er denn bei sich?«, fragte Carl.

Morten klimperte mit den Wimpern. Eine Menge also.

»Ach, der wird schon zurechtkommen«, meinte Carl und trat ins Wohnzimmer.

»Hallo Hardy«, sagte er ruhig.

Vielleicht war das Schlimmste, dass sich im Krankenbett nie etwas rührte, wenn man kam. Nicht das kleinste Ziehen an der Bettdecke und keine Hand, die sich einem entgegenstreckte und die man ergreifen konnte.

Er strich seinem gelähmten Freund über die Stirn, wie er es immer tat. Was hätten diese blauen Augen, die ihn anblickten, darum gegeben, mal etwas anderes zu sehen als dauernd nur die allernächste Umgebung.

»Aha, du hast DR Update eingeschaltet«, stellte er fest und nickte zum Flachbildschirm in der Ecke hinüber.

Hardy zog die Mundwinkel herunter. Was sollte er denn sonst tun? »Terje Ploug ist gerade hier gewesen«, sagte er.

»Ja, ich hab ihn auf dem Parkplatz getroffen. Er deutete an, du könntest Neues beitragen, habe ich das richtig verstanden?« Als es in seiner Nase zu kitzeln anfing, trat Carl einen Schritt zurück, aber dann musste er doch nicht niesen. »Entschuldige, aber ich halte lieber Abstand, ich glaube nämlich, ich brüte was aus. Im Präsidium sind fast alle krank.«

Hardy versuchte zu lächeln. Irgendwie hatte er keine Lust mehr, zu dem Wort »krank« Stellung zu beziehen. »Ploug hat mir einiges zu dem heutigen Leichenfund erzählt.«

»Ja, die Leiche war in miserablem Zustand. Zerstückelt und in kleine Abfalltüten verpackt. Diese Plastiktüten haben den Verwesungsprozess zwar etwas gebremst, aber trotzdem war er mehr als weit fortgeschritten.«

»Ploug erwähnte, sie hätten eine kleinere Tüte gefunden, die sich anscheinend in einer Art Vakuumzustand befand«, sagte Hardy. »Jedenfalls war das Fleisch darin sehr viel besser konserviert.«

»Aha. Na, dann finden sie dort bestimmt richtig gute DNA-Spuren. Vielleicht kommen wir der Aufklärung damit endlich ein Stück näher, Hardy. Ich glaube, das können wir beide gut gebrauchen.«

Hardy sah ihn direkt an. »Ich hab Ploug gesagt, sie sollten unbedingt versuchen, den ethnischen Hintergrund des Mannes herauszufinden.«

Carl neigte den Kopf zur Seite und merkte, wie seine Nase tropfte. »Wie kommst du denn darauf?«

»Weil mir Anker erzählt hat, dass er sich in der Nacht, als er mit blutigen Klamotten zu Minna und mir nach Hause kam, mit einem verdammten Ausländer geprügelt hätte. Und die Sachen waren nicht blutig wie nach einer Prügelei, das sagte ich dir ja schon. Jedenfalls nicht wie nach einer Prügelei, wie ich sie kenne.«

»Und was zum Teufel hat das mit dem Fall zu tun?«

»Das frage ich mich auch. Aber irgendetwas sagt mir, dass Anker tief in der Scheiße steckte. Das haben wir alles schon zigmal diskutiert.«

Carl nickte. »Darüber reden wir morgen, Hardy. Jetzt muss ich ins Bett und zwei Stunden ratzen, damit ich diesen Schweinkram aus dem System bekomme. Ich bin heute Abend bei Mona eingeladen und es gibt Martinsgans und eine Überraschung, sagt sie.«

»Na, dann wünsche ich dir viel Vergnügen«, erwiderte Hardy. Es klang bitter.

Carl ließ sich schwer aufs Bett fallen. Er dachte an die sogenannte Hutkur seines Vaters. Seines Wissens wendete der diese Kur noch immer an, wenn er krank war.

Die Prozedur sei einfach, hatte er gesagt: »Leg dich in ein Bett mit zwei Bettpfosten, häng auf den einen Bettpfosten einen Hut und greif nach der Flasche Schnaps, die immer auf deinem Nachttisch stehen sollte. Dann trink so lange, bis an beiden Bettpfosten ein Hut hängt. Ich verspreche dir, dass du am nächsten Tag unter Garantie gesund bist. Oder dir ist alles scheißegal.«

Ja, wirken tat die Kur jedes Mal. Aber was, wenn man zwei Stunden später Auto fahren musste? Was, wenn man nicht nach Alkohol stinken wollte? Denn das würde Mona wohl kaum mit Umarmungen honorieren.

Voller Selbstmitleid seufzte er mehrmals tief, griff trotzdem nach seinem Tullamore-Whisky und trank ein paar Schlucke. Schaden konnte es nicht.

Dann nahm er das Handy und wählte Viggas Nummer, holte tief Luft und wartete mit angehaltenem Atem. Das pflegte beruhigend zu wirken.

»Ach wie schön, dass du anrufst«, zwitscherte seine Ex.

Da wusste man schon gleich, dass der Teufel los war. »Spuck's aus, Vigga, für langes Drumherumreden bin ich zu müde.«

»Oh, du bist krank! Na, dann lass uns lieber ein andermal telefonieren.«

Was für ein Quatsch! Sie wusste doch genau, dass er wusste, dass sie es nicht so meinte.

»Hat's mit Geld zu tun?«, fragte er.

»Ach was, Carl!« Oh Gott, das klang fast schon entrückt. Schnell nahm Carl noch einen Schluck Whisky.

»Gurkamal hat um meine Hand angehalten.«

Der Whisky, der ihm in diesem Moment in die Nase schoss, brannte verteufelt. Er hustete, wischte sich den Schleim von der Nasenspitze und ignorierte, dass die Augen tränten.

»Aber Vigga, das ist gottverdammte Bigamie! Du bist mit mir verheiratet, *remember*?«

Da lachte sie.

Carl stand auf und stellte die Flasche ab.

»Jetzt mal im Ernst. Drückst du so dein Scheidungsbegehren aus? Wie stellst du dir das vor? Dass ich an einem Mittwoch stillvergnügt in meinem Bett sitze und herzlich lache, während du mir erzählst, dass meine ganze Welt zusammenbricht? Verdammt, Vigga, ich kann es mir nicht leisten, dass wir geschieden werden, das weißt du genau. Sobald wir Vermögensteilung machen, kann ich das Haus, in dem ich wohne, nicht halten. Das Haus, in dem dein Sohn wohnt und zwei Untermieter ihr Zuhause haben. Das kannst du nicht verlangen, Vigga. Könnt ihr beiden, du und dein Gurkenmeier, euch nicht damit begnügen, zusammenzuziehen? Warum müsst ihr unbedingt heiraten?«

»Unser Anand Karaj wird in Patiala stattfinden, wo seine Familie lebt, ist das nicht phantastisch?«

»Halt, halt, Vigga. Hast du nicht gehört, was ich gerade gesagt habe? Wie soll das mit der Scheidung gehen? Hatten wir uns nicht darauf geeinigt, dass wir uns einig sein wollen, wann es so weit ist? Und was zum Teufel bedeutet dieses andere Curry, von dem du gerade geredet hast? Ich komme da nicht mehr mit.«

»Anand Karaj, du Dummkopf. Das ist dort, wo wir uns vor dem Buch Guru Granth Sahib verneigen, um öffentlich zu bekunden, dass wir heiraten wollen.«

Carls Augen vollführten blitzschnell einen Schwenk über die Schlafzimmerwand. Da hingen immer noch kleine Teppiche von damals, als Vigga dem Hinduismus und den religiösen Mysterien Balis huldigte. Gab es eigentlich überhaupt eine Religion, mit der sie im Laufe der Jahre nicht überschwänglich geflirtet hatte?

»Ich kapier's echt nicht, Vigga. Willst du allen Ernstes, dass ich drei- bis vierhunderttausend Kronen auffahre, damit du einen Mann mit anderthalb Kilometer Haar unterm Turban heiraten kannst, der dich dann tagein, tagaus unterdrückt?«

Jetzt lachte sie wie ein Schulmädchen, das seinen Willen durchgesetzt hatte, Ohrpiercings zu bekommen.

Er langte nach einem Papiertaschentuch auf dem Nachttisch und schnäuzte sich die Nase. Sonderbarerweise kam nichts.

»Carl! Du weißt ja wirklich gar nichts über Guru Nanaks Lehre. Sikhismus steht für Gleichstellung und Meditation, dafür, dem Leben zu dienen, mit den Armen zu teilen und der Arbeit einen hohen Stellenwert einzuräumen. Keine Lehre ist reiner als die von den Sikhs praktizierte.«

»Na gut. Aber wenn die unbedingt mit den Armen teilen müssen, dann kann

Gurkenmeier doch damit anfangen, dass er mit mir teilt. Sagen wir hunderttausend Kronen und dann sind wir quitt.«

Wieder dieses Lachen, das gar kein Ende nehmen wollte. »Entspann dich, Carl. Du leihst das Geld von Gurkamal, ehe du es mir gibst. Zu sehr niedrigen Zinsen, keine Sorge. Und wegen des Hauspreises habe ich mich bereits bei einem Immobilienmakler erkundigt. Reihenhäuser im Rønneholtpark, die in dem Zustand sind wie unseres, werden derzeit für eins Komma neun Millionen verkauft. Wir schulden der Bank noch sechshunderttausend, deshalb kannst du mit der Hälfte der restlichen eins Komma drei rechnen. Außerdem kannst du auch das gesamte Mobiliar behalten.«

Die Hälfte! Sechshundertfünfzigtausend Kronen!

Carl lehnte sich zurück und klappte das Handy zu.

Plötzlich war ihm, als hätte der Schock den Virus ausgetrieben und ihm stattdessen zweiunddreißig Bleigewichte tief unten in den Brustkorb gestopft.

Noch ehe die Tür aufging, spürte er ihren Duft.

»Komm rein«, sagte Mona und zog ihn am Arm in die Wohnung.

Doch das Glück währte nur drei Sekunden, denn da bog sie abrupt zum Esszimmer ab und konfrontierte ihn mit einer Gestalt in einem engen, ultrakurzen schwarzen Kleid, die sich über den Esstisch beugte und die Kerzen anzündete.

»Das ist Samantha, meine jüngste Tochter«, sagte sie. »Sie freut sich, dich kennenzulernen.«

Der Klon von Mona in einer zwanzig Jahre jüngeren Ausgabe sah jedoch alles andere als erfreut aus. Blitzschnell musterte Samantha Carls Geheimratsecken, seinen etwas aus der Form geratenen Körper und den Krawattenknoten, der plötzlich viel zu eng saß. Der Anblick beeindruckte sie nicht, das war deutlich.

Und die Art, wie sie »Hallo Carl« sagte, ließ keinen Zweifel zu, welche Abneigung sie gegen den Mann hegte, den ihre Mutter angeschleppt hatte.

»Hallo Samantha.« Er gab sich redlich Mühe, seine Zähne so zu zeigen, dass sich das Lächeln als Begeisterung deuten ließ. Was zum Teufel hatte Mona von ihm erzählt, dass der Tochter die Enttäuschung dermaßen deutlich ins Gesicht geschrieben stand?

Es wurde leider auch nicht besser, als ein Junge in den Raum geflitzt kam, sich bis zu Carls Knie vorkämpfte, mit einem Plastikschwert draufhieb und »Ich bin ein gefährlicher Räuber« krähte. Das blond gelockte Monster hieß Ludwig.

Diese Begrüßung machte der Erkältung wirklich Beine. Noch mehr solcher Schocks, und er war wieder gesund.

Die Vorspeise schaffte er mit einem Lächeln und zusammengekniffenen Augen. Das hatte er sich bei Richard Gere abgeschaut, in unzähligen Filmwiederholungen. Aber als die Gans hereingetragen wurde, machte Ludwig plötzlich Stielaugen.

»Du tropfst in die Soße«, sagte er, deutete auf Carls Nasenspitze und löste damit ein paar gewaltige Zuckungen in Samanthas Zwerchfell aus.

Als der Junge anfing, über Carls Narbe an der Schläfe zu reden, sie eklig nannte und darüber hinaus partout nicht glauben wollte, dass Carl eine Pistole hatte, machte der sich zum Gegenangriff bereit.

Please, sagte er im Stillen und wendete die Augen gen Himmel. Wenn du mir jetzt nicht hilfst, dauert es nur noch zehn Sekunden und ein kleiner Junge wird übers Knie gelegt.

Was ihn rettete, war nicht etwa ein plötzlich aufkommendes Gespür der schönen Großmutter für die Situation und auch nicht ein plötzlich aufkeimendes Erziehungsgen der jungen Mutter, sondern ein Vibrieren in seiner rückwärtigen Hosentasche. Gott sei Dank, es war vorbei mit dem Frieden!

»Verzeihung.« Er hob eine Hand entschuldigend in Richtung der beiden Frauen, die andere griff nach dem Handy.

»Ja, Assad«, sagte er, als er den Namen auf dem Display las. Im Augenblick war er willens, auf jeden Unsinn einzugehen. Hauptsache, er kam hier weg.

»Entschuldige die Störung, Carl. Aber kannst du mir wohl sagen, wie viele Menschen jedes Jahr in Dänemark als vermisst gemeldet werden?«

Kryptische Frage. Darauf war eine kryptische Antwort möglich. Perfekt.

»Fünfzehnhundert, würde ich sagen. Wo bist du im Moment?« Gute Replik, das klang immer gut.

»Rose und ich sind noch hier unten im Keller. Und was glaubst du, wie viele von diesen fünfzehnhundert Menschen am Ende des Jahres immer noch vermisst werden?«

»Ganz unterschiedlich. Höchstens zehn, würde ich denken.«

Carl stand auf und versuchte, wahnsinnig involviert zu wirken.

»Gibt es eine neue Entwicklung?«, fragte er. Auch das eine gute Replik.

»Das weiß ich nicht«, antwortete Assad. »Das sollst du mir sagen. Denn allein in der Woche, in der die Bordellfrau Rita Nielsen verschwand, wurden noch zwei weitere Personen als vermisst gemeldet, und in der darauffolgenden Woche auch noch eine. Und keine von denen tauchte je wieder auf. Findest du das nicht auch sonderbar? Vier in so wenigen Tagen, Carl, was meinst du? Das sind ja so viele wie normalerweise in einem halben Jahr.«

»Oh Gott, ich komme sofort!« Phantastische Schlussreplik. Auch wenn sich

Assad zu wundern schien. Wann hatte er zum letzten Mal dermaßen prompt reagiert?

Carl wandte sich an die Tischgesellschaft. »Entschuldigt bitte! Euch ist ja sowieso längst aufgefallen, dass ich heute etwas zerstreut bin. Einesteils bin ich in der Tat sehr stark erkältet, und ich hoffe wirklich, dass ich niemanden von euch angesteckt habe.« Er schniefte, um seine Worte zu unterstreichen, und stellte dabei fest, dass die Nase jetzt trocken war. »Hmm. Und andernteils haben wir im Augenblick vier Vermisstenfälle und einen ungewöhnlich grausamen Mord draußen auf Amager. Es tut mir außerordentlich leid, aber ich muss jetzt los. Sonst geht womöglich was schief.«

Er heftete seinen Blick auf Mona, die nun sehr besorgt aussah. So hatte sie ihn während der Therapiestunden nie angeschaut.

»Geht es um diesen alten Fall, in den du verwickelt warst?«, fragte sie und ignorierte völlig seine Komplimente über den gelungenen Abend. »Sei vorsichtig. Du weißt doch, wie tief das alles in dir steckt, Carl.«

Er nickte. »Ja, um genau den Fall geht es. Aber keine Sorge, ich habe nicht vor, in Schwierigkeiten zu geraten. Mir geht's gut damit.«

Sie runzelte die Stirn.

Verdammt, zwei Schritte zurück waren das. Was für ein verpatztes Entree in die Familie. Die Tochter hasste ihn. Carl hasste das Enkelkind. Er hatte kaum von der Gans gekostet, aber in die Soße getropft, und dann musste Mona auch noch diesen Scheißfall aufs Tapet bringen. Garantiert hetzte sie ihm jetzt wieder diesen Wannabe-Psychologen Kris auf den Hals.

»Na, jedenfalls relativ gut«, sagte er abschließend, zielte mit einem Revolverfinger auf den Jungen und drückte lächelnd ab.

Beim nächsten Mal sollte er sich besser vorher erkundigen, was sich hinter Monas Überraschung verbarg.

11

August 1987

TAGE HÖRTE DEN DECKEL des Briefkastens klappern und fluchte. Seit er den Aufkleber *Bitte keine Werbung* angebracht hatte, bekam er lediglich Post vom Finanzamt, und wenn die sich meldeten, bedeutete das für ihn selten etwas Gutes. Warum konnten die ihm die lumpigen paar Kronen nicht gönnen, die er sich dazuverdiente, indem er Reifen flickte, bei den Mopeds der Jungs die Zündkerzen abbürstete oder den Vergaser reinigte? Das begriff er nicht. Wäre es ihnen vielleicht lieber, dass er in Middelfart von der Stütze lebte oder wie die anderen Jungs, mit denen er zusammen soff, in Skårup-Strand die Sommerhäuser ausräumte?

Er griff nach einer der Weinflaschen zwischen seinem Bett und dem Bierkasten, der ihm als Nachttisch diente, und checkte, ob er im Laufe der Nacht etwas in die Flasche gefüllt hatte. Dann hob er sie an den Schritt, pisste hinein, wischte die Hände am Bettzeug ab und erhob sich langsam. Allmählich war er es leid, dass diese Mette Schmall bei ihm wohnte, denn das Klo lag hinter ihrem Zimmer im eigentlichen Haus. Hier, wo er wohnte, in der Werkstatt vor dem Haus, waren die Bodenbretter verrottet und der Wind pfiff durch alle Ritzen. Und ehe man sichs versah, war schon wieder Winter.

Er sah sich um. Spärlichst bekleidete Mädchen mit Wagenschmiere auf den Brüsten auf uralten Doppelseiten aus ›Ugens Rapport‹. Radnaben, Räder und Reste von Mopeds überall, der Betonfußboden voller Motorölflecken. Nicht wirklich ein Ort, auf den man stolz sein konnte, aber er gehörte ihm.

Er langte mit der Hand nach oben und griff sich von dem kleinen Eckregal den Aschenbecher voller Zigarettenkippen. Er suchte sich die beste aus, zündete sie an und zog in aller Ruhe daran. Die Glut fraß sich durch die letzten zehn Millimeter vor seinen nach Motoröl stinkenden Fingern, dann drückte er die Kippe aus.

Danach stieg er in die Unterhose und makste über den kalten Fußboden zur Tür. Wenn er einen Schritt nach draußen tat, konnte er gerade so eben den Briefkasten erreichen, einen Kasten aus Spanplatten, dessen Deckel im Laufe der Jahre um das Doppelte aufgequollen war.

Erst sah er gründlich die Straße rauf und runter. Niemand sollte sich beschweren, er würde mitten in Brenderup mit Hängebauch und graufleckiger Unterhose auf der Straße stehen, darauf hatte er keinen Bock. Bornierte Schnepfen, die den Anblick eines Mannes in den besten Jahren nicht ertrugen, sagte er immer zu den Jungs auf der Bank. Er benutzte dieses Wort irre gern. Borniert. Das klang so verdammt französisch.

Überrascht stellte er fest, dass das Schreiben, das er aus dem Kasten holte, nicht in einem länglichen Fensterumschlag vom Finanzamt oder von der Gemeinde steckte, sondern in einem ganz gewöhnlichen weißen Umschlag mit einer Briefmarke in der Ecke. So einen Brief hatte er seit Urzeiten nicht mehr bekommen.

Er richtete sich auf. Als könnte der Absender diesen denkwürdigen Augenblick beobachten oder als hätte der Brief selbst Augen und wäre imstande einzuschätzen, ob der Empfänger seiner Botschaft würdig war.

Er kannte die Schrift nicht. Sein Name war mit zierlichen Schnörkeln geschrieben, die sich elegant vom Papier abhoben, und das gefiel ihm.

Dann drehte er den Umschlag um und augenblicklich schoss ihm das Adrenalin durch die Adern. Wie ein Verliebter spürte er die Hitze in den Wangen, wie ein Gejagter riss er die Augen auf.

Dieser Brief kam vollkommen unerwartet. Ein Brief von Nete. Von Nete Hermansen, seiner Cousine. Mit Adresse und allem. Nete, er hatte nicht geglaubt, dass er jemals wieder etwas von ihr hören würde. Und das aus gutem Grund.

Er atmete tief durch und überlegte einen Moment, ob er den Brief einfach wieder in den Briefkasten stopfen sollte. Als wären Wind und Wetter und auch der Briefkasten selbst bereit und in der Lage, ihn zu verzehren. Ihn seinen Händen zu entreißen, sodass er sich gar nicht mit dessen Inhalt auseinanderzusetzen brauchte.

Die Arbeit auf dem Hof des Vaters hatte Netes ältesten Bruder Mads gelehrt, dass es sich bei den Menschen nicht anders verhielt als bei allen übrigen Lebewesen: Man konnte sie in zwei Gruppen unterteilen, Männchen und Weibchen. Mehr brauchte man nicht zu wissen, alles andere erklärte sich wie von selbst daraus, das hatte Mads schnell erkannt. Die Arbeitswelt, Kriege, Kindererziehung, der häusliche Bereich – alles war so eingerichtet, dass sich entweder der eine oder der andere Teil der Menschheit darum kümmerte.

Deshalb versammelte Mads eines Tages seine jüngeren Geschwister und den Cousin um sich auf dem Hof, zog seine Hose herunter und deutete auf sein Glied.

»Wenn man so eins hat, gehört man zur einen Sorte. Und wenn man an der Stelle eine Ritze hat, gehört man zur anderen Sorte. So einfach ist das.«

Und die Brüder und auch Tage hatten gelacht, worauf Nete ebenfalls die Unterhose runtergezogen hatte, um auf kindliche Weise eine Art Solidarität und Verständnis zu signalisieren.

Besonders Tage fand das Erlebnis herrlich, denn da, wo er herkam, entkleidete man sich grundsätzlich nie öffentlich. Und wenn er ehrlich war, so hatte er bisher gar nicht genau gewusst, worin der Unterschied zwischen Mann und Frau bestand.

Es war Tages erster Sommer bei seinem Onkel. Dort war es viel besser, als mit den anderen Jungs im Hafen oder in den kleinen Gassen von Assens herumzustehen und davon zu träumen, auch einmal zur See zu fahren und auf große Fahrt zu gehen.

Sie verstanden sich gut, Nete und er. Auch die Zwillingsbrüder waren gute Kameraden, aber Nete mochte er am liebsten, obwohl sie fast acht Jahre jünger war. Sie war so unkompliziert. Er musste nur die Oberlippe hochziehen, da lachte sie schon. Er musste nur ein Wort sagen, und schon machte sie die verrücktesten Sachen.

Zum ersten Mal in seinem Leben war da jemand, der zu ihm aufsah, und das gefiel Tage über alle Maßen. Deshalb schuftete er für Nete, half ihr bei dem, was von ihr verlangt wurde.

Nachdem die Zwillinge und Mads den Hof verlassen hatten, hatte Nete nur noch ihren Vater. Und im Sommer ihn, Tage. Er erinnerte sich noch ganz genau, wie schwer es für sie war. Besonders weil gelegentlich im Dorf so gehetzt wurde und weil der Vater so launenhaft war und sich manchmal ungerecht verhielt.

Sie waren nicht verliebt, Nete und er, aber enge Freunde, und in dieser Intimität lockte irgendwann auch die Frage, wie das mit den zwei Sorten Menschen funktionierte und wie die sich manchmal zueinander verhielten.

Deshalb wurde Tage derjenige, der Nete beibrachte, wie sich Menschen paaren. Deshalb wurde er es, der ihr, ohne es zu wollen, alles nahm.

Er ließ sich schwerfällig auf dem Bett nieder, sah hinüber zur Flasche auf der Werkbank und überlegte, was besser war: den Kirschwein zu trinken, bevor er den Brief las oder danach.

Dabei hörte er seine Untermieterin Mette im Wohnzimmer husten und mit irgendetwas hantieren. Was da zu hören war, brachte man normalerweise nicht mit einer Frau in Verbindung, aber er hatte sich daran gewöhnt. An kalten Wintertagen tat es auch gut, wenn sie bei ihm unter der Decke lag. Hauptsache, die Gemeinde kam nicht auf die Idee, dass sie zusammen waren und bei der Sozialhilfe mogelten.

Er wog den Brief in der Hand, dann zog er den Bogen aus dem Umschlag. Es war feines Papier, zweifach gefaltet, mit Blumenmuster. Als er den oberen Teil des Bogens auffaltete, stellte er überrascht fest, dass der Brief nicht hand-, sondern maschinengeschrieben war. Um die Qual abzukürzen, überflog er den Inhalt. Als er zu der Stelle kam, wo stand, sie wolle ihm zehn Millionen Kronen schenken, wenn er bereit wäre, zu einem bestimmten Zeitpunkt an einem bestimmten Ort in Kopenhagen zu sein, brauchte er einen Schluck Kirschwein.

Er ließ das Papier los und sah zu, wie es zu Boden segelte.

Als sich der Briefbogen im Fallen ganz auffaltete, entdeckte Tage den Scheck, der am unteren Ende mit einer Büroklammer befestigt war und auf dem sein Name stand. Und dann sah er auch den Betrag, über den er ausgestellt war, zweitausend Kronen.

So viel Geld hatte er um diese Zeit des Monats noch nie in der Hand gehabt. Nur daran konnte er in dem Moment denken, alles andere war unwirklich. Die Millionen, Netes Krankheit. Alles andere.

Zweitausend Kronen, stand dort! Nicht einmal, als er zur See fuhr, hatte er am Ende eines Monats noch so viel Geld gehabt. Nicht einmal, als er in der Anhängerfabrik arbeitete, ehe die nach Nørre Aaby umsiedelte und er seinen Job verlor, weil er zu viel trank.

Er zog den Scheck aus der Büroklammer und zupfte ein bisschen daran.

Doch, ja, der war verdammt echt.

Nete war witzig und gut gelaunt gewesen, und Tage gesund und kernig. Als der Stier zur einzigen Kuh des kleinen Hofs gezogen wurde, fragte Nete ihn, ob er auch so einen Steifen hinbekäme wie der Stier, und als er es ihr demonstrierte, wollte sie sich kaputtlachen, als wäre das einer von diesen Witzen, die ihre Zwillingsbrüder dauernd machten. Noch als sie sich küssten, war sie völlig unbekümmert und in keiner Weise aufgeregt, was Tage freute. Er war gekommen, um sich an ihr auszuprobieren, denn er dachte in der Hinsicht immer an sie, obwohl sie gerade erst anfing, Rundungen zu entwickeln. Schick und schlank war er in seiner braunen Uniform, das Schiffchen steckte unter der Achselklappe, und es schien, dank Stier und Kuh, als wäre man nun zu dem Teil der unvermeidlichen Rituale des Jahres gekommen.

Nete fand, Tage wirkte so erwachsen, und als er sie oben auf dem Dachboden bat, sich auszuziehen und ihn froh zu machen, zögerte sie nicht. Warum sollte sie auch? Alle hatten doch gesagt, so gehe es und so sei es zwischen einem Er und einer Sie.

Und da niemand ihnen Einhalt gebot, wiederholten sie gelegentlich, was sie gelernt hatten: dass nichts sich mit dem Vergnügen messen kann, das zwei Körper einander geben können.

Als Nete fünfzehn war, wurde sie schwanger. Und obwohl sie sich freute und Tage verkündete, dass sie nun für den Rest ihres Lebens zusammenbleiben könnten, leugnete er. Wenn es stimmte, dass er der Vater ihres Hurenkindes war, dann würde ihn das in Schwierigkeiten bringen, denn sie war minderjährig, und deshalb war das strafbar. Nein, wegen so etwas würde er verflucht noch mal nicht ins Gefängnis gehen.

Netes Vater glaubte ihrer Erklärung so lange, bis er Tage durchgeprügelt hatte und der immer noch leugnete. So hatten seine Söhne auf derartig handgreifliche Verhöre nie reagiert, und deshalb glaubte er nun seinem Neffen.

Von da an sah Tage Nete nicht mehr. Er hörte das eine oder andere über sie und zwischendurch schämte er sich ziemlich.

Doch am Ende beschloss er, das alles zu vergessen.

Zwei Tage lang bereitete er sich vor. Badete seine Hände in Schmieröl, rieb und knetete, bis die rissige Haut wieder rosig und geschmeidig war. Rasierte sich mehrmals am Tag, bis er wieder glatt und schier aussah. Beim Frisör empfingen sie ihn wie den verlorenen Sohn, wuschen, schnitten und föhnten hingebungsvoll und trugen zuletzt noch reichlich Duftwässerchen auf. Die Zähne polierte er mit Speisenatron, bis das Zahnfleisch blutete, und anschließend konnte er sich im Spiegel wie ein Echo aus besseren Zeiten betrachten. Wenn er schon zehn Millionen Kronen empfangen sollte, dann bitte auch formvollendet. Nete sollte ihn erleben als jemanden, der ein würdiges Leben geführt hatte. Sie sollte ihn als den sehen, der sie einmal zum Lachen bringen konnte. Voller Achtung sollte sie ihm entgegentreten.

Bei dem Gedanken fing er an zu zittern. Als fast Achtundfünfzigjähriger sollte er tatsächlich von ganz unten wieder hochkommen, sollte plötzlich als ein ganzer Mensch dastehen, als jemand, der den Blicken seiner Mitmenschen begegnen konnte, ohne Verachtung fürchten zu müssen.

In der Nacht träumte er von Respekt und Neid und von hellen Zeiten in neuer Umgebung. Ob er danach noch in dieser erbärmlichen Gesellschaft würde leben wollen, die ihn nur wie eine Pestbeule betrachtete? Ob er in einem Ort mit vierzehnhundert Einwohnern würde versauern wollen, wo selbst die Eisenbahn dahinsiechte? In einem Ort, dessen Stolz eine Anhängerfabrik war, die längst weggezogen war, und der stattdessen eine neue Hochschule bekommen hatte mit einem Namen, der so was von krank war: die Nordische Hochschule für Frieden.

Er entschied sich für den größten Herrenausstatter in Bogense und kaufte einen schön glänzenden, blau gesprenkelten Anzug, laut Verkäufer hochmodern, der nach einer ordentlichen Reduzierung gerade so teuer war, dass genug Geld für ein bisschen Zweitaktmischung für sein Moped und eine Fahrkarte von Ejby nach Kopenhagen blieb.

Als er auf das Velosolex stieg und durch den Ort knatterte, war das der Moment seines Lebens. Noch nie hatten sich Blicke so lieblich angefühlt. Noch nie hatte er sich dem Leben, das dort draußen irgendwo auf ihn wartete, so zugewandt gefühlt.

12

August 1987

SEIT BEGINN DER ACHTZIGERJAHRE hatte Curt Wad mit Genugtuung den zunehmenden Rechtsruck in der Bevölkerung registriert, und nun, Ende August 1987, gingen fast alle Prognosen davon aus, dass der bürgerliche Flügel die Wahl wieder gewinnen würde.

Die Zeiten waren gut für Curt Wad und seine Gesinnungsgenossen. Die Aufschwungpartei wetterte gegen die Fremden. Nach und nach sammelten sich immer mehr christliche Gremien und national gesinnte Vereinigungen um gewiefte populistische Agitatoren, die die verbale Peitsche schwangen gegen den allgemeinen Verfall der Sitten. Sie gingen dabei nicht eben zimperlich mit den Menschenrechtsprinzipien um.

Der Tenor dieser Agitation war immer derselbe: Da die Menschen nicht mit gleichen Fähigkeiten und Chancen geboren wurden, konnte es auch keine Gleichheit geben. Man müsste dies endlich akzeptieren und lernen, damit zu leben.

Doch, ja, es stand äußerst günstig für Curt Wad und seine Ideale. Allmählich bekam das Gedankengut sowohl im Parlament als auch in gewissen »Graswurzelbewegungen« Rückenwind. Gleichzeitig strömte Geld in die Kassen der politischen Vereinigung Klare Grenzen, Curt Wads Herzensangelegenheit. Er arbeitete hart daran, dass sich die Vereinigung zu einer Partei mit zahlreichen Regionalgruppen und einem Sitz im Parlament entwickelte. Der neue Wandel in den moralischen Vorstellungen war nahezu wie eine Rückkehr in die Dreißiger, Vierziger und Fünfziger, auf alle Fälle weit entfernt von den widerwärtigen Sechziger- und Siebzigerjahren, als die Jugend auf die Straße gegangen war und freie Liebe und Sozialismus gepredigt hatte. Als man den Bodensatz der Gesellschaft durch die rosarote Brille sah und ein Versagen des Staates und der Gesellschaft zur Ursache für asoziales Verhalten erklärte.

Nein, so war es Gott sei Dank nicht mehr. Jetzt, in den Achtzigern, galt jeder als seines eigenen Glückes Schmied. Und viele Menschen schmiedeten tatsächlich gut, das war deutlich zu merken, denn Tag für Tag entrichteten rechtschaffene Bürger und Stiftungen aller Art freiwillige Beträge an Curts politische Vereinigung.

Das Resultat blieb nicht aus. Schon jetzt waren zwei Bürodamen angestellt, die Rechnungen verwalteten und Informationsmaterial verschickten, und mindestens vier der neun Regionalgruppen wuchsen um einige Mitglieder pro Woche.

Ja, endlich machte sich Unwille bemerkbar gegenüber Homosexuellen, Drogenabhängigen und jugendlichen Kriminellen, gegenüber Ausländern, Flüchtlingen und Promiskuität, und zwar auf breiter Front. Nun war auch noch Aids dazugekommen und erinnerte an das, was man in christlichen Kreisen als »Fingerzeig Gottes« bezeichnete.

Diese Kernfragen musste man gar nicht mehr groß herausstellen wie noch in den Fünfzigern, als man zudem über erheblich geringere Mittel verfügt hatte, um gegenzusteuern.

Gegenwärtig, wie gesagt, waren die Zeiten gut. Die gesellschaftlichen Vorstellungen, für die Klare Grenzen stand, verbreiteten sich in Windeseile, auch wenn der Leitgedanke niemals ausdrücklich formuliert wurde: keine Vermischung von schlechtem Blut mit gutem.

Die Vereinigung, die sich auf die Fahnen geschrieben hatte, die Reinheit des Bluts und die moralischen Werte der Dänen zu verteidigen, hatte nacheinander unter drei verschiedenen Namen firmiert, seit Curts Vater sie vor über vierzig Jahren gegründet hatte. In den Vierzigern nannte sie sich ›Komitee gegen Unzucht‹, dann ›Die Dänengesellschaft‹ und nun schließlich ›Klare Grenzen‹.

Jetzt war das, was sich ein praktischer Arzt auf Fünen ausgedacht und sein Sohn veredelt hatte, nicht länger eine Privatangelegenheit. Die Vereinigung zählte inzwischen zweitausend Mitglieder, die bereitwillig die hohen Mitgliedsbeiträge zahlten. Alles ehrenwerte Bürger, von Anwälten, Ärzten und Angehörigen der Polizei bis hin zu Pflegepersonal und Pfarrern. Menschen, die in ihrem täglichen Tun viel Kritikwürdiges sahen und entschlossen und imstande waren, etwas dagegen zu unternehmen.

Würde Curts Vater noch leben, wäre er stolz darauf, wie weit der Sohn seine Gedanken fortgeführt hatte und wie gut er das geistige Erbe auch praktisch verwaltete. Mit der Zeit hatten Vater und Sohn einfach nur noch von ihrem »Geheimen Kampf« gesprochen. Und bei diesem Geheimen Kampf engagierten sich inzwischen so viele Gleichgesinnte und taten, was momentan noch ungesetzlich war, was aber über die künftige Partei Klare Grenzen einmal legalisiert werden sollte. Im Geheimen Kampf erlaubte man sich, Embryos zu selektieren – in solche, die zu leben verdienten, und solche, die es nicht verdienten.

Curt Wad hatte gerade am Telefon ein Radiointerview über die Kernideen von Klare Grenzen gegeben, als ihm die Zugehfrau einen Stoß Briefe mitten in einen Streifen Sonnenlicht auf den Eichentisch legte.

So ein Poststapel war immer eine bunte Mischung.

Die anonymen Briefe warf Curt sofort in den Papierkorb. Sie machten etwa ein Drittel aus.

Dann folgten die üblichen Droh- und Hassbriefe. Er notierte die Absender und warf sie auf den Archivstapel für die Bürodamen in der Stadt. Falls denen bei der Durchsicht der Absender fleißige Wiederholungstäter auffielen, rief Curt den Sprecher der Regionalgruppe an. Der sorgte dafür, dass jedes weitere derartige Briefeschreiben aufhörte. Das ließ sich auf vielerlei Arten angehen. Die meisten Menschen hatten irgendetwas, das sie nicht ans Licht der Öffentlichkeit gezerrt haben wollten, und ihre Vereinigung wiederum hatte Anwälte, Ärzte oder Pfarrer vor Ort, die Zugriff auf die einschlägigen Archive hatten. Manche würden das, was dann geschah, als Erpressung bezeichnen. Curt nannte es Selbstverteidigung.

Darüber hinaus gab es unter den Briefeschreibern Personen, die um Aufnahme in die Vereinigung baten, und gerade in dem Zusammenhang war größte Vorsicht geboten, denn Unterwanderung wäre fatal. Aus diesem Grund öffnete Curt Wad seine Post auch höchstpersönlich.

Außerdem gab es noch solche Briefe, die das gesamte Spektrum umfassten, von Huldigung bis Gejammer und Wut.

In diesem letzten kleinen Stoß der Tagespost fand Curt Wad den Brief von Nete Hermansen. Als er den Absendernamen las, musste er unwillkürlich lächeln. Nicht viele Fälle im Lauf all der Jahre waren so erfolgreich gewesen wie gerade ihrer. Insgesamt zweimal hatte er das unsittliche Gebaren dieser kleinen Schlampe aufhalten müssen.

Womit wollte ihn das Weibsbild wohl diesmal belästigen? Tränen oder Schelte? Na, einerlei. Nete Hermansen bedeutete ihm nichts, weder damals noch heute. Dass sie nun allein war, nachdem sich ihr idiotischer Ehemann am selben Abend, als sie sich zum letzten Mal begegnet waren, bei einem Autounfall umgebracht hatte, entlockte Curt Wad höchstens ein Achselzucken.

Sie hatte es nicht besser verdient.

Er warf den Umschlag ungeöffnet zu den anderen unwichtigen Schreiben auf den Archivstapel. Nicht einmal seine Neugier war geweckt. Anders als damals.

Von Nete Hermansen hatte Curt Wad zum ersten Mal gehört, als ein Vertreter der Schule in die Arztpraxis seines Vaters gekommen war. Es ging um ein Mädchen, das in den Mühlbach gefallen war und aus dem Unterleib blutete.

»Möglicherweise handelt es sich um einen Abort, vieles deutet darauf hin«, hatte der Schulvertreter gesagt. »Es gibt Gerüchte, ein paar Schuljungen seien dafür verantwortlich, aber das sollte man nicht für bare Münze nehmen. Es war ein Unfall, und wenn Sie zu der Familie gerufen werden, Doktor Wad, und Zeichen von Gewalt am Körper des Mädchens entdecken, dann dürfen Sie getrost davon ausgehen, dass diese auf den Sturz des Mädchens in den Mühlbach zurückzuführen sind.«

»Wie alt ist das Mädchen?«, hatte sein Vater gefragt.

»Gut fünfzehn Jahre.«

»In dem Fall ist eine Schwangerschaft keine unproblematische Sache.«

»Das Mädchen ist auch wahrlich nicht unproblematisch«, hatte der Schulvertreter gelacht. »Aufgrund einiger Ungeheuerlichkeiten hat man sie schon vor Jahren der Schule verwiesen. Aufforderung zur Unzucht mit Jungen, extrem loses Mundwerk, Schlichtheit im Denken und Gewalttätigkeit gegenüber den Schulkameraden sowie der Lehrerin.«

Bei diesen Worten legte Curts Vater voller Verständnis den Kopf in den Nacken. »Aha, eine von denen«, sagte er. »Schwach begabt, könnte ich mir denken.«

»Unbedingt.«

»Und unter den tüchtigen Schuljungs, die dieses minderbemittelte Kind auf die Anklagebank schicken könnte, ist da vielleicht einer, den der Herr Schulvertreter persönlich kennt?«

»Ja«, antwortete der und nahm dankbar eine der Zigarren, die in Reih und Glied im Zigarrenkasten lagen. »Einer der Jungs ist der Jüngste der Schwägerin meines Bruders.«

»Aha«, sagte Curts Vater. »Ja, da prallen die Gesellschaftsschichten aufeinander, kann man wohl sagen, nicht wahr?«

Curt war damals dreißig Jahre alt gewesen und hatte die Praxis seines Vaters in weiten Teilen bereits übernommen. Aber Patientinnen wie dieses Mädchen, von dem die Rede war, hatte er noch nicht zu Gesicht bekommen.

»Was macht das Mädchen?«, fragte Curt. Sein Vater nickte anerkennend.

»Ach, ich bin da gar nicht näher informiert, ich vermute, dass sie ihrem Vater auf dem Bauernhof zur Hand geht.«

»Und wer ist der Vater?«, fragte Curts Vater.

»Meiner Erinnerung nach heißt er Lars Hermansen. Ein kräftiger Bursche. Recht durchschnittlich.«

»Ich glaube, den kenne ich«, sagte Curts Vater. Natürlich kannte er ihn. Er hatte doch bei der Geburt des Mädchens assistiert. »Der war immer schon ein bisschen eigen, und seit dem Tod seiner Frau hat das zugenommen. Ein in jeder Hinsicht verschlossener und seltsamer Typ. Kein Wunder, wenn auch das Mädchen nicht ganz normal ist.«

Und dabei blieb es.

Doktor Wad wurde wie erwartet zum Hof gerufen und konstatierte, dass das Mädchen aufgrund von Ungeschicklichkeit in den Mühlbach gefallen war, wo es von der Strömung herumgewälzt worden war und sich dabei an Stöcken und Steinen unter Wasser gestoßen hatte. Falls sie etwas anderes sagte, lag das wohl daran, dass sie unter Schock stand. Bedauerlicherweise hatte das Mädchen geblutet. Ob sie möglicherweise schwanger gewesen wäre?, hatte er den Vater gefragt.

Curt war dabei gewesen, wie zuletzt immer bei den Patientenbesuchen seines Vaters, und er erinnerte sich genau, dass Lars Hermansen bei der Frage blass geworden war und langsam den Kopf geschüttelt hatte.

Es sei nicht nötig, die Polizei zu rufen, hatte der Vater gesagt.

Und deshalb geschah in der Angelegenheit auch weiter nichts.

Für den Abend waren in ihrer Vereinigung wieder Aktivitäten anberaumt. Curt Wad freute sich. Dann würde er drei engagierte Mitglieder treffen, die enge Kontakte zu den Parteien des rechten Flügels unterhielten. Besonders wichtig waren aber auch ihre Verbindungen zu Beamten im Justiz- und im Innenministerium, die mit Unwillen die Entwicklung des Landes im Hinblick auf Einwanderungspolitik und Familienzusammenführung beobachteten. Der Grund für ihr Engagement war bei all diesen Leuten, ob sie nun zu Klare Grenzen oder einer anderen Gruppierung des rechten Spektrums gehörten, derselbe: Sie fanden, dass sich deutlich zu viele fremde Elemente, zu viele unerwünschte Individuen ins Land eingeschlichen hätten.

Eine Bedrohung des Dänischen, hörte man von verschiedenen Seiten, und dem konnte Curt nur zustimmen. Alles war nur eine Frage der Gene, und Menschen mit schrägen Augen oder brauner Haut trübten nun einmal das Bild von Mädchen und Jungen mit blonden Haaren und großen, kräftigen Körpern. Tamilen, Pakistaner, Afghanen und Vietnamesen gehörten schon an den Grenzen aufgehalten, und zwar ausnahmslos.

An diesem Abend sprachen sie lange darüber, zu welchen Mitteln man beim Engagement für Klare Grenzen greifen sollte. Als zwei der Männer gegangen waren, blieb noch der, den Curt am besten kannte. Ein ausgezeichneter Mensch, Arzt wie er selbst, mit einer guten, einträglichen Praxis nördlich von Kopenhagen.

»Curt, wir haben nun etliche Male über den Geheimen Kampf gesprochen«, sagte er und sah ihn lange an, ehe er fortfuhr. »Ich kannte schon deinen Vater. Als ich ihm bei meiner Tätigkeit im Krankenhaus von Odense begegnete, führte er mich in meine Verantwortung ein. Ein feiner Mann, Curt. Ich habe viel von ihm gelernt, sowohl in fachlichen wie in ethischen Fragen.«

Sie nickten sich zu. Drei Jahre war es jetzt her, seit sein Vater im gesegneten Alter von siebenundneunzig Jahren gestorben war. Wie schnell doch die Zeit verging. Für Curt war es eine große Freude gewesen, den Vater bis ins Alter von zweiundsechzig Jahren an seiner Seite zu haben.

»Dein Vater sagte, wenn ich aktiv werden wolle, solle ich mich an dich wenden«, fuhr sein Gast fort. Dann legte er eine längere Pause ein, als wäre er sich bewusst, dass der nächste Schritt direkt zu einer Vielzahl von Fallstricken und schwerwiegenden Fragen führen könnte.

»Das freut mich«, sagte Curt schließlich. »Aber warum ausgerechnet jetzt, wenn ich fragen darf?«

Der Gast zog die Augenbrauen hoch, er ließ sich mit der Antwort Zeit. »Natürlich gibt es mehrere Gründe. Unser Gespräch heute Abend ist einer. Auch wir oben in Nordseeland erleben den Zuzug vieler Fremder. Von Einwanderern, die, obwohl oft eng miteinander verwandt, trotzdem untereinander heiraten. Wie wir wissen, passiert es nicht selten, dass die Kinder aus diesen Verbindungen nicht gesund sind.«

Curt nickte zustimmend. Vor allem entstammten diesen Verbindungen meist viele Kinder.

»Und in solchen Fällen möchte ich gern mitmachen können«, sagte der Gast leise.

Wieder nickte Curt. Ein tüchtiger und rechtschaffener Mann mehr in ihrer Schar.

»Dir ist klar, dass du dich damit auf etwas einlässt, über das du dich für den Rest deines Lebens mit niemandem austauschen kannst, unter keinen Umständen? Die einzige Ausnahme sind diejenigen, die wir für diese Arbeit zugelassen haben.«

»Ja, das habe ich mir gedacht.«

»Von dem, was wir im Geheimen Kampf durchführen, verträgt nur weniges, ans Licht zu kommen, aber darüber bist du dir natürlich im Klaren. Für uns steht viel auf dem Spiel.«

»Ja, das weiß ich.«

»Und viele in den eigenen Reihen würden sofort dafür plädieren, dass du von der Erdoberfläche verschwindest, falls herauskommen sollte, dass du deine Zunge nicht im Zaum hältst oder deine Arbeit nicht mit der gebührenden Sorgfalt ausführst.«

Er nickte. »Ja, das ist nur zu verständlich. Ich bin mir sicher, dass es mir selbst nicht anders gehen würde.«

»Dann bist du also gewillt, dich in die Verfahren einweihen zu lassen, was das Rekrutieren von Frauen angeht, deren Schwangerschaft unserer Ansicht nach abgebrochen werden sollte? Und bei denen wir erwägen, sie anschließend zu sterilisieren?«

»Das bin ich.«

»Wir benutzen in diesen Zusammenhängen eine eigene Terminologie. Wir haben Adressenlisten und wir haben speziell ausgearbeitete Methoden des Schwangerschaftsabbruchs. Sobald wir dich in diese Methoden eingewiesen haben, bist du vollgültiges Mitglied, ist dir das klar?«

»Ja. Was muss ich für meine Zulassung bei euch tun?«

Curt sah ihn lange schweigend an. Besaß der Mann den nötigen Willen? Blieben diese Augen auch dann ruhig, wenn er mit Gefängnis und Entehrung konfrontiert würde? Hatte er Rückgrat genug, um dem Druck von außen standzuhalten?

»Deine Angehörigen dürfen von nichts wissen, es sei denn, sie nehmen aktiv an unseren Eingriffen teil.«

»Meine Frau interessiert sich nicht für meine Arbeit, da kannst du ganz beruhigt sein.« Sein Gast lächelte. Curt hatte an diesem Punkt des Gesprächs auf ein solches Lächeln gehofft.

»Gut. Dann gehen wir jetzt in meine Praxisräume, wo ich dich von Kopf bis Fuß auf Abhörgeräte untersuchen werde. Danach musst du ein paar Informationen über dich selbst aufschreiben, die du keinesfalls veröffentlicht sehen möchtest. Ich bin mir sicher, dass auch du, wie die meisten Menschen, irgendeine Leiche im Keller hast, stimmt's? Das darf auch sehr gern etwas aus dem Bereich deiner ärztlichen Tätigkeit sein.«

Hier nickte sein Gast. Längst nicht alle taten das.

»Ich verstehe das so, dass ihr meine unschönen Geheimnisse kennen wollt, um etwas gegen mich in der Hand zu haben, falls ich kalte Füße bekomme.«

»Ja, und es wird doch wohl welche geben?«

Wieder nickte er.

»Jede Menge.«

Nachdem Curt den Mann untersucht und zugeschaut hatte, wie er seine Beichte unterschrieb, begann er mit den obligatorischen Ermahnungen zu Loyalität und Verschwiegenheit bezüglich des Tuns und der Grundgedanken der Bewegung. Als auch das den Mann nicht abzuschrecken schien, gab Curt ihm noch eine kurze Unterweisung darin, wie sich unauffällige, spontane Aborte provozieren ließen, und erklärte ihm, wie viel Zeit er zwischen solchen Behandlungen verstreichen lassen musste, um nicht die Aufmerksamkeit der Berufskollegen oder der Polizei zu erregen.

Dann dankte man und verabschiedete sich. Curt blieb mit dem erhebenden Gefühl zurück, ein weiteres Mal für das Wohl seines Vaterlands tätig gewesen zu sein.

Er schenkte sich einen Cognac ein, setzte sich an den Eichentisch und versuchte, sich zu erinnern, wie oft er selbst aktiv eingegriffen hatte.

Das waren inzwischen viele Fälle. Unter anderem der von Nete Hermansen.

Er ließ den Blick wieder zu ihrem Brief schweifen, der zuoberst auf dem Stapel lag. Zufrieden schloss er die Augen und überließ sich der Erinnerung an seinen allerersten und zugleich erinnerungswürdigsten Fall.

13

November 2010

AN DIESEM DUNKLEN NOVEMBERTAG wirkten die wenigen erleuchteten Fenster in den mächtigen Mauern des Polizeipräsidiums fast anheimelnd. Immer gab es Büros, wo noch gearbeitet wurde, weil die Fälle keinen Aufschub duldeten. Denn um diese nachtschlafende Zeit zeigte die Stadt Zähne, da wurde es gefährlich. Da bekamen die Prostituierten Prügel. Da gingen die Kerle zuerst gemeinsam auf Sauftour und dann mit dem Messer aufeinander los. Da suchten die Banden die Konfrontation. Wurden die Brieftaschen leer geräumt.

Carl hatte viele tausend Stunden in dem Gebäude zugebracht, während die Straßenlaternen brannten und anständige Bürger tief und fest schliefen. Aber das war nun auch schon eine Weile her.

Wenn er sich bei Monas Essenseinladung doch nur nicht so unwohl gefühlt hätte. Wenn er statt dieses missglückten Abendessens doch einfach auf Monas Bettkante gesessen und ihr tief in die braunen Augen geschaut hätte. Dann wäre er niemals auf die Idee gekommen, so spät noch zu schauen, wer ihn da anrief. Aber so war es eben nicht gelaufen und deshalb war Assads Anruf quasi seine Rettung gewesen. Und nur deshalb war er darauf eingegangen und nur deshalb war er jetzt auf dem Weg in den Keller. Kopfschüttelnd sah er Rose und Assad an, die ihm auf dem Gang entgegenkamen.

»Was zum Teufel treibt ihr zwei eigentlich?«, fragte er und drückte sich an ihnen vorbei. »Assad, ist dir bewusst, dass du seit neunzehn Stunden hier im Bau hockst?«

Er sah über die Schulter zurück. Roses Gang zeugte auch nicht gerade von einem Übermaß an Energie. »Und du, Rose, warum bist du noch hier? Glaubt ihr, ihr könntet euch auf diese Weise einen zusätzlichen freien Tag ergattern?« In seinem Büro warf er den Mantel über den Stuhl. »Warum kann der Fall Rita Nielsen nicht bis morgen warten?«

Als Assad die buschigen Augenbrauen hob, ließ das Aufleuchten seiner geröteten Augen Carl fast zusammenzucken. »Hier sind die Zeitungen, die wir durchgesehen haben«, sagte er und knallte den Stoß auf die Ecke von Carls Schreibtisch.

»Na, ganz so gründlich haben wir sie noch nicht durchgesehen«, präzisierte Rose.

Doch so, wie Carl Rose kannte und wie er das Lächeln deutete, das Assads Lippen umspielte, hatten die beiden die Zeitungen garantiert durchgeforstet, bis das Papier hauchdünn geworden war. Und garantiert hatten sie sich vorher noch sämtliche Vermisstenanzeigen vom September 1987 in den Akten der Polizei vorgenommen. Er kannte seine Pappenheimer.

»In der Zeitspanne gibt es nichts, was auf eine Auseinandersetzung im Drogenmilieu hindeutet oder auf einzelne Geschichten, die mit Vergewaltigung in der Gegend zu tun haben könnten.«

»Hat eigentlich jemand mal darüber nachgedacht, dass Rita Nielsen ihren Mercedes irgendwo ganz anders abgestellt haben könnte? Dass sie den Wagen vielleicht gar nicht selbst im Kapelvej geparkt hat?«, fragte Carl. »Vielleicht müssen wir gar nicht unbedingt in Kopenhagen suchen. Falls sie den Wagen nicht selbst geparkt hat, könnte sie ebenso gut irgendwo auf dem Weg von der Belt-Fähre in die Stadt verschwunden sein.«

»Ja, dem ist man nachgegangen«, sagte Rose. »Und eines steht fest: Sie ist an dem Vormittag auf jeden Fall im Stadtteil Nørrebro gewesen, denn der Kioskbesitzer dort konnte sich sehr genau an sie erinnern, als man ihn damals wegen der Kreditkarte befragte.«

Carl presste die Lippen zusammen. »Aber warum ist sie so irre früh von zu Hause losgefahren? Habt ihr darüber mal nachgedacht?«

Assad nickte. »Weil sie verabredet war, aus keinem anderen Grund. Glaube ich zumindest.«

Carl sah es genauso. Und genau über diese frühe Abreise war er gestolpert. Ohne einen wirklich triftigen Grund fuhr man schließlich nicht morgens um fünf los, und schon gar nicht, wenn man, wie Rita Nielsen, einen Beruf ausübte, der einen die ganze Nacht auf Trab hielt. Mit den samstäglichen Geschäftsöffnungszeiten in der Hauptstadt hatte ihr früher Aufbruch jedenfalls nichts zu tun, das stand fest. Was außer einer Verabredung sollte da also schon in Frage kommen?

»Entweder ist ihr in Kopenhagen jemand begegnet, der über ihr Verschwinden mehr weiß als wir, oder sie ist nie dort angekommen. Das allerdings müsste ja wohl irgendjemandem aufgefallen sein«, mutmaßte Carl. »Glaubt ihr, dass die Nachforschungen damals gründlich genug waren?«

»Gründlich genug?« Assad sah hinüber zu Rose, die ebenfalls verständnislos dreinblickte. Nach einem so langen Tag reichte es den beiden wohl ganz einfach.

»Ja, jedenfalls so gründlich, dass Menschen, die Kontakt zu ihr hatten, eigentlich von ihrem Verschwinden hätten erfahren müssen«, sagte Rose. »Und trotzdem: Obwohl unsere Kollegen drei Tage lang von Tür zu Tür gegangen sind, obwohl in sämtlichen regionalen und überregionalen Zeitungen darüber berichtet wurde und obwohl der Suchaufruf der Polizei landesweit gesendet wurde, im Fernsehen wie im Radio, hat bis auf den Kioskbesitzer keine Menschenseele darauf reagiert.«

»Deshalb glaubst du also, dass es Menschen gab, die von ihrem Verschwinden gewusst haben, aber nicht damit herausrücken wollten. Menschen, die womöglich an ihrem Verschwinden schuld sind?«

Rose knallte die Hacken zusammen und legte die Hand an die nicht vorhandene Mütze. »Jawohl, Eure Eminenz.«

»Selbst jawohl. Und nun sagt ihr, es seien in jenen drei Tagen ungewöhnlich viele Personen verschwunden, die nie wieder aufgetaucht sind. Stimmt das so, Assad?«

»Ja. Und wir haben sogar noch eine weitere Person gefunden, von der bis heute jede Spur fehlt«, antwortete er. »Wir haben nämlich die Zeitungen einer weiteren Woche angefordert, um ganz sicher zu sein, dass nicht noch etwas anderes los war als das, was auf den Listen stand, die wir von der Polizei bekommen haben.«

Carl kaute noch auf dem vorletzten Satz. »Dann sind wir also bei ... fünf Personen, inklusive Rita, die seither nie wieder aufgetaucht sind? Fünf spurlos verschwundene Menschen in zwei Wochen, stimmt das?«

»Ja. In diesen vierzehn Tagen, auf die wir uns konzentriert haben, wurden fünfundfünfzig Vermisstenanzeigen aufgenommen. Davon waren zehn Monate später fünf Menschen noch immer nicht gefunden. Und das sind sie im Übrigen bis heute nicht, dreiundzwanzig Jahre später.« Rose nickte. »Ich glaube, so viele Vermisste in so wenigen Tagen, das ist fast dänischer Rekord.«

Carl versuchte, die dunklen Ränder unter ihren Augen einzuordnen. War das Müdigkeit? Oder einfach nur verwischte Wimperntusche?

»Lass mich mal sehen.« Er ließ den Finger über die Namen auf ihrer Liste gleiten.

Dann nahm er den Kuli und strich einen der Namen durch. »Die kannst du sicher abhaken«, sagte er und deutete auf das Alter der Frau und die Umstände ihres Verschwindens.

»Ja, die fanden wir eigentlich auch zu alt«, stimmte Assad zu. »Obwohl: Die Schwester meines Vaters ist noch vier Jahre älter, Weihnachten wird sie fünfundachtzig, und trotzdem hackt sie noch jeden Tag Holz.«

So viele Worte für nichts, dachte Carl. »Hör mal, Assad. Diese Frau hier war dement, und sie verschwand aus einem Pflegeheim. Deshalb glaube ich kaum, dass sie noch viel Brennholz gehackt hat. Aber was ist mit den anderen auf der Liste? Habt ihr die schon alle überprüft? Gibt es einen Zusammenhang zwischen deren Verschwinden und dem von Rita Nielsen?«

Da lächelten sie. Und wie sie lächelten.

»Na, nun spuckt's schon aus. Was habt ihr?«

Assad knuffte Rose in die Seite, also hatte sie es entdeckt.

»Philip Nørvig, ein Rechtsanwalt aus der Anwaltskanzlei Nørvig & Sønderskov in Korsør«, sagte sie. »Am Tag vor ihrem wichtigsten Handballmatch teilte Nørvig seiner Tochter mit, dass sie leider mit ihrer Mutter hingehen müsste statt mit ihm. Und das, obwohl Nørvig ihr seit Langem versprochen hatte, auf der Tribüne zu sitzen. Als Entschuldigung gab er nur an, an einem äußerst wichtigen Treffen in Kopenhagen teilnehmen zu müssen, das sich leider nicht verschieben ließe.«

»Und er verschwand?«

»Ja. Er fuhr am selben Morgen mit dem Zug von Halsskov los und muss gegen halb eins am Hauptbahnhof gewesen sein, und das war's. Wie vom Erdboden verschluckt.«

»Hat ihn irgendjemand aussteigen sehen?«

»Ja. Da waren zwei, die mit dem Zug aus Korsør kamen, die haben ihn wiedererkannt. Er hatte geschäftlich viel in Korsør zu tun, sodass ihn dort in der Gegend etliche Leute kannten.«

»Ah, nun beginnt es zu dämmern«, sagte Carl und ignorierte seine triefende Nase. »Ein prominenter Anwalt aus Korsør, der von einem Tag auf den anderen verschwand. Ja, über den Fall war damals recht viel zu lesen. Hat man ihn nicht später in einem der Kopenhagener Kanäle gefunden?«

»Nein, er blieb verschwunden«, sagte Assad. »Das musst du verwechseln.«

»Hing dieser Fall nicht schon an unserer Anschlagtafel, Assad?«

Assad nickte. Dann war er garantiert schon durch eine blaue Schnur mit dem Fall Rita Nielsen verbunden.

»Rose, du hast etwas zu dem Fall in deinen Papieren, sehe ich. Was steht da über diesen Nørvig?«

»Dass er Jahrgang 1925 ist.« Mehr konnte sie nicht sagen, da fiel ihr Carl ins Wort.

»1925, verdammt! Dann muss er 1987 zweiundsechzig gewesen sein. Ziemlich alter Vater für eine Handball spielende Teenagertochter!«

»Hör doch erst mal bis zum Ende zu, bevor du mich unterbrichst, Carl!«, schimpfte Rose und blinzelte müde. »Also, er war Jahrgang 1925«, wiederholte sie. »Legte 1950 sein juristisches Staatsexamen in Århus ab. 1950 bis 1954 Assessor bei Laursen & Bonde in Vallensbæk. 1954 niedergelassener Rechtsanwalt in Korsør. 1965 Zulassung zum Landgericht. 1950 Heirat mit Sara Julie Enevoldsen, Scheidung 1973. Zwei Kinder aus dieser Ehe. 1974 heiratet er seine Sekretärin Mie Hansen. Sie haben eine gemeinsame Tochter, Cecilie, geboren im selben Jahr.«

An der Stelle blickte sie von ihren Papieren auf und sah Carl vielsagend an. Damit war die Sache mit dem in die Jahre gekommenen Vater geklärt. Sex mit der Sekretärin, das uralte Thema. Philip Nørvig schien ein Mann gewesen zu sein, der wusste, was er wollte.

»Er kandidierte mehrmals für den Vorsitz der lokalen Sportverbände und wurde für drei Amtszeiten gewählt. Am Ende saß er sowohl dort wie im Kirchenvorstand. Bis 1982. Da wurde ihm Mandantenbetrug in seiner Anwaltskanzlei vorgeworfen und er musste von seinen Posten zurücktreten. Die Sache kam vor Gericht, aber aus Mangel an Beweisen wurde er nicht verurteilt. Trotzdem verlor er viele Klienten, und in den verbleibenden fünf Jahren bis zu seinem Verschwinden rutschte sein Vermögen tief ins Minus und man nahm ihm den Führerschein wegen Trunkenheit am Steuer ab.«

»Hm.« Carl schob die Unterlippe vor und dachte, eine Zigarette würde sowohl der Gesundheit als auch dem Denken auf die Sprünge helfen.

»Nein, Carl. Du rauchst jetzt nicht, kommt nicht in die Tüte!«, kam ihm Rose zuvor.

Carl sah sie verblüfft an. Woher in aller Welt …?

»Äh, ich weiß eigentlich nicht, warum du das sagst, Rose.« Er räusperte sich, nun kratzte es auch noch im Hals. »Sag mal, Assad. Hast du vielleicht einen Tee in deinem Samowar?«

Die braunen Augen leuchteten kurz auf, dann wurden sie wieder matt.

»Nein. Aber du kannst einen guten Kaffee bekommen, was hältst du davon?«

Carl schluckte. Da würden sich die Grippeviren ja zu Tode erschrecken.

»Aber bitte nicht zu stark, Assad.« Seine Stimme hatte einen flehentlichen Klang. Nach dem letzten Kaffee hatte eine halbe Rolle Klopapier dran glauben müssen, das wollte er nicht noch mal riskieren.

»Also. Dass beide Personen unter ähnlichen Umständen verschwinden, ist die einzige Parallele zwischen den zwei Fällen«, resümierte er. »Und dass sowohl Nielsen als auch Nørvig an dem Tag nach Kopenhagen müssen. Bei Rita Nielsen kennen wir den Grund nicht, aber Nørvig sagt klipp und klar, er müsse zu einem Treffen. Das ist nicht viel, Rose.«

»Du hast den Zeitpunkt vergessen, Carl. Sie verschwinden am selben Tag und fast zur selben Zeit. Das ist doch merkwürdig.«

»Nee, Rose, da braucht's schon ein bisschen mehr, um mich zu überzeugen. Wie sieht's mit den beiden anderen Fällen auf der Liste aus?«

Sie blickte auf ihr Papier. »Da haben wir einen Viggo Mogensen, aber von dem wissen wir nichts. Der verschwindet einfach. Zuletzt gesehen im Hafen von Lundeborg, wo er mit seinem Kutter Kurs auf den Großen Belt nahm.«

»Er war Fischer?«

»Na ja, das war nur ein kleines Schiff. Früher hatte er einen richtigen Kutter, aber der wurde abgewrackt. Vermutlich wegen irgendeiner bescheuerten EU-Auflage.«

»Wurde sein Schiff gefunden?«

»Ja, in Warnemünde. Zwei Polen hatten es mitgehen lassen, die behaupteten allerdings, es hätte lange einfach in Jyllinge herumgelegen, bevor sie es sich unter den Nagel rissen. Das könnte man nicht Diebstahl nennen, fanden sie.«

»Und was sagten die Leute vom Hafen in Jyllinge?«

»Die sagten, dass stimme nicht. Dort habe kein Schiff gelegen.«

»Wenn die Polen dem Mann das Schiff mal nicht gestohlen und ihn über Bord gekippt haben.«

»Nein, Fehlanzeige. Von August bis Oktober 1987 hatten sie einen Job in Schweden. Als Mogensen verschwand, waren sie überhaupt nicht in Dänemark.«

»Wie groß war das Schiff? Kann es unbemerkt irgendwo gelegen haben?«

»Das finden wir schon noch raus«, war von der Tür her zu hören. Dort stand Assad mit einem hübsch ziselierten Tablett aus waschechtem Silberimitat. Die Größe der Kaffeetassen erfüllte Carl mit Grausen. Je kleiner, umso schlimmer. Und diese hier waren winzig.

»Prost, Carl«, sagte Assad, dem das Fieber aus den Augen leuchtete und der aussah wie einer, dem künstliche Beatmung guttäte.

Ein großer Schluck und der Kaffee war weg. War ja gar nicht so schlimm, dachte Carl, aber das Gefühl hielt nur vier Sekunden an. Dann reagierte der gesamte Körper, als hätte er eine Mischung aus Schweröl und Nitroglyzerin eingenommen.

»Gut, was?«, rief Assad.

Kein Wunder, dass seine Augen glühten.

»Okay«, prustete Carl. »Viggo Mogensen lassen wir noch ein bisschen ruhen. Meine Nase sagt mir, dass seine Geschichte nichts mit dem Fall Rita Nielsen zu tun hat. Hängt Viggo Mogensens Fall eigentlich an unserer Anschlagtafel, Assad?«

Der schüttelte den Kopf. »Man neigte schließlich zu der Annahme, es handele sich um einen Unfall, der Mann sei ertrunken. Ein fröhlicher Mann übrigens, der gern feierte und gern auch mal einen Schnaps zu viel trank. Aber kein Trunkenbolzen.«

»Trunkenbold, Assad. Das heißt Trunkenbold, aber frag mich jetzt nicht, warum. Was haben wir sonst noch?« Er sah auf Roses Kopien und gab sich redlich Mühe, das Unbehagen wegzudrücken, das entstand, als die Kaffeesubstanz sich seinem Magen näherte.

»Dann haben wir noch die hier.« Rose deutete auf den fünften Namen. »Gitte Charles, geboren 1934 in Thorshavn. Tochter des Unternehmers Alistair Charles. Die Firma des Vaters ging direkt nach dem Krieg pleite, woraufhin sich die Eltern scheiden ließen, der Vater zurück nach Aberdeen ging und Gitte, ihre Mutter und der kleine Bruder nach Vejle zogen. Gitte machte eine Ausbildung zur Krankenschwester, die sie aber abbrach, und arbeitete dann in der Nervenheilanstalt in Brejning. Sie hatte noch diverse andere Krankenpflegejobs überall im Land, bevor sie schließlich im Krankenhaus auf Samsø landete.«

Rose nickte langsam, während sie den Text überflog.

»Das Folgende ist ziemlich typisch für Menschen, die eines Tages einfach verschwinden«, sagte sie. »Also: Von 1971 bis 1980 arbeitet sie im Krankenhaus in Tranebjerg auf Samsø und ist dort anscheinend wohlgelitten, obwohl sie ein paar Mal besoffen zur Arbeit kommt. Man unterstützt sie dabei, ihr Alkoholproblem in den Griff zu bekommen, und es geht so lange gut, bis sie eines Tages dabei erwischt wird, wie sie Krankenhausalkohol klaut. Da wird klar, dass sie ihre Sucht in keiner Weise unter Kontrolle hat, und sie wird von einem Tag auf den anderen an die Luft gesetzt. Nach ein paar Monaten bekommt sie Jobs in der häuslichen Pflege, radelt also zu Alten und Kranken auf der Insel und betüddelt sie. Eines Tages kommt heraus, dass sie ihre Schützlinge beklaut. Jetzt wird sie wieder gefeuert. Von 1984 bis zu ihrem Verschwinden ist sie arbeitslos und lebt von Sozialhilfe. Keine Karriere zum Imitieren.«

»Selbstmord?«

»Man nimmt es an. Sie ist gesehen worden, wie sie die Fähre nach Kalundborg bestieg und von Bord ging, das war's. Sie war gut gekleidet, aber keiner redete mit ihr. Und der Fall landete in der Schublade.«

»Dann hängt er wohl auch nicht draußen an unserer Tafel?«

Assad schüttelte den Kopf. »Merkwürdige Welt, in der wir leben«, sagte er.

Wie wahr, wie wahr. Merkwürdig fand Carl übrigens auch, dass sich bei seiner Erkältung eine leichte Besserung einzustellen schien, während seine Gedärme auf Knien um Gnade flehten.

»Sorry, bin gleich wieder da«, konnte er gerade noch murmeln, dann war er unterwegs zur Toilette. Kurze kleine Schritte mit zusammengepressten Arschbacken. Den Mist hatte er nun echt zum letzten Mal getrunken!

Die Hose auf Halbmast und die Stirn auf den Knien saß er auf dem Klo und fragte sich, wie ein Fingerhut Flüssigkeit eine so durchschlagende Wirkung haben konnte.

Er wischte sich den Schweiß von der Stirn und versuchte, an etwas anderes zu denken. Die Fälle hatten sich im Hinterkopf festgesetzt, sie mussten nur hervorgeholt werden. Ein Fischer aus Fünen. Eine Pflegekraft. Eine Prostituierte aus Kolding und ein Anwalt aus Korsør. Wenn diese Fälle zusammenhingen, hieß er Mads. Statistik war schon etwas Sonderbares. Aber natürlich konnte es vorkommen, dass an ein und demselben Wochenende vier Personen spurlos und unabhängig voneinander verschwanden. Warum denn auch nicht? So war es doch mit Zufällen. Es lag in der Natur der Sache, dass Zufälle dann eintrafen, wenn man am wenigsten damit rechnete.

»Carl, wir haben was gefunden«, schallte es durch die Toilettentür.

»Moment noch, Assad, bin gleich fertig«, brüllte er zurück, obwohl er verflucht noch mal nicht vorhatte, den Donnerbalken zu verlassen, bevor das Bauchkneifen aufgehört hatte. Jetzt bloß kein Risiko.

Carl hörte die Tür zum Gang zufallen, saß eine Weile ruhig da und atmete durch. Die peristaltischen Bewegungen nahmen für eine Weile ab. Wir haben was gefunden, hatte Assad gesagt.

Carl merkte, wie ihm der Kopf rauchte. Er wusste genau, dass irgendwo im Hinterkopf etwas lauerte, etwas, das mit dieser Gitte Charles zu tun hatte, da war er ziemlich sicher. Nur was?

Eine Gemeinsamkeit war ihm bei den vier Fällen nämlich doch aufgefallen, und das war das Alter der Verschwundenen. Rita Nielsen war zweiundfünfzig Jahre alt gewesen. Philip Nørvig zweiundsechzig. Gitte Charles dreiundfünfzig. Viggo Mogensen vierundfünfzig. Nicht unbedingt die typische Lebensphase, um spurlos zu verschwinden. Vorher, wenn man wild und jung war und voller stürmischer Gefühle – ja. Und danach, wenn Krankheiten, Einsamkeit und die Enttäuschungen des Lebens einen eingeholt hatten – ja, dann auch. Aber diese vier Menschen waren weder jung noch alt gewesen, die waren alle so mittendrin. Doch auch daraus konnte man nichts ableiten. Wie gesagt, so simpel war Statistik nicht.

Mindestens zwei Kilo leichter, zog Carl nach einer halben Stunde den Gürtel stramm.

»Assad, du kochst den Kaffee zu stark«, jammerte er und warf sich auf den Bürostuhl.

Da grinste ihn der Kerl doch glatt an!

»Das war nicht der Kaffee, Carl. Du hast nur das Gleiche wie wir anderen. Husten, Schnupfen und Scheißen wie ein Maschinengewehr. Und vielleicht auch rote Augen. Dauert normalerweise zwei Tage, aber du scheinst schneller zu sein, Carl. Alle hier im Präsidium sind vom Lokus nicht mehr runtergekommen. Bis auf Rose, glaube ich. Rose hat bestimmt die eiserne Gesundheit eines Dromedars. So einem Viech kann man Wasserstoffbomben oder Ebola in den Rachen schmeißen – und es wird einfach nur dicker.«

»Wo ist sie, Assad?«

»Im Internet, sie sieht was nach. Eine Sekunde, dann ist sie wieder hier.«

»Was habt ihr gefunden?« Carl bezweifelte Assads Erklärung der Bauchprobleme, denn schon allein beim Anblick der Kaffeetasse meldete sich die Übelkeit zurück. Deshalb deckte er sie zu Assads Verblüffung mit einem Stück Papier ab.

»Ja, also das mit dieser Gitte Charles. Die hatte bei einem ihrer Jobs mit Geisteskranken zu tun, wie wir herausgefunden haben.«

Carl neigte den Kopf zur Seite. »Und?«, fragte er und hörte auf dem Gang das charakteristische Absatzklappern näher kommen.

Als Rose ins Büro stürmte, war ihr die Verblüffung ins Gesicht geschrieben. »Wir haben einen Zusammenhang zwischen Rita Nielsen und Gitte Charles gefunden, und zwar den hier.« Sie pflanzte einen Finger auf den Schwarz-Weiß-Ausdruck einer Landkarte.

Sprogø stand da.

14

August 1987

SIE SASS REGUNGSLOS auf der Bank und sah hinüber zu dem alten Weltkriegsbunker an der Korsgade. Der Junkie mit seinem hässlichen Mischlingsköter müsste jeden Moment vorbeikommen.

Der Hund hieß Satan, und sein Name war offenbar Programm. Gestern hatte diese Töle einen Cockerspaniel zu fassen bekommen, und nur das beherzte Eingreifen eines jungen Mannes mit soliden Clogs hatte das Tier dazu gebracht, loszulassen. Natürlich hatte der Junkie dem Mann gedroht, dass er ihn verprügeln und den Hund auf ihn hetzen würde, aber nichts dergleichen war geschehen. Zu viele Zuschauer hatten die Szene beobachtet, darunter auch Nete.

Nein, dieser Hund verdient es nicht, in der Stadt herumzustreunen, hatte sie gedacht und beschlossen, zwei Fliegen mit einer Klappe zu schlagen.

Sie hatte eine Fleischwurst mit einer gehörigen Portion Bilsenkrautextrakt vollgespritzt und vor dem alten Betonbunker platziert.

Die Wurst lag genau dort, wo der Köter immer herumschnupperte, ehe er das Bein hob. Bekam ein Hund wie dieser eine solche Mahlzeit ins Maul, würde ihn kein Mensch mehr retten können. Nete glaubte auch gar nicht, dass sein Herrchen Lust dazu verspüren würde, dem schien es immer völlig egal, woran sein Hund herumschnüffelte.

Sie musste nur wenige Minuten warten, schon kam der kläffende Köter, sein Herrchen hinter sich her zerrend, auf dem Peblinge Dossering in Sicht. Keine zehn Sekunden später hatte er die Wurst gewittert und verschlungen. Soweit sie sehen konnte, kaute er sie nicht einmal.

Als die zwei an ihr vorbeigingen, warf sie einen Blick auf ihre Armbanduhr und merkte sich die Zeit. Dann stand sie ruhig auf und hinkte hinter ihnen her.

Sie wusste, dass die große Runde um alle vier Seen für den Junkie zu viel war. Sie würden wohl nur den Peblinge-See umrunden und bei dem Tempo etwa eine Viertelstunde dafür brauchen. Aber so konzentriert, wie ihre Mixtur gewesen war, sollte das völlig ausreichen.

Schon auf der Dronning-Louises-Brücke schien der Hund die Richtung nicht mehr halten zu können. Jedenfalls musste der Junkie wiederholt an der Leine zerren, mit dem zweifelhaften Erfolg, dass der eigensinnige Hund den Kopf in immer andere Richtungen drehte.

Nachdem sie die Brücke überquert hatten, zog der Typ den Hund mit auf den Spazierweg unten am Wasser. Als beruhte dessen Verhalten ausschließlich auf Trotz, begann er, den Hund anzuschreien. Allerdings hörte er sofort damit auf, als sich das Tier gegen ihn wandte, die Zähne fletschte und ihn anknurrte.

Eine oder zwei Minuten standen sich die beiden so gegenüber. Nete lehnte unterdessen am pompösen Brückengeländer und tat so, als fasziniere sie der Blick über die Gewässer bis hin zum Seepavillon an der Gyldenløvesgade.

Dabei lag der Grund für ihre Faszination viel näher: Aus dem Augenwinkel sah sie, wie sich der Hund auf einmal schwerfällig hinsetzte und dann verwirrt umschaute, als hätte er völlig die Orientierung verloren. Die Zunge hing ihm aus dem Hals, ein typisches Symptom, wie sie wusste.

Gleich rennt er ans Wasser, um zu saufen, dachte sie. Aber der Moment war schon verpasst.

Erst als sich der Köter schnaufend auf die Seite rollte und schließlich ganz still dalag, begriff der Idiot am anderen Ende der Hundeleine, dass da etwas nicht stimmte.

Verstört zerrte er an der Leine und rief immer wieder: »Komm schon, Satan, nun komm schon!« Aber Satan gehorchte nicht mehr. Die Bilsenkraut-Fleischwurst hatte Wirkung gezeigt.

Seit einer Stunde hörte sie nun klassische Musik im Radio. Das gab ihr die Ruhe, die sie zum Nachdenken brauchte. Die Wirkung des Bilsenkrauts hatte sie heute Vormittag erlebt, in der Hinsicht war sie unbesorgt. Nun kam es darauf an, dass ihre Gäste die Termine einhielten, zu denen sie einbestellt waren. Daran, dass sie anbeißen würden, zweifelte sie nicht. Zehn Millionen Kronen waren zwar viel Geld, eine Summe, die vielleicht erst mal stutzig machte, aber im Königreich Dänemark war allgemein bekannt, dass sie schwerreich war. Nein, keine Frage, einen solchen Batzen Geld würde sich niemand entgehen lassen.

Da begannen die Radio-Nachrichten. Diesmal ganz ohne Aufreger-Themen. Ein Minister besuchte die DDR, dem Israeli, der geheime Informationen über Atomwaffen weitergegeben hatte, wurde der Prozess gemacht.

Nete stand auf. Sie wollte gerade in die Küche gehen, um sich etwas zu essen zu machen, als Curt Wads Name fiel.

Wie angestochen zuckte sie zusammen. Hielt reflexhaft die Luft an.

Seine Stimme war genau wie vor zwei Jahren: hochmütig, klar, selbstsicher. Aber das Thema war neu.

»Klare Grenzen steht für weit mehr als für Maßnahmen gegen die wachsweiche Nachgiebigkeit der Gesellschaft in Zuwanderungsfragen. Wir befassen uns auch mit der Frage, wie und in welchem Ausmaß sich die Randgruppen unserer Gesellschaft fortpflanzen. Insgesamt sind Kinder von sozial schwachen oder erblich vorbelasteten Eltern für einen erheblichen Teil der Probleme verantwortlich, mit denen wir uns hierzulande tagtäglich herumschlagen müssen und die uns Milliarden kosten: Kinder, die geistesschwach auf die Welt kommen, Kinder, die eine wie auch immer geartete Sucht entwickeln, oder Kinder, die dieselben asozialen Tendenzen aufweisen wie ihre Eltern«, führte er aus, ohne dem Journalisten eine Chance zu lassen, dazwischenzugehen. »Stellen Sie sich nur vor, was wir sparen würden, wenn kriminellen Eltern das Recht abgesprochen würde, Kinder in die Welt zu setzen. Sozialhilfe wäre fast überflüssig. Die Gefängnisse stünden gewissermaßen leer. Oder wenn diese irrsinnigen Ausgaben für arbeitslose Einwanderer wegfallen würden, die sich hier einen faulen Lenz machen, ihre Familien nachholen und unsere Schulen mit Kindern bevölkern, die weder unsere Sprache noch unsere Sitten und Gebräuche verstehen. Stellen Sie sich vor, was es bedeuten würde, wenn kinderreiche Familien, die vor allem von staatlichen Zuwendungen leben und ihren Nachwuchs verwahrlosen lassen, auf einmal kein Recht mehr hätten, unbegrenzt viele Kinder in die Welt zu setzen. Kinder, die sich nie selbst versorgen können. Denn es dreht sich um ...«

Nete ließ sich auf einen Stuhl fallen. Ihr Blick wanderte hinüber zu den Kronen der großen Kastanienbäume. Alles in ihr drehte sich. Wer war er, dass er es wagte, sich zum Richter über Leben und Tod aufzuschwingen?

Curt Wad, natürlich.

Für einen Moment war ihr, als müsste sie sich übergeben.

Nete stand ihrem Vater gegenüber. Sein Gesicht war so düster, wie sie es noch nie gesehen hatte. Düster und verbittert.

»Ich habe dich verteidigt, solange du zur Schule gegangen bist, Nete, das weißt du doch, oder?«

Sie nickte. Das wusste sie. Unzählige Male waren sie zum Gespräch in die dunkle Schulstube gerufen worden, und ihr Vater hatte stets gegen die Drohungen des Schulleiters und der Lehrerin protestiert. Mittlerweile war er so mürbe, dass er sich die Klagen schweigend anhörte und in ihrem Namen Besserung gelobte. Doch ja, er wolle sie schon lehren, Gott zu fürchten und darauf zu achten, welche Wörter sie in den Mund nahm. Und ja, er werde schon dafür sorgen, dass sich ihr zügelloses Benehmen bessere.

Was Nete nie begriff, war, wieso er selbst völlig ungeniert und ungestraft fluchen durfte. Und wieso es verkehrt war, über Männer und Weiber zu sprechen, wenn doch auf dem Hof ständig die Rede davon war.

»Sie sagen, dass du dumm bist, dass deine Sprache schweinisch ist und dass du alle in deiner Umgebung verdirbst«, klagte ihr Vater. »Sie haben dich aus der Schule rausgeworfen und ich muss stattdessen teures Geld für eine Privatlehrerin zahlen. Wenn du wenigstens lesen gelernt hättest, aber nicht mal das kannst du. Die Leute sehen mich mit Verachtung an. Ich bin der Bauer mit der Tochter, die Schande übers Dorf bringt. Der Pfarrer, die Schule, alle haben sich von dir abgewandt und damit auch von mir. Du bist nicht konfirmiert und jetzt bist du obendrein auch noch schwanger und behauptest, das sei dein Cousin gewesen.«

»Das war er auch. Wir beide waren's.«

»Ach, erzähl mir doch nichts, Nete! Tage sagt, er hätte nichts mit dir zu tun gehabt. Also, wer war es?«

»Tage und ich, wir beide.«

»Knie dich hin, Nete.«

»Ja, aber ...«

»Auf die Knie!«

Sie tat, was er sagte, und sah, wie er schweren Schrittes zum Tisch ging und die Tüte nahm.

»Hier!« Er streute Reiskörner vor ihr auf den Boden, etwa einen Becher voll. »Iss!«

Dann stellte er eine Kanne Wasser daneben. »Und trink!«

Sie sah sich um. Sah hinüber zum Foto der Mutter, die dort mager und lächelnd in ihrem Brautkleid abgebildet war, sah zu dem Glasschrank mit den Tellern und zur Wanduhr, die schon lange stehen geblieben war. Nichts in diesem Zimmer tröstete sie, nichts zeigte ihr einen Ausweg.

»Sag, mit wem du gevögelt hast, Nete, oder iss.«

»Mit Tage. Nur mit ihm.«

»Da!«, schrie ihr Vater und stopfte ihr mit zitternden Händen die ersten Reiskörner in den Mund.

Der Reis blieb ihr im Hals stecken und pikte, obwohl sie trank, so viel sie konnte. Und wenn sie schluckte, pikten die Körner noch mehr. Diese elendig spitzen, scharfen Körnchen, die sich wie ein Zuckerhut auf dem Fußboden aufhäuften.

Als ihr Vater sein Gesicht weinend in den Händen vergrub und sie anflehte, ihm doch endlich zu verraten, wer sie geschwängert habe, da sprang sie so heftig auf, dass der Wasserkrug umfiel und zerbrach. Vier Schritte zur Halbtür, und sie war draußen. Und draußen im Freien war sie sicher, denn sie war so schnell, leichtfüßig und ortskundig wie kaum jemand.

Eine Weile noch hörte sie ihren Vater hinter sich rufen, hörte seine Schritte, aber das hielt sie nicht auf. Was sie aufhielt, war der Schmerz im Zwerchfell, als die Reiskörner anfingen, Magensäure und Flüssigkeit aufzusaugen, und der Magen anschwoll. Da musste sie den Kopf in den Nacken legen und nach Luft schnappen.

»Es war Taaage!«, schrie sie über das Schilf und den Mühlbach, der an ihr vorbeifloss. Und dann fiel sie auf die Knie und presste ihre Fäuste so fest sie nur konnte auf den Unterleib. Ein wenig Linderung brachte das, aber der Magen schwoll weiter an, und es half auch nichts, dass sie den Finger in den Hals steckte.

»Es war Tage, Mutter, sag Vater, dass es Tage war!«, weinte sie und wandte die Augen zum Himmel. Aber nicht der Blick ihrer Mutter ruhte auf ihr, sondern der von fünf Jungen mit Angelruten.

»Das ist sie, Schwanz-Nete«, rief einer der Jungen.

»Schwanz-Nete, Schwanz-Nete«, fielen die anderen ein.

Sie schloss die Augen. Alles fühlte sich so falsch an. Im Zwerchfell und im Unterleib. Stellen, von denen sie bisher nicht einmal geahnt hatte, dass sie in ihrem Körper existierten, taten schrecklich weh. Zum ersten Mal spürte sie das Pochen hinter dem Auge und am Schädel entlang, roch sie ihren eigenen Schweiß. Und alles in ihr wollte die Schmerzen wegschreien und den Körper wieder heil machen.

Aber sie konnte nicht schreien, und antworten konnte sie auch nicht, als die Jungen fragten, ob sie das Kleid nicht mal anheben könne, damit sie ein bisschen mehr sehen könnten.

Sie hörte die Hoffnung hinter dieser Aufforderung sehr wohl heraus. Die Kerle zeigten für einen Moment, was sie waren: nichts weiter als ein paar dumme, unwissende kleine Jungen, Konfirmanden, die immer brav getan hatten, was ihre Väter von ihnen verlangt hatten. Und als sie nicht antwortete, wurden die fünf nicht nur wütend, sondern auch verlegen, und das war für solche Kerle das Allerschlimmste.

»Was für eine dreckige kleine Sau!«, rief einer von ihnen. »Ab ins Wasser mit ihr, zum Waschen!«

Und ohne zu zögern, packten die Jungs sie an den Beinen und Schultern und warfen sie in den Mühlbach.

Alle hörten den dumpfen Aufprall, als sie mit dem Bauch auf einen Stein knallte, und alle sahen, wie sie mit den Armen ruderte und sich das Wasser zwischen ihren Beinen rot färbte. Aber niemand unternahm etwas. Alle machten, dass sie so schnell wie möglich wegkamen.

Es war ihr Vater, der den Schrei hörte, der seine Tochter aus dem Wasser zog und nach Hause bugsierte. Mit kräftigen Armen, die plötzlich ganz behutsam sein konnten. Auch er hatte das Blut gesehen und begriffen, dass sie sich nicht mehr selbst helfen konnte.

Dann legte er sie ins Bett, kühlte ihren Unterleib mit Lappen und bat sie um Verzeihung für sein aufbrausendes Temperament, aber sie antwortete nicht. Sie war so voller Schmerzen im Kopf, im Unterleib und im Magen, dass sie keinen Ton herausbrachte.

Danach fragte er nicht mehr, von wem sie schwanger gewesen war, denn die Schwangerschaft war beendet, soviel war ihm klar. Auch Netes Mutter hatte Fehlgeburten gehabt, das war kein Geheimnis, und die Symptome waren eindeutig. Sogar Nete begriff.

Am Abend, als Netes Stirn plötzlich heiß wurde, ließ ihr Vater Doktor Wad holen.

Eine Stunde später kam er, in Begleitung seines Sohnes Curt. Beide schienen von Netes Zustand nicht sonderlich überrascht zu sein, trotzdem sagte der Arzt lediglich, dass sie Pech gehabt habe mit ihrem Sturz in den Mühlbach. So habe er es von anderen gehört, und so müsse es gewesen sein, nach dem zu urteilen, was er sehe. Unglücklicherweise habe sie geblutet, sagte er. Und dann fragte er ihren Vater, ob schwanger sei. Er machte sich nicht mal die Mühe, sie zu untersuchen.

Sie sah das Gesicht ihres Vaters, als der den Kopf schüttelte, ratlos und beschämt.

»Das wäre ja ungesetzlich«, antwortete er leise. »Also selbstverständlich nein. Deshalb brauchen wir auch keine Polizei. Ein Missgeschick ist ein Missgeschick.«

»Du wirst dich schon wieder erholen«, sagte der Sohn des Arztes und strich ihr etwas zu lange über den Arm, wobei seine Fingerspitzen wie unabsichtlich die kleinen Brüste streiften.

Das war ihre erste Begegnung mit Curt Wad gewesen, und schon da hatte sie in seiner Nähe Unbehagen empfunden.

Anschließend sah ihr Vater sie lange an, dann gab er sich einen Ruck und beschloss, ihr Leben und sein eigenes zu ruinieren.

»Ich kann dich nicht länger hierbehalten, Nete. Wir müssen eine Pflegefamilie für dich finden. Morgen spreche ich mit dem Jugendamt.«

Noch lange, nachdem das Interview mit Curt Wad vorbei war, saß sie wie erstarrt im Wohnzimmer vor dem Radio. Nicht einmal die Präludien von Bach und Carl Nielsens ›Frühling in Fünen‹ konnten sie beruhigen.

Man hatte diesem furchtbaren Menschen tatsächlich Redezeit im Rundfunk gewährt. Zwar hatte man versucht, ihn durch Zwischenfragen auszubremsen, aber er hatte seine Zeit genutzt, gut genutzt. Unfassbar!

Nicht nur gab es all das, wofür er damals gestanden hatte, noch immer, sondern es war in einem Maße zugespitzt worden, das sie entsetzte. Unverbrämt hatte Curt Wad in aller Öffentlichkeit die Ziele seiner Arbeit und seines Strebens erklärt – Ziele, die ganz offenkundig einer anderen Zeit angehörten. Einer Zeit, als die Menschen »Heil!« riefen, die Hacken zusammenschlugen und in dem irrsinnigen Glauben lebten, manche Menschen seien besser als andere und könnten sich das Recht herausnehmen, die Menschheit in wertes und unwertes Leben zu sortieren.

Dass dieser grauenhafte Mensch ihrer Einladung folgen würde, hatte auf einmal oberste Priorität für sie. Sie musste ihn in ihre Wohnung kriegen, koste es, was es wolle.

Während sie seine Telefonnummer heraussuchte, zitterte sie am ganzen Körper. Sie musste die Wählscheibe mehrfach drehen, bis sie es richtig hinbekam.

Erst beim dritten Anlauf war nicht mehr besetzt. Bestimmt hatten auch andere Bekannte von Curt Wad das Interview gehört und ihn wohl sofort angerufen. Hoffentlich Menschen, die ihn und das, wofür er stand, genauso verabscheuten und ihn jetzt beschimpften.

Allerdings klang Curt Wads Stimme in keiner Weise empört und aufgebracht, als er sich endlich meldete.

»Curt Wad, Klare Grenzen«, sagte er – schamlos und direkt.

Als sie ihren Namen nannte, fragte er verärgert, was sie sich erlaube, seine Zeit zu stehlen, erst mit einem Brief und nun auch noch mit einem Anruf.

Er wollte schon den Hörer aufknallen, als sie ihre ganze Energie sammelte und mit ruhiger Stimme sagte: »Ich bin todkrank und will nur sagen, dass ich mich mit dem, was zwischen uns geschehen ist, ausgesöhnt habe. Ich habe in einem Brief an Sie einen größeren Geldbetrag erwähnt, den ich Ihnen oder Ihrer politischen Vereinigung zur Verfügung stellen möchte. Ob Sie meinen Brief gelesen haben, weiß ich nicht, aber ich finde, Sie sollten es tun und möglichst schnell darüber nachdenken, denn die Zeit ist knapp.«

Dann legte sie auf und sah hinüber zu der Flasche mit dem Gift. Die Migräne ließ nach.

Nun waren es nur noch fünf Tage.

15

November 2010

CARL ERWACHTE von einem exotischen Gestank. Direkt vor seiner Nase befand sich ein Augenpaar in einem unrasierten Gesicht, das ihn forschend ansah.

»Hier, Carl«, sagte Assad und hielt ihm ein Glas mit einer dampfenden Flüssigkeit hin.

Carl zuckte instinktiv zurück, was ihm einen stechenden Schmerz in seinen verspannten Nackenmuskeln bescherte – als steckte er im Schraubstock. Igitt, was stank dieser Tee.

Während er sich umsah, erinnerte er sich wieder daran, dass es gestern sehr spät geworden war und er das Gefühl gehabt hatte, er würde es nicht mehr packen, noch bis nach Hause zu fahren. Jetzt hielt er die Nase in Richtung Achselhöhle und bereute seine Entscheidung.

»Waschechter Tee aus Ar Raqqah.« Assad klang heiser.

»Ar Raqqah«, wiederholte Carl. »Klingt grässlich. Bist du sicher, dass das keine Krankheit ist? Irgendwas mit total verschleimtem Hals?«

Assad lächelte. »Ar Raqqah ist eine wunderschöne Stadt am Euphrat.«

»Euphrat? Wer hat schon mal von Euphrat-Tee gehört? Und in welchem Land liegt dieses Ar Raqqah, wenn ich fragen darf?«

»In Syrien natürlich.« Assad schaufelte zwei Teelöffel Zucker in die Tasse und reichte sie Carl.

»Assad, meines Wissens wird in Syrien kein Tee angebaut.«

»Kräutertee, Carl. Du hast heute Nacht viel gehustet.«

Carl streckte den Nacken, aber das war eher kontraproduktiv. »Und Rose? Ist sie noch nach Hause gefahren?«

»Nein. Sie hat fast die ganze Nacht auf dem Klo zugebracht. Jetzt ist sie an der Reihe.«

»Gestern Abend war sie noch nicht krank.«

»Jetzt ist sie's.«

»Wo ist sie denn?« Hoffentlich hielt sie Quarantäneabstand.

»In der Königlichen Bibliothek, um sich Bücher über Sprogø anzusehen. Wenn sie heute Nacht mal eine Minute nicht zum Lokus gerannt ist, hat sie vorm Internet gehockt und wie wild über diese Insel recherchiert. Hier ist was dazu.« Assad reichte Carl ein paar zusammengeheftete Ausdrucke.

»Ist es gestattet, sich zuerst ein bisschen Wasser ins Gesicht zu schütten, Assad?«

»Aber bitte, und während du liest, solltest du reichlich von denen hier essen. Die stammen ebenfalls aus Ar Raqqah und sind einfach köstlich.«

Skeptisch beäugte Carl die Packung, die mit arabischen Schriftzeichen und dem Foto eines Kekses tapeziert war, bei dessen Anblick wohl selbst ein Schiffbrüchiger gezögert hätte.

»Danke«, sagte er und machte sich auf den Weg zu den Toiletten, um dort ein Trucker-Bad zu nehmen. Das mit dem Frühstück würde sich auf andere Weise erledigen lassen. Lis oben im zweiten Stock hatte eigentlich immer irgendwelche Leckereien in der Schublade.

»Gut, dass du raufkommst«, sagte Lis und entblößte in einem atemberaubenden Lächeln ihre leicht schrägen, sexy Schneidezähne. »Ich hab deinen Cousin Ronny tatsächlich gefunden, obwohl es nicht leicht war, das kannst du mir glauben. Der Mann wechselt die Wohnorte wie andere Leute ihr Nachtzeug.«

Carl hatte sofort seine beiden verwaschenen Schlaf-T-Shirts vor Augen, die er abwechselnd benutzte. »Und wo lebt Ronny jetzt?«, fragte er, bemüht, gelassen zu wirken.

»Er hat eine Wohnung in Vanløse gemietet, hier ist seine Handynummer. Das ist so ein Prepaid-Handy, nur dass du es weißt.«

Das gab's doch nicht! In Vanløse, da fuhr er jeden Tag vorbei! Die Welt war wirklich ein Dorf.

»Wo ist denn eigentlich unser Sauertopf, doch nicht etwa krank?«, fragte er und deutete auf den Platz von Frau Sørensen.

»Nein, uns beide haut so leicht nichts um.« Wieder lächelte Lis entwaffnend und deutete dabei auf die entvölkerten Büroräume ringsum. »Anders als all diese Schlappschwänze hier. Cata ist bei ihrem NLP-Kurs. Heute ist der letzte Tag.«

Cata? Frau Sørensen hieß doch nicht Cata?

»Cata, ist das Frau Sørensen?«

Lis nickte. »Eigentlich Catarina, aber sie hat gesagt, Cata sei ihr lieber.«

Carl wankte die Treppe hinunter in den Keller.

Na, da oben im Zweiten ging's ja hoch her.

»Hast du gelesen, was ich dir ausgedruckt habe?«, überfiel Rose Carl, sobald sie ihn entdeckt hatte. Sie sah aus wie der Tod auf Latschen.

»Bedaure. Glaubst du nicht, dass du nach Hause gehen solltest, Rose?«

»Später. Erst müssen wir reden.«

»Ich hab's schon geahnt. Was ist das alles mit Sprogø?«

»Gitte Charles und Rita Nielsen waren zur selben Zeit dort.«

»Ja, und ...« Carls Stimme klang, als verstünde er die Bedeutung dieser Aussage nicht, aber natürlich verstand er sie sehr gut. Das war erstklassige Arbeit, die Rose da geleistet hatte, und das wussten sie alle drei.

»Die müssen sich gekannt haben«, sagte Rose. »Gitte Charles gehörte dort drüben zu den Angestellten und Rita zu den Internierten.«

»Interniert, was meinst du mit dem Wort?«

»Du weißt nicht viel über Sprogø, Carl, oder?«

»Ich weiß, dass es sich um eine Insel mitten im Großen Belt zwischen Seeland und Fünen handelt. Mittlerweile führt die Belt-Brücke über die Insel und verbindet sie mit beiden Ufern, aber früher, als man den Großen Belt noch mit der Fähre überquerte, konnte man die Insel immer vom Schiff aus sehen. Mitten darauf steht ein Leuchtturm. Ansonsten nur Hügel und jede Menge Gras.«

»Ja, und ein paar Häuser, nicht wahr, Carl?«

»Stimmt. Jetzt, wo die Brücke über die Insel verläuft, sieht man die Gebäude recht deutlich, besonders, wenn man von Seeland her kommt. Sind sie nicht gelb?«

Hier kam Assad dazu, inzwischen ordentlich gekämmt und ordentlich zerkratzt. Eine neue Rasierklinge wäre sicherlich keine Fehlinvestition.

Rose neigte den Kopf zur Seite. »Du weißt doch von dem Heim für Frauen da draußen auf der Insel, Carl, oder?«

»Klar doch. Hat man dort nicht eher leichtlebige Damen für eine Weile untergebracht?«

»Ja, so was in der Art. Ich erzähl's mal ganz schnell, also hör zu, Carl, und das gilt auch für dich, Assad.« Wie eine Grundschullehrerin hob sie einen Finger. Rose war in ihrem Element.

»Das Ganze begann 1923 mit einem gewissen Christian Keller, Oberarzt im dänischen Fürsorgewesen. Er war lange Jahre Leiter einiger Heilanstalten für sogenannte Schwachsinnige – Keller'sche Anstalten genannt –, unter anderem in Brejning. Er war einer dieser Ärzte, die sich in blindem Glauben an die eigene Unfehlbarkeit anmaßten, Menschen zu beurteilen und auszusondern. Seiner Meinung nach gab es für einige Leute keinen Platz in der dänischen Gesellschaft. Seine Theorien fußten auf den eugenischen und sozialhygienischen Vorstellungen seiner Zeit, mit deren Hilfe von schlechtem Erbgut, degenerierten Kindern und ähnlichem Mist gefaselt wurde.«

Assad grinste. »Eugenik, ach, das ist doch, wenn man den Jungs die Hoden abschneidet, damit sie ganz hoch singen können, oder? In den alten Harems im Orient gab es die.«

»Das waren Eunuchen, Assad«, korrigierte Carl und bemerkte erst in dem Moment Assads verschmitzte Miene.

»Hab ja nur einen Scherz gemacht, Carl. Das Wort ›Eugenik‹ hab ich heute Nacht nachgeschlagen. Es kommt aus dem Griechischen und bedeutet ›gute Herkunft‹. Die Anhänger der Lehre meinen, das ›genetische Material‹ der Bevölkerung verbessern zu müssen, und dafür setzen sie auf Menschen mit guter Herkunft. Menschen mit weniger guter Herkunft sind ihnen nicht so lieb.« Er gab Carl einen kameradschaftlichen Klaps auf die Schulter. Ohne Zweifel wusste er mehr darüber als Carl.

Dann verschwand Assads Lächeln. »Und noch was. Ich hasse es«, sagte er ernst. »Ich hasse es, wenn jemand meint, ein besserer Mensch zu sein als andere, einer überlegenen Rasse anzugehören, du weißt schon.« Er sah Carl an. Es war das erste Mal, dass Assad über ein Thema wie dieses redete.

»Aber es scheint irgendwie das zu sein, worum es geht, wenn man ein Mensch ist, oder?«, fuhr er fort. »Besser zu sein als andere, das ist es doch, wonach alle streben.«

Carl nickte. Assad hatte also Diskriminierung am eigenen Leib erfahren. Selbstverständlich hatte er das.

»Das war damals die reinste Quacksalberei, die die Ärzte praktizierten«, fuhr Rose fort. »Konkret hatten sie nämlich nichts in der Hand. Wenn sich eine Frau asozial benahm, geriet sie sofort ins Visier der Öffentlichkeit. Insbesondere die sogenannten ›leichten Mädchen‹. Da wurde dann von niedriger Sexualmoral geschwafelt, davon, dass diese Frauen Geschlechtskrankheiten verbreiteten und degenerierte Kinder zur Welt brächten. Um solche Frauen loszuwerden, verfrachtete man sie ohne Umschweife auf unbestimmte Zeit nach Sprogø. Die Ärzte meinten offenbar, das Recht und sogar die Pflicht dazu zu haben, denn natürlich stellten sie keine Sekunde in Zweifel, dass sie selbst die Norm vertraten und die Frauen entsprechend abnorm waren.«

Rose schwieg einen Moment, um ihrem nächsten Satz mehr Gewicht zu verleihen.

»Meiner Meinung nach waren diese Mediziner nichts weiter als jämmerliche Schmalspurärzte, was ihrer Selbstgerechtigkeit und Selbstverliebtheit jedoch keinen Abbruch tat. Und sie standen sofort bereit, wenn ein Dorf oder ein Städtchen eine Frau loswerden wollte, die mit den bürgerlichen Moralbegriffen in Konflikt geraten war. Ein fast gottähnliches Gebaren, das sie sich da anmaßten.«

Carl nickte. »Ja, oder ein teuflisches«, fügte er hinzu. »Aber wenn ich ehrlich sein soll, habe ich immer geglaubt, die Frauen auf der Insel seien ›schwachsinnig‹ gewesen, wie man damals sagte. Nicht, dass das die Behandlung rechtfertigt, der sie ausgesetzt waren«, schob er schnell nach. »Vielleicht eher im Gegenteil.«

»Tsss«, unterbrach Rose ihn höhnisch. »›Schwachsinnig‹, klar, so hieß das damals. Vielleicht waren sie das den idiotischen, primitiven Intelligenztests der Ärzte zufolge, aber wer zum Teufel waren denn die, die sich erlaubten, Frauen ›schwachsinnig‹ zu nennen? Diese Frauen hatten vielleicht ihr Leben lang schlichtweg keinen Input bekommen. Die meisten waren einfach Sozialfälle. Aber behandelt wurden sie, als wären sie kriminell und minderwertig. Selbstverständlich waren darunter Geistesschwache oder Minderbegabte, aber das waren bei Weitem nicht alle. Und soweit ich weiß, galt und gilt Dummheit in Dänemark nicht als kriminell! Falls doch, dann würden von der aktuellen Regierung nicht viele Mitglieder frei herumlaufen. Nein, das waren schlicht und einfach inakzeptable Übergriffe, die sie sich da erlaubt haben. Der Europäische Gerichtshof für Menschenrechte und Amnesty International hätten denen jedenfalls keine Medaille verliehen. Und dabei kann man ja nicht mal sicher sein, ob so was in der Art in diesem Land nicht noch immer passiert. Denkt nur an alle, die mit Gurten fixiert werden. Die bewusstlos gemacht werden mit Pillen und dem ganzen Dreck, bis sie verrotten. Die die Staatsbürgerschaft nicht erhalten, weil sie irgendwelche scheißlächerlichen Fragen nicht beantworten können.« Den letzten Satz spuckte Rose förmlich aus.

Ihr fehlt Schlaf oder sie hat ihre Periode, dachte Carl und grub in der Tasche nach den Keksen, mit denen Lis ihn versorgt hatte.

Er bot Rose einen an, aber sie schüttelte den Kopf. Ach ja, sie hatte ja Magenprobleme, jetzt erinnerte er sich. Dann bot er Assad einen an, aber der wollte auch nicht. Na, umso besser, blieben eben mehr für ihn selbst.

»Sprogø war eine Insel, Carl, von der die Frauen nicht wegkamen. Für die Frauen war das der Vorhof zur Hölle. Sie galten als krank, bekamen aber keine Behandlung, denn es gab dort kein Krankenhaus. Ein Gefängnis gab es zwar auch nicht, aber trotzdem saßen die da auf unbestimmte Zeit fest. Manche von ihnen hatten fast ein Leben lang keinen Kontakt zur Familie oder überhaupt zur Außenwelt. Und das ging so bis 1961. Verdammt, Carl, das war noch zu deiner Zeit, ist dir das überhaupt klar?« Ohne Zweifel war Roses soziale Empörung geweckt.

Er wollte protestieren, aber sie hatte ja recht. Es war tatsächlich noch zu seiner Zeit geschehen, und er war völlig überrascht.

»Okay«, nickte er. »Christian Keller deportierte also Frauen nach Sprogø, von denen er meinte, sie seien für ein normales Leben nicht geeignet? Und diese Rita Nielsen landete deshalb dort?«

»Ja, zum Teufel. Ich habe die ganze Nacht hier gehockt und alles über die Dreckskerle gelesen. Über Keller und seinen Nachfolger, einen Typ namens Wildenskov. Die beiden leiteten die Keller'schen Anstalten in Brejning von 1923 bis 1959, zwei Jahre, bevor die Institution geschlossen wurde. Innerhalb dieser fast vierzig Jahre verfrachteten sie tausendfünfhundert Frauen für unbestimmte Zeit auf die Insel. Und die waren dort nicht auf Rosen gebettet, das kannst du mir glauben. Harte Behandlung, harte Arbeit. Schlecht ausgebildetes Personal, das die Frauen quasi als Untermenschen betrachtete, sie drangsalierte und Tag und Nacht bewachte. Es gab Strafzellen, die zum Einsatz kamen, wenn die ›Mädchen‹, wie die Insassinnen genannt wurden, nicht spurten. Tagelange Isolation. Und wenn so ein Mädchen sich irgendwann Hoffnung machen konnte, von der Scheißinsel runterzukommen, musste es davon ausgehen, erst noch sterilisiert zu werden. Zwangssterilisiert! Carl, man hat ihnen ihr Sexualleben und ihre Geschlechtsteile genommen!« Rose warf den Kopf zur Seite und trat gegen die Wand. »Herrgott noch mal, was für eine verdammte Gemeinheit!«

»Rose, bist du okay?« Assad legte ihr vorsichtig eine Hand auf den Arm.

»Das ist einfach der übelste Machtmissbrauch, den man sich vorstellen kann!«, eiferte sie sich mit einem Gesichtsausdruck, wie ihn Carl noch nie bei ihr gesehen hatte. »Dazu verurteilt zu sein, auf einer einsamen Insel vor sich hin zu rotten! Wir Dänen sind keinen Deut besser als die, über die wir uns gerne empören«, fauchte sie. »Wir sind genau wie die, die untreue Frauen steinigen, oder wie die Nazis, die Geisteskranke und Schwerbehinderte umbrachten. Kann man die Einrichtung auf Sprogø mit den angeblichen Nervenheilanstalten für Dissidenten in der Sowjetunion vergleichen oder mit den sogenannten ›Kinder-Gulags‹ in Rumänien? Ja, und ob man das kann! Wir sind nicht einen Deut besser!«

Damit drehte sie sich um und verschwand in Richtung Toiletten. Also waren die Probleme mit dem Magen doch noch nicht ganz überstanden.

»Puh«, stöhnte Carl.

»Ja, heute Nacht war sie auch schon so aufgebracht«, flüsterte Assad, der wohl nicht das Risiko eingehen wollte, dass Rose ihn hörte. »Ich finde ja, sie lässt sich von der ganzen Sache ein bisschen zu sehr mitnehmen. Wenn sie uns bloß nicht demnächst wieder Yrsa vorbeischickt.«

Carl kniff die Augen zusammen. Der Verdacht war ihm schon vorher gelegentlich gekommen, und jetzt beschlich er ihn erneut. »Glaubst du, Rose hat selbst so eine Behandlung erlebt, Assad? Willst du das damit andeuten?«

Sein Kollege zuckte die Achseln. »Ich sag nur, dass es in ihr irgendetwas gibt, das wie ein Stein im Schuh scheuert.«

Carl betrachtete das Telefon eine Weile, dann nahm er den Hörer und gab Ronnys Nummer ein.

Als es lange genug geklingelt hatte, legte er auf, wartete zwanzig Sekunden und rief erneut an.

»Hallo?«, ließ sich eine müde Stimme vernehmen, abgestumpft vom Alter, vom Alkohol und unorthodoxen Schlafenszeiten.

»Tach, Ronny.« Mehr sagte Carl nicht.

Keine Reaktion.

»Hier ist Carl.«

Immer noch nichts.

Dann redete Carl etwas lauter und danach noch ein bisschen lauter. Im Gegenzug war schließlich eine gewisse Aktivität zu vernehmen, die man wahlweise als Schnarchen oder als Raucherhusten deuten konnte.

»Wer ist noch mal dran?«

»Carl, dein Cousin. Tach, Ronny.«

Eine weitere Hustenattacke. »Um was für eine Zeit rufst du denn an? Wie spät ist es?«

Carl sah auf die Uhr. »Viertel nach neun.«

»Viertel nach neun! Bist du wahnsinnig, Mann! Ich hab seit zehn Jahren nichts von dir gehört, und dann rufst du um Viertel nach neun an!«, brüllte er und drückte ihn weg.

Es gab eben doch nichts Neues unter der Sonne. Carl sah ihn förmlich vor sich: nackt bis auf die Socken, die er nie auszog; mit ungewöhnlich langen Nägeln und schlecht verteilten Bartstoppeln; ein großer dicker Mann, der sich am wohlsten im Halbdunkel fühlte, mit der Sonne auf Sparflamme, egal, wo auf der Welt er sich befand. Falls er wirklich gern nach Thailand fuhr, dann sicher nicht wegen des Teints.

Carl ließ mehr als zehn Minuten verstreichen, ehe er wieder anrief.

»Was ist das für eine Telefonnummer, Carl? Von wo aus rufst du an?«

»Aus meinem Büro im Polizeipräsidium.«

»Pfui Teufel.«

»Mir sind Sachen über dich zu Ohren gekommen, Ronny, wir müssen mal reden. Okay?«

»Was ist dir zu Ohren gekommen?«

»Dass du in zweifelhaften Bars am anderen Ende der Welt Sachen über den Tod deines Vaters erzählst und mich gleich mit einbeziehst.«

»Wer verdammt noch mal sagt denn so was?«

»Ein Polizeikollege.«

»Dann ist der nicht ganz richtig im Kopf.«

»Kannst du herkommen?«

»Ins Präsidium? Du hast sie ja wohl nicht alle. Bist du senil geworden, oder was? Nein, wenn wir uns treffen, dann muss sich der Aufwand schon lohnen.«

In einer Sekunde würde er etwas vorschlagen, das Geld kostete. Etwas, das Carl bezahlen sollte und das sich trinken ließ.

»Du kannst in der Tivolihalle ein Bier und was zu beißen ausgeben, ja? Ist ganz in deiner Nähe.«

»Kenne ich nicht.«

»Direkt gegenüber vom Rio Bravo, und das kennst du ja wohl. An der Ecke Stormgade.«

Wenn er wusste, dass Carl das Rio Bravo kannte, warum schlug er das dann nicht vor, der Clown?

Sie verabredeten eine Zeit, und anschließend saß Carl still da und überlegte, was er dem Idioten sagen musste, damit es in seinen Schädel vordringen würde.

Das ist bestimmt Mona, dachte er, als das Telefon klingelte. Halb zehn, um die Zeit konnte sie gut auf so eine Idee kommen. Allein schon der Gedanke verursachte einen Sog im Zwerchfell.

»Jaaah«, säuselte er, aber die Stimme am anderen Ende gehörte weder Mona noch war sie sexy. Ihm war, als zeigte ihm jemand direkt vorm Gesicht den Stinkefinger.

»Kannst du gleich mal nach oben kommen, Carl?« Das war Tom Laursen. Laursen war der tüchtigste Kriminaltechniker von Westseeland gewesen, bis ihn der Ekel an seiner Arbeit und ein großer Lottogewinn, der ihm jedoch schnell zwischen den Fingern zerronnen war, den Dienst hatten quittieren lassen. Jetzt war er ein verdammt guter Leiter der Kantine im vierten Stock, soweit Carl gehört hatte. Es wurde wirklich Zeit, dass er mal dort aufschlug.

Also warum nicht gleich?

»Worum geht's denn, Tomas?«

»Um den Leichenfund auf Amager gestern.«

Die Räumlichkeiten waren noch immer erstaunlich beengt, aber das war auch schon das Einzige, was an die frühere Kantine erinnerte, die die Polizeiführung vor einiger Zeit hatte modernisieren lassen.

»Geht's gut?«, fragte Carl den stämmigen Kantinenchef und erhielt eine Art Nicken als Antwort.

»Na ja, den Ferrari, den ich gestern bestellt habe, kann ich wohl nicht so schnell abbezahlen«, sagte Laursen lachend und zog Carl mit sich in die Küche.

Dann verschwand das Lachen. »Hast du eine Ahnung, Carl, wie laut die Leute reden, wenn sie hier sitzen und reinhauen?« Er sprach gedämpft. »Ich wusste es jedenfalls nicht, bevor ich hier oben gelandet bin.«

Er machte eine Dose Pilsner auf und schob sie unaufgefordert zu Carl hinüber.

»Hör mal, Carl. Wenn ich dir sage, dass mir hier zu Ohren gekommen ist, du und Bak, ihr wäret euch wegen des Falls auf Amager in die Haare geraten, kann da was dran sein?«

Carl trank einen Schluck. Derzeit gab es eine Menge, was runtergespült werden musste. »Nicht wegen dieses Falls, aber warum?«

»Bak hat jedenfalls gestern gegenüber einigen seiner alten Kollegen angedeutet, es sei schon höchst merkwürdig, dass du bei dem Angriff draußen in der Baracke so unbeschadet davongekommen bist, während Anker getötet und Hardy schwer verletzt wurde. Er sagte, an der Sache sei etwas nicht koscher und dass du nur willst, dass es so aussieht, als seist du angegriffen worden. Dass du von dem Streifschuss an der Stirn unmöglich bewusstlos gewesen sein konntest und dass es im Übrigen leicht sei, so einen Schuss auf kurze Distanz zu fingieren.«

»Dieser Dreckskerl! Das muss er gesagt haben, unmittelbar bevor ich ihm bei dem Fall mit seiner Schwester geholfen habe. Dieses undankbare Arschloch! Und wer läuft jetzt hier rum und verbreitet diesen Mist?«

Laursen schüttelte den Kopf. Damit wollte er also nicht rausrücken. Hier oben sollte man sich offenbar sicher fühlen, reden zu können, wie und was man wollte. An sich okay, wenn sich der Tratsch nicht gerade auf Carl bezog.

»Ich fürchte, es gibt einige, die so denken. Aber das ist nicht alles, Carl.«

»Was noch?« Er stellte die Bierdose auf dem Kühlschrank ab. Wenn er gleich unten beim Chef der Mordkommission stand und Benzin ins Feuer goss, durfte er nicht nach Bier stinken.

»Die Rechtsmediziner haben in der Tasche der gestern entdeckten Leiche ein paar wichtige Sachen gefunden. Das eine war eine Münze, die in eine Falte gerutscht war. Eine Einkronenmünze, um genau zu sein. Sie haben in der Tasche insgesamt fünf dänische Münzen gefunden, aber diese war die neueste.«

»Und von wann war sie?«

»Die war nicht so alt. 2006. Die Leiche kann also höchstens vier Jahre in der Erde gelegen haben. Aber da war noch mehr.«

»Ja, das ahne ich schon. Was noch?«

»Zwei der Münzen in der Tasche waren in Haushaltsfolie eingewickelt, und da waren Fingerabdrücke drauf. Jeweils der rechte Zeigefinger von zwei verschiedenen Personen.«

»Okay. Und hat man da was rausgefunden?«

»Ja, hat man. Die Abdrücke waren sehr deutlich und gut konserviert. Das Einwickeln der Münzen hat also wohl genau seinen Zweck erfüllt.«

»Von wem stammen die Abdrücke?«

»Der eine von Anker Henningsen!«

Carl riss die Augen auf und sah kurz Hardys misstrauisches Gesicht vor sich. Hörte die Verbitterung in der Stimme, mit der er über Ankers Kokainkonsum gesprochen hatte.

An der Stelle reichte Laursen Carl noch einmal die Bierdose, dabei sah er ihn direkt an.

»Und der andere Fingerabdruck stammt von dir, Carl.«

16

August 1987

CURT WAD NAHM NETES BRIEF abwägend in die Hand. Schließlich schlitzte er den Umschlag auf, mit einer Gleichgültigkeit, als handelte es sich um Reklame einer pharmazeutischen Firma.

Nete Hermansen hatte einmal zu denen gehört, bei denen es sich schlicht angeboten hatte, dem Drang nach Grenzüberschreitung nachzugeben. Aber seitdem hatte es Dutzende anderer solcher Fälle gegeben. Warum sich also überhaupt noch mit diesem Bauernmädchen beschäftigen? Was konnten ihn ihre Ansichten und Gedanken interessieren?

Er las den Brief zweimal und legte ihn dann lächelnd zur Seite.

Diese kleine Sau, das hatte er nicht erwartet. Redete von Almosen und Vergebung. Aber warum sollte er ihr auch nur ein Wort glauben?

»Netter Versuch, Nete Hermansen«, sagte er laut. »Da werde ich dir glatt mal ein bisschen auf den Zahn fühlen.«

Er schob die oberste Schreibtischschublade so weit zurück, bis aus einer Ecke des Tischs ein leises Klicken zu hören war. Dann hob er die Platte leicht an, sodass sie nachgab, zur Seite glitt und den zentimeterhohen Hohlraum freigab, in dem er sein unentbehrliches Adress- und Telefonverzeichnis aufbewahrte.

Er schlug eine der ersten Seiten auf, wählte eine Nummer und nannte seinen Namen.

»Ich benötige eine Personennummer, können Sie mir da weiterhelfen? Die Nummer einer Nete Hermansen, möglicherweise erfasst unter ihrem Ehenamen Rosen. Wohnhaft in Kopenhagen, Nørrebro, Peblinge Dossering 32, vierter Stock. Ja, das ist sie, ganz genau. Sie erinnern sich an sie? Ja, der Mann war fähig, obschon ich glaube, dass ihn seine Urteilskraft in den letzten Jahren in gewissen Angelegenheiten im Stich ließ. Sie haben die Nummer schon gefunden? Na, das ging ja schnell.«

Er notierte sich Nete Rosens Personennummer, bedankte sich und erinnerte seinen Kontaktmann daran, dass er sich bei Bedarf mit dem größten Vergnügen erkenntlich zeigen würde. So war das bei Bruderschaften.

Dann schlug er eine weitere Nummer nach, wählte, legte das Verzeichnis an seinen Platz und schob die Schreibtischplatte zurück, bis das Klicken zu hören war.

»Hallo Svenne, hier ist Curt Wad«, sagte er, als am anderen Ende abgenommen wurde. »Ich brauche Informationen über eine Nete Rosen. Ich habe hier ihre Personennummer. Meinen Informationen zufolge wird sie derzeit in einem Krankenhaus behandelt, und ich möchte dich bitten, dies zu überprüfen. Ja, vermutlich in Kopenhagen. Wie viel Zeit du hast, um das herauszufinden? Tja, wenn du mir noch heute Bescheid geben könntest, wäre ich sehr froh. Du versuchst es? Prima! Vielen Dank.«

Anschließend lehnte er sich zurück und las den Brief noch einmal. Er war erstaunlich gut formuliert und völlig fehlerfrei. Selbst die Zeichensetzung ließ nichts zu wünschen übrig. Zweifellos hatte ihr jemand geholfen. Als könnte sie ihn damit hinters Licht führen.

Er lächelte schwach. Der Gedanke, dass ihr der Anwalt geholfen hatte, war naheliegend. Stand da nicht, der Anwalt würde an dem Treffen teilnehmen, wenn Curt die Einladung annähme?

Jetzt lachte er laut auf. Was für eine absurde Idee!

»Du scheinst dich ja prächtig zu amüsieren, Curt.«

Er drehte sich zu seiner Frau um und schüttelte leicht den Kopf.

»Ich habe einfach gute Laune«, sagte er, und als sie zu ihm trat, zog er sie an sich und umfasste ihre Taille.

»Na, dazu hast du ja auch allen Grund, mein Lieber. Es läuft doch alles vortrefflich bei dir.«

Curt Wad nickte. Er selbst war ebenfalls ziemlich zufrieden.

Als Curts Vater aufhörte, hatte Curt seine Praxis und die Patientinnen übernommen, dazu sämtliche Krankenakten und Adresskarteien der beiden Vorgängerorganisationen ›Komitee gegen Unzucht‹ und ›Die Dänengesellschaft‹. Für Curt lauter wichtige Dokumente, in den falschen Händen der reinste Sprengstoff. Und dabei waren die Karteien noch nicht mal halb so brisant wie die Mission selbst, die man ihm anvertraut hatte: den Geheimen Kampf.

Diese Mission bestand nicht allein darin, möglichst viele Schwangere auf den Behandlungsstuhl zu bekommen, deren Embryos nicht zu leben verdienten. Sie bestand auch darin, neue qualifizierte Mitstreiter für ihre Sache zu gewinnen, Personen, die unter gar keinen Umständen verraten würden, wofür der Geheimzirkel stand. Eine mühsame Angelegenheit.

Einige Jahre lang funktionierte Curts Praxis auf Fünen ausgezeichnet als Knotenpunkt für diese Tätigkeit. Aber als sich die Abtreibungen zunehmend auf die Gegend um die Hauptstadt konzentrierten, beschloss er, nach Brøndby zu ziehen, in einen wenig attraktiven Vorort von Kopenhagen, der aber im Brennpunkt der Ereignisse lag: in der Nähe der zentralen Krankenhäuser, in der Nähe der fähigsten Allgemein- und Fachärzte und, nicht unwesentlich, in der Nähe der Klientel, gegen die sich der Geheime Kampf richtete.

Hier, in diesem Vorort, begegnete er Mitte der sechziger Jahre Beate. Sie war nicht nur eine wunderbare Frau, sondern obendrein Krankenschwester. Eine Frau mit guten Genen, mit Nationalgefühl und einem gewinnenden Wesen, das Curt seither von großem Nutzen gewesen war.

Er weihte sie schon vor der Hochzeit in seine Arbeit ein und erklärte ihr die Ziele des Geheimen Kampfes. Mit einem gewissen Widerstand hatte er durchaus gerechnet, zumindest mit Nervosität. Aber entgegen allen Erwartungen zeigte sie sowohl Verständnis wie auch Initiative. Ja, sie war es, die die Kontakte zu Krankenschwestern und Hebammen knüpfte. Mindestens fünfundzwanzig neue Mitglieder hatte sie in nur einem Jahr für die Bewegung rekrutiert, und von da an nahm diese richtig Fahrt auf. Beate war es auch, die vorgeschlagen hatte, man solle die praktische Arbeit durch politisches Engagement flankieren, und die den Namen »Klare Grenzen« gefunden hatte.

Das Ideal einer Frau und Mutter.

»Schau mal, Beate.« Er gab ihr Nete Hermansens Brief und ließ sie in ihrem eigenen Tempo lesen. Sie lächelte bei der Lektüre mit genau dem gewinnenden Lächeln, das sie auch an ihre beiden prächtigen Jungen vererbt hatte.

»Na, das ist ja ein ziemlicher Sermon. Was wirst du antworten, Curt? Kann da was dran sein? Verfügt sie wirklich über so viel Geld?«

Er nickte. »Ohne Zweifel. Aber du kannst auch sicher sein, dass sie gar nicht wirklich vorhat, mich zu vergolden.«

Er stand auf und zog einen Vorhang beiseite, der die gesamte Stirnwand bedeckte. Zum Vorschein kamen fünf große Aktenschränke aus dunkelgrünem Metall, die er seit Jahren hegte und pflegte. Nur noch vier Wochen, dann war der große feuerfeste Schrank im ehemaligen Wirtschaftsgebäude fertig, dann würden die Akten dorthin umziehen, wo außer dem innersten Kreis niemand etwas zu suchen hatte.

»Ich erinnere mich sogar an die Nummer der Krankenakte.« Grinsend zog er eine Schublade im zweiten Schrank auf.

»Hier.« Er warf die grauweiße Hängemappe vor ihr auf den Tisch.

Es war lange her, seit er die Akte zuletzt in der Hand gehabt hatte, und als er jetzt die Vorderseite sah, legte er den Kopf in den Nacken und überließ sich für einen Augenblick der Erinnerung.

Die dreiundsechzig Krankengeschichten davor waren Gemeinschaftsprojekte von ihm und seinem Vater gewesen. Nete Hermansen hingegen war sein erster alleiniger Fall und der erste, den er für den Geheimen Kampf erledigt hatte.

Krankenakte 64 stand auf der Mappe.

»Geboren am 18. Mai 1937. Ja, aber dann ist sie ja nur eine Woche älter als ich«, sagte seine Frau.

Er lachte. »Ja. Der Unterschied besteht nur darin, dass du eine fünfzigjährige Frau bist, die einer Fünfunddreißigjährigen gleicht, während sie eine Fünfzigjährige ist, die wahrscheinlich wie eine Fünfundsechzigjährige aussieht.«

»Sie ist auf Sprogø gewesen, sehe ich. Wie kann sie sich dann so gut ausdrücken?«

»Wahrscheinlich hat ihr jemand geholfen. Ist anzunehmen.«

Er zog seine Frau an sich und drückte ihre Hand. Was er sagte, stimmte nicht. Tatsächlich glichen sich Beate und Nete sehr, beide waren sie genau der Typ, der ihn von jeher gereizt hatte. Dieser blonde, blauäugige nordische Typ mit weichen Formen und genau der richtigen Größe. Mit glatter Haut und Lippen, die einen tief durchatmen ließen.

»Du sagst, du hast Grund zu glauben, dass sie dich gar nicht vergolden will.

Aber warum? In der Akte steht, dass du 1955 eine Ausschabung vorgenommen hast, das klingt nicht sonderlich ernst.«

»Nete Hermansen hat schon immer viele Persönlichkeiten gehabt, und sie neigt dazu, diejenige hervorzuholen, die für die jeweilige Situation am geeignetsten ist. Natürlich ist das ihrer Dummheit, ihren psychopathischen Zügen und einer verkorksten Selbstwahrnehmung geschuldet und selbstverständlich kann ich mit so etwas umgehen. Aber ich treffe doch lieber meine Vorkehrungen.«

»Welche?«

»Ich habe eine Anfrage in der Vereinigung laufen. Bald werden wir wissen, ob sie tatsächlich so krank ist, wie sie uns in ihrem Brief glauben machen will.«

Curt Wad erhielt bereits am nächsten Morgen Antwort auf seine Anfrage, und seine Vermutung bestätigte sich.

Seit dem Verkehrsunfall des Ehepaars Rosen im November 1985 war eine Person mit dieser Personennummer weder in den Krankenakten eines öffentlichen Krankenhauses noch in denen einer Privatklinik geführt worden. Zwei Ausnahmen: ein Aufenthalt im Krankenhaus von Nykøbing Falster und zwei Halbjahreskontrollen, einmal im selben Krankenhaus und einmal im Kopenhagener Rigshospital.

Worauf wollte diese Nete Hermansen also hinaus? Warum zum Teufel log sie? Ja, klar. Sie wollte ihn in ihr Netz locken – mit freundlichen Worten und plausiblen Erklärungen, warum sie ausgerechnet jetzt auf ihn zukam. Aber was hatte sie vor, was beabsichtigte sie zu tun, wenn er kam? Sollte er bestraft werden? Oder war es ein Versuch, ihn aus der Deckung zu locken? Glaubte sie etwa, er sei nicht Manns genug, um auf sich aufzupassen? Glaubte sie, ihm mit einem Tonbandgerät irgendwelche Eingeständnisse entlocken zu können?

Er schnaubte.

Was für eine absurde Vorstellung. Was für ein naives Weibsbild. Wie konnte sie glauben, enthüllen zu können, was er seinerzeit mit ihr gemacht und was Rechtsanwalt Nørvig längst hinreichend widerlegt hatte?

Curt Wad lachte auf bei diesem Gedanken. Er war jederzeit in der Lage, binnen zehn Minuten eine Gruppe starker, dänisch gesonnener Jungs zu mobilisieren, die, wenn nötig, auch mal ziemlich böse werden konnten. Folgte er der Einladung und erschien am Freitag in Nete Hermansens Wohnung mit diesen Männern an seiner Seite, dann würde man schon sehen, wer abgestraft und wer überrascht würde.

Ein sehr verlockender Gedanke, aber für Freitag war bereits eine Gründungsveranstaltung in der neuen Regionalgruppe von Hadsten angesetzt. Das Amüsement musste also hinter wichtigeren Aufgaben zurückstehen.

Er schob ihren Brief über die Schreibtischkante, sodass er im Papierkorb landete. Sollte sie irgendwann einen neuen Versuch starten, würde er ihr ein für alle Mal und mit allen Konsequenzen zeigen, wer hier wen in der Hand hatte.

Er betrat sein Sprechzimmer und zog den Arztkittel über. So ganz in Weiß strahlte er doch noch immer am meisten Autorität und Können aus.

Dann setzte er sich an den Glastisch, griff nach seinem Kalender und sah die anstehenden Termine durch. Der Tag würde in keiner Weise hektisch werden. Eine Überweisung für eine Abtreibung, drei Fertilitätsberatungen, noch eine Überweisung und dann der einzige Fall für den Geheimen Kampf.

Die erste Patientin war eine hübsche, zurückhaltende junge Frau. Dem überweisenden Arzt zufolge eine gesunde, kultivierte Abiturientin, die von ihrem Freund im Stich gelassen worden war und infolge der daraus resultierenden Depression abtreiben wollte.

»Sie heißen Sofie?«, fragte er und lächelte sie an.

Sie presste die Lippen zusammen. Schon da war sie kurz davor, zusammenzubrechen.

Curt Wad sah sie an, ohne etwas zu sagen. Sie hatte schöne blaue Augen. Eine zarte hohe Stirn. Elegant geschwungene Augenbrauen und eng am Kopf anliegende Ohren. Gut proportioniert, durchtrainiert, schlanke Hände.

»Ihr Freund hat Sie verlassen, Sofie, und das ist sehr traurig für Sie. Sie hatten ihn offenbar wirklich gern.«

Sie nickte.

»Weil er ein sympathischer und gut aussehender junger Mann war?«

Wieder nickte sie.

»Aber kann es sein, dass er vielleicht auch ein bisschen dumm war, als er sich für die simpelste Lösung entschied und einfach ging?«

Sie protestierte, genau wie er vermutet hatte.

»Nein, er ist nicht dumm. Er studiert an der Uni, genau wie ich es auch vorhabe.«

Curt Wad neigte sanft den Kopf. »Ihnen gefällt das hier nicht sonderlich, Sofie, hab ich recht?«

Sie senkte den Kopf und nickte wieder. Schon kamen die ersten Tränen.

»Sie sind zurzeit im Schuhgeschäft Ihrer Eltern angestellt, ist das nicht sehr schön?«

»Doch, aber das ist nur für den Moment. Geplant ist, dass ich studiere.«

»Was sagen Ihre Eltern dazu, Sofie, dass Sie abtreiben wollen?«

»Die sagen nichts. Die sagen, das sei meine Entscheidung. Die mischen sich nicht ein. Jedenfalls nicht in unangenehmer Form.«

»Und Sie haben sich entschieden?«

»Ja.«

Er stand auf, setzte sich neben sie in einen Sessel und nahm ihre Hand. »Hören Sie mir einmal zu, Sofie. Sie sind eine kerngesunde junge Frau, und das Kind, das Sie entfernt haben wollen, ist in diesem Augenblick vollkommen Ihrer Entscheidung preisgegeben. Ich weiß, dass Sie dem Kind ein schönes Leben bieten könnten, falls Sie sich anders entscheiden sollten. Wie wäre es, wenn ich Ihre Eltern anriefe und einen Moment mit ihnen redete, um zu hören, was sie wirklich von alldem halten? Ich habe den Eindruck, Sie haben richtig gute Eltern, Sofie, die Sie nur nicht zu etwas drängen wollen. Meinen Sie also nicht, ich sollte mal hören, was sie zu sagen haben? Was halten Sie davon?«

Wie auf Knopfdruck wandte sie ihm den Kopf zu. Hellwach und widerstrebend und voller Zweifel.

Curt Wad sagte nichts. Er wusste, wie wichtig es an diesem Punkt war, sich zurückzuhalten.

»Wie war dein Tag bis jetzt, Curt?«, fragte Beate und schenkte ihm noch eine halbe Tasse Tee ein. »Three o'clock Tea« nannte sie das. Wie schön es doch war, dass Praxis und Wohnung im selben Haus lagen.

»Gut. Ich habe heute Morgen einem hübschen, klugen Mädchen eine Abtreibung ausgeredet. Sie brach vollständig zusammen, als ich ihr schließlich erklären konnte, dass ihre Eltern sich nichts sehnlicher wünschten, als sie in allem zu unterstützen. Dass sie in Ruhe das Kind bekommen könnte, dass sie im elterlichen Geschäft arbeiten könnte, soweit es ihr möglich sei, dass sie ihr helfen wollten, sich um das Kind zu kümmern, und dass das keinen Einfluss auf ihr Studium haben müsste.«

»Das klingt gut, Curt.«

»Ja, sie war ein feines Mädchen. Sehr nordisch. Das wird ein hübsches Kind zum Wohle und Nutzen Dänemarks werden.«

Sie lächelte. »Und der nächste Termin? Der wird wohl etwas anders gelagert sein, denke ich mir. Hat Doktor Lønberg die Leute überwiesen, die draußen im Wartezimmer sitzen?«

»Na so was, das erkennst du gleich?« Er lächelte. »Ja, stimmt. Lønberg ist ein guter Mann für unsere Sache. Fünfzehn ähnlich gelagerte Fälle in nur vier Monaten. Das sind schon effektive Leute, die du ins System eingeschleust hast, mein Schatz.«

Eine Viertelstunde später öffnete sich die Tür zum Sprechzimmer, in dem Curt Wad saß und die Überweisung las. Er blickte auf und nickte der Patientin und ihrem Partner freundlich zu, verglich das, was er sah, mit dem, was er las.
Die Beschreibung war kurz gefasst, aber äußerst vielsagend:

Camilla Hansen, achtunddreißig Jahre, in der fünften Woche schwanger. Sechs Kinder von vier verschiedenen Männern, Sozialhilfeempfängerin. Fünf der Kinder bekommen Förderunterricht, das älteste ist z.Zt. im Heim untergebracht. Der Vater des ungeborenen Kindes, Johnny Huurinainen, fünfundzwanzig Jahre, Sozialhilfeempfänger, dreimal inhaftiert wegen Diebstahls, drogenabhängig, auf Methadon. Beide Elternteile haben lediglich Volksschulabschluss und keinerlei Ausbildung.

In den vergangenen Wochen hat Camilla Hansen über Schmerzen beim Wasserlassen geklagt. Ursache Chlamydieninfektion, aber das wurde der Patientin nicht mitgeteilt. Ich schlage Eingriff vor.

Curt nickte zustimmend. Wirklich in jeder Hinsicht ein guter Mann, dieser Lønberg.

Dann hob Curt den Kopf und betrachtete das ungleiche Paar.

Übergewichtig, verlegen, mit ungekämmten, fettigen Haaren saß die werdende Mutter da. Die reinste Fortpflanzungsmaschine. Wie ein Karnickel. Rechnete sie etwa damit, dass er ihr helfen würde, ein siebtes dieser komplett unbrauchbaren Kinder zu gebären? Dass er zulassen würde, dass ein weiteres Individuum mit dem Genmaterial von zwei Untermenschen Kopenhagens Straßen bevölkerte? Tja, da täuschte sie sich aber.

Die beiden erwiderten seinen freundlichen Gesichtsausdruck mit törichten Mienen und entblößten dabei reihenweise schlechte Zähne. Nicht mal vernünftig lächeln konnten sie. Das war doch zu erbärmlich.

»Sie haben Probleme beim Pinkeln, Camilla, ist das richtig? Dann sollten wir das doch mal untersuchen. Johnny, Sie können so lange im Wartezimmer Platz nehmen. Ich bin sicher, dass meine Frau Ihnen eine Tasse Kaffee bringen wird, wenn Sie mögen.«

»Lieber eine Cola«, antwortete er.

Curt schmunzelte in sich hinein. Der Mann sollte natürlich seine Cola haben. Nach fünf bis sechs Gläsern würde er seine Camilla zurückbekommen. Ein bisschen weinend, weil der Arzt eine Ausschabung vornehmen musste, und wunderbar unwissend, dass dies zum letzten Mal notwendig geworden war.

17

November 2010

ALS CARL DEN SCHOCK einigermaßen überwunden hatte, dass ein Geldstück mit seinem Fingerabdruck bei der verwesten Leiche gefunden worden war, drückte er Laursens Arm und bat ihn, ihm Bescheid zu geben, falls noch mehr solcher Sachen auftauchten. Ihn über alles zu informieren, was irgendwie interessant sein könnte: neue Spuren, bei denen man vermuten könnte, dass die Kriminaltechnische Abteilung sie gern vor Carl verheimlichen würde. Oder Bemerkungen von Kollegen, die hier oben blind drauflosschwatzten. Carl wollte alles erfahren.

Unten im zweiten Stock wandte er sich brüsk und ohne Umschweife an Lis. »Wo ist Marcus?«

»Er brieft zwei Gruppen.« Wich sie seinem Blick aus? Oder war das jetzt schon Paranoia seinerseits?

Da hob sie den Kopf und sah ihn verschmitzt an. »Na, hast du die Gans gestern Abend ordentlich gestopft?«, fragte sie mit einem Lächeln, das in einem Fünfzigerjahre-Film glatt der Zensur zum Opfer gefallen wäre.

Okay, wenn ihre Gedanken darum kreisen, ob er sich unter der Bettdecke amüsiert hatte, dann war die Münze mit seinem Fingerabdruck wohl doch nicht das vorherrschende Gesprächsthema der Abteilung.

Er riss die Tür zum Besprechungsraum auf und ignorierte die etwa dreißig Augen, die sich wie Saugnäpfe auf ihn hefteten.

»Marcus, entschuldige«, wandte er sich an den blassen, klapprig wirkenden Chef der Mordkommission, und zwar so laut, dass alle es hören konnten. »Aber es gibt gewisse Dinge, die muss man ansprechen, ehe sie ein Eigenleben entfalten.«

Er wandte sich den Männern zu. Einigen sah man die Entkräftung durch die Magen-Darm-Grippe an. Hohlwangig und rotäugig, wie sie waren, wirkten sie fast aggressiv.

»Hier im Präsidium kursieren Gerüchte über meine Rolle bei der Schießerei draußen auf Amager, und die stellen mich in einer Weise dar, dass ich mich dagegen verwahren muss. Ich sage das ein für alle Mal, und danach will ich nichts mehr davon hören, ist das klar? Ich habe keinen Schimmer, wie die Kronenstücke mit meinen und Ankers Fingerabdrücken in die Tasche dieser Leiche gekommen sind. Aber wenn ihr eure fiebrigen Hirne mal anschmeißt und genau nachdenkt, dann liegt es doch wohl klar auf der Hand, dass die Münzen dort hingelegt wurden, damit ihr sie früher oder später zusammen mit der Leiche findet. So weit könnt ihr folgen?«

Er betrachtete die Männer. Von einer ausgeprägten Reaktion konnte keine Rede sein. »Na gut. Aber es herrscht ja wohl Einigkeit darüber, dass man den Körper anderswo hätte vergraben können, oder? Zum Beispiel unmittelbar in der Erde. Aber das hat man nicht getan. Alles deutet darauf hin, dass die Leiche an sich gar nicht so wichtig ist, sondern dass es vielmehr darum geht, den Blick der Ermittler in die falsche Richtung zu lenken!«

Noch immer machte keiner Anstalten, zu nicken oder den Kopf zu schütteln.

»Ach, zum Teufel auch. Ich weiß sowieso genau, dass ihr die ganze Zeit wild spekuliert, was damals bei der Schießerei auf Amager passiert ist und warum ich mich seither nicht mehr in den Fall eingeklinkt habe.« Jetzt sah er Terje Ploug in der dritten Reihe direkt an. »Nur ist der Grund, Ploug, warum ich nicht mehr an den Fall denken mag, ganz einfach der, dass ich mich für das schäme, was an jenem Tag passiert ist. Nicht zuletzt deswegen liegt Hardy ja auch bei *mir* im Wohnzimmer und nicht bei euch. Das ist eben meine Art, mich den Dingen zu stellen. Ich laufe nicht vor Hardy davon, obwohl oder gerade weil ich damals möglicherweise etwas nicht getan habe, was ich hätte tun sollen.«

An der Stelle rutschten einige Kollegen auf ihren Stühlen herum – eventuell ein Zeichen dafür, dass sie langsam begriffen. Es konnten aber genauso gut auch die Hämorrhoiden sein. Bei Beamten im Dienst wusste man nie.

»Noch ein Letztes. Was glaubt ihr eigentlich, wie es ist, wenn von einer Sekunde zur anderen plötzlich die beiden besten Kollegen auf einem draufliegen? Wenn deren Blut spritzt? Wenn man selbst gerade beschossen wurde? Und getroffen, nicht zu vergessen. Daran, finde ich, solltet ihr mal denken. Das frisst verdammt an der Seele.«

»Keiner klagt dich für irgendwas an«, sagte Ploug. Endlich eine Reaktion. »Und im Übrigen ist das auch gar nicht der Fall, den wir zurzeit diskutieren.«

Carls Augen wanderten durch den Raum. Was mochte in den Schädeln dieser Mumien vor sich gehen? Einige der Kollegen hassten ihn von ganzem Herzen. Und das war keinesfalls einseitig.

»Na gut! Aber dann solltet ihr einfach die Klappe halten und erst denken, bevor ihr redet, Himmel Arsch und Wolkenbruch. Das war's.«

Er knallte die Tür zu, dass es im ganzen Haus widerhallte, stürmte los und hielt nicht eher an, als bis er an seinem Schreibtisch saß und nach den verdammten Streichhölzern suchte, um die verfluchte Zigarette anzuzünden, die zitternd in seinem Mundwinkel hing.

Man hatte eine Münze mit seinem Fingerabdruck in der Tasche dieser Leiche gefunden, und er hatte keine Ahnung, wie die Münze dorthin gelangt war. Was für eine ausgemachte Scheiße!

Warum, warum, warum?, rumorte es unablässig in seinem Kopf. Jetzt konnte man dem Fall unmöglich den Rücken zukehren. Verflixt, Mann, ihm wurde schon ganz schlecht.

Er biss die Zähne zusammen, atmete tief ein und aus und spürte, wie sein Puls zu rasen anfing. Verdammter Mist, er wollte sich nicht noch einmal auf dem Fußboden wiederfinden, mit einem Druck auf dem Brustkorb, der das Leben aus weit größeren und fitteren Menschen herauspressen konnte.

Konzentrier dich auf etwas anderes!, ermahnte er sich und schloss die Augen.

Derzeit gab es einen Menschen, der mehr als alle anderen verdiente, von dem Orkan, der in seinem Inneren tobte, umgeblasen zu werden, und das war Børge Bak.

»Ich werde schon dafür sorgen, dass du das nie mehr vergisst. Einen solch beschissenen Tratsch verbreitet man nicht ungestraft über Carl Mørck«, schimpfte er vor sich hin und suchte nach der Telefonnummer.

»Was ist denn mit dir los, Carl? Du redest ja mit dir selbst.« Assad stand in der offenen Tür, ein ganzes Waschbrett von Falten auf der Stirn.

»Nichts, worum du dich kümmern müsstest, Assad. Ich muss Bak nur einen Tritt in den Arsch verpassen für den Scheiß, den er über mich verbreitet.«

»Aha. Aber vorher solltest du erst mal kurz zuhören, Carl. Ich habe gerade mit einem Mann namens Nielsen draußen auf der Polizeischule telefoniert und ein bisschen mit ihm über Rose geplaudert.«

Carl schnaubte. Verdammt schlecht gewählter Zeitpunkt! Jetzt war er gerade irre wütend, und zwar auf so konstruktive Weise. Sollte das einfach verpuffen?

»Na los, spuck's schon aus, wenn es nicht warten kann. Was hat er gesagt?«

»Also. Als Rose zum ersten Mal hierherkam, kannst du dich erinnern, dass Marcus Jacobsen uns erzählt hat, sie sei keine Polizeibeamtin geworden, weil sie Auto fahren würde wie ein Hinker und durch die Fahrprüfung gefallen war?«

»Wie ein Henker, Assad. Ja, so was in der Art.«

»Es stimmt, sie ist schlecht gefahren. Nielsen hat gesagt, sie sei aus der Kurve getragen worden und habe dabei drei Autos zu Klumpen gefahren.«

»Zu Klump, Assad.« Carl war beeindruckt. »Donnerwetter! Drei Autos?«

»Ja, das, in dem sie saß, und das von dem Leiter eines Schleuderkurses und dann noch eins, das im Weg stand.«

Carl versuchte, sich die Situation vorzustellen. »So was nenne ich wirkungsvoll. Aber wir müssen ihr ja auch nicht die Schlüssel für den Dienstwagen überlassen.«

»Es kommt noch besser, Carl. Mittendrin ließ Rose auf einmal Yrsa auftauchen. Während die Autos auf der Seite lagen und so.«

Carl merkte zwar, wie sein Kiefer herunterklappte, aber die Wörter, die aus seinem Mund strömten, hatten ihr Eigenleben: »Halleluja und Jackpot!«, rief er, meinte aber etwas anderes. Wenn Rose in dieser Situation die Zwillingsschwester Yrsa spielte, dann war das bestimmt nicht als Scherz gemeint. Und es klang auch nicht nach einer verzerrten Realitätswahrnehmung, es klang nach komplettem Realitätsverlust.

»Hm, klingt nicht gut. Was haben die Lehrer in der Polizeischule gemacht?«

»Die haben eine Psychologin auf sie angesetzt. Aber zu dem Zeitpunkt war sie schon wieder Rose.«

»Du hast doch wohl hoffentlich nicht mit Rose darüber gesprochen, Assad, oder?«

Assad sah ihn enttäuscht an. Natürlich hatte er das nicht getan.

»Es gibt noch mehr, Carl. Sie war ja als Bürodame im City Revier, bevor sie zu uns kam. Kannst du dich erinnern, was Brandur Isaksen über sie gesagt hat?«

»Dunkel. Etwas davon, dass sie beim Rückwärtsfahren in das Auto eines Kollegen gebrettert sei und dass sie wichtige Unterlagen mit einer undichten Kaffeekanne ruiniert hätte.«

»Und dann war da noch die Sache mit dem Trinken.«

»Ja, bei einer Weihnachtsfeier, die ein bisschen zu feuchtfröhlich geraten war, hat sie angeblich mit zwei Kollegen gepennt. Brandur, der kleine Puritaner, hat mir damals gesteckt, man sollte ihr möglichst keinen Alkohol anbieten.«

Carl dachte einen Moment wehmütig an Lis, an früher, ehe sie diesen Frank kennengelernt hatte. In ihrem Fall fand er ein bisschen Alkohol bei einer Weihnachtsfeier völlig in Ordnung. Unwillkürlich lächelte er.

»Aber Brandur war garantiert nur eifersüchtig auf die Kollegen, denen Rose ihre sonderbar verdeckte Weiblichkeit offenbart hat, meinst du nicht? Was Rose bei einer Weihnachtsfeier anstellt, ist doch allein ihre Angelegenheit und die der übrigen Betroffenen. Das geht weder Brandur noch mich oder sonst wen was an.«

»Das stimmt, Carl. Von diesen schlüpfrigen Geschichten bei der Weihnachtsfeier wusste ich übrigens gar nichts. Ich weiß nur, dass Rose, als sie Ähnliches bei dem letzten Betriebsfest gemacht hat, sich wieder einmal in Yrsa verwandelt hat. Ich hab gerade mit einigen Kollegen vom City Revier geredet, und alle konnten sich daran erinnern.« Assads Augenbrauen flogen nach oben. Stell dir das mal vor, sollte das sicher bedeuten.

»Jedenfalls war sie nicht Rose, denn sie sprach mit verstellter Stimme und benahm sich auch ganz anders, haben die gesagt. Aber vielleicht war sie auch noch jemand ganz anderes, eine dritte Person, da waren die sich nicht sicher«, schloss er, und die Augenbrauen sanken wieder auf ihren Platz.

Und da sollte man noch gefasst bleiben. Eine dritte Persönlichkeit, oh Gott!

Carl merkte, wie das Donnerwetter, das er Børge Bak zugedacht hatte, innerlich vergrollte. Zu blöd, denn der hätte es verdient.

»Weißt du was darüber, warum Rose so ist?«

»Sie war nicht in einer Klinik, wenn du das meinst, Carl. Aber ich habe die Nummer von Roses Mutter, du kannst sie selbst fragen.«

»Roses Mutter?« Er war nicht dumm, dieser Assad. Ging dem Problem gleich an die Wurzel.

»Gut, Assad! Aber warum machst du's nicht selbst?«

»Weil ...« Er sah Carl bittend an. »Weil ich einfach nicht will. Falls Rose das herausfindet, ist es besser, wenn sie auf dich wütend wird, in Ordnung?«

Carl hob resigniert die Hände. Dieser Tag gehörte ganz offenkundig nicht zu den Tagen, deren Verlauf er selbst bestimmen konnte.

Assad reichte ihm die Nummer, und Carl bedeutete ihm mit einer Geste, dass er nun verduften könne. Dann griff er zum Telefon und wählte. Es war eine der alten Nummern, noch mit einer fünfundvierzig am Anfang. Soweit er wusste, war das in Lyngby oder Virum.

Es war zwar ein Scheißtag, aber immerhin wurde am anderen Ende abgenommen.

»Yrsa Knudsen.«

Carl traute seinen Ohren nicht. »Äh, Yrsa?« Kurz zweifelte er, aber dann hörte er gleichzeitig Rose, die hinten auf dem Flur nach Assad rief. Demnach war sie noch immer auf Arbeit. »Ja, entschuldigen Sie bitte die Störung«, fuhr er fort. »Hier ist Carl Mørck, Roses Chef. Spreche ich mit Roses Mutter?«

»Nein«, das Lachen am anderen Ende der Leitung kam irgendwo aus der Bassregion, »ich bin ihre Schwester.«

Himmel, da gab es tatsächlich eine Schwester, die Yrsa hieß! Die Stimme klang Roses Version von Yrsa ziemlich ähnlich, war aber doch anders.

»Roses Zwillingsschwester?«

»Nein.« Wieder lachte Yrsa. »Wir sind vier Schwestern, aber Zwillinge haben wir nicht dabei.«

»Vier!« Vielleicht war das ein bisschen zu laut gewesen.

»Ja. Rose, ich, Vicky und Lise-Marie.«

»Vier Schwestern ... und Rose ist die Älteste, das wusste ich nicht.«

»Ja, aber uns trennt jeweils nur ein Jahr. Unsere Eltern haben es in einem Rutsch abhaken wollen, aber da keine Jungens dabei herauskamen, schob Mutti irgendwann den Riegel vor.« Hier lachte sie grunzend, und das war wieder ganz Rose.

»Ja, Entschuldigung. Eigentlich habe ich angerufen, um mit Ihrer Mutter zu sprechen. Dürfte ich das? Ist sie zu Hause?«

»Leider nein. Unsere Mutter ist seit über drei Jahren nicht mehr zu Hause gewesen. In der Wohnung ihres neuen Mannes an der Costa del Sol gefällt es ihr offenbar besser.« Hier kam wieder dieser Nasenlaut. Offenbar eine echte Frohnatur.

»Okay, ich komme gleich zur Sache. Kann ich vertraulich mit Ihnen sprechen? Ich meine vertraulich, weil Rose nicht auf Umwegen erfahren soll, dass ich angerufen habe.«

»Nein, das können Sie nicht!«

»Äh, aha. Sie haben also vor, Rose zu erzählen, dass ich angerufen habe? Das täte mir leid.«

»Nein, das habe ich nicht gesagt. Wir sehen Rose zurzeit nicht. Aber ich sage es den anderen. Wir haben nämlich keine Geheimnisse voreinander.«

Was nahm denn das hier für eine Entwicklung?

»Ah ja. Na gut, dann frage ich jetzt Sie, ob Rose persönliche Probleme gehabt hat oder so etwas wie eine Persönlichkeitsstörung? Wissen Sie, ob sie wegen so etwas mal in Behandlung war?«

»Na ja, was heißt schon Behandlung? Da weiß ich echt nicht, wie ich das beantworten soll. Sie hat auf jeden Fall den Großteil der Pillen gefressen, die unsere Mutter bekam, als Vater starb. Und gekifft und geschnüffelt und getrunken hat sie auch, sodass sie in gewisser Weise schon eine Form von Behandlung bekommen hat. Eine Selbstbehandlung. Ich weiß nur nicht, ob das geholfen hat.«

»Geholfen wobei?«

»Geholfen dabei, nicht mehr Rose zu sein, wenn es ihr schlecht ging. Sie wollte lieber eine von uns anderen sein oder sogar eine ganz andere.«

»Sie sagen damit, dass sie krank ist, hab ich recht?«

»Krank? Keine Ahnung, ob sie krank ist. Aber ein bisschen durchgeknallt ist sie auf jeden Fall.«

So weit war Carl auch schon. »Ist das immer so gewesen?«

»So lange ich mich erinnern kann. Aber nach dem Tod unseres Vaters wurde es schlimmer.«

»Aha. Gibt es dafür einen besonderen Grund? Ja, entschuldigen Sie, das mag etwas hart klingen, so ist es nicht gemeint. Ich meine, waren die Umstände beim Tod Ihres Vaters ungewöhnlich?«

»Ja, das kann man sagen. Er starb bei einem Arbeitsunfall. Er wurde in eine Maschine hineingezogen, sodass sie ihn auf einer Kunststoffplane zusammensammeln mussten. Einer meiner Freunde sagt, die Rettungssanitäter hätten ihn in der Rechtsmedizin mit den Worten abgeliefert: ›Könnt ihr daraus was machen?‹«

Sie berichtete erstaunlich ruhig. Ja, fast zynisch.

»Das tut mir leid, ist ja abscheulich, auf diese Weise ums Leben zu kommen. Ich kann mir gut vorstellen, dass Sie alle das ganz schrecklich mitgenommen hat. Aber auf Rose hatte es offenbar eine besonders starke Wirkung.«

»Sie war damals im Büro des Walzwerks als Sommerferienvertretung angestellt und sah, wie sie die Plane über den Hof schleppten. Insofern, ja, auf Rose hatte es eine besonders starke Wirkung.«

Eine furchtbare Geschichte, wen hätte das nicht traumatisiert?

»Und dann wollte sie plötzlich nicht mehr Rose sein, so einfach ist das. An einem Tag spielt sie den Punk, am nächsten die elegante Lady oder eine von uns Schwestern. Ich weiß nicht, ob sie krank ist, aber Lise-Marie, Vicky und ich haben keine Lust mehr, mit ihr zusammen zu sein, wenn sie urplötzlich eine von uns ist. Das können Sie vielleicht verstehen.«

»Was glauben Sie, warum ist sie so geworden?«

»Hab ich vorhin schon gesagt: Sie ist durchgeknallt. Das müssen Sie doch auch wissen, sonst hätten Sie ja nicht angerufen.«

Carl nickte. Rose war offenbar nicht die Einzige in der Familie, die gut im Schlussfolgern war.

»Noch eine letzte Frage oder zwei, um die Neugier zu stillen. Sind Sie blond, haben Locken, lieben die Farbe Rosa und tragen plissierte Röcke?«

Yrsa prustete laut los. »Oh Mann, das haben Sie also auch schon erlebt. Ja, blond und Locken stimmt. Auch das mit der Farbe. Im Moment trage ich zum Beispiel rosa Nagellack und rosa Lippenstift. Aber diesen plissierten Rock hab ich nun echt seit Jahren nicht mehr angehabt.«

»Mit Schottenkaro?«

»Ja, der war mal ziemlich cool, kurz nach meiner Konfirmation.«

»Wenn Sie in Ihren Schrank schauen oder wo auch immer Sie ihn verstaut haben, ich glaube, Yrsa, Sie werden feststellen, dass dieser Rock nicht mehr in Ihrem Besitz ist.«

Anschließend saß er da und lächelte. Klar, er wusste im Grunde nichts über die übrigen Schwestern, aber so schlimm konnten sie nicht sein, als dass er und Assad nicht mit ihnen zurechtkommen würden, falls sie plötzlich mit Roses Konterfei hier aufkreuzen sollten.

Es stimmte, die Tivolihalle lag schräg gegenüber vom Rio Bravo, aber eine Halle war es nicht. Jedenfalls hatte er noch nie gehört, dass man ein Kellerloch mit zwei Metern Deckenhöhe als Halle bezeichnen konnte.

Carls Cousin saß zur Straße hin und vor allem in bequemer Nähe der Toiletten. Er hatte es also nicht eilig, in nächster Zeit irgendwo anders hinzugehen als aufs Klo. Klar, die Blase musste mit den Aktivitäten am oberen Ende des mächtigen Körpers Schritt halten.

Ronny hielt die Hand in die Höhe, als bestünde ernsthaft die Gefahr, Carl könnte ihn nicht wiedererkennen. Freilich war er älter geworden und auch fülliger, aber der Rest war bedauerlicherweise völlig unverändert. Pomadisierte Haare, und zwar nicht im besten Rock-'n'-Roll-Stil der Fünfziger, sondern mehr wie der Schmierentenor einer argentinischen Seifenoper für minderbemittelte Vorortfrauen. Peinlich, würde Vigga sagen. Dazu kamen noch ein Mafioso-Jackett aus festem glänzendem Stoff und eine Jeans, die weder zum Rest der Montur passte noch zu Ronny selbst. Riesenarsch und dünne Beinchen. Sicherlich attraktiv für eine kokette Signorina aus Neapel, aber nicht für ihn. Auch nicht die spitzen Schuhe mit den Schnallen. Kurz gesagt: *too much*.

»Ich hab schon bestellt.« Ronny deutete auf zwei leere Bierflaschen.

»Ich gehe davon aus, dass eine für mich war«, sagte Carl, aber Ronny schüttelte den Kopf.

»Noch zwei!«, rief er und beugte sich zu Carl vor.

»Gut, dich wiederzusehen, Cousin.« Er wollte nach Carls Händen greifen, aber der hatte sie rechtzeitig zurückgezogen. Da hatten die anderen Gäste was zum Kommentieren.

Carl sah Ronny tief in die Augen, dann fasste er in zwei Sätzen zusammen, was ihm Børge Bak über Ronnys thailändischen Thekentratsch gesteckt hatte.

»Ja«, sagte Ronny. »Na und?« Der Mann leugnete nicht einmal.

»Du trinkst zu viel, Ronny. Soll ich dir einen Termin im Majorgården besorgen, damit du eine Minnesota-Behandlung bekommst? Wenn du weiterhin in aller Öffentlichkeit herumposaunst, du hättest deinen Vater umgebracht und ich sei dabei gewesen, dann wird es wohl darauf hinauslaufen, dass du auf Kosten des Staates in einem hübschen Gefängnis ganz umsonst entgiftet wirst.«

»Können die doch gar nicht! Der Fall ist ja längst verjährt.« Ronny lächelte die ältere Dame an, die seinen Teller und noch zwei Pilsner brachte. Es gab Stockfisch.

Carl warf einen Blick auf die Speisekarte. Hundertfünfundneunzig Kronen kostete der Spaß. Bestimmt das teuerste Gericht auf der Karte. Ronny durfte gern davon ausgehen, dass er selbst zahlte.

»Danke, die Biere sind nicht für mich«, sagte Carl zur Bedienung und schob beide Flaschen zu seinem Cousin hinüber. Damit erst gar kein Zweifel aufkam, wer die Rechnung übernahm.

Carl wandte sich an Ronny. »Mordfälle verjähren in Dänemark nie«, bemerkte er beiläufig und ignorierte das Zurückzucken der Kellnerin.

»Alter Junge«, sagte Ronny, als sie wieder allein waren. »Man kann doch nichts beweisen. Also immer hübsch mit der Ruhe, ja? Vater war ein Scheißkerl. Kann ja sein, dass er zu dir nett war, aber zu mir war er's nicht, das kannst du mir glauben. Von wegen zum Angeln mitnehmen, das hat er nur gemacht, um den Feind an der Nase herumzuführen und deinem Vater zu imponieren. Er mochte ja gar keinen Fisch. Sobald wir zu den Mädchen auf der Hauptstraße abgehauen sind, hat er sich's in seinem Campingstuhl gemütlich gemacht, eine geraucht und einen zur Brust genommen. Auf den Fisch hat der geschissen. Ach Carl, einige von denen, die er ›gefangen‹ hat«, Ronny zeichnete Gänsefüßchen in die Luft, »die hatte er einfach nur von zu Hause mitgebracht. Wusstest du das nicht?«

Carl schüttelte den Kopf. Das passte überhaupt nicht zu dem Mann, den sein Vater geliebt und von dem er selbst so viel gelernt hatte.

»Das ist Quatsch, Ronny. Die Fische waren frisch gefangen und dein Vater hatte nichts getrunken, das ging aus dem Obduktionsbericht eindeutig hervor. Warum redest du so einen Scheiß?«

Ronny zog die Augenbrauen hoch, aber bevor er antwortete, kaute er erst fertig. »Du bist damals ein naiver Junge gewesen, Carl. Du hast nur das gesehen, was du sehen wolltest, nichts sonst. Und wie ich feststelle, bist du noch immer ein naiver Junge. Wenn du die Wahrheit nicht hören willst, dann bezahl und zieh Leine.«

»Na gut, lass mich die Wahrheit hören. Erzähl mir, wie du deinen Vater umgebracht hast – mit mir im Schlepptau.«

»Du brauchst nur an all die Plakate oben in deinem Zimmer zu denken.«

Was war denn das für eine Antwort? »Was für Plakate?«

Ronny lachte. »Jetzt sag nicht, dass du dich nicht daran erinnerst.«

Carl atmete tief durch. Hatte sich der Mann das Hirn komplett weggesoffen?

»Bruce Lee, John Saxon, Chuck Norris.« Er machte ein paar Karateschläge. »Peng, peng. Enter the Dragon. Fist of Fury. Die Plakate meine ich, Carl.«

»Die Karateplakate? Die hatte ich nicht lange. Sie waren zu dem Zeitpunkt längst wieder verschwunden. Und überhaupt: Was haben sie mit der Sache zu tun?«

»JEET KUNE DO«, rief Ronny auf einmal, dass der Stockfisch nur so aus seinem Mund spritzte und die Gäste an den Nachbartischen fast die Gläser fallen ließen. »Das war dein Kampfruf, Carl. Aalborg, Hjørring, Frederikshavn, Nørresundby. Lief in einem dieser Orte ein Bruce-Lee-Film, dann warst du da. Kannst du dich daran auch nicht mehr erinnern? Als du endlich was anderes als nur Kinderfilme sehen durftest, standest du vor der Kinokasse. So lange konnte das also nicht her gewesen sein. Wenn ich nicht irre, lag die Grenze bei sechzehn Jahren, und als Vater starb, warst du siebzehn.«

»Wovon redest du, Ronny? Was hat das alles mit dem Tod deines Vaters zu tun?«

An der Stelle beugte sich sein Cousin wieder weit vor. »Du hast mir den Handkantenschlag beigebracht, Carl. Und nachdem du die Mädchen oben auf der Landstraße entdeckt hattest, hast du dich kein einziges Mal mehr umgedreht. Und genau da hab ich Vater auf den Hals geschlagen. Exakt so, wie du es mir erklärt hattest: nicht wahnsinnig fest, um das Genick nämlich nicht zu brechen, aber trotzdem hart genug. Ich hatte an den Schafen bei uns zu Hause auf dem Land geübt. Ich hab also auf die Halsschlagader gezielt, einmal zugeschlagen und ihm dann noch einen Fersenkicker verpasst. So etwa.«

Carl sah, wie das Tischtuch am Ende des Tischs zuckte. Ach du Scheiße, wollte er das jetzt etwa demonstrieren?

»Halt dich ein bisschen zurück, Ronny, und spuck mir keinen Stockfisch auf die Klamotten. Weißt du was? Das ist doch alles großer Käse. Warum redest du so einen Scheiß? Ich hab zu deinem Vater Tschüss gesagt und wir beide sind gleichzeitig abgezogen. Hast du ein solches Trauma bezüglich deines Vaters, dass du derartige Hirngespinste konstruieren musst, um weiterleben zu können? Großer Gott, wie erbärmlich.«

Ronny lächelte. »Glaub, was du willst. Dessert für dich?«

Carl schüttelte den Kopf. »Wenn ich dich je wieder so über den Tod deines Vaters reden höre, dann zeige ich dir mal, was Jeet Kune Do ist.«

Mit diesen Worten stand Carl auf und überließ seinen Cousin und die Reste des Fischs ihrem Schicksal. Sollte der Kerl doch sehen, wem er die Rechnung aufdrückte.

Aufs Dessert würde er nun wohl verzichten.

»Du sollst gleich zu Marcus Jacobsen kommen«, empfing ihn der Wachhabende, als Carl zurück ins Präsidium kam.

Wenn ich jetzt einen Anschiss kriege, dann ist das Maß voll, dachte Carl, als er die Treppe nach oben stapfte.

»Ich komme gleich zur Sache, Carl«, sagte Marcus, noch ehe Carl die Tür hinter sich zugemacht hatte. »Und ich bitte dich, wahrheitsgetreu zu antworten. Weißt du, wer Pete Boswell ist?«

Carl runzelte die Stirn. »Nein, der Name sagt mir nichts.«

»Heute Nachmittag haben wir bezüglich der Leiche auf Amager einen anonymen Hinweis bekommen.«

»Ach ja? Ich hasse anonyme Hinweise. Worauf läuft es hinaus?«

»Dass das Opfer Engländer ist. Pete Boswell, neunundzwanzig Jahre, farbig, mit jamaikanischem Hintergrund. Er verschwand im Herbst 2006. War im Hotel Triton einquartiert und bei einer Firma angestellt, die unter dem Namen Kandaloo Workshop registriert und auf den Handel mit indischen, indonesischen und malaysischen Kunstgegenständen spezialisiert ist. Das sagt dir nichts?«

»Null.«

»Dann ist es doch sonderbar, dass unser anonymer Informant aussagt, du, Anker Henningsen und Pete Boswell, ihr drei hättet an dem Tag, an dem Boswell verschwand, eine Verabredung gehabt.«

»Eine Verabredung?« Carl spürte, wie sich seine Augenbrauen zusammenzogen. »Warum sollte ich eine verdammte Verabredung mit einem Mann haben, der Möbel und Glitzerkram importiert? Ich besitze dieselben alten Möbel, seit ich in das Reihenhaus eingezogen bin. Ich hab kein Geld für neue Möbel, und wenn ich welche bräuchte, dann würde ich wie alle anderen zu Ikea fahren. Was zum Teufel läuft hier, Marcus?«

»Ja, das frage ich mich auch. Aber lass uns mal abwarten. Bei anonymen Kontaktaufnahmen bleibt es selten bei einem Mal.«

Kein Wort zu Carls unangebrachter Unterbrechung der Besprechungsrunde.

18

August 1987

GITTE CHARLES WAR WIE EIN GEMÄLDE, das zu seiner Zeit seinen Schöpfer entzückt hatte und nun mit verwischter Signatur bei einem Trödler in der Ecke stand. In ihrer Kindheit in Thorshavn hatte sie nur ihren Namen zu nennen brauchen, um sich als etwas Besonderes zu fühlen, und deshalb hatte sie sich als großes Mädchen geschworen, auch dann nicht auf ihren Namen zu verzichten, wenn ein Mann in ihr Leben träte. Das Kind, das Gitte Charles hieß, war ein selbstbewusstes, aufrechtes Mädchen gewesen, und das sah Gitte, wenn sie heute zurückblickte, immer noch so. Aber alles, was dazwischen lag, war nicht der Rede wert gewesen.

Wenn der eigene Vater auf einmal bankrott ist und einen verlässt, dann bricht die Welt zusammen und große Erwartungen werden zunichtegemacht. So war es jedenfalls Gitte ergangen.

Schließlich fanden ihre Mutter, ihr Bruder und sie in einer Wohnung in Vejle, von der aus man weder den Fjord noch den Hafen sah, einen sicheren, wenn auch wenig schmeichelhaften Ersatz für das alte Leben. Schon sehr bald waren sich die drei gleichgültig geworden und jeder suchte für sich allein einen Weg. Weder Mutter noch Bruder hatte sie gesehen, seit sie sechzehn war, und das war nun siebenunddreißig Jahre her. Aber ihr war das nur recht.

Zum Glück wissen die beiden nicht, was für ein erbärmliches Leben ich führe, dachte Gitte und inhalierte den Rauch ihrer Zigarette. Seit Montag hatte sie nichts mehr zu trinken gehabt, und das machte sie kirre. Nicht, weil sie richtig abhängig war, das war sie nicht. Aber dieser kleine Kick, diese Verschnaufpause fürs Gehirn und das Brennen auf der Zunge hoben sie gewissermaßen kurzfristig aus dem Nichts. Wenn sie Geld hatte – aber das hatte sie am Ende eines Monats nie –, reichte schon eine Flasche Gin, um die Tage zu versüßen. Mehr brauchte sie nicht, also war sie ja wohl keine Alkoholikerin. Sie fand es einfach nur schade, dass sie gerade auf dem Trockenen saß.

Gitte überlegte, das Fahrrad zu nehmen und bis nach Tranebjerg zu fahren. Vielleicht hatte sie der eine oder andere aus der Zeit, als sie häusliche Pflegedienste angeboten hatte, noch in guter Erinnerung. Vielleicht sprang ja ein Tässchen Kaffee, begleitet von einem Glas Kirschwein oder Likör, dabei heraus.

Wenn sie die Augen schloss, konnte sie fast den Geschmack auf der Zunge spüren.

Ja, nur ein Glas von irgendetwas, gewissermaßen, um die Zeit des Wartens auf die Sozialhilfe zu überbrücken. Verdammt, warum musste das so lange dauern.

Sie hatte versucht, die Sozialhilfe wöchentlich ausbezahlt zu kriegen, aber das hatten die Sozialarbeiter sofort abgelehnt. Würde Gitte das Geld wöchentlich bekommen, hätten sie sie viermal öfter auf der Matte stehen als bei der monatlichen Auszahlung.

Praktische Geschichte, das sah sie ein. Dumm war sie nicht.

Sie blickte über die Felder und sah das Postauto von Nordby Kirke zum Maarup Kirkevej kommen. Um diese Jahreszeit war auf der Insel nicht viel los. Die Touristen waren weg, und die Brüder, denen fast alles hier gehörte, widmeten sich wieder ganz ihrem Landmaschinenverleih. Alle anderen warteten nur auf die Fernsehnachrichten und auf das nächste Frühjahr.

Seit fast zwei Jahren wohnte sie schon in diesem ausgebauten Hof, dessen Besitzer ihr immer noch fremd war. Es war ein einsames Leben, aber Gitte war es gewohnt. In vielerlei Hinsicht war sie die geborene Inselbewohnerin. Die Zeit, die sie auf den Färöern, auf Sprogø und jetzt auf Samsø gelebt hatte, war weit besser gewesen als die Jahre in den großen Städten, wo man sich zwar ständig über den Weg lief, aber doch nichts miteinander zu tun hatte. Nein, Inseln waren für solche wie sie wie geschaffen. Dort ließ sich alles viel leichter kontrollieren.

Jetzt hielt das Postauto bei ihrem Hof an und der Zusteller stieg mit einem Brief in der Hand aus. Der Bauer bekam nicht oft Post. Er war einer von denen, die sich mit der Reklame vom Lebensmittelladen in Maarup begnügten.

Sie stutzte. Warf der Briefträger die Post etwa in ihren Briefkasten? Hatte er sich im Kasten geirrt?

Als der Wagen wieder weg war, zog sie den Morgenrock enger um sich, trippelte in Pantoffeln zum Briefkasten und öffnete ihn.

Die Adresse war von Hand geschrieben. So einen Brief hatte sie seit Jahren nicht mehr bekommen.

Erwartungsvoll atmete sie tief ein. Als sie den Umschlag umdrehte, spürte sie vor Überraschung einen Druck im Zwerchfell. *Nete Hermansen* stand da.

Sie las den Absender noch zweimal, setzte sich dann an den Küchentisch und tastete nach den Zigaretten. Lange saß sie einfach nur da, starrte auf den Briefumschlag und überlegte, was drinstehen könnte.

Nete Hermansen. Wie lange war das her!

Im Spätsommer 1956, genau ein halbes Jahr nach ihrem zweiundzwanzigsten Geburtstag, fuhr Gitte, den Kopf voller Erwartungen, mit dem Postschiff von Korsør nach Sprogø. Über den Ort, der für mehrere Jahre ihr Zuhause sein würde, wusste sie so gut wie nichts.

Sie hatte den Oberarzt von Brejning persönlich aufgesucht, um zu hören, ob die Stelle etwas für sie sein könnte. Der Blick seiner warmen, klugen Augen hinter der dicken Hornbrille war Antwort genug gewesen. Ein so junges, gesundes und kerniges Mädchen wie sie könne an einem Ort wie Sprogø viel Gutes tun, hatte er gesagt, und damit war es entschieden.

Sie hatte Erfahrung mit Schwachsinnigen. Manche waren ziemlich heftig, aber die meisten waren ganz umgänglich. Draußen auf der Insel seien die Mädchen nicht ganz so dumm wie die in ihrer Abteilung in Brejning, hieß es, und das kam ihr entgegen.

Sie standen in Grüppchen unten am Kai in ihren langen karierten Kleidern, breit lächelnd und eifrig winkend, aber Gitte dachte nur, dass ihre Haare schrecklich aussahen und dass sie viel zu penetrant grienten. Erst nach ihrer Ankunft hatte sie erfahren, dass die Frau, die abzulösen sie gekommen war, bei allen verhasst gewesen war. Dass die Mädchen die Tage gezählt hatten, bis das Postboot kommen und diese Frau wegbringen würde.

Vielleicht hatten sie sie deshalb zur Begrüßung umarmt und regelrecht abgeklopft.

»Hu, dich kann ich gut leiden!«, rief ein Mädchen, das dreimal so dick war wie die anderen, und umarmte Gitte so fest, dass sie tagelang am ganzen Körper blaue Flecken hatte. Das war Viola, deren überschwängliche Art Gitte schon bald zu viel wurde.

Sie war also sehnlichst erwartet worden.

»Ich ersehe aus Ihren Papieren, dass Sie sich ›Krankenschwester‹ nennen. Nur damit Sie es wissen: Ich werde diese Bezeichnung nicht unterstützen, werde mich aber auch nicht querstellen, wenn Sie selbst sich weiterhin so nennen wollen. Wir haben hier kein ausgebildetes Personal, insofern wertet das in den Augen der übrigen Mitarbeiter ihre eigene Arbeit vielleicht ein wenig auf. Wollen wir so verbleiben?«

In den Räumen der Heimleiterin wurde nicht gelächelt. Aber vor den Fenstern auf dem Hof standen ein paar Mädchen, die sich vor Lachen ausschütten wollten und Gitte verstohlene Blicke zuwarfen. Wie Vogelscheuchen mit Topfhaarschnitt, so wirkten sie.

»Ihre Papiere sind in Ordnung, aber Ihre langen Haare könnten bei den Mädchen Bedürfnisse wecken, die unerwünscht sind. Deshalb möchte ich Sie bitten, sie hochzustecken und ein Haarnetz zu tragen, solange Sie Umgang mit ihnen haben.

Ich habe veranlasst, dass Ihr Zimmer gereinigt und für Sie vorbereitet wird, aber ich erwarte von Ihnen, dass Sie sich künftig selbst um diese Dinge kümmern. Sie müssen wissen, dass wir hier sehr viel Wert auf Sauberkeit und Ordnung legen, mehr als dort, wo Sie herkommen. Immer saubere Kleidung, auch für die Mädchen, und die Morgenhygiene ist obligatorisch.«

Sie nickte Gitte zu in der Erwartung, dass diese ebenfalls nicken würde. Und das tat sie auch.

Nete fiel Gitte zum ersten Mal auf, als sie zwei Stunden später durch den Speisesaal der Mädchen zu der unmittelbar daran anschließenden Mitarbeiterkantine geführt wurde.

Sie saß am Fenster und blickte übers Wasser, als existierte nichts sonst für sie. Weder die anderen Mädchen, die dabeisaßen und munter plapperten, noch die dicke Viola, die Gitte ein lautes Hallo zurief. Auch das Essen auf dem Tisch konnte Nete nicht aus ihrer Träumerei reißen. Die Sonne fiel auf ihr Gesicht und formte Schatten – fast so, als seien die innersten Gedanken ans Licht gekommen. Schon in diesem kurzen Moment war Gitte verzaubert von ihr.

Als die Heimleiterin Gitte den Mädchen vorstellte, klatschten diese und winkten und riefen ihr ihre Namen entgegen. Nur Nete und das Mädchen, das ihr gegenübersaß, reagierten anders. Nete wandte ihr den Kopf zu und sah sie direkt an, als müsste sie zuerst einen unsichtbaren Panzer durchdringen, und das Mädchen gegenüber ließ seinen Blick herausfordernd über ihren Körper wandern.

»Wie heißt dieses stille Mädchen dort am Fenster?«, fragte Gitte, nachdem sie sich an den Mitarbeitertisch gesetzt hatte.

»Wen meinen Sie?«, fragte die Heimleiterin.

»Die, die gegenüber dem Mädchen mit dem provozierenden Blick sitzt.«

»Gegenüber Rita? Ach so, das ist Nete«, sagte ihre Nachbarin. »Die hockt immer dort in der Ecke und starrt aufs Meer und zu den Möwen, die Muscheln fallen lassen. Aber wenn du glaubst, sie sei ein stilles Mädchen, dann irrst du dich gewaltig.«

Schließlich öffnete Gitte Netes Brief und fing an zu lesen. Und je weiter sie las, desto mehr zitterten ihre Hände. Als sie an die Stelle kam, wo Nete erwähnte, sie wolle Gitte zehn Millionen Kronen vermachen, schnappte sie nach Luft und musste den Brief weglegen. Minutenlang ging sie in ihrer kleinen Küche auf und ab und wagte nicht, weiterzulesen. Rückte stattdessen die Teedose zurecht, wischte den Tisch ab und trocknete sich sorgfältig die Hände an den Hüften ab. Erst dann warf sie wieder einen Blick auf den Brief. *Zehn Millionen Kronen*, stand dort. Und weiter unten im Text, dass ein Scheck beigelegt sei. Sie griff nach dem Umschlag und stellte fest, dass das stimmte. Den hatte sie glatt übersehen.

Sie ließ sich schwer auf den Stuhl sinken und blickte sich mit bebenden Lippen in dem ärmlichen Zimmer um.

»Der ist von Nete«, murmelte sie mehrmals vor sich hin, ehe sie endlich den Morgenrock auszog.

Der Scheck war über zweitausend Kronen ausgestellt, das war weit mehr, als eine Hin- und Rückfahrkarte für Fähre und Zug nach Kopenhagen kostete. Auf der Bank in Tranebjerg würde sie ihn nicht einlösen können, denn der schuldete sie weit mehr als zweitausend Kronen. Aber sie könnte den Bauern dazu bringen, ihn ihr für fünfzehnhundert Kronen abzukaufen. Und danach würde sie so schnell sie konnte zum Kaufmann in Maarup radeln.

Mit dieser Situation konnte sie nicht ohne eine handfeste kleine Hilfe fertig werden. Und die Auswahl an Flaschen dort im Lebensmittelladen war anständig.

19

September 1987

NETE SAMMELTE DIE BROSCHÜREN EIN, die sie auf dem Couchtisch ausgebreitet hatte, und legte sie auf die Fensterbank. Vielversprechende Prospekte über hübsche Dreizimmerwohnungen in Santa Ponsa, Andratx und Porto Cristo, über zwei Reihenhäuser, eins in Son Vida und eins in Pollenca, und über ein Penthouse in San Telmo. Die Auswahl war gut, die Preise angemessen. Die Träume standen schon Schlange, bald würden sie in Erfüllung gehen.

Immer im Winter wollte sie weg aus Dänemark, und Mallorca schien ihr die richtige Wahl zu sein. In dieser schönen Landschaft wollte sie die Früchte der Arbeit ihres Mannes ernten und in Würde alt werden.

Ja, übermorgen, wenn alles überstanden war, würde sie einen Flug nach Palma de Mallorca buchen und sich dann vor Ort auf die Suche nach der richtigen Wohnung machen. Heute in einer Woche war sie weg.

Sie nahm sich noch einmal die Liste vor, ging die Namen der Reihe nach durch und antizipierte im Geiste den Ablauf in allen Einzelheiten. Nichts durfte dem Zufall überlassen bleiben.

Dort stand:

Rita Nielsen 11.00–11.45
*Aufräumen: 11.45–12.30

Tage Hermansen 12.30–13.15
*Aufräumen: 13.15–13.45

Viggo Mogensen 13.45–14.30
*Aufräumen: 14.30–15.00

Philip Nørvig 15.00–15.45
*Aufräumen: 15.45–16.15

Curt Wad 16.15–17.00
*Aufräumen: 17.00–17.30

Gitte Charles 17.30–18.15
*Aufräumen: 18.15

Sie stellte sich die Ankunft eines jeden Gastes vor und nickte dazu. Ja, das war in Ordnung so.

Sobald einer oben in der Wohnung war, würde sie auf den Knopf des Türtelefons drücken und ihre gesamte Klingelanlage damit ausschalten. Wenn derjenige, der in der Wohnung war, keinen Widerstand mehr leistete, würde sie die Klingel wieder einschalten.

Kam einer der Nachfolgenden zu früh und klingelte, würde sie den Betreffenden bitten, noch einmal zu gehen und zur festgesetzten Zeit wiederzukommen. Kam jemand zu spät, würde sie ihn ans Ende der Reihe schieben und ihm vorschlagen, so lange zum Seepavillon zu gehen und dort auf ihre Rechnung zu essen. Sie sollten sich bitte schön nach ihr richten, die Situation und die Belohnung waren schließlich nicht zu verachten.

Und falls zwei der Gäste vor der Eingangstür aufeinandertrafen, hatte sie die Reihenfolge so ausgeklügelt, dass diejenigen sich möglichst nie zuvor begegnet waren. Zwar konnte es sein, dass sich Curt Wad und Gitte Charles aus dem Sozialfürsorge- oder Krankenhausmilieu kannten, aber die Gefahr, dass ein Mann wie Curt Wad nicht auf die Minute pünktlich erschien, war äußerst gering.

Gut, dass ich Gitte ans Ende gesetzt habe, dachte sie. Bei ihr wusste man nie, ob sie die Zeit einhielt. Darauf hatte Gitte noch nie Wert gelegt.

Doch, ja. Der Plan war gut und die Zeit mit ausreichend Puffer berechnet.

Die übrigen Hausbewohner würden mit Sicherheit niemanden außer dem eigenen Besuch einfach einlassen. Dafür hatten die Junkies gesorgt, die unten am Blågårds Plads rumhingen. Abschreckende Beispiele hatte es mehr als genug gegeben.

Wenn dann alles überstanden war, blieben ihr der Abend und die Nacht, um den Rest zu ordnen.

Nun musste sie sich nur noch einmal versichern, dass der Raum auch wirklich dicht war. Sie musste ihn einem letzten Test unterziehen.

Sie nahm ihre Einkaufstasche, holte aus dem Werkzeugkasten einen Schraubenzieher und verließ die Wohnung. Im Treppenhaus kniete sie sich vor die Wohnungstür. Der Schlitz in einer der Schrauben, die ihr Namensschild hielten, war etwas ausgeschlagen. Aber mit leichtem Druck gelang es ihr schließlich, auch diese Schraube zu lösen, um das Schild abzunehmen. Sie steckte es in die Einkaufstasche, ging die Treppe hinunter und trat ins Freie.

Sie entschied sich, zuerst zum Schuh- und Schlüsseldienst in der Blågårdsgade und dann in die Drogerie in der Nørrebrogade zu gehen.

»Und bis auf den Nachnamen soll das neue Schild genauso aussehen wie das alte? Na, ich will es versuchen«, sagte der Schuster hinter der Theke und betrachtete das mitgebrachte Türschild. »Aber ich kann mich erst in einer guten Stunde darum kümmern. Ich muss vorher noch ein paar Schuhe flicken.«

»In genau anderthalb Stunden komme ich wieder. Und sehen Sie zu, dass die Schrift dieselbe ist wie auf dem alten Schild. Und dass der Name richtig geschrieben ist.«

So, das wäre erledigt, dachte sie auf dem Weg zur Drogerie. Dass unten an der Haustür neben der Türklingel noch immer Nete Rosen stand, wollte sie mit einem kleinen selbstklebenden Etikett und einem Stift ändern. Von nun an hieß sie Nete Hermansen, die Papiere waren bereits unterschrieben und eingeschickt. Vielleicht würde sich der eine oder andere Hausbewohner wundern, aber das kümmerte sie nicht.

»Ich brauche ein paar Produkte mit intensivem Geruch«, erklärte sie dem Drogisten in der Nørrebrogade. »Ich bin Biologielehrerin, und meine Schüler sollen morgen im Unterricht etwas über den Geruchssinn lernen. Wohlriechende Sachen habe ich zu Hause, was ich noch bräuchte, wäre etwas, das scharf und durchdringend riecht.«

Der Drogist bedachte sie mit einem schrägen Lächeln. »Da hätten wir zum Beispiel Terpentin, Salmiakgeist und Petroleum. Und dann würde ich empfehlen, zwei Eier zu kochen und eine Essigflasche mitzunehmen. Da werden den Kindern schon die Augen tränen.«

»Danke, dann nehme ich die drei Sachen und außerdem etwas Formalin. Vier bis fünf Flaschen.«

Sie lachten sich an, Plastiktüten wurden weitergereicht und dann war auch das erledigt.

Zwei Stunden später war das neue Schild mit dem Namen *Nete Hermansen* angeschraubt. An der Tür, hinter der sie bald schon Rache üben würde, sollte nicht *Rosen* stehen.

Sie schloss hinter sich ab, ging in die Küche, holte acht tiefe Teller und brachte sie ins Esszimmer am Ende des Flurs.

Sicherheitshalber legte sie den Esstisch mit Zeitungen aus und stellte darauf die Teller, die sie einen nach dem anderen mit stinkenden oder duftenden Flüssigkeiten füllte. Eau de Cologne, Lavendelwasser, Terpentin, Petroleum, Waschbenzin, Essig, Haushaltsalkohol und Salmiakgeist.

Mit der Wucht von Handkantenschlägen schlugen ihr noch im selben Moment unsichtbare Wolken von den Tellern entgegen. Nasenschleimhäute und Rachen waren sofort so gereizt, dass sie fluchtartig den Raum verlassen musste. Sie dachte gerade noch daran, die Tür hinter sich zuzuziehen.

Röchelnd rannte sie ins Bad und ließ sich minutenlang kaltes Wasser übers Gesicht laufen. Der Gestank war absolut beißend und aggressiv und kaum wieder loszuwerden. Es fühlte sich an, als würde er sich von den Nasenlöchern direkt bis zum Gehirn durchbrennen.

Sie humpelte durch alle Räume und riss sämtliche Fenster auf, damit sich die Dünste, die aus dem abgedichteten Esszimmer entwichen waren oder noch in ihren Kleidern hingen, verflüchtigen konnten.

Nach einer Stunde schloss sie die Fenster, stellte die Flaschen mit dem Formalin unten im Küchenschrank neben den Werkzeugkasten, verließ die Wohnung und setzte sich an den See auf eine Bank.

Sie lächelte vor sich hin.

Das würde schon alles klappen.

Nach einer weiteren Stunde war sie bereit, wieder nach oben zu gehen. Sie konnte frei durch die Nase atmen. Die sanfte spätsommerliche Brise hatte ihre Kleidung durchgelüftet. So weit war sie nun gekommen. Es fühlte sich gut an, friedlich.

Und sollte entgegen ihren Erwartungen im Treppenhaus oder in der Wohnung noch der kleinste Hauch zu riechen sein, würde sie eben die Nacht über an der Abdichtung arbeiten müssen. Die Aufgabenstellung war klar: Da sie nicht abschätzen konnte, ob ihr Plan mit dem Formalin wirklich funktionierte, musste der Raum absolut dicht sein. Andernfalls konnte sie sich die Reise nach Mallorca abschminken.

Sie betrat das Treppenhaus und schnupperte. Ein schwacher Duft von Parfüm hing in der Luft, sogar den Hund des Nachbarn konnte sie riechen, aber sonst nichts. Und auf ihren Geruchssinn hatte sie sich schon immer verlassen können.

Sie wiederholte die Schnupperprobe in jeder Etage, das Ergebnis blieb gleich. Oben im vierten Stock ging sie vor ihrer Wohnungstür in die Hocke und steckte die Nase durch den Briefschlitz.

Nichts. Sie lächelte.

In der Wohnung roch es noch genauso frisch wie vor einer Stunde nach dem Lüften. Einen Moment konzentrierte sie sich völlig auf ihren Geruchssinn, denn der würde über Fiasko oder Erfolg entscheiden. Nein, nichts.

Nach einer Stunde in der Wohnung ohne den geringsten Befund betrat sie schließlich das abgedichtete Esszimmer.

Sekundenbruchteile später schossen ihr die Tränen in die Augen. Wie bei einem Nervengasangriff schien der stechende Geruch in sämtliche Poren der unbedeckten Hautflächen gleichzeitig einzudringen. Nete presste sich die Hand vor Mund und Nase, kniff die Augen zusammen, tastete sich zum Fenster vor und stieß es auf.

Sie hielt den Kopf nach draußen und rang hustend nach Atem. Wie jemand, der nur knapp dem Tod durch Ertrinken entgangen war.

Eine Viertelstunde später hatte sie den Inhalt der acht Teller in die Toilette gekippt und mehrfach gespült. Dann öffnete sie erneut alle Fenster und wusch die Teller gründlich ab. Als es Abend wurde, hakte sie für sich den Test als bestanden ab.

Sie legte ein feines weißes Tischtuch auf den Esstisch in dem präparierten Raum und deckte ihn mit ihrem schönsten Porzellan, mit Kristallgläsern und Silberbesteck. An jeden Platz stellte sie eine zierlich beschriftete Tischkarte.

Es sollte festlich sein, denn es war ein Fest.

Anschließend blickte sie auf die Kronen der Kastanien, deren Blätter bereits gelb wurden. Gut, dass sie bald weg war.

Ehe sie schlafen ging, schloss sie die Fenster des Esszimmers. Die würden ab morgen nur noch zum gezielten Belüften geöffnet werden. In kalten Nächten. Zum Glück lag ihre Wohnung direkt unterm Dach.

20

November 2010

UNHEILSCHWANGER SEGELTEN DUNKLE WOLKEN über Carls Kopf: der Druckluftnagler-Fall mit Hardys Verdächtigungen und den Fingerabdrücken auf den

Münzen, Viggas Hochzeit und deren Auswirkungen auf seine Finanzen, Assads Vergangenheit, Roses Eigentümlichkeiten, Ronnys idiotisches Geschwätz und dann auch noch dieser misslungene Martinsgans-Abend. So viele Dinge auf einmal hatten ihn früher nie belastet. Er konnte ja kaum noch das Gewicht von einer Pobacke auf die andere verlagern, ohne dass schon die nächste Katastrophe dräute. Einen erfolgreichen, im Dienste des Staates tätigen Aufklärer kniffliger Kriminalfälle kleidete so eine Anhäufung von Schwierigkeiten überhaupt nicht. Fast würde es sich ja lohnen, ein eigenes Dezernat zur Lösung seiner persönlichen Problemfälle einzurichten.

Carl seufzte tief, nahm eine Zigarette und schaltete die Nachrichten auf TV 2 ein. Zu sehen, dass andere weit tiefer in der Scheiße steckten, konnte einen kurzzeitig auf andere Gedanken bringen.

Ein Blick auf den Flachbildschirm, und sofort war man wieder auf dem harten Boden der Realität gelandet. Fünf erwachsene Männer diskutierten den ökonomischen Schlingerkurs der Regierung – konnte man sich etwas Langweiligeres vorstellen?

Rose hatte in der Zeit, als er bei Marcus Jacobsen gewesen war, oben auf den Polizeibericht ein Blatt Papier gelegt: ihre Erkenntnisse zu Gitte Charles. Eine lumpige halbe Seite, handschriftlich. War das wirklich alles, was sie über die Krankenpflegerin von Sprogø herausgefunden hatte?

Was er da zu lesen bekam, eignete sich nicht, um ihn aufzuheitern.

Rose hatte überall herumgefragt, aber niemandem in der Zentrale für häusliche Pflegedienste auf Samsø sagte der Name Gitte Charles etwas, und entsprechend gab es auch niemanden, der sich daran erinnerte, dass sie seinerzeit alte Menschen beklaut hatte. Nicht mal über ihre Zeit im Krankenhaus in Tranebjerg war etwas zu holen gewesen, denn die Klinik war in der Zwischenzeit geschlossen worden und das Personal in alle Winde verstreut. Gittes Mutter lebte schon lange nicht mehr und der Bruder war nach Kanada ausgewandert, wo er vor einigen Jahren gestorben war. Die einzige konkrete Verbindung zu ihrem Leben auf Samsø war der Mann, der ihr vor dreiundzwanzig Jahren im Maarup Kirkevej ein Zimmer vermietet hatte.

Roses Beschreibung des Vermieters sprach Bände. »Ein dickköpfiger, zänkischer Alter. Seit der Zeit, als Gitte Charles bei ihm wohnte, hat er die winzige Bude von einundzwanzig Quadratmetern noch fünfzehn- bis zwanzigmal vermietet. Er erinnerte sich zwar ausgezeichnet an sie, Schlaues beizutragen hatte er aber trotzdem nicht. So ein richtiger Bauerntölpel, mit Mist an den Stiefeln und rostigen Traktoren auf dem Hof. Er findet, schwarz verdientes Geld sei das einzig Wahre.«

Carl legte das Blatt zurück und nahm sich stattdessen die polizeilichen Ermittlungsergebnisse im Gitte-Charles-Fall vor. Das Material war ebenfalls ziemlich mager.

Nun wechselte oben auf dem Flachbildschirm mehrmals das Bild. Schnelle Schnitte zwischen zwei größeren Menschengruppen im Parlamentssaal und den Gesichtern zweier breit lächelnder alter Männer.

Der Journalist, der den Beitrag kommentierte, zeigte wenig Respekt vor dem, worüber er berichtete.

»Nun, da es der Partei Klare Grenzen nach mehreren Anläufen endlich geglückt ist, genügend Unterschriften zu sammeln, um sich für die nächste Folketing-Wahl aufstellen zu lassen, muss man sich fragen, ob damit der Tiefpunkt dänischer Politik erreicht ist. Seit den Tagen der Aufschwungpartei war keine Partei so umstritten, hat sich keine Partei mit so fragwürdigen Kernanliegen zur Wahl gestellt. Bei der Gründungsversammlung heute präsentierte der Parteigründer, der wegen seiner Radikalität oft gescholtene Frauenarzt Curt Wad, der Öffentlichkeit die Kandidaten seiner Partei. Anders als seinerzeit bei der Aufschwungpartei gehören dazu eine ganze Reihe prominenter Persönlichkeiten mit durchaus bemerkenswerten Karrieren. Das Durchschnittsalter dieser Kandidaten liegt bei zweiundvierzig Jahren und ist damit weit entfernt von der Behauptung mancher politischer Gegner, Klare Grenzen werde von Greisen repräsentiert. Parteigründer Wad ist allerdings schon achtundachtzig Jahre alt, und auch mehrere der Vorstandsmitglieder haben das Pensionsalter längst überschritten.«

An dieser Stelle wurde ein großer Mann mit weißen Koteletten gezeigt, der weitaus jünger wirkte als achtundachtzig Jahre. *Curt Wad. Arzt, Parteigründer*, stand unter dem Gesicht.

»Hast du meine Notiz und den Polizeibericht zu Gitte Charles' Verschwinden schon gelesen?« Rose stand in der Tür.

Carl drehte sich um. Seit er mit ihrer richtigen Schwester Yrsa telefoniert hatte, fiel es ihm nicht ganz leicht, sich hundertprozentig seriös zu ihrer Erscheinung zu verhalten. Diese schwarzen Stoffbahnen, das Make-up und die Schuhe, mit denen man binnen Sekunden eine Kobra aufspießen konnte – war das auch nur Fassade?

»Äh, ja. Ein bisschen, ich hab's überflogen.«

»Über das Protokoll der Polizei hinaus, das Lis uns gleich zu Anfang gegeben hat, war nicht viel zu holen. Nach Gitte Charles' Verschwinden fehlte es der Polizei an Anhaltspunkten für die Fahndung. Gitte Charles' Trinksucht kam ans Licht, und auch wenn erstaunlicherweise nie explizit gesagt wurde, dass sie Alkoholikerin war, wurde spekuliert, dass sie im Vollrausch irgendwo verschwunden sein könnte. Da sie weder Angehörige noch Kollegen hatte, geriet das alles aber schnell in Vergessenheit. Exit Gitte Charles.«

»Es wird erwähnt, sie hätte die Fähre nach Kalundborg bestiegen. Theoretisch könnte sie ja über Bord gegangen sein?«

Roses Gesichtsausdruck nahm nun einen ärgerlichen Zug an. »Nein, Carl. Sie wurde gesehen, als sie von Bord ging, das habe ich doch bereits gesagt. Ich merk schon, viel Zeit hast du der Lektüre des Berichts wirklich nicht geopfert!«

Das Letzte überhörte er einfach. Seine Spezialität waren abwehrende Fragen. »Was hat ihr Vermieter zu ihrem Verschwinden gesagt?«, fragte er. »Der muss sich schließlich gewundert haben, dass die Miete ausblieb.«

»Nein, die wurde doch direkt vom Sozialamt bezahlt. Weil sie das Geld sonst einfach nur versoffen hätte, heißt es. Also, der Vermieter, dieser Idiot, hatte keinen Grund, ihr Verschwinden bei der Behörde anzuzeigen. Es war ihm wohl auch völlig gleichgültig, Hauptsache, die Penunzen kamen. Aber der Besitzer des örtlichen Lebensmittelladens tat es. Er sagte, Gitte Charles sei am 31. August mit fünfzehnhundert Kronen in der Tasche bei ihm aufgekreuzt und habe sich recht hochnäsig benommen. Sie sagte, sie hätte eine Stange Geld geerbt und müsse nach Kopenhagen, um es abzuholen. Worüber er lachte, was sie wiederum kränkte.«

Carl runzelte die Stirn. »Ein Erbe, sagst du? Kann das hinkommen?«

»Nein, ich hab mich beim Amtsgericht schlaugemacht. Es gab kein Erbe.«

»Hm. Das wäre wohl auch sensationell gewesen.«

»Ja. Aber nun hör dir mal das hier an.« Sie nahm die Akte vom Tisch und schlug den Polizeibericht etwa in der Mitte auf. »Hier. ›Der Besitzer des Lebensmittelladens zeigte ihr Verschwinden etwa eine Woche später an, weil sie ihm einen Fünfhundertkronenschein gegeben und dazu gesagt hatte, wenn sie in der nächsten Woche nicht um zehn Millionen reicher zurückkäme, könne er das Geld behalten. Und käme sie, dann könnte er ihr den Schein zurückgeben und dazu eine Tasse Kaffee und einen Whisky.‹ Der Kaufmann setzte also nicht allzu viel aufs Spiel, oder? Und deshalb ist er auch drauf eingegangen.«

»Zehn Millionen!« Carl stieß einen Pfiff aus. »Okay, da befand sie sich ja wohl im Land der Träume.«

»Klar. Aber hör mal. Als der Kaufmann in der Woche darauf ihr Fahrrad unten am Hafen fand, war ihm trotzdem nicht ganz wohl bei der Geschichte.«

»Ja, das lässt sich denken. Er hatte ja immer noch den Fünfhunderter. Und sie war wohl keine, die mit Fünfhundertkronenscheinen nur so um sich warf.«

»Nee, ganz sicher nicht. Das steht auch hier im Bericht: ›Kaufmann Lasse

Bjerg befürchtet, dass Gitte Charles, falls sie nicht tatsächlich ihre zehn Millionen bekommen und ein neues Leben angefangen hat, etwas Ernstes zugestoßen ist.‹ Und jetzt die zwei entscheidenden Sätze: ›Denn fünfhundert Kronen waren für Gitte Charles enorm viel Geld. Warum hätte sie freiwillig darauf verzichten sollen?‹«

»Na, da sollte man ja fast einen Ausflug nach Samsø ins Auge fassen, mit dem Kaufmann und dem Vermieter reden und sich überhaupt dort ein bisschen umschauen«, sagte Carl. Dann bekäme man auch etwas Distanz zu dem ganzen unerquicklichen Rest, dachte er.

»Das wird nichts nützen, Carl. Der Kaufmann ist im Pflegeheim und äußerst dement, mit dem Vermieter habe ich gesprochen, der ist 'ne Dumpfbacke, und Gittes Sachen gibt es nicht mehr. Die hat Dumpfbacke auf dem Flohmarkt verscherbelt, um noch 'n paar Kronen rauszuschlagen.«

»Also eine kalte Spur.«

»Eiskalt.«

»Okay. Was haben wir denn überhaupt? Wir wissen jetzt, dass zwei Frauen, die sich kannten, auf mysteriöse Weise an ein und demselben Tag spurlos verschwanden, Gitte Charles und Rita Nielsen. Gitte Charles hat nichts, rein gar nichts hinterlassen. Und im Fall Nielsen gibt es immerhin die frühere Angestellte Lone Rasmussen, die noch einige von Ritas Sachen verwahrt – ohne dass das die Ermittlungen im Übrigen auch nur einen Zentimeter vorangebracht hätte.« An der Stelle beabsichtigte er, sich eine Zigarette zu nehmen, aber angesichts von Roses polarkaltem Blick gefroren seine Finger auf dem Weg zur Packung. »Wir können uns ja überlegen, ob wir Lone Rasmussen aufsuchen und ein bisschen in der Hinterlassenschaft rumstochern. Aber wer will dafür schon nach Vejle fahren.«

»Sie wohnt nicht mehr in Vejle«, sagte Rose.

»Wo denn dann?«

»In Thisted.«

»Das ist ja noch weiter weg.«

»Ja, aber in Vejle wohnt sie jedenfalls nicht.«

Da zog Carl doch eine Zigarette aus der Packung. Er wollte sie gerade anstecken, als Assad ins Zimmer kam und noch an der Tür den nicht existierenden Rauch mit beiden Händen wegwedelte. Herrje, was waren die doch alle empfindlich geworden!

»Habt ihr euch über Gitte Charles unterhalten?«, fragte Assad.

Beide nickten.

»Also, ich hab im Fall dieses Fischers Viggo Mogensen nichts erreicht«, fuhr er fort. »Aber mit Philip Nørvig bin ich weitergekommen. Ich habe mit der Witwe ein Treffen vereinbart, sie wohnt noch immer in dem Haus in Halsskov.«

Carls Kopf ruckte zurück. »Und wann soll dieses Treffen stattfinden? Doch wohl nicht jetzt?«

Roses Augenlider hoben sich mühsam über die Pupillen. Sie sah wirklich erschöpft aus. »Schau doch mal auf die Uhr und aktiviere deine kleinen Grauen, Carl. Findest du nicht, dass wir lange genug hier gesessen haben?«

Carl blickte Assad an. »Dann ist der Termin also morgen?«

Assad hob einen Daumen in die Höhe. »Und ich könnte den Wagen fahren.«

Na, das wäre ja noch schöner.

»Dein Handy klingelt.« Rose deutete auf das vibrierende Ding auf dem Tisch.

Carl sah aufs Display, erkannte die Nummer nicht und hob das Handy ans Ohr.

»Guten Tag, spreche ich mit Carl Mørck?« Die Frauenstimme klang nicht sonderlich liebreizend.

»Ja, das bin ich.«

»Dann möchte ich Sie bitten, in die Tivolihalle zu kommen und die Rechnung zu begleichen, die Ihr Cousin unbezahlt zurückgelassen hat.«

Carl zählte bis zehn. »Und warum um Himmels willen behelligen Sie mich damit?«

»Ich stehe hier mit einem Zettel, auf dessen Rückseite ein ganzer Roman steht. Ich lese mal laut vor: ›Bedaure, aber ich muss schnell los, um meinen Flieger zu erreichen. Mein Cousin Carl Mørck, Vizepolizeikommissar in der Mordkommission des Polizeipräsidiums, wird in Kürze vorbeikommen und die Rechnung begleichen. Das ist der, mit dem ich am Tisch saß. Er bat mich, für alle Fälle seine Handynummer zu hinterlassen, damit Sie sich direkt mit ihm verständigen können.‹«

»Was?«, rief Carl. Für mehr Wörter fehlte es ihm an Energie.

»Den Zettel fanden wir, als wir an den Tisch kamen, um zu fragen, ob er noch etwas bestellen wollte.«

Das Gefühl, das Carl in dieser Sekunde überkam, ließ sich bestenfalls mit putzig umschreiben. Irgendwie so wie damals, als er frischgebackener Pfadfinder war und sein Gruppenleiter ihn dazu gebracht hatte, anderthalb Kilometer durch strömenden Regen zu marschieren, um einen sogenannten Rauchwender zu besorgen.

»Okay, ich komme vorbei«, seufzte er und beschloss, auf dem Heimweg über Vanløse zu fahren, um einem gewissen Ronny Mørck einen Höflichkeitsbesuch abzustatten.

Die Wohnung, die Ronny gemietet hatte, war nicht unbedingt das, was man repräsentativ nennen konnte. Wohlwollend ausgedrückt lag sie im Hinterhof eines Hinterhofs. Eine rostige Metalltreppe an einer nackten Hauswand, die eine Kurve über eine schmuddelige Betonplattform nahm, führte nach oben. Die Wohnungstür, eine Stahltür auf der Höhe von etwa anderthalb Stockwerken, erinnerte am ehesten an den Zugang zum Vorführraum eines stillgelegten Kinos. Carl hämmerte zweimal an die Tür, hörte von drinnen Rufe und nach einer halben Minute, wie der Schlüssel im Schloss umgedreht wurde.

Diesmal war Ronny ganz homogen bekleidet: Unterwäsche, oben wie unten geschmückt mit fauchenden Drachen, und sonst nichts.

»Ich hab die Bierdosen schon aufgemacht«, sagte Ronny und zog Carl in einen verrauchten Raum, den Lampen mit rotierenden Wasserfällen auf den Schirmen und farbige Reispapierlampions mit deftigen erotischen Motiven erhellten.

»Das ist Mae, so nenne ich sie jedenfalls immer«, sagte Ronny und deutete zu einer asiatischen Frau, deren Körper bestimmt drei- bis viermal in Ronnys ausufernde Umrisse reingepasst hätte.

Die Frau drehte sich nicht um. Sie stand vorm Herd und war damit beschäftigt, den Raum mit Dampf zu füllen, der eine Geruchsbrücke schlug zwischen den Vorstädten Pattayas und Carls Holzkohlegrill in Allerød.

»Na, sie hat zu tun. Ist ja bald Essenszeit«, bemerkte Ronny und ließ sich auf einem ausgesessenen Sofa nieder, das mit curryfarbenen, sarongähnlichen Kleidungsstücken bedeckt war.

Carl setzte sich ihm gegenüber und nahm das Bier, das Ronny ihm über den Ebenholztisch zuschob.

»Du bist mir sechshundertsiebzig Kronen und eine Erklärung schuldig, wie du schon wieder fressen kannst, nachdem du in der Kneipe dermaßen reingehauen hast.«

Ronny lächelte und klopfte sich auf den Bauch. »Der ist gut im Training«, sagte er, worauf sich die Thaifrau umdrehte und das weißeste Lächeln präsentierte, das Carl seit Langem gesehen hatte. Anders als andere importierte Thaifrauen war sie keine fünfundzwanzig mehr, und glatt wie ein Spiegel war ihr Gesicht auch nicht. Nein, sie hatte Jahresringe, Lachfältchen und verständnisvolle Augen.

Na, wenigstens ein Punkt für Ronny, ging es Carl durch den Kopf.

»Carl, natürlich hast du mich eingeladen. Das hab ich dir schon am Telefon gesagt. Du hast mich mitten in meiner Arbeitszeit einbestellt, und bekanntlich kostet das etwas.«

Carl holte tief Luft. »Einbestellt? Arbeitszeit? Darf man wohl fragen, was du tust, Ronny? Verdingst du dich als Unterhemden-Model?«

Er sah, wie der Körper der Thaifrau vorm Herd ein bisschen bebte, während Ronny breit grinste. Sie verstand also nicht nur Dänisch, sondern hatte offenbar auch Humor.

»Prost, Carl«, sagte Ronny. »Schön, dich wiederzusehen.«

»Ich kann also nicht damit rechnen, meine sechshundertsiebzig Kronen zurückzubekommen?«

»Nope. Aber du kannst das leckerste Thom Kha Gai kriegen, das du dir vorstellen kannst.«

»Das klingt giftig.«

Wieder bebte die Thaifrau am Herd.

»Das ist Kokos-Hühnchen-Suppe mit Chili, Kaffir-Limettenblättern und Galangawurzel«, erklärte Ronny.

»Nun hör mir mal zu, Ronny.« Carl seufzte. »Du hast mich heute um sechshundertsiebzig Kronen geprellt, aber da wollen wir jetzt nicht mehr drüber reden. Das ist dir nämlich zum letzten Mal gelungen. Ich hab eh schon 'ne Menge Ärger am Hals, und jetzt kommst du auch noch. Unser Gespräch heute hat mir zu denken gegeben. Willst du mich erpressen, Ronny? Denn wenn das der Fall ist, dann habt ihr zwei, du und die kleine Mae, genau fünf Minuten Zeit, um euch zwischen dem Amtsgericht oder einem Flug zurück nach Thom Kha Gai, oder wo immer ihr herkommt, zu entscheiden.«

Da drehte sich die Frau um und rief Ronny etwas auf Thai zu. Der schüttelte den Kopf und wirkte auf einmal sehr wütend. Seine buschigen Augenbrauen schienen ein Eigenleben zu entwickeln und patzig zu antworten.

Dann wandte er sich wieder Carl zu. »Ich will dich erstens darauf aufmerksam machen, dass *du* dich heute Morgen an *mich* gewandt hast und nicht umgekehrt, und zweitens, dass meine Frau Mae-Ying-Thaham Mørck dich soeben von der Gästeliste gestrichen hat.«

Keine Minute später stand Carl vor der Tür. Die Frau hatte offenbar gute Erfahrungen damit gemacht, dass sich die Leute schnell verzogen, wenn sie nur ausladend genug mit den Küchengerätschaften wedelte.

Tja, damit trennen sich unsere Wege wieder, Ronny, dachte Carl, hatte aber das unbestimmte Gefühl, als könne er sich da irren. Als sein Handy in der Tasche vibrierte, wusste er, dass es Mona war, noch ehe er aufs Display geschaut hatte.

»Hallo Schatz«, sagte er und bemühte sich, ein bisschen erkältet zu klingen, gerade so viel, um sich die Option auf eine spontane Einladung nicht zu verbauen.

»Hast du Lust auf einen weiteren Versuch, meine Tochter und Ludwig kennenzulernen? Dann hättest du morgen die Gelegenheit«, sagte sie.

Ihr lag offenbar viel daran.

»Selbstverständlich«, sagte er und strengte sich an, es möglichst selbstverständlich klingen zu lassen.

»Gut. Morgen um sieben bei mir. Und ich soll dir ausrichten, dass du morgen um fünfzehn Uhr einen Termin bei Kris in seinem Büro hast. Da bist du schon mal gewesen.«

»Bin ich? Kann ich mich nicht erinnern.«

»Na, aber ich. Und Carl«, fuhr sie fort, »das brauchst du. Ich kenne die Signale.«

»Aber ich bin morgen in Halsskov.«

»Nicht um fünfzehn Uhr, klar?«

»Mona, mir geht's gut. Ich hab den Druckluftnagler-Fall verdaut, es sind keine Reminiszenzen von Panik mehr in mir.«

»Ich habe mit Marcus Jacobsen über deinen hysterischen Anfall heute im Besprechungszimmer geredet.«

»Meinen hysterischen Anfall?«

»Und ich muss doch sicher sein können, dass der Mann, der sich so langsam als mein fester Liebhaber herauskristallisiert, auch psychisch auf der Höhe ist.«

Carl grub in seinen Hirnwindungen nach einer Antwort, aber das war schwer. Am ehesten hätten sich seine momentanen Gefühle mit ein paar lateinamerikanischen Steppschritten ausdrücken lassen. Also, wenn er die könnte.

»Die Situation ist doch so, dass demnächst einiges auf dich zukommen wird. Ich soll dir nämlich von Marcus Jacobsen ausrichten, dass in der Kiste mit der Leiche noch etwas gefunden wurde.«

Hier stoppte das innerliche Steppen abrupt.

»Sie haben unter der Leiche von Pete Boswell ein Stück Papier gefunden. Die Fotokopie eines Fotos, in Plastikfolie eingepackt. Und auf dem Foto steht Pete Boswell zwischen dir und Anker, er hat jedem von euch einen Arm um die Schulter gelegt.«

21

November 2010

»Du siehst müde aus, Carl, soll ich fahren?«, fragte Assad am nächsten Morgen.

»Ich bin müde, ja. Und nein, du sollst nicht fahren, Assad. Jedenfalls nicht, wenn ich mit im Wagen sitze.«

»Hast du schlecht geschlafen?«

Carl antwortete nicht. Er hatte ausgezeichnet geschlafen, allerdings nur zwei Stunden. Die Gedanken hatten ihm keine Ruhe gelassen. Am Abend hatte Marcus Jacobsen ihm das Foto mit Pete Boswell gemailt, der zwischen Anker und ihm stand, und damit bestätigt, was Mona bereits angedeutet hatte.

»Im Augenblick versuchen sie in der Kriminaltechnischen Abteilung herauszufinden, ob das Foto eine Fälschung ist. Das wäre doch das Beste, oder?«, hatte der Chef der Mordkommission in seiner Mail geschrieben.

Ja, klar. Natürlich wäre es am besten, wenn sich das Foto als Fälschung erwies, denn nichts anderes war es. Versuchte Marcus Jacobsen etwa, ihm ein Geständnis zu entlocken?

Er war schließlich, Herrgott noch mal, nie in der Nähe von Pete Boswell gewesen! Er kannte den Kerl ja gar nicht! Und trotzdem raubte der ihm den Schlaf.

Falls die Kriminaltechnische Abteilung nicht beweisen konnte, dass dieses Foto manipuliert war, stand Carl die Suspendierung bevor. Jeder wusste doch, wie Marcus Jacobsen solche Fälle handhabte.

Der Stau vor ihnen schien kein Ende zu nehmen. Carls Kiefermuskeln arbeiteten. Hätte er vorhin nachgedacht, wären sie eine halbe Stunde später losgefahren.

»Viele Autos unterwegs«, sagte Assad. Die Beobachtungsgabe des Mannes ließ wahrlich nichts zu wünschen übrig.

»Ja. Wenn sich dieser Scheißstau nicht bald auflöst, sind wir erst um zehn in Halsskov.«

»Hm. Na ja, dafür haben wir den ganzen Tag Zeit.«

»Nein, ich muss vor fünfzehn Uhr zurück sein.«

»Aha. Aber dann sollten wir dieses Dingens hier schleunigst ausschalten.« Assad deutete auf das Navigationsgerät. »Wir fahren von der Autobahn runter und sind in Nullkommanichts da. Ich sag dir, wie du fahren musst, Carl. Ich sehe das doch hier auf der Karte.«

Diese Bemerkung kostete sie eine weitere Stunde. Als sie auf das Grundstück von Philip Nørvigs Witwe einbogen, begannen gerade die Elf-Uhr-Nachrichten.

»Große Demonstration vor Curt Wads Haus in Brøndby«, sagte der Sprecher. »Die Gemeinschaftsaktion verschiedener Aktivistengruppen soll darauf aufmerksam machen, für welch undemokratische Prinzipien die Partei Klare Grenzen steht. Curt Wad äußert ...« Hier schaltete Carl den Motor aus und betrat die Kiesauffahrt.

»Ja, ohne Herbert ...«, Philip Nørvigs Witwe nickte einem gleichaltrigen Mann zu, der gerade das Wohnzimmer betrat und sich ihnen als Herbert Sønderskov vorstellte, »... ohne Herbert hätten Cecilie und ich nicht hier im Haus wohnen bleiben können.«

Carl begrüßte den Mann höflich, der Anstalten machte, sich zu setzen.

»Das war bestimmt eine harte Zeit für Sie«, wandte sich Carl wieder an die Witwe. Was sicher eine Untertreibung war, denn ihr Mann war nicht nur pleitegegangen, er hatte sich außerdem erlaubt, einfach zu verduften.

»Ich will Sie ganz direkt fragen, Frau Nørvig.« Er unterbrach sich. »Sie heißen doch noch Nørvig, oder?«

Verlegen rieb sie sich den Handrücken mit den Fingern der anderen Hand. »Ja. Herbert und ich sind nicht verheiratet. Als Philip verschwand, war ich persönlich in jeder Hinsicht am Ende, da konnten wir einfach nicht gleich ...«

Carl bemühte sich um ein verständnisvolles Lächeln, aber an sich war ihm der Familienstand dieser Menschen vollkommen schnuppe.

»Wäre es vorstellbar, Frau Nørvig, dass sich Ihr Mann aus dem Staub gemacht hat? Dass ihm alles zu viel wurde?«

»Nicht, wenn Sie auf Selbstmord anspielen. Dazu war Philip zu feige.« Das klang hart, und vielleicht wäre es ihr ja tatsächlich lieber gewesen, er hätte sich einen Strick genommen und sich an einem Baum im Garten aufgehängt. Für sie wäre das bestimmt besser gewesen.

»Nein, ich meine tatsächlich verduften. Abhauen. Ist es denkbar, dass Ihr Mann Geld beiseitegeschafft und sich klammheimlich irgendwo in der Pampa niedergelassen haben könnte?«

Sie sah ihn überrascht an. Hatte sie denn noch nie an diese Möglichkeit gedacht?

»Unvorstellbar! Wenn Philip etwas hasste, dann Reisen. Ich hätte so gern hin und wieder kleinere Touren unternommen, zum Beispiel mit dem Bus in den Harz oder so. Einfach für ein paar Tage wegfahren. Aber nein, das war nichts für Philip. Er hasste unbekannte Orte. Was glauben Sie, warum er seine Kanzlei in diesem Kaff eröffnet hat? Weil es nur zwei Kilometer von dort entfernt ist, wo er seine gesamte Kindheit und Jugend verbracht hat. Deshalb!«

»Ja, schon. Aber vielleicht blieb ihm, so wie die Dinge standen, nichts anderes übrig, als abzutauchen. Die Grassteppen Argentiniens oder die Bergdörfer Kretas eignen sich prima, um Leute aufzunehmen, die daheim Probleme haben.«

Mie Nørvig schnaubte und schüttelte den Kopf. Das erschien ihr völlig abwegig.

An der Stelle schaltete sich der Mann ein, dieser Herbert Sønderskov.

»Entschuldigen Sie, aber ich darf vielleicht ergänzen, dass Philip mit meinem ältesten Bruder zusammen zur Schule gegangen ist. Mein Bruder hat immer gesagt, Philip sei der Inbegriff eines Waschlappens.« Er warf seiner Lebensgefährtin einen vielsagenden Blick zu. Ganz offensichtlich wollte er noch einmal herausstellen, dass er – im Vergleich zu seinem Vorgänger – die deutlich bessere Partie war. »Einmal, als die Schulklasse nach Bornholm fahren sollte, weigerte sich Philip rundheraus mitzukommen. Er sagte, die Leute dort könnte man nicht verstehen, und deshalb sei das nichts für ihn. Obwohl die Lehrer wütend wurden, blieb er dabei. Man konnte Philip zu nichts zwingen, was er nicht wollte. Er war stur wie ein Esel.«

»Hm. Für mich klingt das zwar nicht nach einem Waschlappen, aber das mag hier anders sein. Okay, legen wir diese Theorie beiseite. Kein Selbstmord, keine Flucht in ein anderes Land. Dann bleiben ja fast nur Unfall, Totschlag oder Mord. Wozu neigen Sie am ehesten?«

»Ich glaube, diese verfluchte Vereinigung, deren Mitglied er war, hat ihn umgebracht«, sagte die Witwe mit Blick auf Assad.

Carl drehte sich zu Assad um, dessen Stirn ein einziger Faltenwurf war und dessen dunkle Augenbrauen ganz oben unter dem Haaransatz hingen.

»Aber nein, Mie, das kannst du so nicht sagen, finde ich«, schaltete sich Herbert Sønderskov auf dem Sofa ein. »Das können wir doch nicht wissen.«

Carls Blick war gespannt auf die alte Dame gerichtet. »Ich kann nicht ganz folgen. Welche Vereinigung?«, fragte er. »In den Akten der Polizei steht nichts von einer Vereinigung.«

»Nein, das habe ich auch noch nie erwähnt.«

»Ja, worauf spielen Sie denn an, könnten Sie den Schleier vielleicht etwas weiter lüften?«

»Die Vereinigung hieß Geheimer Kampf.«

Assad zog den Notizblock aus der Tasche.

»Geheimer Kampf. Malerischer Name. Klingt fast wie ein alter Sherlock-

Holmes-Krimi.« Carl versuchte zu lächeln, aber innerlich waren ganz andere Gefühle geweckt. »Und was ist das, dieser Geheime Kampf?«

»Mie, ich finde nicht, dass du ...«, warf Herbert Sønderskov ein, aber Mie Nørvig ignorierte seinen Einwurf.

»Ich weiß nicht allzu viel über diese Vereinigung, denn Philip sprach nie darüber, bestimmt durfte er das nicht. Aber im Lauf der Jahre habe ich doch einiges mitbekommen. Ich war ja seine Sekretärin, das dürfen Sie nicht vergessen.« Sie schob die Hand ihres Lebensgefährten, die er auf die ihre gelegt hatte, weg.

»Was meinen Sie mit ›einiges‹?«, fragte Carl.

»Dass die Mitglieder der Vereinigung die Meinung vertraten, manche Menschen hätten Kinder verdient und andere nicht. Dass Philip manchmal mithalf, eine Zwangssterilisierung juristisch durchzudrücken oder zu rechtfertigen. Das machte er offenbar einige Jahre lang, allerdings war das vor meinem Eintritt in die Kanzlei. Wenn Curt hier war, redeten sie oft über einen bestimmten, schon länger zurückliegenden Fall. Das war wohl ihr erster gemeinsamer Fall gewesen, sie nannten ihn den Fall Hermansen. In späteren Jahren fungierte Philip auch als Kontaktperson zu Ärzten und anderen Anwälten. Er leitete und verwaltete ein ganzes Netzwerk.«

»Ach ja? Aber war das nicht auch ein bisschen der Geist jener Zeit? Ich meine, warum sollte Ihr Mann aus dem Grund in Gefahr gewesen sein? Man hat damals doch mit stillschweigender Billigung oder sogar dem Segen der Behörden ziemlich viele Zwangssterilisierungen vorgenommen, zum Beispiel an geistig Behinderten.«

»Ja, schon. Aber nicht selten wurden auch Frauen sterilisiert und in Anstalten eingewiesen, die gar nicht behindert waren, sondern die man einfach nur abschieben wollte. Zigeunerinnen zum Beispiel. Oder Frauen, die schon etliche Kinder hatten und von Sozialhilfe lebten. Wenn es einem Arzt aus der Vereinigung gelungen war, eine Frau ins Sprechzimmer und auf den Behandlungsstuhl zu locken, verließ sie die Praxis oft mit verklebten Eileitern – und auf jeden Fall ohne Embryo in der Gebärmutter, falls sie schwanger gewesen war.«

»Das müssen Sie mir noch einmal erklären. Sie sagen, man habe sehr radikale und, wie ich Ihren Worten entnehme, auch ungesetzliche Eingriffe am Unterleib mancher Frauen vorgenommen? Obendrein noch ohne deren Wissen?«

Mie Nørvig nahm den Teelöffel und rührte in der Tasse – was an sich unnötig war, denn der Kaffee war kalt und schwarz. So sah also ihre Antwort aus. Die Schlussfolgerungen für ihr weiteres Vorgehen mussten sie nun selbst ziehen.

»Gibt es denn irgendwelche Dokumente über diese Vereinigung, diesen Geheimen Kampf? Adressverzeichnisse, Patientinnenkarteien, Prozessakten?«

»Nein, nicht direkt. Aber ich habe Philips Akten und die Zeitungsausschnitte, die er gesammelt hat, in seinem alten Büro im Souterrain aufbewahrt.«

»Also, ehrlich gesagt, Mie, glaubst du, dass das eine gute Idee ist? Wem soll es nützen, diese alten Geschichten wieder aufzuwärmen?«, fragte ihr Lebensgefährte.

Darauf gab Mie Nørvig keine Antwort.

Stattdessen meldete sich Assad zu Wort, indem er mit gequältem Gesichtsausdruck seinen Arm hob. »Bitte entschuldigen Sie. Gibt es wohl eine Toilette, die ich benutzen könnte?«

Carl schreckte normalerweise augenblicklich vor Stapeln mit alten Unterlagen zurück, dafür hatte er seine Leute. Aber wenn der eine auf dem Lokus hockte und die andere im Hinterland das Büro bewachte, musste er eben doch selbst ran.

»Wo sollen wir denn suchen?«, fragte er unten im Souterrain Mie Nørvig, die dastand und sich umschaute, als wäre sie eine Fremde.

Er seufzte, als sie zwei Aktenschränke mit reihenweise Hängeordnern öffnete, aus denen die Papiere nur so herausquollen. Das Ganze war völlig unüberschaubar, und Carl hätte am liebsten einen Rückzieher gemacht.

Sie zuckte die Achseln. »Ich habe seit Ewigkeiten nicht mehr in diese Schränke geschaut. Seit Philip verschwunden ist, komme ich wirklich höchst ungern hier herunter. Natürlich habe ich daran gedacht, den ganzen Mist rauszuwerfen. Aber das sind ja vertrauliche Dokumente, die kann man nicht einfach so wegschmeißen. Ach, das ist so mühsam. Am liebsten schließe ich deshalb einfach die Tür und verdränge das alles. Im Haus ist ja Platz genug.« Sie hielt inne und sah sich wieder um.

»Ja, das ist wirklich eine ganze Menge«, nahm Herbert einen neuen Anlauf. »Vielleicht sollten Mie und ich das erst mal in aller Ruhe durchsehen. Wenn wir dann etwas finden, was für Sie interessant sein könnte, schicken wir es Ihnen zu. Sie müssten uns nur sagen, wonach wir suchen sollen.«

»Ach, jetzt weiß ich«, rief Mie Nørvig, ohne auf den Vorschlag ihres Lebensgefährten einzugehen, und deutete auf einen großen Rolladenschrank aus hellem Holz. Der untere Teil war von einer Jalousie verdeckt, im oberen Teil standen Kästen mit vorgedruckten Umschlägen, Visitenkarten und Formularen. Sie drehte den Schlüssel um. Wie das Fallbeil einer Guillotine fiel die Jalousie metallisch scheppernd herunter und gab den Blick auf weitere Unterlagen frei.

»Das da«, sagte sie und deutete auf ein blaues Einklebebuch mit Spiralbindung. »Das hat Philips erste Frau geführt. Deshalb sind auch nach 1973, als

Philip und Sara Julie sich scheiden ließen, die Zeitungsausschnitte nicht mehr eingeklebt. Die liegen nur noch lose drin.«

»Aber Sie haben da reingeschaut, das verstehe ich doch richtig?«

»Natürlich. Später habe ich ja die Artikel reingelegt, die Philip mich ausschneiden ließ.«

»Und was wollen Sie mir zeigen?« Carl registrierte, dass Assad ins Zimmer kam. Blass sah er eigentlich nicht aus, sofern man das bei einem Menschen mit seiner Hautfarbe zweifelsfrei sagen konnte. Vielleicht hatte der Toilettenbesuch ja geholfen.

»Alles in Ordnung, Assad?«

»Nur ein kleiner Rückfall, Carl.« Er drückte sich vorsichtig auf den Bauch und deutete an, dass auch weiterhin mit unkontrollierten peristaltischen Bewegungen zu rechnen war.

»Hier«, sagte Mie Nørvig. »Der Artikel ist von 1980, und da ist der Mann, den ich erwähnt habe.« Sie deutete auf einen Zeitungsausschnitt. »Curt Wad. Ich konnte ihn nicht ausstehen. Wenn er hier war oder wenn Philip mit ihm telefonierte, war Philip anschließend immer ganz verändert. Dann konnte er richtig kompromisslos sein. Nein, das Wort ist falsch: Dann war er hart wie Stein, ohne jedes Gefühl. Dann sprach er immer eiskalt mit mir und unserer Tochter, ohne ersichtlichen Grund. Als habe sich seine Persönlichkeit verändert, denn normalerweise war er eigentlich ein ganz Lieber. Aber in solchen Momenten stritten wir uns.«

Carl warf einen Blick auf den Artikel. »Klare Grenzen etabliert Regionalgruppe in Korsør«, lautete die Überschrift und darunter war ein Pressefoto. Es zeigte Philip Nørvig im Tweedjackett, der Mann neben ihm trug einen eleganten dunklen Anzug und Krawatte.

»Philip Nørvig und Curt Wad leiteten das Treffen mit großer Autorität«, so die Bildunterschrift.

»Das ist ja verrückt!«, rief Carl und sah die Gastgeber entschuldigend an. »Das ist doch der, von dem man derzeit so viel hört. Ja, jetzt entsinne ich mich auch des Namens Klare Grenzen!«

Das hier war die jüngere Ausgabe von Curt Wad. Ein hochgewachsener, schicker Mann im besten Alter mit schwarzen Koteletten. Und neben ihm ein dünner Mann mit messerscharfen Bügelfalten und einem Lächeln, das wie aufgesetzt und selten benutzt wirkte.

»Ja, das ist er. Curt Wad.« Sie nickte.

»Versucht er nicht im Moment, die Partei Klare Grenzen ins Parlament zu bringen?«

Wieder nickte sie. »Ja. Das versucht er nicht zum ersten Mal. Aber es sieht ganz so aus, als könnte es dieses Mal gelingen, und das wäre schrecklich, denn er ist skrupellos und einflussreich, und seine Ideen sind absolut krank. Die gehören im Keim erstickt und nicht noch weiter verbreitet.«

»Darüber weißt du doch nichts, Mie«, unterbrach Herbert sie.

Na, der ist aber beharrlich, dachte Carl.

»Natürlich weiß ich etwas darüber«, ereiferte sich Mie Nørvig. »Und du auch! Du hast das genauso wie ich in der Presse verfolgt. Denk nur daran, was dieser Louis Petterson geschrieben hat, wir haben darüber diskutiert. Curt Wad und andere Frauenärzte aus seinem Netzwerk hätten über Jahre Sterilisierungen und Abtreibungen vorgenommen, die als notwendige Ausschabungen dargestellt worden wären. Eingriffe, von denen nicht einmal die betroffenen Frauen gewusst hätten.«

Nun protestierte Herbert noch heftiger. »Meine Frau … also Mie … hat die Zwangsvorstellung, dass Wad an Philips Verschwinden schuld ist. Der Kummer, wissen Sie, kann zu …«

Stirnrunzelnd beobachtete Carl Sønderskovs Mimik, als Mie Nørvig in keiner Weise auf ihn einging. Als hätten sich seine Argumente seit Langem abgenutzt.

»Zwei Jahre, nachdem dieses Pressefoto aufgenommen wurde und Philip Tausende von Stunden für Klare Grenzen aufgewendet hatte, schmissen sie ihn raus. Der da …«, sie deutete auf Curt Wad, »… kam höchstpersönlich hierher und warf Philip ohne Vorankündigung raus. Sie behaupteten, er habe Geld unterschlagen, aber das stimmt nicht. Und es stimmt auch nicht, dass Philip in seiner Kanzlei Mandanten betrogen hat. Nicht im Traum hätte er das getan. Er hatte nur einfach keine Beziehung zu Zahlen.«

»Ich finde, dass du nicht so ohne Weiteres eine Verbindung zwischen Philips Verschwinden, Curt Wad und dieser Sache ziehen darfst«, sagte Herbert, inzwischen wieder sehr beherrscht. »Bedenke, dass der Mann noch lebt.«

»Ich habe keine Angst mehr vor Curt Wad, darüber haben wir oft genug gesprochen!« Ihr gepudertes Gesicht war vor Aufregung gerötet. Carl beobachtete interessiert die heftige Reaktion. »Halt du dich da bitte raus, Herbert. Lass mich ausreden, ja?«

Daraufhin zog sich Herbert Sønderskov in eine Ecke des Raumes zurück, aber es war leicht zu erkennen, dass anschließend hinter verschlossenen Türen weiter über die Geschichte diskutiert werden würde.

»Sind Sie vielleicht ebenfalls Mitglied von Klare Grenzen, Herbert?«, fragte Assad aus seiner Ecke.

In der Kieferpartie des Mannes gab es einen Ruck, aber er hielt sich zurück und schwieg. Carl warf Assad einen fragenden Blick zu, woraufhin der mit dem Kopf zu einer Urkunde deutete, die eingerahmt an der Wand hing. Carl trat einen Schritt näher. »Ehrenurkunde«, war dort zu lesen. »Zugeeignet Philip Nørvig und Herbert Sønderskov, Anwaltskanzlei Nørvig & Sønderskov, den Förderern der Studienstiftung Korsør 1972.«

Assad kniff die Augen zusammen und sah diskret hinüber zu Mie Nørvigs Lebenspartner.

Carl nickte ebenso diskret zurück. Das hatte Assad gut beobachtet.

»Sie sind ebenfalls Anwalt?«, stellte Carl fest.

»Oh nein, nicht mehr«, antwortete Herbert Sønderskov. »Aber ich war es. 2001 habe ich mich zur Ruhe gesetzt. Bis dahin war ich am Landgericht tätig.«

»Und Sie waren seinerzeit der Kompagnon von Philip Nørvig, nicht wahr?«

»Oh ja, wir haben glänzend zusammengearbeitet, bis wir 1983 beschlossen, getrennte Wege zu gehen.« Herbert Sønderskov sprach plötzlich mit tieferer Stimme.

»Das war nach der Anklage, die gegen Philip Nørvig erhoben worden war, und nach seinem Bruch mit Curt Wad, ist das richtig?«, fuhr Carl fort.

Herbert Sønderskov runzelte die Stirn. Der etwas gebeugte Pensionär hatte jahrelange Erfahrung darin, Anklagen gegen seine Klienten von deren Schultern zu nehmen, und diese Erfahrung wandte er jetzt in eigener Sache an.

»Selbstverständlich war das, worauf sich Philip eingelassen hatte, nichts, woraus ich mir etwas machte. Aber der Bruch mit ihm hatte weniger ideologischen als praktischen Charakter.«

»Ja, äußerst praktisch. Sie bekamen seine Klienten und seine Frau«, warf Assad trocken ein. Vielleicht ein wenig gewagt? »Waren Sie eigentlich gut befreundet, damals, als er verschwand? Und wo waren Sie zu dem Zeitpunkt?«

»Ach, wollen wir uns jetzt in diese Richtung umorientieren?« Herbert Sønderskov wandte sich Carl zu. »Mir scheint, Sie sollten Ihrem Helfer erzählen, dass ich im Laufe der Jahre Kontakt zu vielen Mitarbeitern der Polizei hatte und fast täglich mit derartigen kleinen Anzüglichkeiten und Provokationen konfrontiert war. Ich bin hier nicht angeklagt und war es auch nie, ist das klar? Und außerdem war ich damals auf Grönland. Dort habe ich ein halbes Jahr lang praktiziert. Ich bin erst nach Hause zurückgekehrt, als Philip bereits verschwunden war. Einen Monat später war das, glaube ich, und das kann ich natürlich beweisen.«

Erst an dieser Stelle wandte er sich Assad zu, als wollte er sehen, ob sein Gegenangriff eine angemessen schuldbewusste Miene auf dessen Gesicht gezaubert hatte. Aber da suchte er vergeblich.

»Ah ja. Und in der Zwischenzeit war dann auch Philip Nørvigs Frau frei geworden?« Assad ließ nicht locker.

Erstaunlicherweise kommentierte Mie Nørvig Assads Unhöflichkeit nicht. War sie womöglich auch schon auf diese Idee gekommen?

»Nein, also das geht nun doch zu weit.« Herbert Sønderskov sah auf einmal viel älter aus, aber die frühere Bissigkeit lauerte trotzdem noch hinter der Fassade. »Wir öffnen Ihnen unser Heim, empfangen Sie freundlich und dann muss man sich so etwas anhören. Wenn es so ist, dass die Polizei heutzutage tatsächlich mit solchen Methoden arbeitet, sollte ich wohl doch fünf Minuten opfern und die Telefonnummer der Polizeipräsidentin heraussuchen. Wie war noch mal Ihr Name? Assad? Und wie war der Nachname?«

Ich muss die Lage entschärfen, dachte Carl. Noch mehr Ärger konnte er im Moment nicht gebrauchen.

»Entschuldigen Sie, Herr Sønderskov, mein Assistent ist zu weit gegangen. Wir haben ihn von einem anderen Dezernat ausgeliehen, wo die Kollegen es mit einer weniger ausgesuchten Klientel zu tun haben und wo entsprechend ein etwas rauerer Ton herrscht.« Hier drehte er sich zu Assad um. »Sei so nett und warte am Wagen, Assad, ja? Ich komme gleich nach.«

Assad zuckte die Achseln. »Okay, Boss. Aber denk daran, nachzuschauen, ob in einer dieser vielen Schubladen etwas über Rita Nielsen zu finden ist.« Er deutete auf die Rolladenschränke. »Auf dem dort steht jedenfalls L bis N.« Dann machte er kehrt und stolperte aus dem Raum, als hätte er zwanzig Stunden auf einem Pferd gesessen oder wäre auf der Toilette doch noch nicht ganz fertig geworden.

»Ja«, sagte Carl und wandte sich an Mie Nørvig. »Das stimmt. Ich hätte sehr gern die Erlaubnis, nachzusehen, ob in diesen Schränken etwas über die Frau zu finden ist, die am selben Tag verschwand wie Ihr Mann. Ihr Name war Rita Nielsen. Darf ich?«

Ohne die Antwort abzuwarten, zog er die Schublade auf, an der L bis N stand, und blickte auf eine Unmenge von Mappen. Verflixt viele Nielsens.

Im selben Augenblick kam Herbert Sønderskov von hinten und schob die Schublade wieder zu.

»Ich fürchte, hier muss ich Halt sagen. Das ist vertrauliches Material, Sie kennen doch die anwaltliche Schweigepflicht? Bitte seien Sie so nett und gehen Sie.«

»Dann muss ich einen Durchsuchungsbefehl anfordern«, erwiderte Carl und holte sein Handy aus der Tasche.

»Ja, tun Sie das. Aber zuerst gehen Sie.«

»Ich glaube, das wäre keine gute Idee. Wenn es dort drinnen tatsächlich eine Akte zu Rita Nielsen gibt, ist die vielleicht in einer Stunde nicht mehr da, wer weiß? Solchen Akten wachsen manchmal urplötzlich Beine.«

»Wenn ich will, dass Sie jetzt gehen, dann gehen Sie. Habe ich mich klar ausgedrückt?« Frostiger konnte eine Stimme nicht klingen. »Möglich, dass Sie einen Durchsuchungsbefehl bekommen – aber immer mit der Ruhe. Ich kenne das Gesetz.«

»Unsinn, Herbert.« Jetzt demonstrierte seine Lebensgefährtin, wer letztlich die Hosen anhatte und wer den Partner gegebenenfalls eine Woche ohne Essen vor dem Fernseher schmoren lassen konnte. Wieder ein schöner Beweis dafür, dass eheliches Zusammenleben die Form der menschlichen Interaktion ist, die die meisten Möglichkeiten für Sanktionen bietet, dachte Carl.

Mie Nørvig zog die Schublade wieder heraus und bewies mit der verbliebenen Fingerfertigkeit die einstige Professionalität im Aktensichten.

»Hier«, sagte sie und zog eine Aktenmappe heraus. »Näher an Rita Nielsen kommen wir nicht.« Sie zeigte ihm die Mappe. *Sigrid Nielsen* stand dort.

»Gut. Und danke, dann wissen wir Bescheid.« Carl nickte Herbert zu, der ihn wütend anstarrte. »Frau Nørvig, wenn Sie bitte auch so nett wären und nachsehen würden, ob es eine Akte zu einer Frau namens Gitte Charles und eine zu einem Mann namens Viggo Mogensen gibt? Danach werde ich Sie auch in Ruhe lassen.«

Zwei Minuten später stand er vor der Tür. In den Aktenschränken fand sich weder eine Gitte Charles noch ein Viggo Mogensen.

»Dieser Sønderskov hat wohl keine sehr warmen Gefühle für dich entwickelt, Assad«, sagte Carl, als sie Richtung Kopenhagen fuhren.

»Nein. Aber wenn einer wie der hysterisch wird, dann benimmt er sich wie ein hungriges Dromedar, das Disteln frisst. Er kaut und kaut auf dem Mist herum, traut sich aber nicht, zuzubeißen. Du hast doch gesehen, wie er sich gewunden hat, oder? Der war ja wohl mehr als suspekt.«

Carl blickte zu seinem Kollegen hinüber. Der grinste bis über beide Ohren, das sah man noch im Profil.

»Sag mal, Assad, warst du überhaupt auf der Toilette?«

Er lachte. »Nein, ich hab mich im Wohnzimmer umgesehen und dann fand ich noch den hier. Schau mal, der ist voller Fotos.« Er hob die Bauchgegend

Richtung Wagendecke, steckte die Hand unter den Gürtel und zog einen Umschlag hervor.

»Hier! Den hab ich in Mie Nørvigs Schlafzimmerschrank entdeckt. Er lag in einem von diesen Pappkartons, in denen immer interessante Sachen aufbewahrt werden. Ich hab mir gleich den ganzen Umschlag geschnappt, weil das weniger verdächtig ist, als wenn ich einzelne Fotos herausgenommen hätte«, sagte er und öffnete den Umschlag.

Seltsame Logik, aber immerhin.

Carl fuhr an den Straßenrand.

Das erste Foto zeigte die typische Aufstellung von Menschen, die einen glücklichen Anlass feiern. Die Sektgläser erhoben, lächelten sie den Fotografen an.

Assad tippte mit dem Finger auf die Bildmitte. »Da steht Philip Nørvig mit einer anderen Frau. Wahrscheinlich seiner ersten Frau. Und schau mal da.« Sein Zeigefinger rutschte ein Stück seitwärts. »Hier stehen Herbert Sønderskov und Mie nebeneinander, noch nicht ganz so alt wie jetzt. Da sieht er doch aus, als wäre er schon damals ziemlich scharf auf sie gewesen, findest du nicht?«

Carl nickte. Sønderskov hatte seinen Arm jedenfalls um Mies Schultern gelegt.

»Schau auf die Rückseite, Carl.«

Er drehte das Foto um. *4. Juli 1973. Nørvig & Sønderskov, 5 Jahre* stand dort.

»Und dann sieh dir das andere Foto an.«

Matte Farben und unverkennbar nicht von einem professionellen Fotografen aufgenommen. Das war Mie und Philip Nørvigs Hochzeitsfoto vor dem Rathaus von Korsør. Sie mit deutlichem Bauch, er mit triumphierendem Lächeln, dazu ein paar Schritte weiter oben auf der Treppe Herbert Sønderskov mit verbissener Miene. Ein hübscher Kontrast.

»Verstehst du nun, was ich meine, Carl?«

Der nickte. »Philip Nørvig vögelte Herbert Sønderskovs kleine Freundin und machte ihr ein Kind. Die Sekretärin vögelte also alle beide, aber den Pokal gewonnen hat Nørvig.«

»Ja. Wir müssen überprüfen, ob Sønderskov tatsächlich in der Zeit, als Nørvig verschwand, in Grönland war.«

»Klar, aber ich glaube, das war er tatsächlich, Assad. Im Augenblick interessiert mich mehr, warum er diesen Curt Wad so verbissen verteidigt hat, den Mie offenbar hasst wie die Pest. Und ehrlich gesagt klingt Curt Wad auch wirklich nicht wie 'n Netter, oder? Jedenfalls sollten wir Mies weiblicher Intuition bezüglich des Verschwindens ihres Mannes nachgehen, meine ich. Darauf werden wir Rose ansetzen. Also, falls sie Lust hat, mitzumachen.«

Auf der Höhe des McDonald's-Schildes, das in Karlstrup an der Autobahn lockte, rief Rose zurück.

»Das meinst du nicht im Ernst, dass ich dir in Nullkommanichts das Tun und Lassen dieses Curt Wad darlege, oder? Hey, der Typ ist eine Million Jahre alt. Und dass der sich unterwegs nicht gerade gelangweilt hat, das kannst du mir glauben.«

Ihre Stimme hatte sich in eine Höhenlage geschraubt, wo es besser war, sie zu unterbrechen und etwas zu besänftigen.

»Nein, nein, Rose. Ich brauche das nur in groben Zügen. Auf die Einzelheiten gehen wir später ein, falls das überhaupt nötig sein sollte. Es reicht, wenn du mir ein paar Quellen nennst, die sein Leben gewissermaßen zusammenfassen. Ein paar Zeitungsartikel oder so. Curt Wad im Verhältnis zur Presse und zu den Gesetzen, seine Arbeit. Soweit ich mitbekommen habe, hat er etliches an Kritik einstecken müssen.«

»Wenn du Kritik an Curt Wad haben willst, solltest du mit einem Journalisten namens Louis Petterson sprechen. Der ist das ganze Material mit dem Kamm durchgegangen.«

»Stimmt, den Namen hab ich heute schon mal gehört. Hat er kürzlich was geschrieben?«

»Na ja, nein. Das meiste erschien vor fünf, sechs Jahren, dann hat er aufgehört.«

»Also war an der Geschichte vielleicht doch nichts dran?«

»Doch, das glaub ich schon. Es gab jedenfalls reichlich Journalisten, die Curt Wads Treiben unter die Lupe genommen haben. Aber dieser Louis Petterson, der hatte so ein paar richtig fette Schlagzeilen.«

»Okay. Und wo wohnt Petterson?«

»In Holbæk, warum?«

»Gib mir mal seine Nummer, sei so nett.«

»Hallihallo, was war das denn? Was hast du da eben gesagt?«

Carl überlegte kurz, einen Witz zu machen, ließ es dann aber sein. Ihm fiel so schnell auch keiner ein. »Sei so nett, hab ich gesagt.«

»Halleluja!«, rief sie und gab ihm die Nummer. »Aber wenn du vorhast, mit ihm zu reden, dann solltest du es im Vivaldi, Ahlgade 42, versuchen. Denn laut Auskunft seiner Frau ist er dort.«

»Woher weißt du das? Hast du schon bei ihm zu Hause angerufen?«

»Natürlich! Was glaubst du eigentlich, mit wem du redest?« Damit knallte sie den Hörer auf.

»Mist«, sagte Carl und deutete auf das Navi. »Assad, gib da mal Ahlgade 42 in Holbæk ein, wir müssen in die Kneipe«, sagte er und sah bereits Monas Gesicht vor sich, wenn er sie anrief, um ihr mitzuteilen, dass er den Termin mit ihrem Kris womöglich absagen müsse.

Er hatte sich eine kleine Kneipe vorgestellt, so eine, in die nie Tageslicht fällt und für die abgehalfterte Journalisten aus unerforschlichen Gründen eine Vorliebe haben. Aber so war das Vivaldi nicht, im Gegenteil.

»Hast du nicht Kneipe gesagt?«, fragte Assad, als sie auf das schönste Haus der Hauptstraße zusteuerten, mit Türmchen und allem Drum und Dran.

Das Lokal war rappelvoll, und erst als Carl sich unter den vielen Menschen umsah, fiel ihm ein, dass er gar nicht wusste, wie der Mann aussah.

»Ruf mal Rose an und lass dir eine Beschreibung von Petterson geben.« Er ließ seinen Blick schweifen. Geschmackvoll eingerichtet, gute Beleuchtung, Stuck an der Decke, tolle Stühle und Bänke und jede Menge schnieker Details.

Ich wette, das ist der da, dachte er und hatte einen Mann im Auge, der zwischen lauter nicht mehr ganz jungen Typen in der Mitte des Ladens etwas erhöht saß. Der typische, etwas blasierte Gesichtsausdruck, leicht verlebte Züge und Augen, die ruhelos umherwanderten.

Carl sah zu Assad hinüber, der mit dem Handy am Ohr dastand und nickte.

»Na, Assad, wer isses? Der da?« Er deutete auf seinen Kandidaten.

»Nein.« Assad scannte blitzschnell die Klientel, Grüppchen von Salat konsumierenden jungen Frauen, verliebte Paare, die über die Cappuccinotassen hinweg ihre Finger ineinander verflochten, und Einzelpersonen mit vollem Bierglas und Zeitung vor der Nase.

»Ich glaube, der da ist es.« Assad deutete auf einen rotblonden jungen Mann, der am Fenster ganz in der Ecke auf einer roten Bank saß und mit einem gleichaltrigen Mann Backgammon spielte.

Auf den wär ich in hundert Jahren nicht gekommen, dachte Carl.

Sie stellten sich direkt neben den Tisch der beiden Männer, die ungerührt weiter ihre Spielsteine übers Spielbrett schoben. Schließlich räusperte sich Carl vernehmlich und sagte: »Louis Petterson, dürfen wir uns einen Moment mit Ihnen unterhalten?«

Petterson sah zu ihnen auf und innerhalb von Sekundenbruchteilen schaffte er den Sprung vom Zustand tiefster Konzentration zu adrenalinbefeuerter Neugier. Blitzschnell erfasste er die Verschiedenheit der beiden Männer und ordnete sie als Polizeibeamte ein. Danach senkte er den Blick wieder aufs Spielbrett, und nach einigen weiteren schnellen Zügen fragte er seinen Partner, ob sie eine kleine Pause einlegen könnten.

»Ich glaub nämlich nicht, dass die zum Vergnügen hier stehen, Mogens.«

Erstaunlich, wie gelassen der Mann ist, dachte Carl. Der Freund nickte und verschwand im Gewimmel auf der anderen Seite des erhöhten Bereichs.

»Ich beschäftige mich nicht mehr mit Polizeisachen«, sagte der Journalist und drehte ruhig sein Weißweinglas zwischen den Fingern.

»Aha. Nun, wir sind zu Ihnen gekommen, weil Sie viel über Curt Wad geschrieben haben«, erklärte Carl.

Petterson lächelte. »Ach so, ihr seid vom Nachrichtendienst der Polizei. Das ist aber eine Ewigkeit her, seit ihr mich im Visier hattet.«

»Nein, wir kommen vom Dezernat für Gewaltdelikte in Kopenhagen.«

Mit nur einer einzigen Falte veränderte sich der Gesichtsausdruck des Mannes von sanft überlegen zu absolut hellwach. Ohne jahrelange Erfahrung hätte man das gar nicht registriert, aber Carl wusste Bescheid. Kein Journalist, der rund um die Uhr Geschichten nachhechelte, hätte so reagiert. So einer hätte sich im Gegenteil gefreut. Hinter Worten wie Mord und Gewaltverbrechen steckte meist die Aussicht auf gute Zeilenhonorare in einer großen Tageszeitung. Aber diese Aussicht schien bei Petterson zurzeit nicht gegeben zu sein, und das sagte alles.

»Wir sind also gekommen, um mehr über Curt Wad zu erfahren, über den Sie so viel geschrieben haben. Opfern Sie uns zehn Minuten?«

»Ja, gern. Aber ich habe seit fünf Jahren nicht mehr über ihn geschrieben. Mir ist die Puste ausgegangen.«

Na, Freundchen, ob das stimmt?, dachte Carl. Warum drehst du dann dein Weinglas nun schon zum dreißigsten Mal zwischen den Fingern?

»Ich hab mich über Sie informiert, Louis«, log Carl. »Von der Stütze leben Sie nicht. Wovon dann?«

»Ich bin bei einer Organisation angestellt«, sagte er und versuchte auszuloten, wie viel Carl tatsächlich wusste.

Deshalb nickte Carl. »Ja, das wissen wir. Und was ist das für eine Organisation, mögen Sie uns nicht mehr darüber erzählen?«

»Tja. Sie könnten mir zum Beispiel zuerst erzählen, in was für einem Mordfall Sie ermitteln.«

»Habe ich gesagt, dass wir in einem Mordfall ermitteln? Nein, bestimmt nicht, oder, Assad?«

Assad schüttelte den Kopf.

»Ganz ruhig«, sagte Assad. »Wir haben keinen konkreten Verdacht gegen Sie.«

Das stimmte zwar, hatte auf den Mann aber trotzdem eine gewisse Wirkung.

»Wen verdächtigen Sie denn dann für was? Kann ich im Übrigen Ihre Dienstmarke sehen?«

Carl zog seine Marke so weit nach oben, dass alle, die in der Nähe saßen, ihre Freude daran haben konnten.

»Wollen Sie meine auch sehen?«, fragte Assad frech.

Das wollte Louis Petterson Gott sei Dank nicht, wie seinem Kopfschütteln zu entnehmen war. Vielleicht wurde es wirklich langsam Zeit, Assad irgendeine Form von Legitimation zu verschaffen. Irgendetwas. Eine Visitenkarte mit ein paar Polizeisymbolen würde doch reichen.

»Wir ermitteln in vier Vermisstenfällen gleichzeitig«, erklärte Carl. »Sagt Ihnen der Name Gitte Charles etwas? Sie war Schwesternhelferin und wohnte auf Samsø.«

Petterson schüttelte den Kopf.

»Rita Nielsen? Viggo Mogensen?«

»Nein.« Erneutes Kopfschütteln. »Wann sollen diese Menschen denn verschwunden sein?«

»Anfang September 1987.«

Jetzt lächelte er. »Da war ich zwölf.«

»Na, dann sind Sie ja über jeden Verdacht erhaben«, sagte Assad grinsend.

»Was ist mit Philip Nørvig, sagt Ihnen der Name etwas?«

Da legte Petterson den Kopf in den Nacken und tat so, als denke er gründlich nach. Aber Carl konnte er mit diesem Manöver nicht zum Narren halten. Petterson wusste, wer Philip Nørvig war, das leuchtete aus allen seinen Knopflöchern.

»Zu Ihrer Orientierung: Nørvig war Anwalt in Korsør, wohnhaft in Halsskov, früher aktives Mitglied bei Klare Grenzen – in der Zeit, als das noch keine Partei, sondern nur eine politische Bewegung war. 1982 wurde er dort rausgeworfen, aber da waren Sie erst sieben, das war also auch nicht Ihre Schuld«, fuhr Carl lächelnd fort.

»Nein, der Name sagt mir im Moment nicht wirklich etwas. Sollte er?«

»Na ja, immerhin haben Sie rauf und runter Artikel über Klare Grenzen geschrieben, oder? Da ist Ihnen der Name vielleicht mal begegnet?«

»Doch, ja, vielleicht. Ich bin mir nicht sicher.«

Und warum bist du das nicht, Freundchen?, dachte Carl. »Na, das lässt sich leicht im Zeitungsarchiv überprüfen. Archivarbeit, darin sind wir gut, wie Sie sicher wissen.«

Petterson sah jetzt nicht mehr ganz so rotblond aus.

»Was haben Sie denn über den Geheimen Kampf geschrieben?«, fragte Assad. Carl wand sich innerlich. So schnell hätte die Frage nicht kommen sollen.

Der Journalist schüttelte den Kopf. Nichts, sollte das wohl bedeuten.

»Sie sind sich darüber im Klaren, dass wir das überprüfen, nicht wahr, Herr Petterson? Und dann will ich Ihnen gleich noch eins sagen: Mit Ihrer Körpersprache haben Sie signalisiert, dass Sie bedeutend mehr wissen, als Sie erzählen mögen. Was das ist, weiß ich nicht, das können ganz harmlose Sachen sein. Aber die sollten Sie gleich auf der Stelle abladen. Arbeiten Sie für Curt Wad?«

»Louis, alles in Ordnung?«, fragte sein Partner Mogens, der näher gekommen war.

»Ja, ja, alles okay. Die zwei hier sind nur auf dem völlig falschen Dampfer.« Dann wandte er sich wieder Carl zu und sagte ganz ruhig: »Nein, ich habe nichts mit dem Mann zu tun. Ich arbeite für eine Organisation, die Benefice heißt. Sie ist unabhängig und finanziert sich hauptsächlich aus Spendengeldern. Meine Aufgabe besteht darin, Informationen über die Fehler der Dänemarkpartei und der Regierungsparteien in den letzten zehn Jahren zu sammeln, und das reicht.«

»Ja, da haben Sie sicher mehr als genug zu tun. Vielen Dank auch, Louis Petterson, das war nett. Dann brauchen wir nicht weiter nachzubohren. Und für wen sammeln Sie diese Informationen, wenn ich fragen darf?«

»Für alle, die darum bitten, sie einsehen zu dürfen.« Er richtete sich auf. »Es tut mir leid, dass ich Ihnen nicht weiterhelfen kann. Wenn Sie mehr über Curt Wad wissen wollen, können Sie einiges von mir nachlesen, meine Artikel scheinen Ihnen ja vorzuliegen. Ich beschäftige mich inzwischen mit anderen Themen. Wenn Sie also keine weiteren konkreten Fragen zu diesen Vermisstenfällen haben, möchte ich doch jetzt feststellen, dass ich heute meinen freien Tag habe.«

»Das war eine überraschende Entwicklung«, sagte Carl fünf Minuten später auf der Straße. »Dabei wollte ich mich doch bloß kurz und knapp über diesen Curt Wad briefen lassen. Was zum Teufel macht der Kerl?«

»Also, im Moment tätigt er gerade jede Menge Anrufe. Dreh dich nicht um. Er beobachtet uns durchs Fenster. Sollten wir nicht Lis bitten, für uns herauszufinden, wen er da anruft?«

22

September 1987

NETE WACHTE mit pochenden Kopfschmerzen auf. Ob die Experimente am Vortag mit den stinkenden Flüssigkeiten die Ursache waren oder das Wissen, dass sie am Ende des Tages, dieses entscheidenden Tages ihres Lebens, sechs Menschen umgebracht haben würde, sie wusste es nicht.

Hingegen wusste sie, dass alle Vorbereitungen für die Katz sein würden, wenn sie nicht sofort ihre Migränetabletten schluckte. Vielleicht würden zwei Tabletten reichen, aber sie nahm vorsichtshalber drei. Dann wartete sie eine gute Stunde, schaute zwischendurch immer wieder auf die Uhr und spürte, wie die Kapillaren im Gehirn nach und nach zur Ruhe kamen und ihre Netzhaut das einfallende Licht nicht mehr wie Stromstöße empfand.

Sie stellte die Teetassen auf der Mahagonianrichte in ihrem Wohnzimmer bereit, legte die silbernen Teelöffel in einer Reihe nebeneinander und platzierte die Karaffe mit dem Bilsenkrautextrakt so, dass sie, wenn es so weit war, unbemerkt die notwendige Menge in die Tassen gießen konnte.

Zum zehnten Mal ging sie den Ablauf der Schlacht durch, dann setzte sie sich hin und wartete, das Ticken der englischen Standuhr im Ohr.

Morgen Nachmittag würde das Flugzeug nach Mallorca abheben, die üppige Vegetation Valldemossas würde sich beruhigend auf ihr Gemüt legen und die Dämonen der Vergangenheit würden sich endlich verziehen.

Aber vorher musste sie die Grabkammer füllen.

Die Pflegefamilie, die man ihrem Vater nach ihrem Spontanabort vermittelt hatte, empfing Nete wie eine Ausgestoßene, und diese Haltung ihr gegenüber sollte sich auch nie ändern.

Die tägliche Arbeit war anstrengend. Die Kammer der Mädchen lag abseits und ganz für sich, der Kontakt zur Familie beschränkte sich auf die Mahlzeiten, die in tiefstem Schweigen eingenommen wurden. Und öffnete Nete doch einmal den Mund, um etwas zu sagen, wurde ihr sofort bedeutet, still zu sein. Dabei gab sie sich solche Mühe, ordentlich zu sprechen. Nicht einmal die Tochter und der Sohn, beide im gleichen Alter, sahen in ihre Richtung. Sie war eine Fremde, und die Familie behandelte sie, als hätte sie uneingeschränkte Verfügungsgewalt über sie. Kaum Zuwendung und nie ein liebes Wort. Dafür hagelte es unaufhörlich Befehle und Ermahnungen.

Nur zwanzig Kilometer lag Netes Elternhaus entfernt, also keine Stunde Fahrt mit dem Fahrrad. Aber Nete hatte kein Fahrrad, und so musste sie sich damit begnügen, jeden Tag darauf zu hoffen, dass ihr Vater sein Kommen ankündigen würde. Das tat er allerdings nie.

Als sie knapp anderthalb Jahre bei der Familie war, wurde sie eines Tages in die gute Stube der Herrschaft gerufen. Dort stand ein Polizist und unterhielt sich lächelnd mit ihrem Pflegevater, aber kaum erblickte er Nete, änderte sich sein Gesichtsausdruck.

»Nete Hermansen, es tut mir leid, dir mitteilen zu müssen, dass sich dein Vater am letzten Sonntag zu Hause aufgehängt hat. Die gute Familie hier wurde deshalb von Amts wegen zu deinem gesetzlichen Vormund bestellt, du wirst hier wohnen, bis du einundzwanzig und damit volljährig bist. Ich glaube, darüber kannst du sehr froh sein. Dein Vater hinterließ im Übrigen nur Schulden.«

Mehr Worte wurden nicht verloren. Kein Bedauern, nichts zur Beerdigung. Sie nickten ihr kurz zu. Die Audienz war beendet. Netes Leben war zusammengebrochen.

Sie weinte draußen auf dem Feld, während die anderen zusammenstanden und flüsterten. Manchmal fühlte sie sich so einsam, dass es schmerzte. Manchmal sehnte sie sich so sehr nach einer Berührung, dass die Haut brannte.

Aber da ihr nie jemand auch nur über die Wange strich, lernte Nete, ohne Zärtlichkeit zu leben.

Als eines Tages Jahrmarkt in der Stadt war, fuhren die anderen Mädchen vom Hof am Wochenende mit dem Bus los, ohne ihr Bescheid zu sagen. Nete blieb nichts anderes übrig, als sich mit zwei Kronen in der Tasche an die Landstraße zu stellen und den Daumen rauszuhalten.

Der Pritschenwagen, der anhielt, hatte jede Menge Schrammen und die Sitze waren durchgesessen. Aber der Fahrer lächelte.

Der wusste also nicht, wer sie war.

Er sagte, er heiße Viggo Mogensen und komme aus Lundeborg. Hinten auf der Ladefläche hatte er geräucherten Fisch für einen Händler, der auf dem Jahrmarkt einen Stand hatte. Zwei Kisten voller Fisch, die nach Rauch und vor allem nach Meer dufteten.

Als die anderen Mädchen sie zwischen den Karussells und den Schießbuden mit einem Eis in der Hand und einem flotten jungen Mann an der Seite entdeckten, schimmerte in ihren Blicken etwas, das Nete noch nie gesehen hatte. Später deutete sie das als Ausdruck von Neid, aber in dem Moment erschrak sie nur. Und dazu hatte sie auch allen Grund.

Es war warm, wie damals in den Sommern mit Tage, und Viggo erzählte so lebendig vom Meer und dem ungebundenen Dasein, dass Nete fast meinte, das alles selbst zu erleben. Und zunehmend erfüllte sie ein Glücksgefühl, wodurch Viggo leichteres Spiel hatte.

So ließ sie zu, dass er ihr den Arm um die Schulter legte, als er sie nach Hause fuhr. So sah sie ihn voller Hoffnung an und errötete, als er in einem Wäldchen anhielt und sie an sich zog. Und so kam es ihr auch nicht gefährlich vor, als er das Kondom überstreifte und sagte, dass es auf diese Weise nur schön sei und kein bisschen riskant.

Doch das schöne Gefühl war ganz schnell verpufft, als er sich aus ihr herauszog und feststellte, dass das Kondom gerissen war. Sie fragte, ob sie nun schwanger werden könnte, und hoffte vielleicht, dass er sagen würde, das sei zwar nicht ausgeschlossen, aber er würde sie auf jeden Fall mit zu sich nach Hause nehmen.

Doch das sagte er nicht. Und so bekam er auch nicht mit, dass sie tatsächlich schwanger wurde. Die anderen Mädchen vom Hof hingegen, die kriegten das ganz schnell spitz.

Als sie sich auf dem Feld übergeben musste, tuschelten sie hinter vorgehaltener Hand und wollten sich schier ausschütten vor Lachen.

Eine halbe Stunde später stand sie vor ihrer wutentbrannten Pflegemutter, die ihr mit Höllenqualen und der Polizei drohte, falls sie nicht sofort abtrieb. Am selben Tag noch fuhr ein Taxi auf den Hof, und der Sohn wurde weggeschickt. Er sollte auf keinen Fall mit dem Schweinkram in Verbindung gebracht werden, mit dem Nete den Hof besudelt hatte. Und als sie beteuerte, es sei ein netter junger Mann aus Lundeborg gewesen, den sie auf dem Jahrmarkt kennengelernt habe, half ihr das nichts, denn die anderen Mädchen, die sie mit ihm zusammen gesehen hatten, beteuerten ihrerseits, dass er ein Filou sei, der den Frauen nur zum eigenen Vergnügen unter die Röcke krieche.

Das Ergebnis der Unterredung war ein Ultimatum. Entweder ging Nete noch am selben Tag zu ihrem alten Arzt und ließ sich den Mist wegmachen, oder sie würden die Fürsorge bitten, die Sache der Polizei und den Behörden zu übergeben.

»Du kennst das doch. Du hast ja schon mal versucht, ein Kind wegzumachen«, sagte ihre Pflegemutter ohne jedes Mitgefühl, und dann fuhr ihr Pflegevater mit ihr los und setzte sie vorm Haus des Arztes ab. Sie könne nachher, wenn sie fertig sei, mit dem Bus zurückkommen, er habe nicht den ganzen Tag Zeit für so was. Er wünschte ihr weder alles Gute noch viel Glück, aber vielleicht sollte sein Lächeln Entschuldigung ausdrücken. Vielleicht auch Schadenfreude.

Nete fand nie heraus, was er eigentlich gedacht hatte.

Lange hatte sie in dem grün getünchten Wartezimmer gesessen, schaukelte jetzt vor und zurück auf ihrem Stuhl und presste die Knie aneinander. Von dem Geruch der Kampfertropfen und der Medizin, der in der Luft hing, war ihr übel geworden, und sie hatte Angst vor den ärztlichen Instrumenten und der Untersuchungspritsche. Doch die Zeit schlich nur so dahin, während die anderen Patientinnen eine nach der anderen hinter der Tür des Sprechzimmers verschwanden und behandelt wurden. Sie hörte die Stimme des Arztes, die tief und ruhig war – aber nicht beruhigend.

Da sie als allerletzte Patientin des Tages an die Reihe kam, nahm ein Arzt, der jünger war als derjenige, den sie erwartet hatte, ihre Hand und begrüßte sie freundlich. Wegen dieser Stimme konnte sie ihre Vorbehalte ablegen. Und als er hinzufügte, er könne sich gut an sie erinnern, und dann fragte, ob sie sich in ihrer neuen Familie wohlfühle, nickte sie nur, und schon war sie in seiner Macht.

Sie wunderte sich nicht, als er die Sprechstundenhilfe nach Hause schickte, und auch nicht, als er die Tür abschloss. Hingegen wunderte es sie schon etwas, dass der junge Arzt und nicht sein Vater vor ihr stand und sie ansah wie eine alte Bekannte. Dabei hatten sie sich doch nur dieses eine Mal getroffen, damals, als der alte Arzt in Begleitung seines Sohnes nach ihrem Abort zu ihnen nach Hause gekommen war.

»Du hast die große Ehre, meine allererste gynäkologische Patientin zu sein, Nete. Mein Vater hat mir gerade seine Praxis überlassen. Nun bin ich es, zu dem du Herr Doktor sagen darfst.«

»Ja, aber mein Pflegevater hat doch Ihren Vater angerufen, Herr Doktor. Wissen Sie, was nun geschehen soll?«

Er stand vor ihr und musterte sie auf eine Weise, die sie nicht mochte. Dann ging er hinüber zum Fenster, zog die Vorhänge zu und wandte sich mit einem Blick zu ihr um, der ihr sagte, dass hinter dem Kittel und diesen Augen etwas sehr Privates lauerte.

»Ja, das weiß ich«, sagte er schließlich, als er sich ihr gegenübersetzte und den Blick von ihrem Körper löste. »Nun ist es ja leider so, dass man in diesem Land Schwangerschaftsabbrüche nicht einfach so nach Belieben durchführen kann. Deshalb solltest du dich freuen, dass ich die gleiche barmherzige Einstellung habe wie mein Vater. Aber das weißt du wohl, oder?«, sagte er und legte ihr die Hand aufs Knie. »Du weißt sicher auch, dass wir alle beide große Schwierigkeiten bekommen, wenn über unsere Begegnung heute auch nur ein einziges Wort verloren wird.«

Sie nickte still und streckte ihm den Umschlag hin. Abgesehen von fünf

Zweikronenstücken, die sie in der Tasche hatte, lag darin alles, was sie in den beiden letzten Jahren angespart hatte, und dazu noch ein Hundertkronenschein, den ihre Pflegemutter beigesteuert hatte. Insgesamt vierhundert Kronen. Sie hoffte, dass das reichte.

»Nete, lass uns damit noch etwas warten. Zuerst musst du mal auf den Behandlungsstuhl. Du kannst deine Unterhose dort auf den Hocker legen.«

Sie tat, was er sagte, starrte dann auf die Bügel für die Beine und dachte, so hoch würde sie nicht kommen. Obwohl sie sich fürchtete, musste sie kichern. Alles war so unwirklich und so komisch.

»Hopsasa«, sagte er und hob ihre Beine in die Bügel, und dort lag sie nun mit entblößtem Unterleib und wunderte sich, warum es so lange dauerte, bis etwas geschah.

Sie hob den Kopf und sah, wie er zwischen ihre Beine starrte.

»Nun musst du ganz still liegen«, sagte er und wackelte mit dem Unterleib, als hätte er gerade seine Hose aufgeknöpft und ließe sie nun herunterrutschen.

Im nächsten Augenblick wusste sie, dass sie richtig gesehen hatte.

Zuerst spürte sie seine behaarten Schenkel an ihren. Ganz kurz kitzelte es, bevor sie den Stoß in ihren Unterleib spürte, worauf sich ihr Körper nach hinten bog und dann aufbäumte.

»Au!«, schrie sie, als er sich zurückzog, nur um noch härter zuzustoßen, immer wieder, wobei er ihre Knie festhielt, sodass sie weder die Beine anziehen noch sich winden konnte. Er sagte nichts, starrte nur mit aufgerissenen Augen zwischen ihre Beine.

Sie wollte schreien, aber ihr Hals war wie zugeschnürt. Schließlich fiel er mit seinem ganzen Gewicht auf sie, das Gesicht direkt über ihrem. Seine Augen waren matt und wie tot. Das war überhaupt nicht schön gewesen, überhaupt nicht so wie mit Tage oder Viggo. Allein schon sein Geruch verursachte ihr Übelkeit.

Es dauerte nicht lange, bis sie sah, wie sich seine halb geschlossenen Augen öffneten und er an die Decke starrte. Und dann brüllte er.

Anschließend knöpfte er sich die Hose zu und streichelte langsam ihren wunden, glitschigen Schoß.

»Jetzt bist du bereit«, sagte er. »So macht man das.«

Nete biss sich auf die Unterlippe. In dieser Sekunde setzte sich die Scham in ihr fest, um sie nie mehr zu verlassen. Sie hatte das Gefühl, dass Körper und Gedanken auf einmal getrennte Dinge waren, die sich gegeneinander ausspielen ließen. Und sie fühlte sich elend und zornig und sehr, sehr einsam.

Sie sah, wie er die Narkosemaske vorbereitete, und dachte, dass sie hier wegmüsse. Aber da stieg ihr schon der süßliche Äthergeruch in die Nase, und während sie eindöste, nahm sie sich vor, wenn sie das hier überleben würde, von ihren letzten zehn Kronen eine Bahnfahrkarte nach Odense zu kaufen. Dort würde sie sich zu dem Haus durchfragen, das »Mütterhilfe« genannt wurde. Sie hatte gehört, dass man dort solchen Mädchen wie ihr Hilfe anbot. Und dann dachte sie noch, dass Curt Wad für das, was er gerade getan hatte, würde büßen müssen.

Damit war der Grundstein für eine lebenslange Katastrophe gelegt.

Die nächsten Tage hatten eine Niederlage nach der anderen mit sich gebracht. Die Frauen bei der Mütterhilfe waren anfangs zwar sehr entgegenkommend gewesen, sie boten ihr Tee an, nahmen sie bei der Hand und schienen ihr wirklich helfen zu wollen. Aber als sie ihnen dann von der Vergewaltigung erzählte, dem anschließenden Schwangerschaftsabbruch und dem Geld, das sie bezahlt hatte, wurden ihre Gesichter auf einmal sehr ernst.

»Zunächst einmal musst du dir darüber im Klaren sein, dass du hier sehr ernste Vorwürfe vorbringst, Nete. Und dann verstehen wir auch nicht ganz, warum du zuerst einen Schwangerschaftsabbruch vornehmen lässt und dann zu uns kommst. Das Ganze macht einen verkehrten Eindruck, und wir sind gezwungen, die Geschichte an die Behörden weiterzuleiten, das musst du verstehen. Wir dürfen nur das tun, was gesetzlich ist.«

Nete überlegte, ob sie ihnen sagen sollte, dass ihre Pflegefamilie das alles veranlasst habe. Mit der Begründung, dass ein Mädchen, das ihrer Obhut anvertraut sei, mit ihrem unsittlichen Leben auf keinen Fall ein schlechtes Vorbild für die eigenen Kinder und die Mägde und Knechte des Hofs abgeben solle. Aber Nete sagte nichts davon, so loyal war sie ihrer Pflegefamilie gegenüber dann doch. Allerdings wurde ihr diese Loyalität nicht gedankt, wie sich später zeigen sollte.

Kurz darauf erschienen zwei uniformierte Polizisten im Büro und baten sie, ihnen zu folgen. Sie sollte auf der Polizeiwache eine Erklärung abgeben, aber zuerst fuhren sie mit ihr ins Krankenhaus, wo untersucht werden sollte, ob an ihren Behauptungen etwas dran sei.

Wenn das alles überstanden war, hieß es, könnte sie in der Stadt unter Aufsicht der Mütterhilfe übernachten.

Sie wurde gründlich untersucht, und tatsächlich stellte sich heraus, dass es einen früheren gynäkologischen Eingriff gegeben hatte. Männer in Kitteln steckten den Finger in sie, und Frauen mit Krankenschwesterntracht wischten sie anschließend ab.

Die entscheidende Frage wurde gestellt, und als sie ehrlich antwortete, wurden die Gesichter ernst und das Flüstern in der Ecke klang auf einmal besorgt.

Deshalb war sie auch davon überzeugt, dass die Ärzte und Krankenschwestern auf ihrer Seite waren. Und deshalb fuhr ihr der Schreck umso mehr in die Glieder, als sie in den Vernehmungsräumen der Polizeiwache einem freien und lächelnden Curt Wad begegnete. Anscheinend hatte er mit den beiden uniformierten Polizisten in gelöster Atmosphäre geredet, und anscheinend war der Mann an seiner Seite, der sich als Philip Nørvig und Anwalt vorstellte, gekommen, um ihr das Leben schwer zu machen.

Sie baten Nete, Platz zu nehmen, und nickten dann den beiden Frauen zu, die den Raum betraten. Die eine kannte sie von der Mütterhilfe, die andere stellte sich nicht vor.

»Nete Hermansen, wir haben mit Doktor Curt Wad gesprochen und bestätigt bekommen, dass eine Ausschabung deiner Gebärmutter vorgenommen wurde«, sagte diese Frau. »Uns liegen Doktor Wads Unterlagen vor.«

Daraufhin legten sie eine Mappe vor Nete auf den Tisch. Auf der Vorderseite stand ein Wort, das sie nicht lesen konnte, und darunter stand die Zahl 64, so viel begriff sie.

»Ja, das hier ist deine Krankenakte, die Doktor Wad geführt hat«, sagte der Anwalt. »Daraus geht klar hervor, dass nach heftigen und unregelmäßigen Blutungen bei dir eine Ausschabung vorgenommen wurde und dass dieser Zustand wahrscheinlich zurückzuführen ist auf einen Spontanabort, den du vor knapp zwei Jahren hattest. Darüber hinaus steht dort, dass du trotz deines jungen Alters kürzlich sexuellen Umgang mit fremden Männern zugegeben hättest, was deine Pflegeeltern bestätigen. Stimmt das?«

»Ich weiß nicht, was eine Ausschabung ist, aber ich weiß, dass der Doktor Sachen mit mir gemacht hat, die er nicht darf.« Sie presste die Lippen zusammen, um das Zittern unter Kontrolle zu bringen. Die sollten sie auf keinen Fall heulen sehen.

»Nete Hermansen, ich bin, wie du weißt, Doktor Curt Wads Anwalt, und ich muss dich doch bitten, vorsichtig zu sein mit Vorwürfen, die du nicht beweisen kannst«, sagte der Mann mit dem grauen Gesicht, der sich Philip Nørvig nannte. »Du hast gesagt, Doktor Wad habe einen Schwangerschaftsabbruch bei dir durchgeführt, und dafür konnten die Ärzte in der Klinik hier in Odense keinen Beweis sehen. Doktor Wad ist ein gewissenhafter und sehr tüchtiger Arzt, der Menschen hilft, und keiner, der Ungesetzlichkeiten begeht. Du hast eine Ausschabung bekommen, das ja. Aber das war doch zu deinem eigenen Besten, nicht wahr?«

Er wackelte mit dem Körper, als wollte er mit seinem Kopf gegen ihren stoßen, aber das konnte Nete nicht noch mehr erschrecken.

»Er hat sich oben auf mich draufgelegt, dieser geile Bock, und mich gevögelt, und ich habe geschrien, dass er aufhören soll. So war das, ehrlich, verdammt noch mal!«

Sie blickte in die Runde. Genauso gut hätte sie zu den Bäumen im Wald sprechen können.

»Ich finde, du solltest dich hüten, solche Wörter zu benutzen, Nete«, sagte die Frau von der Mütterhilfe. »Das ist nicht eben zu deinem Vorteil.«

Der Anwalt schaute sich vielsagend um. Nete hasste ihn schon jetzt aus tiefstem Herzen.

»Und dann behauptest du außerdem, dass Herr Doktor Wad sich an dir vergriffen habe«, fuhr er fort. »Hierauf hat Doktor Wad freundlich geantwortet und gesagt, die Ätherbetäubung habe bei dir außergewöhnlich stark gewirkt und in dem Zustand würde oftmals halluziniert. Weißt du, was das Wort bedeutet, Nete?«

»Nein, und es ist mir auch völlig egal. Denn das Verbotene, das hat er getan, bevor er mir die Maske aufgesetzt hat.«

An der Stelle sahen sich alle an.

»Nete Hermansen. Wollte man sich wirklich an seiner Patientin vergehen, dann würde man doch warten, bis die Patientin bewusstlos ist, nicht wahr?«, rief die Frau, die sie noch nie gesehen hatte. »Ich muss schon sagen, es fällt wirklich sehr schwer, dir zu glauben. Jetzt erst recht.«

»Aber so ist es gewesen!« Nete sah sich um und realisierte erst in dem Moment, dass keiner der Anwesenden auf ihrer Seite war.

Da stand sie auf und spürte wieder das Ziehen im Unterleib und das Feuchte in der Unterhose. »Ich will jetzt nach Hause«, sagte sie. »Ich nehme den Bus.«

»Ich fürchte, Nete, das wird nicht so leicht gehen. Entweder nimmst du deine Vorwürfe zurück, oder wir müssen dich bitten, hierzubleiben«, sagte einer der Polizisten. Er schob ihr ein Blatt Papier hin, das sie nicht lesen konnte, und deutete auf eine Zeile ganz unten.

»Du musst nur unterschreiben, dann kannst du gehen.«

Die hatten leicht reden. Dafür musste man ja lesen und schreiben können.

Nete schaute vom Tisch auf und zu Curt Wad hinüber, der ihr gegenübersaß. Als ihre Blicke sich begegneten, sah sie in seinen Augen einen Hauch von Anzüglichkeit aufblitzen, und alles in ihr sträubte sich dagegen.

»Nein, er hat das genau so gemacht, wie ich's gesagt habe!«, wiederholte sie.

Da baten sie sie, an einem Tisch in der Ecke Platz zu nehmen, während sie sich berieten. Besonders die Frauen schienen die Sache sehr ernst zu nehmen, und mehrfach, wenn sie sich an ihn wandten, schüttelte Curt Wad den Kopf. Schließlich stand er auf und gab allen Anwesenden die Hand.

Er durfte also ohne Weiteres gehen.

Zwei Stunden später saß sie auf einem Bett in einem kleinen Zimmer in einem Haus, von dem sie nicht wusste, wo es sich befand.

Sie sagten, dass der Fall schnell verhandelt und sie einen Rechtsbeistand erhalten werde. Sie sagten auch, dass die Pflegefamilie ihre Sachen schicken werde.

Sie wollten also nicht, dass sie wieder auf den Hof kam.

Es waren einige Wochen vergangen, ehe die Anklage gegen Curt Wad vor Gericht kam, und vonseiten der Behörden war bis dahin keine Zeit vergeudet worden. Besonders Philip Nørvig traktierte die Gegenseite eifrig mit Wurfgeschossen, und die Instanzen schienen gern auf ihn zu hören.

Man testete Netes Intelligenz, berief Zeugen ein und schrieb Protokolle auf Matrize.

Erst zwei Tage vor dem Gerichtstermin bekam Nete Kontakt zu dem Anwalt, den man ihr als Rechtsbeistand zugeteilt hatte. Er war fünfundsechzig Jahre alt und recht nett, aber mehr war über ihn auch nicht zu sagen.

Erst als sie im Gerichtssaal saß, wurde ihr richtig bewusst, dass ihr niemand glauben wollte, aber inzwischen, das dämmerte ihr auch, war der Fall zu ernst geworden, als dass man ihn noch hätte ignorieren können.

Als die Zeugen ihre Erklärungen abgaben, machte nicht einer von ihnen den Versuch, in ihre Richtung zu schauen. Die Luft im Raum schien zu Eis zu gefrieren.

Netes frühere schreckliche Dorfschullehrerin sprach von Röcken, die hochgehoben worden waren, von unanständigen Wörtern, von Dummheit, Faulheit und von Promiskuität. Und der Pfarrer, der ihre Kameraden konfirmiert hatte, benutzte Wörter wie »Gottlosigkeit« und »teuflische Neigungen«.

Schon da hatte man die Schlussfolgerung gezogen: asozial, moralisch verdorben und geistesschwach.

In den Augen der Anwesenden gehörte sie schlicht zu jenen Versagern, vor denen man die Gesellschaft besser verschonte. Verlogen sei sie und verschlagen und – wie es immer wieder hieß – »charakterlich ungefestigt«. Nicht ein einziges positives Wort fiel, nichts Abmilderndes. Es wurde rundheraus behauptet, sie sei unbelehrbar und stecke andere damit an, ja, sie stifte sie geradezu zur Aufmüpfigkeit an. Und ihr abscheulich stark ausgeprägter Sexualtrieb sei schon immer problematisch gewesen, aber nun, nach ihrer Geschlechtsreife, habe Nete sich zu einer wahren Gefahr für ihre Umgebung entwickelt. Als sie dann beim Binet-Simon-Intelligenztest mit einem IQ von 72,4 abschnitt, gingen endgültig alle davon aus, dass der Arzt Curt Wad, seinen guten Absichten zum Trotz, ein Opfer von übler Verleumdung und verlogener Hetze geworden war.

Nete protestierte und sagte, die Fragen im Test seien dumm gewesen. Und dann fügte sie noch hinzu, sie habe dem Doktor Wad genau vierhundert Kronen für die Abtreibung gegeben. Daraufhin beteuerte ihr Pflegevater im Zeugenstand, so viel Geld könne sie unmöglich angespart haben. Nete war schockiert. Entweder log er, oder seine Frau hatte ihn nicht eingeweiht, dass sie Geld beigesteuert hatte. Deshalb rief Nete, sie sollten doch seine Frau fragen, ob sie nicht die Wahrheit sage. Aber die Ehefrau war nicht da – ebensowenig wie ein allgemeiner Wille, die Wahrheit zu finden.

Zuletzt erschien der Gemeindevorsteher – der Sohn seiner Verwandten hatte damals mitgeholfen, Nete in den Mühlbach zu werfen – und brachte den Vorschlag vor, Nete fortan in einem Mädchenheim oder besser noch in einer Erziehungsanstalt unterzubringen. Das sei günstiger, als eine neue Pflegefamilie für sie zu finden. Schon damals habe man ja gewusst, dass sie mit jedem Dahergelaufenen kopuliere und dass sie einen Abort herbeigeführt habe, indem sie sich mit dem Bauch auf scharfkantige Steine geworfen habe, sagte er. Sie sei ein richtiggehender Schandfleck für die friedliche Gemeinde.

Die Punkte der Anklage gegen Curt Wad wurden einer nach dem anderen vom Gericht abgewiesen.

Nete konnte sehen, wie in Philip Nørvigs Augen immer wieder kurz so etwas wie Vergnügen und Gier aufblitzten. Er schien seine Rolle und die allgemeine Aufmerksamkeit, die ihm zuteilwurde, sehr zu genießen. Und die ganze Zeit klebte ein schiefes kleines Lächeln im Gesicht des zuverlässigen Arztes Curt Wad.

Nach etlichen Prozesstagen legte der Richter an einem der letzten eiskalten Februartage noch einmal das Für und Wider dar und drückte dann das Bedauern des Gerichts darüber aus, dass Curt Wad aufgrund der Aussagen dieses verlogenen, asozialen Mädchens so viel hatte durchstehen müssen.

Als Wad auf dem Weg zum Ausgang an Nete vorbeikam, nickte er ihr kurz zu, sodass das Gericht seine Großmut erkennen konnte, aber den Triumph und den Hohn in seinen Augen sah nur Nete. Etwa im selben Moment überantwortete der Richter das siebzehnjährige unmündige Kind den Behörden und damit der sogenannten Schwachsinnigenfürsorge. Damit sollte gewährleistet werden, dass dieses unmoralische Geschöpf endlich diszipliniert und erzogen würde, um später einmal als ein besserer Mensch den Interessen des Allgemeinwohls dienen zu können.

Zwei Tage vergingen, dann wurde Nete den Keller'schen Anstalten in Brejning überstellt.

Dort erklärte ihr der Oberarzt, dass er selbst sie nicht direkt als abnorm betrachte. Sollte sich erweisen, dass sie nicht schwachsinnig sei, habe er vor, an den Gemeindevorsteher zu schreiben, dass er sie aus der Anstalt entlassen wolle.

Aber daraus wurde nichts.

Dafür sorgte Rita.

23

November 2010

DER GRÜNDUNGSPARTEITAG VON KLARE GRENZEN gestaltete sich als wahres Fest, und Curt Wad blickte mit Stolz und einem seltenen Anflug von Tränen auf die versammelten Menschen.

Jetzt, im späten Herbst seines Lebens, war es endlich gelungen, die Kräfte zur Bildung einer politischen Partei zu bündeln, und nun standen ihm fast zweitausend rechtschaffene Dänen gegenüber und applaudierten ihm. Also gab es Hoffnung für das Land seiner Söhne. Wenn nur Beate an seiner Seite stehen könnte.

»Gott sei Dank hast du diesen Journalisten ausgebremst, ehe er mit seiner Hetzkampagne Schaden anrichten konnte«, sagte der Vorsitzende einer der Regionalgruppen.

Curt nickte. War man zum Kampf für Gedanken bereit, die Widerstand und Feinde auf den Plan riefen, dann war es wichtig, Männer in Reichweite zu haben, die zupacken konnten, wenn es die Situation erforderte. Dieses Mal hatte es auch ohne sie geklappt, aber für andere Gelegenheiten, und die würden garantiert kommen, hatte er seine Leute fürs Grobe.

Glücklicherweise hatte sich die Situation in diesem Fall schnell entspannt. Der Rest des Parteitags war angenehm verlaufen, mit einer guten Präsentation des Wahlprogramms und überzeugenden Auftritten der Kandidaten für die Folketing-Wahl.

»Curt Wad, Sie sind dabei, eine faschistische Partei aufzubauen, nicht wahr?«, hatte der Journalist gerufen, während er aus der Menge heraus sein Diktafon auf Wad richtete.

Curt hatte nur den Kopf geschüttelt und gelächelt, so machte man das, wenn einem das Volk zu nahe kam.

»Nein, ganz gewiss nicht«, hatte er zurückgerufen. »Aber lassen Sie uns unter ruhigeren Umständen miteinander reden. Dann werde ich Sie schon auf den rechten Weg führen und Ihnen erzählen, was Sie wissen möchten.«

Kurz bevor die Wachleute den Mann packen wollten, konnte Curt Wad ihnen gerade noch einen warnenden Blick zuwerfen, sodass sie sich zurückzogen und die Menge sich wieder um den Journalisten schloss. Gegen die gewöhnlichen Idioten und Querulanten musste man sich verteidigen, aber gegen Journalisten bei der Arbeit durfte man keinesfalls handgreiflich werden, das würde er ihnen noch beibringen.

»Wer war der Mann?«, fragte er Lønberg, nachdem sie die Türen zum Versammlungsraum hinter sich geschlossen hatten.

»Unbedeutend. Einer von der ›Freien Presse‹, die Geschütze fürs Hinterland sammelt. Søren Brandt heißt er.«

»Dann weiß ich, wer das ist. Behaltet ihn im Auge.«

»Das geschieht schon.«

»Ich meine, behaltet ihn *richtig* im Auge.«

Lønberg nickte und Curt klopfte ihm kurz auf die Schulter. Anschließend öffnete er die Tür zu einem kleineren Versammlungssaal. Hier hatte sich ein exklusiver Kreis von gut hundert Männern eingefunden und wartete auf ihn.

Curt betrat ein kleines Podium und überblickte die Schar seiner treuesten Anhänger. Die setzten sich aufrecht hin und klatschten. »Na, meine Herren«, sagte er, »hier also weilt die Elite und trotzt dem Rauchverbot?«

Breites Lächeln vieler, einer beugte sich vor, um Curt eine Zigarre anzubieten. Der wehrte das Angebot lächelnd ab. »Vielen Dank, aber man muss auf die Gesundheit achten. Man ist ja trotz allem keine achtzig mehr.«

Sie lachten herzlich. Es war schön, unter ihnen zu sein. Sie waren die Eingeweihten. Menschen, auf die man sich verlassen konnte. Tüchtige Männer, die sich meist schon seit vielen Jahren engagierten. Leider würden sie das, was er ihnen nun zu sagen hatte, nicht gern hören.

»Ja, der Parteitag dort drinnen läuft phantastisch. Wenn diese Stimmung hier bei uns die Haltung eines großen Teils der dänischen Bevölkerung spiegelt, dann, glaube ich, können wir bei der nächsten Wahl mit etlichen Mandaten rechnen.«

An der Stelle erhoben sich alle und unter Zurufen brandete Applaus auf.

Mit einer kleinen Geste bat Curt Wad sie nach einer Weile um Ruhe und holte tief Luft. »Wir, die wir uns hier drinnen versammelt haben, bilden den innersten Kern der Partei. Wir haben über Jahre hinweg die Arbeit verrichtet, die nötig war. Wir waren die Frontsoldaten für Moral und Anstand. Wir waren bereit, sowohl ganz vorne auf den Barrikaden zu kämpfen als auch im Verborgenen, diskret und leise. ›Der erntet die größte Ehre, der sie nur für den Herrn ernten will‹, pflegte mein Vater immer zu sagen.«

Wieder wurde applaudiert.

Curt lächelte kurz. »Danke. Vater würde sich freuen, wenn er heute hier sein könnte.« Dann senkte er den Kopf und sah zu denen, die ihm am nächsten saßen. »Unsere Arbeit, Sterilisierungen und Schwangerschaftsabbrüche an Frauen vorzunehmen, die unfähig sind, würdige Nachkommen großzuziehen, steht in einer langen Tradition. Durch diese Arbeit hat sich bei allen Anwesenden das Bewusstsein dafür geschärft, dass etwas Gutes nie durch Gleichgültigkeit gefördert wird.« Um seine Worte zu unterstreichen, streckte er den Versammelten anerkennend beide Hände entgegen. »Wir hier in diesem Raum waren nicht gleichgültig!« Wieder klatschten einige. »Und nun ist aus unseren Grundüberzeugungen eine Partei erwachsen, die auf politischem Wege eine Gesellschaft schaffen will, in der die Arbeit, die wir bislang illegal und im Verborgenen erledigen mussten, öffentlich und legal wird, um in naher Zukunft zu gängiger Praxis zu werden.«

»Hört, hört!«, rief jemand.

»Bis dahin, fürchte ich, wird dieser Kreis seine Aktivitäten allerdings einzustellen haben.«

Unruhe entstand. Viele saßen still da, die Zigarren qualmten.

»Ihr habt selbst erlebt, wie dieser Journalist drüben im Saal versuchte, Munition zu sammeln, die über kurz oder lang gegen uns eingesetzt werden könnte. Und er wird nicht der Einzige sein. Unsere vordringlichste Aufgabe ist es deshalb, diese Leute zu stutzen. Dahinter muss die Arbeit, die wir hier in diesem Kreis ausführen, eine Weile zurückstehen, so leid es mir tut.« Gemurmel kam auf, verstummte aber, als Curt Wad die Hand hob. »Wir haben am Vormittag erfahren, dass einer unserer besten Freunde, Hans Christian Dyrmand aus Sønderborg – ja, ich sehe, dass viele der Anwesenden Hans Christian persönlich kannten –, sich das Leben genommen hat.«

Er blickte in ihre Gesichter. Entsetzen spiegelte sich in einem Teil von ihnen, Nachdenklichkeit in anderen.

»Wir wissen, dass Hans Christians gynäkologische Tätigkeit in den beiden letzten Wochen Gegenstand von Untersuchungen des Gesundheitsamtes war.

Leider war einer der Aborte mit anschließender Sterilisierung so schlampig ausgeführt worden, dass die junge Frau im Krankenhaus von Sønderborg Hilfe suchen musste. Das kann vorkommen, gewiss, darf es aber natürlich nicht! Hans Christian hat also die Konsequenzen gezogen, hat sämtliche Patientinnenkarteien und persönlichen Unterlagen vernichtet und sich anschließend für den ultimativen Weg entschieden.« Verschiedene Kommentare waren zu hören, aber Curt konnte sie nicht zuordnen.

»Man kann sich die Auswirkungen vorstellen, wäre die Mitgliedschaft Hans Christians im Geheimen Kampf ans Licht gekommen. Das hat er vermutlich auch gewusst. Unsere Arbeit von Jahren hätte zerstört sein können.«

In der folgenden langen Pause sagte niemand etwas.

»In der gegebenen Situation, da unser Gesicht nach außen durch die Partei Klare Grenzen repräsentiert und in der dänischen Bevölkerung verankert werden soll, können wir uns derartige Risiken nicht leisten.«

Anschließend kamen viele zu ihm und erklärten ihre Absicht, das geheime Tun entgegen seiner Anweisung fortzusetzen. Aber sie versprachen allesamt, ihre Unterlagen durchzusehen, damit nichts die Sache kompromittieren könne.

Und genau das war es, was Curt hatte erreichen wollen. Sicherheit vor allem anderen.

»Gehst du mit zu Hans Christians Beerdigung?«, fragte ihn Lønberg im Anschluss.

Curt lächelte. Lønberg war ein guter Mann. Stets auf der Suche nach Schwachpunkten in der Urteilskraft anderer, auch Curt war davon nicht ausgeschlossen.

»Natürlich nicht, Wilfrid. Aber wir werden ihn vermissen, nicht wahr?«

»Doch, ja.« Lønberg nickte. Es ist bestimmt nicht einfach für ihn gewesen, dachte Curt, einen ihrer guten alten Freunde zu überreden, die Schlaftabletten zu schlucken.

Nein, das war ihm sicher nicht leichtgefallen.

Als er nach Hause kam, lag Beate bereits im Bett und schlief.

Er schaltete das iPhone ein, das ihm sein Sohn geschenkt hatte, und stellte fest, dass jede Menge Nachrichten eingegangen waren.

Die müssen bis morgen warten, dachte er. Jetzt war er zu müde.

Dann setzte er sich einen Moment auf Beates Bettkante und betrachtete ihr Gesicht aus leicht zusammengekniffenen Augen – als könnte er so die harschen Konturen ausgleichen, die die Zeit ihrem Gesicht verliehen hatte, als könnte er so ihre Gebrechlichkeit ausblenden. Aber schön war sie in seinen Augen noch immer.

Er küsste sie auf die Stirn, zog sich aus und ging ins Bad.

Unter der Dusche war auch er ein alter Mann, dort ließ sich der Verfall des Körpers nicht ignorieren. Wenn er an sich hinabblickte, waren seine Waden so gut wie verschwunden, nichts als blasse, kahle Haut, bedeckt von kräftigen schwarzen Haaren. Die Seife glitt nicht mehr wie früher über die Bauchhaut, die Arme erreichten kaum den Rücken.

Er legte den Kopf in den Nacken, spürte den harten Wasserstrahl im Gesicht, versuchte, die Wehmut wegzuspülen.

Alt werden war nicht leicht, und es war auch nicht leicht, die Zügel loszulassen. Sicher, er hatte die Huldigungen auf der Versammlung heute genossen. Aber die wurden ihm zuteil als dem Mann, der in den Hintergrund getreten war. Als dem Mann, der geleistet hatte, was er sollte. Er war eine Galionsfigur, die am besten irgendwo thronte. Und nichts sonst. Vom heutigen Tag an waren es andere, die für die Partei sprachen. Er konnte beratend wirken, selbstverständlich. Aber die Generalversammlung hatte entschieden, wer die Partei repräsentieren sollte, und wer sagte denn, dass die seinem Rat immer folgen würden?

»Immer«, sagte er laut. Was für ein sonderbares Wort für einen Achtundachtzigjährigen. Dem plötzlich die zeitliche Begrenztheit von »immer« bewusst wurde.

Als das iPhone in der Hosentasche auf dem Toilettendeckel klingelte, streifte er das Wasser notdürftig von seinem Körper ab und achtete darauf, nicht auszurutschen.

»Ja«, sagte er nur. Die Bademattte unter seinen Füßen war im Nu durchnässt.

»Herbert Sønderskov hier. Ich versuche schon den ganzen Tag, Sie zu erreichen.«

»Oh«, sagte er. »Es ist lange her, seit ich von Ihnen gehört habe. Ja, Sie müssen entschuldigen, das Handy war heute ausgeschaltet. Wir hatten unseren Gründungsparteitag in Tåstrup.«

Der Anrufer gratulierte, aber seine Stimme klang alles andere als heiter. »Hören Sie, wir hatten Besuch von der Kripo, die im Zusammenhang mit einigen Vermisstenfällen ermittelt, darunter auch Philips. Ein Carl Mørck aus dem Präsidium in Kopenhagen. Mie nannte in verschiedenen Zusammenhängen Ihren Namen. Und auch den Geheimen Kampf.«

Curt stand einen Moment reglos da. »Was weiß Mie davon?«

»Nicht viel. Von mir hat sie auf jeden Fall nichts erfahren und von Philip sicher auch nicht. Sie hat nur gelegentlich das eine und andere aufgeschnappt. Im Übrigen erwähnte sie auch Louis Petterson. Sie hörte gar nicht auf zu erzählen, obwohl ich sie ermahnte. Sie ist in der letzten Zeit etwas eigensinnig geworden.«

»Was genau hat sie gesagt? Bitte wiederholen Sie es so detailliert wie möglich.« Curt hatte jetzt am ganzen Körper Gänsehaut.

Ohne auch nur einmal zu unterbrechen, hörte er sich Herbert Sønderskovs Bericht an.

»Wissen Sie, ob dieser Ermittler Kontakt zu Louis Petterson aufgenommen hat?«, fragte er, als Sønderskov fertig war.

»Nein. Ich wollte das überprüfen, habe aber keine Handynummer. Und die findet man schließlich nicht einfach so im Internet.«

Während Curt versuchte, die Konsequenzen zu überdenken, trat eine lange Pause ein. Das war gar nicht gut, überhaupt nicht.

»Herbert, noch nie war unsere Arbeit so ernsthaft gefährdet wie jetzt. Deshalb möchte ich, dass Sie verstehen, worum ich Sie nun bitte. Sie und Mie müssen eine Reise unternehmen, hören Sie? Ich werde Ihnen die Kosten erstatten. Sie müssen nach Teneriffa fliegen. An der Westküste gibt es einige hohe Klippen, die heißen Acantilado de los Gigantes. Sie sind sehr steil und fallen direkt ins Meer ab.«

»Oh Gott«, kam es schwach von seinem Gegenüber.

»Herbert, hören Sie! Es gibt keinen anderen Ausweg. Es muss wie ein Unfall aussehen, Herbert! Verstehen Sie?«

Nun war am anderen Ende nur noch schweres Atmen zu hören.

»Herbert, Sie wissen, was auf dem Spiel steht. Wir sprechen hier von Jahren womöglich vergeblicher Arbeit und von politischem Ruin. Denken Sie an Ihren Bruder, an sich selbst, an Ihre vielen Freunde und an die guten Kollegen und Bekannten. Viele Menschen werden mitgerissen, wenn Mie nicht gestoppt wird. Wir reden hier von Gerichtsverfahren bis in alle Ewigkeit. Von langen, sehr langen Gefängnisstrafen, von Entehrung und Bankrott. Die jahrelange Arbeit, die wir investiert haben, um eine Organisation auf die Beine zu stellen, wäre mit einem Schlag umsonst gewesen. Tausende Stunden und viele Millionen an Schenkungen. Heute hatten wir unseren Gründungsparteitag, bei der nächsten Wahl kommen wir ins Folketing. Das alles setzen wir aufs Spiel, wenn Sie nichts unternehmen.«

Noch immer dieses schwere Atmen.

»Haben Sie denn Philips Akten vernichtet, wie es abgesprochen war? Sind alle belastenden Papiere weg?«

Darauf antwortete Sønderskov nicht, was Curt vollends entsetzte. Sie mussten sich der Sache also selbst annehmen und die Unterlagen beseitigen.

»Curt, das kann ich nicht machen, das schaffe ich nicht. Kann ich nicht einfach mit Mie verreisen und so lange wegbleiben, bis sich die Wogen geglättet haben?«, flehte Sønderskov. Als wüsste er nicht selbst, dass das überhaupt nichts brachte.

»Zwei alte Menschen mit dänischen Pässen. Herbert, das ist doch verrückt. Wie sollte es Ihnen beiden wohl gelingen, in der Menge unterzutauchen? Die Polizei findet Sie sofort. Und wenn nicht die, dann wir.«

»Oh Gott!«, kam es wiederum als einzige Reaktion.

»Sie haben vierundzwanzig Stunden, um zu verschwinden. Sie können die Reise morgen bei Star Tours buchen. Und falls Sie keinen Direktflug mehr bekommen, dann nehmen Sie den Linienflug nach Madrid und von dort einen Inlandsflug nach Teneriffa. Sobald Sie ankommen, fotografieren Sie, wo Sie sind. Alle fünf Stunden. Die Fotos mailen Sie mir, damit ich Ihren Bewegungen folgen kann. Und dann will ich nie wieder etwas von der Sache hören, ist das klar?«

Die Antwort kam zögernd. »Das werden Sie auch nicht.«

Damit war die Verbindung unterbrochen.

Das überprüfen wir, Freundchen, dachte Curt. Und dann holen wir die verfluchten Unterlagen aus dem Haus und verbrennen sie.

Er ging nun auf dem Display die letzten Anrufe durch. Es stimmte, was Herbert gesagt hatte. Der Mann hatte tatsächlich seit halb eins halbstündlich angerufen. Und später waren noch fünfzehn Anrufe von Louis Petterson hinzugekommen.

Verdammt, das verhieß nichts Gutes.

Die polizeiliche Untersuchung von Philip Nørvigs Verschwinden beunruhigte ihn nicht, damit hatte er nichts zu tun. Aber alles andere, das, was Mie der Polizei erzählt hatte, umso mehr.

Hatte er Philip damals nicht vor diesem verdammten Weib gewarnt? Und hatte er nicht später Herbert gewarnt?

Eine halbe Stunde verging mit Krisenstimmung und vielen vergeblichen Anrufen auf Louis Pettersons Handy, dann endlich rief der junge Journalist zurück.

»Entschuldigen Sie, aber ich habe mein Handy nach jedem Anruf bei Ihnen ausgeschaltet, damit man mich nicht orten kann«, sagte er. »Und ich will auch nicht riskieren, dass mich dieser Carl Mørck und sein grässlicher Assistent erreichen.«

»Geben Sie mir ein schnelles Briefing.«

Das bekam Curt Wad.

»Wo sind Sie jetzt?«, fragte Curt.

»Ich stehe auf einem Parkplatz kurz vor Kiel.«

»Und wohin fahren Sie?«

»Das brauchen Sie nicht zu wissen.«

Curt nickte.

»Seien Sie unbesorgt, ich habe alle Benefice-Unterlagen bei mir.«

Guter Junge.

Sie verabschiedeten sich und Curt zog sich an. Das Bett musste warten.

Dann ging er in die kombinierte Teeküche und Werkstatt im ersten Stock. Er zog eine Schublade unter der Werkbank auf, holte ein Plastiktablett mit Schrauben daraus hervor, stellte es auf die Hobelbank und nahm sich das alte Nokia-Handy vor.

Er hängte es an das Ladegerät, legte eine SIM-Karte ein und gab danach Caspersens Nummer ein. Schon nach zwanzig Sekunden wurde abgenommen.

»Das ist aber spät, Curt. Und warum rufst du von dieser Nummer an?«

»Krise«, mehr sagte er nicht. »Notier dir die Nummer, und ruf mich von deinem Prepaid-Handy an. In genau fünf Minuten.«

Caspersen tat, wie ihm geheißen, und hörte sich dann schweigend Curts Darlegungen an.

»Wen haben wir im Polizeipräsidium, auf den wir uns verlassen können?«, fragte Curt am Schluss.

»Niemanden. Aber wir haben jemanden auf dem City Revier.«

»Dann nimm Kontakt zu ihm auf und sag, es ginge um eine polizeiliche Ermittlung, die gestoppt werden muss. Koste es, was es wolle. Sag, wir seien großzügig. Hauptsache, dieser Carl Mørck wird ausgeschaltet.«

24

November 2010

ALS CARL mit schnarrenden Scheibenwischern ins Parkhaus des Präsidiums einbog, warf er einen schnellen Blick auf die Uhr. 15.45 Uhr. Tatsächlich eine Dreiviertelstunde zu spät für den idiotischen Termin mit diesem Psychologen-Heini Kris. Na, da würde er heute Abend bei Mona was zu hören kriegen. Warum zum Teufel musste das alles so blöd laufen?

»Den hier sollten wir besser mitnehmen«, sagte Assad und fischte einen Knirps aus dem Seitenfach der Beifahrertür.

Carl zog den Zündschlüssel ab. Ich bin echt nicht in der Verfassung, mit wem auch immer einen Schirm zu teilen, dachte er. Am Ausgang des Betonklotzes musste er allerdings feststellen, dass es so sehr kübelte, dass man keine zehn Meter weit sehen konnte.

»Nun komm schon mit drunter, Carl. Du bist doch gerade erst krank gewesen«, rief Assad.

Carl beäugte misstrauisch den gepunkteten Schirm. Was mochte einen Mann im zeugungsfähigen Alter dazu bringen, so ein scheußliches Teil zu kaufen? Noch dazu in Rosa?

Aber dann stellte er sich doch unter das Mistding und wackelte zusammen mit Assad durch die Pfützen. Da tauchte plötzlich ein Kollege vor ihnen in der Sintflut auf und ging grinsend an ihnen vorbei. Als unterstellte er ihnen mehr als nur kollegiale Gefühle füreinander.

Das Kinn vorgereckt trat Carl unter dem Schirm hervor in den Regen. Männer mit Schirm und solche, die im Grünen mit nacktem Oberkörper zu Mittag aßen – nein, einer von denen war er einfach nicht.

»Mannomann, da ist aber einer nass geworden«, riefen ihm die Wachhabenden hinterher, als er an ihnen vorbeieilte. Das Wasser stand in seinen Schuhen, sodass es bei jedem Schritt schmatzte und gluckste wie eine Saugglocke.

»Kannst du gleich mal checken, Rose, wer hinter der Organisation Benefice steht?« Ihre Kommentare zu gestrandeten Walen und umgekippten Badewannen ignorierte er geflissentlich.

Notdürftig wischte er seine Klamotten mit Klopapier trocken und gelobte sich, einen Warmlufthandtrockner für die Toilette anzuschaffen. So ein Dingens könnte seine Körpertemperatur jetzt im Nu wieder über null bringen.

»Assad, hast du schon mit Lis gesprochen?«, fragte er seinen Helfer eine drei viertel Klorolle später, doch der faltete sich gerade auf dem Gebetsteppich in seiner Besenkammer zusammen.

»Das kommt noch, Carl. Erst das Gebet.«

Carl sah wieder auf die Uhr. Ja, und gleich war die Hälfte des Präsidiums nach Hause gegangen, darunter auch Lis. Irgendwer musste schließlich die Arbeitszeiten einhalten.

Also ließ er sich auf seinen Bürostuhl sinken und rief sie selbst an.

»Halloho«, sang eine Stimme, die haargenau wie die der Sørensen klang.

»Äh, Lis?«

»Nein, Carl, Lis ist beim Frauenarzt. Hier ist Cata.«
Na, auf diese Informationen hätte er verzichten können.
»Aha. Habt ihr überprüft, wen dieser Louis Petterson gegen drei Uhr angerufen hat?«
»Haben wir, mein Lieber.«
Mein Lieber? Wie bitte? Was war das denn für ein verdammter Kurs, an dem sie teilnahm? Der Große Arschleckerkurs?
»Er hat einen Curt Wad in Brøndby angerufen. Soll ich dir seine Adresse geben?«

Zwei Anrufe bei Louis Petterson brachten kein anderes Ergebnis als die Mitteilung, es gebe derzeit keine Verbindung zum Teilnehmer. Etwas Besseres war auch nicht zu erwarten gewesen. Allerdings hätte es Carl schon Spaß gemacht, Petterson mit der Frage zu konfrontieren, warum er den Mann anrufe, von dem er behauptete, nichts mit ihm zu tun zu haben.

Seufzend sah er zur Anschlagtafel und fand ein Zettelchen mit der Handynummer dieses Seelenklempners. Na, das war nun wahrhaftig keine Nummer, die man unbedingt in sein Adressbuch eintragen wollte. Aber lieber die wählen als bei so einem Mistwetter in die Anker Heegaards Gade zu waten.

»Kris la Cour«, schallte es aus dem Hörer. Was war das denn, der Mann hatte auch einen Nachnamen?

»Carl Mørck«, antwortete er.

»Ich habe jetzt keine Zeit, Carl, jeden Moment kommt ein Patient. Rufen Sie mich morgen früh an, ja?«

Verfluchter Mist. Da konnte er sich heute Abend nun wirklich auf was gefasst machen.

»Sorry, Kris, sorry, sorry«, beeilte er sich zu sagen. »Es tut mir schrecklich leid, dass ich heute nicht zum Termin kommen konnte, aber mein Weg war mit Leichen gepflastert. Please, geben Sie mir stattdessen Montagnachmittag einen Termin. Ich weiß, das wäre gut für mich.«

Die folgende Pause war so entsetzlich wie die zwischen den Worten »Legt an« und »Feuer!«. Ohne Zweifel würde dieser selbstbewusste Eau-de-Cologne-Lackaffe Mona Bericht erstatten.

»Hm. Und Sie meinen das?«, kam es dann endlich.

Carl wollte ihn gerade fragen: Meinen was?, als er die Frage begriff.

»Unbedingt. Ich glaube, Ihre Behandlung würde mir sehr guttun«, bekräftigte er, dachte dabei allerdings mehr an den Zugang zu Monas großzügigem Körper als an die Entwirrung seiner Gehirnwindungen durch den Psychologen.

»Na okay, dann also Montag. Gleiche Zeit wie heute, fünfzehn Uhr, ja? Dann haben wir also eine Verabredung?«

Carl sah zur Decke. Na, was denn sonst?

»Danke«, sagte er und legte auf.

»Ich hab zwei Sachen für dich, Carl«, ertönte es hinter ihm.

Er hatte das Parfüm wahrgenommen, noch ehe sie etwas gesagt hatte. Wie eine Woge Weichspüler brandete es durch die Luft. Unmöglich zu ignorieren.

Carl wandte sich zu Rose um, die mit einem Stoß Zeitungen unter dem Arm in der offenen Tür stand.

»Was ist das für ein Parfüm?«, fragte Carl, wohl wissend, dass sich die nächsten Worte in tödliche Dolchstöße verwandeln könnten, wenn er nicht höllisch aufpasste.

»Ach das? Das ist Yrsas.«

Damit war das festgestellt, und der Mund blieb zu. Diese Yrsa mussten sie unbedingt weiterhin auf dem Zettel behalten.

»Erstens habe ich diesen Herbert Sønderskov überprüft, den ihr in Halsskov getroffen habt. Genau wie er behauptet hat, kann er nicht direkt mit Nørvigs Verschwinden zu tun gehabt haben, denn er hielt sich zwischen dem 1. April und dem 18. Oktober oben in Grönland auf. Er war dort als Jurist bei der kommunalen Selbstverwaltung angestellt.«

Carl nickte und spürte dabei, wie sich unangenehme Tendenzen im Gedärm bemerkbar machten.

»Und dann ist da noch Benefice. Das ist ein Analyse-Institut, das sich maßgeblich aus Spendengeldern finanziert. Außer zwei Freelancern, die politische Analysen für das Unternehmen erstellen, gibt es einen festangestellten Journalisten, und dreimal darfst du raten, wer das ist. Richtig, Louis Petterson. Die Arbeit von Benefice kann man vielleicht in etwa mit der ›Aktenkoffer-Funktion‹ von Windows vergleichen: Die stellen laufend aktuelle Kurzinformationen zusammen, mit denen die Computer und Handys von Politikern, die sich für den Service angemeldet haben, automatisch und blitzschnell auf den neuesten Stand gebracht werden. Dabei handelt es sich um ausgesprochen populistisches und tendenziöses Material, und wenn du mich fragst, ist es auch verlogen.«

Bezweifle ich nicht, dachte Carl.

»Wer steht hinter dieser Organisation?«

»Eine Liselotte Siemens. Sie ist die Vorstandsvorsitzende und ihre Schwester die Geschäftsführerin.«

»Hm. Sagt mir nichts.«

»Nein, mir auch nicht. Aber ich hab ihren Hintergrund ein bisschen überprüft. Und nachdem ich ihre verschiedenen Einträge beim Einwohnermeldeamt fünfundzwanzig Jahre zurückverfolgt habe, bin ich über etwas gestolpert.«

»Und das wäre?«

»Damals wohnte sie draußen in Hellerup unter demselben Dach wie ein sehr bekannter Gynäkologe namens Wilfrid Lønberg. Er ist nämlich der Vater der Schwestern. Und das ist nun tatsächlich interessant.«

»Aha.« Carl lehnte sich vor. »Inwiefern?«

»Weil Wilfrid Lønberg zu den Mitbegründern von Klare Grenzen gehört. Hast du ihn nicht im Fernsehen gesehen?«

Carl versuchte sich zu erinnern, aber die Gedärme hatten die Verbindung zur Großhirnrinde unterbrochen.

»Okay. Und was willst du mit den Zeitungen unterm Arm?«

»Assad und ich knöpfen uns noch einmal die Zeitspanne vor, während derer die verschiedenen Personen verschwanden, diesmal in anderen Zeitungen. Wir wollen ganz sichergehen, dass wir auch wirklich alle Geschichten erwischen.«

»Gute Arbeit, Rose«, sagte er und versuchte, den Abstand bis zum Klo in Sprüngen auszurechnen.

Zehn Minuten später stand er recht blass vor Assad. »Ich gehe jetzt nach Hause, Assad. Mein Bauch ist total aus der Spur.«

Jetzt kommt gleich: Was hab ich dir gesagt?, dachte Carl.

Aber stattdessen griff Assad unter den Tisch, holte den Schirm hervor und reichte ihn Carl mit den Worten: »Probleme hat das Dromedar, das nicht gleichzeitig husten und scheißen kann.«

Was zum Teufel sollte das denn nun schon wieder bedeuten?

Der Heimweg war ein einziger Stepptanz auf dem Gaspedal und wurde obendrein, weil der Bauch völlig in Aufruhr war, zu einer ziemlichen Schwitzpartie. Falls ihn ein Kollege von der Verkehrspolizei anhielt, würde er sagen, es handele sich um höhere Gewalt.

Er überlegte sogar, das Blaulicht aufs Dach zu packen, denn es war Jahrzehnte her, seit er zuletzt in die Hose gemacht hatte, und er wollte die Statistik ungern trüben.

Deshalb hätte er auch fast die Haustür eingeschlagen, als er diese abgeschlossen vorfand. Wer machte denn so was!

Nach fünf erlösenden Minuten auf dem Lokus hatte er endlich Ruhe – zwei

Stunden, bevor er mit Zahnpastalächeln bei Mona aufkreuzen und den netten Onkel für das Enkelmonster spielen sollte.

Hardy war wach, als Carl ins Wohnzimmer trat. Er lag da und sah den Wassermassen zu, die über die verstopfte Regenrinne schwappten.

»Scheißwetter«, sagte er, als er Carls Schritte hörte. »Und ich gäbe eine Million für nur zwanzig Sekunden dort draußen.«

»Hallo und guten Abend, Hardy.« Carl setzte sich zu ihm ans Bett und strich leicht über die Wange des Freundes. »Derzeit ist alles wie verhext. Ich hab mir wegen des verdammten Wetters einen Magenkatarrh zugezogen.«

»Echt? Dafür gäbe ich auch 'ne Million.«

Carl lächelte und folgte Hardys Blick.

Auf der Bettdecke lag ein geöffneter Briefumschlag, und Carl erkannte den Absender sofort. Mit einem Schreiben von denen musste er selbst nämlich auch in nächster Zeit rechnen.

»Ach, schau an. Dann könnt ihr jetzt also geschieden werden? Und wie geht's dir damit, Hardy?«

Hardy presste die Lippen zusammen und gab sich alle Mühe, sonst wohin zu schauen, nur nicht zu Carl. Er konnte einem in der Seele leidtun.

»Ich glaube nicht, dass ich darüber sprechen will, Carl«, sagte er nach mindestens einer Minute tiefsten Schweigens.

Wer hätte ihn besser verstehen können als Carl? Hardys Ehe war wirklich gut gewesen. Wohl die beste, die Carl in seinem Bekanntenkreis erlebt hatte. In einigen Monaten hätten sie Silberhochzeit feiern können, auch das hatte die Kugel zerschossen.

Carl nickte. »Hat ihn Minna persönlich vorbeigebracht?«

»Ja. Mit unserem Sohn. Die sind schon okay, die zwei.«

Natürlich hatte Hardy Verständnis. Warum sollte das Leben seiner geliebten Frau nicht weitergehen, nur weil seins so abrupt ausgebremst worden war?

»Wo ich ausgerechnet heute ein bisschen Hoffnung geschöpft habe. Das ist schon Ironie des Schicksals.«

Carl merkte, wie seine Augenbrauen fragend nach oben schnellten. Sein entschuldigendes Lächeln kam zu spät.

»Ja, Carl, ich weiß ja, was du denkst. Dass ich töricht bin und der Realität nicht ins Auge sehen will. Aber vor einer halben Stunde hat Mika etwas mit mir gemacht, was ehrlich gesagt höllisch wehgetan hat. Und danach tanzte Morten durchs Zimmer.«

»Wer zum Teufel ist Mika?«

»Ach ja, klar. Du bist in letzter Zeit wirklich nicht viel zu Hause gewesen. Wenn du nicht weißt, wer Mika ist, dann fragst du am besten Morten selbst. Aber klopf erst an. Die sind in einer privaten Phase.« Er ließ ein Glucksen hören, das mit gutem Willen als Lachen durchgehen konnte.

Carl wartete mucksmäuschenstill vor Mortens Kellertür, bis ihm ein gedämpftes Lachen auf der anderen Seite das Zeichen zum Anklopfen gab.

Vorsichtig trat er ein. Die Vorstellung des blassen, fetten Morten in nahem Kontakt zu einem Kerl namens Mika hätte jedermann Angst eingejagt.

Arm in Arm standen die beiden Männer vor der offenen Tür zur ehemaligen Sauna.

»Hallo, Carl. Ich zeige Mika nur meine Playmobil-Sammlung.«

Carl ahnte selbst, wie töricht er in diesem Moment aussah. Hatte sich Morten tatsächlich erdreistet, diesen dunkelhaarigen Schönling zu sich nach Hause einzuladen, um ihm seine Playmobil-Sammlung zu zeigen? Diese Ausrede schlug sämtliche Varianten um mehrere Armeslängen, die er seinerzeit benutzt hatte, um Damen ins Netz zu locken.

»Tach.« Mika streckte Carl die Hand hin. »Mika Johansen. Ja, ich bin Sammler. Genau wie Morten.«

»Aa«, machte Carl, dem gerade die Konsonanten ausgegangen waren. Der Kerl hatte ja mehr Haare auf dem Handrücken als er auf der Brust!

»Mika sammelt nicht Playmo oder Überraschungseier wie ich. Aber sieh mal, was er mir geschenkt hat.«

Morten reichte Carl eine kleine Pappschachtel, auf der *3218-A Bauarbeiter* stand und in der ein kleiner blauer Mann mit rotem Helm lag, der einen Minibesen in der Hand hielt.

»Ja, das ist hübsch«, sagte Carl und reichte Morten die Schachtel zurück.

»Hübsch?« Morten lachte und drückte seinen Gast. »Das ist nicht hübsch, Carl, das ist phantastisch! Jetzt habe ich die vollständige Handwerker-Sammlung. Von 1974, als das alles anfing, bis heute. Und die Schachtel ist wie neu. Es ist einfach unglaublich.«

So sprühend hatte Carl seinen Untermieter noch nicht gesehen, seit er vor fast drei Jahren bei ihm eingezogen war.

»Und was sammelst du?«, fragte Carl diesen Mika, obwohl es ihn einen feuchten Kehricht interessierte.

»Ich sammle antiquarische Bücher zum zentralen Nervensystem.«

Vergeblich suchte Carl nach einer passenden Grimasse, während der dunkle Adonis lachte.

»Ja, ich weiß, das ist ein sonderbares Sammelobjekt. Aber ich bin nun mal ausgebildeter Physiotherapeut und zertifizierter Akupunkteur, und da ist es vielleicht doch nicht ganz so sonderbar.«

»Wir sind uns begegnet, als ich vor zwei Wochen einen steifen Hals hatte. Kannst du dich noch erinnern, Carl, dass ich den Kopf überhaupt nicht mehr drehen konnte?«

Sollte es wirklich einen Zeitpunkt gegeben haben, an dem Mortens Kopf nicht total festgesessen hatte? Dann hatte er den wohl verpasst.

»Hast du mit Hardy gesprochen?«, fragte Morten.

»Ja, deshalb bin ich runtergekommen. Er erzählte, dass irgendetwas höllisch wehgetan hätte.« Er wandte sich an Mika. »Hast du ihm eine Nadel ins Auge gestochen?« Er versuchte zu lachen, aber damit war er auch der Einzige.

»Nein. Aber ich habe ihm Nadeln in Nerven gesetzt, die zweifellos aktiv sind.«

»Und er hat reagiert?«

»Na, und wie.« Morten war noch immer beeindruckt.

»Wir sollten zusehen, dass wir Hardy zum Sitzen bringen«, fuhr Mika fort. »Es gibt mehrere Bereiche des Körpers, in denen er Gefühl hat: einen Punkt an der Schulter und zwei Punkte in der Gegend der Daumenwurzel. Das ist sehr ermutigend.«

»Ermutigend. Inwiefern?«

»Ich bin sicher, dass niemand von uns begreift, wie sehr Hardy gekämpft hat, um diese Wahrnehmungen zu stimulieren. Aber vieles deutet darauf, dass er bei weiterer großer Anstrengung lernen könnte, seinen Daumen zu bewegen.«

»Aha, den Daumen. Und was bedeutet das?«

Mika lächelte. »Das bedeutet unheimlich viel. Das bedeutet Kontakt, Arbeit, Transport. Das bedeutet die Fähigkeit, selbst zu entscheiden.«

»Sprichst du gerade von einem elektrischen Rollstuhl?«

Eine Pause entstand. Eine Pause, in der Morten seine Eroberung hingerissen ansah. In der Carls Haut wärmer und wärmer wurde und sein Herz zu rasen anfing.

»Ja, das und vieles mehr. Ich habe viele gute Kontakte im Gesundheitswesen. Hardy ist mit Sicherheit ein Mann, der es wert ist, dass man für ihn kämpft. Ich sehe da enorme Möglichkeiten. Ich bin überzeugt, dass sich sein Leben in Zukunft radikal verändern kann.«

Carl stand mucksmäuschenstill da. Es war ein ganz merkwürdiges Gefühl, irgendwie, als stürzte der Raum von allen Seiten auf ihn ein. Er wusste plötzlich weder, wo seine Beine standen, noch, wohin er den Blick richten sollte. Kurz gesagt, er war erschüttert wie ein Kind, das mit einem Mal die Welt begreift. Das Gefühl war ihm vollkommen unbekannt, und deshalb wusste er sich nicht anders zu helfen, als einen Schritt vorzutreten und diesen fremden Mann an sich zu ziehen. Er wollte Danke sagen, aber die Worte blieben ihm im Hals stecken.

Da spürte er, dass ihm jemand auf die Schulter klopfte. »Ja«, sagte dieser zugeflogene Engel. »Ich weiß, was du jetzt fühlst, Carl. Das ist groß, ungeheuer groß.«

Gott sei Dank war Freitag und der Spielzeugladen am Markt in Allerød hatte noch geöffnet. Die Zeit reichte gerade, um irgendwas für Monas Enkel auszusuchen, aber auf keinen Fall etwas, womit man zuschlagen konnte.

»Hallo«, sagte er kurze Zeit später zu dem Jungen, der in Monas Flur stand und so aussah, als könnte er auch ohne Hilfsmittel losschlagen.

Mit ausgestrecktem Arm reichte er dem Jungen das Geschenk und sah noch in derselben Sekunde eine Hand auf sich zuschnellen. Wie eine Schlange, die zustößt.

»Gute Reflexe«, sagte er zu Mona, während der Junge mit seiner Beute wegrannte, und drückte sie so entschieden an sich, dass kein Strohhalm zwischen sie beide gepasst hätte. Sie war in der Tat ungewöhnlich wohlriechend und appetitlich.

»Was hast du ihm mitgebracht?«, fragte sie und küsste Carl. Wie um Himmels willen sollte er sich daran erinnern, wenn diese braunen Augen so nahe waren?

»Äh, das war ein ... ich glaube, das Ding heißt Phlat Ball. So einer, den man wie einen Pfannkuchen zusammendrückt, und wenn man ihn wirft, dann ploppt er auf und ist wieder ein Ball.«

Sie sah ihn skeptisch an. Offenbar versuchte sie sich vorzustellen, wie viele und welche Anwendungsmöglichkeiten Ludwig für dieses Spielzeug finden würde.

Diesmal war Monas Tochter Samantha besser vorbereitet: Sie drückte ihm einfach die Hand, ohne den Blick auf seine weniger schmeichelhaften Körperpartien zu richten.

Hach, sie hatte dieselben Augen wie ihre Mutter. Wer brachte es über sich, diese junge Göttin zur alleinerziehenden Mutter zu machen? Carl konnte es nicht fassen. Bis sie den Mund aufmachte.

»Dann wollen wir doch hoffen, Carl, dass du dieses Mal nicht in die Soße tropfst«, sagte sie und lachte tief und deplatziert.

Carl hätte gern mitgelacht, schaffte die Tonlage aber nicht.

Das Essen sollte sofort beginnen, und Carl war einsatzbereit. Vier gute Pillen aus der Apotheke hatten der Darmgymnastik ein Ende bereitet, und der Kopf war klar und bereit zum Widerstand.

»Na, Ludwig«, sagte er. »Wie findest du den Phlat Ball?«

Der Junge antwortete nicht, vielleicht, weil ihm zwei Handvoll Pommes frites quer im Mund steckten.

»Er hat ihn gleich beim ersten Mal aus dem Fenster geschleudert«, antwortete seine Mutter. »Du musst ihn draußen im Garten suchen, wenn wir gegessen haben, Ludwig, hörst du?«

Auch darauf antwortete der Junge nicht. Er war also zumindest konsequent.

Carl sah hinüber zu Mona, die nur die Achseln zuckte. Offenbar war das alles noch Bestandteil der Prüfung.

»Als du angeschossen wurdest, ist da aus dem Loch was vom Gehirn ausgelaufen?«, fragte der Junge nach einer weiteren Ladung Pommes. Er deutete auf Carls Narbe.

»Nur ein bisschen«, antwortete der. »Deshalb bin ich jetzt nur noch doppelt so schlau wie unser Staatsminister.«

»Das sagt nun nicht besonders viel«, griente die Mutter von der Seite.

»Ich bin gut in Mathe«, sagte der Junge, »du auch?« Zum ersten Mal richtete er seine klaren Augen direkt auf Carl. Kontaktaufnahme nannte man das wohl.

»Ein absoluter Crack«, log Carl.

»Kennst du den mit 1089?«, fragte der Junge.

Dass der überhaupt so eine hohe Zahl nennen konnte, wunderte sich Carl. Wie alt war er, bitte schön? Fünf?

»Vielleicht solltest du ein Blatt Papier benutzen, Carl.« Mona holte einen Block und einen Bleistift aus einer Schublade des Sekretärs.

»Okay«, sagte der Junge. »Nimm irgendeine dreistellige Zahl und schreib sie auf.«

Dreistellig. Woher zum Teufel kannte ein Fünfjähriger das Wort?

Carl nickte und schrieb 367.

»Jetzt dreh die Zahl um.«

»Dreh sie um, wie meinst du das?«

»Na ja, du schreibst einfach 763, ist doch klar, oder? Bist du sicher, dass nicht mehr Gehirnmasse ausgelaufen ist, als du weißt?«, fragte die zauberhafte Mutter des Jungen.

Carl schrieb 763.

»Dann zieh die kleinere Zahl von der größeren ab«, befahl das blond gelockte Genie.

763 minus 367. Carl hielt die Hand vor das Blatt, damit niemand sehen konnte, dass er das mit dem Subtrahieren noch immer so machte, wie er es in der dritten Klasse gelernt hatte.

»Was kommt raus?« Ludwigs Augen leuchteten.

»Äh, 396, oder?«

»Dann dreh die Zahl um und zähl sie zusammen mit 396. Was kommt raus?«

»693 plus 396, meinst du das? Was dabei rauskommt?«

»Ja.«

Carl addierte die Zahlen und schirmte das Manöver wieder mit der Hand ab.

»Da kommt 1089 raus«, sagte er endlich.

Der Junge brüllte vor Lachen, als Carl aufblickte. Er wusste selbst, wie verblüfft er aussah.

»Das ist ja 'n Ding, Ludwig! Ist es ganz egal, mit welcher Zahl ich anfange? Am Ende kommt immer 1089 raus?«

Der Junge sah enttäuscht aus. »Ja, hab ich doch gesagt, oder? Aber wenn deine Anfangszahl zum Beispiel 102 ist, dann hättest du nach der ersten Subtraktion 99. Und dann darfst du nicht 99 schreiben, sondern 099. Die Zahl muss immer dreistellig sein, denk dran.«

Carl nickte bedächtig.

»Cleveres Bürschchen«, sagte er und lächelte Samantha an. »Das hat er natürlich von seiner Mutter.«

Darauf antwortete sie nicht. Also hatte er wohl recht.

»Samantha gehört zu den begabtesten Mathematikern des Landes. Aber es deutet einiges darauf hin, dass Ludwig noch besser wird«, erklärte Mona und reichte Carl den Lachs.

Okay, Mutter und Sohn, offenbar aus dem gleichen Holz geschnitzt. Fünfzehn Teile Begabung, zehn Teile Pfeffer im Arsch und sechzehn Teile Unhöflichkeit. Was für eine Mixtur. Diese Familie zu erobern, würde mit Sicherheit nicht leicht werden.

Nach ein paar weiteren Rechenspielchen, zwei Nachschlagportionen Pommes und drei Kugeln Eis war der Junge müde und Carl hatte Ruhe. Mutter und Sohn verabschiedeten sich und Mona stand ihm mit funkelnden Augen gegenüber.

»Ich habe mit Kris einen Termin am Montag abgemacht.« Carl beeilte sich, das loszuwerden. »Ich hab angerufen und mich dafür entschuldigt, dass ich's heute nicht geschafft habe. Aber seit heute Morgen ging es wirklich rund, Mona.«

»Denk nicht dran«, sagte sie und zog ihn so dicht an sich, dass Carl ins Schwitzen kam.

»Ich glaube, jetzt wird dir ein bisschen Lakengymnastik guttun.« Damit manövrierte sie eine Hand dorthin, wo alle gesunden Jungs den lieben langen Tag rumfummeln.

Carl zog die Luft zwischen den Zähnen ein. Verflixt scharfsinnig, diese Frau. Vielleicht hatte sie das von ihrer Tochter geerbt.

Nach den obligatorischen einleitenden Handlungen verschwand Mona im Badezimmer, um sich »zu pflegen«, und Carl saß mit roten Wangen, geschwollenen Lippen und viel zu kleiner Unterhose auf der Bettkante.

Da klingelte sein Handy.

Auf dem Display erkannte er Roses Nummer im Präsidium. Die hatte wirklich ein Talent für falsche Momente!

»Ja, Rose«, sagte er kurz angebunden. »Es muss schnell gehen, ich bin gerade mit etwas Wichtigem beschäftigt«, fuhr er fort und spürte, wie sein Stolz in der Zwischenetage langsam schrumpfte.

»Bingo, Carl.«

»Bingo? Warum bist du noch im Büro?«

»Wir sind alle beide hier. Hallo Carl!«, hörte er Assad im Hintergrund. Feierten die 'ne Pyjamaparty, oder was?

»Wir haben noch einen weiteren Vermisstenfall ausgegraben. Über den wurde allerdings erst einen Monat später berichtet als über die uns bekannten Fälle, deshalb haben wir ihn beim ersten Durchgang nicht gefunden.«

»Aha, und ihr bringt ihn sogleich mit den anderen in Verbindung? Warum?«

»Man nannte ihn den Velosolex-Fall. Ein Mann setzte sich auf sein Moped, fuhr von Brenderup auf Fünen zum Bahnhof von Ejby, parkte das Teil beim Fahrradständer und ward nie mehr gesehen. Einfach verschwunden.«

»Und an welchem Tag war das?«

»Am 4. September 1987. Aber das ist noch nicht alles.«

Carl sah hinüber zur Toilettentür, hinter der sein erotischer Traum feminine Geräusche erzeugte.

»Ja, was denn noch? Nun sag schon.«

»Der Typ hieß Hermansen, Carl. Tage Hermansen.«

Carl runzelte die Stirn. Ja, und?

»Mensch, Carl, Hermansen«, rief Assad im Hintergrund. »Weißt du nicht mehr? Den Namen hat Mie Nørvig erwähnt, und zwar in Zusammenhang mit dem ersten Fall, bei dem ihr Mann und Curt Wad zusammengearbeitet haben.«

Carl konnte Assads galoppierende Augenbrauen förmlich vor sich sehen.

»Okay«, sagte Carl. »Da müssen wir nachhaken. Gute Arbeit. Aber jetzt geht heim, ihr zwei.«

»Dann treffen wir uns morgen früh im Präsidium, Carl, ja? Sollen wir sagen, um neun?«, dröhnte Assads Stimme aus dem Hintergrund.

»Äh, morgen ist Samstag, Assad. Hast du mal was von freien Tagen gehört?«

Dann entstand ein Kratzen in der Leitung, Assad nahm Rose offenbar den Hörer ab.

»Jetzt mal langsam, Carl. Wenn Rose und ich am Sabbat arbeiten können, wirst du es doch wohl schaffen, an einem Samstag nach Fünen zu fahren, oder?«

Das war keine Frage, die nach einer Antwort verlangte. Das war ein Köder und außerdem eine getroffene Entscheidung.

25

September 1987

ENTSPANNT UND VOLLER ERWARTUNG saß Rita auf einer Bank und blickte über den Peblinge-See. Die Zeit reichte noch für zwei Zigaretten. Dann würde sie zu dem grau geklinkerten Wohnblock hinübergehen, klingeln, die braune Haustür aufstoßen, die Treppe hinaufsteigen und sich ihrer Vergangenheit zuwenden. Vielleicht ließe sich da ja noch mal anknüpfen?

Sie lächelte vor sich hin, und als ein Mann im Jogginganzug vorbeilief, lächelte sie auch den an, woraufhin der frech zurückgrinste. Sie war zwar sehr früh aufgestanden, aber trotzdem schon voller Schwung. Und sehr von sich selbst überzeugt. Sie steckte sich eine Zigarette zwischen die Lippen. Der Typ blieb zwanzig Meter weiter stehen und begann mit Dehnübungen, aber seine Augen verweilten auf ihrem großen Busen unter dem offenen Mantel.

Nicht heute, mein Kleiner, vielleicht ein andermal, signalisierte ihr Blick, als sie sich die zweite Zigarette anzündete.

Im Augenblick ging es nur um Nete, und Nete war weitaus interessanter als ein Kerl, dem das Gehirn zwischen den Beinen baumelte.

Warum wohl wollte Nete sie sehen? Seit dem Öffnen des Briefes bis heute, bis zu diesem Morgen, als sie früh ins Auto gestiegen war und Kurs auf Kopenhagen genommen hatte, beschäftigte sie diese Frage. Hatte Nete nicht vor langer Zeit, als sie sich zum letzten Mal getroffen hatten, ausdrücklich gesagt, dass sie sie nie mehr sehen wolle?

»Wegen dir, nur wegen dir bin ich auf diese verdammte Insel gekommen. Du hast mich dazu verleitet«, ahmte Rita zwischen zwei Lungenzügen ihre alte Freundin nach. Unterdessen versuchte der Kerl im Jogginganzug auszuloten, was mit ihr los war.

Rita lachte. Was für eine kranke Zeit, jene kalten Tage damals, 1955, in dieser Irrenanstalt in Ostjütland.

An dem Tag, als Nete in die Anstalt von Brejning eingeliefert worden war, hatten sich vier der leicht Debilen geprügelt, dass es in den Gängen nur so widergehallt hatte.

Solche Tage liebte Rita, da war was los. Sie hatte noch nie was dagegen gehabt, zuzusehen, wenn Prügel ausgeteilt wurde, zumal das Pflegepersonal richtig gut im Zuschlagen war.

Sie stand gleich neben dem Eingang, als die Polizisten mit Nete zwischen sich das Haus betraten. Ein Blick reichte, und sie wusste, dass sie ein Mädchen vor sich hatte, das aus dem gleichen Holz geschnitzt war wie sie. Hellwache Augen, allerdings erschrocken angesichts all des Hässlichen. Aber nicht nur das, in den Augen sah sie auch Wut. Die Neue war bestimmt eine richtig Zähe, genau wie sie.

Rita schätzte Wut über alles, Wut war immer ihr Antrieb gewesen. Wenn sie irgendeinem Blödmann die Brieftasche klaute oder wenn sie ein paar Idioten zur Seite schubste, die ihr im Weg standen. Dass Wut zu nichts führte, war ihr durchaus klar, aber schon allein das Gefühl war gut. Mit Wut im Bauch konnte man alles schaffen.

Sie gaben der Neuen ein Zimmer, das nur zwei Türen von Ritas entfernt lag. Gleich beim Abendessen beschloss sie, dieses Mädchen zu bearbeiten. Sie beide sollten Freundinnen und Verbündete werden.

Sie schätzte, dass die andere ein paar Jahre jünger war als sie selbst. Bestimmt eine von den Naiven, die nicht so parierten, wie es von ihnen erwartet wurde, aber durchaus helle waren. Die nur noch nicht genug vom Leben und dem Wesen der Menschen wussten, um zu verstehen, dass alles nur ein Spiel war. Na, das wollte Rita ihr schon beibringen.

Wenn die Neue es leid war, den ganzen Tag Strümpfe zu stopfen, und wenn die ersten Streitereien mit dem Pflegepersonal ihr die Tage schwer machten, dann würde sie Trost bei ihr, Rita, suchen. Und getröstet sollte sie werden. Noch ehe die Buchen wieder ausschlugen, wären sie beide zusammen getürmt, das versprach Rita sich. Quer durch Jütland, dann in Hvide Sande an Bord eines Fischtrawlers und damit ab nach England. Zwei hübsche Mädchen auf der Flucht, bestimmt gab es auf den Kuttern welche, die sich ihrer annehmen würden. Wer hätte nicht gern zwei wie sie unter Deck? Ja, sie würden die Trawler schon zum Schaukeln bringen.

Und wenn sie dann erst in England wären, würden sie Englisch lernen und alle möglichen Jobs annehmen, und wenn sie dann erst mal genug gelernt hätten, dann wäre der nächste Schritt dran. Amerika.

Rita hatte den Plan fertig im Kopf gehabt. Ihr hatte nur noch eine gefehlt, die mitmachte.

Es hatte keine drei Tage gedauert, da hatte diese Nete die ersten Probleme. Sie stellte ganz einfach zu viele Fragen. Und da sie zwischen all den schwerbehinderten Menschen deutlich hervorstach, wurden ihre Fragen gehört und als Angriff aufgefasst.

»Halt dich zurück«, warnte Rita sie draußen auf dem Gang. »Zeig ihnen nicht, wie schlau du bist, das hilft dir hier nicht weiter. Tu, was sie dir sagen, und tu's schweigend.«

Dann fasste sie Nete am Arm und zog sie zu sich heran. »Du kommst hier weg, das verspreche ich dir. Aber zuerst eine Frage: Rechnest du damit, dass dich jemand hier in Jütland besucht?«

Nete schüttelte den Kopf.

»Dann gibt es also niemanden, zu dem du nach Hause gehen kannst, falls die dich hier jemals rauslassen?«

Ganz offensichtlich erschütterte die Frage sie. »Was meinst du mit ›jemals‹?«

»Du denkst doch nicht, dass du hier einfach so rauskommst? Ich weiß selbst, dass die Häuser ganz nett aussehen, aber ein Gefängnis sind sie trotzdem. Und auch wenn du weit über die Bucht und die Felder schauen kannst – ringsum, in allen Ackerfurchen, wächst unsichtbar der Stacheldraht. Und über diesen verdammten Stacheldraht kommst du ohne mich nicht drüber, das kannst du mir glauben.«

An der Stelle kicherte Nete ganz unerwartet.

»Hier darf nicht geflucht werden«, sagte sie leise und stupste Rita mit dem Ellbogen in die Seite.

Die war schon in Ordnung.

Nachdem Rita ihre beiden Zigaretten aufgeraucht hatte, sah sie auf die Uhr. Es war 10.58 Uhr, Zeit, sich in die Höhle des Löwen zu begeben und ihm die Zähne zu ziehen.

Kurz zögerte sie, überlegte, dem Jogger, der nun an einem Baum lehnte, zuzurufen, er möge auf sie warten. Aber dann stellte sie sich Netes schönes Haar und ihren kurvigen Körper vor und verwarf die Idee. Schwänze konnte man immer haben. Da brauchte man nur mit dem Finger zu schnipsen.

Sie erkannte Netes Stimme an der Gegensprechanlage nicht wieder, ließ sich das jedoch nicht anmerken.

»Nete, wie schön, deine Stimme zu hören!«, rief sie und drückte die Tür auf, als der Summer ertönte. Vielleicht war Nete ja tatsächlich krank. Ihre Stimme klang so.

Aber sobald Nete die Tür öffnete und vor ihr stand, war die kurze unerwartete Unsicherheit verschwunden, da waren die vergangenen sechsundzwanzig Jahre und der Groll zwischen ihnen wie weggeblasen.

»Komm rein, Rita, du siehst ja großartig aus! Und danke, dass du so pünktlich bist.«

Nete führte Rita ins Wohnzimmer und bat sie, Platz zu nehmen. Noch immer hatte Nete diese weißen Zähne und die vollen Lippen. Noch immer diese einzigartigen blauen Augen, deren Ausdruck blitzschnell zwischen Frost und Feuer wechseln konnte.

Fünfzig Jahre und noch genauso hübsch wie früher, dachte Rita, als Nete ihr den Rücken zuwandte und Tee einschenkte. Schlanke Beine, Hose mit Bügelfalten. Schmale Bluse, die über die geschwungenen Hüften fiel. Und der Hintern so fest wie eh und je.

»Du hältst dich phantastisch, meine Schöne. Ich weigere mich zu glauben, dass dir ernsthaft etwas fehlt. Sag, dass das nicht stimmt. Dass du die Krankheit nur als Vorwand benutzt hast, damit ich nach Kopenhagen komme.«

Mit herzlicher Miene drehte Nete sich zu ihr um, die Teetassen in den Händen. Sie antwortete nicht.

Immer noch dieses stumme Spiel, genau wie damals. »Ich hab nicht geglaubt, dass du mich je wiedersehen wolltest, Nete«, sagte Rita und schaute sich dabei um. Die Wohnung war nicht sonderlich luxuriös eingerichtet. Nicht, wie Rita es bei einer Frau erwartet hätte, die mehrere Millionen auf dem Konto hatte. »Aber ich habe oft an dich gedacht, das kannst du dir ja vorstellen.« Sie blickte auf die beiden Tassen und lächelte. Zwei Tassen, nicht drei.

Also kein Anwalt. Das war vielversprechend.

Rita und Nete, die zwei passten gut zusammen, das hatte das Pflegepersonal sofort erkannt. »Im Kindertrakt fehlen uns Leute«, sagten sie und drückten ihnen Löffel in die Hand.

Ein paar Tage lang fütterten Rita und Nete hochgradig debile, große Kinder, die an die Heizkörper festgebunden waren, weil sie nicht ohne Hilfe am Tisch sitzen konnten. Eine entsetzliche Schweinerei, die ein wenig abseits erledigt wurde, damit niemandem der traurige Anblick ins Auge fiel. Und da die beiden sich der Aufgabe gewachsen zeigten und dafür sorgten, dass die Gesichter der Gefütterten immer schön sauber blieben, belohnte man sie mit der Aufgabe, auch gleich das andere Ende des Verdauungssystems sauber zu halten.

Rita musste sich immer wieder übergeben, denn da, wo sie herkam, hatte sie Scheiße nur zu sehen bekommen, wenn die Kloaken bei einem seltenen Wolkenbruch einmal überliefen. Nete hingegen wischte Hintern ab und wrang Windeln aus, als hätte sie nie etwas anderes getan.

»Scheiße ist Scheiße«, sagte sie, »und in Scheiße bin ich aufgewachsen.«

Dann erzählte sie Rita von Kuhfladen und Schweinescheiße und Pferdeäpfeln und Arbeitstagen, die so lang gewesen waren, dass einem der Job hier in der Anstalt wie Ferien vorkommen konnte.

Aber Nete wusste sehr genau, dass es keine Ferien waren. Das sah Rita an den Rändern unter ihren Augen, und das hörte sie, wenn Nete den Arzt verfluchte, der ihr mit seinem idiotischen Intelligenztest den Verstand genommen hatte.

»Glaubst du vielleicht, irgendeiner der Ärzte hier in Brejning weiß, dass es ein Unterschied ist, ob man morgens um vier im Winter oder morgens um vier im Sommer zum Melken aufsteht?«, schimpfte sie, wenn einer der weißen Kittel auftauchte – was selten genug vorkam. »Glaubst du, einer von denen kennt den Geruch im Stall, wenn eine Kuh eine entzündete Gebärmutter hat, die nicht von selbst heilen will? Das glaubst du doch selber nicht. Aber aus mir eine Dumme machen, nur weil ich nicht weiß, wer in Norwegen König ist, das können sie!«

Nachdem sie den Kindern vierzehn Tage lang die Gesichter und Hintern abgewischt hatten, konnten sie in der Kinderabteilung kommen und gehen, wann sie wollten. Und Rita begann ihren Kreuzzug.

»Na, bist du schon beim Oberarzt gewesen, Nete?«, fragte sie jeden Morgen. »Oder vielleicht zum Gespräch bei einem der anderen Ärzte? Ach, und hat der Oberarzt dem Gemeindevorsteher gegenüber schon eine Empfehlung auf Entlassung ausgesprochen? Hat er dich überhaupt schon einmal angeschaut?« Die Worte flogen Nete um die Ohren wie Maschinengewehrsalven.

Und nachdem das eine Woche lang so gegangen war, hatte Nete genug.

Nach der Mittagspause sah sie sich um, sah all die schiefäugigen Gesichter, die krummen Rücken, die kurzen Beine und die ausweichenden Blicke. Und langsam dämmerte es ihr: Letztlich war sie eine von denen, denen sie selbst den Hintern abwischte, und das wollte sie keine Sekunde länger sein.

»Ich möchte gern mit dem Oberarzt sprechen«, sagte sie zu einer Krankenschwester, die kopfschüttelnd an ihr vorbeiging. Und nachdem sie das einige Male wiederholt hatte und niemand ihr zuhören wollte, stellte sie sich hin und schrie es raus, so laut sie konnte.

An dieser Stelle kam Ritas Erfahrung der wohl fast zwangsläufigen Entwicklung der Dinge zuvor.

»Wenn du so weitermachst, dann wirst du tatsächlich bald mit dem Oberarzt reden. Aber vorher wirst du ein paar Tage ans Bett gefesselt, vollgepumpt mit Spritzen, damit du endlich die Klappe hältst, da kannst du sicher sein.«

Nete legte den Kopf in den Nacken, um ihre Botschaft noch einmal mit aller Kraft hinauszuschreien, aber da packte Rita sie.

»Es gibt nur zwei Möglichkeiten für Mädchen wie dich und mich, von hier wegzukommen. Entweder durch Flucht oder durch Sterilisierung. Hast du eine Ahnung, wie schnell sie die aussortiert haben, die sterilisiert werden sollen, und die anderen, die davonkommen? Ich weiß, dass der Oberarzt und der Psychologe letzte Woche in zehn Minuten fünfzehn Mädchen aussortiert haben. Na, und was glaubst du wohl, wie viele von denen davongekommen sind? Nein, wenn der Ausschuss des Sozialministeriums die Fälle behandelt, kannst du sicher sein, dass die meisten nach Vejle ins Krankenhaus kommen.

Deshalb frage ich dich noch mal, Nete. Gibt es jemanden dort draußen, außerhalb der Anstalt, den du vermissen wirst? Denn wenn nicht, dann hau mit mir zusammen ab. Gleich heute Abend, sobald wir die Kinder gefüttert haben.«

Noch am selben Tag stahlen sie zwei weiße Blusen und Röcke und verließen das Anstaltsgelände wie alle anderen Angestellten durch das Tor. Sie versteckten sich eine Weile im Gebüsch und entfernten sich Stunde um Stunde weiter von der Anstalt. Am nächsten Morgen warfen sie die Fensterscheibe eines Bauernhauses ein. Da alle im Stall waren, hatten die beiden Mädchen freie Hand und nahmen sich Kleidung sowie etwas Geld. Und weg waren sie.

Im Seitenwagen eines Nimbus-Motorrads kamen sie nach Silkeborg. Der Polizei fielen sie zum ersten Mal auf, als sie an der Landstraße nach Viborg standen und trampten.

So hauten sie über Waldwege ab und waren wieder in Sicherheit. Drei Tage lang schliefen sie in einer Jagdhütte und lebten von Konserven.

Rita versuchte es Nacht für Nacht bei Nete. Schmiegte sich dicht an ihre winterblasse Haut und umfasste ihre Brüste, aber Nete schob sie weg. Sie sagte etwas wie, es gebe zwei Sorten Menschen, und deshalb sei es unnatürlich, wenn eine von der einen Sorte mit einer von derselben Sorte schlafen würde.

Am dritten Tag, es goss in Strömen und war eiskalt, waren die Konserven alle. Drei Stunden standen sie an der Straße, ehe sich der Fahrer eines Kühlwagens ihrer erbarmte. Mit Putzwolle durften sie sich im Führerhaus trocken reiben. Klar glotzte er, aber er brachte sie dennoch nach Hvide Sande.

Und dort fanden sie tatsächlich einen Kutterskipper, der ihnen zublinzelte und nur allzu bereit war, sie mitzunehmen. Und wenn sie lieb und nett wären, wollte er sie später sogar mit Freude an eine einsame englische Crew übergeben, damit sie weiterkämen. Jedenfalls sagte er das.

Während er sie jedoch bat, sich zur Verfügung zu halten, damit er die Ware prüfen könne, schüttelte Nete den Kopf, sodass er sich mit Rita begnügen musste. Und nachdem er sich zwei Stunden mit ihr verlustiert hatte, rief er seinen Bruder an, einen Polizeikommissar in Nørre Snede.

Was passiert war, begriffen die beiden Mädchen erst, als zwei große Burschen von der Polizei in Ringkøbing ihnen Handschellen anlegten und sie zum Streifenwagen führten.

Am nächsten Morgen brachte man sie in die Keller'schen Anstalten in Brejning zurück. Jetzt bekamen Rita und Nete umgehend ihr Gespräch mit dem Oberarzt.

»Rita Nielsen, du bist ein abscheuliches, unberechenbares Mädchen«, sagte er. »Du hast nicht nur das Vertrauen des Personals missbraucht, sondern vor allem auch deinem eigenen Wohl extrem geschadet. Dein Charakter ist verdorben, du bist dumm und verlogen und sexuell ungezügelt. Ließe ich ein asoziales Wesen wie dich auf die Menschheit los, würdest du mit jedem Dahergelaufenen ins Bett steigen, und bald schon würden der Gesellschaft deine vielen Blagen zur Last fallen. Deshalb habe ich heute in deinen Bericht geschrieben, dass für dich nur eine Zwangsbehandlung in Frage kommt, weil du anderes nicht kapierst. Und zwar so lange, bis du kapierst.«

Noch am selben Tag saßen Rita und Nete auf dem Rücksitz eines schwarzen Citroëns, dessen Türen abgeschlossen waren. Auf dem Beifahrersitz lag der Bericht des Oberarztes. Das Ziel der Reise war Sprogø, die Insel der ausgestoßenen Frauen.

»Hätte ich bloß nicht auf dich gehört!«, schluchzte Nete, während sie über Fünen fuhren. »Das ist alles nur deine Schuld.«

»Der ist etwas bitter, Nete«, sagte Rita, nachdem sie am Tee genippt hatte. »Vielleicht hast du stattdessen einen Kaffee?«

Da überzog ein sonderbarer Ausdruck Netes Gesicht. Als hätte Rita ihr ein Geschenk hingehalten und es in dem Moment, als Nete danach greifen wollte, zurückgezogen. Das war nicht nur Enttäuschung. Das war mehr, und es saß tiefer.

»Nein, Rita, Kaffee habe ich leider nicht im Haus«, antwortete Nete mit so matter Stimme, als sei ihre Welt am Einstürzen.

Gleich schlägt sie vor, frischen Tee zu kochen, dachte Rita, die sich innerlich darüber amüsierte, wie ernst Nete ihre Gastgeberinnenrolle zu nehmen schien.

Aber Nete schlug nichts vor. Sie saß Rita gegenüber und wirkte, als würde sich auf einmal alles in Zeitlupe abspielen.

Rita schüttelte den Kopf.

»Ach egal, Nete. Hast du Milch? Dann gießen wir einfach ein bisschen Milch in den Tee. Das hilft bestimmt.« Erstaunt stellte sie fest, wie erleichtert Nete sofort wirkte.

»Aber natürlich!« Nete sprang auf und stürzte geradezu aus dem Raum. »Nur einen Moment, bin gleich wieder da!«, rief sie.

Rita sah hinüber zur Anrichte, wo die Teekanne stand. Warum hatte sie die nicht auf den Tisch gestellt? Aber als vollendete Gastgeberin tat man das vielleicht nicht. Davon verstand Rita nichts.

Eine Sekunde lang überlegte sie, ob sie um ein Glas dieses Likörs bitten sollte oder was immer das in der Karaffe war, die neben der Teekanne stand. Aber da kam Nete schon mit dem Milchkännchen zurück und schenkte mit einem Lächeln ein, das Rita etwas angestrengt vorkam.

»Zucker?«, fragte Nete.

Rita schüttelte den Kopf. Auf einmal wirkte Nete so hektisch, als hätte sie es eilig, und das weckte Ritas Neugier. Handelte es sich nur um ein Ritual, das überstanden werden musste, ehe Nete ihr endlich die Hand reichte und ihr sagte, wie froh sie sei, dass sie die Einladung angenommen habe? Oder ging es um etwas ganz anderes?

»Na, Nete, wo ist denn der Anwalt, von dem du geschrieben hast?«, fragte Rita und bemühte sich um ein der Situation angemessenes Lächeln. Das Lächeln wurde nicht erwidert, aber das hatte sie auch nicht erwartet.

Als hätte sie Nete nicht längst durchschaut. Es gab gar keinen Anwalt, sie bekam gar keine zehn Millionen und Nete war gar nicht krank.

Nun galt es, überlegt zu handeln, damit sich die Reise trotzdem noch auszahlte.

Gib Obacht, sie führt was im Schilde, sagte sich Rita und nickte, als Nete erklärte, der Anwalt habe sich verspätet, aber er müsse jeden Augenblick da sein.

Das war doch kurios. So schön und so reich und trotzdem so leicht zu durchschauen.

Da lachte Nete plötzlich auf und hob ihre Teetasse. »Wer trinkt auf ex?«, rief sie.

Mannomann, was für ein Stimmungswechsel, dachte Rita leicht verwirrt. Und sogleich stiegen die Bilder aus der Vergangenheit auf.

Erinnerte Nete sich wirklich noch daran? An das Ritual? Wenn die Mädchen beim Essen ausnahmsweise mal nicht beaufsichtigt wurden, wenn keiner da war, der für Ruhe am Tisch sorgte, dann saßen sie im Speisesaal und spielten, sie wären frei. Dann stellten sie sich vor, sie hockten auf dem Jahrmarkt mit hoch erhobenen Biergläsern und täten, wozu sie Lust hätten.

In dem Moment hatte Rita immer: »Wer trinkt auf ex?« gerufen und dann hatten sie die Gläser mit dem Leitungswasser in einem Zug geleert. Und alle hatten gelacht, damals, bis auf Nete, die saß einfach in der Ecke und schaute aus dem Fenster.

Zum Teufel, erinnerte sich Nete tatsächlich daran?

Rita lächelte ihr zu, setzte die Tasse an, trank den Tee in einem Zug aus und hatte auf einmal das Gefühl, dass der Tag trotz allem noch gut werden würde.

»Ich!«, riefen beide wie aus einem Mund und lachten lauthals. Dann ging Nete zur Anrichte und schenkte nach.

»Nicht für mich, danke«, sagte Rita, immer noch lachend. »Dass du dich daran erinnerst!«, fuhr sie fort und wiederholte ihren Schlachtruf. »Ja, da war schon was los.«

Dann erzählte sie ein, zwei Geschichten von den Nummern, die sie und zwei der anderen Mädchen dort draußen auf der Insel draufgehabt hatten.

Sie nickte vor sich hin. Erstaunlich, wie die Stimmung in dieser Wohnung plötzlich dermaßen viele Erinnerungen wachrufen konnte, und erstaunlich, dass es nicht nur die schlechten waren.

Nete stellte ihre Tasse auf den Tisch und lachte dann in einer anderen Tonart, so als läge hinter dem Amüsement noch mehr. Doch ehe Rita darauf reagieren konnte, sah Nete ihr direkt in die Augen und sagte ganz ruhig: »Mal ehrlich, Rita. Wenn du nicht gewesen wärst, dann hätte ich ein ziemlich normales Leben führen können, da bin ich mir sicher. Hättest du mich in Ruhe gelassen, wäre ich nie auf Sprogø gelandet. Ich hätte sehr schnell gelernt, mich in der Anstalt zu benehmen. Hättest du nicht in jeder Hinsicht alles ruiniert, hätten die Ärzte begriffen, dass ich normal war, und mich gehen lassen. Sie hätten kapiert, dass nicht ich asozial war, sondern das Umfeld, in dem ich aufgewachsen bin. Sie hätten schon gesehen, dass sie von mir nichts zu befürchten gehabt hätten. Warum hast du mich nicht einfach in Ruhe gelassen?«

Ach, darum geht es?, schoss es Rita durch den Kopf. Nete war auf dem Vergangenheitsbewältigungstrip. Na, da war sie aber an die Falsche geraten. Bevor sie, Rita, ihren Wagen wieder in Richtung Kolding wendete, sollte die Schlampe nicht nur für die Fahrt noch mal hübsch was drauflegen, sondern auch einen ordentlichen Arschvoll kriegen.

Rita räusperte sich. Der Tee schmeckt total scheiße, wollte sie sagen. Nicht ums Verrecken wäre Nete damals ohne Sterilisierung davongekommen, weder von Sprogø noch aus Brejning hätte man sie gehen lassen, und sie sei einfach eine dumme Sau, die für das, was sie getan habe, die Verantwortung selbst übernehmen müsse, wollte sie sagen. Aber sie hatte so einen verflucht trockenen Mund.

Sie griff sich an den Hals. Irgendwie war das ein merkwürdiges Gefühl, fast wie bei einem dieser allergischen Anfälle, wenn sie Schalentiere gegessen hatte oder von einer Wespe gestochen worden war. Und plötzlich brannte ihre Haut, als hätte sie sich in Brennnesseln gewälzt, und auch das Licht blendete so.

»Was ist in diesem Scheißtee gewesen?«, stöhnte sie und sah sich benommen um. Verdammt, jetzt brannte auch noch ihre Speiseröhre!

Die Gestalt vor ihr erhob sich und kam näher. Die Stimme war sanfter, klang aber sonderbar hohl.

»Rita, alles okay mit dir?«, sagte die Stimme. »Meinst du nicht, du solltest dich ein bisschen zurücklehnen? Nicht, dass du noch vom Stuhl fällst. Weißt du was, ich rufe einen Arzt. Vielleicht hast du einen Schlaganfall? Deine Pupillen sehen völlig verrückt aus.«

Rita rang nach Luft. Die kupfernen Gegenstände auf den Regalbrettern vor ihr begannen zu tanzen, und ihr Herz schlug erst immer schneller, dann schwach und schwächer.

Der Arm, den sie nach der Gestalt vor ihr ausstreckte, war schwer wie Blei. Sekundenlang ähnelte diese Gestalt einem Tier, das sich auf die Hinterbeine gestellt und seine Klauen ausgefahren hatte.

Da fiel ihr Arm herab, im nächsten Moment stand das Herz fast ganz still.

Und so, wie die Gestalt vor ihr verschwand, war auch das Licht verschwunden.

26

November 2010

ALS SIE IHN WECKTE, lagen Streifen von Sonnenlicht über allem und er hätte sich liebend gern in eine ihrer vielen Lachfalten geschmiegt.

»Du musst los, Carl. Du fährst doch mit Assad nach Fünen!«

Sie küsste ihn und zog die Jalousie hoch. Ihr Körper war nach der wilden Nacht eindeutig leichter geworden. Kein Wort darüber, dass er viermal zur Toilette hatte rennen müssen, keine genierten Blicke wegen der unzähligen Grenzen, die er bei ihr womöglich überschritten hatte. Sie war eine Frau, die in sich ruhte, und sie hatte ihm gezeigt, dass sie ihm gehörte.

»Hier, Carl.« Sie stellte ein Tablett neben ihn. Verlockende Gerüche und zwischen allem lag ein Schlüssel.

»Das ist deiner«, sagte sie und schenkte Kaffee ein. »Benutz ihn mit Bedacht.«

Er nahm ihn und wog ihn in der Hand. Nur zweieinhalb Gramm, dachte er, und doch der Zugang zum Paradies.

Dann drehte er das kleine Plastikschildchen um, das daran hing, und las: *Liebhaber-Schlüssel.*

Das Schildchen fand er nicht ganz so doll. Das sah ein bisschen zu abgenutzt aus.

Viermal hatten sie bei Mie Nørvig angerufen, viermal vergebens.

»Wir schauen mal kurz vorbei, ob sie zu Hause sind«, sagte Carl, als sie mit dem Dienstwagen in die Nähe von Halsskov kamen.

Wie ein Wohnwagen, der für den Winter vorbereitet war, sah das Haus aus. Die Fensterläden geschlossen, der Carport leer. Selbst das Wasser hatten sie abgestellt, konstatierte Carl, als er den Hahn für den Gartenschlauch überprüfte.

»So kann man auch nichts erkennen«, sagte Assad, der an der Rückseite des Hauses die Nase zwischen die Ritzen der Fensterläden gesteckt hatte.

So ein Scheiß!, dachte Carl. Die ehrenwerten Bewohner waren offensichtlich ausgebüxt.

»Wir könnten einbrechen.« Assad grub schon in der Hosentasche nach seinem Taschenmesser.

Der hatte wahrlich keine Hemmungen.

»Um Gottes willen, Assad, steck das Ding wieder ein. Wir schauen auf dem Rückweg noch mal vorbei. Vielleicht haben wir dann mehr Glück.«

Aber natürlich glaubte er das selbst nicht.

»Das dort ist Sprogø.« Carl deutete zwischen die Stahltrossen der Brücke.

»Sieht gar nicht mehr so schlimm aus, wie es damals dort gewesen sein muss«, meinte Assad, der seine Beine auf dem Armaturenbrett abgelegt hatte. Konnte dieser Mann nicht einfach mal normal im Auto sitzen?

»Wir nehmen die Abzweigung hier«, sagte Carl, als sie sich der Abfahrt zur Insel direkt nach der Hochbrücke näherten. Er bog ab und fuhr auf eine Schranke zu. Allem Anschein nach war sie abgeschlossen. »Komm, wir halten hier einfach.«

»Ja, und dann? Dann musst du rückwärtsfahren, um wieder auf die Autobahn zu kommen. Du spinnst ja wohl.«

»Ich schalte beim Rückwärtsfahren das Blaulicht ein, dann werden die Leute einen Bogen um mich machen. Nun komm schon, Assad. Wenn wir erst rumtelefonieren, um eine Erlaubnis zu erhalten, ist der Tag hin.«

Keine zwei Minuten später sahen sie eine Frau schnurstracks auf sich zugehen. Kurze Haare, neonorangene Jacke mit reflektierenden Querstreifen, dazu sehr elegante High Heels – eine Kombination, die wahrlich zum Nachdenken anregte.

»Hier dürfen Sie sich nicht aufhalten, bitte fahren Sie augenblicklich weiter! Wir sorgen dafür, dass die Schranke kurz geöffnet wird, dann können Sie weiter nach Fünen fahren oder Sie wenden und kehren zurück nach Seeland. Und das schnellstmöglich.«

»Carl Mørck, Sonderdezernat Q«, sagte er nur und hielt ihr seine Marke hin. »Das ist mein Assistent und wir ermitteln in einem Mordfall. Haben Sie die Schlüssel parat?«

Das zeigte schon eine gewisse Wirkung, aber ganz ohne Autorität war sie ja nun auch nicht. Sie trat ein paar Schritte zur Seite und hielt ein Funkgerät ans Ohr, die Verantwortung ihres Amtes schien schwer auf ihren Schultern zu lasten. Nach etwas Palavern drehte sie sich um.

»Hier«, sagte sie und reichte ihm das Funkgerät.

»Carl Mørck, Sonderdezernat Q, Polizeipräsidium Kopenhagen, mit wem spreche ich?«

Der Mann am anderen Ende stellte sich vor. Offenbar eines der hohen Tiere aus der Verwaltung der Belt-Brücke in Korsør. »Sie können nicht einfach ohne Voranmeldung nach Sprogø fahren, das werden Sie einsehen«, lautete seine knappe Ansage.

»Ich weiß. Und ich kann auch nicht einfach einem Massenmörder gegenüber meine Pistole ziehen, wenn ich kein ausgebildeter Polizeibeamter im Dienst bin. So ist die Welt nun mal, nicht wahr? Ich verstehe Ihre Haltung. Aber zufälligerweise haben wir es sehr eilig, weil wir in einer ausgesprochen ekelhaften Verbrechensserie ermitteln, die anscheinend ihren Ursprung hier auf Sprogø hat.«

»Verbrechen welcher Art?«

»Das kann ich Ihnen nicht sagen. Aber Sie dürfen herzlich gern die Polizeipräsidentin in Kopenhagen anrufen. Dann bekommen Sie innerhalb von zwei Minuten die für die Genehmigung nötigen Informationen.« Eine gelinde Untertreibung, denn allein ins Vorzimmer der Präsidentin durchgestellt zu werden, konnte ohne Weiteres eine Viertelstunde dauern. Die hatten da verflixt viel um die Ohren.

»Ja, gut, ich glaube, das werde ich tun.«

»Nein, wie schön, da bedanke ich mich aber sehr, das ist wirklich nett«, flötete Carl, schaltete das Funkgerät aus und gab es zurück.

»Er hat uns zehn Minuten gegeben«, sagte er zu der Orgie in Orange. »Könnten Sie uns vielleicht kurz herumführen und uns erzählen, was Sie über die Zeit wissen, als hier auf der Insel die Anstalt für Frauen existierte?«

Von der ursprünglichen Einrichtung sei so gut wie nichts mehr vorhanden, so oft sei dort seither umgebaut worden, erklärte ihnen ihre Führerin.

»Ganz am Ende der Insel lag ein kleines Häuschen namens ›Freiheit‹, wo sich die Frauen eine Woche lang aufhalten durften. Allerdings nur tagsüber. Das waren sozusagen ihre Ferien. Ganz früher war das mal eine Quarantänestation für pestkranke Seeleute gewesen, aber nun ist es abgerissen«, fuhr sie fort und führte sie zu einem gepflasterten Hof, der von allen Seiten umbaut war und in dem ein gewaltiger Baum stand.

Carl sah sich um.

»Wo haben die Mädchen gewohnt?«

Sie deutete nach oben. »Dort, wo die kleinen Dachfenster sind. Aber das ist alles umgebaut worden. Heute finden hier Kongresse und so was statt.«

»Und womit haben sich die Mädchen beschäftigt? Konnten sie das selbst entscheiden?«

Sie zuckte die Achseln. »Das glaube ich nicht. Die bauten Gemüse an, ernteten Getreide, kümmerten sich um das Vieh. Und dort drinnen lag die Nähstube.« Sie deutete auf das Gebäude an der Ostseite. »In Handarbeiten waren die Schwachsinnigen ziemlich gut.«

»Die Mädchen waren schwachsinnig?«

»Ja, jedenfalls heißt es so. Aber alle waren es bestimmt nicht. Wollen Sie eine der Strafzellen sehen? Eine existiert noch.«

Carl nickte. Nur zu.

Sie durchquerten einen Speisesaal mit hohen blauen Holzpaneelen und einem wunderbaren Blick über das Meer.

Die Frau deutete in die Runde. »Hier haben nur die Mädchen gegessen. Das Personal aß nebenan. Da wurde streng getrennt. Und dort hinten, am anderen Ende des Gebäudes, wohnten die Heimleiterin und ihre Stellvertreterin, aber das ist jetzt völlig umgebaut. Kommen Sie nun bitte mit nach oben.«

Über eine steile Treppe ging es in eine weitaus bescheidenere Umgebung. Auf der einen Seite des schmalen Flurs hing noch ein langes Waschbecken aus Terrazzo und auf der anderen befanden sich zahlreiche Türen.

»Die hatten nicht viel Platz, wenn sie tatsächlich zu zweit in einem Zimmer wohnten.« Sie deutete in ein Zimmer mit schrägen Wänden und niedriger Decke und öffnete anschließend die Tür zu einer länglichen Dachkammer, die mit alten Möbeln vollgestellt war und in der reihenweise nummerierte Haken an den Wänden befestigt waren.

»Hier hatten die Mädchen die Möglichkeit, das aufzubewahren, wofür in den Zimmern kein Platz war.«

Dann bat die Orangene sie, wieder auf den Flur zu treten, und zeigte auf eine kleine Tür direkt nebenan, die mit zwei schweren Riegeln versehen war.

»Hier ist also die Strafzelle. Wenn die Mädchen nicht spurten, mussten sie da rein.«

Carl machte einen Schritt durch die niedrige Brettertür und befand sich in einem Raum, der so schmal war, dass man gerade eben auf einer Seite liegen konnte.

»Ja, hier wurden sie einige Tage oder auch länger eingesperrt. Manchmal hat man sie festgeschnallt, und wenn sie widerspenstig waren, gab man ihnen Spritzen. Das war sicher kein Vergnügen.«

Carl hätte noch andere Formulierungen dafür gefunden. Er drehte sich zu Assad um, der mit gerunzelter Stirn dastand und wahrlich nicht gut aussah.

»Assad, alles in Ordnung mit dir?«

Der nickte langsam. »Solche Spuren hier, die hab ich schon mal gesehen.«

Er deutete auf die Innenseite der Tür, wo frische Farbe die tiefen Furchen wohl abdecken sollte.

»Das sind Kratzspuren, Carl, glaub mir.«

Er wankte hinaus und lehnte sich auf dem Korridor an die Wand.

Vielleicht würde er ja doch eines Tages mal anfangen, ein bisschen was von sich zu erzählen.

In dem Moment meldete sich das Funkgerät der Inselführerin.

»Ja«, sagte sie. Binnen Sekunden veränderte sich ihr Gesichtsausdruck. »Aha, das werde ich weitergeben.« Als sie das Funkgerät in den Gürtel steckte, sah sie zutiefst verletzt aus.

»Schönen Gruß von meinem Chef, er hätte die Polizeipräsidentin nicht erreichen können, und meine Kollegen hätten uns auf ihren Monitoren über das Gelände spazieren sehen. Sie sollen von hier verschwinden, sagt er. Und zwar auf der Stelle, sage ich.«

»Tut mir wirklich leid. Sagen Sie ihm, ich hätte Sie angeschwindelt. Aber danke, wir haben jetzt auch genug gesehen.«

»Assad, bist du okay?«, fragte Carl, nachdem sie einen Großteil Fünens schweigend durchquert hatten.

»Ja, ja, kümmere dich einfach nicht um mich.« Er richtete sich auf. »Du musst die Abfahrt 55 nehmen«, sagte er und deutete auf das Navi.

Sollte der kleine Klugscheißer das nicht von sich aus ankündigen?

Da kam der Hinweis auch schon: »In sechshundert Metern rechts abbiegen«, schnarrte die metallische Stimme aus dem Gerät.

»Du brauchst mir den Weg nicht zu weisen, Assad. Das kann das Navi schon allein.«

»Und dann nehmen wir die 329 nach Hindevad«, fuhr Assad unverdrossen fort. »Von dort sind es nur etwa zehn Kilometer bis Brenderup.«

Carl seufzte. Das klang, als wären es zehn Kilometer zu viel.

Nach weiteren Kommentaren im Zwanzig-Sekunden-Takt deutete Assad endlich auf ihr Ziel.

»Da ist also das Haus, in dem Tage wohnte«, meldete er sich knapp zwei Sekunden vor dem Navi zu Wort.

»Haus« war fast zu viel gesagt. Es war eher ein schwarz gebeizter Holzschuppen mit Jahresringen vom Fundament bis zum verwitterten Wellblechdach, in den allerlei seltsame Materialien, von Gasbetonsteinen bis Eternitplatten, eingebaut waren. Wahrlich kein Schmuckstück für Brenderup, dachte Carl, als er ausgestiegen war und sich die Hose zurechtzupfte.

»Und du bist dir ganz sicher, dass sie uns erwartet?«, fragte er, nachdem er zum fünften Mal die Türklingel betätigt hatte.

Assad nickte. »Am Telefon wirkte sie äußerst zuvorkommend«, bekräftigte er. »Sie hat nur ein bisschen gestottert, aber die Verabredung steht.«

Carl nickte. Äußerst zuvorkommend. Wo er das wohl wieder aufgeschnappt hatte?

Sie hörten den Hustenanfall noch vor den Schritten, das sprach eindeutig dafür, dass dort drinnen Leben existierte.

Das Dauergehuste hatte seinen Ursprung in einer Mischung aus Raucherlunge und Katzenhaaren und trug sicher nicht unerheblich dazu bei, einen konzentrierten Alkoholgeruch in der Bude zu verbreiten. Aber trotz dieses unbestreitbaren Handicaps und obwohl das Haus als menschliche Behausung völlig ungeeignet war, vermochte sich dieses betagte Wesen namens Mette Schmall mit einer Eleganz durch das Etablissement zu bewegen, als wäre sie die Schlossherrin auf Havreholm.

»Ja, also T... Tage und ich, w... wir waren nicht v... verheiratet, aber der A... Anwalt meinte, wenn ich für das Haus bieten würde, k... könnte ich es v... vielleicht auch bekommen.« Sie zündete sich eine Zigarette an. Bestimmt nicht die erste heute.

»Z... Zehntausend Kronen, und das war v... verdammt viel Ge... Geld 1994, als das N... Nachlassv... verfahren endlich abgeschlossen war.«

Carl sah sich um. Seiner Erinnerung nach kostete eine Videokamera damals so um die zehntausend, und das war sehr viel Geld für eine Videokamera – aber nicht für ein Haus, ganz sicher nicht. Andererseits, dann doch lieber eine gute Videokamera besitzen als diese Anhäufung ausrangierten Baumaterials.

»T... Tage wohnte da drinnen«, sagte sie und schob gutmütig zwei Katzen zur Seite. »Ich komme n... nie hierher. Das w... wäre irgendw... wie v... verkehrt.«

Sie öffnete eine Tür, die mit alten Werbeplakaten diverser Schmierölfirmen zugeklebt war. Der Gestank, in den sie nun eintraten, war noch schlimmer als der, aus dem sie kamen.

Assad fand die Tür ins Freie, und Assad fand auch die Ursache des Gestanks: fünf Weinflaschen in der Ecke beim Bett, jede mit Urinresten gefüllt. Dem Aussehen der Flaschen nach zu urteilen, waren sie mal ganz voll gewesen, denn das Glas war im Laufe der Zeit blind geworden von den Ablagerungen, die sich bildeten, wenn Pisse verdunstete.

»Na, die hätten r... rausgeschmissen werden m... müssen«, sagte die Frau und warf die Pullen zwischen das Unkraut vorm Haus.

Sie standen nun in einer Kombination aus Fahrrad- und Mopedwerkstatt. Jede Menge Werkzeug und alter Plunder und mittendrin ein Bett. Das Bettzeug hatte dieselbe Farbe wie der ölfleckige Fußboden.

»Tage hat Ihnen nicht erzählt, was er an dem Tag vorhatte, als er wegfuhr?«

»Nein. Er t... tat auf einmal so g... geheimnisv... voll.«

»Okay. Dürfen wir uns umsehen?«

Sie machte eine Geste, die sich als »Bitte sehr« interpretieren ließ.

»Ja, hier ist k... keiner mehr gew... wesen, s... seit der Dorfpo... polizist damals hier drin war«, sagte sie und zupfte an der Bettdecke.

»Flotte Plakate«, sagte Assad und deutete auf die Doppelseiten-Mädchen.

»Ja, das war noch vor Silikon, Ladyshaver und Tätowiernadeln und dem ganzen Kram«, knurrte Carl und nahm einen Stoß Papiere hoch, der auf einer Eierpalette voller Kugellagerkugeln thronte.

Dass in diesem Chaos irgendetwas zu finden sein sollte, was ihnen einen Hinweis auf Tage Hermansens weiteres Schicksal geben könnte, war schwer vorstellbar.

»Hat Tage jemals von einem Mann namens Curt Wad gesprochen?«, fragte Assad.

Sie schüttelte den Kopf.

»Aha. Und über wen hat er geredet, können Sie sich daran erinnern?«

Erneutes Kopfschütteln. »Über n... niemanden. Er redete meistens über K... Kreidler-Florett und P... Puch und SCO.«

Assad hatte keinen Schimmer, was das für Namen waren, das war nicht zu übersehen.

»Das sind Mopedmarken, Assad. Wrumm, wrumm, du weißt schon.« Carl drehte an imaginären Handgriffen.

»Hat Tage Geld hinterlassen?«, fuhr er fort.

»Keine Krone, n... nein.«

»Hatte er Feinde?«

Als sie anfing zu lachen, wurde daraus ein länger andauernder Hustenanfall. Nachdem sie sich die Augen gewischt hatte, sah sie Carl vieldeutig an.

»Was glauben Sie denn?« Sie deutete auf die Hinterlassenschaften. »Diese B... Bescherung hier ist ja nicht gerade das, was ein braver B... Bürger in seiner Umgebung haben will, oder?«

»Okay, man hätte es sicher gern gesehen, wenn er sich ein bisschen mehr um die Behausung hier gekümmert hätte. Aber seither hat sich ja auch nichts verändert, das kann also nicht das Motiv für sein Verschwinden gewesen sein. Fällt Ihnen ein anderes Motiv ein, Frau Schmall?«

»N... Nicht das geringste.«

Er sah, wie Assad an den doppelseitigen Postern herumfummelte. Wollte er sich etwa eines davon mit nach Hause nehmen?

Im nächsten Moment hielt Assad ihm einen Umschlag vor die Nase.

»Der hing da oben.«

Assad deutete auf eine Stecknadel, die in der Celotexplatte direkt über einem der nackten Mädchen steckte.

»Hier, du kannst das Loch noch sehen. Der Umschlag war mit zwei Nadeln befestigt, siehst du?«

Carl kniff die Augen zusammen. Wenn Assad das sagte, stimmte es sicher.

»Und dann ist die eine Nadel rausgefallen und der Umschlag halb hinters Plakat gerutscht, weil er noch an der anderen Nadel hing.«

»Was ist denn mit dem Umschlag?«

»Na ja, der ist leer, aber schau mal auf die Rückseite«, antwortete Assad.

Carl las. »Nete Hermansen, Peblinge Dossering 32, 2200 København N.«

»Und jetzt sieh dir mal den Poststempel an.«

Der war zwar ziemlich verblasst, aber lesbar: *28/8/1987* stand da. Das war genau eine Woche, bevor Tage verschwunden war.

Sicher sein, dass das etwas zu bedeuten hatte, konnten sie natürlich nicht. Obwohl – war es nicht immer so, dass man Sachen fand, die mit der Zeit unmittelbar vor dem Verschwinden ihres Besitzers verknüpft waren? Denn wer befreite schon – der guten Ordnung halber – seine Wohnung von allem Datierten, ehe er verschwand? Wenn jemand das tat, dann steckte ganz klar Absicht dahinter, dann wusste derjenige, dass er verschwinden würde.

Carl sah Assad an. Dem flogen tausend Gedanken durch den Kopf, das war nicht zu übersehen.

»Ich rufe Rose an«, murmelte er und gab schon ihre Nummer ein. »Die muss sofort von diesem Umschlag erfahren.«

Konzentriert ließ Carl den Blick durch die Werkstatt schweifen. Wo ein Umschlag war, musste eigentlich auch ein Brief sein. Vielleicht versteckte er sich hinter einem Poster, vielleicht lag er unterm Bett oder im Papierkorb? Sie würden hier doch noch mal gründlicher durchgehen müssen.

»Wissen Sie übrigens, Frau Schmall, wer diese Nete Hermansen ist?«, fragte er.

»Nein. Aber mit dem N... Namen wird sie wohl zur F... Familie gehören.«

Nach einer Stunde vergeblichen Suchens in Tages Hinterlassenschaft und einer Dreiviertelstunde Fahrt über Fünen gelangten sie wieder zu dieser gewaltigen Brücke, die Fünen und Seeland miteinander verbindet und deren Pylone heute den Himmel aufzuspießen schienen.

»Na, da haben wir diesen Scheißflecken Erde ja wieder«, sagte Assad und deutete auf die Insel Sprogø, die sich im Dunst abzeichnete.

Eine Weile schaute er schweigend in Richtung des Eilandes, dann wandte er sich an Carl.

»Und wenn Herbert Sønderskov und Mie Nørvig immer noch nicht zu Hause sind?«

Im Vorbeifahren warf Carl noch einmal einen Blick auf die so friedlich daliegende Insel, die nun Teil der Brückenverbindung zwischen Seeland und Fünen war. Ein weißer Leuchtturm auf einem grünen Hügel, hübsche gelbe Gebäude auf der Windschattenseite und überall grüne Wiesen und Büsche.

»Vorhof der Hölle« hatte Rose die Insel genannt, und Carl vermeinte, auf einmal zu spüren, wie das Böse über die Leitplanke waberte, vermeinte, die Gespenster der Vergangenheit mit verwundeter Seele und Narben am Unterleib zu erblicken. Hatte der dänische Staat tatsächlich derartige Übergriffe – gedeckt von gut ausgebildeten Ärzten und Mitarbeitern der Fürsorge – gebilligt, ja geradezu veranlasst? Das war wirklich kaum zu begreifen. Und doch, gab es nicht im Dänemark von heute ähnlich rabiate Behandlungsunterschiede? Offenbar waren die nur noch nicht zu Skandalen herangereift.

Er schüttelte den Kopf und beschleunigte. »Was hast du gerade gesagt, Assad?«

»Ich hab gefragt, was wir machen, wenn Herbert Sønderskov und Mie Nørvig noch nicht zu Hause sind?«

Carl wandte ihm den Kopf zu. »Dann steckt dein Taschenmesser doch sicher noch da, wo es vorhin steckte, oder?«

Assad nickte. Sie waren sich also einig. Sie mussten sich Zugang zu den verdammten Aktenschränken verschaffen und sehen, worum es bei diesem Hermansen-Fall ging, von dem Mie Nørvig gesprochen hatte. Auch ohne Durchsuchungsbefehl, denn den würden sie eh nicht bekommen, selbst wenn sie es versuchten.

Carls Handy klingelte und er drückte auf den Mithörknopf. »Ja, Rose, wo bist du?«

»Als Assad anrief, war ich gerade auf dem Weg ins Präsidium. Ist sowieso spannender als draußen in Stenløse rumzusitzen. Inzwischen habe ich ein paar Nachforschungen angestellt.« Sie klang geradezu aufgeregt. »Und ich kann dir sagen, da hab ich echt 'ne Überraschung erlebt. Stell dir vor, unter der Adresse in Nørrebro wohnt immer noch eine Nete Hermansen. Ist das nicht irre?«

Assad hielt anerkennend den Daumen in die Höhe.

»Na gut, aber das muss doch inzwischen eine ältere Dame sein.«

»Anzunehmen, das hab ich noch nicht überprüft. Aber ich kann sehen, dass sie unter derselben Anschrift früher als Nete Rosen gemeldet war. Hübscher

Name, findest du nicht? Sollte man vielleicht mal für sich selbst in Erwägung ziehen. Rose Rosen, das klingt doch schön, oder? Vielleicht könnte die Frau mich adoptieren? Schlimmer als meine Mutter kann sie unmöglich sein.«

Assad grinste und Carl schluckte jeden Kommentar runter. Offiziell waren seinem Assistenten Roses Privatverhältnisse nicht bekannt. Wenn sie rausbekam, dass Carl in ihrem Privatleben herumgeschnüffelt und mit der echten Yrsa telefoniert hatte, würde sie ausflippen.

»Gut, Rose. Dann versuch doch bitte, noch mehr Daten über die Frau zu bekommen, ja? Wir sind gerade auf dem Weg nach Halsskov, um einen Blick in Nørvigs Karteischrank zu werfen. Gibt's sonst noch was Neues?«

»Ja, ich bin jetzt besser über Curt Wads Meriten informiert, denn ich habe mit einem Journalisten gesprochen, einem Søren Brandt, der jede Menge Material über die Partei gesammelt hat, hinter der Curt Wad steht.«

»Klare Grenzen?«

»Ja. Und mir scheint, als hätte dieser Wad die Grenzen in seinem Privatleben nicht immer ganz so klar gezogen. Alles in allem 'ne ziemlich miese Type, so wie's aussieht. Es hat im Lauf der Jahre eine ganze Reihe von Anzeigen und Verfahren gegen ihn gegeben, jedoch ist es nie zu einer Verurteilung gekommen, so unglaublich das auch klingt.«

»Was willst du damit andeuten?«

»Diverses. Aber ich hab mich noch nicht weit genug in die Fälle vertieft. Søren Brandt will mir noch mehr Material schicken. Derweil pflüge ich mich durch die Protokolle der alten Verfahren, die Curt Wad am Hals hatte, und dafür solltet ihr mir dankbar sein, denn meine Leibspeise ist das nicht gerade.«

Carl nickte. Seine auch nicht.

»In Zusammenhang mit Curt Wad gibt es ein altes Verfahren wegen Vergewaltigung, allerdings wurde die Klage fallen gelassen. Später wurden über Rechtsberatungsstellen drei weitere Anzeigen gegen ihn erstattet, und zwar 1967, 1974 und zuletzt 1996. Außerdem wurde er verschiedentlich wegen rassistischer Äußerungen angezeigt, es gab Klagen wegen Volksverhetzung, Klagen wegen Hausfriedensbruchs und – diverse Male – wegen Beleidigung. Allesamt zurückgewiesen und nur wenige davon, nach Søren Brandts Meinung, mit einer anständigen Begründung. In der Regel war Mangel an Beweisen der Grund.«

»Gab's Anklagen wegen Mordes?«

»Nicht direkt, aber indirekt, ja. In mehreren Fällen wurde er wegen Zwangsabtreibung angezeigt. Das ist doch Mord, oder?«

»Hm. Vielleicht. Jedenfalls wiegt Abtreibung ohne Einverständnis der Frau erheblich schwerer.«

»Wir haben es in jedem Fall mit einem Mann zu tun, der sein Leben lang sehr strikt zwischen den sogenannten ›Untermenschen‹ und den guten Bürgern unterschieden hat. Ein exzellenter Arzt, wenn Menschen mit Kinderwunsch, die ihm genehm waren, seine Hilfe suchten, und das genaue Gegenteil, wenn sogenannte ›Untermenschen‹ mit ihren Schwangerschaftsproblemen zu ihm kamen.«

»Was passierte dann?« Carl hatte noch die Andeutungen von Mie Nørvig im Kopf, und die konnten jetzt vielleicht untermauert werden.

»Wie gesagt, er ist nie verurteilt worden. Aber das Gesundheitsamt ist mehrfach in seiner Praxis gewesen, um zu kontrollieren, ob er bei schwangeren Frauen ohne deren Einwilligung und sogar ohne deren Wissen Abtreibungen vorgenommen hat.«

Carl merkte, dass Assad unruhig wurde. Hatte es vielleicht irgendwann mal jemand gewagt, Assad einen »Untermenschen« zu nennen?

»Danke, Rose. Wir reden weiter, wenn wir zurück sind.«

»Halt, halt, Carl, eins noch. Ein Typ, der die Partei Klare Grenzen immer unterstützt hat, ein gewisser Hans Christian Dyrmand aus Sønderborg, ebenfalls Gynäkologe, hat sich kürzlich das Leben genommen. Darüber bin ich mit diesem Journalisten, diesem Søren Brandt, überhaupt in Kontakt gekommen. Er schrieb nämlich in seinem Blog, dass es durchaus einen Zusammenhang geben könnte zwischen dem, was Curt Wad seinerzeit getan hatte, und dem, was Dyrmand so trieb.«

»Dumme Schweine«, sagte Assad, und wenn das von ihm kam, dann war das ein kräftiger Ausspruch.

Sie fanden das Haus in Halsskov ebenso verlassen vor wie am Morgen. Assad wollte gerade hinters Haus gehen, da hielt ihn Carl zurück.

»Warte noch einen Moment, Assad, und bleib im Auto sitzen«, sagte er und steuerte dann auf den Bungalow auf der gegenüberliegenden Straßenseite zu.

Als er sich auswies, starrte die Frau entsetzt auf seine Polizeimarke, eine Reaktion, die er nicht selten erlebte. Manchmal allerdings wurde auch draufgespuckt.

»Nein, nein, ich weiß nicht, wo Herbert und Mie sind.«

»Sie kennen die beiden wohl privat?«

Da taute sie etwas auf. »Ja, wir sind an sich gute Freunde. Spielen alle vierzehn Tage Bridge, Sie wissen schon.«

»Und Sie haben keine Ahnung, wo sich die beiden aufhalten könnten? Ferienwohnung, Kinder, Sommerhaus?«

»Nein, so etwas nicht. Hin und wieder verreisen sie zwar, und dann kümmern mein Mann und ich uns um die Blumen, falls die Tochter in der Zeit nicht im Haus wohnt. Und umgekehrt machen die das auch bei uns, wenn wir mal weg sind.«

»Die Fensterläden sind zu. Das muss doch wohl bedeuten, dass sie länger als zwei Tage unterwegs sind, oder?«

Sie griff sich an den Hinterkopf. »Ja. Das macht uns ja auch Sorgen. Glauben Sie, da könnte etwas Kriminelles vorgefallen sein?«

Er schüttelte den Kopf, bedankte sich und ging. Nun hatte sie etwas zum Grübeln und würde auf jeden Fall genau beobachten, was auf der anderen Straßenseite vor sich ging.

Als er am Dienstwagen vorbeikam, stellte er fest, dass Assad schon verduftet war. Wenige Sekunden später fand er auf der Rückseite des Hauses die Fensterläden vor dem Wohnzimmerfenster halb geöffnet vor, das Fenster selbst war angelehnt. Kein Kratzer, nichts. Das hatte Assad garantiert nicht zum ersten Mal gemacht.

»Carl, geh runter zur Kellertür«, rief Assad von drinnen.

Gott sei Dank standen die Aktenschränke noch. Also hatte das Verschwinden der Hausbesitzer womöglich doch nichts mit ihrem gestrigen Besuch zu tun.

»Hermansen. Danach müssen wir als Erstes suchen«, sagte er zu Assad.

Keine zwanzig Sekunden später hatte Assad den Hängeordner in der Hand.

»Natürlich unter H. War doch klar. Aber da steht nicht Tage Hermansen.«

Er reichte Carl die Mappe, der die Akte herausnahm. *Curt Wad gegen Nete Hermansen* stand darauf. Darunter war der zeitliche Verlauf des Verfahrens von 1955 dokumentiert. Außerdem erkannte Carl die Stempel mit dem Gerichtsbezirk und das Kanzleilogo des Anwalts Philip Nørvig.

Bei der schnellen Durchsicht fielen ihm Formulierungen wie »Anklage wegen Vergewaltigung« und »Behauptung, für den Schwangerschaftsabbruch bezahlt zu haben« auf. Alles wirkte, als sei die Beweislast allein dieser Nete Hermansen zugefallen. Das Verfahren wurde mit Freispruch für Curt Wad abgeschlossen, das war eindeutig belegt, aber in der Akte stand nichts darüber, was anschließend mit dieser Nete Hermansen passiert war.

Da klingelte Carls Handy.

»Das passt jetzt gerade gar nicht, Rose«, sagte er.

»Na, das glaube ich aber doch. Hör mal: Nete Hermansen war eines der Mädchen auf Sprogø. Sie war von 1955 bis 1959 dort. Was sagst du nun?«

»Ich sage, das habe ich mir fast gedacht.« Er wog die Akte in der Hand. Sie war ziemlich leicht.

Eine Viertelstunde später hatten sie sämtliche Akten in den Kofferraum eingeladen.

Als sie gerade die Kofferraumklappe schlossen, sahen sie einen grünen Lieferwagen den Hügel heraufkommen. Nicht der Wagen weckte Carls Aufmerksamkeit, sondern die Art, wie er plötzlich das Tempo drosselte.

Carl richtete sich auf und blickte dem Wagen direkt entgegen. Der Fahrer schien zu zögern und sich nicht entscheiden zu können, ob er ganz anhalten oder beschleunigen sollte.

Dann schaute der Fahrer im Vorbeifahren zu den Häusern. Suchte er eine Hausnummer? Aber die waren in dieser gepflegten Straße doch überdeutlich angebracht, was konnte daran so schwierig sein?

Als der Wagen an Carl vorbeifuhr, wendete der Fahrer das Gesicht ab, sodass nur das weißblonde, wellige Haar zu sehen war.

27

September 1987

WIE EIN KÖNIG FÜHLTE SICH TAGE, als Seeland draußen vor den Zugfenstern vorüberrauschte. Ein schneller Ritt zum Glück, dachte er und steckte einem kleinen Jungen eine Münze zu.

Ja, es war die Zeit der Könige und heute war Krönungstag. Der Tag, an dem seine kühnsten Träume in Erfüllung gehen würden.

Er stellte sich vor, wie sich Nete an die Frisur fasste und ihn etwas verlegen willkommen hieß. Er hatte das Gefühl, die Schenkungsurkunde schon in der Hand zu halten. Das Dokument, mit dem ihm zehn Millionen Kronen überschrieben würden – zur Zufriedenheit des Finanzamts und zu seinem ewigen Glück.

Aber als er vorm Hauptbahnhof stand und ihm bewusst wurde, dass er Netes Straße nicht nur finden, sondern auch in einer knappen halben Stunde dorthin gelangt sein musste, meldete sich die Angst.

Er ging auf ein Taxi zu, riss die Tür auf und fragte den Chauffeur, was die Fahrt in etwa kosten sollte. Und da der Preis, der ihm genannt wurde, zwei Kronen zu hoch war, bat er den Mann, ihn so weit zu fahren, wie sein Geld reichte.

Er ließ die Münzen in die Hand des Fahrers fallen, fuhr siebenhundert

Meter und wurde dann am Vesterbro Torv mit der Information abgesetzt, der kürzeste Weg sei durch die Theaterpassage und dann an den Seen entlang.

Tage war es nicht gewöhnt, größere Strecken zu Fuß zurückzulegen. Die Schultertasche schlug hart gegen seine Hüfte und schon bald waren seine neuen Sachen durchgeschwitzt. Unter den Armen zeigten sich dunkle Flecke auf dem Jackett.

Du kommst zu spät, du kommst zu spät, du kommst zu spät, hämmerte es in seinem Kopf, während er in gehetztem Laufschritt den Seeweg entlanglief. Und trotzdem zogen Jogger jeden Alters mühelos an ihm vorbei.

Seine Lunge pfiff, und er bereute jede einzelne Zigarette, jedes einzelne Bier und jeden einzelnen Whisky, so sehr schmerzten seine Beine.

Er knöpfte das Jackett auf und betete zu Gott, er möge es schaffen, und als er sein Ziel erreichte, war es 12.35 Uhr. Fünf Minuten zu spät.

Deshalb stiegen ihm Tränen der Dankbarkeit in die Augen, als Nete ihm öffnete und er ihr die Einladung reichte, wie Nete es im Anschreiben verlangt hatte.

Doch sobald er in die schöne Wohnung eingetreten war, fühlte er sich gleich wieder kläglich. Kläglich, weil Nete, der liebste Mensch in seinem Leben, ihm nun als erwachsene Frau gegenüberstand und ihn mit ausgestreckten Armen empfing. Er hätte weinen mögen, als sie ihn fragte, ob es ihm gut gehe und ob er nicht eine Tasse Tee wolle, und zwei Minuten später, ob er noch eine Tasse wolle.

Es gab so viel, was er ihr hätte sagen wollen, wenn er sich nicht auf einmal so schlecht gefühlt hätte. Er hätte sagen wollen, dass er sie immer geliebt habe. Dass ihn die Scham, sie im Stich gelassen zu haben, fast um den Verstand gebracht habe. Er hätte sich hinknien und um Verzeihung bitten wollen, wenn ihn nicht aus heiterem Himmel eine dermaßen heftige Übelkeit überkommen hätte, dass er aufstoßen musste und seinen schönen neuen Anzug beschmutzte.

Sie fragte, ob es ihm schlecht gehe und ob er ein Glas Wasser wolle oder lieber noch eine Tasse Tee.

»Ist es hier drinnen nicht sehr warm?«, stöhnte er und versuchte, tief Luft zu holen, aber die Lungen wollten ihm nicht gehorchen. Und während sie in der Küche war, um Wasser zu holen, griff er sich ans Herz und wusste, dass er nun sterben würde.

Nete betrachtete einen Moment die Gestalt in dem hässlichen Anzug, die schräg auf dem Stuhl hing. Tage war im Lauf der Jahre sehr viel kräftiger geworden, als sie es sich vorgestellt hatte. Er war so schwer, dass sein Gewicht sie beinahe umgeworfen hätte, als sie seinen Oberkörper zu sich heranzog, um ihn unter den Armen packen zu können.

Oh Gott, das dauert zu lange, das schaffe ich nicht, dachte sie nach einem Blick auf die Wanduhr.

Sie ließ den Oberkörper los, sodass er vornüber auf den Fußboden fiel. Als Nase und Stirn aufschlugen, knirschte es. Wenn jetzt nur nicht der Nachbar von unten angerannt kam.

Dann kniete sie sich hin und schob, rollte und zerrte Tages Körper unter Aufbietung aller Kräfte auf den Buchara-Teppich, den sie mitsamt der Leiche bis zur Schwelle des langen Flurs hievte. Resigniert blickte sie auf den Kokosläufer, der dort lag. Verdammt, warum hatte sie daran nicht gedacht! Wie sollte sie einen Teppich über einen Teppich ziehen?

Sie zerrte mit aller Macht an dem Körper und schaffte es, ihn um die Ecke auf den Korridor zu bugsieren, wo sie erst einmal nach Luft ringen musste.

Nete biss sich auf die Lippe. Schon Rita hatte ihr unerwartet viel Mühe gemacht. Zwar war sie um einiges leichter gewesen, aber dafür irgendwie so schlenkrig. Arme und Beine hatten immerzu in alle Richtungen geschlackert und sie hatte andauernd stehen bleiben und die Arme zurück auf Ritas Bauch legen müssen, bis sie die Hände schließlich zusammengebunden hatte, dann war es gegangen.

Angeekelt betrachtete sie Tage. Nichts an diesem verbrauchten, verschwitzten Gesicht und den wabbeligen Armen erinnerte noch an den Jungen, mit dem sie herumgetollt war.

Dann brachte sie ihn mit einem Kraftakt zum Sitzen und kippte ihn wie eine Schlenkerpuppe vornüber zwischen seine Beine. Das bugsierte ihn einen halben Meter weiter.

Sie blickte den Flur entlang. In diesem Tempo würde sie mindestens zehn Minuten bis zum Esszimmer brauchen. Aber was nützte es? Sie konnte ja jetzt schlecht aufhören.

Also Tages Kopf auf den Boden legen, ihn über seine eigene Schulter rollen. Das Ganze wiederholen – ihn zum Sitzen aufrichten, vornüberkippen und dann über die eigene Schulter rollen. Sie musste nur wirklich fest drücken, damit die Bewegung einigermaßen gleitend war.

Aber das war gar nicht so leicht und Netes schlimmes Bein, die Hüfte und der Rücken schmerzten entsetzlich.

Nach einer gefühlten Ewigkeit hatte sie Tage in das abgedichtete Esszimmer mit dem großen Tisch und den sieben Stühlen bugsiert. Aber ihn auch noch auf den Stuhl neben Ritas Leiche zu hieven, das schaffte sie nicht mehr.

Das musste bis zum Abend warten. Rita saß am Stuhlrücken festgebunden vor ihrer Tischkarte, der Kopf hing vornüber.

Tage lag mit weit geöffneten Augen und gekrümmten Fingern daneben.

Sie sah auf ihn hinab und stutzte. Die Brusttasche seines entsetzlich glänzenden Anzugs war eingerissen. Hatte da etwa die ganze Zeit ein Stück Stoff gefehlt? Das musste sie wissen.

Es war jetzt 13.40 Uhr, in fünf Minuten kam Viggo.

Sorgfältig verschloss sie die Tür hinter sich und inspizierte den Flur, konnte aber keinen Stofffetzen entdecken. Vielleicht hatte er die ganze Zeit gefehlt, und es war ihr nur nicht aufgefallen. Schließlich hatte sie immerzu auf Tages Augen gestarrt, nachdem er sich hingesetzt hatte.

Dann atmete sie tief durch und ging ins Badezimmer, um sich kurz frisch zu machen. Zufrieden betrachtete sie ihr verschwitztes Gesicht. Eigentlich bekam sie das alles doch ganz gut hin. Der Bilsenkrautextrakt wirkte, wie er sollte, und den Zeitplan hielt sie auch ein. Natürlich war es denkbar, dass sich heute Abend, wenn alles überstanden war, eine Reaktion einstellte. Dass sie diese Menschen plötzlich mit anderen Augen betrachtete als in diesem Moment. Vielleicht würde sie daran denken, dass auch zu ihnen andere Menschen gehörten, die sie einmal geliebt und die Träume mit ihnen verbunden hatten.

Nur im Moment durfte sie nicht darüber nachgrübeln, auf keinen Fall. Das würde sie völlig aus dem Konzept bringen.

Sie richtete ihr Haar und dachte dabei an die, die noch kommen würden. Ob Viggo womöglich genauso füllig geworden war wie Tage? Dann sollte er aber unbedingt pünktlich kommen. Nicht auszudenken, was passieren würde, wenn sich ein Dicker auch noch verspätete.

In dem Moment fiel ihr Curt Wads gewaltiger Körper ein und gleichzeitig stellte sie fest, dass Ritas Mantel noch immer am Kleiderhaken im Flur hing.

Sie packte ihn und warf ihn aufs Bett zu Ritas Handtasche. Da fielen die Zigaretten aus der Manteltasche.

Einen Augenblick sah sie auf die Packung.

Diese verdammten Zigaretten, dachte sie. Was war Ritas Laster sie beide doch teuer zu stehen gekommen.

28

November 2010

»ICH SOLL EUCH GLEICH als Erstes was vom Mechaniker aus der Abteilung für Polizeitechnik ausrichten. Bis Mittwoch dürft ihr Kerle das Männerklo auf dem Gang nicht benutzen, dann will er die Toilette kontrollieren.« Die Hände in die Hüften gestemmt, fuhr Rose resolut fort: »Es gibt da einen, der hat gestern das Klo gründlichst mit Toilettenpapier verstopft. Wer das wohl war?«

Sie wandte sich von Assad ab und starrte Carl ins Gesicht. Ihre Augenbrauen waren bis an den Rand ihrer rabenschwarzen Mähne hochgezogen.

Carl machte eine abwehrende Geste. In internationaler Körpersprache hieß das: Woher soll ich das wissen? In seiner eigenen Sprache hieß es: Rose, das geht dich einen Scheißdreck an, ich habe nicht vor, meine Toilettengewohnheiten und Darmprobleme mit Untergeordneten zu erörtern, schon gar nicht mit solchen vom anderen Geschlecht.

»Wenn ihr also die Damentoilette benutzt, dann habt ihr entweder im Sitzen zu pinkeln oder zumindest anschließend die Klobrille wieder runterzuklappen.«

Carl runzelte die Stirn. Also, jetzt wurde es ihm langsam doch zu intim.

»Rose, du prüfst bitte zügig alle Informationen, die du zu Nete Hermansen hast, und machst mir eine Liste davon«, wechselte er das Thema. »Aber als Erstes gibst du mir die Nummer dieses Journalisten, dieses Søren Brandt.« Sie durfte ihn ja gern mal reizen, aber nicht an seinem freien Tag. Irgendwo waren Grenzen.

»Ich hab übrigens gerade mit ihm geredet«, ließ sich Assad vernehmen, den Kopf über eine Tasse mit einer dampfenden, nach Karamell stinkenden Substanz gebeugt.

Carl neigte den Kopf zur Seite. Ach, so war das?

»Du hast gerade mit Søren Brandt geredet, sagst du?« Er runzelte die Stirn. »Aber du hast ihm hoffentlich nicht auf die Nase gebunden, dass wir die Akten gestohlen haben, oder?«

Assad stemmte die Hände in die Seiten. »Glaubst du etwa, ein Dromedar taucht die Zehen in den See, aus dem es trinkt?«

»Hast du, Assad?«

Er ließ die Hände sinken. »Na ja. Aber nur ein kleines bisschen. Ich hab gesagt, wir hätten was über Curt Wad.«

»Und?«

»Na, und auch noch ein bisschen was über diesen Lønberg von Klare Grenzen.«

»Haben wir?«

»Ja. Lag unter L. Dieser Nørvig hat ihn in einigen Fällen vertreten.«

»Darauf kommen wir noch zurück. Was hat Søren Brandt dazu gesagt?«

»Er sagte, er hätte vom Geheimen Kampf gehört. Er hat nämlich mit Nørvigs erster Frau geredet, und die hat ihm gesagt, gewisse Ärzte hätten jahrelang schwangere Frauen aus schwierigen sozialen Verhältnissen für eine gynäkologische Untersuchung an Ärztekollegen vom Geheimen Kampf überwiesen. Und ohne dass die Frauen wussten, worauf sie sich einließen, hätte das oft mit einer Abtreibung geendet. Ja, dieser Søren Brandt hat einiges Material dazu – und im Tausch gegen Kopien von dem, was wir haben, bietet er es uns an.«

»Mein Gott, Assad, du weißt ja nicht, was du tust! Wir werden hochkant rausgeschmissen, wenn öffentlich wird, dass wir uns mit Hilfe eines Einbruchs Beweismaterial angeeignet haben. Gib mir seine Nummer.«

Carl hatte ein schlechtes Gefühl, während er wartete, dass jemand abnahm.

»Ja, ich hab gerade mit einem Ihrer Kollegen telefoniert«, antwortete Søren Brandt nach kurzer Einführung vonseiten Carls. Er klang jung und ehrgeizig. Das waren die Schlimmsten.

»Mein Kollege hat einen Tauschhandel mit Ihnen erörtert, habe ich das richtig verstanden?«

»Ja, eine phantastische Idee! Mir fehlen nämlich noch immer die personellen Verbindungen zwischen der Partei Klare Grenzen und der Organisation Geheimer Kampf. Stellen Sie sich doch vor, dass wir diese kranken Hirne vielleicht bremsen können, bevor sie an die Macht kommen.«

»Entschuldigung, Herr Brandt. Aber ich fürchte, mein Kollege hat da zu viel versprochen. Wir werden das Material dem Staatsanwalt übergeben.«

Der Journalist lachte. »Dem Staatsanwalt? Das ist doch Blödsinn. Aber Respekt, dass Sie Ihre Interessen wahren. Solche wie Sie hängen heutzutage in Dänemark ja nicht an den Bäumen. Nur ruhig Blut, mich bringen keine zehn Pferde an den Trog der Geständnisse.«

Das war ja fast wie sich selbst zuzuhören.

»Passen Sie mal auf, Mørck. Die Leute in Curt Wads Umgebung sind militant. Die bringen völlig skrupellos ungeborene Kinder um. Die haben ein ausgeklügeltes System, sämtliche Spuren hinter sich zu verwischen. Denen stehen Millionen zur Verfügung, um Handlanger zu bezahlen. Sich mit denen anzulegen, würde ich keinem raten. Glauben Sie denn, ich würde zurzeit dort wohnen, wo ich gemeldet bin? Nein. Ich passe auf mich auf. Denn wenn einer Zweifel an deren dreckigem Menschenbild sät oder an der Politik, die sie vertreten, scheuen die keine Mittel, das versichere ich Ihnen. Nehmen Sie doch nur mal diesen Arzt, diesen Hans Christian Dyrmand. Wenn Sie mich fragen, hat man ihn gezwungen, die Schlaftabletten zu fressen. Deshalb halte ich schön die Klappe.«

»Zumindest so lange, bis Sie den Mist veröffentlichen.«

»Klar, bis dahin. Aber um meine Quellen zu schützen, bin ich willens, ins Gefängnis zu gehen, da können Sie sicher sein. Hauptsache, mir gelingt es, Curt Wad und dieses Pack zur Strecke zu bringen.«

»Okay. Dann sage ich Ihnen, dass wir in einer Reihe von Fällen ermitteln, bei denen Menschen spurlos verschwunden sind. Anscheinend besteht eine Verbindung zu Frauen, die auf Sprogø interniert waren. Spricht etwas für die Vermutung, dass Curt Wad da seine Hände im Spiel hatte? Mir ist klar, das ist fünfzig Jahre her. Aber vielleicht wissen Sie ja etwas.«

Er konnte gedämpft hören, wie der Mann tief Luft holte, dann wurde es still.

»Sind Sie noch da?«

»Ja, ja. Hören Sie, ich muss mich einen Moment fassen. Die Tante meiner Mutter war ein Sprogø-Mädchen, und sie hatte die widerwärtigsten Geschichten zu berichten. Nicht direkt über Curt Wad, aber es gibt andere von diesem Schlag. Ob er in diese Schweinerei involviert war, weiß ich nicht. Aber es würde mich nicht wundern.«

»Gut. Ich habe schon mit einem anderen Journalisten geredet, Louis Petterson. Der hat mal ein paar kritische Artikel über Curt Wad geschrieben. Kennen Sie den?«

»Vom Hörensagen, ja. Und natürlich kenne ich, was er publiziert hat. Er ist der Inbegriff all dessen, wogegen rechtschaffene Journalisten ankämpfen. Er war Freelancer und hatte tatsächlich eine richtig interessante Geschichte am Wickel. Aber Curt Wad hat ihn anscheinend auf andere Gedanken gebracht, indem er ihn bei Benefice untergebracht hat, das ist eine Art Nachrichtenagentur, sehr tendenziös. Ist garantiert ein lukrativer Job. Die kritischen Artikel wurden jedenfalls schlagartig eingestellt.«

»Haben Sie so ein Angebot auch schon bekommen?«

Søren Brandt lachte. »Noch nicht. Aber bei den Hyänen weiß man nie. Gestern, beim Gründungsparteitag von Klare Grenzen, habe ich mit einem Zwischenruf erreicht, dass Wad und Lønberg ziemlich angepisst auf mich reagiert haben.«

»Aha. Sie erwähnen Lønberg, was wissen Sie über den?«

»Wilfrid Lønberg, Curt Wads rechte Hand und sein Hätschelkind. Vater der Schattenvorsitzenden von Benefice, Mitbegründer von Klare Grenzen und insbesondere aktiv im Geheimen Kampf. Ja, ich finde, den sollten Sie sich ruhig mal schnappen. Der und Curt Wad sind in meinen Augen schlicht und einfach Reinkarnationen von Josef Mengele.«

Schon lange, bevor sie zum Haus kamen, sahen sie den Feuerschein, der den dunklen Novemberhimmel erhellte.

»Ganz schön teures Viertel.« Assad nickte in Richtung all der Villen ringsum.

Sie parkten den Wagen und marschierten auf Lønbergs Haus zu. Es unterschied sich kaum von den anderen in der Straße, weiß und stolz, mit riesigen Sprossenfenstern und glasierten Ziegeln. Nur lag es etwas weiter zurückgesetzt von der Straße und hatte eine entsprechend lange Auffahrt, über deren knirschenden Kies sie alles andere als lautlos vorankamen.

»Was machen Sie hier auf meinem Grundstück?«, tönte plötzlich eine Stimme.

Sie bogen um eine Hecke und sahen sich einem älteren Mann mit braunem Kittel und gewaltigen Gartenhandschuhen gegenüber.

»Was haben Sie hier zu suchen?« Mit aufgebrachter Miene stellte er sich vor das Ölfass, das er offenbar mit Papieren aus einer danebenstehenden Schubkarre gefüttert hatte. Der Inhalt brannte lichterloh.

»Ich mache Sie darauf aufmerksam, dass offenes Feuer im Garten nicht gestattet ist«, belehrte ihn Carl und versuchte, aus der Entfernung zu erkennen, um welche Papiere es sich handelte. Vermutlich kompromittierende Dokumente.

»Oho, wo soll das denn stehen? Derzeit herrscht schließlich keine Trockenheit, oder?«

»Wir machen uns gern die Mühe und rufen bei der Feuerwehr von Gentofte an und erfragen die Vorschriften der Kommune für das Verbrennen von Abfall.« Carl wandte sich an Assad. »Sei so gut, Assad, und überprüf das.«

Der Mann schüttelte den Kopf. »Herrje, was soll das denn? Das sind doch nur alte Papiere, wen sollte das stören?«

Carl zog seine Polizeimarke. »Wenn Sie dabei sind, Material zu vernichten, das womöglich Fragen zu Curt Wads und Ihren eigenen Aktivitäten beantworten kann, mag das durchaus jemanden stören.«

Was in den nächsten Sekunden passierte, hätte sich Carl nicht in seinen wildesten Phantasien träumen lassen. Wie konnte ein Mann dieses Alters, der noch dazu so behäbig wirkte, dermaßen schnell und effektiv reagieren?

Mit einem Schwung hob er sämtliche Papiere auf einmal aus der Schubkarre, warf sie in das Ölfass, nahm eine Plastikflasche mit Feuerzeugbenzin, die auf dem Rasen stand, zog den Verschluss ab und warf sie obendrauf.

Die Wirkung war einzigartig, und Carl und Assad machten unwillkürlich einen Riesensatz zurück, als nach einem gewaltigen Knall die Feuersäule in die Höhe schoss und fast die Krone der großen alten Rotbuche mitten im Garten erreichte.

»So«, sagte der Mann. »Jetzt können Sie die Feuerwehr anrufen. Was wird mich das schon kosten? Fünftausend Kronen Bußgeld? Zehntausend? Na und.«

Er wollte kehrtmachen und zum Haus zurückgehen, aber Carl hielt ihn fest.

»Weiß Ihre Tochter Liselotte, für welche Schweinerei sie ihren guten Namen hergibt?«

»Liselotte? Schweinerei? Wenn Sie an ihren Posten als Vorsitzende von Benefice denken, darauf kann sie stolz sein.«

»Ach ja? Ist sie auch stolz auf die Abtreibungen, den Mord an unschuldigen Kindern? Teilt sie Ihr verqueres Menschenbild? Oder haben Sie ihr vielleicht nichts davon erzählt, was der Geheime Kampf treibt?«

Die Eiseskälte in Lønbergs Augen konnten auch die Flammen nicht erwärmen.

»Ich habe nicht die geringste Ahnung, wovon Sie reden. Wenn Sie etwas Konkretes vorzulegen haben, können Sie übermorgen meinen Anwalt anrufen. Sein Büro ist am Montag ab halb neun zu erreichen. Er heißt Caspersen, wenn Sie das wissen wollen, und steht im Telefonbuch.«

»Ah ja«, kam es von hinten, von Assad. »Caspersen. Den kennen wir aus dem Fernsehen. Einer von Klare Grenzen, nicht wahr? Seine Telefonnummer hätten wir tatsächlich gern, vielen Dank auch.«

Dieses couragierte Eingreifen Assads versetzte dem Hochmut des Mannes einen deutlichen Dämpfer.

Carl beugte sich abschließend vor und erklärte fast flüsternd: »Vorerst verabschieden wir uns, Wilfrid Lønberg. Ich glaube, wir haben für den Moment genug gesehen und gehört. Grüßen Sie Curt Wad und sagen Sie ihm, jetzt würden wir eine seiner alten Freundinnen in Nørrebro aufsuchen. ›Der Fall Hermansen‹ – war das seinerzeit nicht die gängige Bezeichnung?«

Nørrebro war Kriegszone. Schnell hochgezogene Häuser hatten den Nährboden für jede Menge sozialer Probleme geschaffen, und in deren Gefolge hatten sich Kriminalität, Gewalt und Hass eingenistet. Die Sozialarbeit in diesem Viertel hatte sich radikal gewandelt seit jenen Zeiten, als sie sich in erster Linie darauf beschränken konnte, hart arbeitenden Menschen zu einem einigermaßen würdigen Leben zu verhelfen. Nur wenn man an den Seen entlangging, konnte man noch die Größe vergangener Zeiten erkennen.

Antonsen, der draußen in Rødovre Dienst tat, behauptete immer, die Seen seien noch der beste Teil der Stadt, und das stimmte. Wenn man die schönen Häuser dort in Reih und Glied stehen sah, geschützt von großen Kastanienbäumen und mit Aussicht auf das Wasser, auf dem Schwäne in Gruppen dümpelten, dann ahnte man nichts von der Spielwiese der Rocker- und Migrantenbanden nur hundert Meter weiter. Dort sollte man nach Einbruch der Dunkelheit tunlichst nicht mehr herumspazieren.

»Ich glaube, sie ist zu Hause.« Assad deutete auf die Fenster ganz oben.

Wie alle anderen Fenster in dem grau geklinkerten Haus waren auch diese hell erleuchtet.

»Frau Nete Hermansen, hier ist die Polizei.« Carl hatte sich dicht vor die Sprechanlage an der Haustür gestellt. »Ich würde Ihnen gern einige Fragen stellen. Würden Sie bitte aufmachen?«

»Was für Fragen?«

»Nichts Besonderes. Nur Routine.«

»Ach, wegen der Schießerei neulich in der Blågårdsgade? Ja, die habe ich deutlich gehört. Aber seien Sie so nett und treten Sie einen Schritt zurück und zeigen Sie Ihre Polizeimarke, damit ich sie sehen kann. Ich lasse nicht jeden ins Haus.«

Carl gab Assad ein Zeichen, dass er bei der Tür stehen bleiben solle. Er selbst zog sich so weit zurück, dass das Licht aus den Erdgeschossfenstern auf sein Gesicht fiel.

Nach einer Weile sah er, dass oben ein Fenster geöffnet wurde und dort eine Gestalt erschien.

Carl reckte den Arm mit der Marke hoch.

Dreißig Sekunden später war der Türsummer zu hören.

Als sie schließlich schweißgebadet und kurzatmig im vierten Stock ankamen, stand dort die Wohnungstür schon weit offen. Ganz so ängstlich war die Dame wohl doch nicht.

Carl und Assad traten in einen leicht moderig riechenden Flur.

»Oh!«, rief Nete Hermansen erschrocken, als sie Assads dunkles Gesicht hinter Carls Rücken erblickte. Eine Reaktion, die bestimmt auch dem rauen Auftreten der Migrantenbanden draußen vor der Haustür geschuldet war.

»Sie brauchen sich vor meinem Assistenten nicht zu fürchten. Er ist der harmloseste Mensch, den man sich vorstellen kann«, log Carl.

Assad streckte ihr die Hand hin. »Guten Tag, Frau Hermansen.« Er machte einen Diener wie ein Schuljunge beim Abschlussball. »Hafez el-Assad, aber nennen Sie mich einfach Assad. Es ist mir ein Vergnügen, Sie kennenzulernen.«
Sie zögerte, nahm dann aber doch seine Hand.

»Möchten Sie eine Tasse Tee?«, fragte sie und ignorierte Carls Kopfschütteln und Assads eifriges Nicken.

Das Wohnzimmer war wie das der meisten älteren Frauen eine Mischung aus schweren Möbeln und Erinnerungsstücken aus einem langen Leben. Gerahmte Familienfotos glänzten allerdings mit Abwesenheit. Carl rief sich Roses Kurzzusammenfassung von Nete Hermansens Biografie in Erinnerung. Für das Fehlen solcher Fotos gab es sicher gute Gründe.

Mit dem Tee auf einem Tablett kam sie zurück, leicht hinkend, aber trotz ihrer dreiundsiebzig Jahre noch ziemlich gut aussehend. Hellblondes Haar, bestimmt gefärbt, eleganter Haarschnitt. Offensichtlich machte Geld eben doch einen Unterschied, auch oder gerade bei einem schwierigen Leben.

»So ein schickes Kleid«, sagte Assad.

Sie antwortete nicht, schenkte ihm aber als Erstem ein.

»Geht es um die Schießerei in der Blågårdsgade letzte Woche?« Sie setzte sich zwischen die beiden Männer und platzierte ein Tellerchen mit Keksen vor Carl.

Carl lehnte dankend ab und setzte sich etwas aufrechter hin.

»Nein, es dreht sich darum, dass 1987 einige Menschen verschwanden, die seither nie wieder aufgetaucht sind. Und wir haben die Hoffnung, dass Sie uns dabei helfen können, der Lösung des Rätsels etwas näher zu kommen.«

Sie runzelte leicht die Stirn. »Nun ja, wenn ich kann.«

»Mir liegt hier ein Ausdruck mit einigen Lebensdaten von Ihnen vor, denen ich entnehmen kann, dass Sie es nicht immer leicht hatten. Ich möchte Ihnen an dieser Stelle sagen, dass wir, die wir in diesen Fällen ermitteln, sehr erschüttert waren, als wir von der unsäglichen Behandlung erfuhren, der Sie und andere Frauen ausgesetzt waren.«

Hier zog sie eine Augenbraue hoch. War ihr das unangenehm? Vermutlich.

»Bitte entschuldigen Sie, dass ich Dinge aus der Vergangenheit aufrühre, aber mehrere dieser verschwundenen Personen hatten anscheinend Verbindungen nach Sprogø. Darauf werde ich später zu sprechen kommen.« Er trank einen Schluck Tee. Für seinen Geschmack etwas bitter, aber besser als Assads Sirup. »In erster Linie sind wir hier, weil wir im Zusammenhang mit dem Verschwinden Ihres Cousins Tage Hermansen im September 1987 ermitteln.«

Sie neigte den Kopf. »Mein Cousin Tage! Ist er verschwunden? Ja, das tut mir aber leid. Das wusste ich gar nicht. Ich habe seit urewigen Zeiten keinen Kontakt zu ihm.«

»Aha. Wir waren heute Vormittag in seiner kleinen Werkstatt in Brenderup auf Fünen, und dort haben wir diesen Briefumschlag gefunden.«

Er zog ihn aus einer Plastikhülle und zeigte ihn ihr.

»Ja, das stimmt. Ich hatte Tage eingeladen, mich zu besuchen. Aha, deshalb also habe ich nie eine Antwort bekommen.«

»Sie haben nicht zufällig eine Kopie des Briefes? Einen Durchschlag vielleicht?«

Sie lächelte. »Oh nein, bestimmt nicht. Den Brief hatte ich von Hand geschrieben.«

Er nickte.

»Sie waren zur selben Zeit auf der Insel wie eine Krankenschwester namens Gitte Charles. Können Sie sich an sie erinnern?«

Wieder erschienen die senkrechten Falten auf ihrer Stirn. »Ja, das kann ich. Ich vergesse niemanden von dort.«

»Auch Gitte Charles ist zu der Zeit verschwunden.«

»Aha? Wie merkwürdig.«

»Ja, und Rita Nielsen.«

Das gab der Frau einen kleinen Ruck. Die Falten verschwanden, dafür strafften sich die Schultern.

»Rita? Wann?«

»Sie hat nur zweihundert Meter von hier in einem Kiosk in der Nørrebrogade am 4. September 1987 um zehn nach zehn am Vormittag Zigaretten gekauft. Das ist das Letzte, was man von ihr weiß. Außerdem wurde ihr Mercedes unten am Kapelvej gefunden. Das ist beides nicht sehr weit von hier, nicht wahr?«

Nete Hermansen presste die Lippen zusammen. »Ja, aber das ist ja entsetzlich! Rita hatte mich um die Zeit herum besucht. War es der 4. September? Ich erinnere mich gut, dass es im Spätsommer war, aber nicht mehr an das genaue Datum. Ich hatte einen Punkt in meinem Leben erreicht, an dem ich mich mit meiner Vergangenheit auseinandersetzen musste. Zwei Jahre zuvor hatte ich meinen Mann verloren, und ich steckte fest, kam nicht weiter. Deshalb hatte ich Rita und Tage eingeladen.«

»Rita Nielsen hat Sie also besucht?«

»Ja, sie war hier.« Sie deutete auf den Tisch. »Wir saßen hier und tranken aus denselben Tassen wie Sie jetzt. Sie blieb wohl zwei Stunden zum Tee. Sie wiederzusehen war merkwürdig, aber auch gut, das weiß ich noch genau.

Wir haben uns ausgesprochen. Auf Sprogø waren wir nicht immer die besten Freundinnen, Sie verstehen.«

»Aber es wurden doch Suchaufrufe ausgestrahlt. Warum haben Sie sich nicht darauf gemeldet?«

»Ja, aber das ist ja entsetzlich, was mag denn mit ihr passiert sein?«

Sie starrte einen Moment vor sich hin. Falls sie auf seine Frage nicht antwortete, stimmte etwas nicht.

»Und warum ich mich nicht gemeldet habe?«, wiederholte sie schließlich die Frage. »Das konnte ich doch nicht. Ich bin am nächsten Tag nach Mallorca geflogen, um dort ein Haus zu kaufen, das weiß ich genau. Und so habe ich wohl ein halbes Jahr kein dänisches Fernsehen gesehen. Das Winterhalbjahr über halte ich mich normalerweise in Son Vida auf. Hier, in Dänemark, bin ich zurzeit einzig und allein aus gesundheitlichen Gründen, ich habe Nierensteine, und das möchte ich gern in Dänemark in Ordnung bringen lassen.«

»Sie haben sicher Unterlagen zu dem Haus?«

»Natürlich. Aber sagen Sie einmal! Es kommt mir fast so vor, als würde ich gerade verhört? Wenn ich unter irgendeinem Verdacht stehe, sollten Sie es mir lieber direkt sagen.«

»Nein, Frau Hermansen. Aber wir müssen gewisse Fragen klären, und eine davon ist tatsächlich, warum Sie auf besagte Suchaufrufe nicht reagiert haben. Dürften wir die Unterlagen zu dem Haus auf Mallorca nun sehen?«

»Na, da ist es ja gut, dass sie nicht mehr auf Mallorca liegen«, reagierte sie etwas pikiert. »Bis letztes Jahr waren sie nämlich dort, bis bei uns allen in der Straße eingebrochen wurde. Da sichert man sich natürlich ab.«

Sie wusste genau, wo sie die Papiere aufbewahrte. Legte sie vor Carl auf den Tisch und deutete auf das Kaufdatum. »Ich habe das Haus am 30. September gekauft, davor hatte ich drei Wochen gesucht und verhandelt. Der Vorbesitzer wollte mich betrügen, aber das ist ihm nicht gelungen.«

»Aber ...«

»Ja, schon klar, das ist lange nach dem 4. September, das weiß ich auch. Aber so ist es eben. Es würde mich nicht wundern, wenn ich die Flugtickets noch irgendwo hätte. Aus denen könnten Sie ersehen, dass ich tatsächlich nicht zu Hause war. Nur – die werde ich nicht ganz so schnell finden.«

»Ach, ich würde mich auch mit einem Stempel im Pass oder irgendeinem anderen Beleg begnügen«, sagte Carl. »Vielleicht bewahren Sie den alten Pass ja noch irgendwo auf?«

»Den habe ich noch, aber dafür müssten Sie ein andermal wiederkommen. Den muss ich erst suchen.«

Er nickte. Vermutlich stimmte, was sie sagte. »Was für ein Verhältnis hatten Sie zu Gitte Charles? Können Sie das beschreiben?«

»Warum wollen Sie das wissen?«

»Sie haben recht, die Frage ist vielleicht falsch formuliert. Es ist so, dass wir im Fall Gitte Charles nur sehr wenige Informationen haben. So gut wie niemand, der sie kannte, lebt heute noch. Deshalb ist es schwer, einzuschätzen, was für ein Mensch sie war, und insofern vielleicht auch, warum sie verschwand. Wie würden Sie Gitte Charles charakterisieren?«

Das fiel ihr offensichtlich schwer. Warum sollte der Gefangene auch Gutes über den Gefängniswärter sagen?

»Fällt Ihnen die Antwort schwer, weil sie hässlich zu Ihnen war?«, schaltete Assad sich ein.

Hier nickte Nete Hermansen. »Nun ja, das ist wirklich nicht leicht.«

»Denn Sprogø war eine schlimme Insel, nicht wahr? Und Gitte Charles gehörte zu denen, die Sie dort festhielten?«, fuhr Assad fort, dessen Augen das Keksschälchen nicht loslassen wollten.

Wieder nickte sie. »Ich habe seit vielen Jahren nicht mehr an sie gedacht. Und auch nicht an Sprogø. Was die dort mit uns gemacht haben, war der helle Wahnsinn. Sie haben uns von der Welt isoliert. Sie haben uns die Eileiter durchtrennt. Sie haben uns als Schwachsinnige beschimpft, warum, weiß ich nicht. Und auch wenn Gitte Charles nicht zu den Schlimmsten gehörte, half sie mir jedenfalls in keiner Weise, von dort wegzukommen.«

»Sie hatten seither keinen Kontakt zu ihr?«

»Nein, Gott sei Dank nicht.«

»Dann gibt es noch Philip Nørvig. An den erinnern Sie sich doch bestimmt?«

Sie nickte schwach.

»Auch er verschwand an dem Tag«, fuhr Carl fort. »Von seiner Frau wissen wir, dass er nach Kopenhagen eingeladen war. Sie sagten eben, Sie hätten damals eine Phase gehabt, in der Sie sich mit Ihrer Vergangenheit auseinandersetzen mussten. In gewisser Weise trug Philip Nørvig ja eine Mitschuld an Ihrem Unglück, nicht wahr? Er war schuld daran, dass das Verfahren gegen Curt Wad diesen Ausgang nahm. Demnach wäre auch er jemand gewesen, mit dem Sie sich hätten auseinandersetzen müssen. War die Einladung, die er erhalten hatte, von Ihnen, Frau Hermansen?«

»Nein. Ich hatte nur Tage und Rita eingeladen, niemanden sonst.« Sie schüttelte den Kopf. »Ich verstehe das alles nicht. So viele Menschen, die zur selben Zeit verschwinden, und ich habe sie alle gekannt. Was mag da passiert sein?«

»Aus ebendiesem Grund beschäftigen wir vom Sonderdezernat Q uns mit der Sache. Alte unaufgeklärte Fälle, Fälle von besonderem Interesse, das ist unser Gebiet. Und so viele Vermisstenfälle auf einen Schlag, das ist schon auffällig. Zumal es zwischen den vermissten Personen offenbar Verbindungen gab – Verbindungen, die bis zu Ihnen reichen.«

»Wir haben ein paar Nachforschungen im Umfeld dieses Arztes, dieses Curt Wad, angestellt«, ergänzte Assad. Etwas schneller, als Carl es vorgehabt hatte, aber das war nun mal seine Art.

»Und auch zwischen ihm und mehreren der verschwundenen Personen gibt es Verbindungen«, fuhr Assad fort. »Insbesondere zu Philip Nørvig.«

»Curt Wad!« Sie hob den Kopf wie eine Katze, die den Vogel in Reichweite ihrer Klauen erblickt.

»Ja, wir wissen, dass mit Curt Wad Ihr Unglück vermutlich begonnen hat. Wir haben einer von Nørvigs Akten entnommen, dass er Ihre Vorwürfe abgestritten hat und dass es ihm sogar gelungen ist, sie gegen Sie zu wenden. Ich bedauere, da so nachbohren zu müssen, aber wenn Sie uns mögliche Zusammenhänge zwischen all diesen Vermissten und seiner Person nennen könnten, wären wir Ihnen sehr dankbar.«

Sie nickte. »Ich will versuchen, das alles zu durchdenken.«

»Ihr Fall war womöglich der erste in einer langen Reihe von Fällen, in denen Curt Wad die Wahrheit zu seinen Gunsten manipulierte, und zwar ohne Rücksicht auf das Leid, das er damit verursachte. Wenn es nun zu einer Anklage gegen ihn käme, wäre es sehr gut denkbar, dass wir Sie als Zeugin einladen würden. Als eine Zeugin von vielen. Wie stehen Sie dazu?«

»Ob ich als Zeugin gegen Curt Wad aussagen würde? Nein, ganz sicher nicht. Die Zeit ist für mich vorbei. Die Gerechtigkeit wird ihn auch ohne meine Mitwirkung einholen. Der Teufel steht sicher schon bereit und reibt sich die Hände.«

»Das verstehen wir sehr gut, Frau Hermansen«, sagte Assad und wollte sich gerade noch eine Tasse Tee einschenken, doch Carl bremste ihn mit einer Handbewegung.

»Dann hören wir in nächster Zeit voneinander, Frau Hermansen. Danke für die Bewirtung«, verabschiedete sich Carl und gab Assad mit einem Nicken zu verstehen, dass die Sitzung beendet war. Wenn sie sich etwas beeilten, konnte er noch schnell zu Hause vorbeifahren, sich umziehen und dann ausprobieren, ob der neue Schlüssel zu Monas Gemächern auch wirklich passte.

Assad bedankte sich, schnappte sich im Vorbeigehen noch schnell einen Keks, lobte ihn und hob dann plötzlich einen Finger in die Höhe.

»Halt, Carl! Es gibt doch noch einen Vermissten! Nach dem haben wir noch gar nicht gefragt!« Er wandte sich Nete Hermansen zu. »Ein Fischer aus Lundeborg verschwand ebenfalls. Er hieß Viggo Mogensen. Sind Sie ihm zufälligerweise begegnet? Per Schiff ist es ja nicht weit von Lundeborg nach Sprogø.«

Sie lächelte. »Nein. Den Namen habe ich noch nie gehört.«

»Du siehst so bedenklich aus, Carl. Was geht in deinem Kopf vor?«

»Nachdenklich, Assad. Nicht bedenklich. Na ja, es gibt auch einiges zum Nachdenken, findest du nicht?«

»Doch, schon. Ich kriege das nur nicht zusammen, Carl. Abgesehen von diesem Viggo Mogensen sind das ja eigentlich zwei Fälle in einem; Rita, Gitte, Curt Wad, Nørvig und Nete auf der einen Seite. Dieser Cousin Tage fällt da raus, denn soweit wir wissen, hatte der nichts mit Sprogø zu tun. Und auf der anderen Seite eben Tage und Nete. Also ist sie die Einzige, die mit allen zu tun hatte.«

»Ja, Assad, vielleicht. Aber sicher wissen wir das nicht. Vielleicht hatte ja auch Curt Wad mit allen zu tun? Dem müssen wir jetzt auf den Grund gehen. Der Gedanke an einen kollektiven Selbstmord oder ein Zusammentreffen unerklärlicher, simultaner Unglücksfälle steht jedenfalls nicht länger auf meiner Agenda.«

»Sag das noch mal, Carl: ›Agenda‹ und ›simultan‹?«

»Vergiss es, Assad. Darauf kommen wir zu einem späteren Zeitpunkt zurück.«

29

Sprogø, 1955

AM KAI STANDEN FRAUEN und winkten, als wenn mit Nete und Rita lang erwartete Freundinnen auf die Insel kämen. Wie Kinder standen sie in Grüppchen zusammen, lachend, rufend, sauber geschrubbt.

Nete verstand nicht, was das sollte. Was zum Teufel gab es da zu lachen? Das Schiff aus Nyborg war doch kein Rettungsfloß, keine Arche Noah. Es war nicht gekommen, um sie einzusammeln und in Sicherheit zu bringen. Im Gegenteil, hatte sie gehört. Dieses Schiff war ein Fluch.

Nete sah über die Reling hinüber zu den winkenden Armen, dem Leuchtturm hoch oben auf dem Hügel und schließlich zu der Häusergruppe mit den roten Dächern, den gelben Mauern und den unzähligen kleinen Fenstern, die wie Augen über die Landschaft und die armen Wesen hier wachten. Mittendrin eine Flügeltür mit Sprossenfenstern, die sich im selben Moment öffnete. Heraus trat eine kleine, aufrechte Gestalt, die sich auf den Treppenabsatz stellte und nach dem Geländer griff. Der Admiral, der zusah, wie seine Flotte in den sicheren Hafen einlief. Richtiger wäre wohl: die Königin von Sprogø, die ein strenges Auge darauf hatte, dass alles seine Ordnung behielt. Die über alles entschied und bestimmte.

»Habt ihr Zigaretten?«, war das Erste, was ihnen die Mädchen entgegenriefen.

Eine von ihnen kletterte sogar auf den Anleger und stellte sich mit ausgestrecktem Arm auf die Streben, nur um als Erste etwas zu ergattern.

Wie eine Schar schnatternder Gänse umringten die Mädchen die Neuankömmlinge. Namen flogen durch die Luft, Hände suchten Kontakt.

Nete sah besorgt hinüber zu Rita. Die allerdings schien sich pudelwohl zu fühlen. Doch ja, Rita hatte Zigaretten dabei, und damit gelangte man im Nu an die Spitze der Hierarchie. Sie hielt die Päckchen in die Höhe und zeigte sie ihnen, dann steckte sie sie schnell wieder in die Tasche. Kein Wunder, dass sich alle Aufmerksamkeit auf sie richtete.

Nete wurde ein Zimmer unterm Dach zugeteilt. Ein einfaches Stallfenster an der Decke war das Einzige, was an die Freiheit und Weite erinnerte, die sie einmal gekannt hatte. Der Wind drang durch die undichten Stellen in der Fenstereinfassung, es war eisig kalt. Zwei Betten und der kleine Koffer ihrer Zimmergenossin. Wären da nicht ein Kruzifix gewesen und zwei kleine Fotos von Filmstars, die sie nicht kannte, hätte das Zimmer wie eine Gefängniszelle ausgesehen. Die Kammer lag Wand an Wand mit anderen Zimmern, direkt vor der Tür befanden sich die Terrazzobecken, wo sie sich wuschen.

Von klein auf hatte Nete mitgeholfen, die Ställe auszumisten, aber niemand hätte je von ihr sagen können, sie sei nicht sauber, sie rieche nach Stall. Denn schon seit sie denken konnte, hatte sie Arme und Hände mit einer festen Bürste geschrubbt und für den Rest einen Schwamm benutzt.

Du bist echt das sauberste Mädchen der Welt, hatte Tage immer gesagt.

Aber hier war jeden Morgen ein derartiges Durcheinander an den Becken, dass es schwer war, sich ordentlich zu waschen. Alle Mädchen standen gleichzeitig auf dem Gang, wuschen sich mit nacktem Oberkörper und hatten insgesamt nur fünf Minuten, um sich fertig zu machen. Wie schon in Brejning kam die Seife in Form von Flocken, oder eher Spänen, aus einem Spender an der Wand. Die Haare wurden davon steif und stumpf wie Soldatenhelme und die Haut roch nach dem Waschen schlechter als vorher.

Es herrschte eiserne Disziplin und der Tagesablauf war bis auf die Minute strikt festgelegt. Nete hasste alles auf Sprogø und blieb, soweit irgend möglich, für sich. So war es schon bei ihrer Pflegefamilie gewesen, und so war es auch hier. Das hatte den Vorteil, dass sie in aller Ruhe ihr Schicksal beklagen konnte. Allerdings hing hier über allem ein dunkler Schatten: Von hier kam sie nicht weg. Vielleicht hätte eine freundliche Seele beim Personal oder eine gute Freundin ihr das Dasein erträglicher machen können. Aber die Frauen, die sie beaufsichtigten, waren derb und kommandierten die Mädchen herum, und Rita war mit sich selbst beschäftigt. Sie handelte und schummelte und tauschte ein und glitt langsam und unmerklich immer weiter nach oben im System, bis sie schließlich wie eine Fürstin über eine Schar beschränkter Untergebener herrschte.

Nete teilte das Zimmer mit einem einfältigen Mädchen, das unentwegt von kleinen Kindern plapperte. Der Herrgott hatte ihr eine Puppe geschenkt, und wenn sie gut auf die aufpasste, würde sie eines Tages ein eigenes kleines Kind bekommen, das wiederholte sie in einem fort. Mit ihr war keine vernünftige Unterhaltung möglich, aber unter den übrigen Mädchen waren etliche ziemlich helle und schlau. Eines der Mädchen bat immer wieder darum, lesen zu dürfen. Das Personal jedoch machte sich lustig darüber. »Luxus« nannten sie das und schickten das Mädchen wieder an die Arbeit.

Nete arbeitete auch. Sie hatte darum gebeten, in den Stall zu kommen, aber das gestattete man ihr nicht. Während Rita fast den ganzen Tag im Waschhaus zubrachte, Wäsche kochte und mit anderen Mädchen herumblödelte, stand Nete in der Küche, putzte Gemüse und wusch Töpfe ab. Als sie es leid wurde, immer langsamer arbeitete und aus dem Fenster sah, wurde sie leichte Beute, nicht nur für das Personal. Auch die anderen Mädchen begannen, auf ihr herumzuhacken. Bis eine von ihnen sie mit einem Messer bedrohte und zu Boden schubste. Da erwiderte Nete die Provokation, indem sie der anderen einen heißen Deckel ins Gesicht warf und so heftig gegen einen Topf trat, dass er verbeulte. Dieser Vorfall gab Anlass für ihr erstes Gespräch mit der Vorsteherin.

Das Büro und die Vorsteherin bildeten eine Einheit. Alles war kalt und systematisch und geordnet. Regale mit Ordnern und Akten auf der einen Seite und Hängeschränke auf der anderen. Dort waren die Schicksale archiviert, in Reih und Glied, allzeit bereit zum Herausnehmen, Abwägen, Gewichten und Bespucken.

»Du machst Schwierigkeiten in der Küche, heißt es«, sagte die Vorsteherin mit erhobenem Zeigefinger.

»Dann stecken Sie mich doch in den Stall, da mache ich keine Schwierigkeiten«, antwortete Nete und folgte mit den Augen den Bewegungen des

Zeigefingers. Rita sagte, die Finger und Hände der Vorsteherin seien ihr Fenster zur Welt. An denen könne man ihre Gedanken ablesen. Und Rita musste es wissen, so oft, wie sie schon zum Gespräch zitiert worden war.

Kalte Augen musterten sie. »Eines musst du wissen, Nete. Hier draußen geht es nicht darum, euch Privilegien zu geben, die es euch leichter machen. Hier sollt ihr trotz eures schlechten Charakters und trotz eurer leeren Köpfe lernen, dass im Leben selbst das, was keinen Spaß macht, mit großem Gewinn durchlebt werden kann. Ihr seid hier, um zu lernen, euch wie Menschen zu betragen, und nicht wie Tiere. Verstanden?«

Nete schüttelte still den Kopf, sie merkte es selbst kaum, aber natürlich sah es die Vorsteherin. Die Finger bewegten sich plötzlich nicht mehr.

»Ich könnte mich dafür entscheiden, das als Aufmüpfigkeit zu verstehen, Nete. Aber im Augenblick entscheide ich mich dafür, dass du einfach nur beschränkt und einfältig bist.« Sie richtete sich auf. Ihr Oberkörper war plump. Nach der hatten sich garantiert nicht viele Männer umgeschaut.

»Ich versetze dich jetzt in die Nähstube. Damit wechselst du zwar eher, als es bei uns Sitte ist, aber in der Küche will man dich nicht mehr haben.«

»Jawohl«, sagte Nete und blickte zu Boden.

Die Nähstube konnte unmöglich schlimmer sein als die Küche, glaubte sie. Aber da sollte sie sich täuschen.

Die Arbeit an sich war in Ordnung, obwohl sie weder im Säumen von Laken noch im Klöppeln gut war. Schlimm war für sie der enge Kontakt zu den anderen Mädchen. Das andauernde Hickhack. Gerade noch waren sie die besten Freundinnen, und schon im nächsten Moment erbitterte Feindinnen.

Nete war sich durchaus bewusst, dass es viele Dinge im Leben gab, von denen sie keine Ahnung hatte. Orte, Geschichte, Allgemeines. Wenn man es so schwer hatte mit dem Lesen und Schreiben wie sie, musste man sich an das halten, was man durchs Zuhören aufschnappte. Doch da Nete in ihrem Leben noch nicht mit vielen Menschen zusammengekommen war, die in dieser Hinsicht eine Bereicherung für sie gewesen wären, war sie, kurz gesagt, immer gut im Abschalten gewesen. Das Problem war: In der Nähstube ging das nicht. Das nichtssagende Geschwätz der Mädchen machte sie fast verrückt. Zehn Stunden lang, Tag für Tag! Außerdem konnte der Ton von einem Augenblick zum anderen umschlagen, und ehe man sichs versah, flogen Worte wie Giftpfeile umher. Aber die Streithennen waren auch schnell wieder versöhnt und begannen, dieselben Geschichten von vorn zu erzählen. Alle lachten, wenn die Stimmung plötzlich ins Aggressive kippte, nur Nete nicht. Sie konnte dieses ewige Hin und Her einfach nicht ertragen.

Nein, viel Gesprächsstoff gab es nicht, und deshalb ging es immer wieder um den Zigarettenmangel, um die flotten Männer auf den Schiffen und die ekligen Geschichten von dem Arzt mit dem Messer drüben in Korsør.

»Ich werde auf dieser Scheißinsel noch wahnsinnig!«, flüsterte sie eines Tages kurz vor der Mittagspause Rita ins Ohr. Woraufhin Rita sie von oben bis unten musterte, wie eine Ware im Regal des Kaufmanns, und schließlich sagte: »Ich sorge dafür, dass wir ein gemeinsames Zimmer bekommen. Da werde ich dich schon aufmuntern.«

Am selben Abend erlitt Netes Zimmergenossin im Waschhaus schwerste Verbrennungen und musste nach Korsør ins Krankenhaus überführt werden. Die anderen sagten später, dass sie dem Waschkessel mit der Kochwäsche zu nahe gekommen und selbst schuld gewesen sei. Dass sie sich dumm und ungeschickt verhalten und immer nur an ihr Puppenkind gedacht habe.

Nete hörte die entsetzlichen Schreie bis in die Nähstube.

Als Rita zu Nete ins Zimmer zog, kehrte für kurze Zeit wieder das Lachen in ihr Leben ein. Rita schnappte laufend lustige Geschichten auf und machte sie beim Weitererzählen noch lustiger. Aber Ritas Gesellschaft hatte ihren Preis, und den lernte Nete schon gleich in der ersten Nacht kennen.

Sie protestierte, aber Rita war stark und ließ sich nicht beirren. Nachdem Rita Nete dazu gebracht hatte, lustvoll zu stöhnen, fand diese sich mit der Situation ab.

»Und halt ja die Klappe, Nete. Wenn das hier rauskommt, bist du erledigt, kapiert?«, flüsterte Rita.

Nete hatte kapiert.

Rita war nicht nur körperlich stark, sondern auch seelisch viel gefestigter als Nete. Zwar hasste auch Rita das Inseldasein, aber sie blieb davon überzeugt, dass in naher Zukunft ein besseres Leben auf sie wartete. Rita war sich ganz sicher, eines Tages von Sprogø wegzukommen, und in der Zwischenzeit verstand sie es besser als irgendwer sonst, sich das Leben angenehm zu gestalten.

Sie hatte die besten Jobs, bekam bei Tisch als Erste die Schüsseln, rauchte hinter dem Waschraum, nahm sich nachts Nete und war in der übrigen Zeit das Oberhaupt der Mädchen.

Dann und wann fragte Nete sie: »Woher hast du eigentlich die Zigaretten?« Aber die Antwort erhielt sie erst in jener Nacht im Frühjahr, als sie unbemerkt beobachtete, wie Rita aufstand, sich leise ankleidete und aus dem Zimmer schlich.

Gleich schrillen im ganzen Haus die Alarmglocken, dachte Nete, denn in allen Türen war ein kleiner Stift angebracht, der beim Öffnen hochschnellte, und dann läutete die Klingel, das Personal kam angerannt, es hagelte Schläge und die Übeltäterin wurde in den »Besinnungsraum« gesteckt, wie die Strafzelle genannt wurde. Doch der Alarm ging nicht los.

Nachdem Rita den Gang schon ein Stück hinuntergegangen war, stand Nete auf. Sie sah nach, wie Rita das mit der Tür angestellt hatte, und entdeckte ein sinnreich gebogenes Stückchen Metall, das sich beim Öffnen der Tür in das Loch des Stifts drehen ließ. So einfach war die Alarmglocke zu überlisten.

Nete brauchte keine zehn Sekunden, um sich das Kleid überzustreifen und Rita mit klopfendem Herzen hinterherzuschleichen. Schon eine einzige knarzende Diele oder quietschende Türangel hätten gereicht, und der Teufel wäre los gewesen, aber Rita hatte vorgesorgt.

Auch die Haustür, die an sich immer abgeschlossen war, hatte sie irgendwie manipuliert.

Aus einiger Entfernung sah Nete, wie die Gestalt am Hühnerhaus vorbeihuschte und weiter über die Felder lief. Sie bewegte sich durch die Dunkelheit, als würde sie jeden Stein und jede Pfütze auf dem Weg kennen.

Zweifelsohne war Rita auf dem Weg zur »Freiheit«, wie die Mädchen das kleine Haus ganz im Westen der Insel nannten. Dort durften die besonders braven Mädchen hin und wieder eine Woche verbringen, allerdings nur tagsüber. Das waren die sogenannten »Ferien«. Früher hatte man es »Pesthaus« genannt, weil es in alten Zeiten als Quarantänestation für erkrankte Seeleute gedient hatte. Dass es noch immer ein Pesthaus war, erfuhr Nete in dieser Nacht.

Mehrere kleine Boote mit Netzen und Fischkästen waren dicht am Haus auf den Strand gezogen, und aus dem Fenster drang der Lichtschein von Petroleumlampen.

Vorsichtig schlich Nete sich näher heran und spähte durchs Fenster. Völlig überrumpelt vom Anblick, der sich ihr bot, schnappte sie nach Luft. An einem Ende des kleinen Esstischs lagen Kartons mit Zigarettenpackungen, am anderen Ende stand Rita vornübergebeugt. Die Hände hatte sie auf die Tischplatte gestützt und das nackte Hinterteil so weit zurückgeschoben, dass der Mann hinter ihr ungehindert sein Glied in sie hineinstoßen konnte.

Hinter ihm standen zwei weitere Männer und warteten, dass sie an die Reihe kamen. Mit rot glänzenden Gesichtern sahen sie konzentriert zu. Es waren drei Fischer, und den ganz rechts kannte Nete nur allzu gut.

Das war Viggo.

Sie erkannte Viggos Stimme in der Gegensprechanlage sofort wieder. Diesmal lauschte sie mit klopfendem Herzen, wie sich die Schritte im Treppenhaus näherten. Als sie die Tür öffnete, wusste sie sofort, dass es schwerer werden würde als bei den zwei anderen.

Mit dunkler Stimme begrüßte er sie, und er trat auf den Flur, als käme er nicht zum ersten Mal. Er war noch immer ein gut aussehender Mann, der ohne Weiteres Gefühle auslösen konnte, genau so wie damals auf dem Jahrmarkt. Die früher so wettergegerbte Haut war zarter, die Haare etwas ergraut, sie wirkten weich.

So weich, dass sie sich vornahm, ihm mit den Fingern durchs Haar zu fahren, wenn sie ihn erst einmal umgebracht hatte.

30

November 2010

CARL WACHTE AUF und war verwirrt. Er wusste weder, welcher Tag war, noch, warum ihn das Schlafzimmer an den Basar im Gellerup-Park erinnerte. Lag das an den Gerüchen, die ihm in die Nase stiegen, dieser Mischung aus Assads Sirupgebräu, vergessenem Shawarma und Arztpraxis?

Er griff nach der Armbanduhr. Fünfundzwanzig Minuten nach neun.

»Scheiße!« Mit einem Satz war er aus dem Bett. »Warum hat mich keiner geweckt?« Jetzt kam Jesper zu spät, und er im Übrigen auch.

Nur fünf Minuten brauchte er, dann hatte er den Schweiß vom Vortag weggezaubert und war in einigermaßen saubere Klamotten gestiegen. »Jesper, los, komm!«, rief er und trommelte zum zweiten Mal an dessen Zimmertür. »Du kommst zu spät, und daran bist du verdammt noch mal selbst schuld!«

Nachdem er seine Schuhe angezogen hatte, donnerte er noch einmal gegen die Zimmertür seines Stiefsohns, dann flog er förmlich die Treppe hinunter.

»Äh, Carl, was hast du vor? Bist du auf dem Weg zum Gottesdienst? Der ist erst um zehn!« Morten stand im Schlafanzug und mit seiner Lieblingsschürze am Herd und sah aus wie eine Parodie seiner selbst.

»Guten Morgen, Carl«, tönte es aus dem Wohnzimmer. »Da hast du ja wohl ein ganz ordentliches Nickerchen gemacht.«

Putzmunter und lächelnd sah ihm ein von Kopf bis Fuß in Weiß gekleideter Mika entgegen. Vor ihm lag Hardy nackt auf seinem Lager, und auf dem Rolltisch neben seinem Bett standen zwei Schüsseln mit dampfender Flüssigkeit.

In die tauchte Mika einen Lappen, wrang ihn aus und klatschte ihn auf Hardys schlaffen Leib.

»Wir machen Hardy gerade mal etwas frisch. Er fand selbst, dass er nicht gut roch. Jetzt bekommt er ein kombiniertes Kampfer- und Mentholbad. Damit werden wir den Geruch schon in die Flucht schlagen, was sagst du, Hardy?«

»Ich sage guten Morgen«, antwortete es vom oberen Ende des bleichen, mageren Körpers.

Carl runzelte die Stirn, und in dem Moment, als Jesper aus dem ersten Stock herunterbrüllte, Carl sei doch ein absoluter Vollpfosten, rutschte in Carls Hinterkopf der Kalender an den richtigen Platz.

Scheiße, heute ist ja Sonntag!, dachte er und schlug sich mit der flachen Hand gegen die Stirn.

»Was ist hier eigentlich los, Morten? Willst du ein Café für Trucker eröffnen?« Er deutete auf die Pfannen und Töpfe.

Dann schloss er die Augen und versuchte, sich das bescheuerte Gespräch mit Mona vom Vorabend in Erinnerung zu rufen.

Nein, er könne leider nicht zu ihr kommen, sie wolle Mathilde besuchen, hatte sie gesagt.

Mathilde?, hatte er gefragt. Wer ist das?

Noch in derselben Sekunde hätte er sich für die idiotische Frage am liebsten geohrfeigt.

Meine älteste Tochter, Carl.

Mona hatte so kühl reagiert, dass er sich bis ins Morgengrauen im Bett gewälzt hatte. Verdammte Kacke. Hatte sie überhaupt je den Namen dieser Tochter erwähnt? Hatte er andererseits je danach gefragt? Wohl eher nicht. Nun war es passiert.

Er hörte Morten im Hintergrund etwas murmeln, verstand es aber nicht. »Sag's noch mal«, bat er.

»Frühstück ist fertig, Carl. Gute Hausmannskost für alle hungrigen Seelen, unter ihnen zwei sehr verliebte.« Mortens Wimpern gerieten bei dem Wort »verliebt« völlig außer Rand und Band.

Mannomann, der hat das Tor zu seinem Innersten aber verdammt weit aufgestoßen, dachte Carl. Wurde auch Zeit.

Morten verteilte die Kreationen. »Bitte sehr. Ein Hauch Knoblauch auf Scheiben von geräucherter Lammbratwurst und Schafskäse. Gemüsesaft und Hagebuttentee mit Honig.«

Allmächtiger, dachte Carl, soll ich mich vielleicht doch lieber wieder ins Bett verkriechen?

»Heute beginnen wir mit Hardys Training«, ließ sich Mika drüben von Hardys Lager vernehmen. »Und wir wollen erreichen, dass es wehtut, nicht wahr, Hardy?«

»Das wäre wunderbar«, antwortete der.

»Aber wir erwarten nicht zu viel, Hardy, ja?«

»Ich erwarte gar nichts. Ich hoffe nur.«

Carl drehte sich zu ihm um und hob den Daumen, reichlich beschämt. Wie konnte er nur hier sitzen und sich selbst leidtun, während Hardy so pragmatisch und tapfer war?

»Übrigens, du sollst Vigga anrufen«, sagte Morten.

Okay. Schon war das Selbstmitleid wieder da.

Carl saß grübelnd am Frühstückstisch und ignorierte Jespers miesepetrige Miene. Das mit Vigga, das war einfach Mist, und eigentlich hatte er längst aufgehört, noch darüber nachzudenken. Doch urplötzlich, quasi zwischen zwei Bissen, fiel ihm die Lösung ein, und die war so logisch, so einfach und stimulierend, dass er sich höflich bei Morten für die Mühe bedankte, obwohl er selten eine so peinliche Kombination gekostet hatte.

»Gut, dass du anrufst«, sagte Vigga. Sie klang ein bisschen panisch. Ausgerechnet sie, die normalerweise davon ausging, dass sich die Welt nach ihr richtete. Aber war es etwa seine Schuld, wenn sie ihre Hochzeit anberaumte, ehe sie vom Vorgänger geschieden war?

»Na, Carl, bist du auf der Bank gewesen?«

»Auch dir einen schönen guten Morgen, Vigga. Nein, war ich nicht. Dafür gab's gewissermaßen keinen Grund.«

»Aha. Aber du willst mir doch nicht erzählen, dass du sechshundertfünfzigtausend ohne Kredit zusammenbekommst? Greift dir Hardy unter die Arme?«

Carl lachte. Der spitze Ton würde ihr bald vergehen.

»Ich akzeptiere die sechshundertfünfzigtausend, die du verlangst, Vigga. Das ist schon in Ordnung. Die Hälfte des Restwertes gehört dir.«

»Oh Carl!« Nun war sie wohl baff.

Carl wieherte innerlich. Sie war bestimmt nicht zum letzten Mal baff, nur wusste sie das noch nicht.

»Na ja, aber da muss man natürlich noch einiges gegenrechnen, und das habe ich heute mal gemacht.«

»Gegenrechnen?«

»Aber klar, liebe Vigga. Gut möglich, dass du dich noch in Hippiezeiten wähnst, aber hierzulande leben wir nicht mehr von Blütenduft und Liebe. Wir sind im Jahrzehnt des Egoismus angekommen, denk dran. Und da sieht jeder zu, wo er bleibt.«

Herrlich, dieses Schweigen am anderen Ende. Dass sie derart still sein konnte!

»Tja, so ist das. Da sind die sechs Jahre, in denen Jesper allein bei mir gelebt hat. Drei Jahre Oberstufe waren teuer, das kannst du dir leicht ausrechnen, und dabei spielt es keine Rolle, ob er die Schule nun abgeschlossen hat oder nicht. Und der Abitur-Vorbereitungskurs, den er jetzt absolviert, der kostet auch. Aber lass uns einfach sagen, dass wir die Ausgaben von achtzigtausend im Jahr teilen. Den Betrag wird kein Gericht als zu hoch angesetzt bewerten.«

»Ho, ho«, unterbrach sie ihn. Das Scharmützel war also schon in vollem Gang. »Ich hab schließlich für Jesper bezahlt. Monatlich zweitausend Kronen.«

Jetzt verschlug es Carl die Sprache.

»Wie bitte? Da will ich nur hoffen, dass du das belegen kannst, denn ich habe nie eine einzige Krone gesehen.«

Pari. Nun war sie wieder stumm.

»Ja, Vigga«, sagte Carl. »Wir denken wohl dasselbe. Dein wunderbarer Sprössling hat alles kassiert.«

»Mistkerl«, knurrte sie nur.

»Okay, Vigga, hör zu. Passiert ist passiert. Wir müssen weiterkommen. Schließlich willst du demnächst deinen Gurkenmeier in Currystan heiraten. Ich bezahle dir also sechshundertfünfzigtausend, und du bezahlst mir sechsmal vierzigtausend Kronen für Jespers letzte sechs Schuljahre: die drei Jahre auf der Oberstufe plus das davor, das vergangene Jahr im Abi-Vorbereitungskurs und das noch ausstehende. Wenn du für das letzte nicht bezahlen willst, können wir das auch so machen, dass du mir nur zweihunderttausend zahlst und ihn in der Abi-Vorbereitungszeit selbst nimmst. Du hast freie Wahl.«

Die Stille am anderen Ende sprach eine deutliche Sprache. Also waren Gurkamal und Jesper nicht gerade Busenfreunde.

»Und nicht zu vergessen: deine jetzige Bude. Ich kann hier übers Internet – auf der Website der Genossenschaft – sehen, dass der Wert des Gartenhauses auf fünfhunderttausend Kronen veranschlagt ist, ergo stehen mir zweihundertfünfzigtausend zu. Summa summarum muss ich dir also sechshundertfünfzigtausend geben, minus zweihundertvierzigtausend, minus zweihundertfünfzigtausend, das macht einhundertsechzigtausend Kronen. Und dazu natürlich die Hälfte der beweglichen Habe, also Hausrat und Mobiliar. Du kannst gern hier rauskommen und dir deinen Teil aussuchen.«

Er ließ seinen Blick über die Möbel schweifen. Beinahe hätte er laut gelacht.

»Also, das kann nicht stimmen«, sagte sie.

»Ich schicke dir gern einen Taschenrechner nach Islev, falls dein Gurkenmeier mit so großen Zahlen nicht hantieren kann«, sagte er. »Im Gegenzug brauchst du Jesper die monatlichen zweitausend nicht mehr zu zahlen, der hat eh schon reichlich bekommen. Und ich werde meinen Teil dazu beitragen, dass er den Vorbereitungskurs bis zum Ende durchzieht.«

Die Pause, die nun entstand, war so lang, dass sich die Telefongesellschaft gewiss die Hände rieb.

»Ich sage Nein«, ließ Vigga verlauten.

Carl nickte. Natürlich, was sollte sie auch sonst sagen.

»Kannst du dich an die nette Anwältin in der Hovedgade in Lyngby erinnern, die unseren Hauskauf geregelt hat?«

Vigga grunzte irgendetwas.

»Sie ist inzwischen beim Oberlandesgericht zugelassen. Schick deine Forderungen an sie. Und denk dran, Vigga: Jesper ist nicht mein Fleisch und Blut. Gibt's Ärger, bekommst du ihn komplett zurück. Und die Rechnung bleibt dieselbe.«

Wieder rollten die Taler zur Telefongesellschaft. Vigga schien eine Hand über den Hörer gelegt zu haben, der Klang der Stimmen war jedenfalls gedämpfter als normal.

»Okay, Carl. Gurkamal sagt Ja und das tue ich auch.«

Möge Gott den wunderbaren Sikh segnen. Möge sein Bart wachsen, als hätte er Substral bekommen.

»Aber an eines will ich doch noch mal erinnern«, fuhr sie mit einer gewissen Schärfe in der Stimme fort. »Und zwar an unsere Absprache bezüglich meiner Mutter. Wir hatten vereinbart, dass du sie mindestens einmal pro Woche besuchst, und das hast du nicht getan. Jetzt will ich es schriftlich. Wenn du nicht zweiundfünfzigmal im Jahr zu ihr fährst, kostet dich jeder versäumte Besuch einen Tausender.«

Carl sah seine Schwiegermutter vor sich. Die Langzeitprognosen bei Dementen in Pflegeheimen sahen wahrscheinlich nicht allzu rosig aus, aber bei Karla Alsing wusste man nie. Der Kompromiss, den Vigga ihm aufdrängen wollte, könnte ein Schuss ins Knie werden.

»Dann bestehe ich auf zwölf Wochen Ferien im Jahr«, sagte er.

»Zwölf Wochen! Bist du größenwahnsinnig? Glaubst du, du könntest dir die gleichen Rechte rausnehmen wie diese Tagediebe von Parlamentariern? Kein Normalsterblicher hat zwölf Wochen Ferien. Du kannst fünf haben!«

»Zehn«, antwortete er.

»Nein, kommt nicht in Frage. Sagen wir sieben, aber keinen Tag mehr.«
»Acht, sonst geht's zur Anwältin in Lyngby.«
Erneute Pause.
»Also okay, ja. Aber dann bleibst du pro Besuch mindestens eine Stunde, und das erste Mal findet gleich heute statt. Im Übrigen will ich von deinem Plunder an Mobiliar und Hausrat nichts haben. Was soll ich mit einem ollen B&O-Radio von 1982, wenn Gurkamal ein Samsung-Surround-System mit sechs Lautsprechern hat? Das kannst du vergessen.«

Es war phantastisch, geradezu unglaublich. Er war für schlappe hundertsechzigtausend Kronen aus der Nummer herausgekommen. Und das war sogar für ihn machbar.

Er sah auf die Uhr. Vermutlich war es okay, Mona um diese Zeit anzurufen, egal, wie feucht der Abend bei Mathilde gewesen war.

Als sie endlich abnahm, klang sie allerdings gar nicht so, als wenn es okay wäre.

»Hab ich dich geweckt?«, fragte er.
»Nein, mich nicht. Aber Rolf.«
Wer zum Teufel war Rolf? Sämtliche Sonntagsdepressionen schienen sich auf einen Schlag zu verdichten. Ein unkontrollierbares Abwärtsstrudeln.
»Rolf?« Er stellte die Frage wie auf Zehenspitzen und mit bösen Vorahnungen. »Wer ist das?«
»Das braucht dich nicht zu kümmern, Carl. Darüber können wir ein andermal sprechen.«
Aha, können wir das?
»Warum rufst du an? Um dich dafür zu entschuldigen, dass du nicht wusstest, wie meine Tochter heißt?«
Sie war verdammt kaltblütig. Ja, den Liebhaber-Schlüssel hatte er bekommen, aber wer sagte denn, dass sie nicht Zweit- und Drittschlüssel verteilt hatte? Zum Beispiel an einen Typen namens Rolf? Unbestreitbar minderte das die Wirkung der frohen Botschaft, die er ihr eigentlich hatte mitteilen wollen.
Er versuchte, das Bild eines durchtrainierten Oberkörpers zu verdrängen, der auf den Namen Rolf hörte und sich auf seinem Terrain tummelte.
»Nein, deshalb nicht. Ich rufe nur an, um dir zu erzählen, dass Vigga und ich uns über die Grundlagen unserer Scheidung geeinigt haben. Ich rufe an, um zu sagen, dass ich bald wieder ein freier Mann bin.«
»So was aber auch. Wie schön für dich, Carl.« Begeisterung klang da nicht heraus.

Er war es, der das Gespräch beendete und danach mit hängendem Kopf und dem Handy in der Hand auf der Bettkante saß.

Was für ein Absturz.

»Warum hockst du 'n hier rum und maulst, Kalle?« Jesper stand draußen auf dem Flur.

»Deine Mutter und ich lassen uns scheiden.«

»Na und?«

»Was na und, Jesper? Hat das für dich vielleicht nichts zu bedeuten?«

»Nee, was geht mich das an?«

»Das will ich dir sagen, mein Freundchen. Das geht dich so viel an, dass es die zweitausend Kronen, die du in den beiden letzten Jahren klammheimlich kassiert hast, von Stund an nicht mehr gibt.« Carl klatschte in die Hände, damit der Knabe hören konnte, wie der Kassendeckel zuknallte.

Jesper, sonst nie um einen Spruch verlegen, fiel als Antwort auf diese Ansage nichts anderes ein, als seinerseits zuzuknallen, was sich auf dem Weg durchs Haus zuknallen ließ.

Missmutig, wie er war, beschloss Carl, dass er den Pflichtbesuch bei der zukünftigen Ex-Schwiegermutter genauso gut gleich absolvieren konnte.

Den Mann im graublauen Anzug, der sich mitten auf dem Parkplatz an die geöffnete Autotür lehnte, nahm er nur mit einem Auge wahr. Denn abgesehen davon, dass der Typ den Kopf wegdrehte, als Carl vorbeiging, sah er genauso aus wie all die anderen jungen Kerle, die dort parkten, wenn sie darauf warteten, dass eine Jungfrau für einen Sonntagsquickie aus einem der Betonkästen schlüpfte. Außerdem war Carl alles schnuppe, seit er Rolf geweckt und Mona verärgert hatte.

Er fuhr die fünfzehn Kilometer bis zum Bakkegården in Bagsværd, ohne den Verkehr oder den Novembermatsch auf den Wiesen und Feldern wahrzunehmen. Und als ihn die Pflegerin ins Haus ließ, würdigte er sie kaum eines Blickes.

»Ich muss Karla Alsing besuchen«, erklärte er kurz angebunden einer weiteren Altenpflegerin in der Demenz-Abteilung.

»Die schläft«, lautete ebenso barsch und knapp die Antwort, und das passte Carl ganz prima.

»Sie ist derzeit echt die Pest«, fuhr die Frau unerwartet gesprächig fort. »Und sie raucht auf dem Zimmer. Dabei weiß sie genau, dass das strengstens verboten ist, weil das im Heim insgesamt nicht erlaubt ist. Wir haben keine Ahnung, woher sie die Zigarillos hat. Aber da wissen Sie vielleicht mehr?«

Carl beteuerte seine Unschuld. Er war seit Monaten nicht hier gewesen.

»Na gut. Wir haben jedenfalls gerade wieder eine Packung Zigarillos kassiert. Das ist echt ein Problem. Sagen Sie ihr bitte, sie soll ihre Nikotintabletten nehmen, wenn sie so einen Japp hat. Die schaden wenigstens nur ihrem Geldbeutel.«

»Ich werde dran denken und es ihr ausrichten«, erwiderte Carl, ohne überhaupt richtig zugehört zu haben.

»Hallo Karla«, sagte er zu seiner Schwiegermutter, ohne mit einer Reaktion zu rechnen. Sie lag mit geschlossenen Augen auf dem Sofa und ließ Luft an ihre eingefallenen Schenkel, die aus einem Kimono ragten, den Carl durchaus schon mal gesehen hatte, aber noch nie so weit geöffnet.

»Ah, mein Schatz.« Überrascht öffnete sie die Augen und war in Sekundenbruchteilen im Flirt-Modus. Im Vergleich zu ihr war Bambi eine Null im Wimpernklimpern.

»Mein schöner, großer, starker Polizist. Kommst du, um mich zu besuchen? Wie lieb von dir.«

Er hatte etwas sagen wollen wie: »Von nun an komme ich dich ganz regelmäßig besuchen.« Aber wie immer war es schwer, bei dieser Frau zu Wort zu kommen. Den Redefluss hatte sie sich wohl beim jahrzehntelangen Kellnern im Kopenhagener Nachtleben angeeignet. Und ihrer Tochter hatte sie das auch gleich vererbt. Die sprach in so langen Sätzen, dass Carl sich oft gewundert hatte, wie das atemtechnisch überhaupt hinzukriegen war.

»Willst du einen Zigarillo, Carl?« Sie zog eine Packung Advokat und ein Einwegfeuerzeug unter ihrem Rückenkissen hervor und machte sich ein Vergnügen daraus, die Packung übertrieben professionell zu öffnen.

»Du darfst hier nicht rauchen, Karla. Und überhaupt: Woher hast du die Zigarillos?«

Sie beugte sich zu ihm vor, sodass sich der Kimono auch oben öffnete und die Aussicht freigab. Das war fast des Guten zu viel.

»Ich erlaube dem Gärtner, hier drinnen bei mir tätig zu sein«, sagte sie kokett und stieß ihm den Ellbogen in die Seite. »Persönlich, du weißt schon.« Noch einmal stach der Ellbogen zu.

Carl wusste nicht, ob er sich bekreuzigen oder sich vor der Libido des Alters verneigen sollte.

»Ja, ja, ich weiß schon«, fuhr sie fort. »Ich soll meine Nikotintabletten schlucken. Das sagen sie mir dauernd.«

Sie nahm sich die Packung und steckte eine Tablette in den Mund.

»Am Anfang haben sie mir Nikotinkaugummis gegeben, aber die taugten nichts. Die klebten am Gebiss, sodass das andauernd rausfiel. Jetzt bekomme ich stattdessen Tabletten.«

Sie zündete sich einen Zigarillo an. »Und weißt du was, Carl? Man kann gut gleichzeitig rauchen und die Dinger lutschen.«

31

September 1987

NETE STAND VOR DER ANRICHTE und wollte Viggo gerade einschenken.

»Nein, danke, ich trinke keinen Tee«, unterbrach er sie.

Entsetzt drehte sie sich zu ihm um. Wie bitte?

»Aber ein Kaffee würde mir guttun. Zwei Stunden Fahrt sind ja doch ermüdend, da kann man etwas frischen Schwung gebrauchen.«

Panisch sah Nete auf die Uhr. Das durfte doch nicht wahr sein! Nun wurde schon zum zweiten Mal Kaffee gewünscht. Warum, um Himmels willen, hatte sie diese Möglichkeit nicht bedacht? Sie hatte nur daran gedacht, dass Teetrinken heutzutage groß in Mode war. Hagebuttentee, Kräutertee, Pfefferminztee, es gab doch nichts, was die Leute nicht tranken. Klar, der Tee hatte auch den Vorteil, dass er den Geschmack des Bilsenkrauts gut überdeckte. Aber das tat Kaffee ja vielleicht auch? Warum hatte sie nicht wenigstens ein Glas Nescafé besorgt?

Sie hielt sich die Hand vor den Mund, damit er nicht merkte, wie hektisch sie auf einmal atmete. Und nun? Sie hatte keine Zeit, in die Nørrebrogade zu rennen, Kaffeepulver zu kaufen, Wasser aufzusetzen und den Kaffee aufzubrühen, völlig ausgeschlossen!

»Aber mit einem Schluck Milch, bitte«, bat Viggo. »Man hat ja nicht mehr so einen stabilen Magen wie früher.« Er lachte. Dieses Lachen – damals hatte es Nete dazu gebracht, sich ihm zu öffnen.

»Einen Moment.« Nete stürzte in die Küche und setzte Wasser auf.

Dann riss sie die Tür zur Speisekammer auf, stellte fest, dass sie tatsächlich keinen Kaffee hatte, sah den Werkzeugkasten und hob den Deckel. Da lag der Hammer.

Mit dem müsste sie schon sehr fest zuschlagen. Blut würde fließen, wahrscheinlich nicht wenig. Nein, das kam nicht in Frage.

Deshalb schnappte sie sich das Portemonnaie vom Küchentisch und eilte aus der Wohnung, um es bei der Nachbarin zu probieren.

Sie klingelte, hörte fast zeitgleich den kleinen Tibet-Terrier hinter der Tür knurren und zählte die Sekunden. Natürlich könnte sie ein Geschirrhandtuch um den Hammer wickeln und Viggo auf den Hinterkopf schlagen. Dadurch wäre er zumindest bewusstlos, sodass sie ihm den Bilsenkrautextrakt unverdünnt in den Mund träufeln könnte.

Nete nickte vor sich hin. Der Gedanke gefiel ihr nicht, aber sie wusste keinen anderen Ausweg. Sie wollte gerade in ihre Wohnung zurückkehren, um es hinter sich zu bringen, als die Tür vor ihr geöffnet wurde.

Nete hatte dieser Nachbarin nie Beachtung geschenkt, aber jetzt, da sie sich gegenüberstanden, erkannte sie die depressiven Gesichtszüge und die skeptisch blickenden Augen hinter den dicken Brillengläsern doch wieder.

Es dauerte einen Moment, bis Nete klar wurde, dass die Nachbarin sie nicht einordnen konnte. Kein Wunder, schließlich waren sie sich nur wenige Male im Treppenhaus begegnet und überdies war die Frau offenbar stark kurzsichtig.

»Entschuldigen Sie bitte die Störung, ich bin Ihre Nachbarin, Nete Hermansen«, sagte Nete und ließ dabei den Hund nicht aus den Augen, der dicht neben der Frau stand und knurrte. »Mir ist der Kaffee ausgegangen und mein Gast ist nur kurz da, vielleicht …«

»Meine Nachbarin heißt Nete Rosen«, sagte die Frau misstrauisch. »Das steht an der Tür.«

Nete holte tief Luft. »Ja, verzeihen Sie. Hermansen ist mein Mädchenname, so heiße ich seit Kurzem wieder. Und so steht es jetzt auch an der Tür.«

Während die Nachbarin das neue Schild beäugte, versuchte Nete, einen soliden, sympathischen Eindruck zu machen. Innerlich schrie sie vor Verzweiflung.

»Natürlich bezahle ich dafür.« Bemüht, ihren Atem unter Kontrolle zu bringen, zog sie einen Zwanzigkronenschein aus dem Geldbeutel.

»Leider habe ich keinen Kaffee«, sagte die Nachbarin.

Nete rang sich ein Lächeln ab, bedankte sich und machte kehrt. Dann musste es eben doch der Hammer sein.

»Aber ein bisschen Nescafé hätte ich«, tönte es hinter ihr her.

»In einer Sekunde bin ich da«, rief Nete aus der Küche und goss Milch in ein Kännchen.

»Du hast vielleicht ein schönes Zuhause, Nete«, hörte sie Viggo an der Küchentür.

Nete hätte beinahe die Tasse fallen gelassen, als er ungeniert danach griff. Verkrampft hielt sie die Tasse fest, während sie sich panisch fragte, wie um Himmels willen sie den Extrakt jetzt hineinträufeln sollte. Kurzerhand drängte sie sich an ihm vorbei.

»Nein, lass mich. Komm mit und setz dich«, sagte sie. »Wir haben noch einiges zu regeln, bevor der Anwalt kommt.«

Sie hörte, wie er ihr folgte. Aber an der Wohnzimmertür blieb er stehen.

Mit blank liegenden Nerven blickte sie zu ihm und zuckte innerlich zusammen. Eben bückte er sich zum unteren Türscharnier und zupfte an etwas. Sie hatte sofort erkannt, was dort hing. Ein Stückchen Stoff. Glänzend und blau gemustert. Da also war Tages Jacke eingerissen!

»Schau mal her. Was ist das denn?«, fragte er und reichte ihr den Fetzen Stoff.

Nete zuckte vage mit den Achseln und stellte das Milchkännchen auf die Anrichte neben die Karaffe mit dem Bilsenkraut. Zwei Sekunden, dann hatte sie den Extrakt in den Kaffee geträufelt und Milch dazugegeben.

»Nimmst du auch Zucker?« Sie drehte sich zu ihm um.

Er stand nur wenige Schritte von ihr entfernt. »Fehlt dir das irgendwo?«

Mit der Tasse in der Hand ging sie auf ihn zu und tat so, als überlegte sie, was das sein könnte.

Dann lachte sie auf, etwas zu schrill vielleicht. »Du liebe Güte, nein. Wer könnte so etwas tragen?«

Er runzelte die Stirn, was ihr gar nicht gefiel, trat ans Fenster und betrachtete den Stoff eingehend im Licht. Zu lange und zu eingehend.

An dem Punkt begannen Tasse und Untertasse in ihrer Hand zu klirren.

Er wandte sich um und stellte fest, dass sie das Geräusch verursachte.

»Du machst einen nervösen Eindruck, Nete. Stimmt etwas nicht?«

»Nein, wieso?«

Sie stellte die Tasse auf den Tisch neben den Sessel. »Nimm bitte Platz, Viggo, wir wollen darüber sprechen, warum ich dich eingeladen habe, und wir haben leider nicht sehr viel Zeit. Trink doch deinen Kaffee, in der Zeit erzähle ich dir, wie ich mir die Sache gedacht habe.«

Warum setzte er sich nicht endlich hin und hörte auf, über dieses Stückchen Stoff zu grübeln?

»Dir scheint es nicht sonderlich gut zu gehen, Nete, oder irre ich mich?« Er legte fragend den Kopf schief, während ihm Nete wieder, und diesmal mit Nachdruck, bedeutete, sich zu setzen.

War ihre Nervosität wirklich so offensichtlich? Sie musste sich zusammenreißen.

»Nein, du irrst dich nicht«, antwortete sie. »Ich hab ja in meinem Brief geschrieben, dass ich ziemlich krank bin.«

»Das tut mir leid«, sagte er ohne Mitgefühl und reichte ihr den Stofffetzen.

»Schau dir das an. Sieht das nicht aus, als würde das von einem Herrenanzug stammen? Wie kann so was unten an einer Türangel hängen bleiben?«

Sie nahm den Fetzen und betrachtete ihn genauer. Was sollte sie dazu sagen?

»Ich habe eine Ahnung, was das sein könnte, und das macht mich stutzig«, bemerkte Viggo.

Etwas zu schnell sah sie auf. Was ist hier los?, dachte sie. Was weiß er?

»Schockiert dich das, was ich sage, Nete? Es kommt mir fast so vor.« Viggo runzelte die Stirn.

Er befühlte den Stoff in ihrer Hand, hielt dabei aber ihren Blick fest, und sein Stirnrunzeln vertiefte sich. »Ich bin eine gute Stunde früher gekommen, Nete, und deshalb stand ich unten bei den Kastanien und habe geraucht, während ich wartete. Und weißt du, was ich da gesehen habe?«

Diesmal versuchte sie, nicht so hektisch zu reagieren, und schüttelte betont langsam den Kopf, aber das glättete nicht die nachdenklichen Falten auf seiner Stirn.

»Ich habe gesehen, wie ein ziemlich dicker Mann in einem absolut grottenhässlichen Anzug angerannt kam. Ich habe in meinem Leben nicht wenige hässliche Anzüge zu sehen bekommen, aber der, der war schon bemerkenswert. Und jetzt pass auf: Er war aus einem Stoff, der diesem hier verblüffend ähnelte. Der hat schon was sehr Markantes, der Stoff, oder? Na ja, und dieser Mann, der klingelte unten am Haus. Ein Mann, wie gesagt, der in einen Anzugstoff wie diesen hier gehüllt war.« Er deutete auf den Fetzen. »Das ist schon ein merkwürdiger Zufall, findest du nicht, Nete?«

Er nickte bekräftigend. Dann veränderte sich sein Gesichtsausdruck, und Nete wusste sofort, dass die nächste Frage fatal werden konnte.

»Du schriebst, ich sollte pünktlich kommen, weil du noch andere Verabredungen hättest. Ich hatte das so ausgelegt, dass du noch andere Gäste erwartest. Deshalb jetzt meine Frage: Kann es sein, dass der Mann in dem hässlichen Anzug einer davon war? Und wenn ja: Warum habe ich ihn das Haus nicht wieder verlassen sehen? Ist er etwa noch hier?«

Es war klar, dass das kleinste Zucken ihm die Antwort geben würde, deshalb lächelte sie ihn einfach nur an, stand mit äußerster Körperbeherrschung auf, ging in die Küche, öffnete die Tür zur Speisekammer, bückte sich zum Werkzeugkasten und griff nach dem Hammer.

Sie hatte keine Zeit mehr, das Handtuch darumzuwickeln, denn Viggo stand schon hinter ihr und wiederholte seine Frage.

Das reichte, um den Impuls auszulösen. Mit einer gleitenden Bewegung drehte sie sich um und schwang den Hammer gegen seine Schläfe. Es knirschte.

Leblos sackte er in sich zusammen. Es blutete kaum. Als sie feststellte, dass er noch atmete, holte sie die Kaffeetasse vom Wohnzimmertisch.

Er hustete und röchelte ein bisschen, als sie seinen Mund öffnete und die warme Flüssigkeit hineingoss. Aber nicht lange.

Einen Moment lang hockte sie neben ihm und betrachtete ihn. Wäre ihr Viggo damals nicht über den Weg gelaufen, dann wäre alles anders gekommen. Aber jetzt gab es ihn nicht mehr.

Das, was Nete im Haus »Freiheit« in jener Nacht gesehen hatte, beschämte und quälte sie so sehr, dass sie es nicht auf Dauer verbergen konnte.

Rita fragte sie ein paarmal, was mit ihr los sei, aber Nete zog sich zurück. Nur im Dunkeln unter der Decke, wenn Nete eigentlich schon einschlafen wollte, gab es Kontakt zwischen ihnen. Die Form von Kontakt, die Rita für ihre Freundschaft verlangte. Als ob Nete diese Freundschaft noch brauchte.

Am Ende war es ein einziger Blick, der Nete verriet. Ein Blick, den sie während des Schlachtens auf dem Hof austauschten.

Einige der Mädchen, die auf dem Feld arbeiteten, hatten Overalls übergezogen, eins der Schweine von draußen geholt und auf dem Hof dem Schlachtergesellen zugeführt. Rita stellte sich vors Waschhaus, um sich den Spaß nicht entgehen zu lassen, Nete war nur zum Luftschnappen aus der Nähstube getreten. Als Rita ihre Gegenwart spürte und ihr den Kopf zuwandte, begegneten sich ihre Blicke über dem quiekenden Tier.

Es war einer dieser Tage, an denen Nete die Tränen im Hals steckten und die Sehnsucht nach einem anderen Leben tiefste Bitterkeit in ihr hervorrief. Einer dieser Tage, an denen die schlechte Stimmung in der Nähstube sie ganz besonders hinunterzog. Deshalb war der Blick, mit dem sie Rita ansah, unüberlegt. Und deshalb war der Blick, mit dem Rita zurückschaute, misstrauisch und hellwach.

»Du sagst mir sofort, was los ist!«, schrie Rita am selben Abend oben in ihrem Zimmer.

»Du vögelst für Zigaretten, ich hab es selbst gesehen. Und ich weiß, wofür du den hier benutzt.« Nete steckte die Hand unter Ritas Matratze und zog das Metallteil hervor, mit dem Rita die Klingel am Türrahmen ausschaltete.

Wenn Rita überhaupt schockiert sein konnte, dann war sie es jetzt. Aber sie hatte sich schnell wieder gefasst. »Falls mir zu Ohren kommt, dass du das rumtratschst, wird es für dich schlimmer werden als für mich, dafür werde ich sorgen.« Sie richtete den Zeigefinger auf Nete. »Wenn du mich jemals verrätst oder im Stich lässt, wirst du das für den Rest deines Lebens bereuen, verstanden?«

Und so war es.

Als Rita ihre Drohung später wahrmachte, waren die Konsequenzen gewaltig, aber für sie beide.

Seither war mehr als ein Vierteljahrhundert vergangen.

Nun saßen Rita und Viggo in dem abgedichteten Raum, jeder mit einem Strick um die Lenden und ohne den einstigen Glanz in den Augen.

32

November 2010

SEIT SICH DIE ZWEI KRIPOBEAMTEN mit Herbert Sønderskov, Mie Nørvig und Louis Petterson in Verbindung gesetzt hatten, schien alles schiefzugehen. Das über viele Jahre hin entwickelte Sicherheitsnetz begann sich aufzulösen, und zwar sehr viel schneller, als Curt Wad das je für möglich gehalten hätte.

Curt war stets bewusst gewesen, dass ihre Aktivitäten ein Höchstmaß an Diskretion erforderten. Deshalb war es unabdingbar, gegen jede Bedrohung unverzüglich vorzugehen, von der ersten Sekunde an. Leider blieb ihnen diesmal wohl nicht viel Zeit. Dass ihn ausgerechnet eine längst abgeschlossene Geschichte aus der Vergangenheit einholen könnte, das war besonders bitter, damit hatte er nicht gerechnet.

Doch worauf waren die beiden Kriminalbeamten eigentlich aus? Es handele sich um eine Person, die verschwunden sei, hatte Herbert Sønderskov gesagt. Warum bloß hatte er Herbert nicht gründlicher befragt, solange noch Zeit gewesen war? Äußerten sich so erste Anzeichen von Demenz? Das wollte er nicht hoffen.

Nun waren Herbert Sønderskov und Mie Nørvig wie vom Erdboden verschluckt. Und die Tatsache, dass Herbert nicht, wie vereinbart, Fotos von Teneriffa geschickt hatte, ließ nur einen Schluss zu.

Im Grunde hätte er es wissen müssen. Er hätte wissen müssen, dass dieser lächerliche Rechtsverdreher im entscheidenden Moment nicht den Mumm aufbringen würde, das Nötige zu tun.

Er schüttelte den Kopf: Schon wieder hatte er seinen Gedanken freien Lauf gelassen. Das war früher anders gewesen, er musste sich in Acht nehmen. Denn wer sagte denn, dass es Herbert an Mut fehlte, Mie umzubringen? Vielleicht hatte er einfach eine andere Methode gewählt, um das Problem zu lösen? Möglichkeiten gab es ja genug. Vielleicht würde man eines Tages die verwesten Leichen von Herbert und Mie Hand in Hand in einem Straßengraben finden. Denn wäre nicht Selbstmord im Fall von Herbert die beste Lösung? Curt selbst lag der Gedanke daran jedenfalls nicht so fern, insbesondere, wenn sich das derzeit aufziehende Ungemach in erster Linie auf seine eigene Person konzentrierte. Im gegebenen Fall waren ihm sehr effektive und schmerzlose Möglichkeiten bekannt, diese Welt zu verlassen.

Und was machte es schon? Er war alt und Beate krank. Seine Söhne waren etabliert, sie waren freie Menschen. Ging es ihm also doch in erster Linie um die Partei? Darum, die dänische Gesellschaft vor Unzucht, Verfall und Verblödung zu bewahren? War die Partei nicht sein Lebenswerk? Die Partei und der Geheime Kampf?

Ja, verflixt, darum ging es, und deshalb musste er seine Werte in der kurzen Zeit, die ihm noch blieb, verteidigen und möglichst breit durchsetzen. Denn zu sehen, wie das eigene Lebenswerk zerstört wurde, das war ja fast, als hätte man nie existiert. Als ginge man aus der Welt, ohne eine Spur zu hinterlassen. Dann wären die Ideen und Impulse all dieser Jahre zu nichts nütze gewesen, dann hätten sie die vielen Risiken vergebens auf sich genommen. Als er mit seinen Gedanken so weit gekommen war, empfand er sie als derart unerträglich, dass er sofort bereit war, den Kampf wieder aufzunehmen. Alle Mittel waren recht, um diese polizeilichen Ermittlungen, die ihren Einzug ins Parlament gefährdeten, zu bremsen. Kein Mittel konnte drastisch genug sein. Keines.

Aus dieser Überlegung heraus traf er seine Entscheidung und schickte eine SMS an die Mitglieder des Geheimen Kampfs. Darin wies er sie an, den Beschluss in die Tat umzusetzen, den sie nach dem Gründungsparteitag im kleineren Kreis getroffen hatten: alles zu verbrennen! Patientinnenkarteien, Akten, Überweisungen und sämtliche Korrespondenz. Alles! Die Dokumentation ihrer Arbeit von fünfzig Jahren musste noch am selben Tag in Rauch aufgehen.

Um sein eigenes Archiv fürchtete er nicht. Das lagerte sicher in dem Hohlraum hinter der Wand des alten Wirtschaftsgebäudes. Und im Falle seines Todes waren für Mikael Instruktionen vorbereitet, was mit dem Archiv geschehen sollte. Dafür war also gesorgt.

Wie gut, dass ich die Anweisung zum Verbrennen gegeben habe, dachte er, als Caspersen am Nachmittag auf dem Festnetzanschluss anrief.

»Ich habe mit unserem Kontaktmann auf dem City Revier gesprochen. Die Informationen über die beiden Beamten, die bei Nørvig waren, sind nicht sonderlich aufmunternd.«

Caspersen berichtete, dass Vizepolizeikommissar Carl Mørck und sein Assistent Hafez el-Assad zum sogenannten Sonderdezernat Q des Polizeipräsidiums gehörten. Letzterer sei offenbar kein ausgebildeter Polizist, verfüge aber über eine fast unheimliche Intuition, die in Kopenhagener Polizeikreisen bereits Gesprächsthema sei.

Curt Wad schüttelte den Kopf. Ein Araber! Oh Gott, schon allein die Vorstellung, dass ein Farbiger in seinen Sachen herumschnüffelte!

»Laut unserem Kontaktmann beim City Revier ist Carl Mørcks Sonderdezernat Q mit dem unschönen Beinamen ›Dezernat für unaufgeklärte Fälle von besonderem Interesse‹ eine ernst zu nehmende Bedrohung. Unser Mann wollte das zwar nur ungern einräumen, aber das Sonderdezernat Q scheint erheblich effektiver zu arbeiten als die meisten anderen Dezernate. Von Vorteil sei allerdings, dass sie zumeist auf eigene Faust vorgingen, sodass vermutlich kein anderes Dezernat wisse, womit sie sich gerade befassen.«

Vieles von dem, was Curt Wad da zu hören bekam, machte ihn außerordentlich hellhörig und nachdenklich. Nicht zuletzt die Tatsache, dass das Wühlen in der Vergangenheit offenbar die Spezialität dieses Dezernats war.

Caspersen berichtete, er habe sich nach den Schwachstellen der beiden Männer erkundigt, und der Mann vom City Revier habe erklärt, Carl Mørck habe zwar aktuell eine sehr hässliche Geschichte am Hals, die im schlimmsten Fall zu seiner Suspendierung führen könnte. Aber soweit der Mittelsmann wisse, ruhe diese Geschichte derzeit in ausgesprochen kompetenten Händen im Präsidium, weshalb es nicht leicht sei, da etwas zu manipulieren. Und wenn man es doch könnte, würde es mindestens eine Woche dauern, bis die Suspendierung vollzogen wäre, und so viel Zeit habe man vermutlich nicht.

Damit hatte er leider recht. Wenn etwas geschehen sollte, musste es sofort sein.

»Caspersen, bitte unseren City-Kontaktmann, mir ein paar Fotos von diesem Mørck und seinem Araber zu mailen«, beschloss Curt das Gespräch.

Curt Wad hatte die Mail geöffnet und betrachtete eingehend die Gesichter der beiden Männer. So, wie sie beide lächelten, hatte der Fotograf wohl gerade einen Witz erzählt. Oder es war pure Arroganz. Sie waren so unterschiedlich wie Tag und Nacht. Das Alter war unbestimmbar, vermutlich war Carl Mørck etwas älter als sein Assistent, aber Curt konnte Araber altersmäßig schwer einordnen.

»Ihr beiden Idioten werdet uns nicht aufhalten!« Er klatschte mit der flachen Hand auf den Bildschirm. Im selben Augenblick kam ein Anruf auf seiner sicheren Handyverbindung.

Es war sein Chauffeur.

»Ja, Mikael. Hast du Nørvigs Akten aus dem Haus geschafft?«

»Ich fürchte, das muss ich verneinen, Herr Wad.«

Curt runzelte die Stirn. »Was soll das heißen?«

»Dass mir zwei Männer in einem dunkelblauen Peugeot 607 zuvorgekommen sind. Würde mich nicht wundern, wenn die von der Polizei waren. Das hat man zehn Meilen gegen den Wind gerochen.«

Curt schüttelte den Kopf. Das durfte doch nicht wahr sein! »Waren das ein Araber und ein Weißer?«, fragte er und kannte die Antwort schon im Voraus.

»Das muss ich bejahen.«

»Wie sahen sie aus?«

Er betrachtete die Gesichtszüge auf dem Monitor, während Mikael sie beschrieb. Er hatte gute Augen, dieser Mikael. Und das hier war eine Katastrophe, denn alles passte zusammen.

»Wie viel haben die mitgenommen?«

»Das weiß ich nicht. Aber jedenfalls waren die vier Aktenschränke, die Sie mir beschrieben hatten, völlig leer.«

Schlimmer ging's nicht! Was für ein Albtraum!

»Okay, Mikael. Die Akten werden wir uns auf die eine oder andere Weise wiederbeschaffen. Und wenn es sich nicht anders machen lässt, müssen die beiden Kerle eben von der Erdoberfläche verschwinden. Klar?«

»Ja, ich werde ein paar Freunde beauftragen, sich bereitzuhalten.«

»Gut. Finde heraus, wo die beiden wohnen. Die müssen rund um die Uhr überwacht werden, damit wir sie uns jederzeit greifen können. Ich gebe euch grünes Licht, wenn es so weit ist, verstanden?«

Caspersen erschien zwei Stunden später, und noch nie hatte Curt ihn so beunruhigt erlebt – diesen ausgefuchsten Anwalt, der ohne mit der Wimper zu zucken einer alleinerziehenden Mutter von fünf Kindern den letzten Fünfziger wegnehmen konnte, um ihn dem prügelnden Exmann zuzuschanzen.

»Ich fürchte, Curt, solange Mie Nørvig und Herbert Sønderskov nicht vor Ort sind, um den Diebstahl persönlich bei der Polizei anzuzeigen, wird es sehr schwierig sein, das gestohlene Archivmaterial beschlagnahmen zu lassen. Mikael hat wahrscheinlich keine Fotos von der eigentlichen Tat machen können?«

»Nein, er kam zu spät. Sonst hätte er sie ja wohl schon abgeliefert, nicht wahr?«

»Und die Nachbarin, weiß die mehr?«

»Nein. Nur dass es zwei Polizisten aus Kopenhagen waren. Aber natürlich könnte sie die beiden, wenn nötig, identifizieren. Die sind ja nicht gerade unauffällig, soweit ich das beurteilen kann.«

»Bestimmt nicht. Aber bevor wir eine Beschlagnahmung erreicht haben, ist das Material längst in den Tiefen des Präsidiums verschwunden, da kannst du sicher sein. Schließlich haben wir keine direkten Beweise, dass die beiden das Zeug entwendet haben.«

»Fingerabdrücke?«

»Nein, garantiert nicht. Sie waren doch am Vortag ganz offiziell und legal in Nørvigs Haus. Und leider sind wir noch nicht so weit, dass wir Fingerabdrücke datieren können.«

»Tja, damit wird es wohl doch auf eine finale Lösung hinauslaufen, das lässt sich jetzt nicht mehr vermeiden. Ich habe den Zug auch schon aufs Gleis gesetzt. Muss nur noch das Startsignal geben.«

»Redest du etwa von Mord, Curt? Dann, fürchte ich, muss ich das Gespräch an dieser Stelle beenden.«

»Ruhig, Caspersen. Ich werde dich da nicht mit hineinziehen. Aber sei dir darüber im Klaren, dass es in nächster Zeit gewalttätig werden kann und dass du übernehmen musst.«

»Wie meinst du das?«

»Wie ich es sage. Wenn das hier so endet, wie es durchaus denkbar ist, hast du eine politische Partei und einen Nachlass hier im Brøndbyøstervej zu verwalten, das sollte dir klar sein. Bei dem, was passiert, werden keine Spuren zurückbleiben, und mit ›keine Spuren‹ meine ich, dass auch ich naturgemäß nicht mehr als Zeuge berufen werden kann. Falls es so weit kommt. Alea iacta est.«

»Das verhüte Gott, Curt. Als Allererstes müssen wir zusehen, dass wir die Akten zurückbekommen, nicht wahr?« Caspersen ging nach der goldenen Regel der Anwälte vor: Was nicht weiter diskutiert wurde, war auch niemals gesagt worden. »Ich nehme Kontakt auf zu unserem Mann vom City Revier. Wir müssen davon ausgehen, dass sich die Akten gegenwärtig im Polizeipräsidium befinden. Meines Wissens hat das Sonderdezernat Q seine Räume im Keller, und nachts ist dort unten niemand. Dann sollte es doch für einen Mann vom City Revier relativ einfach sein, bis zu Nørvigs Archivmaterial vorzudringen.«

Erleichtert sah Curt ihn an. Wenn das klappte, wären sie wieder einigermaßen zurück in der Spur.

Aber das Gefühl der Erleichterung war ihm nicht lange vergönnt, denn schon im nächsten Moment rief Wilfrid Lønberg an und berichtete aufgeregt, bei seiner Privatadresse seien zwei Kriminalbeamte aufgekreuzt.

Curt schaltete die Mithörfunktion ein, um Caspersen gleich mit ins Bild zu setzen. Auch für ihn stand viel auf dem Spiel.

»Wie aus heiterem Himmel standen die beiden plötzlich da. Völlig unangemeldet! Und ich war gerade dabei, die Papiere zu verbrennen, wie besprochen. Hätte ich nicht so schnell reagiert und alles auf einmal ins Feuer gekippt, wäre alles verloren gewesen. Nimm dich vor den beiden in Acht, Curt! Ehe du dichs versiehst, stehen sie bei dir auf der Matte, oder bei einem der anderen, die an vorderster Front tätig sind. Du musst unbedingt eine Warnung an die Leute rausschicken.«

»Warum waren die Beamten bei dir?«

»Keine Ahnung. Ich nehme an, die wollten nur wissen, wer ich bin. Und sie haben mich in voller Aktion erlebt. Jetzt wissen sie auf jeden Fall, dass irgendetwas im Gange ist.«

»Ich schicke sofort eine SMS an den Verteiler«, sagte Caspersen und trat ein Stück zur Seite.

»Die sind gründlich, Curt. Und eigentlich denke ich, dass die es in erster Linie auf dich abgesehen haben. Du kannst mir glauben, die sind ziemlich gut im Bilde, auch wenn sie nicht sehr viel Konkretes gesagt haben. Sie haben nur Benefice erwähnt und eine gewisse Nete Hermansen. Sagt dir der Name etwas? Sie wollten nach Nørrebro und mit ihr reden. Wahrscheinlich sind sie schon auf dem Weg dorthin.«

Curt rieb sich die Stirn. Die Luft kam ihm furchtbar trocken vor.

»Ja, ich weiß, wer Nete Hermansen ist, und mich wundert, dass sie noch lebt, aber dem kann abgeholfen werden. Lasst uns sehen, was die nächsten vierundzwanzig Stunden bringen. Im Übrigen glaube ich, dass du recht hast. Es geht um mich als Privatperson. Ich weiß nicht, warum, doch das muss ich vielleicht auch gar nicht wissen.«

»Wie meinst du das?«

»Ich meine lediglich, dass alles überstanden sein wird, noch ehe wir uns einmal umgeschaut haben. Ihr kümmert euch um Klare Grenzen, ich übernehme den Rest.«

Nachdem Caspersen gegangen war, augenscheinlich stark belastet durch die Entwicklung der Dinge, rief Curt Mikael an. Wenn sie sich beeilten, erklärte er ihm, könnten sie die zwei Kriminalbeamten am Peblinge Dossering in Nørrebro abfangen und von dort aus die Beschattung aufnehmen.

Anderthalb Stunden später rief Mikael zurück und teilte mit, sie seien leider zu spät gekommen. Dafür sei aber jetzt ein Mann auf dem Parkplatz vor Carl Mørcks Haus stationiert, und Carl Mørck sei inzwischen nach Hause gekommen. Hafez el-Assad sei ihnen allerdings entwischt. Die Wohnung in der Heimdalsgade, wo er offiziell gemeldet sei, hätten sie vollständig leer vorgefunden.

Am frühen Sonntagmorgen rief Curt den Notarzt an. Beate hatte im Bett neben ihm beunruhigend viel gestöhnt und ihre Atmung war seltsam unregelmäßig geworden.

»Tja, Herr Wad«, sagte der Doktor, der ihm als guter praktischer Arzt bekannt war. »Wie Sie als Kollege selbst festgestellt und auch schon am Telefon geäußert haben, befürchte ich, dass Ihrer Frau leider nur noch wenig Zeit bleibt. Das Herz ist verbraucht. Es dürfte nur noch eine Frage von Tagen sein, ja vielleicht nur noch von Stunden. Und Sie wollen bestimmt nicht, dass ich einen Krankenwagen rufe, oder?«

Curt zuckte die Achseln. »Was sollte das nützen? Nein, ich möchte gern bis zuletzt bei ihr sein. Aber danke.«

Als sie allein waren, legte er sich neben sie ins Bett und tastete nach ihrer Hand. Diese kleine Hand, die so oft seine Wange gestreichelt hatte. Diese geliebte kleine Hand.

Er sah hinüber zum Balkon. Die Morgendämmerung zog herauf. Einen Moment lang wünschte er, er hätte einen Gott. Dann würde er ein stilles Gebet für seine geliebte Frau sprechen. Vor drei Tagen war er bereit gewesen für das Unausweichliche – und auch bereit, danach alleine weiterzuleben. Das war er nun nicht mehr.

Er sah hinüber zu der Packung Schlaftabletten. Stark und klein und leicht zu schlucken. Zwanzig Sekunden, länger würde es nicht dauern. Kurz lächelte er über sich. Und natürlich noch eine Minute, um ein Glas Wasser zu holen.

»Was meinst du, mein Schatz, soll ich sie nehmen?«, flüsterte er und drückte ihre Hand. Wenn sie doch nur antworten könnte. Ach, wie einsam und still es war.

Er streichelte sanft ihr dünnes Haar. Wie oft hatte er es bewundert, wenn sie es vor dem Spiegel bürstete und es im Licht glänzte. Wie schnell war das Leben auch daraus gewichen.

»Beate. Ich habe dich von ganzem Herzen geliebt. Du warst das Licht meines Lebens. Wenn ich das Leben mit dir noch einmal führen könnte, würde ich es tun. Jede Sekunde. Könntest du doch noch einmal für einen Augenblick aufwachen, dann könnte ich es dir sagen, meine liebste, allerliebste Freundin.«

Dann drückte er den schwach atmenden, verwelkten Körper an sich. Den wundervollsten Körper, den er je gesehen hatte.

Als er aufwachte, war es kurz vor zwölf Uhr. Er meinte, ein Klingeln gehört zu haben.

Langsam hob er den Kopf und stellte fest, dass sich Beates Brustkorb noch immer schwach hob und senkte. Erleichtert war er nicht. Warum konnte sie nicht einfach sterben, ohne dass er gezwungen war, es mit anzusehen?

Er schüttelte den Kopf über diesen Gedanken.

Reiß dich zusammen, Curt!, dachte er bei sich. Beate soll nicht allein sterben, auf keinen Fall.

Jetzt sah er zur Balkontür. Draußen herrschte graues Novemberwetter, dabei war es windig, die kahlen Zweige des Mirabellenbaumes schlugen aneinander.

Kein guter Tag, dachte er und griff nach seinen beiden Handys. Hatten die ihn geweckt?

Es waren keine Nachrichten eingegangen. Aber auf dem Display des Festnetzanschlusses sah er eine Nummer, die er nicht unmittelbar erkannte.

Er drückte auf die Rückruftaste, hatte aber schon Sekunden später das Gefühl, er hätte es besser bleiben lassen.

»Søren Brandt.« Curt Wad zuckte zusammen, als er die Stimme hörte.

»Wir zwei haben nichts miteinander zu besprechen«, sagte er kurz.

»Das sehe ich anders. Haben Sie meinen Blog zum Selbstmord von Hans Christian Dyrmand gelesen?«, fragte Søren Brandt, dann schwieg er und wartete.

Was war dieser Kerl doch für eine Plage. Und das Internet ebenso.

»Ich habe mit Dyrmands Witwe gesprochen«, fuhr der Journalist unvermittelt fort. »Ihr ist das Handeln ihres Mannes ganz und gar unverständlich. Haben Sie dazu einen Kommentar?«

»Absolut nicht. Ich kannte den Mann ja kaum. Und hören Sie, ich sitze hier und trauere. Meine Frau liegt im Sterben. Wenn Sie nun den Anstand hätten, mich in Ruhe zu lassen, dann könnten wir uns an einem anderen Tag unterhalten.«

»Das tut mir leid. Ich bin übrigens in den Besitz von Informationen gelangt, denen zufolge Sie ins Visier polizeilicher Ermittlungen geraten sind – in Zusammenhang mit einigen vermissten Personen. Gehe ich recht in der Annahme, dass Sie auch das im Moment nicht kommentieren wollen?«

»Was für vermisste Personen?« Curt hatte keine Ahnung, worum es dabei ging, hörte nun aber schon zum zweiten Mal davon.

»Ja, das ist wohl eine Sache zwischen Ihnen und der Polizei. Aber wenn ich das richtig sehe, würde die Polizei gern Informationen mit mir austauschen über die eklatant kriminellen Aktivitäten des Geheimen Kampfes. Meine letzte Frage lautet deshalb, ob Sie und Wilfrid Lønberg die Absicht haben, Maßnahmen wie zum Beispiel Zwangssterilisierungen mit ins Programm Ihrer Partei aufzunehmen?«

»Ach, möge man mich doch mit dieser Art Diffamierung verschonen. Ich werde mich schon mit der Polizei auseinandersetzen, da können Sie gewiss sein. Und veröffentlichen Sie, was Sie wollen, meinetwegen auch ohne es zu dokumentieren. Es wird nur eine unheimlich teure Angelegenheit für Sie, das verspreche ich Ihnen.«

»Okay, vielen Dank. Belege habe ich übrigens genug, keine Sorge. Aber ich bedanke mich für Ihren Kommentar. So habe ich doch wenigstens noch ein aktuelles Zitat.«

Damit legte er auf. Er legte auf! Curt Wad kochte vor Wut.

Welche Belege konnte er meinen? Hatte sich die Geschichte von Nørvigs gestohlenen Akten tatsächlich schon so weit herumgesprochen? Na, damit wäre wohl auch das Schicksal dieses Presseheinis besiegelt.

Er nahm das sichere Handy und gab Caspersens Nummer ein.

»Wie ist die Lage nach dem nächtlichen Besuch im Präsidium, Caspersen?«

»Nicht gut, fürchte ich. Wir haben unseren Mann zwar problemlos hineinbekommen, aber als er in den Keller ging, wurde er von diesem Hafez el-Assad entdeckt. Der schläft anscheinend dort.«

»Zum Teufel mit dem! Bewacht er die Akten, was meinst du?«

»Ich fürchte, ja.«

»Warum hast du mich nicht angerufen, Caspersen, und mir davon berichtet?«

»Ich habe angerufen, Curt. Mehrfach an diesem Vormittag. Aber nicht diesen Anschluss, von dem du jetzt sprichst. Das andere Handy.«

»Ich benutze mein iPhone momentan nicht. Aus Sicherheitsgründen.«

»Aber ich habe auch die Festnetznummer gewählt.«

Curt drückte die Taste und sah aufs Display. Richtig. Vor dem Gespräch mit Søren Brandt waren verschiedene entgangene Anrufe registriert. Caspersen hatte seit acht Uhr mindestens alle zwanzig Minuten angerufen.

Hatte er wirklich so tief neben Beate geschlafen? Und hatte er in diesem Leben wirklich zum letzten Mal neben ihr gelegen?

Er brach das Gespräch ab und sah zu Beate, aber seine Gedanken wanderten schon wieder weiter.

Alle drei mussten weg, es gab keine andere Lösung. Der Araber, Carl Mørck und Søren Brandt. Um Nete Hermansen würde er sich später kümmern. Sie stellte nicht im selben Maß eine Bedrohung dar wie die anderen.

Wieder griff er nach dem sicheren Handy und gab diesmal Mikaels Nummer ein.

»Können wir ermitteln, wo sich Søren Brandt gerade aufhält?«

»In einem Sommerhaus in Høve, Vej 5.«

»Woher wissen wir das?«

»Das wissen wir, weil wir ihn beschatten, seit er den Gründungsparteitag gestört hat.«

Curt lächelte. Zum ersten Mal an diesem Tag.

»Gut, Mikael. Sehr gut. Und was ist mit Carl Mørck? Habt ihr den auch im Visier?«

»Haben wir. Gerade geht er dort, wo er wohnt, über den Parkplatz. Unser Mann beschattet ihn. Und wenn einer weiß, wie man das macht, dann er. Ehemaliger Nachrichtendienstler. Aber wo der Araber ist, weiß ich noch immer nicht.«

»Das kann ich dir sagen. Im Keller des Polizeipräsidiums. Bring also ruhig einen Mann gegenüber, beim Postamt, in Stellung, damit er mitbekommt, wann unser Zielobjekt den Ort verlässt. Und, Mikael?«

»Ja.«

»Wenn heute Nacht im Hause Mørck alles schläft, dann geschieht dort ein Unglück, verstanden?«

»Feuer?«

»Ja. Lass es in der Küche beginnen. Explosiv und mit viel Rauch. Und sag unseren Leuten, dass sie um Himmels willen ungesehen von dort verschwinden sollen.«

»Das übernehme ich selbst.«

»Umso besser. Sorg für gute Deckung und zieh dich danach schleunigst zurück.«

»Das werde ich. Und was ist mit Søren Brandt?«

»Auf den kannst du deine Hunde sofort hetzen.«

33

November 2010

Jemand rüttelte an seiner Schulter.
Carl schlug die Augen auf und nahm undeutlich wahr, dass sich eine Gestalt über ihn beugte. Als er sich aufrichten wollte, wurde ihm schwindlig und auf unerklärliche Weise befand er sich plötzlich auf dem Fußboden neben dem Bett.
Dann bemerkte er erstaunt das Sausen des Windes und sah, dass das Fenster offenstand. Erst danach roch er das Gas.
»Jesper ist jetzt wach«, rief jemand draußen vom Gang. »Er kotzt, was soll ich machen?«
»Leg ihn auf die Seite. Hast du das Fenster geöffnet?«, rief die Gestalt mit den schwarzen Haaren, die neben Carl stand.
Jemand schlug ihm auf die Wangen. »Carl, sieh mich an. Sieh mir ins Gesicht. Bist du okay?«
Er nickte, war sich aber nicht sicher.
»Wir müssen zusehen, dass du nach unten kommst, Carl. Hier oben ist immer noch zu viel Gas. Kannst du allein gehen?«
Er stand langsam auf, wankte auf den Flur und dann die Treppe hinunter, was ihm wie ein unendlicher Fall vorkam. Erst als ihn jemand vor der offenen Terrassentür auf einen Stuhl drückte, begannen sich Formen und Konturen abzuzeichnen und Sinn zu ergeben.
Er sah zu Mortens Freund auf, der neben ihm stand.
»Teufel auch«, nuschelte er. »Bist du noch da? Bist du hier eingezogen?«
»Ich glaube, darüber können wir allesamt sehr froh sein«, kommentierte Hardy trocken.
In Zeitlupentempo wandte sich Carl zum Bett um. »Was ist denn hier los?«
Von der Treppe her war Gepolter zu hören, Morten schleppte Jesper nach unten. Der sah noch erheblich schlechter aus als damals, als er von einem vierzehntägigen Party-Marathon auf Kos nach Hause gekommen war.
Mika deutete zur Küche. »Da ist einer mit sehr unschönen Absichten im Haus gewesen.«
Mühsam stand Carl auf und folgte ihm.
Sofort fiel ihm die große Gasflasche auf, die in der Mitte der Küche stand, eine von den neuen aus Plastik. So eine besaßen sie doch überhaupt nicht, die

gute alte gelbe draußen im Garten beim Gasgrill war ja noch tipptopp. Und warum war da dieser Schlauch mit dem angeschlossenen Regler befestigt?

»Wo kommt die her?« Carl war noch immer zu benommen, um sich an den Namen des jungen Mannes zu erinnern, der neben ihm stand.

»Um zwei Uhr, als ich Hardys Zustand gecheckt habe, stand sie noch nicht da«, antwortete der Mann.

»Hardys Zustand?«

»Ja. Er hat stark reagiert auf die Behandlung gestern. Mit Schweißausbrüchen und Kopfschmerzen, was im Übrigen ein gutes Zeichen ist. Und das hat uns garantiert allen das Leben gerettet.«

»Nein, das warst *du*, Mika!«, rief Hardy von drinnen.

Ach ja, so hieß er. Mika.

»Erklär.« Der Instinkt des Polizisten funktionierte auf Autopilot.

»Seit gestern Abend habe ich alle zwei Stunden nach Hardy gesehen. Und ich werde das auch noch einen oder zwei Tage lang tun, sodass ich genau beobachten kann, was mit ihm passiert. Vor einer halben Stunde klingelte der Wecker an meiner Uhr, und als ich aufwachte, nahm ich dort unten im Keller einen sehr starken Gasgeruch wahr, der mich hier im Erdgeschoss fast umgehauen hätte. Ich hab die Gasflasche zugedreht und die Fenster aufgerissen und dann auf dem Herd ein Pfännchen entdeckt, aus dem es qualmte. Als ich nachschaute, sah ich, dass der Boden bis auf etwas Olivenöl trocken war und dass dort ein angesengtes Stück Küchenkrepp lag. Das Papier hat den Qualm verursacht.«

Er deutete aufs Küchenfenster. »Ich hab's sofort rausgeschmissen.«

Carl nickte Erling Holm, seinem Kollegen von der Brandtechnik, zu. Streng genommen war das weder dessen Gegend noch dessen Fall, aber Carl hatte keine Lust, die Polizei von Hillerød einzuschalten, und Erling wohnte nur fünf Kilometer entfernt in Lynge.

»Das hat jemand sehr raffiniert ausgeklügelt, Carl. Nur zwanzig, dreißig Sekunden später, dann hätte das Papier lichterloh gebrannt und die Flammen hätten das Gas entzündet. Und nach dem Gewicht der Gasflasche zu urteilen, ist schon sehr viel Gas entwichen. Mit diesem großen Regler und dem dicken Schlauch auf dem Stutzen hat das vermutlich nicht länger als zwanzig Minuten gedauert.« Er schüttelte den Kopf. »Der Täter hat auch die Herdplatte unter dem Pfännchen bewusst nicht voll aufgedreht. Das Haus sollte erst ganz mit Gas angefüllt sein, ehe der Küchenkrepp Feuer fing.«

»Was dann passiert wäre, ist nicht schwer auszurechnen, wie?«

»Das Sonderdezernat Q hätte sich nach einem anderen Chef umsehen müssen.«

»Große Explosion?«

»Ja und nein. Aber eine effektive Explosion, bei der sämtliche Räume und alles Mobiliar auf einen Schlag in Brand geraten wären.«

»Ja, aber Jesper, Hardy und ich wären doch sicher vorher schon an Gasvergiftung gestorben.«

»Kaum. Das Gas an sich ist nicht giftig. Aber Kopfschmerzen oder Brechreiz kann man davon schon bekommen.« Er grinste. Einen bizarren Humor hatten sie, das musste man den Brandtechnikern lassen. »Ihr wäret blitzschnell verbrannt, und die im Keller wären nicht rausgekommen. Das besonders Teuflische daran ist, dass wir Techniker die kriminelle Ursache des Feuers nicht unbedingt hätten nachweisen können. Zwar hätten wir die Ursache des Brandes sicherlich auf die Kombination von Pfännchen und Gasflasche zurückgeführt. Aber das hätte genauso gut ein Unfall sein können. Brandursache: Nachlässigkeit. Das erlebt man in diesen Zeiten, wo viel gegrillt wird, andauernd. Ehrlich gesagt glaube ich, dass der Täter ungeschoren davongekommen wäre.«

»Das darf doch nicht wahr sein.«

»Irgendeine Idee, wer dahinterstecken könnte, Carl?

»Ja. Ein Lockpicker mit einer Sperrpistole. Draußen am Sicherheitsschloss sind klitzekleine Kratzer zu erkennen. Sonst habe ich keine Ahnung.«

»Und einen Verdacht?«

»Ja, klar, so was hat man ja immer.«

Carl bedankte sich bei Erling und vergewisserte sich, dass es allen im Haus so weit gut ging. Dann drehte er eine schnelle Runde bei den Nachbarn, um zu hören, ob die etwas gesehen hatten. Die meisten waren etwas verärgert, als sie schlaftrunken öffneten, aber wer wäre das morgens um fünf nicht? Und bei den meisten wich der Ärger sehr schnell Erschrockenheit und Mitgefühl. Nur half das nicht, den oder die Täter zu identifizieren.

Keine Stunde später kam Vigga angerannt, das strubbelige Haar in alle Himmelsrichtungen abstehend. Im Schlepptau hatte sie Gurkamal mitsamt Turban, großen weißen Zähnen und dem Mammutbart.

»Lieber Gott«, stöhnte sie. »Jesper ist doch wohl nichts passiert?«

»Nein, nichts weiter. Er hat nur aufs Sofa und auf Hardys Bett gekotzt und im Übrigen zum ersten Mal seit Langem seiner Mutter sein Leid geklagt.«

»Ach Gott, der Ärmste.« Kein Wort zu Carls Zustand. Damit war der Unterschied zwischen einem zukünftigen Exmann und dem Sohn dargelegt.

Er hörte sie im Hintergrund besorgt ihren Sprössling hätscheln. Da klingelte es.

»Wenn das wieder dieser Mistkerl ist, der eine neue Gasflasche vorbeibringt«, rief Hardy, »dann richte ihm doch bitte aus, dass in der alten noch ein Rest drin ist. Aber vielleicht nächste Woche.«

Was um Himmels willen hat Mika denn mit Hardy angestellt?, dachte Carl und öffnete die Haustür.

Das Mädchen, das vor ihm stand, war blass vor Übermüdung. Es hatte blaurote Ränder unter den Augen, einen gepiercten Ring in der Lippe und war höchstens sechzehn Jahre alt.

»Hallo«, sagte sie. Sie deutete über die Schulter zum Haus von Nachbar Kenn und wand sich vor Verlegenheit.

»Ja, also ich bin die Freundin von Peter, und wir sind bei so 'nem Fest im Jugendclub gewesen, und ich sollte bei ihm übernachten, weil ich in Blovstrød wohne und so spät keine Busse mehr fahren. Wir sind vor ein paar Stunden nach Hause gekommen, und Kenn kam etwas später runter in den Keller, nachdem Sie drüben gewesen waren, um zu hören, ob jemand heute Nacht was Merkwürdiges in der Nähe von Ihrem Haus gesehen hat. Und dann hat er uns erzählt, was passiert ist, und da haben wir gesagt, dass wir echt was gesehen haben, als wir nach Hause gekommen sind, und da hat Kenn gesagt, dass ich zu Ihnen gehen und Ihnen das erzählen soll.«

Carl zog die Augenbrauen hoch. Na, bei dem Wortschwall konnte sie so schläfrig nun doch nicht sein.

»Okay. Dann sag mir mal, was du gesehen hast.«

»Ich hab einen Mann an Ihrer Tür gesehen, als wir vorbeigegangen sind. Ich hab Peter gefragt, ob er ihn kennt, aber der hatte keine Lust hinzusehen, weil er mit allem Möglichen viel zu beschäftigt war.« Sie kicherte.

Carl hakte nach. »Wie sah der Mann aus? Konntest du das erkennen?«

»Ja, er stand ja an der Tür, und da ist es ziemlich hell. Es machte den Eindruck, als würde er am Schloss rumfummeln, aber er hat sich nicht zu uns umgedreht. Deshalb hab ich ihn nicht von vorn gesehen.«

Carl merkte selbst, wie seine Schultern um ein paar Zentimeter nach unten sackten.

»Der Typ war ziemlich groß und ziemlich gut gebaut, soweit man das erkennen konnte. Und er hatte total dunkle Sachen an. Einen Mantel oder 'ne lange Windjacke oder so was. Und dann hatte er so 'ne schwarze Kapuze auf, genau wie Peter. Und unter der Kapuze hab ich hellblondes Haar gesehen. Das war fast weiß. Und dann stand noch so 'ne große Flasche neben ihm.«

Hellblondes, fast weißes Haar, hatte sie gesagt, das war alles, und das reichte eigentlich auch. Wenn Carl recht hatte, dann war Curt Wads hellblonder Handlanger, den er in Halsskov gesehen hatte, ein richtiges Multitalent, dann wurde er nicht nur zum Lieferwagenfahren eingesetzt.

»Danke«, sagte Carl. »Du bist ein aufgewecktes Mädchen und hältst die Augen offen, und darüber bin ich sehr froh. Es war gut, dass du hergekommen bist.«

Verlegen wand sie sich ein bisschen.

»Hast du dir vielleicht auch gemerkt, ob er Handschuhe anhatte?«

»Ach ja«, sagte sie und hörte auf, sich zu winden. »Stimmt. Hatte er. Solche mit Löchern, da, wo die Knöchel sind.«

Carl nickte. Dann brauchten seine Kollegen die Flasche gar nicht nach Fingerabdrücken abzusuchen. Blieb nur die Frage, ob man die Herkunft dieses besonderen Reglers lokalisieren konnte, aber da hegte er starke Zweifel. Davon waren mit Sicherheit etliche im Umlauf.

»Wenn hier alles so weit okay ist, dann fahre ich ins Präsidium«, verkündete er einen Moment später im Wohnzimmer, aber Vigga hielt ihn fest.

»Zuerst unterschreibst du das hier. Die eine Kopie ist für dich, die zweite für den Anwalt und die dritte für mich.« Sie legte drei Papierbögen auf den Tisch. *Absprache über Vermögensteilung* stand in der Kopfzeile.

Er überflog den Text. Es war genau das, was sie am Vortag besprochen hatten. Wie schön, dann brauchte er das nicht selbst aufzusetzen.

»Prima, Vigga. Ich muss schon sagen, du hast wirklich an alles gedacht. Das Geld, die Besuche bei deiner Mutter, einfach alles. Die Behörden werden sich freuen zu erfahren, dass du mir bei der Angelegenheit acht Wochen Ferien im Jahr gewährst. Sehr großzügig.« Er lachte spöttisch und setzte seine Unterschrift neben ihr Gekrakel.

»Und jetzt noch das Scheidungsbegehren.« Sie schob ihm ein offiziell aussehendes Dokument hin, das er ebenfalls unterschrieb.

»Danke, mein alter Geliebter.« Schluchzte sie etwa?

Das hatte sie jedenfalls nett ausgedrückt, auch wenn ihn der Geliebte sogleich schmerzlich an Monas Rolf erinnerte. Weil er so viel um die Ohren hatte, hatte er die Enttäuschung bisher ziemlich verdrängt, aber sie saß tief. Schließlich war Mona nicht irgendwer.

Er schnaubte. Als alten Geliebten bezeichnete ihn Vigga. War das nicht reichlich banal als Abschiedssalut für eine so stürmische und exotische Ehe wie die ihre?

Vigga reichte die Papiere einem lächelnden Gurkamal, der sich verneigte und Carl wie auf Kommando die Hand hinstreckte. Damit schien der Handel abgeschlossen zu sein.

»Danke für die Frau«, sagte der Turbanträger, und Carl fand seine Formulierung irgendwie witzig.

Vigga lächelte. »Und da wir nun den Papierkram erledigt haben, kann ich dir ja sagen, dass ich nächste Woche bei Gurkamal im Geschäft einziehe.«

»Ja, dort ist es sicher wärmer als im Gartenhaus«, sagte Carl.

»Außerdem habe ich das Gartenhaus gestern Abend für sechshunderttausend verkauft«, fuhr Vigga fort. »Und ich habe die Absicht, die letzten hunderttausend selbst zu behalten, die ich mehr für das Haus bekommen habe, als wir in der Absprache festgelegt haben. Was sagst du dazu?«

Carl war sprachlos. Dieser Gurkamal hatte ihr tatsächlich kaufmännisches Denken beigebracht, und zwar schneller, als ein Dromedar rennen konnte, um es in Assads Terminologie auszudrücken.

»Gut, dass ich dich treffe«, sagte Laursen auf der steinernen Treppe der Rotunde zu Carl. »Begleitest du mich nach oben?«

»Hm, na gut. An sich war ich auf dem Weg zu Marcus Jacobsen.«

»Ich komme gerade aus seinem Büro, sollte ihm was zu essen bringen. Er sitzt in einer Besprechung. Und geht's dir sonst gut, Carl?«, fragte Laursen auf dem Weg in die oberste Etage.

»Prima. Abgesehen davon, dass Montag ist, dass meine künftige Exfrau mich ausgenommen hat wie eine Weihnachtsgans, dass meine Liebste mit einem anderen schläft, dass mein Haus heute Nacht beinahe in die Luft geflogen wäre und dass der ganze Scheißdreck hier im Präsidium auch nicht weniger wird. Aber abgesehen von all dem, wie gesagt, geht's mir gut. Ich hab jedenfalls keinen Dünnpfiff mehr.«

»Prima«, sagte Laursen drei Stufen vor ihm. Seiner Antwort nach zu urteilen, hatte er überhaupt nicht zugehört.

»Ich will dir was erzählen«, sagte Laursen, als sie oben in dem Raum hinter der Küche zwischen Kühlschränken und allen möglichen Gemüsesorten saßen. »Die Geschichte mit diesem Foto von dir und Anker und dem Ermordeten im Druckluftnagler-Fall geht noch weiter. Das Foto war zur Analyse bei allen denkbaren fachkundigen Leuten, und, falls dich das tröstet, die meisten von ihnen sind der Meinung, dass es eine digitale Collage aus mehreren Aufnahmen ist.«

»Ja, das sage ich doch die ganze Zeit. Das Ganze ist ein Komplott. Vielleicht steckt jemand dahinter, dem ich mal auf die Zehen getreten bin. Du weißt, wie rachsüchtig Banditen sein können, die man mal geschnappt hat. Manche sitzen jahrelang im Kittchen und sinnen auf Vergeltung. Insofern musste so was doch mal passieren. Ich kenne diesen Pete Boswell jedenfalls nicht.«

Laursen nickte. »Das Foto hat rein gar keine Pixelpunkte. Es ist so, als wären noch die allerkleinsten Bestandteile miteinander verschmolzen. So etwas habe ich noch nie gesehen.«

»Und was heißt das?«

»Das heißt, dass man eventuelle Übergänge zwischen zusammengefügten Fotos nicht erkennen kann. Es können mehrere Fotos sein, die zusammengeschnitten und dann bis in alle Ewigkeit abfotografiert wurden, zum Beispiel mit einer Polaroidkamera, woraufhin das Polaroidfoto am Ende mit einer analogen Kamera noch einmal abfotografiert und entwickelt wurde. Aber es kann auch sein, dass das Foto nach dem Scannen mithilfe eines Fotoprogramms auf dem PC geblurrt, also unscharf gemacht, und anschließend auf Fotopapier abgezogen wurde. Wir wissen es nicht. Wir können die Herkunft des Papiers nicht identifizieren.«

»Für mich sind das alles böhmische Dörfer.«

»Ja, klar, es gibt halt heutzutage so viele Möglichkeiten. Und als Pete Boswell noch unter den Lebenden weilte, gab es die auch schon.«

»Na, dann ist doch alles gut, oder?«

»Tja, deshalb habe ich dich nach hier oben geholt.« Er reichte Carl ein Bier, das der jedoch dankend ablehnte. »Für eine Schlussfolgerung reicht es noch nicht, und in der Technik sind auch nicht alle der Meinung, das Foto sei gefälscht. Weil nämlich alles, was ich gesagt habe, in Wahrheit nichts beweist. Lediglich, dass das Ganze extrem dubios ist. Und außerdem glaubt auch nur ein Teil der Leute, jemand habe versucht, die Hinweise auf eine Collage zu vertuschen.«

»Und was bedeutet das jetzt? Sind sie immer noch am Überlegen, mich kaltzustellen? Versuchst du, mich vor einer bevorstehenden Suspendierung zu warnen?«

»Nein. Was ich zu sagen versuche, ist Folgendes: Das hier wird dauern. Aber ich glaube, das kann dir Terje besser selbst sagen.« Er deutete zur Kantine.

»Ist Terje Ploug hier oben?«

»Ja, und zwar jeden Tag um dieselbe Zeit, falls er nicht einen Termin außerhalb hat. Einer meiner treuesten Gäste, sprich also höflich mit ihm.«

Carl fand Terje Ploug im hintersten Winkel.

»Spielen wir Verstecken, Terje?«, fragte er und pflanzte seine Ellbogen dicht neben Terjes politisch ungeheuer korrekt zusammengestellten Salatteller.

»Schön, dass du hier bist, Carl. Man erwischt dich zurzeit ja nicht so leicht. Hat Laursen dir von dem Foto erzählt?«

»Ja. Und ich bin offenbar noch nicht freigesprochen.«

»Freigesprochen? Meines Wissens gibt es keine Anklage gegen dich, oder?« Carl schüttelte den Kopf. »Nein, nicht offiziell.«

»Gut. Die Sache liegt so: Die Kollegen, die die Morde in der Autowerkstatt in Sorø untersuchen, und diejenigen, die die Morde im holländischen Schiedam am Wickel haben, und ich, wir setzen uns in einigen Wochen oder Monaten zusammen, um die Fakten, Hintergrundgeschichten und übereinstimmenden Indizien sämtlicher Druckluftnagler-Fälle zusammenzutragen.«

»Und nun sagst du mir, ich soll als Zeuge auftreten?«

»Nein, nun sage ich dir, dass du genau das nicht tun sollst.«

»Weil ich unter Anklage für irgendwas stehe, oder was?«

»Bleib locker, Carl. Da gibt es jemanden, der dich kleinkriegen will, darüber sind wir uns im Klaren. Deshalb also: Nein, du stehst nicht unter Anklage. Aber wenn wir so weit gekommen sind, dass wir unseren gemeinsamen Bericht ausgearbeitet haben, dann möchten wir dich bitten, ihn zu evaluieren.«

»Aha. Und das trotz der Fingerabdrücke auf den Münzen, trotz des sonderbaren Fotos und trotz Hardys Verdacht, Anker hätte was mit dem schwarzen Mann zu tun und ich hätte vielleicht Georg Madsen gekannt?«

»Trotz alledem, Carl. Ich bin sicher, dass du derjenige bist, der am meisten zu gewinnen hat, wenn die Ermittlungen in diesem Fall äußerst gründlich zu Ende geführt werden.«

Er klopfte ein paarmal auf Carls Handrücken. Das war nun schon fast rührend.

»Das ist der Versuch eines guten und ehrlichen Polizisten, Ermittlungen sauber durchzuführen, und ich finde, Carl, dafür sollten wir Terje respektieren«, sagte der Chef der Mordkommission. In seinem Eckbüro hing noch immer der Geruch von Laursens »Menü des Tages« in der Luft. War Frau Sørensen inzwischen so umgänglich geworden, dass schmutzige Teller länger als fünf Minuten, nachdem Jacobsen die Gabel aus der Hand gelegt hatte, in seinem Büro stehen bleiben durften?

»Ja, ja, alles okay«, nickte Carl. »Und nur ein klein wenig scheißärgerlich, weil mir der Fall so was von zum Hals raushängt, ehrlich gesagt.«

Marcus nickte. »Ich hab mit Erling von der Brandtechnik gesprochen. Du hattest heute Nacht unangemeldeten Besuch.«

»Ist nichts Ernstes passiert.«

»Nein, Gott sei Dank! Aber warum ist es überhaupt passiert, Carl?«

»Weil mich jemand dorthin wünscht, wo man die Radieschen von unten betrachten kann. Ich glaube jedenfalls nicht, dass eines der verschmähten Liebchen meines Stiefsohns dahintersteckt.« Er versuchte zu lächeln.

»Wer, Carl?«

»Sicher einer von Curt Wads Leuten, das ist der Typ von Klare Grenzen.«

Marcus Jacobsen nickte.

»Wir stören sie. Und genau deshalb bin ich hier. Ich möchte die Abhörung der Telefone von Wad, von einem gewissen Wilfrid Lønberg und einem Louis Petterson beantragen.«

»Tut mir leid, Carl, aber das kann ich nicht genehmigen.«

Carl fragte zweimal nach der Begründung, reagierte mit Brummen, mit Wut und Enttäuschung, aber nichts half. Er bekam einzig und allein eine Ermahnung mit auf den Weg, gut auf sich aufzupassen, und wurde im Übrigen aufgefordert, dem Chef Bericht zu erstatten, wenn etwas Ungewöhnliches vorfalle.

Etwas »Ungewöhnliches«. Das war ja schon fast grotesk, dieses Wort in diesem Büro zu hören. Alles, womit sie in ihrem Job zu tun hatten, war doch ungewöhnlich – Gott sei Dank.

Carl stand auf. Etwas Ungewöhnliches. Was würde Marcus Jacobsen wohl dazu sagen, dass in den lichtarmen Büros des Sonderdezernats Q ein Stoß Archivmaterial lagerte, den sie sich auf eine selbst für diese Büros höchst ungewöhnliche Weise angeeignet hatten?

Als er aus dem Büro des Chefs kam, standen die beiden Vorzimmerdamen Spalier und winkten ihm zu.

»Hallo Carl«, säuselte Lis und eine Zehntelsekunde später piepste Frau Sørensen in haargenau derselben Tonlage. Wortwahl, Betonung, offenes Lächeln – alles identisch.

Was war denn das für eine Hundertachtziggradwende?

»Äh ... Cata!«, wandte er sich direkt an diejenige, die noch vor Kurzem jeden Ermittler dazu gebracht hatte, lange Umwege in Kauf zu nehmen, nur um nicht an ihr vorbeizumüssen. Und Carl sowieso.

»Seien Sie doch so gut und erzählen Sie mir, worum es in diesem NLP-Kurs geht, ja? Was ist NLP? Ist das ansteckend?«

Sie zog die Schultern hoch, was vielleicht Entzücken darüber ausdrücken sollte, dass ihr diese Frage gestellt wurde. Dann lächelte sie Lis zu und trat bedenklich nahe an Carl heran.

»NLP steht für Neurolinguistisches Programmieren«, sagte sie und hatte dabei einen mystischen Klang in der Stimme, als spreche sie über einen geheimnisvoll-betörenden Scheich aus Arabien. »Gar nicht so leicht, das zufriedenstellend zu erklären, aber ich kann ja ein Beispiel geben.«

Carl konnte sich beim besten Willen nicht vorstellen, was nun kommen würde. Und eigentlich wollte er es auch gar nicht wissen.

Frau Sørensen entnahm ihrer Handtasche ein Stück Kreide. Schon merkwürdig, dass sie so was mit sich herumtrug. War Kreide nicht den Hosentaschen halbwüchsiger Jungen vorbehalten? Wo zum Teufel blieben die Unterschiede der Geschlechter?

Sie bückte sich und malte zwei Kreise auf den Fußboden. Hätte sie noch vor wenigen Wochen andere bei solchen Kritzeleien erwischt, wäre sie vor Empörung in Ohnmacht gefallen.

Dann zeichnete sie ein Minuszeichen in den einen und ein Pluszeichen in den anderen Kreis.

»So. Ein positiver Kreis und ein negativer. Sie stellen sich jetzt bitte erst in den einen Kreis und dann in den anderen und sprechen jeweils genau denselben Satz. Im negativen Kreis tun Sie so, als würden Sie sich an einen Menschen wenden, den Sie nicht leiden können, und im positiven Kreis an jemanden, den Sie sehr gern haben.«

»Ach, das ist der Kurs? Okay, dann weiß ich schon Bescheid.«

»Na, dann lass uns mal hören«, schaltete sich Lis ein. Sie verschränkte die Arme unterm Busen und trat näher. Wer sollte da widerstehen?

»Nimm was Einfaches. Sag zum Beispiel: Du hast dir ja die Haare schneiden lassen. Sag es zuerst auf die nette, danach auf die unfreundliche Weise.«

»Verstehe ich nicht«, log Carl und musterte die beiden Frauen mit ihren Kurzhaarfrisuren, die unterschiedlicher nicht wirken konnten. Bei so einer Wettbewerbsverzerrung konnte er sich dieses komische Betonungsspielchen doch gleich schenken.

»Na, dann demonstrier ich jetzt mal die positive Variante«, sagte Lis, »und Cata kann dann die negative übernehmen.«

Umgekehrt würde ein Schuh draus, dachte Carl und schabte unauffällig mit dem Fuß über den Boden.

»Du hast dir ja *die Haare* schneiden lassen!« Lis' ganzes Gesicht schien beim Sprechen zu lächeln. »So sagt man das zu einem Menschen, den man mag. Und jetzt du, Cata.«

Die lachte und versuchte dann, ernst zu werden. »*Du* hast dir ja die Haare schneiden lassen.« Sie sah zum Fürchten aus. Fast wie in alten Zeiten.

Dann mussten beide schrecklich kichern. Was war das denn für ein Busenfreundinnenidyll?

»Aha. Wirklich ein erstaunlicher Unterschied. Aber was hat das mit dem Kurs zu tun?«

Frau Sørensen kriegte sich als Erste wieder ein. »Ganz einfach: Einerseits lernt man durch solche Übungen, zu verstehen, wie man mit Hilfe der Betonung seine Wirkung auf die Umgebung beeinflussen kann. Man wird also sensibel für die eigene Ausstrahlung. Und andererseits begreift man, was es mit einem selbst macht. Das ist zwar nur ein Nebeneffekt, aber doch nicht unerheblich.«

»Ist das nicht das, wozu man früher sagte: Wie man in den Wald hineinruft, so schallt es heraus?«

»In gewisser Weise schon. Wissen Sie eigentlich, Carl, wie Sie selbst auf die Leute wirken?«

Na, das hab ich in der zweiten Klasse gelernt, dachte Carl.

»Manchmal kommen Ihre Äußerungen schon etwas schroff daher, Carl«, fuhr Frau Sørensen fort.

Danke für das Kompliment, und das ausgerechnet von *dir*, dachte Carl. »Danke, dass Sie das so rücksichtsvoll ausdrücken«, sagte er stattdessen, denn er wollte möglichst schnell verduften. »Ich werde darüber nachdenken.«

»Jetzt solltest du die Übung erst mal selbst ausprobieren, Carl. Tritt in einen der Kreise.« Lis sah zum Fußboden, um ihm zu bedeuten, in welchen der Kreise er zuerst treten sollte, und musste feststellen, dass Carl, während sie das Rollenspiel demonstriert hatten, die Kreidestriche mit den Schuhspitzen weggewischt hatte.

»Äh, das tut mir *sehr* leid. Guten Tag, die Damen. Immer heiter bleiben.« Damit entzog er sich ihrer Aura.

34

September 1987

ALS NETE AM FENSTER STAND und hinausschaute, war ein Teil ihres Hasses verflogen. Es war, als wäre mit dem Schlag gegen Viggos Schläfe und mit seinen letzten schwachen Atemzügen ein Splitter aus ihrer Seele gezogen worden.

Sie ließ ihren Blick den Peblinge Dossering entlangwandern und betrachtete die vielen Spaziergänger, die dort am Seeufer das schöne Wetter genossen. All diese Schicksale! Wie viele von ihnen mochten dunkle Geheimnisse haben?

Netes Lippen fingen an zu zittern. Plötzlich war ihr alles zu viel. Auch Tage, Rita und Viggo waren doch Menschen des Schöpfers, und nun waren sie tot, gestorben durch ihre Hand.

Sie schloss die Augen und sah alles wieder vor sich. Viggos Gesichtsausdruck war so intensiv und herzlich gewesen, als sie die Tür geöffnet hatte. Tage hatte so dankbar gewirkt. Und nun kam Nørvig an die Reihe. Der Anwalt, der nicht hatte zuhören wollen, damals, als sie es am allermeisten gebraucht hätte. Dem Curt Wads guter Ruf wichtiger gewesen war als ihr Leben.

Aber hatte sie deshalb das Recht, ihm das Gleiche anzutun, was er ihr angetan hatte? Hatte sie das Recht, ihm das Leben zu stehlen?

Mit diesen Zweifeln im Sinn entdeckte sie unten am See den schmächtigen Mann.

Es waren mehr als dreißig Jahre vergangen, und doch gab es keinen Zweifel. Wie früher trug er eine Tweedjacke mit Lederknöpfen, wie früher klemmte eine braune Aktentasche unter seinem Arm. Auf den ersten Blick ein Mann, der sich nicht verändert hatte, und doch konnte sie an seiner Körpersprache ablesen, dass etwas nicht mehr so war wie früher.

Er ging zwischen den Kastanien auf und ab, blickte über den See und legte den Kopf in den Nacken. Zog ein Taschentuch aus der Jackentasche und fuhr sich ein paarmal mit der Hand übers Gesicht, als wischte er Schweiß oder Tränen ab.

In dem Moment fiel ihr auf, dass ihm die Jacke zu groß war, dass sie an den Schultern hässliche Falten warf, genau wie die Hose an den Knien. Offenbar hatte er die Kombination gekauft, als die Zeiten besser gewesen waren, was sich bis ins Körperliche ausdrückte.

Für einen Moment tat ihr der Mann leid, der dort nichtsahnend stand, den einen Fuß schon auf dem Schafott.

Und wenn er nun Kinder hatte, die ihn liebten? Enkel?

Kinder, nur dieses eine Wort brauchte es, und sie ballte die Fäuste. Hatte sie denn jemals Kinder bekommen, die sie liebten? Und wessen Schuld war das?

Nein, sie musste sich um sich selbst kümmern und hart bleiben. Morgen Nachmittag würde sie dieses Leben hier hinter sich lassen, und das ging nur, wenn sie das hier zu Ende brachte. Schriftlich hatte sie einem Mann, der von Beruf Anwalt war, zehn Millionen Kronen in Aussicht gestellt, und so ein Mann würde sie garantiert nicht ziehen lassen, ohne dass sie das Versprechen eingelöst hatte.

Jedenfalls nicht Philip Nørvig.

Nun stand er vor ihr, nicht ganz so groß, wie sie ihn in Erinnerung hatte, und blickte sie an wie ein reuiger Welpe, die Stirn in Falten gelegt, die Augenbrauen hochgezogen. Als ob ihm dieses Treffen und der erste Eindruck, den er ihr von sich vermittelte, unendlich wichtig wären.

Damals, als er vor Gericht gelogen und sie dazu gebracht hatte, Dummheiten zu sagen, war der Ausdruck seiner Augen bedeutend härter und kälter gewesen. Nicht ein einziges Mal hatte er geblinzelt oder sich von ihren Gefühlsausbrüchen und ihren Tränen aus dem Konzept bringen lassen.

Waren das tatsächlich dieselben Augen? Damals so kompromisslos, blickten sie heute unsicher zu Boden, als Nete ihn einzutreten bat. War das tatsächlich dieselbe Stimme, damals so unversöhnlich, mit der er sich jetzt bedankte?

Sie fragte ihn, ob er Tee haben wolle, und er nahm das Angebot mit höflichem Dank und einem scheuen Blick in ihre Richtung an.

Sie reichte ihm die Tasse und sah zu, wie er sie ohne ein Wort leerte. Einen Moment runzelte er die Stirn.

Vielleicht schmeckt ihm der Tee nicht?, dachte sie, aber dann reichte er ihr die Tasse und bat sie, nachzuschenken.

»Ja, entschuldigen Sie, Frau Hermansen, aber ich muss mich stärken, denn ich habe so viel zu sagen.«

Dann hob er den Kopf, sah ihr endlich ins Gesicht und fing an, all die Dinge auszusprechen, die besser ungesagt geblieben wären, denn der Zeitpunkt dafür war lange verstrichen.

»Als ich deinen Brief bekam ...« Er hielt inne. »Verzeihung, darf ich Du sagen?«

Sie nickte nur. Um ihre Zustimmung hatte er sich früher nicht geschert, warum jetzt?

»Als ich deinen Brief bekam, Nete, war ich plötzlich mit etwas konfrontiert, das ich seit Langem bedauere. Etwas, das ich gern wiedergutmachen möchte, falls das überhaupt möglich ist. Ich will gern zugeben, dass ich auch des Geldes wegen nach Kopenhagen gekommen bin, weil ich hoffe, damit meine Existenz und die meiner Familie retten zu können. Dass mir das Geld etwas bedeutet, kann ich nicht leugnen, aber primär bin ich gekommen, um mich zu entschuldigen.« Er räusperte sich und trank noch einen Schluck Tee.

»In den letzten Jahren habe ich oft an das verzweifelte Mädchen gedacht, das vor seiner Zwangseinweisung in die Anstalt von Brejning die Hilfe des Gerichts suchte. An dich, Nete. Und ich habe mich gefragt, wie ich imstande war, sämtliche deiner Anschuldigungen gegen Curt Wad abzuwehren. Denn ich wusste doch, dass du recht hattest. Die Behauptung, du seist geistig minderbemittelt und gefährlich, passte ja überhaupt nicht zu dem Mädchen, das dort im Gericht saß und um sein Leben kämpfte.«

Er senkte den Kopf. Als er ihn wieder hob, war er womöglich noch blasser als vorher.

»Ich habe die Gedanken an dich von dem Moment an verdrängt, als die Verhandlung überstanden war. Ich hatte keinerlei Erinnerung an dich bis zu dem Tag, an dem ich in der Zeitung über dich las. Eine begabte und schöne Frau hatte Andreas Rosen geheiratet.« Er nickte ihr zu. »Ja, ich habe dein Gesicht sofort erkannt, und plötzlich war mir alles wieder gegenwärtig. Und ich schämte mich entsetzlich.«

Er nippte wieder an seinem Tee. Nete sah zur Uhr. Noch wenige Sekunden, dann würde das Gift wirken. Aber das wollte sie nicht mehr, nicht jetzt. Konnte die Zeit nicht einfach stehen bleiben? Sie bekam doch gerade ihre Genugtuung. Wie konnte sie ihn einfach seelenruhig weitertrinken lassen? Er bereute tatsächlich, das war offensichtlich.

Als er weitersprach, sah sie weg. Sein vertrauensvoller Blick machte ihr bewusst, dass sie im Begriff war, Böses zu tun. Nie hätte sie damit gerechnet, dass solche Gefühle in ihr geweckt werden könnten. Solche Gefühle kannte sie nicht.

»Damals hatte ich bereits viele Jahre mit Curt Wad zusammengearbeitet, und das verführt einen. Ja, ich gebe zu, dass ich leider nicht so stark bin wie er, dass ich keine so starke Persönlichkeit bin.« Er schüttelte den Kopf und nahm noch einen Schluck. »Aber als ich dich da auf der Vorderseite der Illustrierten sah, beschloss ich, mein Engagement in all den alten Fällen noch einmal neu und kritisch zu überdenken. Und weißt du, was mir da klar wurde?«

Er wartete ihre Antwort nicht ab und bemerkte deshalb auch nicht, wie sie ihm ganz langsam die Augen zuwandte und den Kopf schüttelte.

»Mir wurde klar, dass ich selbst über Jahre hin missbraucht und fehlgeleitet worden war. Damals habe ich angefangen, viele Dinge aus tiefstem Herzen zu bereuen, auch wenn es mir anfangs nicht leichtgefallen ist, mir meine Irrtümer einzugestehen. Aber beim Durchsehen meiner alten Akten merkte ich immer deutlicher, wie sehr mich Curt Wad mit seinen Lügen, seinen Verheimlichungen und Zerrbildern genarrt hatte. Wie sehr er mich systematisch ausgenutzt hatte.«

Als er ihr erneut die Tasse hinhielt, war sie einen Moment im Zweifel, ob sie überhaupt daran gedacht hatte, Bilsenkrautextrakt dazuzugießen.

Sie schenkte noch einmal Tee nach und registrierte in dem Augenblick, wie er anfing, zu schwitzen und schwerer zu atmen.

Nur er selbst schien es nicht zu bemerken. Er hatte zu viel auf dem Herzen.

»Curt Wads Mission besteht darin, zu verhindern, dass sich bestimmte Menschen vermehren, von denen er meint, sie seien es nicht wert, die Welt mit ihm und anderen sogenannten rechtschaffenen Dänen zu teilen. Ich schäme mich, das auszusprechen, aber diese Verblendung hat dazu geführt, dass er persönlich weit mehr als fünfhundert Abtreibungen durchgeführt hat, gegen den Wunsch und Willen der Schwangeren, und ich glaube, er hat genauso viele Eingriffe vorgenommen, die zu lebenslanger Sterilität führten.« Er sah sie an, als hätte er selbst das Messer geführt.

»Oh Gott, es ist einfach entsetzlich. Aber was auch geschehen mag, ich muss das jetzt aussprechen.« Ein tiefer Seufzer zeugte davon, wie sehr ihm das, was er jahrelang zurückgehalten hatte, auf der Seele brannte. »In der Organisation Geheimer Kampf, die ich einige Jahre lang verwaltet habe, stand Curt Wad mit Dutzenden von Ärzten in Kontakt, die genauso dachten und handelten wie er. Man kann sich den Umfang des Ganzen kaum vorstellen.«

Nete konnte es leider nur zu gut.

Mit Tränen in den Augen und zusammengepressten Lippen versuchte Nørvig, sich zu fassen.

»Nete, ich habe mitgeholfen, Tausende ungeborener Kinder zu töten.« Er stöhnte auf, schnappte nach Luft und fuhr dann mit zitternder Stimme fort. »Ich habe mitgeholfen, das Leben so vieler unschuldiger Frauen zu zerstören. Ich habe Trauer und Leid verursacht, Nete, dazu habe ich mein Leben verwendet.« Seine Stimme bebte nun so sehr, dass er innehalten musste.

Er sah sie an, und es war überdeutlich, dass er auf Vergebung wartete. Hinter ihrer unbewegten Fassade war Nete dem Zusammenbrechen nahe. Sie wusste nicht mehr, was sie sagen oder tun sollte. War das, was sie diesem Mann antat, wirklich gerechtfertigt? War es das?

Für einen Moment hätte sie gern seine Hand genommen, ihm ihre Vergebung signalisiert und ihm dann ruhig hinüber in die Bewusstlosigkeit geholfen. Aber sie schaffte es nicht. Vielleicht, weil sie sich schämte. Es war, als hätte ihre Hand einen eigenen Willen.

»Vor ein paar Jahren wollte ich mit meinem Wissen an die Öffentlichkeit gehen. Das Ganze war zu viel für mich. Aber Curt Wad vereitelte meine Pläne und nahm mir alles, was ich besaß. Meine Anwaltspraxis, meine Ehre, meine Selbstachtung. Ich hatte damals einen Kompagnon, Herbert

Sønderskov. Den überredete Curt Wad, ihm Informationen über mich zu liefern, die mich für immer ruinieren würden. Als ich mich mit den beiden anlegte und drohte, den Geheimen Kampf zu verraten, gaben sie der Polizei einen anonymen Hinweis, ich hätte Gelder von Anderkonten, die ich treuhänderisch verwaltete, veruntreut. Das stimmte zwar nicht, aber mit Hilfe entsprechender Kontakte und Papiere haben sie die Fakten so gedreht, dass es den Anschein hatte.«

An der Stelle sank sein Kopf vornüber und die Augen begannen zu flackern. »Herbert, dieser elende Heuchler. Er war schon immer hinter meiner Frau her gewesen. Er war es auch, der mir drohte, mich ins Gefängnis zu bringen, falls ich den Geheimen Kampf verriete.« Er schüttelte den Kopf. »Ich habe doch eine Tochter, die hätte sich ja zu Tode geschämt, wenn es so weit gekommen wäre. Deshalb war ich wie gelähmt. Wad war gefährlich, und das ist er noch immer, Nete ... Hör auf das, was ich dir sage: Halt dich fern von diesem Mann.«

In diesem Moment sank er vornüber. Er sprach zwar noch, aber sehr undeutlich – etwas von Wads Vater, der glaubte, er sei Gott. Etwas über wahnsinnige, selbstgerechte, zynische Menschen.

»Meine Frau hat mir vergeben, dass ich pleiteging«, sagte er plötzlich mit klarer Stimme. »Nun danke ich Gott, dass er mir ...«, er suchte eine Weile nach dem passenden Wort, dabei hustete er und versuchte zu schlucken, »... dass er mir die Gnade erwiesen hat, dich, Nete, heute zu treffen. Und ich gelobe Gott, von nun an bei ihm zu bleiben. Mit deinem Geld, Nete, kann ich meine Familie ...«

Er kippte vornüber, wobei er mit dem Ellbogen gegen die Armlehne stieß. Kurz sah es aus, als müsste er sich übergeben, aber dann rülpste er nur, richtete sich wieder auf und blickte verwirrt um sich.

»Warum sind hier plötzlich so viele, Nete?« Er schien Angst zu haben.

Sie versuchte, etwas zu sagen, aber die Worte wollten ihr nicht über die Lippen kommen.

»Warum sehen sie mich alle an?«, nuschelte er und seine Augen suchten das helle Fenster.

Als er die Hände vorstreckte und in die Luft griff, weinte er.

Und Nete weinte auch.

35

November 2010

Noch nie hatten sich Assad und Rose derart ähnlich gesehen: die Mienen gleichermaßen düster, der Sitz der Lachfalten nicht mehr ansatzweise erkennbar.

»Was für kranke Irre!«, schimpfte Rose. »Die sollte man in eine Reihe setzen und zwingen, ihr eigenes Gas zu inhalieren, bis sie aus dem letzten Loch pfeifen – und am Ende gar nicht mehr pfeifen. Wie unsäglich fies und gemein ist das denn, fünf Menschen verbrennen zu lassen, nur weil sie dich, Carl, zum Schweigen bringen wollen? Das ist ja nicht zu ertragen!«

»Pah, mich haben die so viel zum Schweigen gebracht.« Assad formte mit dem Zeigefinger und dem Daumen eine Null. »Na, aber wenigstens bestätigt es uns, dass wir auf der richtigen Spur sind, Carl. Die Schweinebiester haben wirklich Dreck unterm Teppich, aber reichlich.« Er haute mit der geballten Faust auf die flache Hand. Wenn da einer die Finger dazwischen gehabt hätte, hätte es geknirscht.

»Die lassen wir hochgehen, Carl«, fuhr er fort. »Diese Mistpartei, den Geheimen Kampf und alles, wo Curt Wad sonst noch seine Finger drin hat. Und wenn wir Tag und Nacht arbeiten müssen.«

»Schon klar, Assad. Aber ich fürchte, das wird nicht ganz leicht und auch nicht ganz ungefährlich. Ich glaube, ihr beiden tätet gut daran, in den nächsten zwei Tagen hier drinnen zu bleiben.« Er lächelte. »Aber das tut ihr ja sowieso.«

»Jedenfalls war es gut, dass ich Samstagnacht hier war«, ergänzte Assad. »Denn hier unten lief doch einer herum und schnüffelte. Zwar trug er Polizeiuniform, aber als ich aus meinem Büro kam, da hat er einen Riesenschock gekriegt.«

Na ja, wer hätte das nicht mitten in der Nacht und angesichts von Assads schlaftrunkenen Augen?, dachte Carl. »Was wollte der denn und woher kam er, hast du das rausfinden können?«

»Ach, der hat nur Mist geredet. Etwas vom Schlüssel fürs Archiv und so einen Quatsch. Der hat etwas bei uns gesucht, da bin ich ganz sicher. Er wollte gerade in dein Büro, Carl.«

»Die Krakenarme von Curt Wads Verein reichen offenbar weit.« Carl wandte sich an Rose. »Wo hast du Nørvigs Archivordner versteckt?«

»Draußen auf dem Männerklo. Und in dem Zusammenhang will ich noch mal darauf hinweisen, dass ihr, wenn ihr das Frauenklo benutzt, anschließend gefälligst die Brille wieder runterklappt, wenn ihr schon unbedingt im Stehen pinkeln müsst.«

»Warum das?«, fragte Assad. Und schon kannte man den Sünder.

»Wenn du wüsstest, wie oft ich diese Diskussion schon geführt habe, Assad, dann würdest du jetzt lieber Däumchen drehend in einem Pfadfinderlager auf Langeland sitzen.«

Assads Gesicht war ein einziges Fragezeichen, und dafür hatte Carl vollstes Verständnis.

»Okay, du sollst deine Diskussion haben. Du klappst also die Brille nicht wieder runter, nachdem du auf Klo warst.« Sie streckte einen Finger in die Höhe. »Erstens: Alle Klobrillen sind auf der Unterseite unappetitlich, weil vollgespritzt. Manchmal sogar sehr. Zweitens: Wenn Frauen reinkommen, müssen sie die Brille anfassen, ehe sie sich hinsetzen. Drittens: Das ist unappetitlich, weil man dann Pinkelbakterien an den Fingern hat, wenn man sitzt und sich selbst abwischen will. Absolut unhygienisch. Aber du hast ja vielleicht noch nie von Unterleibsentzündungen gehört? Viertens: Unsereins muss sich zweimal die Hände waschen, nur weil du zu faul zum Runterklappen bist. Ist das zumutbar? Nein!« Sie stemmte die Fäuste in die Seiten. »Wenn du nun die Klobrille sofort nach dem Pinkeln runterklappst, dann passt das doch, weil du dir nach dem Pinkeln eh die Hände wäschst. Hoffentlich jedenfalls!«

Assad dachte einen Moment nach. »Meinst du, es wäre besser, wenn ich die Brille hochklappe, ehe ich pinkle? Dann muss ich ja die Hände waschen, noch ehe ich anfange, denn wer bekommt sonst Pinkelfinger?«

Da reckte Rose wieder den Zählfinger in die Höhe. »Erstens sollt ihr Männer genau aus diesem Grund im Sitzen pinkeln. Zweitens: Wenn ihr meint, das sei unmännlich und ihr seid zu fein dazu, dann denkt einfach daran, dass Männer nicht nur eine Blase, sondern auch einen Darm haben und sich schon von daher ab und zu hinsetzen müssen, nämlich um zu scheißen. Und da muss die Brille unten sein. Ich gehe davon aus, dass ihr nicht im Stehen kackt.«

»Wenn gerade vor uns eine Dame drauf war, müssen wir das Ding ja gar nicht runterklappen. Dann ist es ja unten«, sagte Assad. »Und weißt du was, Rose? Ich glaube, ich hole mal meine schönen grünen Gummihandschuhe und mache das Männerklo mit diesen beiden Freunden hier sauber.« Er streckte die Hände in die Höhe. »*Die* können nämlich die Klobrille hochklappen, und bis an den Siphon kommen sie auch. *Die* sind sich nicht zu fein, Fräulein Zimperlich.«

Carl sah, wie Rose die Röte in die Wangen schoss und wie sie tief Luft holte, um Assad den Anschiss seines Lebens zu verpassen. Reflexhaft streckte Carl eine Hand zwischen die beiden Kontrahenten. Damit war die Diskussion hoffentlich beendet. Gott sei Dank hatte er zu Hause eine ziemlich vernünftige Erziehung genossen. Aber dort war der Klodeckel auch mit orangefarbenem Frottee bezogen gewesen.

»Leute, ich finde, wir sollten uns wieder dem Ernst des Lebens zuwenden«, unterbrach er die beiden. »Der versuchten Brandstiftung bei mir zu Hause und dem Mann, der es hier im Keller auf unsere Unterlagen abgesehen hatte. Man kommt doch ohne Weiteres in die Toilette, wo du die Nørvig-Akten versteckt hast, Rose. Deshalb ist die Frage, ob das wirklich so eine gute Idee war. Ich glaube nämlich kaum, dass ein Schild *Toilette außer Betrieb* die Diebe davon abhält, da drinnen nachzuschauen.«

Sie zog einen Schlüssel aus der Tasche. »Aber vielleicht der hier? Und wo du nun schon von Sicherheit redest, also, ich habe nicht die Absicht, mich länger als nötig im Präsidium aufzuhalten. So gemütlich ist es hier auch wieder nicht. Außerdem hab ich was in meiner Handtasche, um mich zu verteidigen.«

Carl dachte an Pfeffersprays und Taser und ähnlichen Mistkram, für den sie im Übrigen vermutlich nicht mal eine Genehmigung hatte.

»Aha. Aber damit solltest du vorsichtig sein, Rose.«

Die Grimasse, mit der sie ihn ansah, reichte als Waffe fast schon aus. Offenbar wollte sie das Thema nicht weiter vertiefen.

»Ich habe jetzt sämtliche Kanzlei-Akten von Nørvig durchgesehen und die Namen aller angeklagten Mandanten in meiner Datenbank gespeichert.« Sie legte ein paar zusammengeheftete Zettel auf den Tisch. »Hier ist die Liste. Bitte freundlichst zu bemerken, dass der Assessor Albert Caspersen einen Teil der Protokolle unterschrieben hat. Und für diejenigen meiner Zuhörer, die den Herrn nicht kennen: Er gehört zu den Frontfiguren von Klare Grenzen. Es wird damit gerechnet, ihn bald irgendwo an der Spitze der Partei zu sehen, vermutlich sogar als Parteivorsitzenden.«

»Okay. Und der war also bei Nørvig angestellt?«

»Ja. Bei Nørvig und Sønderskov. Als sie ihre Partnerschaft beendeten, wechselte Caspersen in eine Anwaltskanzlei in Kopenhagen.«

Carl überflog die Seiten. Rose hatte für jeden Fall vier Spalten angelegt. Eine für den Namen des angeklagten Mandanten, eine für den Namen des Geschädigten, eine für das Datum und eine für den Sachverhalt der Anklage.

In der Spalte »Sachverhalt der Anklage« ging es ungewöhnlich oft um den Missbrauch von Intelligenztests und, ganz allgemein, um ärztliche Kunstfehler. Doch der überwiegende Teil der Anklagen war wegen fehlgeschlagener oder unnötiger gynäkologischer Eingriffe erhoben worden. In der Spalte, in der die

Geschädigten aufgeführt waren, tauchten sowohl ganz geläufige dänische wie auch ausländisch klingende Nachnamen auf.

»Ich habe mir einige der Fälle etwas gründlicher angeschaut«, sagte Rose. »Hier liegt ohne jeden Zweifel die systematischste Schweinerei vor, die ich je im Leben gesehen habe. Herrenmentalität und Unterschiedsbehandlung in Reinkultur. Wenn das hier nur die Spitze des Eisbergs ist, dann haben sich diese Dreckskerle einer Unmenge von Verbrechen gegen Frauen und ungeborene Kinder schuldig gemacht.«

Sie deutete auf die fünf am häufigsten vorkommenden Namen. Curt Wad, Wilfrid Lønberg und drei weitere.

»Vier von ihnen sind, laut der Website von Klare Grenzen, einflussreiche Parteimitglieder. Der fünfte lebt nicht mehr. Und, meine Herrschaften, was sagen Sie nun?«

»Falls die in Dänemark mitreden dürfen, Carl, dann gibt es Krieg, das verspreche ich dir«, knurrte Assad und scherte sich nicht im Geringsten um das infernalische Gebimmel, mit dem sein Telefon sie an diesem Morgen schon zum zehnten Mal quälte.

Carl warf Assad einen prüfenden Blick zu. Dieser Fall ging Assad mehr an die Nieren als andere Fälle, Gleiches galt für Rose. Ganz klar, beide waren Menschen mit Narben auf der Seele, aber trotzdem erstaunte es Carl, dass sich Assad dermaßen engagierte, dass ihn die Sache offenbar so erschütterte.

»Wenn man Frauen auf eine Insel deportieren kann und damit durchkommt«, fuhr Assad unbeirrt fort, »und wenn man massenhaft gesunde Embryos töten und Frauen sterilisieren kann, wenn man das einfach so kann, dann kommt man mit allem durch. Das denke ich, Carl. Und wenn man daraufhin auch noch im Folketing sitzt, wird es richtig kritisch.« Er sah Carl und Rose mit gerunzelter Stirn an, seine Augenbrauen schienen sich förmlich zu kreuzen.

»Nun hört mal zu, Assad und Rose. Wir ermitteln in erster Linie in fünf Vermisstenfällen, ja? Rita Nielsen, Gitte Charles, Philip Nørvig, Viggo Mogensen und Tage Hermansen. Alle fünf verschwinden etwa zum selben Zeitpunkt und keiner von ihnen taucht je wieder auf. Allein schon das, diese zeitliche Nähe, gibt Grund zu der Annahme, es könne ein Verbrechen vorliegen. Weitere gemeinsame Mosaikstückchen sind möglicherweise Nete Hermansen und die Frauenbesserungsanstalt auf Sprogø. Und dann ist da noch Curt Wad, der mit seinen Aktivitäten unbestreitbar Aufmerksamkeit erregt. Vielleicht sollten wir Curt Wad und seine Arbeit ins Visier nehmen, vielleicht auch nicht. Aber wie auch immer: Unser vorrangiges Ziel ist und bleibt, die Vermisstenfälle aufzuklären. Den Rest können wir ruhig denen vom Polizeigeheimdienst oder vom Nationalen Ermittlungszentrum überlassen. Dieser Fall ist wirklich groß, zu groß für drei Menschen, und er ist gefährlich.«

Es war nicht zu übersehen, dass Assad das nicht schmeckte. »Du hast die Kratzspuren an der Strafzellentür auf Sprogø doch selbst gesehen, Carl! Du hast selbst gehört, was Mie Nørvig über Curt Wad sagte! Du kannst diese Liste hier lesen. Wir müssen den alten Drecksack zur Rede stellen, der Kerl muss sich zu den Schweinereien äußern, die er zu verantworten hat. Mehr hab ich dazu nicht zu sagen.«

Carl hob die Hand. Dass in dem Moment sein Handy klingelte, kam ihm ziemlich gelegen. Dachte er jedenfalls, bis er sah, dass es Mona war.

»Ja, Mona«, sagte er kühler als beabsichtigt.

Ihrer Stimme hingegen fehlte es nicht an Glut. »Ich hab ja gar nichts mehr von dir gehört, Carl. Hast du deinen Schlüssel verloren?«

Carl zog sich ein Stück auf den Flur zurück. »Nein, aber ich wollte nicht stören. Was, wenn sich Rolf noch immer in deinem Schlafzimmer geräkelt hätte?«

Die Pause war nicht wirklich unangenehm, aber traurig war sie doch. Es gab zig Möglichkeiten, der Frau, die man gern hatte, zu erzählen, dass man keine Lust hatte, sie mit jemand anderem zu teilen. Das Ergebnis war fast immer der Bruch.

Er zählte die Sekunden und hätte schon fast aus reiner Frustration aufgelegt. Da presste ihm ein Lachanfall, so laut, als hielten sich die Götter auf dem Olymp die Bäuche, fast das Trommelfell in den Schädel.

»Was bist du doch für eine süße kleine Mimose, Carl! Mein Schatz, du bist eifersüchtig auf einen Hund! Mathilde nimmt an einer Fortbildung teil und hat mir für die Zeit ihren Welpen dagelassen. Rolf ist ein Cairn Terrier.«

»Ein Hund?« Zischend entwich ihm ein Stoßseufzer der Erleichterung. »Warum in aller Welt sagst du dann am Telefon so was wie ›Das braucht dich nicht zu kümmern, darüber reden wir ein andermal‹? Ich war fix und fertig mit den Nerven.«

»Tja, mein Lieber. Das lehrt dich vielleicht, dass man gewisse Frauen nicht anruft, ehe sie nicht eine halbe Stunde vorm Spiegel gestanden haben, weil sie dann nämlich noch nicht smalltalkfähig sind.«

»Es kommt mir vor, als wolltest du damit sagen, das sei eine Lektion gewesen.«

Sie lachte. »Kluger Polizist, Carl! Welch eine gute Spürnase!«

»Hab ich die Lektion bestanden?«

»Darüber können wir vielleicht heute Abend reden. Mit Rolf zwischen uns.«

Sie bogen vom Roskildevej in den Brøndbyøstervej ab. Links und rechts ragten Hochhäuser in den Himmel.

»Ich kenne Brøndby Nord ziemlich gut«, sagte Assad. »Und du, Carl?«

Carl nickte. Wie oft war er hier draußen Streife gegangen? Angeblich war Brøndbyøster einmal eine lebendige Stadt mit drei Plätzen gewesen, wo man alles bekommen konnte, was das Herz begehrte. Es hatte gute Viertel mit kaufkräftigen Bürgern gegeben, aber dann waren eins nach dem anderen die großen Einkaufszentren aufmarschiert: Rødovre Centrum, Glostrup Centrum, Hvidovre Centrum, dazu noch welche in Ishøj und in Hundinge, und urplötzlich war eine ganze Stadt quasi gekippt. Jede Menge gute, mit Sachverstand betriebene Einzelhandelsgeschäfte verschwanden, und nun war so gut wie nichts mehr vom alten Flair übrig. Vielleicht war Brøndby die Kommune des Landes, deren Geschäftsleben am stärksten vernachlässigt war. Wo waren die Fußgängerzone, das Kino und das Bürgerhaus geblieben? Jetzt lebten hier nur noch Bürger mit Auto oder mit geringen Ansprüchen an ihr Umfeld.

Das spürte man am Marktplatz Brøndbyøster und das spürte man am Nygårds Plads. Abgesehen von der Fußballmannschaft Brøndby gab es eigentlich nichts mehr, worauf man stolz sein konnte. Kurz gesagt, es war eine Gemeinde mit äußerst bescheidenem Angebot, und das galt insbesondere für Brøndby Nord.

»Ja, Assad, ich kenne Brøndby relativ gut. Warum?«

»Ich bin sicher, dass in Brøndby Nord nicht viele schwangere Frauen vor Curt Wads diskriminierendem Blick bestehen würden. Das würde gehen wie bei den KZ-Ärzten, wenn die nach Ankunft der Züge ihre Auswahl trafen«, sagte er.

Vielleicht war das ein bisschen drastisch formuliert, aber Carl nickte trotzdem, während er die Brücke betrachtete, die über die S-Bahn-Strecke führte. Ein Stück weiter die Straße hinunter tauchte das alte Dorf auf. Die Oase im Asphaltdschungel. Alte, reetgedeckte Häuser und richtige, echte Obstbäume. Hier hatte man Ellbogenfreiheit, hier war noch Platz für den Gartengrill.

»Wir müssen die Vestre Gade runter«, sagte Assad mit Blick auf das Navi. »Der Brøndbyøstervej ist eine Einbahnstraße, deshalb musst du bis zur Parkallee, dort dann links und noch mal links.«

Carl sah auf die Schilder. Ja, sie waren richtig. Als er in die Dorfstraße einbog, nahm er aus dem Augenwinkel den Schatten des Lkws wahr, der mit überhöhter Geschwindigkeit aus einer Nebenstraße heranbrauste. Ehe Carl reagieren konnte, raste der Laster hinten rechts in ihren Peugeot, sodass der förmlich über den Bürgersteig flog und erst von einer Ligusterhecke aufgehalten wurde. Unendliche Sekunden lang war alles ein einziges Durcheinander aus zerberstender

Windschutzscheibe, knirschendem, gestauchtem Metall und dem Knallen der Airbags, die sich vor ihren Augen aufbliesen. Dann war es vorbei. Sie hörten es unter der Kühlerhaube zischen und hinter der Hecke schreien, mehr nicht.

Erschüttert sahen sie sich an, aber auch erleichtert. Die Airbags fielen wieder in sich zusammen.

Kaum dass sie ausgestiegen waren, kam ein älterer Mann auf sie zu. »Was ist mit meiner Hecke?« Kein Wort, ob ihnen etwas fehle.

Carl zuckte die Achseln. »Fragen Sie Ihre Versicherung, ich bin kein Heckenaufrichtungsexperte.« Er sah sich unter den Passanten um. »Hat jemand von Ihnen beobachtet, was passiert ist?«

»Ja, das war ein Lastwagen, der fuhr irre schnell entgegen der Einbahnstraße und zurück auf den Brøndbyøstervej. Ich glaube, er ist oben am Højstens Boulevard verschwunden«, sagte einer.

»Er kam oben von der Straße Brøndbytoften. Ich meine, er hätte dort eine Weile gehalten, aber was das für einer war, weiß ich nicht, nur dass er blau war«, meinte ein anderer.

»Nein, der war grau«, meldete sich ein Dritter zu Wort.

»Vermutlich erinnert sich niemand von Ihnen an das Kennzeichen?« Carl besichtigte den Schaden. Er konnte genauso gut sofort bei der zentralen Fahrbereitschaft anrufen und die Karre abholen lassen. So wie er die Jungs dort einschätzte, mussten Assad und er mit der S-Bahn zurückfahren. Verdammte Scheiße.

Und wenn seine übrigen Überlegungen stimmten, dann würde es auch nicht viel nützen, oben am Brøndbytoften nach Leuten zu suchen, denen der geparkte Lastwagen aufgefallen war.

Das war ganz offenkundig ein Versuch gewesen, sie umzubringen. Kein Unglücksfall.

»So was gibt's doch gar nicht, Curt Wads Haus liegt direkt gegenüber der Polizeischule! Besser kann man gar nicht von kriminellen Machenschaften ablenken! Wer käme auf die Idee, hier zu suchen?«

Assad deutete auf ein Messingschild neben der Haustür.

»Hier steht aber nicht sein Name, Carl. Da steht *Cand. Med. et Chirurg., Facharzt für Frauenheilkunde, Karl-Johan Henriksen.*«

»Ja, Curt Wad hat seine Praxis verkauft. Es gibt zwei Türklingeln, Assad. Sollten wir nicht mal die obere probieren?«

Hinter der Tür war eine gedämpfte Ausgabe des Big-Ben-Geläuts zu hören. Weil auch auf wiederholte Versuche mit beiden Türklingeln niemand reagierte, gingen sie durch die Einfahrt zwischen dem Haus und einem uralten, gelb gekalkten Wirtschaftsgebäude auf den Hof.

Der längliche Garten, in den ein nichtssagender Anbau auf Pfählen hineinragte, war klein mit hübschen Beeten. Schneebeerensträucher und ein Lattenzaun begrenzten ihn.

Sie drangen bis in die Mitte des Gartens vor, und als sie sich umschauten, entdeckten sie im Haus einen alten Mann am Fenster, der zu ihnen herüberstarrte. Das musste Curt Wad sein.

Er schüttelte den Kopf, woraufhin Carl seine Polizeimarke in die Höhe hielt, aber da schüttelte er nur noch einmal den Kopf. Er hatte offenbar nicht die Absicht, sie hereinzubitten.

Da stieg Assad die Stufe zur Terrassentür hinauf und rüttelte an der Tür, bis sie aufging.

»Curt Wad«, rief er in die geöffnete Tür, »dürfen wir eintreten?«

Carl beobachtete den Mann am Fenster. Der gab irgendetwas Wütendes von sich, aber Carl konnte nicht hören, was er sagte.

»Vielen Dank«, sagte Assad und schlüpfte durch die Tür.

Dreist, dachte Carl und folgte ihm auf dem Fuß.

»Das ist Hausfriedensbruch! Bitte gehen Sie unverzüglich!«, protestierte der Mann. »Meine Frau liegt im Sterben, oben im Schlafzimmer, und ich bin wahrlich nicht in der Stimmung, Besuch zu empfangen.«

»Mit der Stimmung ist es bei uns allen nicht weit her«, bemerkte Assad.

Carl zog ihn am Ärmel. »Das tut uns leid zu hören, Herr Wad. Wir werden es kurz machen.«

Unaufgefordert setzte er sich auf ein altes Bauernsofa mit einer Lehne aus Eichenholz. Der Hausherr blieb stehen.

»Wir haben das Gefühl, als wüssten Sie sehr genau, warum wir hier sind – so eifrig, wie Ihre Leute heute Nacht und heute Morgen versucht haben, uns aus dem Weg zu räumen ... Aber ich wollte mich ja kurzfassen.«

Carl legte eine kleine Kunstpause ein, um zu sehen, wie Wad auf seine Anspielung reagierte, der zeigte jedoch keine Regung. Die Haltung des Mannes signalisierte allenfalls, dass sie gehen sollten, und zwar auf der Stelle.

»Wir würden natürlich gerne mit Ihnen über Ihre Aktivitäten in einer gewissen Vereinigung und einer gewissen Partei plaudern. Aber primär geht es uns heute um etwas anderes: Anfang September 1987 sind eine Reihe von Menschen verschwunden. Und uns interessiert nun, ob Ihr Name damit in Verbindung gebracht werden kann. Doch ehe ich Ihnen konkrete Fragen stelle – gibt es etwas, das Sie uns sagen möchten?«

»Ja. Sie sollen jetzt mein Haus verlassen.«

»Das verstehe ich nicht«, sagte Assad. »Ich könnte meinen Kopf verwetten, dass Sie uns gerade eben hereingebeten haben.«

Dieser Assad war nicht wiederzuerkennen: In seinem ironischen Ton lag eine Schärfe, die etwas Aggressives hatte. Carl beschloss, ihn an die kurze Leine zu nehmen.

Der Alte wollte schon fauchen, aber Carl hob eine Hand. »Wie gesagt, wir haben lediglich ein paar kurze Fragen. Und du schweigst derweil, Assad.«

Carl sah sich in dem Kaminzimmer um. Die Terrassentür führte zum Garten, eine zweite Tür zu einem Raum, der nach Esszimmer aussah, und dann gab es noch eine Doppeltür, die geschlossen war. Alle Türen hatten das für die Sechzigerjahre typische Teakholzfurnier.

»Liegen Doktor Henriksens Praxisräume hinter diesen Türen? Ist die Praxis im Moment abgeschlossen?«

Curt Wad nickte. Er war wachsam und äußerst beherrscht, aber sobald sie aufdringlichere Fragen stellen würden, würde die Wut schon durchbrechen.

»Dann muss es draußen an der Haustür drei Zugänge zum Haus geben. Über die Treppe in den ersten Stock, wo Ihre Frau liegt, nach links in die Praxis und nach rechts ins Esszimmer und dann wahrscheinlich weiter zum Küchentrakt.«

Wieder nickte Wad. Er wunderte sich wohl etwas über den verbalen Hausrundgang, schwieg aber auch weiterhin.

Carl ging die Türen zu dem Raum, in dem sie saßen, ein weiteres Mal durch. Falls sie gleich überfallen würden, kämen die Angreifer höchstwahrscheinlich aus der Praxis, dachte Carl. Deshalb behielt er die Doppeltür ganz besonders im Auge, während seine Hand die Nähe der Pistole suchte.

»Was sind das für verschwundene Personen, von denen die Rede ist?«, fragte der Alte schließlich.

»Ein gewisser Philip Nørvig, mit dem Sie meines Wissens zusammengearbeitet haben.«

»Ah ja. Den habe ich seit fünfundzwanzig Jahren nicht mehr gesehen. Aber Sie sprachen im Plural von Personen. Um wen geht es sonst noch?«

Kurzfristig wirkte er entspannter.

»Um Menschen, die in der einen oder anderen Weise mit Sprogø zu tun hatten«, antwortete Carl.

»Ich habe nichts mit Sprogø zu tun, ich komme von Fünen«, entgegnete Curt Wad und lächelte spöttisch.

»Ja. Aber Sie stehen für eine Organisation, die zwischen 1955 und 1961 sehr aktiv und mit einem anscheinend bestens funktionierenden Apparat dafür gesorgt hat, dass Frauen auf der Insel untergebracht wurden. Diese Organisation war zugleich in ungewöhnlich viele Fälle von Zwangsabtreibungen und Zwangssterilisierungen involviert.«

Jetzt wurde Curt Wads Lächeln noch breiter. »Und ist in irgendeinem dieser Fälle jemals eine Verurteilung erfolgt? Nein. Alles Fehlschlüsse. Und überhaupt, was sollen die paar Schwachsinnigen auf Sprogø mit den Vermisstenfällen, in denen Sie ermitteln, zu tun haben? Vielleicht sollten Sie doch besser mit Nørvig sprechen.«

»Nørvig verschwand 1987.«

»Ja, was ich sage. Aber vielleicht hatte er auch allen Grund dazu. Vielleicht stand er ja hinter all dem, womit Sie sich beschäftigen. Glauben Sie, dass hinlänglich gründlich nach ihm gefahndet wurde?«

Was für ein arrogantes Arschloch!

»Ich mag mir diesen Unsinn nicht länger anhören, Carl.« Assad wandte sich direkt an Curt Wad. »Sie wussten genau, dass wir hierher unterwegs waren, nicht wahr? Sie sind ja nicht einmal bis zur Tür gegangen, um nachzusehen, wer dort steht und klingelt. Denn Sie wussten, dass der Lkw, der in Ihrem Auftrag auf uns gewartet hatte, uns nicht wie gewünscht erledigt hatte. So ein verdammter Scheißdreck aber auch, nicht wahr?«

Assad trat dicht auf Wad zu, aber Carl ging das zu schnell. Es gab noch zu viele Details, die Curt Wad erst in aller Ruhe entlockt werden mussten. So würde er sich einfach nur sperren.

»Nein, Carl, warte«, sagte Assad, als er sah, dass Carl ihm in die Parade fahren wollte. Dann nahm er den Alten, der mindestens anderthalb Köpfe größer war als er, locker um den Leib und schubste ihn in einen Sessel neben dem Kamin. »So, jetzt haben wir Sie besser unter Kontrolle. Heute Nacht haben Sie versucht, Carl Mørck und seine Mitbewohner in die Luft zu jagen, was Ihnen zum Glück nicht gelungen ist. Und in der Nacht davor haben Sie uns einen ungebetenen Besucher ins Präsidium geschickt. Außerdem haben Sie das Verbrennen von Dokumenten veranlasst. Ja, klar, Sie haben natürlich Leute, die die Drecksarbeit für Sie erledigen. Aber erwarten Sie nach alldem ernsthaft, wir wären freundlicher zu Ihnen, als Sie es zu uns sind? Da täuschen Sie sich aber gewaltig.«

Ein noch immer lächelnder und gefasster Curt Wad sah Assad an. Provokanter ging's kaum.

Jetzt schaltete sich Carl ein, aber er machte in Assads aggressivem Tonfall weiter. »Wissen Sie, wo Louis Petterson ist, Curt Wad?«

»Wer?«

»Ach, lassen Sie die Scherze. Als ob Sie Ihre eigenen Mitarbeiter bei Benefice nicht kennen würden.«

»Was ist Benefice?«

»Dann erklären Sie mir stattdessen, warum Louis Petterson Sie angerufen hat, unmittelbar nachdem wir ihm im Café in Holbæk ein paar Fragen zu Ihnen gestellt haben?«

Da verflüchtigte sich ein Hauch des Lächelns. Carl bemerkte, dass auch Assad das mitbekommen hatte. Kaum führten sie etwas Konkretes an, was sich mit Curt Wad persönlich verbinden ließ, schon reagierte er. Touché.

»Und warum hat Herbert Sønderskov Sie neulich angerufen? Meinen Informationen zufolge war das unmittelbar, nachdem wir bei ihm und Mie Nørvig zu Hause in Halsskov waren. Möchten Sie das kommentieren?«

»Nein.« Curt Wad legte die Arme schwer auf die Lehnen und ließ sie dort liegen. Ein Signal, dass er dichtgemacht hatte.

»Der Geheime Kampf!«, griff Carl da an. »Ein interessantes Phänomen, über das die dänische Öffentlichkeit schon sehr bald mehr erfahren wird. Was haben Sie dazu zu sagen? Immerhin sind Sie doch der Gründer, nicht wahr?«

Keine Antwort. Aber der Griff um die Armlehnen verstärkte sich minimal.

»Sind Sie willens, Ihren Anteil am Verschwinden Philip Nørvigs einzuräumen? Denn dann könnte es doch sein, dass wir uns *darauf* konzentrieren, anstatt uns auf Ihre Partei und Ihren seltsamen Geheimbund zu stürzen.«

Wads Reaktion würde der springende Punkt sein, das war Carl bewusst. Egal, wie unbedeutend die Reaktion sein mochte, ihre weitere Strategie diesem versteinerten Menschen gegenüber würde sich daran orientieren können, das sagte ihm seine Erfahrung. Würde Wad die Gelegenheit ergreifen, sich selbst ausliefern und damit die Partei schonen? Oder würde er lieber die eigene Haut retten? Carl tippte auf Letzteres.

Aber Wad reagierte gar nicht, und das war verwirrend.

Carl sah zu Assad hinüber. War ihm das auch aufgefallen? Dass der Nørvig-Fall aus Wads Sicht keinen Ausweg darstellte aus dem Ungemach, in das er mit dem Geheimen Kampf hineingeraten würde? Dass er diese kleine Geschichte nicht aufgriff, um die größere zu retten? Richtig professionelle Kriminelle würden bei dem Deal keine Sekunde zögern, aber Wad dealte nicht. Also hatte er ja vielleicht doch nichts mit den Vermisstenfällen zu tun. Ausschließen ließ sich das nicht. Oder war er einfach ein ausgebuffter Schauspieler?

Im Augenblick kamen sie so jedenfalls nicht weiter.

»Caspersen arbeitet noch immer für Sie, nicht wahr? Wie schon damals, als Lønberg und Sie und etliche andere Ihrer Gesinnungsgenossen das Leben unschuldiger Menschen ruinierten?«

Wad reagierte auch auf diese Frage nicht, aber Assad ging hoch wie eine Rakete.

»Sagen Sie mal, was ist eigentlich mit den dänischen Männern los? Die machen alle schlapp, was? Das Bevölkerungswachstum hier muss Typen wie Sie doch auf die Palme bringen, oder? Mickrige 0,3 % oder so. In Syrien haben wir ein Vielfaches davon, andere südliche Länder wollen wir mal gar nicht erwähnen. Da muss man kein großer Rechenkünstler sein, um sich die Entwicklung auszumalen, was?«

Diese Bemerkung schien den Alten mehr aufzubringen als alles vorher Gesagte zusammen. Von diesem aufdringlichen Araber in dieser Weise provoziert zu werden, ging ihm gehörig gegen den Strich, das war nicht zu übersehen.

»Wie heißt Ihr Chauffeur, dieser hellblonde Kerl, der bei mir zu Hause die Gasflasche abgestellt hat?«, fuhr Carl mit seinem Fragenbombardement fort. »Und: Erinnern Sie sich an Nete Hermansen?«

Wad straffte die Schultern. »Ich muss Sie bitten, jetzt zu gehen.« Nun war er wieder formell. »Meine Frau liegt im Sterben, und ich möchte, dass Sie unsere letzten gemeinsamen Stunden respektieren.«

»So wie Sie Nete Hermansen respektiert haben, als Sie sie auf die Insel abtransportieren ließen? So wie Sie die Frauen respektiert haben, die nicht Ihren kranken Vorstellungen entsprachen und deren Kinder Sie ermordeten, ehe sie geboren waren?«, fragte Carl und lächelte nun ebenso spöttisch wie Curt Wad zuvor.

»Hören Sie doch auf, die beiden Sachen zu vergleichen.« Wad stand auf. »Ach, was bin ich diese Heuchelei leid.« Er beugte sich zu Assad vor. »Du hast wohl auch die Absicht, solche dummen schwarzen Kinder zu zeugen, wie? Und dann willst du, dass sie Dänen werden, du hässliches Männlein.«

»Na, nun kommt er«, grinste Assad. »Nun kommt der Schweinehund raus. Der hässliche Schweinehund Curt Wad.«

»Verzieh dich doch, du Schwanzneger. Hau bloß ab in dein eigenes Land, du Untermensch.«

Dann wandte er sich an Carl. »Ja, ich habe mitgemacht und asoziale, strunzdumme Mädchen mit perversen sexuellen Trieben nach Sprogø überwiesen, ja, und die wurden sterilisiert, und dafür sollten Sie mir heute dankbar sein. Sonst würden deren Nachkommen nämlich wie die Ratten durch die Städte wuseln, und Sie und Ihre Kriminalkollegen würden gar nicht mehr hinterherkommen mit der Arbeit, die die Ihnen bescheren würden. Und jetzt hauen Sie ab, alle beide, am besten direkt zur Hölle. Wenn ich jünger wäre ...«

Er richtete seine Fäuste auf sie.

Assad war offensichtlich bereit, ihn einen Versuch machen zu lassen. Nun sah Wad erheblich hinfälliger aus als im Fernsehen. Er wirkte fast komisch, dieser Alte, wie er dastand und den Macho spielte in diesem Wohnzimmer mit der Schrankwand und der gesammelten Stilverwirrung eines langen Lebens. Aber Carl wusste es besser. Der Alte war alles andere als komisch, und die Hinfälligkeit galt nur für den Körper. Denn Wads eigentliche Waffe, das Gehirn, war intakt und eiskalt.

Da packte Carl seinen Helfer am Kragen und führte ihn durch die Terrassentür in den Garten.

»Ganz ruhig, Assad, die werden ihn schon noch drankriegen«, sagte Carl, als sie den Brøndbyøstervej in Richtung S-Bahnhof hinuntergingen.

Aber Assad ließ sich nicht beruhigen.

»*Die*! Du sagst *die* und nicht *wir*«, eiferte er sich. »Ich weiß nicht, wer die sind, die ihn aufhalten sollten. Curt Wad ist achtundachtzig Jahre alt, Carl. Wenn wir es nicht tun, erwischt den keiner vor Allah.«

Während der S-Bahn-Fahrt redeten sie nicht viel, hingen ihren Gedanken nach.

»Ist dir aufgefallen, wie arrogant dieser Scheißer war? Der hatte nicht mal eine Alarmanlage im Haus«, brach Assad nach einiger Zeit das Schweigen. »Bei dem kann man ungestört einbrechen, und man sollte es wohl auch tun, bevor er wichtiges Beweismaterial vernichtet.«

Er ging nicht näher darauf ein, wen er mit »man« meinte.

»Das tust du nicht, Assad!«, erwiderte Carl mit Nachdruck. »Ein Einbruch pro Woche ist mehr als genug.« Mehr zu sagen schien nicht nötig, und mehr wurde auch nicht gesagt.

Sie waren kaum fünf Minuten im Präsidium, da kam Rose mit einem Fax in Carls Zimmer.

»Das lag im Faxgerät und ist für Assad«, sagte sie. »Aus Litauen, glaube ich, der Absendernummer nach zu urteilen. Reichlich unappetitliches Foto, nicht? Hast du eine Ahnung, warum die uns das geschickt haben?«

Carl warf einen Blick darauf und erstarrte.

»Assad, komm mal her«, rief er.

Das ging nicht so schnell wie sonst. Der Tag war hart gewesen.

»Ja, was ist?«, fragte Assad, als er endlich auf Carls Türschwelle stand.

Carl deutete auf das Fax. »Assad, diese Tätowierung kann man ja wohl nicht verwechseln, oder?«

Assad betrachtete den tätowierten Drachen, der an Linas Verslovas fast abgetrenntem Kopf zweigeteilt war. Dessen Gesicht drückte Angst und Erstaunen aus.

Assads Gesicht tat das leider nicht.

»Unschön«, sagte er. »Aber damit habe ich nichts zu tun, Carl.«

»Und du findest nicht, dass du indirekt deine Finger im Spiel hast?« Carl haute auf das Fax. Auch er war mit den Nerven am Ende, und das war schließlich kein Wunder.

»Bei indirekt weiß man nie. Das ist ja nichts, was man bewusst macht.«

Carl tastete nach seinen Zigaretten. Er brauchte dringend eine. »An sich glaube ich dir das, Assad. Aber warum, zum Teufel, meinte die Polizei in Litauen, oder wer auch immer den Scheißdreck geschickt hat, dich darüber informieren zu müssen? Und wo zum Teufel ist mein Feuerzeug?«

»Ich habe keinen blassen Schimmer, warum ich informiert werden sollte, Carl. Aber ich kann anrufen und fragen.« Letzteres klang spöttischer als nötig.

»Weißt du was, Assad? Ich glaube, das muss warten. Im Moment scheint mir, du solltest schleunigst nach Hause gehen, oder wie auch immer du das nennst, und dein System mal runterfahren. Du wirkst nämlich, als könntest du jeden Augenblick überkochen.«

»Und wieso tust du das nicht selbst, Carl? Ist doch komisch. Aber wenn du meinst, dann gehe ich.« Er versuchte, zu überspielen, was allzu offensichtlich war: Er war wütender als Carl ihn jemals erlebt hatte.

Dann ging er, und Carls Feuerzeug schaute demonstrativ aus der hinteren Hosentasche.

36

September 1987

ALS NØRVIG DER KOPF auf die Brust fiel, wurde es in Nete ganz still. Ihr war, als hätte der Tod selbst dagestanden, sie angeschaut und zu sich ans Höllenfeuer gewinkt. Und nun war er wieder verschwunden.

Nie zuvor hatte sie ihn so nahe gefühlt, nicht einmal, als ihre Mutter starb.

Nicht einmal, als sie im Krankenhaus lag und man ihr mitteilte, ihr Mann sei bei dem Autounfall ums Leben gekommen.

Sie kniete sich vor den Sessel, in dem Philip Nørvig mit offenen, verweinten Augen saß und nicht mehr atmete.

Nach einer Weile streckte sie ihre zitternden Hände aus und tastete nach seinen verkrampften Fingern. Sie suchte nach Worten, fand aber keine. Vielleicht wollte sie nur Entschuldigung sagen, aber irgendwie gelang es ihr nicht.

Er hatte eine Tochter! Sie spürte, wie ihr Zwerchfell vibrierte und das Zittern schließlich den ganzen Körper erfasste.

Er hatte eine Tochter. Diese leblosen Hände hatten eine Wange, die sie nun nie mehr streicheln würden.

»Hör auf, Nete!«, rief sie auf einmal, denn sie merkte, wohin das führte. »Du mieses Dreckstück!« Was kam er hier auch auf die reuige Tour an? Glaubte er, ihr Leben würde dadurch leichter? Wollte er ihr jetzt auch noch ihre Rache stehlen? Erst die Freiheit, dann die Mutterschaft und jetzt ihren Triumph?

»Komm schon«, murmelte sie und steckte die Arme unter seine Achseln. Im selben Moment bemerkte sie den Gestank. Kein Zweifel, in letzter Sekunde hatte sich sein Darm entleert. Und kein Zweifel, dass für sie der Zeitdruck dadurch noch größer wurde.

Sie sah auf die Uhr. Es war sechzehn Uhr, in einer Viertelstunde war Curt Wad an der Reihe. Und auch wenn nach ihm noch Gitte kam, so war er doch die Krönung des Werks.

Sie zog Nørvig vom Sessel und musste feststellen, dass der Sitz verfärbt war und stank.

Nørvig hatte buchstäblich zum letzten Mal einen Abdruck in ihrem Leben hinterlassen.

Nachdem sie ein Badetuch um seinen Unterleib gewickelt und ihn in den präparierten Raum geschleppt hatte, kniete sie sich vor den Sessel und schrubbte fieberhaft die Sitzfläche. Sämtliche Fenster in Wohnzimmer und Küche standen sperrangelweit offen. Aber weder der Fleck noch der Gestank wollten verschwinden, und in diesem Moment, als die Uhr 16.14 anzeigte, schien ihr jedes Detail in diesem Raum unmissverständlich darauf hinzuweisen, dass in dieser Wohnung etwas nicht stimmte.

Um 16.16 Uhr hatte sie den Sessel in eine Ecke des abgedichteten Raums geschoben. Sein ursprünglicher Platz war nun leer. Kurz überlegte sie, dort stattdessen einen Esszimmerstuhl hinzustellen, entschied sich aber dagegen. Und andere Sessel hatte sie nicht.

Dann muss Curt Wad eben auf dem Sofa neben der Anrichte sitzen, überlegte sie. Und ich muss mich so hinstellen, dass ich beim Einschenken des Tees die Karaffe mit dem Bilsenkraut verdecke. Anders geht es nicht.

Die Zeit verging und Nete trat alle zwanzig Sekunden ans Fenster, aber Curt Wad kam nicht.

Als Nete schon mehr als anderthalb Jahre interniert gewesen war, stand plötzlich ein Mann auf dem Hof und fotografierte hinunter zum Wasser. Eine Gruppe Mädchen hielt sich in seiner Nähe auf. Sie tuschelten und musterten ihn von oben bis unten, als wäre er Freiwild. Der Mann war groß und kräftig gebaut und die gelegentlichen Berührungen, wenn die Mädchen ihm zu nahe kamen, schienen ihn nicht zu beirren.

Ein braver Mann, hätte ihr Vater gesagt. Rote Backen wie ein Landwirt und glänzendes Haar.

Vier Frauen vom Personal passten auf ihn auf, und als denen das Gedränge zu viel wurde, schoben sie die Mädchen beiseite und jagten sie wieder an die Arbeit. Nete zog sich hinter den Baum in der Hofmitte zurück und wartete ab.

Der Mann sah sich um, nahm einen Schreibblock zur Hand und machte sich Notizen.

»Könnte ich wohl mit einem der Mädchen sprechen?«, hörte Nete ihn fragen. Die Angestellten lachten und sagten, wenn ihm seine Unschuld lieb sei, dann sollte er den Mädchen lieber nicht zu nahe kommen.

»Keine Sorge, ich werde mich schon beherrschen«, sagte Nete da aus dem Hintergrund und trat mit diesem Lächeln auf die Gruppe zu, das ihr Vater immer als »strahlend« bezeichnet hatte.

Bereits da las sie in den Augen der Angestellten, wie hart die spätere Strafe ausfallen würde.

»Geh an deine Arbeit!«, sagte das Wiesel, wie die Assistentin der Vorsteherin und kleinste der vier Angestellten genannt wurde. Sie bemühte sich um einen freundlichen Ton, aber Nete wusste es besser. Sie war eine absolut verbitterte Krähe. Eine, der nichts im Leben geblieben war außer harten Worten und einem verkniffenen Mund. Eine von denen, die es genossen, andere zu quälen.

Eine von denen, die kein Mann haben will, wie Rita zu sagen pflegte.

»Nein, warten Sie«, sagte der Journalist. »Ich würde gern mit ihr sprechen. Sie macht doch einen ganz friedlichen Eindruck.«

Da fauchte das Wiesel, widersprach aber nicht.

Er trat einen Schritt näher. »Ich komme von der Illustrierten ›Fotoreportage‹. Könntest du dir vorstellen, dich kurz mit mir zu unterhalten?«

Nete nickte schnell, während vier Augenpaare sie förmlich aufspießten.

Er wandte sich an die Angestellten. »Nur zehn Minuten unten am Anleger. Ein paar Fragen und ein paar Fotos. Sie können ja in der Nähe bleiben und sofort eingreifen, falls ich mich nicht verteidigen kann.« Er lachte.

Als sie losgingen, scherte eine aus der Vierergruppe auf Wink des Wiesels aus und lief zum Büro der Vorsteherin.

Du hast nur ganz wenig Zeit, dachte Nete und ging vor dem Journalisten zwischen den Häusern hindurch zur Anlegebrücke.

An diesem Tag war das Licht besonders intensiv, und unten am Kai lag das Motorboot, das den Journalisten hier herausgebracht hatte. Sie hatte den Bootsführer bei anderer Gelegenheit gesehen, und er lächelte und winkte.

Für einen Aufenthalt auf diesem Schiff und eine Fahrt zum Festland hätte Nete ein Jahr ihres Lebens gegeben.

»Ich bin nicht schwachsinnig und auch sonst nicht unnormal«, sagte sie schnell, als sie sich dem Journalisten zuwandte. »Man hat mich auf die Insel geschafft, nachdem ich vergewaltigt worden bin. Von einem Arzt. Curt Wad heißt er. Sie können seine Adresse im Telefonbuch nachschlagen.«

Der Kopf des Journalisten fuhr mit einem Ruck herum.

»Du bist vergewaltigt worden, sagst du?«

»Ja.«

»Von einem Arzt namens Curt Wad?«

»Ja. Sie können die Protokolle vom Gericht lesen. Ich hab damals gegen ihn verloren.«

Er nickte langsam, schrieb aber nichts auf. Warum nicht, um Himmels willen?

»Und wie heißt du?«

»Nete Hermansen.«

Das schrieb er dann doch auf. »Du sagst, du seist völlig normal, aber ich weiß doch, dass alle Mädchen mit einer Diagnose hierherkommen. Wie lautet deine?«

»Diagnose?« Das Wort kannte sie nicht.

Er lächelte. »Nete, kannst du mir sagen, welches die drittgrößte Stadt Dänemarks ist?«

Sie sah hinüber zu der Anhöhe mit den Obstbäumen und wusste genau, worauf das hinauslief. Noch drei Fragen, und sie war abgestempelt.

»Ich weiß, dass es nicht Odense ist, denn das ist die zweitgrößte.«

Er nickte. »Du kommst wohl von Fünen?«

»Ja. Ich bin ein paar Kilometer von Assens entfernt geboren.«

»Dann kannst du mir ja vielleicht etwas über das Haus von Hans Christian Andersen in Odense erzählen? Welche Farbe hat das?«

Nete schüttelte den Kopf. »Wollen Sie mich nicht mitnehmen? Ich werde Ihnen auch ganz viel erzählen, worüber Sie hier draußen nichts erfahren. Dinge, von denen Sie nichts ahnen.«

»Zum Beispiel?«

»Sachen über das Personal. Wenn von denen jemand nett zu uns ist, wird er schnell wieder zurück aufs Festland geschickt. Wenn wir ungehorsam sind, dann schlagen sie uns und sperren uns in einen der Besinnungsräume.«

»Besinnungsräume?«

»Ja, die Strafzellen. Winzige Zimmer mit einem Bett drin, sonst nichts.«

»Na ja, aber das hier ist ja auch nicht als Ferienaufenthalt gedacht, oder?«

Sie schüttelte den Kopf. Er begriff es nicht.

»Wenn überhaupt, dann lassen die uns nur von hier weg, nachdem sie an uns rumgeschnippelt haben.«

Er nickte. »Ja, das weiß ich. Das machen sie, damit ihr keine Kinder in die Welt setzt, um die ihr euch hinterher nicht kümmern könnt. Findest du das nicht sehr human?«

»Human?«

»Ja, menschlich.«

»Und warum darf ich keine Kinder bekommen? Sind meine Kinder denn weniger wert als andere?«

Er sah an Nete vorbei zu den drei Angestellten, die ihnen gefolgt waren und nun wenige Schritte entfernt standen. Sie versuchten aufzuschnappen, was gesprochen wurde.

»Zeig mir diejenige von den dreien, die schlägt«, sagte er.

Nete drehte sich um. »Das tun sie alle drei, aber die Kleine schlägt am härtesten. Am liebsten hinten auf den Nacken, sodass man mehrere Tage ganz steif ist.«

»Aha. Hör mal, ich sehe gerade, dass die Vorsteherin auf dem Weg zu uns ist. Gib mir noch eine Information. Was dürft ihr zum Beispiel nicht?«

»Das Personal stellt alle Gewürze weg. Salz und Pfeffer und Essig und so was steht nur da, wenn Gäste kommen.«

Er lächelte. »Na, wenn's weiter nichts ist, dann geht es ja. Das Essen ist übrigens gut, ich habe es selbst probiert.«

»Das Schlimmste ist, dass sie uns hassen. Dass wir denen egal sind. Dass die uns alle gleich behandeln und uns nicht anhören wollen.«

305

Er lachte. »Dann solltest du mal meinen Chefredakteur kennenlernen. Du hast ihn gerade beschrieben.«

Sie hörte, dass sich das Grüppchen der Angestellten zerstreute, und als die Vorsteherin sie am Arm packte und wegzerrte, konnte sie gerade noch sehen, wie sich der Mann unten im Boot einen Zigarillo anzündete und sich seinen Angelruten zuwandte.

Sie war nicht angehört worden, jedenfalls nicht richtig. All ihre Gebete waren vergebens gewesen. Sie war nichts weiter als ein unbedeutendes Körnchen Sand.

Anfangs hatte Nete in der Strafzelle gelegen und geweint. Und da das nichts nützte, hatte sie aus vollem Hals geschrien, sie sollten sie freilassen, und schließlich hatte sie gegen die Tür getreten und daran gekratzt. Und als die Aufseherinnen es leid waren, sich diesen Radau anzuhören, drangen zwei von ihnen in die Zelle ein, verdrehten Netes Arme in die Zwangsjacke und banden sie an der Wand fest.

Mehrere Stunden lag sie nun da und redete mit der kahlen weißen Wand, als ob die einstürzen und ihr den Weg in die Freiheit ebnen könnte. Schließlich ging die Tür auf und die Vorsteherin trat ein, gefolgt von ihrer emsigen, kleinen Assistentin.

»Ich habe mit Herrn William von der Illustrierten ›Fotoreportage‹ gesprochen. Du kannst froh sein, dass er nicht die Absicht hat, etwas von den Ammenmärchen zu veröffentlichen, die du ihm aufgetischt hast.«

»Ich habe ihm keine Ammenmärchen aufgetischt. Ich lüge nie.«

Nete sah den Schlag nicht kommen, der sie auf den Mund traf, aber als Wiesels Hand erneut ausholte, war sie in höchster Alarmbereitschaft.

»Nun, nun, Fräulein Jespersen. Es geht auch ohne das«, bremste die Vorsteherin. »Diese Art Ausreden bin ich gewöhnt.«

Dann blickte sie wieder auf Nete herab. Vielleicht mochten ihre Augen im täglichen Umgang noch einen Hauch Menschlichkeit ausstrahlen. Nun waren sie eiskalt.

»Ich habe Curt Wad angerufen und ihn darüber in Kenntnis gesetzt, dass du noch immer an diesen unverschämten Lügen über ihn festhältst. Es könnte interessant sein, dachte ich, zu hören, was ich seiner Meinung nach mit dir machen sollte. Und er antwortete, angesichts deines Starrsinns und deiner Verlogenheit könnte die Strafe nicht lang genug dauern.« Sie tätschelte Netes Hand. »Das ist zwar nicht seine Entscheidung, aber ich folge dennoch seinen Worten. Du bleibst fürs Erste eine Woche hier drinnen, dann werden wir sehen, wie du reagierst. Und wenn du dich ordentlich beträgst und nicht schreist, lösen wir die Zwangsjacke schon morgen. Was meinst du dazu, Nete? Wollen wir sagen, das ist eine Abmachung?«

Nete ruckte am Gurt.

Wortloser Protest.

Wo bleibt er nur?, dachte Nete in ihrem Wohnzimmer. Hatte Curt Wad tatsächlich die Absicht, sie zu versetzen? War er tatsächlich so arrogant, dass ihn nicht einmal die Aussicht auf zehn Millionen Kronen aus seinem Fuchsbau lockte? Damit hatte sie nun gar nicht gerechnet.

Verzweifelt schüttelte sie den Kopf. Das war das Letzte, was geschehen durfte. Wenn sie die Augen schloss, sah sie immer den schmächtigen Anwalt vor sich, der sie verzagt anstarrte. Aber Nørvig war lediglich Curt Wads Lakai gewesen, und wenn sie ihn zur Rechenschaft zog, dann musste Curt Wad erst recht dran glauben.

Sie biss sich auf die Lippen und warf einen Blick auf die englische Uhr, deren Pendel unbarmherzig hin- und herschwang.

Konnte sie nach Mallorca fliegen, ohne die Sache abgeschlossen zu haben? Nein, ausgeschlossen, das ging nicht. Curt Wad war der Wichtigste von allen.

Um sich abzulenken, nahm sie ihr Strickzeug zur Hand. »Nun komm schon, du Schwein!«, murmelte sie ein ums andere Mal, während sie fieberhaft die Stricknadeln klappern ließ. Zwischendurch sah sie immer wieder aus dem offenen Fenster hinunter zum Weg am See.

Die große Gestalt dort hinten beim Bunker, war er das? Nein. Und der Mann da hinten? Nein, auch nicht.

Was mache ich nun?, dachte sie.

Da klingelte es und vor Schreck zuckte sie zusammen. Aber es war nicht die Klingel mit der Gegensprechanlage unten an der Haustür, sondern die direkt an der Wohnungstür.

Eilig legte sie das Strickzeug aus der Hand und vergewisserte sich noch einmal mit einem prüfenden Blick, ob auch alles in Ordnung war.

Ja, der Extrakt stand bereit. Die Wärmehaube saß auf der Teekanne. Die Papiere mit dem Aufdruck des fiktiven Anwalts lagen auf dem Couchtisch. Sie schnupperte. Soweit sie es beurteilen konnte, hatte sich der Gestank, den Nørvig hinterlassen hatte, verflüchtigt.

Dann trat sie an die Tür und wünschte, sie hätte einen Türspion. Sie holte tief Luft und richtete den Blick ein wenig aufwärts, um Curt Wad direkt in die Augen zu sehen, sowie sie die Tür öffnete.

»Ja, da habe ich nun doch noch Kaffee gefunden. Wegen meiner schlechten Augen hat es ein bisschen länger gedauert«, sagte eine Stimme etwa einen halben Meter tiefer, als Nete erwartet hatte.

Ihre Nachbarin streckte ihr eine halb volle Kaffeetüte entgegen und gab sich dabei größte Mühe, an Nete vorbei einen Blick in den Flur zu erhaschen.

Aber Nete bat sie nicht herein, sondern nahm nur dankend die Tüte in Empfang. »Der Nescafé war im Übrigen ausgezeichnet, aber Kaffeepulver ist natürlich nicht zu übertreffen. Darf ich Ihnen sofort das Geld geben? Ich werde Ihnen in den nächsten Wochen keinen Ersatz besorgen können, weil ich verreise.«

Die Frau nickte, und Nete eilte ins Wohnzimmer, um die Geldbörse zu holen. Inzwischen war es 16.35 Uhr und Curt Wad war noch immer nicht gekommen. Trotzdem, für den Fall, dass er doch noch klingelte, musste die Nachbarin so schnell wie möglich wieder verschwinden. Denn wenn nun im Fernsehen Suchaufrufe gesendet würden! Es waren ja genau solche Frauen wie die Nachbarin, die den ganzen Tag vor der Glotze saßen. Wenn wenig Verkehr war, konnte Nete den Fernseher in der Nachbarwohnung sogar hören.

»Sie wohnen aber schön«, sagte die Nachbarin.

Schnell wie ein Brummkreisel schnurrte Nete herum. Die Frau war ihr doch tatsächlich gefolgt! Sie stand hinter ihr im Wohnzimmer und sah sich neugierig um. Besonders die Papiere auf dem Couchtisch und die offenen Fenster schienen sie zu interessieren.

»Danke, ich bin zufrieden«, erwiderte Nete und gab ihr einen Zehner. »Vielen Dank für die Hilfe, das war sehr freundlich.«

»Ist Ihr Gast schon gegangen?«

»Äh, nein, der hat nur kurz etwas in der Stadt zu erledigen.«

»Dann könnten wir die Wartezeit doch vielleicht nutzen und zusammen eine Tasse Kaffee trinken?«

Nete schüttelte den Kopf. »Bedaure, das geht nicht, ich muss noch einige Papiere ordnen. Ein andermal gerne.«

Mit einem gezwungenen Lächeln nickte sie der offensichtlich enttäuschten Frau zu, nahm ihren Arm und geleitete sie bis in den Hausflur.

»Vielen Dank, sehr freundlich«, wiederholte sie und schloss die Wohnungstür.

Eine halbe Minute lehnte sie innen an der Tür und wartete, bis sie das Klicken der Nachbartür hörte.

Und wenn die Nachbarin nun wiederkam, während Curt Wad oder Gitte Charles da waren, was dann? Musste Nete sie dann auch …?

Nete schüttelte den Kopf. Sie sah schon die Polizei anrücken und Fragen stellen. Nein, das ging nicht, die Frau war einfach zu dicht dran.

Oh Gott, lass sie nicht wiederkommen, murmelte Nete. Nicht, dass sie glaubte, höhere Mächte würden ihr zu Hilfe eilen. Nein, bis zum Himmel reichten ihre Gebete nicht. Das wusste sie aus Erfahrung.

Der vierte Tag bei trocken Brot und Wasser war besonders schlimm gewesen. Netes Welt war auf einmal so klein geworden, dass es darin nicht einmal mehr Platz für Tränen oder für die Gebete gab, die sie besonders nachts immer an Gott gerichtet hatte.

Also schrie sie stattdessen, verlangte nach Luft und Freiheit und vor allem nach ihrer Mutter.

»Komm und hilf mir, Mama. Dann drücke ich mich an dich und du bleibst bis in alle Ewigkeit bei mir«, schluchzte sie. Ach, könnte sie doch nur in dem kleinen Garten neben ihrer Mutter sitzen und Bohnen abziehen. Wie würde sie dann …

Sie hielt inne, als sie anfingen, an die Tür zu hämmern und zu brüllen, sie solle die Fresse halten. Das war nicht das Personal, das waren einige Mädchen aus dem ersten Stock. Plötzlich schrillte die Glocke auf dem Flur, weil die Mädchen ihre Zimmer verlassen und damit den Alarm ausgelöst hatten, und kurz darauf wurde der Tumult übertönt von der schneidigen Stimme der Vorsteherin. Dann wurde am Türschloss hantiert.

Keine zwanzig Sekunden später hatte man Nete rückwärts in den Raum gedrückt. Als die lange Kanüle sie traf, warf sie laut brüllend den Kopf zurück, danach versank der Raum vor ihren Augen im Dunkeln.

Beim Aufwachen stellte sie fest, dass ihre Arme mit einem Lederriemen festgezurrt waren. Zum Schreien hatte sie keine Kraft mehr.

So lag sie tagelang da, ohne ein Wort zu sprechen. Wenn Nete gefüttert werden sollte, drehte sie den Kopf weg und dachte an ihren Zufluchtsort hinter dem Hügel mit den Pflaumenbäumen und an die Strahlenbündel der Sonne, die funkelnd durch das Laub fielen. Und sie dachte an den Abdruck im Heu in der Scheune, nach ihren Liebesspielen mit Tage.

Sie konzentrierte sich intensiv auf diese Erinnerungen, denn sobald sie nicht aufpasste, schob sich das Bild von Curt Wads hochmütigem Gesicht vor ihr inneres Auge, und das ertrug sie einfach nicht.

Nein, an den wollte sie nicht einen einzigen Gedanken mehr verschwenden. Dieser Unmensch hatte ihr Leben ruiniert, endgültig und unwiederbringlich, das wusste sie nun. Niemals würde sie die Insel als die verlassen, die sie einmal gewesen war. Das Leben war an ihr vorbeigegangen. Und jedes Mal, wenn sich ihr Brustkorb beim Atmen hob, hoffte sie, der Atem würde stocken.

Das war meine letzte Mahlzeit, schwor sie sich. Curt Wad, dieser Inbegriff der Schlechtigkeit, machte es ihr unmöglich, sich ein Leben nach Sprogø vorzustellen.

Nachdem sie sich mehrere Tage lang nicht hatte füttern lassen und auch keinen Stuhlgang mehr hatte, wurde ein Arzt vom Festland herbeigerufen.

Er trat als rettender Engel auf, nannte sich einen »Helfer in der Not«. Aber die Hilfe bestand aus einer Kanüle im Arm und einer Fahrt zum Krankenhaus von Korsør.

Hier war sie unter ständiger Beobachtung. Aber sobald Nete um Barmherzigkeit und Nächstenliebe bat und darum, man möge ihr glauben, sie sei doch ein ganz gewöhnliches Mädchen, das Pech gehabt habe, wandten sich alle ab.

Nur ein einziges Mal war ein Mensch im Krankenzimmer, der bereit war, zuzuhören. Aber zu diesem Zeitpunkt hatte Nete bereits so viel Medizin bekommen, dass sie im Grunde nur döste.

Der Mann war Mitte zwanzig. Er besuchte ein kleines, schwerhöriges Mädchen, das am Morgen hereingebracht worden war und nun hinter dem Vorhang an der gegenüberliegenden Wand lag. Nete hörte, das Mädchen habe Leukämie. Zwar wusste sie nicht, was das bedeutete, aber ihr war doch klar, dass die Kleine bald sterben würde. Das erkannte sie trotz ihres betäubten Zustands an den Augen der Eltern, wenn sie hinter dem Vorhang hervortraten. Wie sehr Nete das Mädchen beneidete! Erlöst von den Grausamkeiten der Welt und mit lieben Menschen um sich, was konnte einem Besseres passieren? Und dazu dieser Mann, der kam, um der Kranken in ihrer verbleibenden Zeit Linderung zu verschaffen, indem er ihr vorlas und sie bat, selbst auch vorzulesen.

Nete schloss die Augen und hörte, wie seine beruhigende Stimme der hellen kleinen Stimme half, die Wörter und Sätze zu bilden, sodass sie einen Sinn ergaben, und zwar in einem Tempo, dem sogar Nete in ihrem benebelten Zustand folgen konnte. Und als sie mit der Geschichte fertig waren, sagte der Mann, er komme am nächsten Tag wieder und dann würden sie weiterlesen.

Er lächelte Nete herzlich zu, während er an ihrem Bett vorbeiging.

Das war ein Lächeln, das ihr ans Herz ging und sie am Abend wieder ein wenig essen ließ.

Zwei Tage später war das Mädchen tot und Nete wieder unterwegs nach Sprogø, schweigsamer und in sich gekehrter als zuvor. Sogar Rita ließ sie nachts in Ruhe, aber die stand auf einmal auch vor ganz anderen Herausforderungen. Das galt im Übrigen für sie alle.

Denn mit demselben Schiff, das Nete auf die Insel zurückgebracht hatte, war Gitte Charles gekommen.

37

November 2010

Curt lag im Doppelbett auf der Seite und starrte auf die fast durchsichtigen Lider seiner geliebten Frau, die sich seit drei Tagen nicht mehr geöffnet hatten. Derweil hatte er alle Zeit der Welt, die Ereignisse der letzten Tage zu verfluchen.

Im Augenblick bröckelte alles. Der Sicherheitsapparat, der eigentlich dazu angelegt war, Hindernisse aus dem Weg zu räumen, beging fatale Fehler. Menschen, die bisher geschwiegen hatten, schnauzten auf einmal drauflos.

Der Triumph, den er mit der Partei erlebte, wurde überschattet von einer nicht enden wollenden Serie desaströser Vorfälle. Es kam ihm fast so vor, als schnappten hungrige Bestien nach ihm und seinem Lebenswerk.

Warum gelang es nicht, die beiden Kripomenschen auszuschalten? Mikael, Lønberg und Caspersen, alle hatten sie gelobt, ihr Bestes zu tun und bis zum Äußersten zu gehen, aber das war scheinbar nicht genug.

Ein Zucken lief über Beates Gesicht, fast unmerklich zwar, aber es gab Curt einen Ruck.

Er blickte auf seine gekrümmte Hand, die ihre Wange streichelte. Ihm war sonderbar zumute. Die Hand und Beates Haut verschmolzen fast, so groß war der Unterschied in ihrer beider Alterungsprozess also doch nicht. Aber nur noch wenige Stunden, dann würde sie tot sein und er nicht, und diesen Unterschied musste er vollends akzeptieren, wenn er leben wollte. In diesem Moment wollte er das nicht. Aber er musste. Es gab Aufgaben, die erledigt werden mussten.

Danach würde er zum Steinmetz fahren und einen Grabstein aussuchen, in den beide Namen auf einmal eingraviert werden konnten.

Er hörte ein durchdringendes Piepsen und sah zum Nachttisch. Das kam von seinem iPhone und nicht von dem sicheren Handy, das er zurzeit benutzte. Er wälzte sich auf die andere Seite und öffnete die SMS, die gerade eingegangen war.

Herbert Sønderskov hatte einen Link geschickt.

Na endlich, dachte Curt, dann hat er es also doch durchgezogen. Wenigstens ein Problem hatte sich erledigt. Wenigstens eine Gefahrenquelle war ausgeschaltet. Das gab doch Grund zur Hoffnung.

Er musste einen Moment warten, bis sich der Link öffnete. Ein Foto erschien. Mit einem Satz richtete Curt sich auf.

Das Bild zeigte einen lächelnden, winkenden Herbert und eine ebenso lächelnde, winkende Mie, umgeben von großartiger Landschaft und üppiger Natur. Quer über dem Foto stand ein kurzer Text: *Sie finden uns nie.*

Curt schickte den Link an sein Notebook, öffnete ihn und vergrößerte das Foto, bis es den ganzen Bildschirm ausfüllte. Es war erst vor zehn Minuten aufgenommen worden, und der Himmel über dem Paar war im Schein der untergehenden Sonne vollkommen rot. Hinter ihnen waren Palmen und noch weiter im Hintergrund dunkle Menschen und das offene blaue Meer zu sehen.

Curt öffnete die ›Planet‹-App seines iPhones, die den aktuellen Stand der Sonne überall auf der Erde anzeigte, und tippte auf ›Globus‹. Bald sah er, dass als fruchtbare tropische Region, in der die Sonne soeben untergegangen war, nur die Südspitze Madagaskars in Frage kam. In der übrigen Welt lagen auf der Achse des Sonnenuntergangs entweder das offene Meer, die Wüsten des Nahen Ostens oder die gemäßigten Zonen des ehemaligen sowjetischen Imperiums.

Da die beiden mit dem Rücken zum Sonnenuntergang standen, mussten sie sich im Westen der Insel befinden. Eine große Insel, keine Frage, aber als Wiege des Vergessens nicht unbedingt geeignet. Dafür war sie nun doch nicht groß genug. Wenn er Mikael an die Südwestküste des Landes schickte und ihn nach zwei betagten, grauhaarigen Skandinaviern forschen ließ, wäre der Fall binnen kürzester Zeit erledigt. Mikael müsste lediglich hier und da ein paar Scheine verteilen und die Spuren dann im großen Meer auslöschen. Haie waren da sehr hilfreich.

Das war der erste aufbauende Gedanke des Tages.

Er lächelte und fühlte, wie ein Hauch von Energie zurückkehrte. Nichts zehrt mehr als halbherzige Entscheidungen und Handlungsunfähigkeit, hatte sein Vater zu sagen gepflegt. Ein kluger Mann.

Curt Wad schob seinen steifen Körper etwas zurück, sodass er aus dem Fenster blicken und die Rollenspielübungen der jungen Polizeianwärter gegenüber am Lindehjørnet beobachten konnte. Zu seinem Missfallen waren auch Dunkelhäutige unter den angehenden Polizisten, die offenbar gerade das Thema Verhaftungen durchexerzierten.

Da klingelte das Nokia-Handy auf dem Tisch.

»Mikael hier. Einer unserer Helfer, dessen Namen Sie nicht zu kennen brauchen, hat vor sieben Minuten beobachtet, wie Hafez el-Assad das Präsidium verlassen hat und im Moment von der Brücke Tietgensbro die Treppe zu den Bahnsteigen des Hauptbahnhofs hinuntergeht. Was sollen wir tun?«

Was sie tun sollten? Lag das nicht auf der Hand?

»Ihr verfolgt ihn. Und sofern sich die Gelegenheit bietet, greift ihr ihn und weg mit ihm. Lass das Handy an, dann kann ich dabeibleiben. Und sorgt dafür, dass er euch vorher unter keinen Umständen entdeckt.«

»Wir sind zu zweit und arbeiten Hand in Hand. Natürlich halten wir Abstand zu dem Mann, ganz ruhig.«

Curt lächelte. Der zweite Lichtblick des Tages. Vielleicht trat ja doch noch eine Wende ein.

Er legte sich wieder ins Bett neben seine sterbende Frau. Das Nokia-Handy drückte er unter seinem Ohr ins Kopfkissen. Hier prallten ultimative Gegensätze aufeinander – das Leben und der Tod.

Als er einige Minuten so dagelegen hatte und fühlte, dass Beates Atmung fast zum Stillstand gekommen war, hörte er im Handy ein Flüstern.

»Wir sitzen in der S-Bahn in Richtung Tåstrup. Vielleicht bringt er uns zu seiner richtigen Adresse. Wir haben uns an beiden Enden des Zugs in Türnähe postiert, sodass er uns nicht entwischen kann, das garantiere ich.«

Curt lobte Mikael und wandte sich dann wieder Beate zu. Er legte einen Finger an ihren Hals, wo der Puls noch immer zu spüren war, wenn auch schwach und launisch wie der Tod selbst.

Für einen Moment schloss er die Augen. Schöne Erinnerungen an rosige Wangen und Gelächter konnten alle Sorgen verjagen. Man sollte nicht glauben, dass man jemals so jung gewesen war, dachte er und schlummerte ein.

»Jetzt!«, tönte es aus dem Handy. Curt erwachte mit einem Ruck. »An der Haltestelle Brøndbyøster ist er ausgestiegen. Ich bin mir sicher, dass er auf dem Weg zu Ihnen ist, Curt.«

Ist tatsächlich so viel Zeit vergangen?, dachte er benommen. Er schüttelte sich und richtete sich mit dem Handy am Ohr halb auf. »Haltet Abstand, hier werde ich ihn selbst in Empfang nehmen. Und ihr müsst euch weiterhin unauffällig verhalten, denn die Burschen in der Polizeischule gegenüber spielen draußen Räuber und Gendarm.«

Curt lächelte. Na, dem Kerl würde er ein herzliches Willkommen bereiten.

Er wollte Beate gerade sagen, dass sie etwas Geduld haben müsse, er sei kurz weg, als er sah, dass ihre Augen offen standen und der Kopf etwas nach hinten in den Nacken gekippt war.

Sekundenlang hielt er die Luft an, dann stöhnte er auf. Die geliebten, jetzt matten, toten Augen schielten zur Seite, wo er gelegen hatte, als wenn sie im äußersten Moment den Kontakt gesucht hätten. Und er hatte ihn verschlafen! Er war nicht für sie da gewesen, als sie es gebraucht hätte!

Er fühlte es kommen, fühlte, wie es als schwaches Pulsieren im Zwerchfell begann, sich mit unkontrollierbarer Hast durch den Körper fortpflanzte und im Brustkorb als Krampf und im Hals als gutturaler Laut endete. Sein Gesicht verzerrte sich, so sehr, dass es fast wehtat, und ein lang gezogener, fast unhörbarer Schrei stieg mit seinem Schluchzen auf.

So saß er minutenlang da und hielt ihre Hand. Dann schloss er ihr die Augen, stand auf und verließ den Raum, ohne sich noch einmal umzusehen.

Das Schlagholz, mit dem seine Söhne Tausende von Tennisbällen abgeschlagen hatten, fand er im schmalen Raum neben dem Esszimmer. Abwägend nahm er es in die Hand und befand, dass es massiv genug war. Dann trat er in den Hof und bezog am Ende des ehemaligen Wirtschaftsgebäudes Posten.

Über die Straße hinweg waren die lauten Rufe der Polizeianwärter zu hören, die ihren Traum, die Schafe von den Böcken zu trennen, hier im Spiel ausleben durften. Das hatte Curt auch vor. Wenn möglich, wollte er Hafez el-Assad am Hinterkopf treffen und die Leiche dann blitzschnell hinterm Haus in Deckung ziehen. Später, wenn es dunkel und auf der Straße still geworden war, sollten ihm die beiden anderen helfen, den Körper in den Geheimraum im Wirtschaftsgebäude zu verfrachten.

Da vibrierte das Handy in seiner Tasche.

»Ja«, flüsterte er. »Wo seid ihr?«

»Wir stehen an der Straßengabelung von Vestre Gade und Brøndbyøstervej. Er ist verschwunden.«

Curt runzelte die Stirn. »Wie bitte?«

»Bei der Wohnsiedlung mit den roten Reihenhäusern ist er abgehauen und nicht wieder aufgetaucht.«

»Seht zu, dass ihr herkommt. Aber geht getrennt.«

Er klappte das Handy zusammen und blickte sich um. Hier, in einer Ecke des Hofs, mit der mannshohen Mauer zur Parallelstraße hinter sich, stand er gut. Der Kerl hatte nur eine Möglichkeit, in den Hof zu gelangen, und das war durch die Einfahrt am Wirtschaftsgebäude entlang. Er war bereit.

Fünf Minuten vergingen, dann hörte er in der Einfahrt vorsichtige Schritte. Schritte, die sich über die Platten vorantasteten und Meter für Meter näher kamen.

Curt packte das Schlagholz fester und zog sich ganz in die Ecke zurück. Holte mit Bedacht tief Luft und hielt sie an, bis er einen Kopf erkennen konnte.

Eine Zehntelsekunde, ehe er zuschlug, sprang die Person zurück.

»Ich bin's, Herr Wad«, wisperte eine Stimme, die nicht wie die des Arabers klang.

Dann trat die Gestalt vor. Es war einer der Helfer, die Mikael dann und wann für ihre großen Veranstaltungen anheuerte.

»Idiot!«, zischte Curt. »Komm da weg. Du erschreckst ihn. Raus auf die Straße! Und zwar so, dass er dich nicht sieht!«

Mit klopfendem Herzen stand er eine Weile an seinem Platz und fluchte über die Versager, von denen er umgeben war. Die Polizeiübung auf der anderen Straßenseite schien zu Ende zu gehen, es wurde ruhiger. Nun komm schon, du dreckiger Araber, dachte er. Lass es uns hinter uns bringen.

Curt hatte den Gedanken noch nicht zu Ende gedacht, da hörte er hinter sich ein Geräusch an der Mauer und sah aus den Augenwinkeln zwei Hände am Mauerrand.

Noch ehe er sich richtig umgedreht hatte, war der Mann über die Mauer geklettert und landete, federnd wie eine Katze, auf allen vieren direkt vor ihm. Seinen Augen sah man an, dass sie ihr Ziel erreicht hatten.

»Wir müssen reden, Wad«, rief der Araber, aber da holte Curt bereits mit dem Schlagholz aus.

In einer fließenden Bewegung wich der kompakte Kerl seitlich aus und richtete sich dabei gleichzeitig auf. Während das Schlagholz gegen die Mauer prallte, schnellte der Mann vor und packte Curts Oberkörper.

»Wir gehen nach drinnen, klar?«, flüsterte er. »Hier draußen laufen zu viele von deinen Hyänen rum.«

Er drückte fester zu, sodass es Curt den Atem und jede Möglichkeit nahm, um Hilfe zu schreien.

Jetzt zog ihn der Araber in Richtung des Rasens vor der Hintertür.

Es waren nur noch wenige Meter bis dorthin, als Laufschritte und Mikaels plötzlich auftauchende Gestalt seinen Angreifer so fest zudrücken ließen, dass Curt beinahe das Bewusstsein verloren hätte. Und dann, völlig unvermittelt, ließ der andere los.

Curt sackte zu Boden, sein Kopf schlug unsanft auf dem Rasen auf. Hinter sich hörte er, wie Hiebe und Flüche in zwei Sprachen ausgetauscht wurden.

Mühsam richtete er sich auf und schleppte sich zurück zur Mauer beim Garagentor, wo er das Schlagholz wiederfand.

Als er es aufhob, stand der Araber vor ihm.

Instinktiv sah Curt über den Rasen. Dort lag Mikael bewusstlos. Wer in drei Teufels Namen war dieser dunkelhäutige Kerl?

»Lass das fallen!«, sagte der jetzt in schneidendem Ton.

Mit einem dumpfen Aufprall landete das schwere Holz auf den Platten.

»Was willst du von mir?«, fragte Curt.

»Ich kenne Menschen wie dich besser, als du glaubst, und eins kann ich dir sagen: Du wirst nicht davonkommen, Mörder!«, sagte der Araber. »Du berichtest mir jetzt bis ins letzte Detail von deinen Aktivitäten und dann schaue ich mich bei dir im Haus um, denn ich bin sicher, dass ich dort finde, wonach wir suchen.«

Mit einem harten Griff ums Handgelenk zog er Curt hinter sich her.

Sie hatten gerade die Hintertür erreicht, als ein Zischen ertönte, der Kopf des Arabers mit einem hässlichen Ton zur Seite fiel und sein Körper in sich zusammensackte.

»Na bitte«, sagte eine Stimme hinter ihm. Mikaels Helfer. »Weiter kommt der nicht.«

Curt hatte seinen Nachfolger in der Praxis angerufen, und es dauerte nicht lange, da hörte er den Schlüssel im Schloss.

»Vielen Dank, Karl-Johan, dass du so schnell gekommen bist«, sagte er und führte ihn ins Schlafzimmer.

Karl-Johan Henriksen tat, worum er gebeten worden war, legte dann das Stethoskop ab und sah Curt ernst an. »Es tut mir aufrichtig leid, Curt. Aber nun hat sie Frieden.«

Als er den Totenschein ausschrieb, zitterten ihm die Hände. Er schien einen Moment lang stärker berührt als Curt selbst.

»Was machst du jetzt, Curt?«

»Ich habe eine Absprache mit einem ausgezeichneten Beerdigungsunternehmer in Karlslunde, der uns unterstützt. Ich habe gerade mit ihm gesprochen und fahre heute Abend zu ihm. Morgen gehe ich zum Pfarrer. Beate soll auf dem alten Teil des Friedhofs liegen, hier bei der Kirche von Brøndbyøster.«

Curt nahm den Totenschein, Karl-Johan Henriksen bekundete sein Beileid und reichte ihm die Hand.

Und damit war dieses lang andauernde Kapitel überstanden.

Ein wirklich bewegter Tag.

Er blickte seine Frau an. Wie flüchtig das Leben doch war.

Eilig räumte er das Schlafzimmer auf, machte den Leichnam zurecht und konstatierte, dass der Körper bereits kälter geworden war. Dann nahm er seine Autoschlüssel. Er ging zum Wirtschaftsgebäude, ließ die Trennwand zum Hohlraum zur Seite gleiten und stellte fest, dass in dem dunklen Leib auf dem Betonboden noch immer Leben war.

»Mach's erst mal gut, du Dreckstück. Wenn ich vom Bestatter zurückkomme und du immer noch lebst, werde ich wohl ein bisschen nachhelfen müssen.«

38

September 1987

Je näher sie Kopenhagen kam, desto mehr konkretisierte sich der Plan in Gittes Kopf.

Zehn Millionen Kronen waren viel Geld. Aber Nete hatte noch bedeutend mehr, und wenn man wie Gitte erst dreiundfünfzig Jahre alt war, würden zehn Millionen für den Rest des Lebens einfach nicht reichen. Nicht, wenn man Ausgaben und Träume hatte wie sie. Wenn sie auf sich achtete und in Zukunft nicht so viel trank, konnte sie noch gut dreißig, vierzig Jahre leben. Und man brauchte kein Rechenkünstler zu sein, um festzustellen, dass zehn Millionen dafür zu wenig waren.

Deshalb hatte Gitte sich überlegt, am besten gleich Netes gesamten Besitz zu übernehmen. Einen Versuch war es wert. Wie sie das anstellen sollte, wusste sie noch nicht, das musste sie von der Situation abhängig machen. Wenn Nete noch so leicht zu manipulieren war wie früher, dürfte es nicht sonderlich schwierig sein. Und wenn Nete tatsächlich so krank war, wie sie in ihrem Schreiben andeutete, dann musste man sich lediglich unentbehrlich machen, bis es so weit war. Diesen ganzen Papierkram mit Testament und Unterschriften, den würde sie schon übernehmen.

Und falls sich zeigen sollte, dass Nete nicht so wollte wie sie, konnte sie immer noch zu radikaleren Mitteln greifen. Das wollte Gitte zwar eigentlich nicht, aber von vornherein ausschließen durfte sie diese Möglichkeit auch nicht. Es wäre nicht das erste Mal, dass sie unheilbar kranke Menschen zeitiger mit ihrem Schöpfer vereinte, als das Schicksal es vorgesehen hatte.

Rita Nielsen war damals die Erste gewesen, die Gittes Schwäche für Frauen entdeckt hatte. Wenn Rita sich ihr mit ihren weichen Lippen und verschwitzten Locken näherte, bekam Gitte einen ganz trockenen Mund. Und da Gitte nun einmal zu denjenigen gehörte, die die Regeln bestimmten, stand es in ihrer Macht, Rita, wann immer es ihr beliebte, zu befehlen, mit zur Moorwiese zu kommen. Das war natürlich strengstens verboten, aber Ritas Bluse saß einfach so verführerisch stramm.

Deshalb war es auch phantastisch und ganz wunderbar, dass Rita mehr als willens war. Dass dieser weibliche Körper nach Befriedigung suchte, die Gitte ihr verschaffen konnte.

Das ging so lange gut, wie Rita sich fügte. Aber als sie sich eines Abends aufrichtete und die Bluse wieder zuknöpfte, war damit Schluss.

»Ich will weg von hier, und du sollst mir dabei helfen«, sagte Rita. »Ich will, dass du der Vorsteherin sagst, ich hätte mich gebessert und du könntest empfehlen, dass sie mich entlassen.«

Das war nun überhaupt nicht der Ton, den Gitte von den Mädchen gewohnt war, und mit dem wollte sie sich auch nicht abfinden. Wenn Gitte fauchte, dann spurten die Mädchen, und so sollte es bleiben. Die Mädchen bewunderten sie, aber sie fürchteten ihre Tyrannei. Und die übte sie aus, wann immer es ihr in den Kram passte.

Niemand schickte so viele Mädchen in den Besinnungsraum wie Gitte. Niemand machte ein solches Trara, wenn eines der Mädchen vorlaut gewesen war. Den anderen Angestellten gefiel das, sie schauten sogar zu ihr auf. Schließlich war sie ja Krankenschwester, und sie sah gut aus.

Gitte überlegte einen Moment, Rita für ihre Tollkühnheit zu schlagen, zögerte aber zu lange und bekam stattdessen selbst eine schallende Ohrfeige, die ihr den Atem nahm und sie rückwärts umwarf. Wie konnte sich diese dumme Gans erdreisten, die Hand gegen sie zu erheben?

»Du weißt doch ganz genau, dass ich dir dein Leben ruinieren kann. Ich kann deinen Körper bis ins allerkleinste Detail beschreiben, und wenn du mir nicht hilfst, werde ich das der Vorsteherin gegenüber auch tun«, sagte Rita ruhig, während sie mit gegrätschten Beinen über ihr stand. »Wenn ich der Vorsteherin erzähle, wie du mich zwingst, an dir herumzufummeln, dann werden die vielen Körperdetails, die ich ihr nennen kann, sie schon davon überzeugen, dass ich die Wahrheit sage. Und deshalb wirst du mich schön zurück aufs Festland schicken! Ich weiß zwar, dass letztlich die Ärzte entscheiden, aber du schaffst das bestimmt irgendwie.«

Gitte sah den Gänsen nach, die in Keilformation über die Baumwipfel flogen, und nickte nur. Rita würde aufs Festland kommen. Aber erst, wenn es Gitte passte.

Am nächsten Morgen kniff Gitte sich fest in die Wangen und klopfte dann energisch an die Tür der Vorsteherin. Die war auf den Anblick ganz und gar nicht vorbereitet und völlig entsetzt.

»Liebe Güte, Frau Charles! Was ist passiert?«

Gitte hielt die Luft an und stellte sich so hin, dass die Vorsteherin mitbekam, dass ihr weißer Kittel zerrissen war und sie keine Unterhose anhatte.

In kurzen Sätzen beschrieb Gitte, wie Rita Nielsen, diese unzurechnungsfähige, sexuell auffällige Psychopathin, ihr hinter dem Waschhaus die Kleidung vom Leib gerissen und sie mit gespreizten Beinen auf den Boden gezwungen habe. Ihre Gegenwehr sei völlig nutzlos gewesen, fügte sie mit bebender Stimme und schamvoll gesenktem Blick hinzu.

»Ich würde deshalb empfehlen, Rita Nielsen für zehn Tage in den Besinnungsraum zu stecken und ihr überdies sämtliche Befugnisse zu entziehen.« Sie beobachtete beim Sprechen den Fingertanz der Vorsteherin und schloss aus deren entsetztem Blick, dass dem sicher entsprochen würde.

»Und grundsätzlich sollten wir erwägen, sie sterilisieren und von hier wegbringen zu lassen. Ihre Fixierung auf den Sexualtrieb ist extrem ausgeprägt, und es steht zu befürchten, dass sie, wenn wir nicht handeln, auf Dauer eine Bürde für die Gesellschaft wird.«

Die Finger der Vorsteherin krümmten sich. Ihr Blick war starr auf Gittes schmutzigen Hals gerichtet.

»Natürlich, Frau Charles«, sagte sie nur und erhob sich.

Rita machte einen unglaublichen Aufstand, aber ihre Anschuldigungen gegen Gitte wurden allesamt zurückgewiesen. Sie war schockiert, dass ihr Manöver nicht nur fehlgeschlagen war, sondern sich im Gegenteil nun gegen sie selbst wendete. In diesen Augenblicken war es ein Vergnügen, Gitte Charles zu sein.

»Selbstverständlich kennst du Gittes Körper, wie du behauptest«, entgegnete die Vorsteherin. »Du bist ja über sie hergefallen. Nein, mein Früchtchen. Abgestumpft und niederträchtig, wie du bist, versuchst du nun, die Situation auf den Kopf zu stellen. Aber mich führst du nicht hinters Licht. Ich weiß, was man von einem Mädchen mit deinen geistigen Defiziten und deiner üblen Vergangenheit zu erwarten hat.«

Die Nachricht von dem Vorfall verbreitete sich wie ein Lauffeuer. Noch ehe der Tag um war, wussten alle innerhalb der Anstaltsmauern Bescheid. Rita tobte und brüllte in ihrer Zelle und bekam im Lauf der Tage mehr als eine Spritze. Viele von Gittes Kolleginnen, ja selbst einige der Mädchen rieben sich die Hände.

Rita besaß ein loses Mundwerk, das sie kaum unter Kontrolle hatte. Und so dauerte es, nachdem sie die Strafzelle endlich verlassen hatte, auch nur eine Woche, bis sie wegen irgendeiner Bemerkung schon wieder festgeschnallt in der Zelle lag und wie von Sinnen schrie.

»Nete Hermansen ist ein gutes Mädchen. Sie sollte das Zimmer nicht mit dieser Unperson teilen müssen«, empfahl Gitte der Vorsteherin, woraufhin sie Ritas Sachen abholten und Nete plötzlich ein Zimmer für sich hatte.

Nach alledem sah Nete Gitte mit anderen Augen, und das merkte Gitte schnell. Nete war diejenige, die den Kontakt suchte, naiv und hoffnungsvoll – und aus Gittes Warte überaus erwünscht.

Eines Tages, als sie Kohlensäcke vom Schiff hochschleppen mussten, knickte eines der Mädchen um und verstauchte sich den Fuß. Sie heulte wie ein Hund, der in eine Herde Stiere geraten war, und die Mädchen stürzten herbei, um zu gaffen, obwohl das Personal zeterte und auf sie einschlug. In dem allgemeinen Tumult standen Gitte und Nete auf einmal sehr nahe beieinander.

»Ich bin hier falsch eingewiesen«, flüsterte Nete und blickte Gitte fest an. »Ich bin nicht dumm, und ich weiß genau, dass viele andere hier es auch nicht sind. Und ich bin auch kein liederliches Mädchen, wie sie behaupten. Könnte mein Fall nicht neu verhandelt werden?«

In Gittes Augen war Nete wunderbar. Sie hatte volle Lippen, außerdem einen festen und zugleich biegsamen Körper wie keine sonst auf der Insel. Gitte begehrte sie seit Langem, und jetzt sah sie die Gelegenheit gekommen.

Die Krankenschwester hörte zu, während ringsum geschrien und geschlagen wurde, und das allein genügte, um Nete zu Tränen zu rühren. Da nahm Gitte ihre Hand und führte sie einige Schritte zurück in den Hof. Die Wirkung war unbeschreiblich: Ein Zittern lief durch Netes Körper, als wären Aufmerksamkeit und Berührung der Schlüssel zu allem. Gitte wischte ihr behutsam die Tränen von den Wangen und zog sie langsam mit zu der Moorwiese. An jeder Weggabelung nickte sie in die entsprechende Richtung.

Bis dahin war alles noch vollkommen unschuldig, und keine zehn Minuten später hatte sie das unbedingte Vertrauen des Mädchens gewonnen.

»Ich werde tun, was in meiner Macht steht, aber versprechen kann ich dir nichts«, sagte Gitte.

Nie hatte sie ein so überzeugtes Lächeln auf einem Gesicht gesehen.

Ganz so leicht, wie Gitte es sich vorgestellt hatte, wurde es dann aber doch nicht. Nete schien auf ihren zahlreichen Gängen zum Moor trotz vieler Gespräche nicht willens zu sein, sich hinzugeben.

Indirekt kam Mickey, die Katze des Leuchtturmwärters, Gitte eines Tages zu Hilfe.

Schon seit einigen Nächten wurde die Nachtruhe der Familie des Leuchtturmwärters durch zwei rivalisierende Hähne gestört, die sich einfach nicht einfangen ließen. Deshalb wurde der Gehilfe des Leuchtturmwärters losgeschickt, um auf Äckern und Wiesen ein gewisses Bilsenkraut zu sammeln.

Das Kraut sollte verbrannt und mit dem Rauch die gesammelte Hühnerschar auf einen Schlag betäubt werden. Dann wollte man sich einen der Hähne schnappen und ihm den Hals umdrehen.

Das überschüssige Kraut wurde weggeworfen und landete in einer Pfütze. Dort lag es eine Weile und gärte, bis der Duft schließlich die Katze anlockte, die prompt von dem Wasser trank.

Eine Stunde lang sah die Familie, wie das Tier die Bäume rauf und runter jagte, ehe es sich vor die Vorratskammer legte, sich noch zweimal um die eigene Achse drehte und schließlich verschied.

Bis auf die Frau des Leuchtturmwärters amüsierten sich alle köstlich über dieses Schauspiel, und so kam Gitte die Geschichte von dieser seltenen Pflanze zu Ohren, die auf Sprogø gedieh und eine so erstaunliche Wirkung zeigte.

Sie ließ sich vom Festland Bücher zum Thema kommen und wusste bald genug über das Kraut, um selbst damit experimentieren zu können.

Macht über das Leben zu haben, das hatte Gitte schon immer fasziniert, und das Bilsenkraut gab ihr Macht. Diese Macht probierte sie schon bald an einem Mädchen aus, das vorlaut gewesen war. Gitte tauchte eine Zigarette in etwas Bilsenkrautextrakt, ließ sie trocknen und sorgte zu gegebener Zeit dafür, dass das Mädchen die Zigarette in der Tasche seiner Kittelschürze fand. Es dauerte nicht lange, da wurde die Zigarette hinter einer alten Steinsäule, von der es hieß, sie markiere die Mitte zwischen den Inseln Seeland und Fünen, geraucht. Die anderen hörten das Mädchen kurz darauf merkwürdig brüllen, wunderten sich aber nicht, als sie plötzlich ganz still war.

Die junge Frau überlebte zwar, aber sie war danach nicht mehr dieselbe und sollte ihre Todesangst auch nie mehr loswerden.

Prima, dachte Gitte. Dann habe ich jetzt ein Druckmittel für Nete.

Als Nete durchschaute, was Gitte tatsächlich von ihr wollte, und sich gleichzeitig mit einer so unverblümten Todesdrohung konfrontiert sah, war sie dermaßen schockiert, dass sie nicht einmal mehr weinen konnte. Ihr rettender Engel hatte sich als das Böse schlechthin entpuppt und alle ihre Träume, eines Tages in ein normales Leben zurückkehren zu dürfen, waren jäh verpufft.

Netes Schockstarre passte Gitte gut in den Kram. Sie hielt Nete hin, versicherte ihr immer wieder, bei der Vorsteherin ein gutes Wort für sie einzulegen, wenn sie, Nete, Gitte dafür eine Freude machen wolle. So gelang es ihr, sich Nete ziemlich lange gefügig zu halten. So lange, dass Gitte regelrecht abhängig wurde von dieser Beziehung, auch wenn sie selbst das nur ungern eingeräumt hätte. Der Kontakt zu Nete machte ihr das Leben erträglich, half ihr, den Alltag zwischen all den verbitterten und rachsüchtigen Kolleginnen auszuhalten. Ja, wegen dieser Beziehung hörte sie sogar auf, sich von der Insel wegzuträumen.

Wenn Nete neben ihr im hohen Gras lag, konnte sie alles andere verdrängen und in diesem Gefängnis frei atmen.

Wie nicht anders zu erwarten, war es schließlich Rita gewesen, die sich zwischen sie gedrängt hatte, was Gitte allerdings erst später erfahren hatte.

An dem Tag, als Rita endlich den Besinnungsraum verlassen durfte, kamen der Vorsteherin doch Zweifel.

»Bezüglich der Sterilisierung muss ich den Oberarzt zu Rate ziehen«, sagte sie. »Er wird wohl bald die Insel besuchen, und dann werden wir sehen.«

Aber die Abstände zwischen den Besuchen des Oberarztes waren lang, und Rita nutzte die Zeit, um sich zu rächen. Sie öffnete Nete die Augen und machte ihr klar, dass man sich auf Gitte nicht verlassen könne. Der einzige Ausweg sei Flucht.

Von Stund an herrschte wirklich Krieg.

39

November 2010

»CARL, ICH HAB IHN jetzt fünfzehnmal angerufen, und er antwortet nicht. Ich bin sicher, dass er sein Handy ausgeschaltet hat. Warum nur? Das tut er doch sonst nie!« Keine Frage, Rose war aufrichtig besorgt. »Du bist aber auch ein Idiot! Bevor er gegangen ist, hat er gesagt, du hättest ihm vorgeworfen, er sei an dem Mord an diesem Litauer schuld.«

Carl schüttelte den Kopf. »Das hab ich überhaupt nicht, Rose. Aber dieses Fax mit dem Foto der Leiche wirft einfach Fragen auf. Wenn so was passiert, steht keiner von uns unter Naturschutz.«

Die Fäuste in die Seiten gestemmt, baute sich Rose vor ihm auf. »Also, jetzt hör mir mal zu. Ich finde dein Misstrauen zum Kotzen! Wenn Assad sagt, er habe nichts damit zu tun, dass dieser litauische Psychopath keinen Scheiß mehr bauen kann, dann hat er nichts damit zu tun, basta. Das Problem ist, dass du uns unter Druck setzt, Carl, und dass du auf unsere Gefühle keine Rücksicht nimmst. Das ist es, was mit dir nicht stimmt.«

Donnerwetter, so beredsam war die Frau doch sonst nicht. Und sie stellte mal wieder alles auf den Kopf. So erfrischend und hilfreich das bei Ermittlungen sein konnte, so nervig war es, wenn es um seine Privatangelegenheiten ging. Auf solche Vorwürfe konnte er gut und gerne verzichten.

»Ja, ja, Rose. Soweit ich es beurteilen kann, habt ihr zwei, du und Assad, die Sache mit den Emotionen bestens im Griff. Aber jetzt entschuldige mich, ich hab für Gefühlsduselei gerade keine Zeit. Ich muss hoch zu Jacobsen und mir einen Anschiss abholen.«

»Totalschaden, sagst du? Und du willst ein neues Auto haben?« Der Chef der Mordkommission sah ihn ratlos an. »Wir haben November, Carl. Schon mal was von Budgets gehört?«

»Witzigerweise habe ich bislang noch nicht viel davon gehört. Ich meine mich lediglich zu erinnern, dass sich die Bewilligung für das Sonderdezernat Q auf acht Millionen im Jahr beläuft, war's nicht so? Wo zum Teufel sind die eigentlich geblieben?«

Marcus Jacobsen seufzte. »Geht die Diskussion jetzt schon wieder los, Carl? Du weißt doch genau, dass das Budget zwischen unseren beiden Dezernaten aufgeteilt wird.«

»Ja, richtig, das Budget *meines* Dezernats. Ich bekomme etwa ein Fünftel davon, oder? Wahrlich ein billiges Dezernat, das sich der dänische Staat da unten im Keller leistet, findest du nicht?«

»Na komm, es könnte schlimmer sein. Aber jedenfalls bekommst du kein neues Auto, denn das Geld haben wir momentan nicht. Du hast ja keine Ahnung, wie viele komplizierte Fälle wir derzeit laufen haben.«

Und ob Carl das bekannt war. Nur ging es darum gerade gar nicht.

Marcus packte ein neues Nikotinkaugummi aus, obwohl sein Mund schon ziemlich voll war. Vielleicht lag es ja an dem Kaugummiklumpen, dass er in den letzten Tagen, seit sich die Erkältung verzogen hatte, wie auf Speed war. Immerhin schön für ihn, dass er die Fluppen aufs Regal gelegt hatte.

»Ich glaube, wir haben drüben in der Fahrbereitschaft noch einen Peugeot 607«, sagte er. »Du musst ihn allerdings bis zum nächsten Haushaltsjahr mit ein paar anderen teilen, okay?«

»Nix da.«

Jacobsen seufzte tief. »Na gut, dann spuck sie schon aus, deine Geschichte. Du hast fünf Minuten.«

»Fünf Minuten reichen nicht.«

»Versuch's.«

Eine Viertelstunde später hing Marcus mehr oder weniger unter der Decke.

»Ihr brecht bei Nørvig ein, klaut den Inhalt der Aktenschränke und erzwingt euch Zugang in das Haus einer Person des öffentlichen Lebens, während die Ehefrau im Sterben liegt. Und das ist wahrscheinlich nur die Spitze des Eisbergs!«

»Wer weiß denn, ob das mit dem Sterben wirklich stimmt? Hast du etwa nie die Beerdigung einer nicht existierenden Tante vorgeschoben, wenn du mal dringend einen freien Tag brauchtest?«

Da hätte sich Marcus Jacobsen fast am Kaugummiklumpen verschluckt.

»Das habe ich weiß Gott nie, und ich kann nur schwer hoffen, dass du das in meiner Amtszeit auch nie getan hast. Und nun, Carl, müssen diese Akten umgehend zu mir hochgebracht werden. Wenn Assad zurück ist, machst du ihm klar, dass er ebenso schnell aus dem Präsidium rausfliegen kann, wie er reingekommen ist. Außerdem lasst ihr die Finger von dem Fall. Sofort! Sonst passiert am Ende noch was, und um das dann wieder geradezubiegen, fehlt mir momentan echt die Zeit.«

»Aha. Aber wenn wir den Fall beiseitelegen, werden dir nächstes Jahr sechs Komma acht Millionen im Budget fehlen.«

»Was soll das heißen?«

»Das soll heißen, dass wir genauso gut gleich das ganze Sonderdezernat Q abwickeln können, wenn wir Fälle wie diesen ad acta legen.«

»Carl. Ich versuche doch nur zu sagen, dass du dich auf unsicherem Terrain bewegst, und damit habe ich nicht zu viel gesagt. Meinetwegen suche vom Schreibtisch aus – sitzend, still und ruhig, wohlgemerkt – Beweise für das kriminelle Treiben von Wad und anderen führenden Parteimitgliedern. Aber du gehst gefälligst nicht mehr auf Tuchfühlung mit denen, verstanden?«

Carl nickte. Aha, so war das also. Es ging um Politik.

»Wir sind von der Frage nach dem Auto abgekommen.«

»Ja, darum kümmere ich mich. Geh jetzt runter und hol die Akten.«

Auf dem Weg zum Vorzimmer trat Carl gegen sämtliche verfügbaren Wandpaneele. Was für ein Scheißgespräch.

»Na, na, Carl«, sagte Lis. Sie reichte gerade einem schwarz gelockten Typen in der Winterjacke der Polizei irgendwelche Papiere.

Der drehte sich zu Carl um und nickte ihm zu. Das Gesicht kam ihm bekannt vor.

»Samir!« Wahrhaftig, das war doch Assads Lieblingsfeind. »Na, habt ihr drüben in Rødovre auch was zu tun? Oder hat sich Antonsen endlich pensionieren lassen und alle Fälle mit nach Hause genommen?«

Schlechter Scherz, das wusste er selbst, aber er grinste trotzdem.

»Danke, uns geht's gut. Es gibt nur ein bisschen Papierkram, der ausgetauscht werden muss.«

»Du, Samir, jetzt wo ich dich mal sehe. Was ist das eigentlich für ein Problem zwischen Assad und dir? Sag mir bloß nicht, da wäre nichts. Erzähl mir einfach, worum es geht. Weißt du, mir würde es helfen.«

»Na, wenn du schon selbst sagst, es würde dir helfen, dann hast du inzwischen ja wohl auch mitgekriegt, wie gestört er ist.«

»Gestört? Was meinst du damit? Das ist er doch überhaupt nicht. Worauf stützt du das?«

»Frag ihn bitte selbst, das ist nicht meine Sache. Aber der hat einfach 'n Knall, und das hab ich ihm auch gesagt, und das konnte er offenbar nicht vertragen.«

Carl nahm ihn am Arm. »Hör mal, Samir. *Ich* weiß *nicht*, was er vertragen kann und was nicht, *du* hingegen schon, sagt mir mein Gefühl, oder? Und wenn ihr es nicht von allein ausspuckt, du oder Assad, dann könnte es passieren, dass ich dich bei Gelegenheit mal auf andere Weise ausquetsche.«

»Prima, Mørck, das kannst du gerne versuchen.«

Er riss sich los und verschwand.

In dem Blick, mit dem Lis Carl ansah, lag eine Mischung aus Mitgefühl und Sorge. »Ärgere dich doch nicht so wegen des Autos, Carl. Da findet sich schon eine Lösung.«

Gerüchte verbreiteten sich in diesem Haus wahrhaftig mit Lichtgeschwindigkeit.

»Noch immer nichts von Assad gehört?«

Rose schüttelte den Kopf. Sie sah zutiefst besorgt aus.

»Warum bist du plötzlich so unruhig wegen ihm, Rose?«

»Weil ich ihn in den letzten Tagen ein paarmal sehr erschüttert erlebt habe. So war er vorher nie.«

Carl wusste, was sie meinte. Sie war schon helle.

»Rose, wir haben Order, Nørvigs Akten im zweiten Stock abzuliefern.«

»Dann solltest du wohl langsam in die Gänge kommen.«

Carl atmete tief durch, damit ihm nicht der Kamm schwoll. »Warum bist du so ungehalten, Rose?«

»Ach Carl, da mach dir jetzt mal keinen Kopf. Du hast im Moment doch eh keine Zeit für Gefühlsduselei.«

Er zählte innerlich bis zehn und erklärte ihr dann in aller Ruhe, wenn sie sich nicht sogleich mit den verdammten Akten auf den Weg machte, würde er sie bitten, nach Hause abzudampfen und Yrsa zu schicken.

Und in dem Moment meinte er das auch so.

Rose runzelte die Stirn. »Weißt du was, Carl? Ich glaube wirklich, du hast sie nicht alle.«

Er hörte, wie sie sich mit den Akten abquälte, und wählte derweil selbst immer wieder Assads Handynummer. Er war so angespannt, dass er kaum still sitzen konnte. Scheißstreich, den Assad ihm da mit dem blöden Feuerzeug gespielt hatte. Wenn er nicht bald eine rauchen konnte, würde er einen Krampf in den Beinen bekommen.

»Na, dann mach's mal gut«, schallte es plötzlich vom Korridor herüber. Carl drehte sich zur Tür und konnte gerade noch sehen, wie Rose im Mantel vorbeiging, die rosafarbene Riesentasche hatte sie sich über die Schulter geworfen. Deutlich vor Feierabend.

Das war's dann wohl.

Was für ein Mist! Carl grauste es bei dem Gedanken an die nächsten Tage. Garantiert schickte Rose morgen ihr Alter Ego Yrsa. Bestenfalls.

Das Handy rotierte vibrierend auf dem Tisch. Lis war dran.

»Ja, also, das mit dem Auto geht klar. Wenn du zum Parkplatz des Nationalen Ermittlungszentrums gehst, schicke ich dir jemanden, der dir den Wagen zeigt und den Schlüssel mitbringt.«

Carl nickte. Das wurde verflucht auch Zeit. Jetzt musste nur noch Assad wieder auftauchen. Rose hatte ihn mit ihrer blöden Unruhe doch tatsächlich angesteckt.

Zwei Minuten später stand Carl oben am Parkplatz und sah sich verwirrt um. Kein wartender Peugeot 607, kein Mensch mit Schlüssel weit und breit. Er runzelte die Stirn und wollte gerade Lis anrufen, als ein Stück entfernt jemand die Lichthupe eines parkenden Wagens betätigte.

Carl machte einen langen Hals und sah Rose auf dem Beifahrersitz des Autos sitzen, das nicht halb so groß war wie seine Hosentasche. Er musste schlucken, allein schon wegen der heftigen Farbe, die ihn daran erinnerte, dass der Edelpilzkäse, den er vor zwei Monaten in den Kühlschrank gelegt hatte, mit Sicherheit noch immer dort lag.

»Was ist das denn für 'n Ding? Und was zum Teufel treibst du hier, Rose?«, rief er durch die weit offenstehende Fahrertür.

»Das ist ein Ford Ka, und du willst doch zu Assad, right?«

Er nickte. Vor der Intuition dieses schwarz getünchten Wesens musste man ständig den Hut ziehen.

»Da will ich natürlich mit. Und das hier ist der Wagen, den Marcus Jacobsen für den Rest des Jahres für dich geliehen hat.« Er sah, dass sie sich nur mit Mühe das Lachen verkneifen konnte. Aber dann wurde sie ganz schnell wieder ernst. »Na los, Carl, steig ein. Es wird bald dunkel.«

Abwechselnd knieten sie in der Heimdalsgade vor dem Briefschlitz in Assads Wohnungstür. Wie erwartet gab es dort keine Spur von Möbeln. Ebensowenig von Assad.

Als Carl das letzte Mal hier gewesen war, hatte ihn ein tätowiertes Brüderpaar mit unaussprechlichen Namen und kokosnussgroßen Bizepsen angesprochen. Dieses Mal musste er sich mit dem üblichen Lärm eines Mehrfamilienhauses begnügen und dem Geschrei in einer Sprache, die ebenso gut Serbokroatisch wie Somalisch sein konnte. Seltsamer Mikrokosmos.

»Frag mich nicht, warum, aber er hat sich ziemlich lange in einem Haus draußen am Kongevejen aufgehalten«, erklärte Carl, als er sich wieder in die Hutschachtel auf Rädern quetschte.

Eine Viertelstunde fuhren sie, ohne ein Wort zu reden. Dort, wo die Straße nach Bistrup in den Kongevejen mündete, standen sie schließlich vor einem weißgekalkten Bauernhaus, das mit dem Waldrand zu verschmelzen schien.

»Hier ist er bestimmt nicht, Carl«, sagte Rose. »Bist du sicher, dass die Adresse stimmt?«

»Die hat er jedenfalls angegeben.«

Beide blickten auf das Namensschild mit den zwei urdänischen Namen. Vielleicht hatten die Leute an Assad vermietet? Wer kannte nicht jemanden, der zwei Häuser besaß und nun knietief im Schlamassel steckte, weil der Immobilienmarkt im Keller war? Das kam eben dabei heraus, wenn die Finanzminister mit dem Arsch dachten und die Banken mit der Brieftasche.

Keine zehn Sekunden, nachdem sie geklingelt hatten, stand eine muntere Frau mit schwarzen Haaren vor ihnen und versicherte unbekümmert, falls sie jemanden namens Assad kennen würden, der kein Dach überm Kopf habe, könnte der ohne Weiteres zwei Tage gegen Bezahlung auf ihrem Sofa nächtigen. Aber sie und ihre Freundin kannten ihn leider nicht.

Da standen sie nun.

»Weißt du nicht mal, wo deine eigenen Angestellten wohnen, Carl?«, zog ihn Rose auf, als sie sich wieder ins Auto zwängten. »Und ich hab immer geglaubt, du würdest Assad nach Hause fahren und so. Hätte nie gedacht, dass dich deine Neugier in der Hinsicht im Stich lassen würde.«

Carl schluckte schwer an der Beleidigung. »Hm. Und was weißt du über Assads häusliche Verhältnisse, Frau Superschlau?«

Sie starrte mit leerem Blick durch die Windschutzscheibe. »Nicht viel. Anfangs hat er manchmal von seiner Frau und den beiden Töchtern geredet, aber das ist lange her. Ehrlich gesagt glaube ich nicht, dass er noch mit denen zusammenwohnt.«

Carl nickte langsam, dasselbe hatte er auch schon gedacht. »Und wie steht's mit Freunden? Hat er mal irgendwelche Freunde erwähnt? Könnte ja sein, dass er bei einem von denen untergekommen ist.«

Sie schüttelte den Kopf. »Ob du es glaubst oder nicht, aber ich habe so das Gefühl, dass Assad gar kein Zuhause hat.«

»Wie kommst du darauf?«

»Ich hab den Eindruck, dass er derzeit im Präsidium schläft. Und um den Schein zu wahren, geht er nachts mal für ein paar Stunden weg, nehme ich an. Aber wir haben ja keine Stechuhren, um das zu kontrollieren. Insofern kann man da nur mutmaßen.«

»Und Klamotten, was ist damit? Er hat ja nicht jeden Tag dasselbe an. Irgendwo muss er doch eine homebase haben, oder?«

»Wir könnten mal seine Schubladen und Schränke im Präsidium checken, vielleicht liegen seine Sachen dort. Und die Wäsche kann man überall in der Stadt reinigen lassen. Jetzt, da wir darüber reden, meine ich mich zu erinnern, dass ich ihn manches Mal mit Tüten habe kommen sehen. Nur war ich die ganze Zeit davon ausgegangen, dass er darin irgendwelchen Kram aus diesen Weltläden angeschleppt hat, du weißt schon, dieses scharfwürzige und klebrig süße Zeug.«

Carl seufzte. Was auch immer Assad angeschleppt hatte, im Moment half es ihnen sowieso nicht weiter.

»Du wirst sehen, bestimmt ist er einfach irgendwo, wo er ein bisschen Dampf ablassen kann. Vielleicht sitzt er inzwischen sogar längst wieder im Präsidium. Versuch's doch dort noch mal, Rose.«

Wie immer in solchen Situationen schnellten ihre Augenbrauen nach oben in die vorwurfsvolle Warum-machst-du-das-nicht-selbst-Position, aber sie wählte die Nummer dann doch.

»Wusstest du, dass an seinem neuen Telefon ein Anrufbeantworter angeschlossen ist?«, fragte sie mit dem Handy am Ohr.

Carl schüttelte den Kopf. »Was sagt der?«

»Der sagt, Assad sei im Moment in dienstlichen Angelegenheiten unterwegs, rechne aber damit, vor achtzehn Uhr zurück zu sein.«

»Und wie spät ist es jetzt?«

»Kurz vor sieben. Er sollte also schon seit einer Stunde zurück sein.«
Carl nahm sein Telefon und gab die Nummer der Wache ein.
Nein, die hatten Assad nicht gesehen.
In dienstlichen Angelegenheiten, hieß es auf dem Anrufbeantworter. Sonderbar.
Rose klappte das Handy zusammen und fuhr sich mit der Hand übers Gesicht.
»Denkst du dasselbe wie ich, Carl? So wie ihn der Fall mitgenommen hat, könnte er sehr gut auf so eine Idee gekommen sein.«
Carl musste blinzeln, weil ihn die Scheinwerfer der entgegenkommenden Fahrzeuge blendeten.
»Ja, das fürchte ich auch.«

Sie stellten die Pygmäenkutsche in der Tværgade gegenüber der Polizeischule ab. Fünfundzwanzig Meter weiter am Ende der idyllischen Dorfstraße lag an der Ecke das Grundstück von Curt Wad. Soweit sie auf die Entfernung erkennen konnten, war es im Wohnhaus stockdunkel.
»Vielversprechend sieht's nicht gerade aus«, meinte Carl.
»Hm. Ich bin jedenfalls heilfroh, dass wir bewaffnet sind, denn meine Alarmglocken läuten.«
Carl klopfte auf seine Dienstwaffe. »Ja, ich persönlich fühle mich gut gerüstet. Aber was hast du in deiner Tasche?«
Er deutete auf das rosa Riesendingens, das Rose mit Sicherheit ihrer leibhaftigen Schwester Yrsa weggenommen hatte.
Statt einer Antwort schwenkte sie die Tasche nur einmal über ihrem Kopf und donnerte sie dann gegen die grüne Plastikmülltonne, die einer der Anwohner vorn an die Straße gestellt hatte.
Als sie den Umfang des Schadens erkannten, nahmen sie die Beine in die Hand: Die Mülltonne war vier Meter weit in die Einfahrt geflogen, der Inhalt in alle Winde zerstreut. Noch ehe über der Haustür das Licht anging, waren sie um die Ecke gebogen.
»Um Himmels willen, Rose, was hast du in der Tasche? Wackersteine?«, flüsterte Carl vor der Einfahrt zu Curt Wads Grundstück im Brøndbyøstervej.
»Nein. Nur Shakespeares gesammelte Werke, in Leder gebunden.«

Eine Minute später stand Carl zum zweiten Mal an diesem Tag in Curt Wads Garten und sah durchs Fenster ins Kaminzimmer, diesmal jedoch zusammen mit Rose. Angespannt spähten sie ringsum ins Dunkel.

Rose wirkte unruhig. Es war auch wirklich extrem finster. Selbst die Sterne waren in Deckung gegangen.

Carl rüttelte an der Terrassentür. Sie war abgeschlossen, aber der Türrahmen schien nicht sonderlich stabil zu sein. Was hatte Assad in dieser Situation getan?, dachte er und rüttelte so stark an der Tür, dass der Holzrahmen knarrte.

Da packte er den Türgriff, holte ein paarmal tief Luft, stemmte einen Fuß gegen die Mauer und zog dann so kräftig, dass es in seinen Schultern knackte. Mitsamt dem Handgriff fiel er die Stufe herunter und landete rücklings auf dem Rasen. Saublöd und verdammt schmerzhaft.

»Schon ganz gut«, kommentierte Rose, nachdem sie festgestellt hatte, dass Tür und Schloss zwar gehalten hatten, aber die Glasscheibe tausend Risse aufwies.

Vorsichtig drückte sie mit der Stiefelsohle gegen die Scheibe.

Das half. Mit einem relativ bescheidenen Klirren verschwand das Glas im Zimmer. Hoffend, dass Assad mit seiner Beobachtung bezüglich der fehlenden Alarmanlage recht gehabt hatte, zählte Carl die Sekunden. Es würde nicht leicht werden, den anrückenden Sicherheitsleuten zu verklickern, dass die Scheibe ganz von allein zerbrochen sein sollte.

»Warum geht die Alarmanlage nicht los?«, wisperte Rose. »Im Haus ist doch eine Arztpraxis.«

»Die Praxis ist garantiert gesichert«, flüsterte Carl zurück.

Was für ein kopfloses Unterfangen, dachte er. Warum in ein Haus einbrechen, in dem sich Assad mit höchster Wahrscheinlichkeit gar nicht aufhielt? War er, Carl, inzwischen auch von weiblicher Intuition getrieben? Oder ging es mehr um die Lust, diesen abartigen Menschen eine Dosis seiner eigenen bitteren Medizin schmecken zu lassen?

»Und nun?«, flüsterte Rose.

»Ich würde mich gern mal oben im ersten Stock umschauen, ich hab so das Gefühl, als gäbe es da Aufschlussreiches zu entdecken. Vielleicht etwas, was uns im Hinblick auf die Gasflaschengeschichte bei mir zu Hause weiterbringt. Heute Vormittag erzählte Curt Wad, dass seine Frau dort oben im Sterben läge. Aber wenn das stimmt, hätte er dann jetzt das Haus verlassen? Wer lässt denn bitte seine sterbende Frau allein in einem dunklen Haus zurück? Ja wohl niemand, oder? Und dort oben befindet sich mit Sicherheit noch etwas anderes, das er vor der Welt verborgen halten will. Das sagt mir mein Bauchgefühl.«

Im Licht der Taschenlampe durchquerten sie das Esszimmer und den Hausflur, den ein geblümtes Rollo am Fenster neben der Haustür vor neugierigen

Blicken von außen schützte. Carl zog an der Tür zur Arztpraxis. Die war nicht nur massiv, sondern garantiert auch mit Stahlplatten und diesen pfiffigen kleinen Dingern versehen, die sofort mit Getöse Alarm auslösten, sobald Unbefugte die Tür zu öffnen versuchten.

Carl nahm die Treppe nach oben in Augenschein. Abgerundetes Teakgeländer links und rechts, Eckschrank auf dem Treppenabsatz, grauer Läufer, der um eine Ecke führte. Mehrere Stufen auf einmal nehmend stieg er in den ersten Stock hinauf.

Dort war es nicht halb so präsentabel wie unten. Einige Einbauschränke und ein langer dunkler Flur. Die Zimmer an einem Ende wirkten, als hätten die Kinder des Hauses sie gerade eben erst verlassen. Sie waren ausgestattet mit billigen Schlafsofas mit großgeblümten Bezügen, und an den Dachschrägen hingen noch die Poster der Idole.

Am anderen Ende des Flurs entdeckte er unter der Tür einen schwachen Lichtschein. Er schaltete die Taschenlampe aus und griff nach Roses Arm.

»Vielleicht ist Wad dort drinnen, aber ich glaube es nicht«, flüsterte er so dicht an Roses Ohr, dass er es mit seinen Lippen berührte. »Dann wäre er doch aufgekreuzt, als wir die Scheibe eingedrückt haben. Na ja, man weiß nie. Vielleicht gehört er zu der Sorte, die drinnen mit der Schrotflinte wartet. Würde auch zu ihm passen. Bleib hinter mir und stell dich darauf ein, dich gleich hinzuwerfen.«

»Und wenn er da ist und unbewaffnet, wie willst du ihm erklären, warum wir zwei hier sind?«

»Wir hätten einen Notruf erhalten«, flüsterte er und hoffte, später nicht genötigt zu sein, diese Erklärung Marcus Jacobsen gegenüber zu wiederholen.

Jetzt schob er sich ganz dicht an die Tür mit dem Teakholzfurnier heran und hielt die Luft an. Seine Hand tastete nach der Pistole.

Eins, zwei, drei, zählte er innerlich, trat die Tür dann mit Wucht auf und ging sicherheitshalber gleich wieder hinter der Wand in Deckung.

»Curt Wad, uns hat ein Notruf von hier erreicht«, rief er. Dabei bemerkte er das Flackern des Lichtscheins.

Wohl wissend, wie gefährlich das möglicherweise war, schob er vorsichtig den Kopf hinter dem Türrahmen hervor, bis er ins Zimmer sehen konnte. Ausgestreckt auf der Bettdecke ruhte eine kleine Gestalt. Sie war bis zur Taille mit einem weißen Laken zugedeckt und auf ihrem Bauch lag ein verwelktes Blumenbukett. Auf dem Nachttisch stand eine brennende Kerze.

Rose trat in den Raum. Anschließend wurde es ganz still. Diese Wirkung hatte der Tod immer.

Einen Moment standen sie dort und betrachteten die Tote, dann seufzte Rose leise. »Carl, ich glaube, das ist ihr Brautstrauß.«

Carl schluckte einmal extra.

»Rose, lass uns zusehen, dass wir Land gewinnen. Es war total idiotisch von uns, herzukommen«, sagte Carl draußen im Garten vor der zertrümmerten Tür. Dann hob er den metallenen Türgriff auf, wischte ihn gründlich mit seinem Taschentuch ab und ließ ihn wieder fallen. »Ich hoffe, du hast dort drinnen nicht überall Fingerabdrücke hinterlassen.«

»Spinnst du, ich war die ganze Zeit viel zu sehr darauf konzentriert, die Tasche zu schwingen, falls du eins auf die Mütze kriegst.« Wurde Rose jetzt auch noch fürsorglich, oder was?

»Gib mir mal die Taschenlampe«, fuhr sie fort. »Ich hasse nichts mehr als hinten zu gehen und nichts zu sehen.«

Wie ein Schulkind bei der Nachtwanderung ließ sie den Lichtschein unablässig in alle Richtungen schweifen. Jetzt konnte auch der letzte Trottel im weiten Umkreis erkennen, dass hier gerade ein Einbruch stattfand. Wenn nur der Mann mit der umgekippten Mülltonne nicht noch auf der Lauer lag.

»Richte den Lichtkegel auf den Boden«, mahnte Carl.

Das tat sie.

Und sofort blieb sie abrupt stehen.

Der Blutfleck am Rand des Rasens, auf den der Lichtschein fiel, war nicht groß, aber unzweideutig. Sie leuchtete die Umgebung ab und fand schließlich einen weiteren Blutfleck direkt um die Ecke des Hauses in der eigentlichen Einfahrt. Es war ein kleiner Blutfleck, von dem aus eine kaum sichtbare Spur aus noch kleineren roten Flecken bis zu einem sehr alt wirkenden Nebengebäude verlief.

Da war Carls Bauchgefühl schlagartig wieder da.

Hätten sie die Spur doch nur gesehen, ehe sie ins Haus eingebrochen waren! Dann hätten sie Hilfe anfordern können. Aber so einfach war das jetzt leider nicht mehr.

Kurz überlegte er.

Vielleicht war es ja in Wahrheit von Vorteil, wenn so vieles darauf hindeutete, dass hier etwas nicht stimmte. Und wer sagte überhaupt, dass *sie* die Einbrecher gewesen waren? Sie selbst jedenfalls nicht.

»Ich rufe die Polizei in Glostrup an und mache Meldung«, sagte er. »Wir könnten gut ein bisschen offizielle Rückendeckung gebrauchen.«

»Hast du nicht gesagt, Marcus Jacobsen habe dich strikt angewiesen, von

Curt Wad fernzubleiben?«, fragte Rose und schwenkte dabei den Lichtkegel über die drei Türen des Nebengebäudes.

»Ja.«

»Ach, und was hast du dann hier zu suchen?«

»Du hast ja recht, aber ich rufe trotzdem an«, sagte er und zog das Handy aus der Tasche. Die Kollegen in Glostrup würden wissen, welchen Wagen Curt Wad fuhr, und konnten ihn sofort zur Fahndung ausschreiben. Denn womöglich war Curt Wad irgendwo auf den Straßen mit einem Verletzten im Kofferraum unterwegs. Und dieser Verletzte war vielleicht Assad. Carls Phantasie überschlug sich.

»Warte mal«, sagte Rose. »Da!«

Sie richtete den Lichtkegel auf das Vorhängeschloss der mittleren Tür des alten Gebäudes. Es war ein ganz gewöhnliches Vorhängeschloss, wie man es überall für einen Zehner kaufen konnte, und auf seiner Messingfläche prangten zwei Fingerabdrücke.

Sie ging ganz nahe mit dem Kopf heran und nickte dann. Eindeutig, das war Blut.

Carl zog seine Pistole aus dem Halfter. Natürlich wäre es leichter gewesen, einen Schuss auf das Schloss abzugeben, aber er entschied sich für die andere Variante und hämmerte mit dem Schaft so lange dagegen, bis Finger und Schrauben mürbe waren.

Als der Mechanismus endlich nachgab und sich der Bügel herumschwenken ließ, erhielt Carl einen der seltenen anerkennenden Klapse von Rose.

»Jetzt ist es auch egal«, sagte sie und tastete nach dem Schalter neben der Tür.

Es flackerte ein paarmal, dann offenbarte das kalte Licht der Leuchtstoffröhre einen Raum, wie Carl ihn nur zu gut von den alten Höfen seines Heimatdorfes kannte. An einer Wand standen Regale mit ausrangierten Töpfen, alten Blumenkübeln und unzähligen verschrumpelten Blumenzwiebeln, die weder in diesem noch im letzten Jahr in die Erde gekommen waren. Am anderen Ende brummte eine Tiefkühltruhe und davor stand eine Metallleiter, die durch eine Luke zum Dachboden führte.

Carl kletterte nach oben und sah sich in dem vollgestopften Raum um, den eine nackte Glühbirne von höchstens fünfundzwanzig Watt spärlich erhellte. Jede Menge alter Poster an den Wänden, Matratzen auf dem Boden und haufenweise schwarze Plastiksäcke mit Klamotten.

Er leuchtete die mit Jutesäcken verkleideten Dachschrägen ab. Cooler Ort, dachte Carl. Hierhin hatten sich Curt Wads Kinder offenbar als Jugendliche zurückgezogen. »Oh Gott, Carl!«, hörte er Rose unten rufen.

Sie hielt den Deckel der Tiefkühltruhe in der Hand, während ihr restlicher Körper sich so weit wie möglich von der Truhe abzuwenden versuchte. Carls Herz begann zu hämmern.

»Pfui Teufel«, stieß sie mit verzerrtem Gesicht hervor.

Okay, dachte er. Das würde sie wohl nicht sagen, wenn Assad dort drinnen läge.

Carl trat näher und blickte in die Truhe. Sie war voller durchsichtiger Plastiktüten mit menschlichen Embryonen. Acht, zählte er. Winzige Wesen, die nie ins Leben gekommen waren. »Pfui Teufel« wäre ihm zwar nicht so schnell dazu eingefallen, denn Ekel war nun überhaupt nicht das Gefühl, das sie auslösten, aber da empfand wohl jeder anders.

»Rose, wir kennen die Umstände nicht.«

Angewidert schüttelte sie den Kopf und presste die Lippen zusammen. Der Anblick hatte offenkundig eine starke Wirkung auf sie.

»Das Blut, das wir draußen gesehen haben, kann von einer der Tüten stammen, Rose. Vielleicht hat der neue Arzt eine Tüte in der Einfahrt fallen lassen und beim Aufheben ist ihm etwas auf die Platten getropft. Das würde die Fingerabdrücke erklären. Das Blut stammt von den Tüten.«

Sie schüttelte den Kopf. »Nein, das Blut dort draußen ist ziemlich frisch, und die hier sind tiefgefroren.« Sie deutete auf den makabren Fund. »Und siehst du vielleicht irgendwo Blut in der Truhe oder eine Tüte mit einem Loch?«

Das war völlig richtig beobachtet. Sein Hirn arbeitete im Augenblick wohl ein bisschen verlangsamt.

»Nun hör mir mal zu. Das hier können wir nicht ohne Hilfe aufklären«, sagte er. »So wie ich es einschätze, gibt es nur zwei Möglichkeiten. Entweder wir sehen zu, dass wir hier wegkommen, solange noch Zeit ist. Oder wir rufen die Polizei in Glostrup an und teilen denen unseren Verdacht mit, und das scheint mir das Richtige zu sein. Außerdem müssten wir mal wieder Assads Anschluss im Präsidium anrufen. Vielleicht ist er ja inzwischen zurück.« Er nickte wie zur Bestätigung. »Ja, oder sein Handy ist wieder aufgeladen.«

Er griff nach seinem eigenen Handy, aber Rose schüttelte den Kopf. »Riechst du das nicht? Hier riecht es doch, als ob es irgendwo brennen würde.«

Carl schüttelte den Kopf. Dann hörte er auch schon Assads Stimme auf dem Anrufbeantworter seines Büroanschlusses.

»Sieh mal.« Rose deutete zum Dachboden hinauf.

Jetzt gab Carl Assads Handynummer ein und schaute zur Decke. War das da oben in dem schwachen Licht Rauch oder aufgewirbelter Staub?

Er blickte Rose nach, die die Leiter hinaufkletterte, während er sich die Ansage der Telefongesellschaft anhörte, der Teilnehmer sei nicht zu erreichen.

»Es qualmt!«, rief sie von oben. »Und der Rauch kommt von da unten!«

Im Nu war sie wieder heruntergeklettert. »Der Raum dort oben ist wesentlich tiefer als dieser hier, trotz der schrägen Wände. Und im Moment qualmt es irgendwo dort hinten.« Sie deutete auf die Schmalseite des Raumes.

Zwei große Platten, vermutlich aus Rigips, bildeten die Wand.

Wenn sich dahinter noch ein Raum verbirgt, kommt man auf jeden Fall nicht von hier aus hinein, dachte Carl und sah nun auch den Rauch, der zwischen den Platten hervorquoll.

Rose rannte zu der Wand und hämmerte dagegen. »Horch mal! Die eine Platte klingt massiv, aber die andere dröhnt. Als wenn sie aus Metall wäre. Hey Carl, das ist 'ne Schiebetür!«

Er nickte und sah sich um. Falls sich die Tür nicht per Fernbedienung öffnen ließ, musste es hier im Raum irgendeinen fest installierten Mechanismus geben.

»Wonach suchen wir?«, fragte Rose.

»Schalter, Dinge an der Wand, die nicht normal aussehen, Leitungen, Kabel oder Spuren davon.« Carl spürte auf einmal Panik in sich aufsteigen.

»So was vielleicht?«, rief Rose und deutete auf das Wandstück oberhalb des Tiefkühlers.

Carl folgte ihrem Blick und sah, was sie meinte. An der Wand zeichnete sich eine Linie ab, die darauf hindeutete, dass dort einmal eine Renovierung oder Instandsetzung vorgenommen worden war.

Er folgte der Linie nach unten bis zu einem alten Messingbeschlag direkt über der Tiefkühltruhe, der früher bestimmt zu einem Schiff oder einer größeren Maschine gehört hatte.

Als er den Beschlag vom Nagel nahm, kam dahinter eine Metallklappe zum Vorschein, die er öffnete.

»Scheiße!« Der Rauch, der durch den Schlitz entwich, wurde dichter. Hinter der Klappe verbarg sich kein Schalter, sondern ein Display und ein Tastenblock mit Buchstaben und Zahlen. Wie zum Teufel sollten sie die Kombination herausfinden, die den Öffnungsmechanismus der Wandtür auslöste?

»Namen der Kinder, Geburtstag der Frau, Personennummer, Glückszahlen, aus so was basteln die Leute doch ihre PIN-Nummern und Passwörter zusammen. Wie, bitte schön, sollen wir da weiterkommen?« Carl sah sich nach etwas um, das sich eignete, um gewaltsam gegen die Wand vorzugehen.

Rose hingegen setzte ihre grauen Zellen in Gang.

»Wir fangen mit dem an, woran wir uns erinnern, Carl«, sagte sie und näherte sich der Tastatur.

»Ich erinnere mich an einen Scheißdreck, Rose. Der Mann heißt Curt Wad und er ist achtundachtzig, das war's.«

»Dann ist's ja gut, dass ich mitgekommen bin«, entgegnete sie. Sie fing an, Begriffe einzugeben. Klare Grenzen. Erfolglos. Geheimer Kampf, auch nichts.

Blitzschnell ging sie im Geiste die Namen aus Akten, Protokollen und Zeitungsausschnitten durch, die sie in den vergangenen Tagen im Zusammenhang mit Curt Wad durchgeackert hatte. Sogar seinen Geburtstag und den Namen seiner Frau hatte sie im Kopf.

Nachdenklich stand sie einen Moment ganz still da. Carls Aufmerksamkeit richtete sich derweil auf den Rauch aus dem Schlitz und die Lichtkegel der Autoscheinwerfer, die zwischendurch immer wieder über das Gebäude huschten.

Da hob Rose plötzlich den Kopf und der Blick ihrer ernsten, schwarz geschminkten Augen sagte ihm, dass ihr eine Eingebung gekommen war.

Angespannt verfolgte er jede einzelne Bewegung ihrer Finger auf dem Tastenblock.

H-E-R-M-A-N-S-E-N, tippte sie ein.

Ein Klicken war zu hören und die Wandpaneele glitten übereinander. Aus dem Hohlraum, der sich dahinter auftat, quoll Rauch und Sekunden später loderten auch Flammen auf, genährt durch den eindringenden Sauerstoff.

»Verdammte Scheiße!«, schrie Carl, riss Rose die Taschenlampe aus der Hand und stürzte sich kopfüber in den abgetrennten Raum.

Den Tiefkühler und die Regale mit den Papierstapeln nahm er nur am Rande wahr, denn sein Blick und alle seine Sinne wurden vollkommen von der leblosen Gestalt absorbiert, die ausgestreckt auf dem Boden lag.

An Assads Hosenbeinen züngelten schon die Flammen, als Carl ihn herauszog. Er brüllte Rose an, sie solle ihren Mantel über Assad werfen und damit die Flammen ersticken.

»Oh Gott, nein, oh Gott, er atmet ja fast nicht mehr!«, schrie sie. Carl, der seinen Kopf noch einmal prüfend in den kleinen Raum steckte, bemerkte verblüfft, dass es darin kaum eine Fläche gab, auf der nicht mit Blut ASSAD WAS HERE geschrieben stand, und dass sich auf dem kleinen Tiefkühler ein Feuerzeug befand, das aufs Haar dem glich, das noch vor wenigen Stunden auf seinem Schreibtisch gelegen hatte. Und das Feuer hatte sich bereits weit ausgebreitet. Vor allem von den Papieren war nichts mehr zu retten.

Sie hakten Assad unter und schleiften ihn zwischen sich aus dem Gebäude heraus.

Die Rettungssanitäter kamen noch vor dem Arzt. Vorsichtig hoben sie Assad auf die Trage und stülpten ihm eine Sauerstoffmaske über, die Leben in ihn pumpen sollte.

Rose war stumm. Sie war kurz davor, zusammenzubrechen, das war nicht zu übersehen.

»Sagen Sie, dass er es schafft«, flehte Carl die Sanitäter an, während ihn eine Flut von Gefühlen zu überwältigen drohte, von deren Existenz er keine Ahnung gehabt hatte.

Er zog die Augenbrauen hoch, um die Tränen zurückzuhalten, aber sie kullerten doch. Verdammt, Assad, alter Freund, nun mach schon.

»Er lebt«, sagte ein Rettungssanitäter, »aber so eine Rauchvergiftung kann fatal sein, vor allem, wenn die Asche die Lungenbläschen verstopft. Und der Hinterkopf sieht auch übel aus. War wohl ein heftiger Schlag. Das kann durchaus auf einen Schädelbruch hindeuten, und damit einhergehend zunehmende innere Blutungen. Kennen Sie den Mann?«

Carl nickte nur. Für ihn war das hier hart, er musste schon sehr schwer schlucken, aber Rose schien kurz vorm Durchdrehen zu sein.

»Dann können wir nur hoffen«, meinte der Sanitäter.

Während sich die Feuerwehrleute Kommandos zuriefen und Schläuche ausrollten, legte Carl den Arm um Rose. Er spürte, dass sie am ganzen Körper zitterte.

»Assad wird's schon schaffen, Rose«, sagte er, hörte aber selbst, wie hohl das klang.

Als eine Minute später der Notarzt kam, riss er sofort Assads Hemd auf, um Herz und Lunge abzuhören. Offenbar war etwas im Weg, jedenfalls zerrte er Sekunden später lauter Papiere unter Assads Hemd hervor und warf sie auf den Boden.

Carl hob sie auf.

Das eine war ein Konvolut aus zusammengehefteten Bögen, beschriftet mit: *Der Geheime Kampf. Mitgliederliste.*

Auf dem anderen stand: *Krankenakte 64.*

40

September 1987

INZWISCHEN WAR ES 17.20 UHR und Nete hatte viele Reihen gestrickt.

Das Fenster stand weit offen. Unten gingen Menschen vorbei, alte und junge, dann und wann blieb jemand vor dem Haus stehen. Aber von Curt Wad war weit und breit nichts zu sehen.

Nete versuchte, sich an ihr letztes Gespräch zu erinnern. An den Augenblick, als sie einfach aufgelegt hatte. Hatte sie damals nicht das Gefühl gehabt, er habe angebissen? Aber da hatte sie sich wohl leider getäuscht.

Und was, wenn er im Schutz der Bäume den Hauseingang beobachtete? War es denkbar, dass er gesehen hatte, wie Philip Nørvig ins Haus gegangen war und nicht wieder herauskam?

Sie rieb sich den Nacken. Ohne Curt Wad keine Genugtuung und keine Ruhe. Die Spannung begann nach und nach, ihren Hinterkopf zu umfassen. Wenn sie nicht sofort ihr Medikament einnahm, würde sich die Migräne festsetzen, und dazu hatte sie jetzt weder Zeit noch Kraft. Im Moment, und mehr denn je, musste sie klar im Kopf und ganz bei der Sache sein.

Es pochte schon in den Schläfen, als sie im Bad das Pillenglas aus dem Medizinschrank nahm. In diesem Glas war nur noch eine Tablette übrig, aber zum Glück hatte sie ein zweites Glas im Schrank mit der Tischwäsche. Sie ging in den Flur und starrte zögernd auf die verschlossene Esszimmertür. Es half nichts, sie musste sich noch einmal in diese Szenerie mit Silberbesteck, Wasserkaraffe, Kristallgläsern und all den erkalteten Körpern begeben, die bereits ihre letzte Mahlzeit eingenommen hatten.

So schnell, wie sie die Tür zum abgedichteten Raum öffnete, schloss sie sie auch wieder hinter sich. Der Gestank war beträchtlich, und das lag an Philip Nørvig.

Sie bedachte seine Leiche mit einem vorwurfsvollen Blick. Da hatte sie noch was auszuhalten, wenn die Körper alle fertig gemacht werden mussten.

Nete holte sich das Pillenglas, dann setzte sie sich ans Tischende und warf einen Blick in die Runde.

Bis auf Cousin Tage, der noch immer wie ein gestrandeter Wal auf dem Fußboden lag, saßen sie alle hübsch ordentlich am Tisch. Rita, Viggo und Nørvig.

Sie schenkte sich ein Glas Wasser ein, nahm drei Tabletten in den Mund, wohl wissend, dass es vielleicht eine zu viel war, und erhob das Kristallglas.

»Zum Wohl, meine Herrschaften«, sagte sie zu den hängenden Köpfen mit den matten Augen und spülte die Tabletten mit dem Wasser hinunter.

Nete lachte und dachte an all das Formalin, das sie ihren stummen Gästen in den Rachen zu füllen gedachte. Das würde den Verwesungsprozess hoffentlich abmildern.

»Ja, Sie werden Ihr Getränk schon noch kriegen, aber Sie müssen etwas warten. Sie bekommen nämlich noch Gesellschaft. Einige von Ihnen kennen die Dame bereits, es ist Gitte Charles. Ja, Sie haben richtig gehört. Der blonde Teufel, der einigen von uns das Leben auf der Höhleninsel endgültig zum Albtraum gemacht hat. Sie war einmal sehr hübsch, wollen wir hoffen, dass sie es immer noch ist. Ich möchte nicht, dass sie das Niveau hier senkt.«

Jetzt lachte Nete schallend, bis ihr die Verspannung im Nacken signalisierte, dass es reichte. Dann stand sie auf, verbeugte sich vor ihren Gästen und verließ eilends den Raum.

Gitte Charles sollte nicht auf sie warten müssen.

Nach dem Frühstück hatte Rita Nete beiseitegenommen. »Hör zu, Nete. Wenn Gitte genug von dir hat, wirst du einfach ausrangiert, dann bekommst du die Konsequenzen zu spüren. Du hast ja gesehen, was mit mir passiert ist.«

Sie hielt Nete den bloßen Unterarm hin und zeigte ihr die Einstiche der Spritzen. Fünf, zählte Nete. Vier mehr als sie selbst bekommen hatte.

»Mein Leben hier draußen ist die Hölle«, fuhr Rita fort, sich immerzu wachsam umschauend. »Diese Scheißweiber sagen mir andauernd, ich solle gefälligst meine Klappe halten, und wenn ich nicht achtgebe, schlagen sie mich. Ich muss die Klos putzen und die Menstruationsbinden auswaschen und bekomme die allerschlimmsten Arbeiten mit den allerschlimmsten Idiotinnen, den lieben langen Tag. Und trotzdem regen sich die Weiber die ganze Zeit über mich auf und weisen mich zurecht. ›Das darfst du nicht und jenes darfst du nicht, das haben wir über dich erfahren und jenes erzählt man sich.‹ Aber das stimmt alles nicht, Nete. Ich bin einfach Freiwild – und das ist Gittes Schuld. Schau nur.«

Rita wandte ihr den Rücken zu, löste die Schnallen ihres Overalls, zog die Hose herunter und zeigte ihr eine Reihe blauroter Striemen quer über die Oberschenkel. »Glaubst du, die kommen von allein?«

Dann wandte sie sich Nete mit erhobenem Zeigefinger zu. »Und ich weiß genau, dass sie den Oberarzt, wenn er das nächste Mal hier aufkreuzt, überreden werden, mich zu sterilisieren. Deshalb muss ich weg, Nete. Und du musst mit! Ich brauche dich.«

Nete nickte. Dass Gitte Charles ihr mit dem Bilsenkraut drohte, war eine Sache. Eine andere war, wie eiskalt Gitte zu den Mädchen war, wie sie sie grinsend herumkommandierte und sie trotz ihrer Fügsamkeit und ihres Eifers nach Gutdünken zur Sterilisierung vormerken ließ. Auch Nete fürchtete sich vor Gitte Charles' Launen.

»Wie kommen wir rüber?«, fragte Nete.

»Das überlass mir.«

»Und wofür brauchst du mich?«

»Du musst uns Geld beschaffen.«

»Geld? Wie soll das gehen?«

»Du musst Gitte das Geld stehlen, das sie an ihren früheren Arbeitsplätzen gespart hat. Sie hat damit immer geprahlt, als ich bei ihr noch einen Stein im Brett hatte. Ich weiß, wo sie es versteckt.«

»Wo?«

»In ihrem Zimmer, du Dummkopf.«

»Und warum gehst du nicht selbst?«

Rita lächelte und deutete auf ihre Ausstaffierung. »Haben Mädchen mit Overalls dort drinnen im Haus vielleicht etwas zu suchen?« Dann wurde sie wieder ernst. »Es muss am Tag passieren, wenn Gitte uns hier draußen herumscheucht. Du weißt, wo sie ihren Schlüssel versteckt, das hast du mir selbst erzählt.«

»Ich soll das tagsüber machen? Das kann ich nicht!«

Sofort ballte Rita die Faust, dann packte sie Nete und schüttelte sie. Ihr Gesicht war weiß vor Wut und ihre Kiefermuskeln zuckten.

»Und ob du das kannst! Und du machst es auch, wenn du dich selbst nicht völlig verachtest, hast du verstanden? Es muss sofort passieren. Damit wir heute Abend abhauen können.«

Gittes Zimmer lag im ersten Stock über der Nähstube. Nete saß fast den ganzen Vormittag mit Schweißperlen auf der Oberlippe da und wartete auf den Augenblick, in dem sie für ein oder zwei Minuten verschwinden konnte. Aber der Augenblick kam nicht, denn die Arbeit war nicht anstrengend, die Aufseherin saß still am Fenster und stickte. Überhaupt war es erstaunlich ruhig. Ein Tag ohne Streitereien und ohne Extraaufgaben.

Nete sah sich um. Irgendwo musste Unruhe ausbrechen. Die Frage war nur, wann und wie.

Da hatte sie eine Idee.

Direkt vor ihr saßen zwei Mädchen, die als Prostituierte in Kopenhagen in der Gosse gelebt hatten. Sie wurden von allen Bette und Betty genannt, weil sie pausenlos über Bette Davis und Betty Grable redeten, zwei Hollywoodstars, die sie bewunderten und nachzuahmen versuchten. Nete, die nie im Kino gewesen war, kannte die blöden Schauspielerinnen nicht und das Gerede hing ihr zum Hals raus.

Hinter Nete saß Pia, eine etwas ältere Prostituierte aus Århus, und webte. Sie war weniger redselig als die meisten anderen, vielleicht weil sie etwas schwerfällig im Kopf war. Dafür hatte sie offenbar alles ausprobiert, was sich mit einem Mann ausprobieren ließ. Sie, Bette und Betty wussten viele Geschichten aus dem Milieu zu erzählen, allerdings nur in den kurzen Augenblicken, wenn die Aufseherin nicht da war. Sie erzählten von der Krätze, von den Preisen der verschiedenen Beischlaf-Arten oder von stinkenden Männern, und sie malten aus, was ein fester Tritt in den Schritt mit einem Typen machen konnte, der nicht bezahlen wollte.

Nete drehte sich um. Die Dirne aus Århus blickte auf und lächelte sie an. Sie hatte drei Schwangerschaften hinter sich. Alle drei Kinder hatte man ihr gleich nach der Geburt weggenommen und zur Adoption freigegeben. Alles deutete darauf hin, dass sie zu denen gehörte, an denen bald im Krankenhaus von Korsør rumgeschnippelt würde. Nete wusste genau, worauf das hinauslief, das war ständig Thema unter den Frauen. Auf Ersuchen der Oberärzte in den Nervenheilanstalten erteilte das Sozialministerium die Genehmigung zur Sterilisierung, ohne dass die betroffenen Frauen davon erfuhren. So lag eine tickende Zeitbombe unter ihnen, alle wussten das, auch Pia. Sie verhielt sich ruhig, blieb für sich und träumte sich weg. Alle auf der Insel hatten ihre Träume, und die weitaus meisten handelten von Familie und Kindern.

So auch Pias. Und Netes.

Nete beugte sich noch etwas näher zu Pia und hielt sich beim Flüstern die Hand vor den Mund. »Ich sag's nicht gern, Pia, aber Bette und Betty haben getratscht. Die haben der Aufseherin erzählt, du hättest gesagt, dass du zighundert Kronen an einem Vormittag verdienen könntest, wenn du Männer lecken würdest. Und dass du es wieder tun willst, sobald du hier wegkommst. Ich will dich nur warnen, weil, na ja, Gitte Charles hat es bestimmt auch schon erfahren. Tut mir leid.«

Das Geräusch des Webstuhls hinter Nete verstummte und Pia legte die Hände in den Schoß. Sie musste einen Augenblick nachsinnen, um Netes Worte richtig zu verstehen, um den Ernst der Angelegenheit und die Konsequenzen zu erfassen.

»Die haben auch gesagt, du würdest die Charles demnächst mit der Zuschneideschere niederstechen«, flüsterte Nete. »Stimmt das?«

An der Stelle schien es in der Frau hinter ihr so etwas wie einen Kurzschluss zu geben, und es dauerte nur wenige Sekunden, da hatte sie bewiesen, wie hart ein Mädchen aus Århus zupacken konnte.

Während die Aufseherin um Hilfe rief und der Tumult der drei kämpfenden Mädchen auf die anderen übergriff, verließ Nete den Raum.

Von überall her, aus der Küche und aus dem Depot, kamen Aufseherinnen angerannt, und eine läutete die Glocke, die vor dem Büro der Vorsteherin hing. In Nullkommanichts war nichts mehr von der Ruhe übrig, alles war erfüllt von Geschrei und Gebrüll und von Worten, die nie hätten gesagt werden dürfen.

Wie der Blitz stand Nete oben vor Gittes Zimmer und fand den Schlüssel auf dem Türrahmen.

Sie war niemals zuvor in diesem Zimmer gewesen, aber nun erkannte sie, wie aufgeräumt es war. An den Wänden hingen schöne Zeichnungen, das Bett war gemacht. In einer Kommode bewahrte Gitte das Wenige auf, das ihr gehörte, außerdem standen darin ein Paar Wanderschuhe, die Nete noch nie an Gitte gesehen hatte.

In einem davon fand Nete fast fünfhundert Kronen und einen Ring mit der Inschrift *Alistair Charles – Oline Jensen, Thorshavn, 7. August 1929*.

Den Ring ließ sie liegen.

Am Abend waren sowohl die Strafzelle im Keller als auch die im ersten Stock mit den streitenden Parteien aus der Nähstube belegt.

An solchen Abenden wurde beim Essen kein Wort gesprochen. Keines der Mädchen wollte aus der Masse hervorstechen, denn die Aufseherinnen hatten die zahlreichen Blutergüsse noch lebhaft vor Augen, die die Handgreiflichkeiten in der Nähstube produziert hatten. Die Atmosphäre war, gelinde gesagt, elektrisch aufgeladen.

Rita starrte Nete kopfschüttelnd an. Um so etwas hatte sie nicht gebeten.

Dann hob sie alle zehn Finger in die Höhe und darauf noch mal die beiden Daumen, was bedeutete, dass es um zwölf Uhr, also um Mitternacht, losgehen sollte. Allerdings hatte Nete keinen blassen Schimmer, wie sie sich aus dem Hexenkessel davonschleichen sollten.

Aber da hatte Nete auch noch nicht ahnen können, dass Rita am Bett ihrer Zimmernachbarin Feuer legen würde. Zwar wurde auf Streichhölzer in der Anstalt mächtig gut aufgepasst, nur war Rita nicht umsonst Rita – der reichte ein einzelnes Streichholz und ein aus der Küche entwendetes Stückchen Schwefelfaden. Das hatte sie den Tag über unter ihrer üppigen Brust eingeklemmt und angewendet, sobald ihre schwachsinnige Zimmernachbarin tief und fest schlief.

Als der Rauch das Zimmer füllte, schrie diese wie am Spieß, und im Nu waren alle auf den Beinen. Feuer hatte es früher schon gegeben. Mehrmals hatte der Stall gebrannt und vor etlichen Jahren war einmal die gesamte Einrichtung in Flammen aufgegangen. Sogar der Leuchtturmwärter und sein Gehilfe standen binnen kürzester Zeit mit fliegenden Hemdzipfeln und hängenden Hosenträgern bereit, dirigierten die Wassereimerträger und brachten die Pumpen in Stellung.

Rita und Nete trafen sich hinter dem Kräutergarten. Beim Blick zurück sahen sie, wie das Fenster in Ritas Zimmer mit einem Knall barst und der Rauch sich förmlich nach draußen in den klaren Sternenhimmel schraubte.

Es würde sicher nicht lange dauern, bis der Verdacht auf Rita fallen und man nach ihr suchen würde. Die Zeit war also knapp.

Wie Nete sich gedacht hatte, warteten die Seeleute im Schein der Petroleumlampe unten in der »Freiheit«. Womit sie nicht gerechnet hatte, war, dass Viggo einer von ihnen war. Zu Netes größter Bestürzung erkannte er sie nicht wieder.

Das Lächeln, mit dem er Nete betrachtete, kannte sie. Das hatte sie damals auf seinem Gesicht gesehen, als er und sein Freund dem Dritten zugesehen hatten, der Rita von hinten bedient hatte. So ein Lächeln sah man gern auf den Lippen seines Geliebten, nicht aber auf denen eines wildfremden Mannes, und ein Fremder war er auch jetzt.

Obwohl sie ihm erzählte, dass sie das Mädchen vom Jahrmarkt sei, konnte er sich noch nicht einmal an die Geschichte erinnern, sondern lachte nur und sagte, wenn sie es bereits getrieben hätten, könnten sie ja wunderbar damit weitermachen.

Nete war, als würde ihr das Herz brechen.

Mittlerweile hatte Viggos Kumpel das Geld gezählt und erklärt, das reiche nicht. Wenn sie mitwollten, müssten sie sich auf den Tisch legen und die Beine breit machen.

Diese Forderung gehörte ganz offensichtlich nicht zur Abmachung, denn Rita schrie und schlug nach dem Mann, und das war vermutlich das Letzte, was sie hätte tun dürfen.

»Dann bleibst du halt hier«, sagte er und knallte ihr eine. »Los, hau ab.«

Nete sah Viggo an und hoffte, er würde protestieren, aber er reagierte überhaupt nicht. Er hatte also nicht das Sagen, was ihn nicht weiter zu stören schien.

Da änderte Rita ihre Meinung und zog ihr Kleid hoch, aber in dem Punkt waren sich die Männer einig. Warum sich mit einer frechen Schlampe abgeben, die man schon mehrere Male gehabt hatte, wenn man eine neue haben konnte. Das sagten sie auch geradeheraus.

»Komm, Nete. Wir gehen zurück. Gebt uns das Geld wieder«, schrie Rita, worauf die Männer nur noch lauter lachten und das Geld unter sich aufteilten.

Nete war entsetzt. Gitte Charles würde natürlich sofort wissen, dass niemand außer Nete das Geld genommen haben konnte. Und außerdem: Wie sollten sie heute Nacht in die Anstalt zurückkehren? Das würde die Hölle auf Erden werden.

»Ich lege m... mich hin«, stotterte Nete und kletterte auf den Tisch, während die Männer Rita aus dem Haus schoben.

Kurz noch hörte sie Ritas Flüche und Verwünschungen draußen, dann wurde es still. Bald hörte sie einzig und allein noch das Keuchen des fremden Mannes.

Als Viggo an der Reihe war und sich bereit machte, dachte Nete, dass sie niemals mehr würde weinen können. In diesem Moment fühlte sie sich endgültig des Lebens beraubt. Selbst in ihren düstersten Stimmungen hatte sie sich nicht vorstellen können, dass es so viel Verrat und so viel Böses geben könnte.

Und während sich Viggo befriedigte, ließ sie den Blick durch den kleinen Raum wandern, um nicht nur von Sprogø, sondern auch von der, die sie einmal gewesen war, Abschied zu nehmen.

In dem Moment, als Viggos Leib zu zucken begann und der Freund in der Ecke laut auflachte, flog die Tür auf und Ritas anklagender Finger und Gitte Charles' stechender Blick richteten sich auf sie.

Die Männer hauten blitzschnell ab, aber Nete lag wie festgenagelt mit entblößtem Unterleib auf dem Tisch.

Von diesem Moment an kannte Netes Hass auf die beiden Frauen und auf Viggo, der sich Mann nannte, und doch nur ein Schwein war, keine Grenzen.

41

November 2010

SCHON IN DER KURVE AN DER KIRCHE von Brøndbyøster fiel Curt die Unruhe und Hektik auf. Trotz der Kälte standen überall Menschen in Grüppchen zusammen, selbst auf der Fahrbahn, selbst vor seinem Haus.

Curt wurde es eiskalt, als er das blaue Blinken der Feuerlöschfahrzeuge sah und die Rufe und das Brummen der Pumpen hörte. Ein Albtraum.

»Das ist mein Haus, was ist passiert?«, rief er alarmiert.

»Fragen Sie die Polizei, die waren bis eben hier«, entgegnete ihm ein Feuerwehrmann und arbeitete weiter daran, die Glut zu ersticken. »Wie hieß der noch mal, der von der Kripo, der hier war, als wir ankamen? Erinnerst du dich noch an den Namen?«, fragte er seinen Kollegen, der angefangen hatte, einen Schlauch aufzurollen.

»Hieß der nicht Mørck?« Er schüttelte den Kopf. Der Mann war sich offenbar nicht sicher, aber das war egal.

Curt Wad hatte genug gehört.

»Sie können echt von Glück reden«, sagte der Feuerwehrmann mit dem Schlauch. »Wären wir zwei Minuten später gekommen, wäre das Nebengebäude abgebrannt und vermutlich auch das reetgedeckte Haus drüben auf der anderen Seite von Tværgaden. Leider befand sich dort drinnen ein Mensch, er wurde schwer verletzt. Sah aus wie ein Zigeuner. Vielleicht ein Obdachloser, der sich auf der Suche nach einem Schlafplatz reingeschlichen hat. Wir glauben, dass er den Brand verursacht hat, sind uns aber noch nicht sicher. Er hat auf alle Fälle Papier in dem Raum verbrannt, wahrscheinlich der Wärme wegen. Aber bisher sind das alles nur Vermutungen. Versuchen Sie es doch bei der Polizei, die wissen sicher mehr.«

Curt vermied es zu nicken. Nichts lag ihm ferner.

Er betrat das alte Wirtschaftsgebäude und richtete seine Taschenlampe auf die Wand hinter der Kühltruhe. Die Geheimtür war zur Seite geschoben und der Fußboden des dahinterliegenden Hohlraumes von einer Mischung aus Asche und Löschwasser bedeckt. Es war erschütternd.

Er wartete ab, bis die Feuerwehrleute abgefahren waren, dann watete er schockiert durch die Aschebrühe. Nichts, absolut nichts war übrig.

Stattdessen las er überall in Großbuchstaben: ASSAD WAS HERE.

Es hätte nicht viel gefehlt und er wäre ohnmächtig geworden.

»Alles ist weg«, sagte er zu Lønberg, mit dem er über die sichere Verbindung telefonierte. »Alles. Die Mitgliedsliste, die Stiftungsdokumente, die Adresskarteien und Krankenakten. Der Brand hat alles vernichtet.«

»Ich hoffe, dass du recht hast«, sagte Lønberg. »Auch wenn es entsetzlich ist, ich hoffe wirklich, dass das Feuer alles ausradiert hat. Du sagst, dieser Hafez el-Assad lebte noch, als du ihn zuletzt gesehen hast. Haben wir irgendwelche Erkenntnisse darüber, wie ihn die Polizei gefunden hat? Wäre es denkbar, dass sein Handy ihnen den Weg gewiesen hat?«

»Nein, das haben wir kassiert und ausgeschaltet. Mikael und die anderen untersuchen gerade die Speicherkarte. Die kann ja wertvolle Informationen enthalten. Aber das Handy war ausgeschaltet, seitdem wir es ihm weggenommen haben. Insofern, nein, ich kann dir nicht sagen, wie Carl Mørck ihn gefunden hat.«

»Gib mir zehn Minuten, um die Lage im Krankenhaus zu checken, dann rufe ich zurück.«

Curt Wad zitterte vor Wut und Trauer. Hätte, hätte, hätte. Hätte er verdammt noch mal nicht schneller wieder zurück sein können? Warum hatten sie noch eine zweite Tasse Kaffee getrunken? Warum hatte die Frau des Bestatters dermaßen lange gebraucht, um ihr Mitgefühl auszudrücken? Aber was nützten diese verfluchten Überlegungen jetzt noch? Es war, wie es war.

Nun galt es einfach, dem Plan zu folgen, und der war simpel. Sobald sie den Araber entfernt hatten, würden sie sich direkt seinem Kollegen zuwenden. Sobald auch der weg war, und das konnte schon morgen der Fall sein, würde ihr Mann vom City Revier Nørvigs Akten aus dem Keller des Präsidiums holen und vernichten.

Die unmittelbare Bedrohung der Partei würde also bald abgewendet sein. Und darum ging es.

Blieb die Tatsache, dass zu diesem Sonderdezernat noch eine Mitarbeiterin gehörte. »Aber die Frau hat 'nen Sprung in der Schüssel«, hatte ihr Mittelsmann vom City Revier gesagt. Der würden sie also keine weitere Beachtung zu schenken brauchen. Und falls er sich doch täuschte, hätten sie die Frau binnen kürzester Zeit kompromittiert und aus dem System entfernt. Das hatte er versprochen.

Soweit Curt bekannt war, stellte auch Søren Brandt kein Problem mehr dar. Wenn es schließlich so weit war, würde Mikael nach Madagaskar fliegen und die Sache mit Mie Nørvig und Herbert Sønderskov erledigen.

Danach blieb nur noch eine einzige potenzielle Bedrohung, und das war Nete Hermansen.

Ihr Tod musste vor allem natürlich wirken. Dann die Sterbeurkunde und schnellstmöglich die Beerdigung, anschließend konnte man das Kapitel abhaken.

Endgültig abhaken, hoffte er.

Nun war Curts Archiv verbrannt, so wie bereits alle kompromittierenden Unterlagen der Kollegen aus dem Geheimen Kampf. Und mit dem baldigen Tod von Carl Mørck und Hafez el-Assad stellten auch die Ermittlungen der Polizei keine Bedrohung mehr dar – sofern es sich tatsächlich so verhielt, dass dieses Sonderdezernat Q im Alleingang tätig war. Doch, ja, die Partei würde sich in Ruhe etablieren können und die Arbeit eines langen Lebens letztlich Früchte tragen.

Curt nickte in Gedanken. Nachdem er das Ganze durchdacht hatte, war ihm klar, dass kein Schaden entstanden war, im Gegenteil.

Nun galt es, Lønbergs Bericht aus dem Krankenhaus, in dem der Araber lag, abzuwarten.

Curt ging in den ersten Stock und legte sich eine Weile zu seiner geliebten Frau. Ihre Haut sah nun aus wie Schnee, fühlte sich aber schon kälter an.

»Meine liebe Beate, lass mich dich ein wenig wärmen«, sagte er und drückte den Leichnam an sich. Der gab nicht mehr nach. Die Totenstarre hatte eingesetzt, und das, während er mit Menschen zusammengesessen und Kaffee getrunken hatte, die ihm vollständig gleichgültig waren. Wie konnte er!

Da klingelte sein Handy.

»Hallo Lønberg. Hast du jetzt herausgefunden, wo sie den Mann hingebracht haben?«

»Ja, er liegt in Hvidovre und es geht ihm nicht gut. Es geht ihm in der Tat sogar ausgesprochen schlecht.«

Curt atmete erleichtert auf.

»Wer ist bei ihm?«

»Carl Mørck.«

»Aha. Weißt du, ob er irgendetwas aus dem Raum mitnehmen konnte?«

»Wohl kaum. Und wenn doch, dann kann es kaum der Rede wert sein. Unsere Kontaktperson im Krankenhaus sitzt Carl Mørck im Augenblick gegenüber, ich werde sie anrufen und fragen, ob sie etwas weiß, einen Moment bitte.«

Er hörte Lønbergs Stimme im Hintergrund, dann kratzte es wieder im Telefon.

»Das sei schwer zu sagen, denn sie kommt nicht dicht genug an ihn heran. Sie sagt, Mørck habe eine Art Liste in der Hand, aber das kann genauso gut Informationsmaterial des Krankenhauses sein, wie man sich als Angehöriger verhalten soll. So sähe es eigentlich aus, sagt sie.«

»Eine Liste?«

»Ja … Jetzt mach dir keine Sorgen, Curt, das ist bestimmt nichts. Der Sturm hat sich gelegt, alter Freund. Aus historischer Sicht ist es natürlich sehr ärgerlich, dass unsere Mitgliederkartei und die gesamte Dokumentation zur Entstehungsgeschichte des Geheimen Kampfs vernichtet sind. Aber dass nach unseren Archiven nun auch dein Archiv in Rauch aufgegangen ist, hat ja vielleicht auch etwas für sich. Geht es dir denn ansonsten gut, Curt?«

»Nein.« Er holte tief Luft. »Beate ist tot.«

Eine lange Pause entstand. Curt wusste, wie Lønberg und andere Veteranen der Organisation für Beate empfunden hatten. Nicht nur für die tüchtige Organisatorin, sondern auch für die Frau. Sie war etwas ganz Besonderes gewesen.

»Ehre ihrem Andenken«, sagte Lønberg nur. Offenbar wusste er sonst nichts zu sagen.

Mit dem Beerdigungsunternehmer war vereinbart, dass er und sein Helfer früh am nächsten Morgen kommen und Beate abholen sollten. Länger müsse sie nicht aufgebahrt sein, hatten sie gesagt. Was für ein unglückseliges Timing.

Traurig betrachtete Curt seine tote Frau. An sich hatte er vorgehabt, ihr heute Nacht zu folgen. Wenn die Bestatter gekommen wären, hätten sie festgestellt, dass sie zweimal würden fahren müssen.

Aber das ging nun nicht mehr.

Er musste zuerst mit Sicherheit wissen, dass Carl Mørck und Hafez el-Assad von der Bildfläche verschwunden waren und dass die Unterlagen, in denen dieser unselige Mørck dort im Krankenzimmer gerade las, nicht die waren, die ihm unter keinen Umständen in die Hände fallen durften.

Er gab Mikaels Nummer ein.

»Leider hat Hafez el-Assad den Schlag auf den Kopf überlebt und im Archiv Feuer legen können, aber wahrscheinlich überlebt er die Folgen nicht. Über eine gute und loyale Kontaktperson versuchen wir in den nächsten Stunden, auf dem Laufenden zu bleiben: eine Krankenschwester, die uns schon oft geholfen hat und auch jetzt dazu bereit ist. Insofern glaube ich, dass wir uns um ihn keine weiteren Gedanken machen müssen. Nein, das Problem ist Carl Mørck.«

»Okay«, lautete die kurze und bündige Antwort.

»Dieses Mal, Mikael, lasst ihr ihn keine Sekunde aus den Augen. Derzeit hält er sich im Krankenhaus von Hvidovre auf. Von dort folgt ihr ihm dichtauf, hörst du? Ihr lasst ihn unter allen Umständen von der Erdoberfläche verschwinden, ist das klar? Fahrt ihn zu Klump, macht, was ihr wollt. Hauptsache, ihr macht es, und zwar bald.«

42

November 2010

Als die Sanitäter Assad vor der Notaufnahme aus dem Krankenwagen zogen, stand Rose im Schein des zuckenden Blaulichts daneben und starrte auf sein leichenblasses Gesicht. Carl fürchtete, dass eine lange Nacht des Bangens und Wartens auf ärztliche Prognosen Roses Kräfte übersteigen würde. Ihre Nerven lagen blank.

»Kannst du selbst nach Hause fahren?«, fragte er. Er hielt ihr den Autoschlüssel hin. Im selben Moment fiel ihm ihr entsetzlicher Fahrstil ein, aber da war es zu spät.

»Danke!« Sie drückte sich einen langen, grenzüberschreitenden Augenblick an ihn, winkte dann in Richtung von Assads Trage und ging langsam zu dem geparkten Wagen.

Gott sei Dank ist um diese Zeit kaum Verkehr, dachte Carl. Wenn Rose jetzt auch noch etwas zustieß, wäre er die längste Zeit Polizist gewesen. Na, das war er vielleicht sowieso.

Während sich die Ärzte im OP Assads annahmen, saß Carl im Wartezimmer. Schließlich gesellte sich ein Arzt mit ernster Miene zu ihm und teilte ihm mit, der Lunge gehe es Gott sei Dank einigermaßen, dafür sei es infolge des Schädelbruchs zu inneren Blutungen gekommen und die Schäden seien überhaupt nicht abzusehen. Versprechen könnten sie nichts. Die Situation sei sehr ernst, und deshalb sei es dringend erforderlich, Assad ins Rigshospital zu überführen. In der Notaufnahme sei man schon vorbereitet. Dort werde er noch einmal untersucht und wahrscheinlich operiert und anschließend auf die Intensivstation verlegt werden.

Carl nickte. Erbittert starrte er ins Leere. Rose durfte er davon gar nicht berichten, die würde es endgültig umhauen.

Er presste die Unterlagen, die Assad unter seinem Hemd getragen hatte, fest an sich. Für das hier würde Curt Wad bezahlen. Und wenn sie ihm nicht auf legale Weise beikommen konnten, gab es andere Wege. Es war ihm so was von scheißegal.

»Ich habe gerade erst von dem Unglück gehört«, rief im selben Augenblick eine bekannte Stimme über den Flur. Marcus Jacobsen kam ihm entgegengerannt.

Das war dermaßen traurig und gleichzeitig so rührend, dass Carl sich die Augen wischen musste.

»Marcus, wir können genauso gut sofort zum Präsidium fahren«, schlug Carl vor. »Ich kann jetzt unmöglich nach Hause, es gibt so viel, was erledigt werden muss.«

Marcus Jacobsen blickte in den Rückspiegel und rückte ihn leicht zurecht.

»Hm, merkwürdig, wie lange dieser Wagen schon hinter uns herfährt«, sagte er. Dann sah er Carl an. »Ja, ich versteh dich. Aber auch Helden müssen mal schlafen. Und essen und trinken.«

»Okay, du kannst gerne einen Gammel Dansk ausgeben, wenn wir dort sind. Das mit dem Schlafen und Essen ist ja schön und gut, aber es muss warten.«

In knappen Worten fasste er für den Chef die Geschehnisse des Tages zusammen, da kam er jetzt nicht mehr drum herum.

»Ich hatte euch doch strikt untersagt, euch Curt Wad zu nähern, Carl! Jetzt schau, was passiert ist!«

Carl nickte. Der Kommentar war nicht unangebracht, soviel musste er zugeben.

»Aber gut, dass du nicht auf mich gehört hast«, fuhr Jacobsen fort.

Carl sah ihn an. »Danke, Marcus.«

Der Chef schien ein bisschen auf seinen nächsten Worten herumzukauen. »Es gibt ein paar Leute, mit denen ich mich erst unterhalten muss, ehe du mit der Sache weitermachen kannst, Carl.«

»Tja, ich fürchte nur, dass ich nicht so lange warten kann.«

»Dann muss ich dich leider suspendieren, Carl.«

»Wenn du das tust, kommen all diese Schweine mit dem, was sie getan haben, davon.«

»Womit, Carl? Mit dem Überfall auf dich? Mit dem, was sie Assad angetan haben? Oder meinst du diese alten Verbrechen? Oder das, worauf sie ihre neue Partei gründen?«

»Ich meine alles!«

»Ich werde dir jetzt etwas sagen, Carl. Wenn du nicht wartest, bis ich den Fall mit einigen Leuten erörtert habe, dann werden Curt Wad und Konsorten mit einer ganzen Reihe von Verbrechen davonkommen! Damit würdest du das Gegenteil von dem erreichen, was du willst! Können wir uns nicht darauf einigen, dass du hier im Büro bleibst, bis ich Bescheid gebe?«

Carl zuckte die Achseln. Damit hatte er nicht zu viel gesagt.

Sie stellten den Wagen im Parkhaus des Präsidiums in der Hambrosgade ab. Versonnen standen die beiden Männer einen Moment vor dem Betonbau, sahen über die Straße zum Präsidium und überdachten die zurückliegenden Geschehnisse.

»Carl, hast du mal eine Zigarette?«

Carl dachte kurz an die Nikotinkaugummis seines Chefs und musste grinsen. »Ja, hab ich, nur hab ich kein Feuer.«

»Aber ich, Augenblick«, sagte Marcus. »Im Handschuhfach habe ich ein Feuerzeug.«

Er drehte um, war aber noch keine zwei Schritte weit gekommen, als ein dunkler Wagen, der mit ausgeschalteten Scheinwerfern und laufendem Motor schräg gegenüber beim Präsidium geparkt hatte, urplötzlich beschleunigte und direkt auf sie zuraste.

Nachdem der Wagen den Kantstein gerammt hatte, stellte er sich fast senkrecht und drohte zu kippen. Carl warf sich zur Seite und rollte auf den Bürgersteig. In seinen Ohren dröhnte das Krachen von Metall. Mit kreischenden Bremsen stoppte der Wagen, mit knirschendem Getriebe wurde der Rückwärtsgang eingelegt. Es stank nach verbranntem Gummi von den durchdrehenden Reifen.

Sie hörten den Schuss zwar, wussten aber nicht, aus welcher Richtung er abgegeben worden war. Sie registrierten lediglich, dass sich der Kurs des Wagens geändert hatte, er schien außer Kontrolle zu sein, fuhr aber weiter schräg über die Fahrbahn und krachte mit aller Wucht in das parkende Fahrzeug eines Zivilbeamten.

Erst jetzt sahen sie den Motorradpolizisten, der in voller Montur und mit gezogener Pistole vom Präsidium herübergerannt kam, und Carl hörte zum ersten Mal, wie viele Flüche und Verwünschungen der Chef der Mordkommission binnen weniger Sekunden ausstoßen konnte.

Während der Pressesprecher und Marcus Jacobsen die Journalisten in Schach hielten, checkte Carl die Daten des Attentäters. Natürlich trug der keine Papiere bei sich, aber Carl brauchte nur kurz ein Foto des Mannes herumzuzeigen, dessen Hals ein kugelrundes Einschussloch zierte, und schon hatte er den Namen.

»Das ist Ole Christian Schmidt«, antwortete ein Kollege vom Dezernat C im zweiten Stock, und mit dem Namen wusste auch Carl etwas anzufangen. Ein früherer Aktivist der Rechten, vor Kurzem aus dem Knast entlassen. Zweieinhalb Jahre hatte er gebrummt wegen schwerer Körperverletzung, einmal gegen eine Frau, Vorstandsmitglied der Sozialistischen Partei, das andere Mal gegen einen zufällig daherkommenden Migrantenjungen. Keine lange kriminelle Laufbahn, aber absolut ausreichend, um sich über die weitere Karriere des Mannes ernsthafte Gedanken zu machen.

Carl sah nach oben zum Flachbildschirm. Seit er sich hingesetzt hatte, liefen dort unablässig die Nachrichten von TV 2.

Die beiden, Marcus Jacobsen und der Pressesprecher, handelten den Vorfall mit dem abgegebenen Schuss gut. Kein Wort zu einer laufenden Ermittlung, kein Wort zu möglichen Hintergründen. Es klang, als wäre es ein Vorfall aus heiterem Himmel gewesen: ein offenbar verwirrter Mann, der durch einen zufällig vorbeikommenden und geistesgegenwärtig handelnden Motorradpolizisten gestoppt werden konnte, wodurch das Leben zweier Kollegen gerettet worden war.

Carl nickte. Die Episode zeigte, dass Curt Wad verzweifelt und in die Enge getrieben war. Andererseits bestand aber auch kein Zweifel, dass mit diesem Zwischenfall das Ende noch nicht erreicht war. Wenn Marcus wieder am Platz war, mussten sie beraten, wie sie schnellstmöglich Festnahmen durchführen könnten.

Auf dem Monitor wechselte das Bild: Der Sprecher kommentierte kurz Marcus Jacobsens Meriten, beklagte aber, dass die Namen des Getöteten und des Beamten, der geschossen hatte, noch immer nicht veröffentlicht seien.

Erneut wechselte das Bild, nicht aber der Gesichtsausdruck des Sprechers:

Gegen neun Uhr heute früh bekam ein Segler einen gewaltigen Schreck. Der Mann, der in Havnsø ausgelaufen war, entdeckte auf halbem Weg nach Sejerby auf Sejerø eine an der Wasseroberfläche treibende Leiche. Nach unseren Informationen handelt es sich bei dem Ertrunkenen um den einunddreißigjährigen Journalisten Søren Brandt. Die Angehörigen sind bereits unterrichtet.

Erschüttert stellte Carl die Kaffeetasse ab und starrte auf den Bildschirm, wo gerade das Foto eines lächelnden Søren Brandt eingeblendet wurde.

Nahm der Albtraum denn gar kein Ende?

»Madvig ist ein alter Bekannter von dir, Carl, nicht wahr?«, fragte Marcus Jacobsen und bat seine Gäste, Platz zu nehmen.

Carl nickte und gab dem Mann die Hand. Karl Madvig, einer der harten Knochen beim Nachrichtendienst der Polizei, doch, ja, Carl kannte ihn besser als die meisten.

»Lange her, Mørck«, stellte Madvig fest.

Konnte man so sagen. Seit ihrer gemeinsamen Zeit auf der Polizeischule hatten sich ihre Wege nicht mehr gekreuzt. Madvig war schließlich sehr beschäftigt gewesen, am isolierten Himmel des Nachrichtendienstes Komet zu spielen. Seinerzeit war er ein feiner Kerl gewesen, aber Gerüchte besagten, dass er im Laufe der Jahre einen Teil seines angeborenen Charmes eingebüßt hatte. Das mochte an dem dunklen Anzug liegen, den er immer trug, oder am Selbstbewusstsein, das allzu gute Wachstumsbedingungen bekommen hatte. Letztlich war es Carl völlig schnuppe, woran es lag.

»Hallo Qualle«, begrüßte er den Nachrichtendienstler und freute sich, dass der ein bisschen zusammenzuckte, als sein alter Spitzname aus dem Nebel des Vergessens hochschoss. »Nun sind wir also so weit, dass der Nachrichtendienst ins Bild kommt. Nicht, dass es mich besonders erstaunen würde«, fuhr er mit vielsagendem Blick in Jacobsens Richtung fort.

Der suchte nach seinem Nikotinkaugummi. »Carl, vorab Folgendes: Madvig ist beim Nachrichtendienst verantwortlich dafür, wie mit Klare Grenzen und den Leuten aus dem innersten Zirkel, darunter Curt Wad, umgegangen wird. Da die nachrichtendienstlichen Ermittlungen in dieser Sache nun schon im vierten Jahr laufen, kannst du wohl verstehen …«

»Ich verstehe alles«, unterbrach ihn Carl und wandte sich Madvig zu. »Ich bin dein Mann, Qualle, schieß los!«

Madvig nickte und kondolierte ihm wegen der Vorkommnisse mit seinem Assistenten. Vielleicht sei das Wort »kondolieren« fehl am Platze, fügte er in der nächsten Sekunde hinzu, das hoffe er jedenfalls von ganzem Herzen.

Dann legte Madvig den Fall dar, sehr offen und direkt und in vielerlei Hinsicht auch mit starker innerer Beteiligung. Ein Fall, der ihm naheging, das sah man. Auch er war offenbar bis in die Tiefe, bis zum Bodensatz, vorgedrungen und hatte aufgerührt, wozu Menschen hinter scheinbar wohlanständiger Fassade fähig waren.

»Wir haben einflussreiche Mitglieder der Partei abgehört sowie mehrere Mitglieder, die wir vom Geheimen Kampf kennen, und zwar so systematisch wie möglich. Deshalb ist uns ein Teil der Problematik bekannt, über die du Marcus bereits informiert hast. Natürlich haben wir auch Zeugenaussagen und Dokumente, die unsere Arbeit stützen und auf die wir jederzeit zurückgreifen können. Aber die Akten, die ihr bei Nørvig …«, er zeichnete Anführungszeichen in die Luft, »›gefunden‹ habt und die durchzupflügen uns einen ganzen Tag gekostet hat, die haben uns leider keine neuen Erkenntnisse gebracht. All diese alten Geschichten von Patientinnen, die Mitglieder des Geheimen Kampfs verklagen, findet man natürlich auch in den Archiven des jeweiligen

Polizeibezirks. Unbekannt war uns hingegen, dass Curt Wads Sturmtrupps direkt für kriminelle Zwecke eingesetzt werden, und das ist in gewisser Weise sogar gut. Denn damit ist der Öffentlichkeit sicher leichter zu vermitteln, dass diese Menschen und das, wofür sie stehen, ausgebremst gehören.«

»Ja, Carl«, schaltete sich da der Chef ein. »Du kannst mit Fug und Recht indigniert sein, dass ich nicht schon früher mit dir über die Ermittlungen des Geheimdienstes gesprochen habe. Aber es war nötig, die Karten dicht am Körper zu halten. Stell dir den Skandal vor, der losgetreten würde, wenn die Presse und die Öffentlichkeit Kenntnis davon erhielten, dass massiv gegen eine neue sogenannte demokratische Partei ermittelt wird, dass diese abgehört und sogar infiltriert wird. Siehst du die Schlagzeilen vor dir? Polizeistaat, Berufsverbot, Faschismus. Schlagzeilen, die weder zu unseren Methoden passen noch zu dem, worauf die Ermittlungen eigentlich abzielen.«

Carl nickte. »Danke fürs Vertrauen. Wir hätten die Klappe halten können, das glaube ich schon, aber egal. Ist euch bekannt, dass sie auch Søren Brandt umgebracht haben?«

Marcus Jacobsen und Karl Madvig sahen einander an.

»Okay, das habt ihr also noch nicht gewusst. Søren Brandt war eine meiner Quellen. Er wurde heute Morgen ertrunken in der Sejerøbucht aufgefunden. Ich gehe davon aus, dass ihr aber durchaus eine Ahnung habt, wer Brandt war?«

Die Mienen, mit denen Madvig und der Chef ihn ansahen, waren identisch: vollkommen ausdruckslos. Sie wussten es also.

»Ihr könnt mir glauben, das war Mord. Brandt hatte Angst um sein Leben, und er wollte nicht einmal mir verraten, wo er sich vergraben hatte. Aber das hat ihm offenkundig nicht geholfen.«

Madvig sah aus dem Fenster. »Okay. Ein Journalist? Sie haben einen Journalisten umgebracht!« Er erwog die Konsequenzen. »Damit haben wir die Presse auf unserer Seite. Denn mit den Erinnerungen an die Übergriffe auf Journalisten in der Ukraine und in Russland kann hierzulande niemand leben. Also, dann darf das wohl bald freigegeben werden.« Mit der Andeutung eines Lächelns wandte er sich ihnen direkt zu. Wäre das Ganze nicht so tragisch, hätte sich der Mann wohl vor Freude auf die Schenkel gehauen.

Carl sah die beiden einen Moment schweigend an, ehe er seinen Trumpf ausspielte.

»Ich habe da etwas, was ich euch gern überlassen kann. Aber im Gegenzug will ich freie Hand haben, um den Fall abzuschließen, mit dem ich mich aktuell beschäftige. Nach meiner Einschätzung wird dessen Aufklärung zu den Anklagepunkten gegen Curt Wad noch einige hinzufügen, denn ich habe den

Mann im Verdacht, hinter einer Reihe von Vermisstenfällen zu stecken. Ist das ein Deal?«

»Das hängt nun absolut davon ab, was du uns anzubieten hast. Und freilich können wir auf keinen Fall zustimmen, wenn deine Jagd auf Wad dein Leben und das anderer aufs Spiel setzt.« Der Blick, mit dem Marcus Jacobsen Carl ansah, sagte eindeutig: Was ist denn das für eine Schnapsidee? Natürlich nicht!

Carl legte die Papiere auf den Tisch. »Hier«, sagte er. »Das ist die Mitgliederliste des Geheimen Kampfs.«

Madvigs Augenbrauen schnellten in die Höhe und er machte Stielaugen. Nicht einmal in seinen wildesten Träumen hätte er zu hoffen gewagt, dass so etwas existierte.

»Ja, das sind schon irre Geschichten, kann ich euch sagen. Viele bekannte Ärzte, mehrere Polizisten, unter anderem einer aus dem City Revier, Krankenschwestern, Sozialarbeiter. Alles, was Küche und Keller zu bieten haben. Aber es wird noch besser, denn wir haben zu all diesen Personen detaillierte Angaben. Und nicht zuletzt auch zu denen, die Curt Wad raus ins Feld schickt. Die haben eine ganze Spalte für sich.«

Er deutete auf die Liste. Mit germanischer Gründlichkeit hatte Curt Wad nicht nur die Namen der Mitglieder samt Ehepartnern, Privat- und E-Mail-Adressen, Arbeitsplätzen, Personen-, Telefon- und Faxnummern aufgeführt, sondern auch, welche Funktion sie in der Organisation innehatten: »Informationen«, »Überweisungen«, »Recherche«, »Eingriffe«, »Kremierung«, »Anwaltlicher Beistand«, »Behördenkontakt« waren nur einige der vielen Bezeichnungen auf der Liste. Und »Feldarbeit« gehörte eben auch dazu. Man musste nicht lange Polizist gewesen sein, um zu verstehen, was sich dahinter verbarg.

Mit Kartoffeln hatte es jedenfalls nichts zu tun.

»In der Spalte ›Feldarbeit‹ taucht zum Beispiel Ole Christian Schmidt auf.« Carl tippte auf den Namen. »Ja, Marcus, du schaust so fragend. Das war der, der uns vorhin unbedingt auf die Hörner nehmen wollte.«

Es juckte Madvig in den Fingern, zu gern hätte er Carl die Liste aus der Hand gerissen, das war mehr als offensichtlich. Carl konnte schon vor sich sehen, wie Madvig ins Büro seiner Einheit stürmte und den endgültigen Durchbruch verkündete. Aber Carl konnte Madvigs Entzücken nicht ohne Weiteres teilen, denn die Beschaffung dieser Informationen hatte einen zu hohen Preis gefordert.

Im Rigshospital kämpfte Assad um sein Leben.

»Anhand der Personennummern können wir sehen, dass diejenigen, die unter ›Feldarbeit‹ aufgelistet sind, einer völlig anderen Altersgruppe angehören als zum Beispiel diejenigen, die Schwangerschaftsabbrüche vornehmen«, fuhr Carl fort. »Keiner, der im Feld arbeitet, ist über dreißig. Mein Vorschlag lautet, dass wir hier im Präsidium den ganzen Trupp präventiv festnehmen und dass wir die Jungs im Hinblick auf ihr Tun und Lassen in den letzten paar Tagen hart angehen. Wenn wir das machen, dann haben die Attentatsversuche und Morde auf der Stelle ein Ende, da könnt ihr sicher sein. Und ihr Geheimdienstler könnt euch derweil um den ganzen Papierkram kümmern.«

Er zog die Mitgliederliste an sich. »Es wird sich vielleicht herausstellen, dass mein guter Freund und Kollege Assad für die Beschaffung dieser Unterlagen mit seinem Leben bezahlt, und deshalb bekommt ihr sie nicht – es sei denn, ihr erklärt, dass wir einen Deal haben. So einfach ist das.«

Wieder wechselten Madvig und Jacobsen Blicke.

»Ich wollte dir nur mitteilen, Rose, dass Assad einen Augenblick bei Bewusstsein gewesen ist«, sagte Carl am Telefon.

Am anderen Ende blieb es still. Zum entspannten Zurücklehnen reichte die Information natürlich noch nicht.

»Die Ärzte haben gesagt, Assad habe die Augen aufgeschlagen und sich umgeschaut. Dann habe er gelächelt und gesagt: ›Sie haben mich gefunden. Na also!‹ Kurz darauf sei er wieder weg gewesen.«

»Oh Gott«, kam es von Rose. »Glaubst du, Carl, er wird wieder gesund?«

»Ich weiß es nicht. Die Zeit wird es weisen. Ich will derweil mit dem Fall weitermachen. Du kannst dir freinehmen, Rose, das war schon lange fällig. Ich finde, du solltest jetzt eine Woche Überstunden abbummeln, es wird dir guttun. Ich weiß, das waren harte Tage.«

Er hörte, dass sie tiefer atmete. »Na gut. Aber erst muss ich dich noch auf etwas hinweisen, was mir aufgefallen ist.«

»Na, und das wäre?«

»Die Akte, die Assad aus Curt Wads Archiv entwendet hat, lag noch im Auto, als ich nach Hause fuhr. Ich hab sie mit in die Wohnung genommen und durchgesehen. Die Krankenakte 64, du weißt schon.«

»Ja. Was ist damit?«

»Mir ist klar geworden, warum Assad die so wichtig fand, dass er sie sich mit unters Hemd stopfte, ehe er Feuer legte. Er muss das ganze Archiv durchwühlt haben, da er genau diese Krankenakte und die Mitgliederliste ausgewählt hat, die du dir angesehen hast. Was für ein Segen übrigens, dass er dir das Feuerzeug geklaut hat, sonst hätte er dort drinnen doch gar kein Licht gehabt.«

»Was ist mit der Akte?«

»Die enthält die Krankenblätter, die Curt Wad zu den beiden Abtreibungen von Nete Hermansen angelegt hat.«

»Zwei Abtreibungen?«

»Ja. Als sie fünfzehn war, wurde ein Arzt gerufen, weil sie Blutungen hatte, nachdem sie in einen Fluss gefallen war. Dem Arzt zufolge handelte es sich um einen Spontanabort. Und weißt du, wer der Arzt war? Das war Curt Wads Vater.«

»Die Arme, da war sie ja wirklich noch sehr jung! Nach den damaligen Moralvorstellungen muss das für sie und die ganze Familie ziemlich beschämend gewesen sein.«

»Vielleicht. Aber was mich eigentlich viel mehr beschäftigt, ist der Fall, den wir aus Nørvigs Akten kennen: Nete Hermansen bezichtigte Curt Wad, sie vergewaltigt und Geld angenommen zu haben, um an ihr eine illegale Abtreibung vorzunehmen.«

»Über Letzteres wird wohl kaum etwas in dem Krankenblatt stehen.«

»Nein, aber dafür steht da etwas mindestens ebenso Interessantes.«

»Was denn, Rose? Nun mach's doch nicht so spannend!«

»Dort steht der Name des Mannes, der sie schwängerte. Der Name von dem, mit dem das Ganze anfing.«

»Und?«

»Das war Viggo Mogensen. Der, von dem Nete vor ein paar Tagen, als ihr bei ihr wart, behauptete, sie würde ihn nicht kennen.«

43

September 1987

NETE ERKANNTE GITTE CHARLES bereits von Weitem an ihrer Silhouette. Sie kam vom Seepavillon her und hatte denselben charakteristischen Gang wie damals, dasselbe Schwingen der Arme. Augenblicklich bekam Nete Gänsehaut. Über dreißig Jahre war ihr der Anblick erspart geblieben, bei dem sie nun unwillkürlich die Hände zu Fäusten ballte. Mit einem prüfenden Blick durchs Zimmer vergewisserte sie sich, dass sie bestens vorbereitet war. Sie wollte es so schnell wie möglich hinter sich bringen, und dafür musste einfach alles glattgehen. Leider hatten die Kopfschmerzen trotz der Tabletten nicht nachgelassen, im Gegenteil, es war, als schnitten Rasiermesser in ihre Hirnrinde. Sie war kurz davor, sich zu übergeben.

Diese verfluchte Migräne, dachte sie. Ob sie die wohl loswürde, wenn sie all das hier hinter sich ließ? All das, was sie immer wieder aufs Neue an das Leben erinnerte, das man ihr genommen hatte?

Ja, sie musste unbedingt für ein paar Monate weg, dann würde alles anders werden. Vielleicht würde sie sogar damit leben können, dass Curt Wad ihr durch die Lappen gegangen war.

So, wie er sich im Moment verhielt, würde ihn seine Vergangenheit schon früher oder später einholen.

Dieser tröstende Gedanke gab ihr unvermittelt Kraft, um ihren letzten Gast in Empfang zu nehmen.

Vier Tage waren nach der Brandstiftung und dem missglückten Fluchtversuch vergangen, da kamen zwei Polizisten in Uniform, um Rita und Nete abzuholen. Kein Wort, was mit ihnen passieren würde, aber daran bestand wohl auch kein Zweifel – schließlich war Gitte Charles' Rache immer strikt auf ein Ziel ausgerichtet, das war allgemein bekannt. Deshalb wurden Rita und Nete erst übers Meer und dann in einem Krankenwagen zum Krankenhaus von Korsør gebracht. Sie waren mit ledernen Riemen gefesselt wie Strafgefangene auf dem Weg zur Hinrichtung. Und so fühlten sie sich auch, als sie die Pfleger mit ihren behaarten Armen entschlossen auf sich zukommen sahen. Rita und Nete schrien und traten um sich, während sie durch die Station getrieben wurden. Man schnallte sie am Bett fest, dann ließ man sie warten. Seite an Seite lagen sie da, baten und flehten und weinten um ihre ungezeugten, ungeborenen Kinder. Dem Krankenhauspersonal war es anscheinend einerlei. Die Pfleger hatten schon zu viele dieser »moralisch verderbten« Individuen erlebt, um sich von deren Tränen und Appellen erweichen zu lassen.

Schließlich begann Rita wie von Sinnen zu brüllen. Zuerst wollte sie mit dem Oberarzt sprechen, dann mit der Polizei und am Ende sogar mit dem Bürgermeister von Korsør. Es half alles nichts.

Nete stand währenddessen unter Schock.

Irgendwann kamen zwei Ärzte und zwei Krankenschwestern herein. Paarweise und ohne ein Wort zu sprechen, stellten sie sich neben die beiden Betten und bereiteten die Injektionen vor. Sie sagten – wahrscheinlich zur Beruhigung –, es sei nur zu ihrem Besten, denn anschließend könnten sie ein normales Leben führen. Aber Netes Herz klopfte zum Zerspringen, vor ihrem inneren Auge defilierten lauter kleine Kinder, die sie nicht würde gebären können. Als schließlich die Kanüle in sie gestoßen wurde, blieb ihr fast das Herz stehen. Und dann gab sie sich und ihre Träume auf.

Einige Stunden später kam sie wieder zu sich. Übrig geblieben waren nur die Schmerzen im Unterleib und der Verband. Alles andere hatte man ihr genommen.

Zwei Tage lang redete Nete kein einziges Wort, und auch danach, als man sie und Rita zurück nach Sprogø brachte, sprach sie nicht. Sie zog sich komplett in ihre Trauer und Bitterkeit zurück.

»Die dumme Ziege kriegt den Mund nicht mehr auf, vielleicht hat sie ja doch was draus gelernt«, höhnten die Angestellten gern, und zwar so laut, dass sie es hörte. Es stimmte, einen Monat lang sagte sie kein einziges Wort. Warum auch?

Und dann wurde sie plötzlich entlassen.

Rita hingegen behielten sie auf der Insel. Es gebe trotz allem Grenzen der Zumutbarkeit für die Gesellschaft, hieß es.

Nete stand am Heck des Schiffs und sah zu, wie die Wellen die Insel umschlossen und wie der Leuchtturm langsam hinter dem Horizont versank. Eigentlich, dachte sie, könnte ich genauso gut dort bleiben, denn das Leben ist vorbei.

Die erste Familie, zu der sie kam, bestand aus einem Schmied, seiner Frau und ihren drei Söhnen, alle Mechaniker. Sie lebten von allerlei anfallenden Arbeiten und Tauschgeschäften. Keine Familie schimpfte und zeterte so wie diese. Und da sie gern andere für sich schuften ließen, kam ihnen Nete gerade recht. Sie sollte Ordnung schaffen auf dem Grundstück, das übersät war mit rostigen Maschinenteilen, und der barschen, unfreundlichen Hausfrau zur Hand gehen, deren einziges Vergnügen darin bestand, andere und vor allem Nete zu schikanieren.

»Luder, Zigeunerin, Trampel«, hieß es tagein, tagaus, und wann immer es einen Anlass gab, sie zu verhöhnen, wurde der genutzt.

»Du blöde Kuh, kannst du nicht lesen, was da steht?« Die Hausfrau deutete auf die Rückseite des Waschpulverpakets. Und da Nete es nicht konnte, gab es zur Demütigung noch obendrein einen Schlag auf den Hinterkopf.

»Verstehst du kein Dänisch, du doofe Nuss?«, wurde die stehende Redewendung im Haus, und Nete schrumpfte, bis fast nichts mehr von ihr übrig war.

Die Söhne des Hauses fassten ihr an die Brust, wann immer sie wollten, und der Mann drohte, noch weiter zu gehen. Wenn sie sich wusch, kamen sie einer nach dem anderen an, stellten sich schnüffelnd wie die Hunde vor die Tür und grölten schamlos und geil herum.

»Lass uns rein, Nete. Wir werden schon dafür sorgen, dass du quiekst wie das Schwein, das du bist.«

So vergingen die Tage. Die Nächte waren besonders übel. Da verschloss sie die Tür zu ihrer Kammer, schob den Rohrstuhl unter die Türklinke und legte sich am Fußende des Betts auf den Boden. Sollte es einem von denen gelingen, ins Zimmer einzudringen, würde sie ihn gebührend empfangen – mit einem leeren Bett und einem schweren Eisenrohr, das sie unten im Garten gefunden hatte. Damit würde sie draufhauen, egal, ob sie den Kerl nun halb oder ganz totschlug. Was konnte ihr schon zustoßen, das schlimmer war als das hier?

Einmal überlegte sie, ob sie etwas von dem Bilsenkraut, das sie von der Insel mitgenommen hatte, unter den Abendkaffee der Familie mischen sollte. Aber der Mut verließ sie, und so wurde daraus nichts.

Als die Hausfrau ihrem Mann eines Tages mal wieder eine schallende Ohrfeige verpasste, war das Maß bei ihm offenbar voll, denn er schnappte sich die Schrotflinte und zielte auf den Kopf seiner Frau.

Anschließend saß Nete stundenlang mutterseelenallein in der Küche und schaukelte ruhelos vor und zurück, während die Polizeitechniker Schrotkörner und Fleischbrocken von den Wänden pulten.

Erst gegen Abend erhielt Nete Klarheit über ihr weiteres Schicksal.

Da stellte sich ein ziemlich junger Mann, vielleicht sechs bis sieben Jahre älter als sie selbst, vor sie hin, reichte ihr die Hand und sagte: »Ich heiße Erik Hanstholm. Meine Frau Marianne und ich wurden gebeten, für dich Sorge zu tragen.«

Die Worte »Sorge tragen« klangen seltsam fremd in Netes Ohren, wie das schwache Echo einer Musik, die sie vor Ewigkeiten gehört hatte. Zugleich jedoch auch wie ein Warnsignal. An solche Worte hatte sie sich immer wieder aufs Neue vergeblich geklammert. In diesem entsetzlichen Haus hier waren sie allerdings niemals zu hören gewesen.

Sie betrachtete den Mann. Er schien nett zu sein, aber das schüttelte sie ab. Zu oft hatte sie sich in der Freundlichkeit von Männern bitter getäuscht.

»Dann ist es wohl so«, sagte sie nur und zuckte die Achseln. Was konnte sie schon sagen? Sie hatte ja nichts zu sagen.

»Marianne und ich teilen uns eine Stelle, wir unterrichten gehörlose Menschen in Bredebro. Das ist zwar drüben im finsteren Jütland, aber vielleicht hast du trotzdem Lust, zu uns zu kommen?«

Erst in diesem Augenblick sah sie ihn richtig an. Wie oft hatte sie die Möglichkeit gehabt, ihr Zuhause selbst zu wählen? Kein einziges Mal, soweit sie sich erinnern konnte. Und hatte sich überhaupt mal jemand mit Worten wie »vielleicht« und »hast du Lust« an sie gewandt? Seit dem Tod ihrer Mutter niemand, ganz sicher.

»Wir haben uns schon einmal gesehen, aber das ist viele Monate her«, erklärte der Mann. »Ich habe zusammen mit einem schwerhörigen und sehr kranken Mädchen im Krankenhaus von Korsør ein Buch gelesen und du lagst im Krankenbett gegenüber. Kannst du dich daran erinnern?«

Er nickte, als er sah, wie verwirrt sie war und wie sie blinzelte, um sich vor seinem forschenden Blick zu schützen.

War er das wirklich?

»Glaubst du, ich hätte nicht bemerkt, wie aufmerksam du uns damals zugehört hast? Doch, das habe ich. Diese blauen Augen vergisst man nicht so leicht.«

Dann streckte er ihr vorsichtig die Hand hin, ohne zuzugreifen. Ließ die eigene Hand vor ihrer Hand in der Luft hängen und wartete.

Wartete, bis sie die Finger ausstreckte. Und die Hand ergriff.

In der Amtswohnung in Bredebro veränderte sich Netes Leben auf einen Schlag und von Grund auf.

Seit der Ankunft hatte sie auf ihrem Bett gelegen und war darauf gefasst, dass die Schufterei losginge. Hatte harte Worte erwartet und Wortbruch, das Einzige, was sie kannte.

Doch stattdessen kam die junge Frau, Marianne Hanstholm, und nahm sie mit in ihre Schule. Dort deutete sie auf eine Papptafel.

»Schau dir das mal an, Nete. Ich werde dir jetzt ein paar Fragen stellen und du nimmst dir so viel Zeit zum Antworten, wie du brauchst. Machst du mit?«

Nete sah die Buchstaben an der Tafel. Gleich würde ihre Welt wieder einstürzen, denn sie wusste genau, worauf das hinauslief.

All diese Zeichen an der Tafel waren schon damals in der Dorfschule ihr Verhängnis gewesen. Das Sirren des Rohrstocks vor dem Hieb auf den Hintern, das vergaß man nicht so leicht, auch nicht den Schlag mit dem Lineal auf die Finger. Und wenn diese Marianne Hanstholm erst herausfand, dass Nete nur weniger als ein Viertel der Buchstaben kannte und diese darüber hinaus auch nicht zu Wörtern zusammensetzen konnte, würde sie im Handumdrehen zurück in den Morast gestoßen werden, wo sie hingehörte, wie alle immerzu sagten.

Nete presste die Lippen zusammen. »Ich würde gern, Frau Hanstholm. Aber ich kann nicht.«

Sie sahen sich einen Moment stumm an. Nete wartete auf den Schlag. Marianne Hanstholm lächelte jedoch nur.

»Glaub mir, meine Liebe, du kannst. Nur nicht so gut. Magst du mir einfach erzählen, welche der Buchstaben du kennst? Darüber würde ich mich sehr freuen.«

Nete runzelte die Stirn. Und da nichts weiter passierte, als dass die Frau lächelte und auf die Papptafel deutete, stand sie widerstrebend auf und stellte sich davor.

»Ich kenne diesen Buchstaben hier.« Sie deutete darauf. »Das ist ein N, denn damit fängt mein Name an.«

Frau Hanstholm klatschte in die Hände und lachte vor Freude. »Dann fehlen uns ja bloß noch achtundzwanzig Buchstaben, ist das nicht großartig?«, rief sie und umarmte Nete. »Warte nur, wir werden es ihnen schon allen zeigen.«

So herzlich umarmt begann Nete zu zittern, aber die Frau hielt sie fest und flüsterte, jetzt werde alles besser. Es war kaum zu glauben.

Und deshalb konnte Nete auch gar nicht mehr aufhören, zu zittern und zu weinen.

In dem Moment kam Erik Hanstholm herein und war sofort tief bewegt, als er Netes blanke Augen und hochgezogene Schultern sah.

»Ach, Nete. Wein dich nur aus, meine Liebe, denn ab jetzt sollst du das alles nicht mehr mit dir herumtragen«, sagte er. Fast flüsternd fügte er noch etwas hinzu, das nach und nach an die Stelle all des Schlimmen treten sollte, das sie durchlebt hatte.

»Du bist gut genug, Nete. Vergiss das niemals: Du bist gut genug.«

Im Herbst 1961 begegnete sie Rita vor der Apotheke auf der Hauptstraße von Bredebro. Noch ehe Nete überhaupt auf das Wiedersehen reagieren konnte, platzte Rita schon mit der Neuigkeit heraus: »Sie haben die Anstalt auf Sprogø geschlossen.« Rita lachte über Netes schockierte Miene.

Dann wurde sie ernst.

»Die meisten von uns kamen in Pflegefamilien, wo man für Kost und Logis arbeitet, insofern hat sich nicht sonderlich viel verändert. Schuften von morgens bis abends und keinen roten Heller, um sich mal was Süßes zu kaufen. Das ist man schnell leid, Nete.«

Nete nickte. Damit kannte sie sich aus.

Dann versuchte sie, Rita in die Augen zu sehen, aber das war schwer. Sie hatte nicht damit gerechnet, diesem Blick jemals wieder zu begegnen.

»Warum bist du hergekommen?«, fragte Nete schließlich, wusste aber eigentlich nicht, ob sie die Antwort hören wollte.

»Ich arbeite nur zwanzig Kilometer von hier entfernt in einer Meierei. Pia, die Nutte aus Århus, ist auch dort gelandet, und wir schuften von fünf Uhr früh bis spät abends, ein Elend, sag ich dir. Deshalb bin ich hergelaufen, um dich zu fragen, ob du mit mir mitkommen willst.«

Mitkommen? Mit Rita? Oh Gott, nur das nicht! Was für eine entsetzliche Vorstellung. Alles in Nete sperrte sich bei Ritas Anblick. Wie konnte Rita es überhaupt wagen, sie aufzusuchen, nach dem, was sie getan hatte? Ohne Ritas gnadenlosen Egoismus wäre vieles anders gekommen. Dann hätte Nete die Insel um einiges früher verlassen und könnte noch immer Kinder bekommen.

»Na los, komm schon. Nete, wir hauen ab, was soll's! Weißt du noch, unsere alten Pläne? England und dann Amerika. Weg, irgendwohin, wo uns keiner kennt.«

Nete sah zur Seite. »Woher wusstest du, wo ich bin?«

Rita lachte nur. Also waren wieder einmal Zigaretten zum Einsatz gekommen. »Glaubst du vielleicht, Gitte Charles würde dich aus den Augen lassen, du Trottel? Die Schlampe hat mich tagein, tagaus damit gequält, dass sie mir brühwarm erzählt hat, wo und wie du in Freiheit lebst.«

Gitte Charles! Allein den Namen zu hören, jagte Nete einen Schauder über den Rücken. Unwillkürlich ballten sich ihre Hände zu Fäusten. »Die Charles! Wo ist die jetzt?«

»Wenn ich das rauskriege, dann gnade ihr Gott«, antwortete Rita kalt.

Einen Augenblick musterte Nete sie. Sie hatte gesehen, wozu Rita imstande war. Hatte gesehen, wie sie mit dem Waschholz auf die Mädchen eingeprügelt hatte, die nicht für ihre Zigaretten zahlen wollten. Mit harten, gezielten Schlägen auf Körperstellen, wo die blauen Flecke nicht so auffielen.

»Verschwinde, Rita«, sagte sie entschlossen. »Ich will dich nie mehr sehen, verstanden?«

Rita hob das Kinn und sah Nete höhnisch an. »Ah, du bist fein geworden, du kleine Nutte. Du bist zu vornehm, um noch mit mir zu sprechen. Ist es das?«

Nete nickte in Gedanken. Wenn man das Leben verstehen will, hatte sie im Laufe der Jahre gelernt, dann muss man sich an die zwei Wahrheiten des Menschen halten. Die erste Wahrheit waren die Worte ihres Bruders über die beiden Sorten von Menschen. Die zweite Wahrheit hatte das Leben selbst sie gelehrt: Das Menschenleben war ein andauernder Balanceakt über dem Abgrund der Versuchungen. Ein falscher Schritt, und man konnte sehr tief fallen.

Im Augenblick war die Versuchung riesengroß, die Fäuste zu benutzen und Rita ihren Hochmut gewaltsam auszutreiben. Stattdessen atmete Nete einmal tief durch und wandte sich ab. Wenn jemand einer Versuchung erliegen musste, dann jedenfalls nicht sie.

»Gute Reise, Rita«, sagte sie und hatte ihr schon den Rücken zugekehrt. Aber so leicht ließ Rita sich nicht abspeisen.

»Bleibst du wohl hier!«, schrie sie und packte Nete an der Schulter. Dann richtete sie ihren Blick auf ein paar Hausfrauen mit Einkaufsnetzen, die dem Auftritt zusahen.

»Hier stehen zwei Luder von Sprogø, die es für zehn Kronen liebend gern mit euren Männern treiben würden, bis denen Hören und Sehen vergeht. Die hier, die ist die Schlimmste«, rief sie, packte Netes Gesicht und drehte es mit Wucht in Richtung der Frauen. »Seht euch das Gesicht dieser Nutte an. Glaubt ihr nicht, eure Männer hätten lieber sie im Bett als euch, ihr hässlichen alten Krähen? Sie wohnt übrigens hier im Ort, also passt gut auf.«

Rita sah Nete aus zusammengekniffenen Augen an. »Kommst du nun mit, Nete? Wenn nicht, bleibe ich hier stehen und schreie, bis die Polizei kommt. Dann wirst du hier im Dorf aber Spaß haben, das kannst du mir glauben.«

Später klopfte es an ihre Tür. Sie saß in ihrem Zimmer und weinte, als ihr Ziehvater mit ernster Miene eintrat.

Lange schwieg er.

Jetzt wird er mich bitten, meine Sachen zu packen und zu gehen, dachte sie. Jetzt muss ich weiter. Und bestimmt bringen sie mich wieder zu einer Familie, die mich von anständigen Menschen fernhält. Zu einer Familie, die keine Scham kennt.

Da legte Erik Hanstholm behutsam seine Hand auf ihre. »Nete, du sollst wissen, dass man hier im Dorf nur darüber spricht, wie anständig du dich in der Situation benommen hast. Du hast die Hände zu Fäusten geballt, das haben sie alle gesehen, aber du hast nicht zugeschlagen. Stattdessen hast du dich mit der Macht der Worte gewehrt, und das war gut.«

»Nun wissen es alle«, sagte Nete.

»Wissen was? Sie wissen nur, dass du dich gegen diese Frau, die dich provoziert hat, sehr besonnen verteidigt hast – mit Worten. Wie sagtest du noch gleich? ›Ausgerechnet *du* nennst mich Nutte? Ach, Rita, hör endlich auf, von dir auf andere zu schließen. Wenn du das nächste Mal mit solchen Verleumdungen aufkreuzt, werden dir die Frauen hier einfach einen Spiegel in die Hand drücken. Geh deines Weges und komm nie wieder, sonst rufe *ich* die

Polizei.«« Er nickte. »So haben es mir mehrere Frauen erzählt. Das ist es, was sie wissen. Und, macht das was?«

Er sah Nete an und lächelte, bis sie auftaute.

»Und eines noch, Nete. Ich habe etwas für dich.«

Er machte sich hinter seinem Rücken zu schaffen.

»Hier«, sagte er und reichte ihr ein Diplom mit extragroßen Buchstaben. Es zu entziffern, dauerte seine Zeit, aber sie schaffte es, Wort für Wort.

Keiner, der das hier lesen kann, ist ein Analphabet stand da.

Er drückte ihren Arm. »Häng es dir an die Wand, Nete. Wenn du alle Bücher aus unserem Regal gelesen und alle Mathematikaufgaben gelöst hast, die wir unseren gehörlosen Schülern geben, dann kommst du auf die Realschule.«

Der Rest war Vergangenheit geworden, ehe sie sichs versehen hatte. Realschule, Ausbildung zur Laborantin, dann zur Labortechnikerin, Anstellung bei Interlab und schließlich die Ehe mit Andreas Rosen. Eine wunderbare Vergangenheit, eine Art zweites Leben. Das war die Zeit gewesen, bevor Andreas Rosen umgekommen war, lange bevor sie hier in der Wohnung saß und vier Morde auf dem Gewissen hatte.

Wenn Gitte tot ist, kann mein drittes Leben beginnen, dachte sie.

Genau in dem Moment brummte die Gegensprechanlage.

Als Nete die Tür zum Treppenhaus öffnete, stand Gitte vor ihr wie eine Marmorsäule, noch immer gut aussehend und stattlich, aber natürlich hatte die Zeit auch bei ihr unübersehbare Spuren hinterlassen.

»Danke für die Einladung, Nete«, sagte Gitte und glitt in die Wohnung wie eine Schlange ins Mäusenest.

Sie stand im Flur, sah sich um, überließ Nete ihren Mantel und enterte derweil das Wohnzimmer. Ihre hellwachen Augen waren überall, jeder Silberlöffel wurde registriert, jedes Gemälde taxiert.

Dann wandte sie sich an Nete. »Es tut mir so unglaublich leid zu hören, wie krank du bist, Nete. Ist es Krebs?«

Nete nickte.

»Und es gibt nichts, was man tun kann, weiß man das sicher?«

Wieder nickte Nete. Diese resolute Frau brachte sie völlig aus dem Konzept. Nete schaffte es gerade mal, Gitte zu bitten, Platz zu nehmen – das weitere Vorgehen war ihr auf einmal nicht mehr klar.

»Nein, Nete, *du* setzt dich und *ich* werde dich versorgen. Ich sehe, der Tee steht in der Kanne dort bereit, lass mich dir einschenken.«

Sie schob Nete sanft zum Sofa.

»Zucker?«, fragte sie drüben von der Anrichte.

»Nein, danke«, sagte Nete und stand wieder auf. »Ich koche rasch frischen Tee, dieser ist kalt. Der steht schon seit meinem letzten Gast hier.«

»Dein letzter Gast? Waren noch andere hier?« Gitte sah sie neugierig an und schenkte trotz Netes Protest den kalten Tee ein.

Nete wurde unsicher. Wie war die Frage gemeint? Wusste oder ahnte Gitte etwas? Hatte sie etwas beobachtet? Aber nein, Nete hatte sie ja schon von Weitem kommen sehen. Es war unwahrscheinlich, dass sie einem der anderen Gäste begegnet war.

»Ja, vor dir waren schon zwei Bekannte hier. Du bist die Letzte.«

»Aha.« Gitte reichte Nete die Teetasse und schenkte sich selbst ein. »Und sind wir alle in derselben Weise begünstigt?«

»Nein, nicht alle. Im Übrigen hat der Anwalt bis Geschäftsschluss noch kurz etwas zu erledigen, du musst dich also ein wenig gedulden. Oder hast du es eilig?«

Die Frage löste ein sonderbares Lachen aus. Zeitnot gehörte wohl nicht zu Gittes vordringlichsten Problemen.

Ich muss so lange weitermachen, bis sie mich einschenken lässt. Nur wie? Nete hatte rasende Kopfschmerzen. Es fühlte sich so an, als hätte man ihr einen Helm mit Stachelfutter über den Schädel gestülpt.

»Wirklich kaum zu glauben, dass du so krank bist, Nete. Ich hätte gedacht, die Zeit wäre freundlich zu dir gewesen«, sagte Gitte und rührte in ihrer Tasse.

Nete schüttelte den Kopf. Soweit sie sehen konnte, ähnelten sie sich in so mancher Weise, und dass die Zeit bei einer von ihnen positive Spuren hinterlassen hatte, konnte man wirklich nicht sagen. Falten, großporige Haut und graue Haare hatten sich längst eingestellt. Dass die vergangenen Jahre für sie beide hart und hürdenreich gewesen waren, war nicht zu übersehen.

Nete versuchte, an ihre gemeinsame Zeit auf der Insel zurückzudenken. Nun, da sie wusste, dass die Rollen vertauscht waren, war das ein merkwürdiges Gefühl.

Nachdem sie ein wenig geplaudert hatten, nahm Nete ihre beiden Tassen und ging zur Anrichte, wie die anderen Male. »Noch eine Tasse Tee?«

»Nein, danke. Für mich nichts mehr«, antwortete Gitte, während Nete den Bilsenkrautextrakt in die Tasse ihrer einstigen Peinigerin tröpfelte. »Aber schenk dir selbst noch mal ein.«

Nete ignorierte den Ton. Wie oft hat sie uns so auf dieser Hölleninsel herumkommandiert, dachte sie. Deshalb stellte sie die gefüllte Teetasse einfach an Gittes Platz und nahm sich selbst dann auch. Inzwischen hatte sie Ohrensausen, eine Folge der Migräne und des damit einhergehenden Bluthochdrucks. Schon allein der Geruch des Tees verursachte ihr Übelkeit.

»Können wir die Plätze tauschen, Gitte?« Sie hatte wieder das Gefühl, sich gleich übergeben zu müssen. »Ich habe schreckliche Migräne und kann einfach nicht mit dem Gesicht zum Fenster sitzen.«

»Ach Herrgott, das ist es«, sagte Gitte und stand auf, während Nete die Tassen auf dem Tisch verschob.

»Ich kann gerade nicht sprechen, ich muss einen Moment die Augen schließen.«

Sie tauschten die Plätze und Nete schloss die Augen. Fieberhaft versuchte sie, sich etwas einfallen zu lassen. Falls Gitte den Tee nicht trank, musste eben der Hammer noch einmal zum Einsatz kommen. Sie würde ihr eine Tasse Kaffee anbieten, den Hammer holen, ihr damit auf den Schädel schlagen und dann in Ruhe den Kopfschmerz abflauen lassen. Natürlich würde mit dieser brachialen Methode einiges Blut fließen, aber was machte das schon? Gitte war ja die Letzte. Wenn alles vorbei war, hatte sie genügend Zeit, um den Teppich zu säubern.

Sie hörte die Schritte, erschrak aber doch, als sie spürte, wie Gittes Hände ihren Oberkörper ein wenig drehten und sich auf ihren Nacken legten.

»Halt still, Nete. Ich bin gut in diesen Dingen, nur deine Sitzposition ist ungünstig. Es wäre besser, du würdest dich auf den Stuhl setzen«, sagte die Stimme über ihr, während sich die Finger tief in ihre Nackenmuskulatur gruben.

Sie hörte die Stimme, den Plauderton, aber die Worte verschwammen. Solche Berührungen kannte Nete von ihrem Mann, damals jedoch waren sie wunderbar sinnlich und wohltuend gewesen. Und nun hasste sie es, so angefasst zu werden.

»Hör lieber auf«, sagte sie und entzog sich. »Sonst übergebe ich mich. Ich muss nur einen Moment sitzen. Ich habe schon eine Tablette genommen, die wird gleich wirken. Trink derweil deinen Tee, Gitte, und wenn dann der Anwalt kommt, reden wir über alles.«

Für einen kurzen Moment öffnete Nete die Augen und sah, wie Gitte ihre Hände zurückzog, als hätte sie einen elektrischen Schlag bekommen. Dann merkte sie, dass Gitte um den Tisch ging und sich leise aufs Sofa setzte. Und nach einer Weile hörte sie auch das leise Klirren der Teetasse.

Nete legte den Kopf in den Nacken und beobachtete durch halb geschlossene Lider, wie Gitte die Tasse zum Mund führte. Sie wirkte angespannt, unruhig. Schnupperte mit geblähten Nasenflügeln am Tee, trank einen Schluck, und dann hatte sie plötzlich diese weit aufgerissenen Augen, die Misstrauen und jähe Wachsamkeit ausdrückten. Ein paar Sekunden lang sah Gitte Nete prüfend an, dann roch sie erneut an ihrem Tee.

Als sie die Tasse abstellte, öffnete Nete die Augen ganz.

»Ah«, sagte sie und versuchte einzuschätzen, was in Gittes Kopf vorging. »Es fühlt sich schon besser an. Die Massage hat doch gutgetan, Gitte.«

Steh auf, los, ab in die Küche und den Hammer holen!, wummerte es in ihr. Bring's endlich hinter dich! Und wenn du dann den Leichen Formalin in den Rachen gekippt hast, kannst du dich hinlegen.

»Ich muss nur einen Schluck Wasser trinken.« Nete richtete sich vorsichtig auf. »Ich habe so einen trockenen Mund, weil ich diese ganze Medizin nehme.«

»Dann trink doch einen Schluck Tee.« Gitte reichte ihr die Tasse.

»Nein, so kalt mag ich ihn nicht. Ich setze rasch frischen auf. Der Anwalt muss auch jeden Moment kommen, denke ich.«

Sie huschte in die Küche, öffnete den Schrank und bückte sich nach dem Hammer.

In diesem Moment hörte sie Gittes Stimme hinter sich: »Wenn du mich fragst, Nete, so glaube ich nicht, dass es überhaupt einen Anwalt gibt.«

44

November 2010

Das Präsidium war wie ein gut geschmiertes Räderwerk, bei dem selbst Bewegungen der kleinsten Zahnräder im entferntesten Teil des Systems sofort registriert wurden. Oder wie ein Ameisenhaufen, in dem Signale auf unerklärliche Weise und mit unglaublicher Geschwindigkeit in sämtliche Verästelungen gelangten. Wenn Verhaftete über die Korridore zu flüchten versuchten, wenn Beweismaterial verschwand, wenn ein Mitarbeiter ernstlich erkrankte oder die Polizeipräsidentin Probleme mit Politikern hatte – sofort wussten es alle.

Am heutigen Tag brummte es im Präsidium nur so vor Aktivität. Gäste wurden an der Wache empfangen, die Etage der Präsidentin schien zu flirren, im Büro des Staatsanwalts herrschte emsiges Kommen und Gehen.

Carl wusste, warum.

Das mit dem Geheimen Kampf und mit den Menschen, die dahinterstanden, das war Sprengstoff. Und bei Sprengstoff war die Gefahr, dass er explodierte, wenn man nicht äußerst sorgsam damit umging, nun einmal sehr groß. Herr im Himmel, wie fürchterlich sorgsam gingen alle derzeit mit dem vorhandenen Material um.

Vierzig Anzeigen im Laufe des Tages, so hatte man im System kalkuliert, und in jedem einzelnen Fall mussten eiligst konkrete Fakten beigebracht werden, um Festnahmen zu rechtfertigen. Der Zug rollte. Schon waren sämtliche Polizeibeamte, deren Namen auf Curt Wads geheimer Sympathisantenliste auftauchten, zur Anhörung einbestellt. Wenn hier etwas zur Unzeit nach außen drang, wäre der Teufel los.

Carl wusste, dass in allen Abteilungen und Dezernaten die richtigen Leute an dieser Aufgabe arbeiteten, das hatten sie zur Genüge bewiesen. Aber genauso gut wusste er, dass es trotz aller Vorsichtsmaßnahmen immer jede Menge undichte Stellen gab. Zwar waren im Augenblick Curt Wads niedere Handlanger und Sturmtrupps an sich irrelevant, sie bildeten dennoch gewissermaßen das Netz, durch das etwas durchsickern konnte. Und das musste unbedingt verhindert werden. Auf keinen Fall durften diejenigen mit der Macht und dem Überblick, die Strategen und Taktiker, auf die man es abgesehen hatte, vorzeitig Lunte riechen. Deshalb galt es, die kleinen Fische mit äußerster Sorgfalt und Geduld zu vernehmen, wenn man die großen Fische ins Netz kriegen wollte.

Das Problem war nur, dass Carl, der sowieso ungeduldiger war als die meisten anderen, jetzt erst recht nicht geduldig abwarten konnte. Die ärztlichen Prognosen zu Assads Zustand hatten sich nicht geändert. Man konnte von Glück sagen, wenn er überlebte. Wie, bitte schön, sollte Carl in einer solchen Situation Geduld aufbringen?

Er saß in seinem Büro und überlegte, was wohl das Beste wäre. In seinen Augen handelte es sich um zwei Fälle, die vielleicht zusammengehörten, vielleicht aber auch nicht. Die Vermissten aus dem Jahr 1987 waren das eine, die Gewalt, über Jahrzehnte hinweg, gegen die unzähligen Frauen – und zuletzt auch gegen Assad und ihn selbst – war das andere.

Und nun hatte Rose ihn verwirrt. Bis jetzt hatten sie das Augenmerk bei ihren Ermittlungen auf Curt Wad gerichtet. Nete Hermansen hatten sie als dessen Opfer betrachtet; sie schien unverschuldet ein merkwürdiges Bindeglied zwischen den Verschwundenen zu sein, nichts weiter. Aber seit Roses Hinweis läuteten bei Carl sämtliche Alarmglocken.

Warum zum Teufel hatte Nete Hermansen Assad und ihn angelogen? Warum hatte sie die Verbindung zu sämtlichen verschwundenen Personen eingeräumt, nur nicht die zu Viggo Mogensen? Dabei war er doch in Wahrheit derjenige, dem sie diese unglückliche Verkettung in ihrem Leben zu verdanken hatte? Schwangerschaft, Abtreibung, Vergewaltigung, Abschiebung in Anstalten und Zwangssterilisierung.

Carl verstand es nicht.

»Richte Marcus Jacobsen aus, dass er mich übers Handy erreichen kann«, sagte er dem wachhabenden Beamten, nachdem er sich entschlossen hatte, Nete Hermansen noch einmal auf den Zahn zu fühlen.

Seine Füße wollten die Richtung zum Parkhaus einschlagen, wo der Dienstwagen stand, aber der Kopf bemerkte den Fehler und korrigierte die Richtung. Zu blöd aber auch, er hatte doch kein Auto, das stand ja noch bei Rose.

Er blickte hinüber zur Post und nickte ein paar Zivilen zu, die gerade ausrückten. Warum nicht zu Fuß gehen? Zwei Kilometer, das war für einen Mann im besten Alter ja wohl nicht der Rede wert.

Doch er kam nur die wenigen Hundert Meter bis zum Hauptbahnhof, wo der untrainierte Körper protestierte und die Taxen lockten.

»Fahren Sie bis zum Ende der Korsgade unten an den Seen«, bat er den Taxifahrer. Er sah über die Schulter, aber die Menschen um ihn herum summten wie ein Bienenschwarm. Es war unmöglich, zu erkennen, ob ihm jemand gefolgt war.

Er fühlte nach, ob er die Pistole dabeihatte. Dieses Mal sollte ihn keiner mit runtergelassener Hose erwischen.

Die Überraschung der älteren Dame über sein Klingeln war sogar durch die Gegensprechanlage zu hören. Aber sie erkannte seine Stimme und bat ihn, ins Haus zu kommen und vor der Wohnungstür einen Moment zu warten.

Da stand er dann einige Minuten, bis die Tür aufging und Nete Hermansen ihn willkommen hieß. Sie trug einen Plisseerock und hatte sich augenscheinlich die Haare frisch gekämmt.

»Ich bitte um Entschuldigung«, sagte er und bemerkte stärker als beim ersten Besuch einen bestimmten Geruch, der darauf hindeutete, dass hier vielleicht nicht ganz so häufig gelüftet wurde, wie es gutgetan hätte.

Als er den Flur hinunterschaute, fiel ihm auf, dass der Teppich an der abschließenden Wand beim Regal eine Falte warf. Die Teppichstifte hatten sich womöglich gelöst und jemand hatte daran gezogen.

Dann wandte er sich dem Wohnzimmer zu, damit sie gleich wusste, dass er nicht vorhatte, sofort wieder zu gehen.

»Es tut mir leid, dass ich mich so unangemeldet aufdränge, Frau Hermansen, aber mich beschäftigen ein, zwei Fragen, über die ich gern mit Ihnen sprechen möchte.«

Sie nickte und bat ihn, einzutreten. Aus der Küche war ein klickendes Geräusch zu hören, wie von einem Wasserkocher, der sich automatisch ausschaltet, wenn das Wasser kocht.

»Ich mache uns eine Tasse Tee, dafür wäre es sowieso an der Zeit«, sagte sie.

Carl nickte. »Wenn Sie stattdessen Kaffee haben, hätte ich nichts dagegen«, sagte er und dachte eine Sekunde an Assads Kleister. Den hätte er dieses Mal mit Kusshand genommen. Die Vorstellung, dass es den womöglich nie mehr geben würde, war einfach unerträglich.

Zwei Minuten später stand sie hinter ihm an der Anrichte und goss Nescafé auf.

Sie reichte ihm die Tasse, lächelte, schenkte sich selbst Tee ein und setzte sich ihm dann gegenüber.

»Womit kann ich helfen?«, fragte sie, die Hände im Schoß gefaltet.

»Können Sie sich daran erinnern, dass wir beim letzten Mal über die Vermissten sprachen und dass ich damals einen Viggo Mogensen erwähnte?«

»Ja, das kann ich.« Sie lächelte. »Auch wenn ich dreiundsiebzig bin, bin ich doch Gott sei Dank noch nicht ganz senil.«

Carl erwiderte ihr Lächeln nicht. »Sie sagten, Sie würden ihn nicht kennen. Könnten Sie sich da vielleicht geirrt haben?«

Sie zuckte die Achseln. Was meinte er damit?, mochte das bedeuten.

»Alle anderen Vermissten kannten Sie, und zwar unbestreitbar: Rechtsanwalt Nørvig, der damals Curt Wad vertrat. Ihren Cousin Tage Hermansen. Die Krankenschwester Gitte Charles, die drüben auf Sprogø arbeitete, und Rita Nielsen, die zur selben Zeit wie Sie auf der Insel war. Natürlich konnten Sie das nicht leugnen.«

»Nein, natürlich nicht, und warum sollte ich auch? Das stimmt doch. Und dieses Zusammentreffen ist nun wirklich sonderbar.«

»Aber einen der damals Verschwundenen, sagten Sie bei unserem ersten Besuch, würden Sie nicht kennen. Da hatten Sie vermutlich gedacht, dass unsere Aufmerksamkeit in eine andere Richtung gehen würde.«

Darauf reagierte sie nicht.

»Und tatsächlich hatte ich Ihnen ja am Samstag, als wir bei Ihnen waren, gesagt, wir würden Sie in Zusammenhang mit Curt Wad aufsuchen. Deshalb glaubten Sie wohl, wir hätten nicht Sie im Fokus. Allerdings wissen wir jetzt, Frau Hermansen, dass Sie gelogen haben. Sie kannten Viggo Mogensen nicht nur, sie kannten ihn sogar richtig gut. Er war schließlich schuld an Ihrem ganzen Unglück. Sie hatten ein Verhältnis mit ihm und wurden von ihm schwanger, weshalb Sie zu Curt Wad mussten, um eine illegale Abtreibung vornehmen zu lassen. Das haben wir der Krankenakte entnommen, die Curt Wad über Sie geführt hat. Sie müssen wissen, dass uns diese Akte inzwischen vorliegt.«

Er hatte damit gerechnet, dass sie erstarren, vielleicht in Tränen ausbrechen oder sogar zusammenklappen würde. Stattdessen lehnte sie sich zurück, nippte an ihrem Tee und schüttelte ganz leicht den Kopf.

»Tja. Was soll ich sagen? Es tut mir leid, dass ich etwas behauptet habe, was nicht stimmt, denn das alles ist freilich richtig. Ja, ich kannte Viggo Mogensen, wie Sie ganz richtig festgestellt haben. Und Sie haben auch damit recht, dass ich genötigt war zu sagen, ich würde ihn nicht kennen.«

Sie sah ihn aus matten Augen direkt an.

»Es ist doch so, dass ich mit der Sache natürlich nichts zu tun habe. Dass aber plötzlich alles auf mich zu deuten schien. Was konnte ich anderes tun, als mich zu schützen? Ich bin nicht in die Sache verwickelt. Ich habe keine Ahnung, was mit diesen armen Menschen passiert ist.«

Sie unterstrich ihre Worte mit einer verneinenden Geste. Dann deutete sie auf Carls Tasse. »Trinken Sie doch Ihren Kaffee und erzählen Sie mir dabei das Ganze noch einmal, aber bitte langsam und der Reihe nach.«

Carl runzelte die Stirn. Für eine ältere Dame war sie ziemlich unverblümt. Kein Nachdenken, kein Zögern, keine halben Sätze oder Fragen. Nur die direkte Aufforderung an ihn, alles noch einmal von vorne zu erzählen.

Warum? Und warum sollte er es langsam erzählen? Wollte sie Zeit gewinnen? Hatte sie die Minuten, die er vor der Tür gewartet hatte, gebraucht, um jemanden zu warnen? Jemanden, der ihr auf irgendeine Weise aus der Klemme helfen würde?

Carl verstand es nicht. Denn mit ihrem Erzfeind Curt Wad konnte sie doch unmöglich unter einer Decke stecken.

Nein, wenn hier einer Fragen hatte, dann Carl. Nur welche, das wusste er nicht so recht.

Er kratzte sich am Kinn. »Hätten Sie etwas dagegen, Frau Hermansen, wenn wir Ihre Wohnung durchsuchten?«

In diesem Moment warf sie doch einen kurzen Blick zur Seite. Es war ein kleines, fast unmerkliches Zeichen der Flucht aus der aktuellen Situation, wie er es schon zigmal gesehen hatte. Ein unmerkliches Zeichen, das ihm jedoch mehr verriet als tausend Worte.

Jetzt würde sie Nein sagen.

»Tja, also, wenn Sie das für nötig halten, dürfen Sie sich gern etwas umschauen. Hauptsache, Sie wühlen nicht zu sehr in meinen Schubladen herum.«

Sie gab sich Mühe, kokett auszusehen, aber das gelang ihr nicht hundertprozentig.

Carl rutschte auf dem Sitz nach vorn. »Ja, dann würde ich das gern tun. Aber ich muss Sie darauf aufmerksam machen, dass Sie mir damit Ihr Einverständnis gegeben haben, alle Zimmer zu inspizieren und alles durchzusehen, was mir in den Sinn kommt. Es sollte Ihnen klar sein, dass das eine ziemlich gründliche und langwierige Sache werden kann.«

Sie lächelte. »Na, trinken Sie doch erst mal Ihren Kaffee, denn das wird Sie Energie kosten. Die Wohnung ist nicht gerade klein.«

Er nahm einen Schluck, und da die Brühe entsetzlich schmeckte, stellte er die Tasse schnell wieder ab.

»Ich rufe nur eben meinen Vorgesetzten an und möchte Sie bitten, Ihr Einverständnis auch ihm gegenüber zu bestätigen, ja?«

Sie nickte, stand auf und ging in die Küche. Sie musste sich wohl doch erst mal fassen.

Ja, Carl war sich völlig sicher. Irgendetwas stimmte nicht.

»Hallo Lis«, sagte er, als sie endlich abnahm. »Sag doch bitte Marcus ...«

Da bemerkte er den Schatten hinter sich und schnellte herum.

Gerade noch rechtzeitig, um den Hammer zu sehen, der direkt auf seinen Hinterkopf zielte.

45

November 2010

DIE GANZE NACHT HINDURCH und noch am folgenden Morgen hatte Curt Wad die Hand seiner geliebten Frau gehalten. Sie gedrückt, geküsst und gestreichelt, bis der Bestatter gekommen war.

Als man ihn später bat, ins Zimmer zu kommen, und er sie dort in schneeweiße Seide gehüllt im Sarg liegen sah, die Hände um den Brautstrauß gefaltet, zitterte er vor Erschütterung. Das Licht seines Lebens, die Mutter seiner Kinder. Dort lag sie nun. Aus der Welt gegangen, ohne ihn.

»Warten Sie noch, lassen Sie mich einen Moment mit ihr allein«, bat er und sah den Männern nach, bis diese das Zimmer verlassen und die Tür hinter sich geschlossen hatten.

Dann kniete er sich vor sie hin und strich ihr ein letztes Mal über die Haare.

»Ach, mein Schatz, meine Geliebte«, wollte er sagen, doch ihm versagte die Stimme. Er wischte sich über die Augen, aber die Tränen hatten ihren eigenen Willen. Er räusperte sich. Das Weinen steckte im Hals fest.

Jetzt schlug er das Kreuz über ihrem Gesicht und küsste sanft die eiskalte Stirn.

In der Schultertasche, die neben ihm auf dem Boden stand, hatte er alles, was nötig war. Zwölf Ampullen Midazolam, von denen drei bereits auf Spritzen aufgezogen waren. Das war genügend Anästhetikum, um wen auch immer außer Gefecht zu setzen, ja, seines Wissens sogar ausreichend, um fünf bis sechs Menschen umzubringen. Und sollte es die Situation erfordern, hatte er auch Flumazenil dabei, das der betäubenden Wirkung des Midazolams entgegenzuwirken vermochte. Er war gut vorbereitet.

Heute Nacht sehen wir uns wieder, meine Geliebte, dachte er und stand auf. Er hatte beschlossen, dass erst noch zwei andere Menschen sterben mussten, bevor er selbst an die Reihe kam.

Er wartete nur noch auf den Anruf.

Wo steckte Carl Mørck?

Seinen Gewährsmann traf er zwei Häuser entfernt von Nete Hermansens Wohnung am Peblinge Dossering. Es war derselbe, der Hafez el-Assad niedergeschlagen hatte.

»Ich hatte geglaubt, er würde den ganzen Weg zu Fuß gehen, deshalb hab ich es ruhig angehen lassen und war ihm bis zum Hauptbahnhof auch dicht auf den Fersen«, entschuldigte sich der Mann. »An sich ist das eine gute Stelle, um jemanden vor einen Bus zu stoßen, aber so weit kam es nicht, weil er ein Taxi nahm. Ich tat es ihm nach und folgte ihm in einigem Abstand. Als ich um die Ecke bog, ging er gerade in das Wohnhaus dort.«

Curt nickte. Dieser Idiot war offenkundig nicht in der Lage, seine Arbeit ordentlich zu Ende zu bringen.

»Wie lange ist es her, seit er dort drinnen verschwunden ist?«

Der Mann blickte auf die Uhr. »Eine gute Stunde.«

Curt Wad sah nach oben zur Wohnung. Hier wohnte Nete offenbar, wie damals, vor vielen Jahren, als sie ihn eingeladen hatte. Kein schlechter Ort, den sie sich da ausgesucht hatte. Zentral gelegen, mit schöner Aussicht und viel Leben ringsum.

»Haben Sie das Werkzeug dabei?«, fragte er.

»Ja, aber das verlangt etwas Geschicklichkeit. Ich würde Ihnen das gern kurz demonstrieren.«

Curt nickte und marschierte mit ihm zur Haustür. Er kannte diesen Typ Schloss an sich gut.

»Das ist ein Ruko-Schloss mit sechs Stiften. Sieht komplizierter aus, als es ist«, sagte der Mann. »Sie können davon ausgehen, dass die Frau oben an ihrer Wohnungstür denselben Typ Schloss hat. Das ist aus technischen Gründen erforderlich.«

Er zog ein kleines Lederetui aus der Tasche und sah sich um. Bis auf ein junges Paar, das eng umschlungen auf dem Weg am See vorbeiging, war niemand in der Nähe.

»Hier braucht's zwei dünne Dietriche«, erklärte er und steckte sie hinein. »Achten Sie darauf, dass der oberste Stift Abstand zum untersten hat. Sie dürfen erst draufdrücken, wenn Sie die Sperrpistole angesetzt haben. Sehen Sie, Sie schieben den Schlagstift etwas unterhalb der Mitte des Zylinderlochs hinein, direkt unter die Zylinderstifte. Die können Sie deutlich spüren.«

Dann drückte er, drehte die Stifte und öffnete problemlos die Tür.

Er nickte und reichte Curt das Werkzeug. »Und schon sind Sie drinnen. Schaffen Sie es, oder soll ich mit nach oben kommen?«

Curt schüttelte den Kopf. »Nein danke. Sie können jetzt nach Hause gehen.«

Das, was er vorhatte, wollte er allein tun.

Im Treppenhaus war es ruhig. Der Fernseher von Netes Nachbarn war zu hören. Ansonsten deutete nichts darauf hin, dass jemand zu Hause war.

Curt lehnte sich an Netes Tür. Er hatte erwartet, Stimmen von drinnen ausmachen zu können, aber da war nichts.

Vorsichtig nahm er die beiden Spritzen aus seinem Arztkoffer, vergewisserte sich, dass die Kanülen fest saßen, und steckte die Spritzen in die Jackentasche.

Der erste Versuch mit der Sperrpistole misslang. Dann achtete er darauf, den oberen Stift nicht zu berühren, und versuchte es noch einmal.

Das Schloss war zum Glück nicht ausgeschlagen und nach ein wenig Hin- und Herbewegen funktionierte es. Behutsam drückte er die Türklinke mit dem Ellbogen nach unten, hielt die Stifte gut fest und öffnete die Tür.

Ein sonderbar muffiger Geruch schlug ihm entgegen. Wie von einem alten, mit Naphthalin-Mottenkugeln präparierten Kleiderschrank, der seit Jahren nicht mehr geöffnet worden war.

Vor ihm lag ein langer Flur mit mehreren Türen. Das Ende befand sich im Dunkeln, aber aus den offenen Türen in nächster Nähe drang Licht. Dem grellen, leicht flirrenden Lichtschein nach zu urteilen, führte die Tür rechts in eine Küche mit Neonröhre an der Decke, und ebenso wahrscheinlich war es, dass das eher gelbliche Licht auf der anderen Flurseite von einer beträchtlichen Anzahl Glühbirnen stammte, deren Produktion in der EU bald gänzlich verboten war.

Er trat einen Schritt in den Flur, stellte sein Köfferchen auf den Fußboden und tastete nach einer der beiden Spritzen in der Jackentasche.

Wenn beide, Nete und Carl Mørck, dort drinnen waren, musste er zuerst auf Mørck losgehen. Ein schneller Einstich in eine der Halsvenen würde den Mann rasch außer Gefecht setzen. Kam es allerdings zum Kampf, dann würde er direkt aufs Herz zielen müssen, und das wollte er vermeiden. Denn von Toten bekam man keine Informationen, und auf Informationen war er aus. Auf Informationen, die, falls sie in Umlauf gerieten, der Partei Klare Grenzen und letztlich auch dem Geheimen Kampf empfindlich schaden konnten.

Nete war an etwas dran gewesen, das ihr Rache an ihm ermöglichte, daran zweifelte er nicht. Alles passte zusammen. Ihre sonderbare Einladung vor vielen Jahren und dann diese Verbindung zu Carl Mørck. Curt musste wissen, ob in dieser Wohnung etwas aufbewahrt wurde, das sein Lebenswerk bedrohen konnte. Wenn Mørck und Nete erst einmal im richtigen Maße sediert wären, würden sie schon reden. Mit dem, was sie ihm verrieten, müssten dann allerdings andere als er weiterarbeiten.

Da hörte er aus dem Zimmer, das zur Seeseite hinausging, Schritte. Leichte, ein wenig schleppende Schritte. Keinesfalls die Schritte eines Mannes von Carl Mørcks Statur.

Als er den Raum auf leisen Sohlen betrat, fuhr Nete Hermansen erschrocken herum. Curt ließ den Blick rasch durch das Wohnzimmer schweifen. Carl Mørck musste sich in einem anderen Raum aufhalten.

»Guten Abend, Nete«, sagte er und fixierte sie. Ihre Augen waren matter, ein leichter Grauschleier lag darin, ihr Körper war nicht mehr so elastisch und das Gesicht nicht mehr so konturiert und zart wie früher. Die Proportionen hatten sich altersgemäß verändert. So war es eben.

»Entschuldige, aber die Tür stand offen, und da du mein Klopfen offenbar überhört hast, habe ich mir erlaubt, hereinzukommen.«

Sie schüttelte langsam den Kopf.

»Na ja, wir sind doch alte Freunde, nicht wahr? Curt Wad ist bei dir zu Hause sicher stets willkommen, Nete.«

Er lächelte angesichts ihres verstörten Blicks und schaute sich dann bedächtig im Zimmer um. Nein, hier stach nichts Ungewöhnliches ins Auge, bis auf die beiden Tassen auf dem Tisch und die Tatsache, dass von Carl Mørck nichts zu sehen war. Er inspizierte die Tassen von Nahem, wobei er aufpasste, dass

Nete sich nicht an ihm vorbeidrückte und den Raum verließ. Aha! Eine Tasse mit schwarzem Kaffee, noch fast voll, die andere mit etwas, das wie Tee aussah, halb leer. Beide Getränke waren noch lauwarm.

»Wo ist Carl Mørck?«

Die Frage schien sie zu erschrecken. Als wenn Mørck in irgendeiner Ecke stand und sie beobachtete. Curt sah sich noch einmal um.

»Wo ist er?«, wiederholte er.

»Er ist vor einer Weile gegangen.«

»Nein, das ist er nicht, Nete. Dann hätte ich gesehen, wie er das Haus verließ. Ich frage noch einmal: Wo ist er? Du tust gut daran, zu antworten.«

»Er hat die Küchentreppe genommen. Ich weiß nicht, warum.«

Einen Moment blieb Curt unbewegt stehen. Hatte Carl Mørck seine Verfolger unten vor dem Haus gesehen? War ihnen Mørck die ganze Zeit einen Schritt voraus gewesen?

»Zeig mir das Treppenhaus hinter der Küche«, sagte er und bedeutete ihr, vorauszugehen.

Sie griff sich an die Brust und ging dann zögernd an ihm vorbei in die Küche.

»Dort«, sagte sie und deutete auf eine Tür in der Ecke. Ihr war eindeutig nicht wohl, was Curt nachvollziehen konnte.

»Du sagst, er hat diesen Weg genommen. Dann hat er also mühsam alle Flaschen und den Gemüsekorb und die Abfalltüten beiseitegeschoben und du hast sie ebenso mühsam wieder zurückgestellt. Tut mir leid, aber das glaube ich nicht.«

Er packte sie bei den Schultern und drehte sie mit einem Ruck zu sich um. Sie blickte zu Boden, was wiederum nachzuvollziehen war. Wie verlogen diese Frau doch war! Wie durch und durch verlogen, von klein auf.

»Wo ist Carl Mørck?«, wiederholte er, nahm eine Spritze aus der Jackentasche, schob geschickt die Kappe von der Kanüle und hielt sie ihr an den Hals.

»Er ist die Küchentreppe runtergegangen.« Sie flüsterte jetzt fast.

Da stach er ihr die Kanüle in den Hals und injizierte ihr die Hälfte der Ampulle.

Es dauerte nicht lange und sie begann zu schwanken. Dann sank sie schlaff in sich zusammen.

»So. Nun habe ich dich da, wo ich dich haben wollte. Gibt es etwas, das du loswerden willst? Nur zu, es dringt nicht weiter als bis zu mir. Hast du gehört, Nete Hermansen?«

Als sie nicht reagierte, ließ er sie erst einmal zurück und lief wieder in den Flur. Einen Moment stand er still da und horchte auf ein noch so kleines Geräusch, das dort nicht hingehört hätte, auf einen Atemzug, ein Knarren oder Rascheln. Aber es regte sich nichts. Dann ging er zurück ins Wohnzimmer. Ursprünglich waren dies zwei Zimmer gewesen, wie am Stuck deutlich zu erkennen war. Früher hatte es sicher im hinteren Zimmer auch noch eine Tür zum Flur gegeben, aber die war weg.

Das ganz gewöhnliche Zuhause einer älteren Frau – das war der Eindruck, den die Wohnung ausstrahlte. Nicht unmodern, aber auch nicht modern. Eine englische Uhr mit Pendel neben einem Radio mit CD-Player. Etwas klassische Musik, außerdem ein paar aktuelle Schlager. Nichts für Curt.

Schließlich inspizierte er noch einmal die beiden Tassen auf dem Tisch, befühlte die Kaffeetasse und setzte sich. Und während er versuchte zu ergründen, was mit Carl Mørck passiert sein mochte und wie sie ihn wiederfinden konnten, nahm er die Kaffeetasse und trank einen Schluck. Doch der Geschmack war so bitter, dass er die Tasse angeekelt zurückstellte.

Er tastete in seiner Hosentasche nach dem sicheren Handy. Vielleicht sollte er einen Mann ins Präsidium schicken, um herauszufinden, ob Carl Mørck auf die eine oder andere rätselhafte Weise dorthin zurückgekehrt war. Er sah auf die Uhr. Nein, er würde jemanden zu Mørck nach Hause schicken. Es war spät geworden.

Einen Moment lang ließ Curt den Kopf sinken. Er fühlte sich auf einmal müde. Das Alter ließ sich trotz allem nicht ignorieren. Da fiel sein Blick auf einen winzigen Fleck auf dem rot-bräunlichen Teppichmuster. Merkwürdig, sieht ziemlich frisch aus, dachte er und prüfte mit dem Zeigefinger, wie sich der Fleck anfühlte.

Er war feucht.

Curt schaute auf seine Fingerspitze und versuchte zu verstehen.

Warum war auf Netes Teppich frisches Blut? Was um Himmels willen war hier passiert? War Carl Mørck womöglich doch noch hier?

Curt sprang auf, eilte hinüber in die Küche und betrachtete Nete, die noch immer auf dem Fußboden lag. Auf einmal hatte er ein extrem trockenes Gefühl im Mund und spürte Übelkeit in sich aufsteigen. Er rieb sich das Gesicht, trank ein paar Schlucke Wasser direkt aus der Leitung und befeuchtete sich die Stirn. Trotzdem musste er sich am Küchentisch abstützen. Er hatte in den letzten Tagen aber auch wirklich einiges durchgemacht.

Als er sich etwas besser fühlte, tastete er nach der zweiten Midazolamspritze, prüfte sie und steckte sie wieder ein. Wenn nötig, konnte er sie im Handumdrehen herausziehen.

Dann verließ er die Küche und ging auf leisen Sohlen den Flur entlang.

Nachdem er vorsichtig die nächste Tür geöffnet hatte, hatte er ein ungemachtes Bett, einen Haufen Schuhe und alte Strumpfhosen vor sich.

Der daran angrenzende Raum war eine richtige Rumpelkammer: Mäntel, Taschen und diverse andere Accessoires, die das Herz einmal begehrt hatte, hingen an Haken und stapelten sich auf Regalen.

Nichts, dachte er und zog die Tür wieder zu. Nun fiel ihm erneut der unangenehm muffige Geruch auf, den er beim Betreten der Wohnung bemerkt hatte, nur war er jetzt etwas stärker geworden.

Einen Moment stand Curt schnuppernd da, dann meinte er, der Geruch käme von dem Regal, das in der hinteren Ecke des Flures stand. Aber das war nicht sehr wahrscheinlich, denn das Regal war so gut wie leer, dort lagen nur ein paar alte Ausgaben von ›Reader's Digest‹ und ein kleiner Stapel Illustrierte.

Curt stellte sich ganz nahe an das Regal und atmete tief ein. Der Geruch war nicht sonderlich markant, es war eher eine leichte Duftnote, die in der Luft hing, so wie wenn man am Vortag Fisch oder Curry zubereitet hatte.

Da hatte sich wohl irgendwann mal eine Maus zum Sterben hinter das Regal zurückgezogen, was sollte es sonst sein?

Als er sich umdrehte, um sich das Wohnzimmer genauer vorzunehmen, stolperte er.

Er blickte zu Boden. Der Kokosläufer hatte sich gewellt, aber der Faltenwurf sah merkwürdig aus. So, als hätte eine Tür beim Öffnen den Läufer immer wieder verschoben. Und dort, mitten auf dem Läufer, war Blut. Kein braunes, geronnenes Blut, sondern dunkelrotes, frisches.

Prüfend folgte er dem Faltenwurf im Teppich bis zum Regal. Dann fasste er mit der einen Hand hinter die rechte Seite des Regals und zog daran.

Da das Regal so gut wie nichts wog, starrte Curt schon in der nächsten Sekunde auf eine Tür, die sich dahinter verbarg. Eine Tür mit Hängeschloss. Direkt dahinter.

Sein Herz begann zu rasen, er fühlte sich auf eine sonderbare Weise fast aufgekratzt. Als wenn diese verborgene Tür die ganze Geheimniskrämerei repräsentierte, mit der er sich ein Leben lang umgeben hatte. Die Geheimnisse um all die Kinder, die nicht leben durften, um all die verhinderten Kreaturen. Die geheimen Taten, auf die er überaus stolz war. Ja, sonderbar, aber so war es. Genau hier, vor dieser Geheimtür, fühlte er sich gut, obwohl sein Mund extrem trocken war und sich die gesamte Umgebung zu deformieren und auf seinen Schultern zu lasten schien.

Er schob das Gefühl beiseite, erklärte es sich als Folge übergroßer Müdigkeit und zog am Schloss. Es ließ sich ohne Probleme öffnen, und auch die Türklinke konnte er leicht herunterdrücken. Mit einem schmatzenden Geräusch ging die Tür auf. Sofort wurde der Geruch intensiver. Curt betrachtete den Türrahmen, der mit kräftigem Gummidichtungsband ausgekleidet war. Als er die Tür etwas weiter aufschob, stellte er fest, dass sie ungewöhnlich schwer war. Das war keine normale Tür – und auch keine, die seit Jahren nicht mehr geöffnet worden wäre, davon zeugte die Falte im Teppich und das war auch der Tür selbst anzusehen.

Curt war jetzt in Habachtstellung und hielt die Spritze einsatzbereit in der Hand.

»Carl Mørck«, sagte er leise, ohne eine Antwort zu erwarten.

Dann stieß er die Tür weit auf. Der Anblick, der sich ihm bot, haute ihn förmlich um.

Von hier kam also der Geruch, und seine Ursache war unübersehbar.

Er ließ den Blick über die bizarre Szenerie gleiten – über Carl Mørck, der leblos am Boden lag, und über fünf eingetrocknete, muffig riechende tote Leiber, die mit eingefrorenen Mienen um den festlich gedeckten Tisch saßen und auf ihre letzte Mahlzeit warteten. Über graue, groteske Totenschädel mit staubigen, gleichsam welken Haaren und zurückgezogenen Lippen, die schwarzgelbe Zähne freigaben. Niemals zuvor hatte er etwas Vergleichbares gesehen. Leere Augenhöhlen, die auf Kristallgläser und Silberbesteck starrten. Durchsichtige Haut über hervorstehenden Knochen und dicken Sehnen. Um die Tischkante gekrümmte Finger mit braunen Nägeln, die nie mehr nach irgendetwas greifen würden.

Er schluckte und trat dann in den Raum, in dem es zwar intensiv, aber nicht eigentlich nach Verwesung roch. Auf einmal wusste er, woran der Geruch ihn erinnerte. Es war, als öffnete man eine Glasvitrine mit ausgestopften Vögeln. Tod und Ewigkeit auf einmal.

Fünf Mumien und zwei leere Plätze. Curt trat zu dem nächstliegenden freien Platz. Auf der Tischkarte hinter dem Gedeck stand mit zierlicher Schrift *Nete Hermansen*. Für wen der zweite leere Platz bestimmt war, konnte er sich leicht vorstellen. Für wen, wenn nicht für ihn selbst?

Was für eine verschlagene, teuflische Person, diese Nete Hermansen.

Er bückte sich und betrachtete prüfend den Kriminalbeamten auf dem Fußboden. Haare und Schläfen waren blutverklebt, aber noch immer tropfte etwas Blut auf den Boden. Aller Wahrscheinlichkeit nach lebte der Mann also noch. Curt Wad tastete nach der Halsschlagader und nickte zufrieden. Einerseits, weil Nete die Arme und Beine des Polizisten effektiv mit breitem Teppichklebeband verschnürt hatte, andererseits, weil der Puls war, wie er sein sollte, regelmäßig und konstant. Sonderlich viel Blut hatte Carl Mørck auch nicht verloren. Ohne Zweifel ein übler Schlag, aber doch nicht so hart, um mehr als eine Gehirnerschütterung auszulösen.

Wieder blickte Curt zu dem leeren Platz, der ihm zugedacht gewesen war. Was für ein Segen, dass er die Einladung damals nicht angenommen hatte! Er versuchte nachzurechnen, wie lange das genau her sein mochte. Das war gar nicht so einfach. Aber zwanzig Jahre waren es mindestens. Na, dann brauchte man sich kaum zu wundern, dass die Gäste an der Tafel etwas müde wirkten.

Er lachte vor sich hin, während er über den Flur zu seiner bewusstlosen Gastgeberin zurückkehrte.

»Hoppala, kleine Nete. Jetzt endlich kann das Fest beginnen.«

Er schleppte sie in den abgedichteten Raum und hievte sie auf den Stuhl an der Stirnseite des Tischs, den die Platzkarte als ihren auswies.

Wieder spürte Curt dieses Unwohlsein. Schwer atmend stand er einen Moment neben dem Tisch, dann riss er sich zusammen, ging zur Wohnungstür und holte sein Köfferchen. Mit der Lässigkeit der Ärzte knallte er es auf den Tisch neben Netes Gedeck und nahm eine unbenutzte Spritze sowie eine Ampulle Flumazenil heraus. Ein kleiner Schuss, und Nete würde zurückkommen in die Realität.

Sie zitterte etwas, während die Kanüle einstach und er ihr die Flüssigkeit injizierte. Schließlich öffnete sie langsam, zögernd die Augen, als wüsste sie bereits, dass die Wirklichkeit sie gleich übermannen würde.

Curt lächelte sie an und tätschelte ihre Wange. Nur noch wenige Minuten, dann würde man wieder mit ihr sprechen können.

»Und was machen wir mit Carl Mørck?«, murmelte er vor sich hin und sah sich um. »Ah. Hier haben wir ja eine besonders bequeme Sitzgelegenheit«, sagte er, nickte den düsteren, erstarrten Gästen zu und zog einen Sessel mit dunklen Flecken auf der Sitzfläche neben Netes Armstuhl.

Anschließend bückte er sich, packte den stattlichen Vizepolizeikommissar, der ihm so viel Ärger bereitet hatte, unter den Armen und bugsierte ihn auf den Sessel.

»Bitte entschuldigen Sie«, sagte Curt, verbeugte sich leicht vor einer Gestalt, die einmal ein Mann gewesen sein musste, und griff quer über den Tisch nach der Wasserkaraffe. »Unser Gast braucht dringend eine kleine Erfrischung.«

Dann hob er die Karaffe über Carls Kopf, zog den Glasstöpsel heraus und goss dreiundzwanzig Jahre altes Wasser über Mørcks blutigen Schädel, woraufhin sich ein rot glänzendes Delta auf dem leblosen kreideweißen Gesicht abzeichnete.

46

November 2010

CARL KAM ZWAR nach wenigen Sekunden zu sich, aber nur peu à peu. Zuerst spürte er das Wasser im Gesicht, dann die Schmerzen am Kopf, in den Ellbogen und Unterarmen, mit denen er den Schlag abgewehrt hatte. Die Augen noch immer geschlossen, ließ er den Kopf vornübersinken. Ein Unwohlsein im ganzen Körper, wie er es noch nie erlebt hatte, brachte ihn endgültig in die Realität zurück. Ihm war speiübel, der Mund war wie ausgetrocknet und vor seinem inneren Auge tauchten unablässig und unkontrolliert Bilder auf, abwechselnd aufblitzend wie grellbunte Wellen. Mit einem Wort: Es ging ihm beschissen. Und irgendwie war er sich ziemlich sicher, dass es nicht besser würde, wenn er die Augen aufmachte.

Da hörte er die Stimme.

»Kommen Sie schon, Mørck. So schwer ist es doch nicht!«

Diese Stimme gehörte definitiv nicht zu dem Ort, an dem er sich zu befinden glaubte. Langsam öffnete er die Augen. Ein Umriss war zu erkennen, der nach und nach schärfere Konturen annahm, bis Carl sich plötzlich einem mumifizierten menschlichen Gesicht gegenübersah, dessen Kiefer herabhing wie zu einem Schrei.

Jetzt war er hellwach. Ihm entfuhr ein Keuchen, als sein Blick von einer eingetrockneten Leiche zur nächsten wanderte. Zu allem Überfluss sah er alles doppelt.

»Ja, Carl Mørck, da sind Sie in eine feine Gesellschaft geraten, was?«, hörte er dieselbe Stimme über sich.

Carl bemühte sich, seine Nackenmuskeln zu kontrollieren, aber das war verdammt schwer. Was um alles in der Welt war hier los? Ringsum gebleckte Zähne und braunes Fleisch. Wo war er?

»Ich helfe Ihnen mal.« Damit griff ihm auch schon eine Hand in die Haare und riss seinen Kopf so abrupt nach hinten, dass sämtliche Nervenenden um Hilfe winselten.

Der Greis über ihm unterschied sich nicht sonderlich von den Leichen rings um den Tisch. Die Haut war faltig und eingetrocknet, die Farbe vollständig aus dem Gesicht gewichen und die Augen, die gestern noch so scharf dreingeblickt hatten, wirkten wie tot. Binnen eines Tages hatte sich Curt Wad radikal verändert.

Carl wollte etwas sagen. Etwas wie: Was zum Teufel treiben Sie denn hier? Und: Machen Sie und Nete doch gemeinsame Sache? Aber er konnte nicht sprechen.

Und warum sollte er auch? Curt Wads Anwesenheit war Antwort genug.

»Tja, also, dann willkommen zum Fest«, höhnte der Alte und ließ Carls Haare los, sodass dessen Kopf zur Seite kippte.

»Ja, Carl. Sie sehen, Sie haben die Gastgeberin als Tischdame, und sie atmet noch, es könnte also kaum besser sein.«

Carl schaute zur anderen Seite, zu Nete Hermansen. In ihrem Gesicht schien alles zu hängen. Die Lippen, die Tränensäcke unter den Augen, der Unterkiefer. Alles wirkte wie gelähmt.

Er ließ den Blick über ihren Körper wandern. Wie seine eigenen waren auch ihre Füße und Schenkel mit Teppichklebeband fixiert.

»Du sitzt wohl nicht so gut, Nete«, sagte Curt Wad und nahm die Rolle Klebeband. Ein paarmal hörte Carl ein reißendes Geräusch und schon waren ihre Arme an den Stuhllehnen festgebunden. »Wie gut, dass du dir den besten Stuhl reserviert hast«, lachte Wad. Dann ließ er sich schwer auf den einzig freien Stuhl sinken.

»Meine Damen und Herren, es ist serviert. Bitte sehr!«

Er hob sein leeres Glas und prostete allen in der Runde zu.

»Möchtest du mich vielleicht deinen Gästen vorstellen, Nete?«, fragte er und nickte in Richtung der hohlwangigen Leiche in dem ausgeblichenen Tweedjackett am anderen Tischende.

»Ja, Philip kenne ich gut. Zum Wohl, alter Freund. Man muss bei Verhandlungen nur einen Nørvig am Tischende sitzen haben, dann läuft es wie geschmiert, nicht wahr?«

Er begann, wie verrückt zu lachen. Es war zum Kotzen.

Dann richtete Curt Wad seinen Blick wieder auf Carls Tischdame. »Hör mal, Nete, geht's dir nicht gut? Vielleicht solltest du noch einen Schuss Flumazenil nehmen, du wirkst so schlapp. Ich hab dich schon in besserer Verfassung gesehen.«

Sie flüsterte irgendetwas. Carl war sich nicht sicher, ob er richtig verstanden hatte. »Das glaube ich nicht«, sollte es wohl heißen.

Der Alte hörte es nicht, aber sein Gesichtsausdruck veränderte sich.

»Nun hat der Spaß ein Ende. Wie ich sehe, hattest du Pläne für uns alle, Nete. Und deshalb bin ich ganz besonders froh, heute zu meinen eigenen Bedingungen an der Veranstaltung teilnehmen zu können. Zunächst legt ihr zwei mir bitte dar, was ihr Außenstehenden von meinem Tun erzählt habt. Damit ich mir einen Eindruck von dem entstandenen Schaden machen und überlegen kann, wie meine Leute das Vertrauen in unsere Arbeit wiederherstellen können.«

Carl sah ihn an. Er fühlte sich noch immer wie benebelt und versuchte, auf verschiedene Arten einzuatmen, aber erst, als er durch den Mundwinkel Luft einsaugte, schien das Wirkung zu zeigen. Da war ihm, als bekäme er etwas mehr Kontrolle über die merkwürdigen Geschehnisse in seinem Körper. Das Gefühl für das Schlucken wurde deutlicher, die Lähmungen in Hals und Rachen nahmen ab. Er konnte tiefer einatmen.

»Scheiß der Hund drauf!«, flüsterte er.

Curt Wad hörte es, lächelte aber nur.

»Mørck, Sie können sprechen, wie erfreulich! Wir haben viel Zeit. Mit Ihnen wollen wir anfangen.« Er sah zu seiner Tasche auf dem Tisch. »Ich will nicht verhehlen, dass dieser Abend euer letzter sein wird. Wenn ihr jedoch zur Zusammenarbeit bereit seid, verspreche ich, für einen schnellen und schmerzfreien Tod zu sorgen. Wenn nicht …«

Er steckte die Hand in die Tasche und zog ein Skalpell heraus. »Ich muss sicher nicht ins Detail gehen. Nur so viel: Der Gebrauch dieses Werkzeugs ist mir nicht fremd.«

Wieder wollte Nete etwas sagen, aber sie wirkte noch immer wie gelähmt und nicht recht anwesend.

Carl blickte auf das Skalpell und versuchte, sich zu sammeln. Er zerrte am Klebeband um die Handgelenke. Seine Arme waren kraftlos und seine Anstrengungen vergeblich. Er wackelte etwas mit dem Sessel, doch sein Körper reagierte so gut wie gar nicht. Es war gleichzeitig zum Heulen und zum Lachen.

Was zum Teufel ist mit mir los, fragte er sich. Konnte eine Gehirnerschütterung eine solche Wirkung haben?

Er schielte zu Curt Wad hinüber. War das Schweiß, was über dessen Nasenrücken lief? Zitterten seine Hände vor Müdigkeit?

»Nete, wie kommt es zu der Verbindung zwischen euch beiden? Hast du dich an die Polizei gewandt?« Wad wischte sich die Stirn ab und lachte. »Nein, wohl kaum. Das kannst du dir ja bestimmt nicht leisten.« Er deutete mit dem Kinn auf die Leichenversammlung. »Außerdem, wer sind diese anderen armen Kerle eigentlich, mit denen ich zusammen sterben sollte? Der da, zum Beispiel, was ist das für ein Lump?«

Er deutete auf die Leiche ihm gegenüber. Wie die übrigen war sie am Stuhl festgebunden, saß jedoch nicht richtig aufrecht. Der Körper war zu unförmig, und obwohl er eingetrocknet war, sah er immer noch korpulent aus.

Curt Wad lächelte, fasste sich dann aber plötzlich an den Hals, als würde der brennen oder als bekäme er keine Luft. Das hätte Carl auch gern getan, wenn er gekonnt hätte.

Wad räusperte sich mehrfach und wischte sich erneut die Stirn ab. »Mørck, nun erzählen Sie mal, was das für Papiere sind, die Sie in die Hände bekommen haben. Konnten Sie was aus dem Archiv rausholen?« Nebenbei richtete er das Skalpell auf den Tisch und ritzte ins Tischtuch. Nein, an dessen Schärfe brauchte man nicht zu zweifeln.

Carl schloss die Augen. Er hatte keine Scheißlust zu sterben, und so schon gar nicht. Aber wenn es geschehen musste, verdammt, dann mit Haltung. Dieses Arschloch sollte nichts aus ihm rausbekommen, was er nicht erzählen wollte.

»Okay, Sie sagen nichts. Wenn ich mit euch fertig bin, werde ich meine Kontaktleute anrufen und sie bitten, eure Leichen zu entfernen, auch wenn ...« Er starrte in den Raum und holte mehrmals tief Luft. Offensichtlich ging es ihm nicht gut. Er öffnete den obersten Hemdknopf. »Auch wenn es fast schade ist, diese gute Tischgesellschaft zu ruinieren«, schloss er.

Carl hörte nicht zu. Er konzentrierte sich aufs Atmen. Einatmen durch den Mundwinkel, ausatmen durch die Nase. Mit dieser Technik drehte sich der Raum nicht ganz so schnell.

Da ruckelte die Frau neben ihm mit einem Mal auf ihrem Stuhl hin und her.

»Ha ...! Sie haben also ... den Kaffee getrunken!« Die Worte kamen leise und heiser, und der Blick, mit dem sie Curt Wad bedachte, war eiskalt.

Der Alte erstarrte, füllte sich den Rest des uralten Wassers ins Glas und trank, dann atmete er ein-, zweimal besonders tief ein. Jetzt schien er vollends verwirrt zu sein. Carl wusste genau, wie es ihm ging.

Nete stieß ein Schnauben aus, das wohl ein Lachen sein sollte. »Also wirkt das Zeug tatsächlich noch. Ich war mir nicht sicher.«

Der alte Mann sah sie mit einem vernichtenden Blick an. »Was war in dem Kaffee?«

Sie lachte nur. »Lassen Sie mich frei und Sie werden es erfahren. Allerdings bin ich nicht sicher, ob Ihnen das hilft.«

Curt Wad holte sein Handy aus der Tasche und gab eine Nummer ein. Dabei ließ er Nete nicht aus den Augen. »Du sagst mir, was in dem Kaffee war, und zwar auf der Stelle! Ansonsten greife ich zum Skalpell, ist das klar? Einer meiner Helfer wird gleich hier sein, der wird mir das entsprechende Gegengift geben. Sag es und ich lasse dich frei. Dann sind wir quitt.«

Er hielt sich das Handy ans Ohr, bekam aber offenbar keinen Kontakt. Mit fahrigen Fingern klappte er es zusammen, nur, um es sofort wieder aufzuklappen und eine weitere Nummer einzugeben. Und als sich das Gleiche wiederholte, wählte er fieberhaft eine dritte Nummer. Wieder ohne Ergebnis.

Carl spürte etwas wie einen Krampf im Zwerchfell und atmete so tief ein, wie er überhaupt nur vermochte. Es tat irre weh. Aber sowie er ausatmete, ließen die Spannungen in Halsmuskeln und Zunge nach. Ein gutes Gefühl.

»Rufen Sie ruhig all Ihre Handlanger an.« Carl stöhnte mehr, als dass er sprach. »Ich fürchte bloß, das nützt Ihnen nichts, denn Sie werden zu keinem von ihnen Kontakt bekommen, Sie alter Narr.« Carl sah Curt Wad direkt ins Gesicht. Der verstand ganz offenkundig nicht, was er meinte.

Plötzlich lächelte Carl. Es war völlig unmöglich, nicht zu lächeln. »Die sind alle festgenommen«, erklärte er. »Wir haben die Mitgliederliste des Geheimen Kampfs in Ihrem Kabuff gefunden.«

In derselben Sekunde glitt ein Schatten über Curt Wads Miene und es zuckte in seinem Gesicht. Er schluckte zweimal, sein Blick flackerte durch den Raum und das Hochmütige verschwand nach und nach aus seinen Zügen. Er hustete, dann starrte er Carl hasserfüllt an.

»Tut mir leid, Nete, aber ich muss einen deiner Gäste eliminieren«, knurrte er. »Und wenn das erledigt ist, erzählst du mir, womit du mich vergiftet hast, verstanden?«

Er richtete seinen langen knochigen Körper auf und schob den Stuhl etwas zurück. Das Skalpell hielt er so fest umklammert, dass seine Knöchel hell leuchteten. Carl senkte den Blick. Er wollte dem Irren nicht das Vergnügen machen, ihm in die Augen zu sehen, während der mit dem Messer auf ihn einstach.

»Hören Sie gefälligst auf, mich zu duzen«, kam es da heiser von der Frau neben Carl. »Ich verbitte mir diese Vertraulichkeit, Curt Wad. Sie kennen mich überhaupt nicht.« Sie atmete noch immer mühsam, aber ihre Stimme war jetzt klar. »Und ich finde, wenn Sie schon aufstehen, sollten Sie sich erst einmal Ihrer etwas verblichenen Tischdame dort drüben vorstellen. So wie es sich gehört.«

Die Augen des Alten waren dunkel geworden. Er drehte den Kopf zur Tischkarte seiner toten Nachbarin und schüttelte den Kopf. »Gitte Charles. Kenne ich nicht.«

»Aha. Dann sollten Sie sie mal richtig ansehen, finde ich. Na los, Sie erbärmliches Schwein, worauf warten Sie!«

Carl hob den Kopf und sah, wie Wad sich in Zeitlupe seiner Nachbarin zuwandte. Jetzt beugte der Alte sich über die Tischplatte vor, um ihr besser ins Gesicht sehen zu können. Mit gekrümmten Fingern packte er den Kopf der Mumie und drehte ihn mit Gewalt zu sich, dass es knirschte.

Abrupt ließ er los.

Langsam wandte Curt Wad den Kopf wieder in Carls Richtung. Sein Mund stand offen, die Augen starrten ins Leere.

»Aber ... das ... ist doch Nete«, stammelte er und fasste sich an die Brust.

Im selben Augenblick verlor Wad die Kontrolle über seine Gesichtsmuskeln. Mit einem Schlag war sein Gesichtsausdruck völlig verändert, wie deformiert. Seine Schultern sackten herunter und damit fiel auch der letzte Rest seiner Größe.

Er legte den Kopf in den Nacken, rang nach Luft und kippte vornüber.

Schweigend warteten sie, bis seine Krämpfe nachließen. Er atmete noch, aber sicher nicht mehr lange.

»Ich bin Gitte Charles«, sagte die Frau und sah Carl an. »Nete ist die Einzige an diesem Tisch, die ich umgebracht habe. Sie oder ich, so war das damals, und es war kein Mord. Nur ein einfacher Schlag mit dem Hammer. Ein Schlag, den sie eigentlich mir zugedacht hatte.«

Carl nickte. Also hatte er nie mit Nete geredet. Das erklärte doch manches.

Dann verfolgten sie eine Weile Curt Wads Röcheln und Augenzucken.

»Ich glaube«, sagte Carl, »ich weiß auch ohne die Hilfe der Tischkärtchen, wer alles an diesem Tisch sitzt. Aber wen davon kannten Sie?«

»Außer Nete kannte ich nur noch Rita.« Sie nickte in Richtung einer Leiche, die mehr hing als saß. »Erst als Sie kamen und mich ausfragten, begriff ich den Zusammenhang zwischen den Tischkarten und den realen Menschen, die Netes Weg gekreuzt hatten. Ich war bloß eine davon.«

»Falls wir hier rauskommen, muss ich Sie festnehmen, das ist Ihnen klar, oder? Sie wollten mich mit dem Hammer erschlagen und mit dem Kaffee – was auch immer da drin war – vergiften«, sagte Carl. »Und vielleicht gelingt es Ihnen ja tatsächlich, mich loszuwerden.« Er deutete zu Curt Wad hinüber, der nur noch schwach blinzelte. Der Giftcocktail in Kombination mit dem Alter und dem Schock zeigte Wirkung.

Nein, es wird nicht mehr lange dauern, dachte Carl, und es ist mir verdammt scheißegal. Curt Wads Leben für das von Assad, das ist das Mindeste.

Die Frau neben ihm schüttelte den Kopf. »Sie haben ja so gut wie nichts von Ihrem Kaffee getrunken. Ich bin sicher, das reicht nicht, um Sie umzubringen. Die Giftmischung ist uralt.«

Carl sah sie erstaunt an.

»Gitte, Sie haben dreiundzwanzig Jahre lang Nete Hermansens Leben gelebt. Wie haben Sie das geschafft?«

Sie versuchte zu lächeln. »Wir sahen uns ein bisschen ähnlich. Natürlich war ich etwas älter und damals, als es passierte, war ich ziemlich verbraucht. Aber ich habe mich erholt. Ein paar Monate auf Mallorca, dann hatte ich mich angepasst. Das Haar ein wenig aufgehellt, etwas schickere Garderobe, das kam mir alles sehr gelegen. Nete hatte ein besseres Leben gehabt als ich. Ein viel besseres. Selbstverständlich hatte ich Angst, bei der Passkontrolle oder von einem Bankangestellten oder sonst wem enttarnt zu werden. Aber wissen Sie was? Ich habe nach und nach festgestellt, dass niemand hier in Kopenhagen Nete kannte. Außer vielleicht die Nachbarn, aber auch nur vom Sehen. Ich musste bloß ein bisschen hinken, denn der Gehfehler war vielleicht doch dem einen oder anderen aufgefallen. Tja, und meine Gäste hier, die saßen doch gut, wo sie waren. In der Küche hab ich jede Menge Formalin gefunden, und ich konnte mir leicht ausrechnen, was Nete damit vorgehabt hatte. Also bekamen sie alle einen gehörigen Schluck in den Hals, damit sie nicht so schnell verwesten. Nachts, wenn die Nachbarn schliefen und es draußen trocken und kühl war, hab ich immer kräftig gelüftet. Gestank und Feuchtigkeit raus, frische Luft rein. Und Sie sehen ja das Ergebnis. Die Damen und Herren sitzen noch genauso ordentlich da, wie sie platziert wurden.«

Na, das Schlückchen Formalin wird wahrscheinlich weniger dazu beigetragen haben als das Fehlen von Gewürm, dachte Carl.

»Was hätte ich sonst auch tun sollen?«, fuhr Gitte Charles fort. »Hätte ich sie in Stücke hacken und die Leichenteile in Mülltüten stopfen sollen? Dann hätte man sie ganz sicher irgendwann gefunden. Nein, nein, das hatte Nete schon gut geplant. Und jetzt sitzen wir hier gezwungenermaßen mit ihr zusammen.«

Sie lachte hysterisch, und der Grund dafür war leicht zu erraten. Sie hatte die Doppelrolle zwei Jahrzehnte lang gut gemeistert. Aber was nützte ihr das jetzt? Sie waren in einem perfekt isolierten Raum gefangen. Egal, wie laut sie schrien, niemand würde sie hören. Wer also sollte sie finden? Und wann? Rose war die einzige Person, die sich unter Umständen ausmalen konnte, wo er war, aber er hatte ihr eine Woche freigegeben.

Carl sah zu Curt Wad hinüber, der sie in dieser Sekunde aus aufgerissenen

Augen ungeahnt scharf fixierte. Dann lief ein Zittern durch den Körper des Alten, als sammelten sich seine Kräfte ein letztes Mal, und plötzlich drehte er sich einmal um sich selbst, während er in einem allerletzten Krampf mit seinem Arm auf die Frau neben Carl zustieß.

Carl hörte Curt Wad sterben. Ein kurzes Lallen und ein kraftloses Ausatmen. Jetzt lag er reglos da und seine Augen, die die Menschen jahrzehntelang in »tauglich« und »untauglich« unterteilt hatten, blieben starr zur Decke gerichtet.

Carl atmete tief durch, vielleicht erleichtert, vielleicht ohnmächtig. Dann wandte er den Kopf zu seiner schwach zitternden Nachbarin und sah das Skalpell, das tief in ihrem Hals steckte. Keinen Laut hatte sie von sich gegeben.

Überhaupt kam kein Laut von irgendwoher.

Zwei Nächte lang teilte er die Zelle mit diesen sieben toten Menschen. Und in jeder einzelnen Sekunde war er mit seinen Gedanken anderswo. Bei Menschen, von denen er nun definitiv wusste, dass er sie weitaus mehr mochte, als er sich hatte vorstellen können. Assad, Mona, Hardy. Ja, sogar Rose.

Als sich die dritte Nacht auf die leblosen Silhouetten um ihn senkte, gab er sich auf. Das war nicht so schwer. Nur noch schlafen, ewig schlafen.

Mit lautem Rufen und Rütteln an seinem Arm weckten sie ihn. Er kannte sie nicht, aber sie sagten, sie seien vom Polizeigeheimdienst. Einer legte ihm die Hand an den Hals und fühlte nach seinem Puls, denn er hatte sofort wahrgenommen, wie schwach Carl war.

Erst nachdem sie ihm Wasser zu trinken gegeben hatten, spürte er tatsächlich die Erleichterung, mit dem Leben davongekommen zu sein.

»Wie?«, fragte er mit großer Mühe, während sie seine Beine vom Klebeband befreiten.

»Wie wir Sie gefunden haben? Wir haben massenweise Menschen festgenommen, und derjenige, der Ihnen hierher gefolgt war und Curt Wad informiert hatte, der fing auf einmal an zu reden«, sagten sie.

Mir gefolgt?, dachte Carl irritiert. Wie denn das?

War er für dieses Spiel vielleicht doch langsam zu alt?

Epilog

Dezember 2010

An einem so fiesen Dezembertag, mit Schneematsch auf den Straßen und dem Widerschein von Christbaumkerzen in den Augen der Mitmenschen, konnte Carl nur die Galle überlaufen. Warum dieses plötzliche Entzücken über Wasser, das weiß geworden war? Über die Aussicht, seine letzten Energiereserven beim Einkaufsmarathon durch entsetzliche Kaufhäuser zu verbrauchen?

Carl hasste den ganzen Weihnachtsmist, und seine Stimmung war entsprechend.

»Du hast Besuch«, teilte ihm Rose an der Tür stehend mit.

Er drehte sich um und wollte schon knurren, dass Besucher sich verdammt noch mal rechtzeitig anzumelden hätten.

In der Tür stand Børge Bak. Dessen Anblick hellte Carls Laune nun auch nicht gerade auf.

»Was zum Teufel willst du hier? Hast du neue Dolche gefunden, die du mir in den Rücken stoßen kannst? Wie bist du überhaupt durch …«

»Ich hab Esther mitgebracht«, sagte Bak. »Sie möchte sich gern bedanken.«

Carl schwieg und sah zur Tür.

Baks Schwester trug ein buntes Tuch, das den Hals und die Kopfhaut bedeckte, und enthüllte nach und nach ihr Gesicht. Zuerst die eine Seite, die kaum verfärbt und geschwollen war, danach die andere Seite, an der die plastischen Chirurgen intensiv gearbeitet hatten. Sie war noch immer schwarz von Schorf und zur Hälfte mit Gaze bedeckt. Esther Bak blickte Carl aus einem funkelnden Auge an, das zweite verdeckte sie mit einer Hand. Dann ließ sie die Hand sinken, ganz langsam, als wollte sie ihn nicht erschrecken, und zeigte ein Auge, dem der Glanz genommen war. Milchig und tot, aber mit einem Lächeln im Augenwinkel.

»Børge hat mir erzählt, wie Sie dafür gesorgt haben, dass Linas Verslovas von der Bildfläche verschwunden ist. Dafür möchte ich Ihnen von Herzen danken, denn sonst hätte ich nie mehr gewagt, mich frei zu bewegen.«

Sie hielt einen Blumenstrauß in der Hand, und Carl wollte schon mit dem angemessenen Ausdruck von Verlegenheit die Hand danach ausstrecken, als sie fragte, ob sie wohl Assad treffen könnte.

Carl nickte Rose sanft zu, und während diese Assad holte, warteten Carl, Børge Bak und dessen Schwester schweigend.

Das war der Dank.

Dann erschien Assad. Esther Bak stellte sich vor und trug ihm ihr Anliegen vor. Er sagte kein Wort.

»Also, vielen Dank, Assad«, wiederholte sie abschließend noch einmal und hielt ihm die Blumen hin.

Es dauerte etwas, bis Assad seinen linken Arm gehoben hatte und genauso lange, bis er den Strauß ordentlich zu fassen bekam.

»Darüber freue ich mich«, sagte er. Noch zitterte sein Kopf leicht beim Sprechen, es war jedoch schon deutlich besser geworden. Er lächelte sein neues schräges Lächeln und versuchte, die rechte Hand zum Gruß zu heben, aber das klappte noch nicht.

»Assad, lass mich die Blumen ins Wasser stellen«, bot Rose an, während Esther ihn schnell umarmte und allen zum Abschied zunickte.

»Wir sehen uns bald wieder. Ich fange am ersten Januar in der Asservatenkammer an. Gestohlene Sachen zu registrieren, riecht schon ein bisschen wie Polizeiarbeit.« Das war Baks Salutschuss zum Abschied.

Verdammter Mist. Børge Bak hier unten im Keller.

»Und hier ist die heutige Post, Carl. Du hast eine Ansichtskarte bekommen. Das Motiv findest du bestimmt ansprechend. Und sobald du dich da durchbuchstabiert hast, brechen wir auf, klar?«

Rose reichte ihm die Postkarte. Den größten Teil des Motivs bildeten zwei enorme sonnengebräunte Brüste, diskret bedeckt von *Happy Days in Thailand*, der Rest waren palmengesäumter Strand und bunte Lampions.

Mit bangen Ahnungen drehte Carl die Karte um.

Lieber Carl!
Aus Pattaya kommt ein lieber Gruß von einem lange vermissten Cousin.
Dir kurz zur Kenntnis, dass ich nun meine (unsere) Geschichte über Vaters Tod aufgeschrieben habe. Mir fehlt nur noch der Verlagsvertrag. Eine Idee, wer Interesse haben könnte?
Bis bald, Ronny

Carl schüttelte den Kopf. Dieser Mann hatte doch eine nie nachlassende Fähigkeit, Freude zu verbreiten.

Er pfefferte die Karte in den Papierkorb und erhob sich.

»Warum müssen wir dorthin fahren, Rose? Ich kann den Sinn darin nicht so recht erkennen.«

Sie stand hinter Assad auf dem Gang und half ihm in die Jacke.

»Weil Assad und ich das brauchen, kapiert?«

»Du sitzt auf der Rückbank«, entschied Rose fünf Minuten später, als sie den Schrumpf-Ford geholt und vor dem Präsidium geparkt hatte.

Carl fluchte und brauchte zwei Anläufe, bevor es ihm gelang, sich hinten in die Blechdose zu klemmen. Zum Teufel mit Marcus Jacobsen und seinen Budgets.

Zehn nervenzehrende Minuten kämpften sie sich durch dichten Verkehr. Respektvoll wichen alle aus, während Rose mit neuen Verkehrsregeln experimentierte und im Stakkato zwischen Steuer und Schaltung wechselte.

Schließlich schoss sie in den Kapelvej, wo sie den Wagen förmlich zwischen zwei falsch parkende Fahrzeuge schleuderte. Und als sie den Schlüssel abzog und mitteilte, nun seien sie beim Assistens-Friedhof angekommen, lächelte sie sogar.

Gott sei Lob und Dank, dass uns das bei lebendigem Leib vergönnt ist, dachte Carl und schälte sich aus dem Auto.

»Sie liegt dort drüben«, verkündete Rose und nahm Assads Arm.

Der ging langsam durch den Schnee, aber auch in dieser Hinsicht war in den letzten beiden Wochen eine Besserung eingetreten.

»Dort ist es.« Rose deutete auf ein Grab, etwa fünfzig Meter entfernt. »Schau, Assad, sie haben den Stein aufgestellt.«

»Das ist gut«, sagte er.

Carl nickte. Der Fall Nete Hermansen war ihnen allen dreien an die Nieren gegangen. Vielleicht war es doch gut, hergekommen zu sein, um einen Schlusspunkt zu setzen. Die Krankenakte 64 musste geschlossen werden, und Rose hatte entschieden, dass das mit Hilfe von Weihnachtsdekoration passieren solle: etwas Tannengrün, Schleifen und Kugeln. Was auch sonst.

»Wer mag das sein?« Rose zeigte auf eine weißhaarige Frau, die von einem der Seitenwege auf das Grab zusteuerte.

Sie musste einmal beträchtlich größer gewesen sein, aber nun hatten das Alter und das Leben ihr Rückgrat gebeugt, sodass der Hals fast waagerecht zwischen den Schultern vorragte.

Sie blieben stehen und beobachteten, wie die Frau sich an einer Plastiktüte zu schaffen machte und schließlich etwas daraus hervorzog, das von Weitem wie der Deckel eines Pappkartons aussah.

Dann bückte sie sich zum Grabstein und lehnte dieses deckelartige Ding schräg an eine Seite.

»Was macht die da?«, fragte Rose laut und zog die beiden Männer mit sich.

Sie sahen schon aus zehn Metern Entfernung die Inschrift des Grabsteins.

Nete Hermansen, 1937–1987 stand dort, nichts sonst. Kein Geburtstag und kein Todestag, nichts davon, dass sie eine verheiratete Rosen gewesen war, kein *Ruhe in Frieden*. Das war es also, wozu sich die Nachlassverwaltung hatte aufraffen können.

»Kannten Sie sie?«, fragte Rose die alte Dame, die kopfschüttelnd den Schneematsch auf dem Grab betrachtete.

»Gibt es etwas Bejammernswerteres als ein Grab ohne Blumen?«, antwortete die Frau.

Rose trat zu ihr. »Hier«, sagte sie und reichte ihr das Schreckensgesteck mit den Schleifen. »Es ist doch Weihnachten, deshalb hab ich gedacht, das wäre gut.«

Die alte Dame lächelte, bückte sich und platzierte das Gesteck vor dem Stein.

»Ja, entschuldigen Sie, Sie fragten, ob ich Nete kannte. Mein Name ist Marianne Hanstholm, ich war Netes Lehrerin. Sie stand meinem Herzen sehr nahe, und das ist der Grund, warum ich gekommen bin. Ich hab ja von alledem in der Zeitung gelesen. Von all diesen schrecklichen Menschen, die verhaftet wurden, und von dem, der dahinterstand, dem Kerl, der schuld war an Netes Unglück. Es tut mir so leid, dass ich den Kontakt zu ihr verloren hatte, wir waren einfach aus dem Leben des anderen verschwunden.« Sie machte eine vage Bewegung mit den dünnen Armen. »Aber so ist das Leben nun mal. Und Sie sind?«

Sie nickte ihnen zu und sah sie aus sanften Augen und mit einem beeindruckenden Lächeln an.

»Wir sind die, die sie wiedergefunden haben«, sagte Rose.

»Entschuldigen Sie, aber was war das, was Sie gerade dort hingestellt haben?«, fragte Assad und trat ans Grab.

»Ach, nur ein paar Worte. Ich fand, die sollte sie mit auf den Weg bekommen.«

Die alte Frau bückte sich noch einmal mühsam und hob das deckelartige Ding auf, das sich jetzt, aus der Nähe, als Holzplatte herausstellte. Vielleicht ein altes Schneidebrett.

Die Frau drehte sich um und hielt es ihnen hin.

Ich bin gut genug! stand da.

Carl nickte.

Ja, das war sie bestimmt gewesen.

Einst.

Anmerkung des Autors zu der im Roman beschriebenen Anstalt für Frauen

Die in diesem Buch beschriebene Anstalt für Frauen, die mit dem Gesetz oder der damals geltenden Moral in Konflikt gekommen oder aufgrund von »Debilität« für unmündig erklärt worden waren, hat es von 1923 bis 1961 auf der Insel Sprogø im Großen Belt tatsächlich gegeben.

Auch ist verbürgt, dass zahllose Frauen nur gegen schriftliche Einwilligung in eine Sterilisation die Anstalt und damit die Insel wieder verlassen durften.

Die Sterilisationen wurden durchgeführt auf der Grundlage der seinerzeit geltenden Gesetze zur Rassenhygiene und Eugenik, wie sie in den zwanziger und dreißiger Jahren des 20. Jahrhunderts in gut dreißig westlichen Staaten – überwiegend solchen mit sozialdemokratischer Regierung und protestantischer Prägung, aber natürlich auch im nationalsozialistischen Deutschen Reich – erlassen worden waren.

In Dänemark wurden von 1929 bis 1967 etwa elftausend Personen (vorwiegend Frauen) sterilisiert, Schätzungen zufolge handelte es sich in der Hälfte der Fälle um Zwangssterilisationen.

Im Gegensatz zu beispielsweise Norwegen, Schweden und Deutschland hat das Königreich Dänemark bis heute weder Entschädigungszahlungen für diese Menschenrechtsverletzungen geleistet noch sich bei den Opfern entschuldigt.

Dank

Ich danke Hanne Adler-Olsen von Herzen für ihre klugen Kommentare, für tagtägliche Inspiration und Ermunterung. Außerdem möchte ich Freddy Milton, Eddie Kiran, Hanne Petersen, Micha Schmalstieg und Karlo Andersen für ihre wertvollen Kommentare danken sowie Anne C. Andersen für ihren glasklaren Blick und ihren unermüdlichen Einsatz. Bei Niels und Marianne Haarbo, Gitte und Peter Q. Rannes und dem Dänischen Schriftsteller- und Übersetzerzentrum Hald bedanke ich mich für die Gastfreundschaft, bei Polizeikommissar Leif Christensen dafür, dass er mich großzügig an seinen Erfahrungen teilhaben lässt und konsequent alle polizeirelevanten Details prüft und korrigiert. Weiterhin danke ich A/S Sund og Bælt, den Mitarbeitern des Archivs von Danmarks Radio sowie Marianne Fryd, Kurt Rehder, Birte Frid-Nielsen, Ulla Yde, Frida Thorup, Gyrit Kaaber, Karl Ravn und Søs Novella, die bei meinen Recherchen über die Besserungsanstalt für Frauen auf Sprogø wertvolle Beiträge geleistet haben.

SONDERDEZERNAT Q
Alle Fälle auf einen Blick!

NEU Herbst 2021

www.adler-olsen.de dtv

Noch mehr Hochspannung mit
JUSSI ADLER-OLSEN

»Von vielen Menschen gelesen zu werden ist für mich das größte Kompliment, das ein Schriftsteller bekommen kann.«

www.adler-olsen.de